U0052873

閻琦　注譯

新譯

劉禹錫詩文選

三民書局　印行

國家圖書館出版品預行編目資料

新譯劉禹錫詩文選／閻琦 注譯.－－初版一刷.－－臺北市：三民，2016
面； 公分.－－(古籍今注新譯叢書)

ISBN 978-957-14-6147-2 (平裝)

844.18　　105006605

© 新譯劉禹錫詩文選

注譯者　閻 琦
發行人　劉振強
著作財產權人　三民書局股份有限公司
發行所　三民書局股份有限公司
地址　臺北市復興北路386號
電話　(02)25006600
郵撥帳號　0009998-5
門市部　(復北店) 臺北市復興北路386號
(重南店) 臺北市重慶南路一段61號

出版日期　初版一刷　2016年6月
編號　S 033860
行政院新聞局登記證局版臺業字第〇二〇〇號

ISBN 978-957-14-6147-2 (平裝)

http://www.sanmin.com.tw 三民網路書店

刊印古籍今注新譯叢書緣起

劉振強

人類歷史發展，每至偏執一端，往而不返的關頭，總有一股新興的反本運動繼起，要求回顧過往的源頭，從中汲取新生的創造力量。孔子所謂的述而不作，溫故知新，以及西方文藝復興所強調的再生精神，都體現了創造源頭這股日新不竭的力量。古典之所以重要，古籍之所以不可不讀，正在這層尋本與啟示的意義上。處於現代世界而倡言讀古書，並不是迷信傳統，更不是故步自封；而是當我們愈懂得聆聽來自根源的聲音，我們就愈懂得如何向歷史追問，也就愈能夠清醒正對當世的苦厄。要擴大心量，冥契古今心靈，會通宇宙精神，不能不由學會讀古書這一層根本的工夫做起。

基於這樣的想法，本局自草創以來，即懷著注譯傳統重要典籍的理想，由第一部的四書做起，希望藉由文字障礙的掃除，幫助有心的讀者，打開禁錮於古老話語中的豐沛寶藏。我們工作的原則是「兼取諸家，直注明解」。一方面熔鑄眾說，擇善而從；一方面也力求明白可喻，達到學術普及化的要求。叢書自陸續出刊以來，頗受各界的喜愛，使我們得到很大的鼓勵，也有信心繼續推廣這項工作。隨著海峽兩岸的交流，我們注譯的成員，也由臺灣各大學的教授，擴及大陸各有專長的學者。陣容的充實，使我們有更多的資源，整理更多樣化的古籍。兼採經、史、子、集四部的要典，重拾對通才器識的重視，將是我們進一步工作的目標。

古籍的注譯，固然是一件繁難的工作，但其實也只是整個工作的開端而已，最後的完成與意義的賦予，全賴讀者的閱讀與自得自證。我們期望這項工作能有助於為世界文化的未來匯流，注入一股源頭活水；也希望各界博雅君子不吝指正，讓我們的步伐能夠更堅穩地走下去。

自序

無論從中唐政治、文學的角度看，劉禹錫都是第一流人物。

所謂「從政治的角度」，說法或不嚴密。正確的說法應是「詩人與中唐政局關係的角度」。中唐五大詩人——韓愈、白居易、元稹、劉禹錫、柳宗元，一生命運的升沉浮降，皆與中唐政局關係密切：韓愈一貶陽山，再貶潮州；白居易曾貶江州；元稹曾貶江陵，劉禹錫初貶朗州，又久貶連州、夔州、和州，自言「二十三年棄置身」；柳宗元初貶永州，再貶柳州，終於貶死於柳州。故有學者稱他們為「中唐五大貶謫詩人」。然就貶斥之久、貶地之惡，劉、柳又甚於韓、白、元。韓、白、元遭貶，有各自不同的原因，屬「個案」（例如韓愈貶潮是因為他諫迎佛骨）；劉、柳則是「同案」，即參與並成為貞元、永貞之際王叔文、韋執誼的「黨人」集團，遭後來即位的憲宗嫉恨，二十三年之貶，皆與憲宗有關。以後的穆宗、敬宗、文宗、武宗四代，對劉禹錫的懲罰未嘗稍懈，柳宗元「中道殂隕」，得年不及五十，而劉禹錫享年七十一，活過了憲宗朝、穆宗朝以及敬宗、文宗、武宗朝，憲宗以至穆、敬、文、武的不肯大用禹錫，卻是一脈相傳的。原因仍舊與當年的王、韋「黨人」集團案有關。注釋劉禹錫詩文集，儘管是選注，繞不過去還是王、韋「黨人」。究竟如何評價王、韋「黨人」從上臺到執政，到敗落，如何看待劉禹錫（以及柳宗元）在王、韋執政期間的表現，對深刻認識並透視其詩文創作背後的心理，非常重要。關於王韋集團執政的評價，學術界長期為一種非學術的社會學的力量所左右，以王、韋執政為「革新」，以「八司馬」代表著新銳力量，以致對劉禹錫詩歌有種種偏差誤解。筆者在「導讀」中花大氣力，用萬餘字篇幅縱論王、韋「黨人」執政的種種弊端，還「八司馬」以真面目，目的就是為了方便以中唐政局為大背景，將劉禹錫生平、時代背景、作品之關聯予以詳實交代，以劉禹錫生平遭際為經，以其詩歌創作為緯，經緯交織，為讀者諸君開啟理解劉禹錫詩歌及其創作的內在動因、人格的力量和藝術的淵源之門戶。「導讀」中有云：元、白、劉、柳「皆是一代英才，而時局似乎是在召喚著英才，又同時在埋沒並棄置著英才。」宏觀地把握劉禹錫詩文創作，尤其是貶謫期的詩歌創作，必須先瞭解他貶謫時期的心理。而劉禹錫貶謫時期的心理，可以說一直處在糾結與矛盾中：既堅守昔日立場，同時又因被政治棄置、自己又急於參與社會政治的急迫心情交匯在一起，所謂還「八司馬」以真面目，其含義在此。讀者諸君若能以此為切入點，必然會對劉禹錫詩文，尤其是詩歌有會心的理解。

從文學的角度看，劉禹錫與白居易一起，是中唐後期最重要的詩人。持平地說，整個中唐，韓、孟是前期的代表，元、白與劉、柳是中期的代表，而劉、白則是後期的代表。這與劉、白俱享長壽有關，亦與他們詩歌藝術優美純熟有關。劉禹錫詩歌，無異有「三變」：朗州十年為一變，寫土風民俗、模擬當地民歌以及詠古詩，華麗明朗的詩歌風格顯露並成熟；刺連州、夔州、和州時期為再變，「俚而雅」的〈竹枝詞〉達到他絕句藝術的巔峰，寄寓深厚的〈金陵五題〉、〈西塞山懷古〉成為他詠懷古跡的絕唱，〈酬樂天揚州初逢席上見贈〉成為他七律的高峰；晚年居洛為三變，思想趨於沉靜、閒適，對詩歌藝術（尤其是七律、七絕）精益求精達到了新的頂點。

本書選錄劉禹錫晚年詩作較多。劉禹錫晚年，除去刺蘇州、汝州、同州的五年，居東都為分司官共六年。六年間，他所為詩三百餘首，多為五七律、絕句，幾乎占平生所作三分之一。認識劉禹錫晚年及其詩作，研究劉、白關係是一個切入點。劉、白同為東都分司官，分司官的特點是職銜高、俸祿高而職事甚輕，故可以有充分的餘暇精研詩歌藝術。單是大和元年到五年間劉、白的寄贈、酬答、唱和或互相懷念的詩，即有七十首之多，劉禹錫與令狐楚、李德裕等朝中官員往還的詩歌亦復不少。當然，反映社會現實少、人生感慨少容或也是此類詩歌的一個缺陷，但從唐代是一個詩的國度——即聞一多先生所說的「凡生活用到文字的地方，他們一律用詩的形式來寫」的角度來看，這正是詩歌藝術得以精進的好機遇。當此之際，詩成為詩人與詩人之間往還的一種常態：是應酬的工具，也是交遊的中介、友誼的見證，同時，藝術精湛的詩也因此而生。

以上諸點，是本書注譯者給讀者諸君閱讀此書的建議。

《劉禹錫集》三十卷，外集十卷，今世所傳有景宋刊兩種，南宋紹興刻本有四庫本、四庫備要本，於今較為易得。劉禹錫詩約八百首，文近二百篇，本書選入禹錫詩三百六十二首，文二十三篇，詩文俱按編年排列，文字以四庫本《劉禹錫集》為準，也雜取他本，擇善而從。因為選本畢竟不是嚴格意義的古籍校勘本，故凡文字與四庫本有異處，未能一一指出。編年則參考了禹錫集的幾種編年本，釋文也參考了通行的幾種注本。限於體例，俱未能一一標出，在此謹致謝意。所選容或不當，注釋與研析亦或有不妥當處，敬祈方家與讀者諸君指正。

閻琦謹識

新譯劉禹錫詩文選　目次

元和詩選

長慶詩選

寶曆詩選

大和詩選

開成、會昌詩選

未編年詩

編年文選

導讀

劉禹錫（西元七七二—八四二年），字夢得，洛陽人，中唐著名詩人、文學家。詩文初與柳宗元齊名，並稱「劉柳」，晚年與白居易唱和，並稱「劉白」。新、舊《唐書》有傳。其文集今傳者有《劉賓客文集》三十卷，為劉禹錫自編訂者。又有《外集》十卷，應是劉禹錫去世後由其後人補入者。其中詩約八百首，文（包括賦）約二百二十餘篇。

劉禹錫的生平及仕宦經歷，線索大體清晰，斑斑可考。研究界對劉禹錫的籍貫（或族望）、民族、出生地等有些爭議，可參看已出版的相關傳記、評傳等，此處不贅。

劉禹錫一生可分為三個階段：第一階段是德宗貞元二十一年（西元八〇五年，其年八月順宗內禪，憲宗即位，改元永貞），禹錫三十四歲以前。這一階段是劉禹錫成長、讀書、習為詩文及進入科場、初入官場階段。第二階段自憲宗元和元年（西元八〇六年）至敬宗寶曆二年（西元八二六年），禹錫三十五歲至五十五歲，因結交王叔文、韋執誼而長期被貶在外。第三階段自文宗大和元年（西元八二七年）至武宗會昌二年（西元八四二年），禹錫五十六歲至七十一歲病逝於洛陽。晚年的禹錫仕途雖不盡如其意，但不再流離坎坷，雖曾短期外放為蘇州、汝州、同州刺史，但皆是上州，且職銜顯赫。其餘時間多在兩京間任職：雖然多是分司閒散之職，然職位不可謂不高。與白居易一樣，劉禹錫也享高壽。

劉禹錫進入科場非常順利：貞元八年（西元七九二年），二十一歲的禹錫赴京應進士舉，次年與柳宗元同登進士科，其年再登吏部博學宏詞科，授太子校書。他後來頗為得意地說自己「是時年少，名浮於實，士林榮之」（〈子劉子自傳〉）。相對於唐代久困科場的多數舉子，相對於「四舉於禮部乃一得，三選於吏部卒無成」（韓愈〈上宰相書〉）的韓愈，初入科場的劉禹錫堪稱一路順風。貞元末，即德宗薨、順宗即位，王、韋執掌朝政短短的半年之間，初入官場的劉禹錫更進入了一個短暫的「春風得意」期，他的職位攀升得很快：貞元十九年登朝為御史臺監察御史，二十一年正月，順宗即位，王叔文擢禹錫為屯田員外郎、判度支鹽鐵案。唐代文武散官品階分二十九等，監察御史正八品上，員外郎從六品上。中間越過了從七品上、下，正七品上、下，從六品下，共五級。一般官員可能要經過十數年的攀登才能達到的高度，劉禹錫一日之間就達到了，故稱得上是「越級超拔」（與他待遇相同的還有柳宗元）。然而，福禍伏倚，貞元末劉、柳與時為吏部郎中的韋執誼、翰林院以棋待詔侍奉太子的王叔文相善，埋下了此後數十年坎坷際遇的種子，這顆種子造成的直接後果就是劉禹錫長達二十三年的被「棄置」在外（柳宗元因病早卒）。貞元末仕途的驟升、再遠竄，嚴重挫傷劉禹錫的政治銳氣，不但遲滯了他入仕道路攀升的步伐，並長期鬱結於胸，使直到晚年似乎已居於高位的他仍然不能化解。

本篇「導讀」，欲談兩個問題：一、關於王韋集團、「王韋新政」與劉禹錫及柳宗元的關係；二、關於劉禹錫的詩文創作。

一、關於王韋集團、「王韋新政」與劉禹錫及柳宗元的關係

自上世紀六、七十年代以來至今，論及王韋新政的著作、論文及相關哲學史、文學史教科書，可謂「汗牛充棟」，眾口一辭，譽為「革新」。偶爾有不同的聲音，稱為空谷足音亦不為過。故此，對劉禹錫作品的解讀，極有必要反觀發生在貞元末德、順、憲三帝「接替」之際的王韋集團及王韋新政。王韋集團，舊史學家有稱他們為「黨人」的，當代史學家及相關教科書多將他們六個月的執政美化為「永貞革

新」，並因「革新」的失敗使他們成為中國歷史上帶有「悲劇」色彩的改革家。近年才有學者略覺「革新」不妥，改稱「王韋新政」。「革新」也罷，「新政」也罷，說法略有不同，實質一樣。我們將要花較多的筆墨，回顧發生在德宗貞元末的這一場「革新」或「新政」，看一看影響劉、柳大半生的王韋集團形成及執政的本事究竟怎樣，劉、柳與王、韋的關係究竟怎樣。只有明晰了這些，我們乃可以大致瞭解久久鬱結在劉禹錫胸中的心結是如何形成的，也就會對他一生的心態、詩文創作增加瞭解，從而在對他抱一腔同情之心的同時，又對他充滿無限痛惜惋慨之情。

(一) 王韋集團及其形成

德宗在位首尾合計二十七年。當其晚年，弊政迭出（如五坊小兒、宮市等），不任宰相而親信佞臣。兩《唐書》〈德宗紀〉史臣的「贊曰」都毫不客氣地批評他晚年的執政，句句皆是誅心之論。如《新唐書》史臣「贊曰」：「德宗（晚年）猜忌刻薄，以強明自任，恥見屈於正論，而忘受欺於奸諛。故其疑蕭復之輕己，謂姜公輔為賣直，而不能容；用盧杞、趙贊，則至於敗亂，而終不悔。及奉天之難，深自懲艾，遂行姑息之政。由是朝廷益弱，而方鎮愈強，至於唐亡，其患以此。」蕭復、姜公輔皆德宗時有名的直臣，官至平章事，被罷後不復起用；盧杞、趙贊皆為受德宗寵信的奸諛之臣。如果加上《舊唐書．德宗紀》、韓愈《順宗實錄》中所列出的忠臣，則還要補入李晟、陸贄等，奸佞之臣還要補入裴延齡、李齊運、韋渠牟等。韋執誼、李實二位也可以補入奸佞之臣之列。「韋執誼，京兆舊族也……年踰冠，入翰林為學士，便敏側媚，得幸於德宗」（《新唐書．韋執誼傳》）；李實為唐宗室，「貞元十九年，為京兆尹，（司農）卿……恃寵強愎，不顧文法，人皆側目」（《舊唐書．李實傳》）。德宗晚年的這些弊政，被立為太子已近二十年、「每以天下為憂」（《順宗實錄》卷一）的李誦（即位後為順宗）看在眼裡，有時也規勸父皇一二。《順宗實錄》卷一載：

> 德宗在位久，稍不假宰相權，而左右因緣用事。外則裴延齡李齊運韋渠牟等以奸佞相此進用。延齡尤狡險，判度支，務刻剝自斂以自為功，天下皆怨怒。上（按指順宗）每進見，候顏色，輒言其不可。至陸贄張滂李充等以毀譴，朝臣懷懼，諫議大夫陽城等伏閤極論，德宗怒甚，將加城等罪，內外無敢救者，上獨開解之，城等賴以免。德宗卒不相延齡渠牟。

至貞元十九年，即劉禹錫、柳宗元、韓愈進入御史臺為監察御史時，德宗六十二歲，年壽已高，病入膏肓，朝夕不能保，於是在太子周圍很自然形成了一個官僚集團。這個集團的核心人物就是王叔文、王伾和韋執誼。王叔文、王伾俱待詔翰林，王伾以書侍太子，王叔文以棋侍太子，頗有寵。翰林待詔或稱翰林供奉，延文章之士入翰林院，隨時聽候皇帝傳喚。技藝之士（如書、畫、琴、棋、術數、醫官、占星），入翰林院待詔，與可以參與國家機密、處分朝廷大政的翰林學士不同。王叔文的實際職事為蘇州司功參軍，因圍棋技藝被召至宮中為翰林待詔，並借此接近太子，有時也與太子議論時政。《順宗實錄》同卷有一段文字，最能說明王叔文的「深沉多計」：

> 上在東宮，嘗與諸侍讀並叔文論政。至宮市事，上曰：「寡人方欲極言之。」眾皆稱善，獨叔文無言。既退，上獨留叔文，謂曰：「向者君奚獨無言，豈有意邪？」叔文曰：「叔文蒙幸太子，有所見，敢不以聞。太子職當侍膳問安，不宜言外事。陛下在位久，如疑太子收人心，何以自解？」上大驚，因泣曰：「非先生，寡人無以知此。」遂大愛幸。

禹錫〈子劉子自傳〉謂「時有寒雋王叔文以善弈棋得通籍博望」，「叔文北海人，自言（王）猛之後，有遠祖風」。北海王猛為東晉時人，博學，識度深遠，秦苻堅嘗引為股肱，秦賴以強大。劉禹錫說王叔文

「自言猛之後」，語氣上多少有些保留，但又說他「有遠祖風」，則仍舊肯定他有政治家遺傳並確實具政治家作風。柳宗元有為王叔文母親寫的〈河間劉氏志文〉（《柳河東集》卷一三），稱王叔文「貞元中待詔禁中，以道合於儲君，凡十有八載」。柳文作於貞元二十一年，依此上推十八年，則王叔文入東宮與太子相伴在貞元四年。最初自然是商量棋藝，相處一長，漸漸地由棋而轉入政治，「以道（朝政）合於儲君」。但是，當貞元四、五年之際，德宗尚富於春秋，王叔文沒有條件萌生將來執掌朝廷大權的幻想。王叔文後來萌生了執政的幻想，由以下幾個原因促成：一是太子對自己的信任，二是與王伾、韋執誼的結識、合流。王伾與王叔文同為翰林待詔，結識很早，而王叔文與韋執誼的結識則是「因緣湊巧」。《舊唐書・韋執誼傳》：

> 德宗載誕日，皇太子獻佛像，德宗命執誼為畫像贊，上令太子賜執誼縑帛以酬之。執誼至東宮謝太子，卒然無以藉言，太子因曰：「學士知叔文乎？彼偉才也。」執誼因是與叔文交甚密。俄丁母憂，服闋，起為南宮郎（吏部郎中）。

韋執誼入翰林為學士在貞元二年，「年逾冠，召入翰林學士」（《舊唐書・韋執誼傳》）；如此年輕即入為翰林學士，在唐代士人中少見。所說德宗「載誕日」，指貞元十二年四月德宗御麟德殿召官員與道士、沙門講論儒、道、釋三教（見《舊唐書・韋渠牟傳》），韋執誼在東宮與王叔文初逢；韋「丁母憂」約在貞元十六、七年，服闋後為吏部郎中，應在貞元十九年，王、韋的「交甚密」應該在此一段時間。王韋集團最後形成的基礎是王、韋與劉、柳等新銳之士的密結。《順宗實錄》卷五：

> 叔文說中上意，遂有寵，因為上言：「某可為將，某可為相，幸異日用之。」密結韋執誼，並有當時

> 名欲僥倖而速進者：陸質、呂溫、李景儉、韓曄、韓泰、陳諫、劉禹錫、柳宗元等十數人，定為死交，而凌准、程異等又因其黨而進。交遊蹤跡詭秘，莫有知其端者。

王叔文確有鑒識眼光。劉、柳才高當世不必說，即韓曄、韓泰、陳諫、凌准、程異、李景儉等，皆當世之才。韓曄、陳諫、凌准、韓泰《舊唐書》有傳附於王叔文傳後，稱：曄「有俊才」，諫「警敏」，准「有史學」，泰「有籌畫，能決大事」。陸質、李景儉、程異、呂溫在《舊唐書》各有傳，稱：異「精吏治」，質「明《春秋》」，景儉「性俊朗，博聞強記，頗閱前史，詳其成敗」，溫「天才俊拔，文才贍逸」。其中，王、韋最器重者，一為李景儉，「待以管、葛之才」；一為劉禹錫，「每稱有宰相器」。王、韋敗時，劉、柳、韓、陳等皆連坐，而陸質先已死，李景儉居母喪，呂溫奉使入吐蕃未歸，此三人不及從坐。

劉禹錫〈子劉子自傳〉：「叔文……自言猛之後，有遠祖風；惟東平呂溫、隴西李景儉、河東柳宗元以為信然。三子者皆與予厚善，日夕過言其能。」東宮與臺、省官員十數人「密交」往來，「蹤跡詭秘，莫有知其端者」，這是很反常的。唐代官員休沐日詩酒聚會酬答，原很平常；然以上諸人，除劉、柳、呂外，其他諸人可以說皆不具備「詩人面目」（《全唐詩》今存李景儉參與的聯句詩一首，存韓泰殘句二。陳諫、陸質、二王、韋等俱無詩），從貞元十九年王韋集團形成到貞元二十一年正月順宗即位，一年有餘，他們頻繁的詭秘交遊都議論些什麼？當然就是有朝一日太子即位應實行的所謂「新政」。貞元末，武元衡為御史中丞，以劉、柳的精幹多才，而作為御史臺長官的元衡獨不喜二人，「薄其人，待之鹵莽」（《順宗實錄》卷二，兩《唐書》〈武元衡傳〉同）。武元衡薄於劉、柳，無他，就是對他們與東宮、尚書省官員結黨、詭秘往來不滿。武元衡立身正直不預朋黨，《新唐書・武元衡傳》：「元衡獨持正無所違附，帝（憲宗）稱其長者。」奇怪的是韓愈倡古文，亦有名於時，貞元十九年自四門博士遷監察御史，與劉、柳為同僚，卻不在王、韋羅致的範圍之內。韓與劉、柳既為同僚，且為文章密友，很可能覺察到了劉、柳私下的一些活動，而二王及韋最顧忌的就是有人議論到他們交密事，於是有貞元十九年王、韋聯手打擊張正買之事。《順宗實錄》卷五：

> 貞元十九年，左補闕張正買（《資治通鑑》卷二三六作張正一）疏諫他事，得召見。正買與王仲舒、韋成季、劉伯芻、裴茝、常仲孺、呂洞相善，數遊止。正買得召見，諸往來者皆往賀之。有與之不善者，告叔文、執誼云：「正買疏似論君朋黨事，宜少誡！」執誼、叔文信之。執誼……因言成季等朋讌聚遊無度，皆譴斥之，人莫知其由。

「朋黨」是讓王、韋等犯忌的詞語，此時先用來誣陷、打擊並非政敵的對手。這可以視作王叔文、韋執誼在正式執掌政權之前的一次「預演」，一次「牛刀小試」。貞元十九年冬，京師大旱，韓愈與御史臺同僚張署上疏請緩徵今年賦稅，疏上，韓貶陽山令，張貶臨武令。鑒於張正買無故被貶，韓愈頗疑心是劉、柳「語言泄」而致使王、韋出手打擊了他。韓愈的推論是：他對王、韋的結黨有所議論，但沒有回避劉、柳，於是劉、柳泄其「語言」於王、韋，王、韋借上疏遠貶韓愈。韓愈的陽山之貶造成了韓與劉、柳之間長期的誤會，直到元和十四年柳宗元去世，長慶四年韓愈去世，韓愈與劉、柳之間的誤會似乎並未徹底消除。關於韓與劉、柳之間的這一樁「公案」，學術界至今未能有結論。這多少有些題外話。讀者可參看本選集劉禹錫貞元末五言長詩〈韓十八侍御見示岳陽樓別竇司直因令屬和重以自述故足成六十二韻〉題解及相關研析。總之，當貞元末，已經形成了以東宮二王、尚書省韋執誼為首，以及王、韋羅致的一批急於進取的年輕新銳，結合成朝廷以外的政治小集團，或皇太子身邊的私黨。這個政治小集團甚至還在朝廷內外造成人人自危的「恐怖」氣氛。其時在長安的白居易後來回憶說：「臣觀貞元之末，時政嚴急，人家不敢歡宴，朝士不敢過從，眾心無憀，以為不可。」（《白居易集》卷六〇〈論左降獨孤朗等狀〉）當王、韋實際掌握了朝政大權的時候，志得意滿的王叔文動輒就要取某人的性命。《順宗實錄》卷四：

> （貞元二十一年）六月乙亥，貶宣州巡官羊士諤為汀州寧化縣尉。士諤性傾躁，時以公事至京，遇叔文用事，朋黨相煽，頗不能平，公言其非。叔文聞之，怒，欲下詔斬之，執誼不可；則令杖殺之，執誼又以為不可，遂貶焉。

羊士諤為貞元、元和間著名詩人，元和十四年仕至戶部郎中。若依王叔文脾氣，貞元末羊士諤就成刀下之鬼了。所謂「性傾躁」，就是心直口快，敢說敢道。

(二) 所謂「王韋新政」

貞元二十一年正月癸巳，德宗崩，丙申，太子即位，是為順宗。順宗即位，即以韋執誼為尚書左丞、同平章事（不久改中書侍郎、平章事），以王伾為左散騎常侍、依前待詔翰林（不久為翰林學士），以王叔文為起居舍人、翰林學士（不久改鹽鐵副使，再改戶部侍郎，仍兼鹽鐵副使，但去學士之職）。凡王韋集團中人，職位皆有大幅度升遷。並大力實施他們的所謂「改革」或「新政」。據《順宗實錄》、《舊唐書・順宗紀》、《資治通鑑》，可以統計出自貞元二十一年正月順宗即位至八月退位為太上皇，所施行的新政，約有六事：

一、二月六日，罷翰林陰陽星卜醫相覆棋諸待詔三十二人（一說四十二人）。

二、二月二十一日，譴責京兆尹李實「殘暴掊斂之罪」，遠貶為通州長史。

三、二月二十四日，罷宮市、罷五坊小兒。

四、二月二十五日，罷鹽鐵使額外進獻。

五、三月一日，出宮女三百人。又出掖庭教坊女樂六百人，召其親屬歸之。

六、三月二日，下詔追還德宗時被貶的名臣忠州別駕陸贄、郴州別駕鄭餘慶、道州刺史陽城等，然陸贄、陽城未及聞詔已卒於貶所。

以上，除第一項是王叔文「以棋待詔，既用事，惡其與己儕類相亂，罷之」（《順宗實錄》卷一）外，其他各項還是大得人心的，故《順宗實錄》在如實記載這些措施後數用「人情大悅」稱讚之。京兆尹李實強徵暴斂，貶通州長史時，《順宗實錄》曰：「市里歡呼，皆袖瓦礫遮道伺之，實由間道獲免。」

真正稱得上是王、韋「新政」的，是王叔文嘗欲奪宦者兵權，即神策軍權力，而以右金吾大將軍范希朝兼之，以自己陣營中人韓泰為行軍司馬。王叔文的計畫為宦者俱文珍識破，未能得志。宦官執掌神策軍，為中唐以後軍政大弊端，王叔文謀奪宦者兵，為力主王叔文永貞實行「革新」的史學家們最欣賞的證據。但也另有識見卓異的史學家指出：「神策軍則係中央擁有的強大野戰部隊，為唐室所依仗的可靠武力，此所以不敢輕易交付職業軍人而必由天子的代理人宦官來統率。」筆者甚表同意。可詳參黃永年先生《文史探微》（中華書局二〇〇〇年版）有關篇章。德宗朝，節鎮兵數次譁變，鬧得天翻地覆，唐室幾乎崩潰：建中四年，涇原兵譁變，擁立原幽州節度使朱泚叛唐、稱帝，德宗棄宗廟，亡奉天；次年（興元元年），河中尹李懷光又叛，德宗走梁州。職業軍人之不可靠，可見一斑。范希朝將軍或可稱忠心，范之後的繼任者呢？宦者掌兵權，在宮中甚至可以隨意擁、廢皇帝，但宦者無論怎樣絕對不可以自立為帝。這一點，中唐以後的皇帝都是明白的。神策軍大權，寧可付與家奴，也不可交付軍人。

封建社會，新皇帝初即位，大率都有幾項新措施以安天下。姑以德宗即位之初頒行的命令為例：

一、罷山南枇杷、江南柑橘歲貢，罷劍南歲貢春酒十斛；二、停梨園使及伶官之冗食者三百人；三、五坊鷹犬皆放之；四、出宮女百餘人；五、兵部侍郎黎幹害若豺狼，特進劉忠翼掩義隱賊，並除名長流，俱賜死；六、天下進獻並停。乙未，揚州每年貢端午日江心所鑄鏡，幽州貢麝香，皆罷之。以上，皆發生在德宗大曆十四年五月即位至六月間，可也算得「新政」或「革新」？前所稱黃永年先生《文史探微》中一篇題為〈所謂永貞革新〉中有一段云：「放宮女的事情，除眾所周知的唐太宗曾把『怨女三千放出宮』外，打開《冊府元龜》可看到〈帝王部・仁慈〉裏還記載了不少。在唐朝高宗、睿宗、憲宗、穆宗、敬宗、文宗都放出過，其中收拾王叔文集團的憲宗在元和八年就『出宮人二百車，許人得娶以為妻』，這在人數上也未必少於順宗。至於賦稅，在封建社會裏本是經常減免的，查一下《冊府元龜・邦計部・蠲復》，就知道在唐代幾乎所有的皇帝都下詔減免過，光憲宗一朝就有二十二次之多。如果這都算『革新』，那歷史上的革新人物也就未免太多了。」讀罷這一段文字，曾經喧囂一時、至今仍不時出現在刊物、教科書上的所謂「永貞革新」，不就像肥皂泡一樣輕輕一戳就破碎了嗎？

(三) 王韋集團覆亡的原因

貞元二十一年八月丁酉，順宗內禪，憲宗即皇帝位，隨即下詔貶王伾開州司馬，貶王叔文渝州司戶（明年賜叔文死）；九月再遠貶韓泰、韓曄、柳宗元、劉禹錫等。王韋集團其興也速，其覆亡也亦速。原因何在呢？第一，施行「新政」的幾個頭面人物，包括他們羅致的幾個新銳，人品多有可指責之處。《資治通鑑》卷二三六，順宗永貞元年：

伾寢陋，吳語，上所褻狎；而叔文頗任事自許，微知文義，好言事，上以故稍敬之，不得如伾出入無阻。叔文入至翰林，而伾入至柿林院，見李忠言、牛昭容計事。大抵叔文依伾，伾依忠言，忠言依牛昭容，轉相交結。每事先下翰林，使叔文可否，然後宣於中書，韋執誼承而行之。外黨則韓泰、柳宗元、劉禹錫等主采聽外事，謀議唱和，日夜汲汲如狂，互相推獎，曰伊，曰周，曰管，曰葛，僩然自得，謂天下無人，榮辱進退，生於造次，惟其所欲，不拘程式，士大夫畏之，道路以目。素與往還者，相次拔擢，至一日除數人。其黨或言曰，「某可為某官」，不過一二日，輒已得之。於是叔文及其黨十餘家之門，晝夜車馬如市。客候見叔文、伾者，至宿其坊中餅肆、酒壚下……伾尤闒茸，專以納賄為事，作大櫃貯金帛，夫婦寢其上。

《順宗實錄》卷二還記載了王叔文初得志驕橫跋扈的一段「細事」：

（三月）丁酉，吏部尚書平章事鄭珣瑜稱疾去位。其日，珣瑜方與諸相會食中書。故事，宰相方食，百僚無敢謁見者。叔文是日至中書，欲與執誼計事，令直省通執誼。直省以舊事告，叔文叱直省，直省懼，入白執誼。執誼逡巡慚赧，竟起迎叔文，就其閣語良久。宰相杜佑、高郢、珣瑜皆停筯以待。有報者云：「叔文索飯，韋相公已與之同餐閣中矣。」佑、郢等心知其不可，畏懼叔文、執誼，莫敢出言。珣瑜獨歎曰：「吾豈可復居此位！」顧左右，取馬徑歸，遂不起。

杜佑、高郢、鄭珣瑜與韋執誼同為宰相，而王叔文並不將他們放在眼裏。以上兩段記載或有誇大之處，但絕不至完全失實。按，韓愈《順宗實錄》每被袒護王、韋的學者指為「褊私」、「偏見」。其見未必公正。韓愈為國史館修撰在元和八年，距王、韋執政不過八九年，韓不但是當事人，其所據者為國史館文獻資料，並非出於個人私見。兩《唐書》相關紀、傳，《資治通鑑》多採用《順宗實錄》的材料，說明《順宗實錄》足以作為信史。指責《順宗實錄》材料不實，或韓愈態度「褊私」、「偏見」，那就得列舉另外的文獻來加以證明。動輒說《順宗實錄》不實，又無新文獻佐證，往往就夾雜了個人的好惡，甚至為時代的政治思潮所左右❶。憲宗即位，貶王叔文及八司馬等，其〈貶韋執誼崖州司馬制〉曰：「韋執誼……早居禁署，謬列鼎臺，直諒無聞，奸回有素，負恩棄德，毀信廢忠，言必矯誣，動皆蒙蔽，官由黨進，政以賄成……」〈貶王伾開州司馬王叔文渝州司戶制〉曰：「王伾……王叔文等，驟居左掖之秩，超贊中邦之賦，曾不自厲，以效其誠，而乃漏洩密令，張惶威福，蓄姦冒進，黷貨彰聞，跡其敗類，載深驚歎……」「制書」即是皇帝的旨意，也代表了憲宗朝對王、韋等的公論，作為國史館修撰的韓愈不可能超越朝廷公論而另立他論。何況韓愈《順宗實錄》對王、韋執政期間一切善政非但毫無隱瞞，且大書特書，《順宗實錄》卷二還全文錄用了順宗極盡褒美之辭的〈授王叔文鹽鐵副使制〉❷。韓愈的身份有兩個：一個是史官身份，一個是劉、柳朋友身份。當他撰寫《順宗實錄》時，是第一個身份，只能據史直書；當他為柳宗元撰寫〈墓誌〉、〈祭文〉以及〈柳州羅池廟碑〉時，則是第二個身份，感情充沛，激蕩低回，義形於色。在〈柳子厚墓誌銘〉中，韓愈說到柳宗元參加王叔文集團，很謹慎地用「不自貴重顧藉，謂功業可立就，故坐廢退」數語來為柳宗元掩飾，不失為友人之道。元和十四年，韓愈自潮州量移袁州，舉王、韋黨人、時為漳州刺史的韓泰自代，〈自代狀〉云：「前件官（按指韓

---

❶ 韓愈《順宗實錄》至文宗朝，的確有指責其不實的輿論。《舊唐書・路隨傳》：「韓愈撰《順宗實錄》，說禁中事頗切直，內官惡之，往往於上前言其不實，有詔改修……文宗復令改永貞時事。」路隨時以宰相兼修國史，上奏稱不宜修改，若要修改，請文宗明確「條示舊記最錯誤者，宜付史官，委之修定」。文宗後來果然「條示」了《順宗實錄》幾處「書德宗、順宗朝禁中事」，著史官「詳正刊去，其他不要更修」。可見，指責《順宗實錄》「不實」者是內官，所謂「不實」處，是指令宦者不悅的「說禁中事頗切直」者。後世史家隨宦者之後指責《順宗實錄》「不實」或存「徧私」、「偏見」，識見何其陋哉。

❷ 〈授王叔文鹽鐵副使制〉：「朕新委元臣……起居舍人王叔文，精識瓌材，寡徒少欲，質言無隱，沉深有謀。其忠也，盡致君之大方；其言也，達為政之要道；凡所詢訪，皆合大猷。宜繼前勞，佇光新命。」見《順宗實錄》卷二。制書的文辭或者就是王韋黨中人起草的，但也大體符合王叔文初執政時情況。

泰）詞學優長，才器端實；早登科第，亦更臺省；往因過犯，貶黜至今。自領漳州，悉心為治，官吏懲懼，不敢為非；百姓安泰，並得其所。」從中看到的只是韓愈的一片公心，並無「褊私」、「偏見」可言。傅斯年先生嘗有「史學即史料學」的著名判斷，其〈史料論略〉云：「史學的對象是史料，不是文詞，不是倫理，不是神學，並且不是社會學。史學的工作是整理史料，不是作藝術的建設，不是做疏通的事業，不是去扶持或推倒這個運動，或那個主義。」（遼寧教育出版社一九九七年「新世紀萬有文庫」版）我們的史學家，不正是違背了前賢的教導嗎？史料如果不利於自己「扶持或推倒這個運動，或那個主義」，即不相信這個史料而另立「文詞」，另為「社會學」，其對史料的態度，何其苟簡蒼白！

貞元二十一年四月，冊廣陵王純為皇太子；七月乙未，權勾當軍國政事（監國）；八月丁酉，順宗內禪，憲宗即皇帝位，王寅，下詔貶王伾開州司馬，貶叔文渝州司戶（隔年賜叔文死）；九月己卯，貶韓泰、韓曄、柳宗元、劉禹錫為遠州刺史，柳得邵州，劉得連州；十一月壬申，貶韋執誼為崖州司馬。朝議謂叔文之黨貶之太輕，韓泰、韓曄及劉、柳再貶為遠州司馬，當時不在朝中的陳諫、凌准、程異亦貶遠州司馬。其中，柳得永州，劉得朗州，時號為「八司馬」。對八司馬，「憲宗欲終斥不復，乃詔雖後更赦令不得原」（《舊唐書‧劉禹錫傳》）。王叔文賜死貶所，王伾、韋執誼不久病死。總之，以二王、韋執誼為首的順宗東宮一黨，無論從政治上、精神上還是肉體上，算是徹底垮了。

仔細考察王、韋一黨之作為，其迅速垮掉的原因之二是：將執政寄託在一位病入膏肓的皇帝身上即大錯。順宗即位前（貞元二十年九月）即「風病，不能言」（《舊唐書‧順宗紀》），亦即通常說的腦中風，無法說話。《順宗實錄》卷四：「上自初即位，則患疾不能言。至四月，益甚，時扶坐殿，群臣望拜而已，未嘗有進見者。」王韋集團決事的方式是：「叔文入至翰林，伾入至柿林院，見李忠言、牛昭容計事。大抵叔文依伾，伾依忠言，忠言依牛昭容，轉相交結。每事先下翰林，使叔文可否，然後宣於中書，韋執誼承而行之。」（《資治通鑑》卷二三六）順宗的失言表示封建國家的中樞停滯，也使叔文、執誼企圖長期執行「新政」失去依賴的可能性。原因之三是：反對立太子、反對太子監國，將自己置於與新帝對立面地位，更是大錯特錯。因為順宗病風不能語，立太子、使太子監國即成為迫在眉睫的大事，也是維持封建國家基本秩序的必然之舉。不能因為首先上表請皇太子監國的是幾個方鎮❸，不能因為最先提出立廣陵王純為太子的是幾個宦官❹，就否定在當時情況下立太子、太子監國的重要性。廣陵王純（即位後為憲宗）為嫡為長，立為太子既符合輿情，亦合封建倫常。純當時二十八歲，政治上業已成熟，有作為，即位後以「剛明果斷」稱，在位十五年，「慨然發奮，能用忠謀，不惑群議」（《新唐書・憲宗紀》），號為「元和中興」。憲宗的英明有為是讓後來的劉、柳感到難堪的事，讓他們曉得自己當年合力擁戴病體沉綿的順宗是多麼的不值得；而王、韋在立太子、太子監國等重大舉措中，皆另有別圖，站在憲宗的對立面。後來鑄成王叔文殺身之禍，劉、柳等「八司馬」遠貶，縱逢恩赦亦不得復用的原因，皆緣於此。《唐會要》卷八〇「朝臣復謚」載李巽（時任兵部侍郎）之言曰：「當先朝之日，上體不平，奸臣王叔文擅權作朋，將害於國。」李肇（貞元進士，長慶時為左司郎中）《唐國史補》卷中云：「順宗風噤不言，太子未立，牛美人有異志。」朝政安危，到了千鈞一髮之際。《新唐書・鄭絪傳》：「順宗病，不得語。王叔文與牛美人用事，權震中外，憚廣陵王雄睿，欲危之。帝召絪草立太子詔，絪不請輒書曰『立嫡以長』。跪白之，帝頷乃定。」自是唐王室始獲安定。所以憲宗一即位，即著

❸《順宗實錄》卷四：「癸丑，韋皐上表請皇太子監國，又上皇太子牋。尋而裴均、嚴綬表繼至，悉與皐同。」韋皐為劍南西川節度使，裴均為荊南節度使，嚴綬為河東節度使。

❹《順宗實錄》同卷：「乙未，詔：『軍國政事，易權令皇太子某勾當。百辟群后，中外庶僚，悉心輔翼，以抵於理。宣佈朕意，咸使知聞。』上自初即位，則疾患不能言，至四月，益甚……天下事皆專斷於叔文，而李忠言、王伾為之內主，執誼行之於外。（叔文等）朋黨喧嘩，榮辱進退，生於造次，惟其所欲，不拘程度。既知內外厭毒，慮見摧敗，即謀兵權，欲以自固，而人情益疑懼，不測其所為，朝夕伺候。會其與執誼交惡，心腹內離，外有韋皐、裴均、嚴綬等牋表，而中官劉光琦、俱文珍、薛盈珍、尚解玉等皆先朝任使舊人，同心怨猜，屢以啟上。」

手處分王、韋等：「八司馬」相繼被貶，且制書有「逢恩不原」之令；王叔文被貶並被賜死。他們的獲罪應皆與反對憲宗有關。在唐代律令中，這是可以以「謀逆」論處的。原因之四是：王韋集團力單勢薄，在朝廷遠沒有形成堅實力量，亦缺乏輿論支持，與多數朝官形成脫離、對立局面。據《新唐書・宰相年表》，順宗時期的宰相有杜佑、高郢、鄭珣瑜、鄭餘慶、韋執誼、袁滋等，在同列中，韋執誼不但孤立無援，且樹敵甚多。韋執誼為杜黃裳子婿，翁婿同朝，但杜黃裳在立太子、太子監國的立場上，即與執誼不同❺。翰林學士鄭絪、衛次公、王涯等亦不與王、韋等同心。朝官中，除宰相、翰林學士外，尚書省六部尚書、侍郎，御史臺御史大夫、中丞，以及卿監百司的長官，皆是大員，而未聞何人與王、韋為政治同盟。王、韋此前羅致了一批新銳，當王、韋掌朝政時，李景儉在洛陽居喪，陸質已卒，呂溫使吐蕃未歸，陳諫為河中少尹，不在京，程異為鹽鐵揚子院留後，不在京。在京者，唯柳宗元、劉禹錫、韓泰與韓曄。其位僅為郎中、員外郎，屬中下層官員，雖皆稱幹才，驟參國事，易引起百僚非議，適得其反。原因之五：王、韋由合而分，最後徹底決裂。王叔文一意孤行，迫公議，韋執誼或已預見到一切順從王叔文，自己將陷於覆亡之路，故在諸多施政問題上與叔文有意異同，表示與叔文切割，保持距離，終成仇怨。叔文母死，「伾日詣中人並杜佑請起叔文為相，且總北軍（即神策軍）。既不得，請以威遠軍（亦禁軍）使平章事，又不得。其黨皆憂悸不自保」（《順宗實錄》卷四）。至山窮水盡地步，叔文還欲總攬軍、財、政大權以自保，其自不量力與權力欲望，都達到頂點。事終不成，叔文歸第，伾無所作為，遂佯狂稱中風，輿歸，不出。王、韋黨人自叔文居喪（貞元二十一年六月），可以說已經垮了。

如上所說，王、韋黨核心人物（二王、韋）的個人品行都談不到高尚，甚至相當低下。王伾、韋執

❺《舊唐書・杜黃裳傳》：「杜黃裳……為裴延齡所惡，十年不遷。貞元末，為太常卿。黃裳終不造其門。嘗語其子婿韋執誼，令率百官請皇太子監國，執誼遽曰：『丈人才得一官，可復開口議禁中事耶？』黃裳勃然曰：『黃裳受恩三朝，豈可以一官見買！』即拂衣而出。」

誼不必說了，即如劉、柳特加讚賞的王叔文，時有深謀，亦時有跋扈之氣，然一旦臨小利害，即卑卑無足道。兩《唐書》〈王叔文傳〉俱載其母死前一日，王叔文以五十人擔酒饌入翰林宴宦官李忠言、劉光琦、俱文珍及諸學士等請諒解；母已死，叔文匿而不報，託王伾代謀起復。這在封建社會皆屬為人不齒、大逆不道之事。如此「革新派」，如此「新政」集團，焉有不敗之理？

《新唐書》編者在王叔文、韋執誼等傳後史臣有贊曰：「叔文沾沾小人，竊天下柄，與陽虎取大弓，《春秋》書為盜無以異。」「沾沾小人」即小人得志；陽虎即《論語》中的陽貨，名虎，字貨，春秋時魯國大夫季氏家臣。季氏掌魯國朝政，而陽貨又掌季氏家政。「大弓」喻國之重寶。史臣以陽虎擬叔文，還是很恰當的。

(四) 劉禹錫、柳宗元與王韋集團及「王韋新政」的關係

王、韋、尤其是王叔文，對劉、柳特加賞識，劉、柳對王叔文的才能也有很高評價。這是雙方關係的第一層。《舊唐書．劉禹錫傳》：「王叔文於東宮用事，後輩務進，多附麗之。禹錫尤為叔文知獎，以宰相器待之。順宗即位……叔文引禹錫及柳宗元入禁中，與之圖議，言無不從。」〈柳宗元傳〉：「順宗即位，韋執誼用事，尤奇待宗元。與監察御史呂溫密引禁中，與之圖事……叔文欲大用之。」劉禹錫〈子劉子自傳〉對王叔文有讚譽之詞，前已引過❻；柳宗元〈河間劉氏志文〉：「叔文堅明直諒，有文武之用……嗣皇承大位，公居禁中，訏謨定命，有扶翼經緯之績。」

❻《舊唐書．劉禹錫傳》又稱禹錫為監察御史時「與吏部郎中韋執誼相善」。柳文中未嘗提及執誼，劉僅在〈子劉子自傳〉中說到叔文「後命終死」後補了一句「宰相貶崖州」。究其原因，或與執誼在執政後期有意與叔文「異同」、以示切割，引起宗元與禹錫的不滿。然禹錫長慶間為夔州刺史時，執誼子韋絢以故人之子的身份由襄陽往夔州訪禹錫，問前朝故事，成《劉公嘉話錄》一書。劉禹錫與韋執誼關係，頗堪耐人尋味。

王叔文對劉、柳的才幹極表欣賞，執政之初，即「超拔」劉、柳，引入樞密重用，劉、柳因對王叔文的超拔心存感激而奮力前行，竭其所能協助王、韋執政，並表現得相當強勢，這是雙方關係的第二層。《舊唐書・劉禹錫傳》：「（禹錫）頗怙威權，中傷端士。宗元素不悅武元衡，時武元衡為御史中丞，乃左授右庶子。侍御史竇群奏參禹錫挾邪亂政，不宜在朝，群即日罷官……既任喜怒凌人，京師人士不敢指名，道路以目，時號二王、劉、柳。」當王、韋執政之初，劉、柳的奮力而行，原因在於自信是忠君為國的正義事業，個人事功寄託於此，自然也兼有報答王、韋「知遇」之恩的意思。劉禹錫〈上杜司徒書〉云：「小人受性顓蒙，涉道未至，末學見淺，少年氣粗，常謂盡誠可以絕嫌猜，徇公可以弭讒愬，謂慎獨防微為近隘，謂艱貞用晦為廢忠。」與柳宗元〈寄許京兆孟容書〉所說「宗元早歲，與負罪者親善。始奇其能，謂可以共立仁義，裨教化」（《柳河東集》卷三〇）同義。但當是時，劉、柳難免有少年得志、浮躁輕狂之處，得罪同列甚至引起他人嫉恨亦在所難免。柳宗元在〈寄許京兆孟容書〉說自己「素貧賤，暴起領事」，在〈與蕭翰林俛書〉（《柳河東集》同卷）中說「僕當時年三十三，甚少，自御史裏行得禮部員外郎，超取顯美」，即是此意，都可以見出柳、劉在王、韋執政之初年少氣盛、踔厲風發情狀。禹錫貶後有致昔日上司杜佑書，傾訴委曲，求杜佑施援，然禹錫似乎一直未得到杜佑諒解。

對待與王、韋的關係，劉、柳在貶遠州司馬之後，有所不同。柳宗元對自己貞元末的政治作為有較為深刻的反省，而劉禹錫則堅持立場到底。這是劉、柳與王、韋雙方關係的第三層。柳宗元初抵貶地永州，有〈寄許京兆〉、〈與蕭翰林〉二書，在〈寄許京兆〉書中承認自己「年少氣銳，不識幾微，不知當否，但欲一心直遂，果陷刑法，皆自所求取得之。」「不識幾微，不知當否」，其意就是未能及時判斷出順、憲二帝朝代換易之際政治暗流的方向，也未能就朝廷官員的輿論倒向大勢做出判斷，從而對自己的政治前途做出正確抉擇，只是一味地跟隨王、韋一路走下去。宗元同時還有〈答問〉（《柳河東集》卷一五）一篇，借答客人問對自己貞元末的作為有類似表白：「僕少當學問，不根師說，心信古書，以為凡事皆易，不折之以當世急務，徒知開口而言，閉目而息，挺而行，躓而伏……衡羅陷穽，不知顛踣，愚惷狂悖。」宗元又有〈懲咎賦〉，云：「懲咎愆以本始兮，孰非余心之所求……苟余齒之有懲兮，蹈前烈而不頗。」《新唐書》本傳錄此賦，評云：「宗元不得召，內憫悼，悔念往昔，作賦自儆。」大凡人對自己昔日的立場、行為總有一個最合適的理由。貶永州後，於冷靜中乃有深刻反省，從早年的立場退後一步，負疚、自責，每以「負罪人」自居，這對宗元來說極不容易。禹錫則與宗元不同。〈子劉子自傳〉作於會昌二年禹錫七十一歲時，幾乎是絕筆，仍舊固守早年的立場，毫不退讓，這符合劉禹錫的性格。這很容易使人聯想到他元和、大和間兩為「玄都觀看花詩」譏刺朝廷權貴。元和十年禹錫初返長安，是裴度等為其「爭取」來的一個機會，當時朝廷重要大臣如韋貫之、裴度、李絳、權德輿、崔群等皆傑出人才，且都與禹錫保持良好關係。禹錫寫「玄都觀看花詩」，不過在情緒上完成了洩憤的需要而已，書生意氣太重而政治家涵養不足，結果不但喪失了自己夢寐以求的從政機會，且連累了柳宗元、韓曄、韓泰等摯友。十三年之後，即大和二年，禹錫入長安為主客郎中，再賦「玄都觀看花詩」。今之人對禹錫兩賦「玄都看花詩」，如桴鼓之相應，甚為津津樂道，其實就禹錫政治前途講，實無此必要。《舊唐書・劉禹錫傳》：「元和十年，自武陵召還，宰相復欲置之郎署。時禹錫作〈遊玄都觀詠看花君子詩〉，語涉譏刺，執政不悅，復出為播州刺史……大和二年，自和州刺史徵還，拜主客郎中。禹錫銜前事未已，復作〈遊玄都觀詩〉，序曰……其前篇有『玄都觀裏桃千樹，總是劉郎去後栽』之句，後篇有『種桃道士今何在，前度劉郎又到來』之句，人嘉其才而薄其行。禹錫甚怒武元衡、李逢吉，而裴度稍知之。大和中，度在中書，欲令知制誥，執政又聞詩序，滋不悅……終以恃才褊心，不得久處朝列。」裴度為禹錫安排的知制誥距中書舍人一步之遙，是天下文士最嚮往的職位；至中書舍人，再進一步至侍郎、尚書甚至更高，也就不遠了。故再賦「看花詩」，又斷送了禹錫難得的仕進機會。

(五) 晚年劉禹錫的政治處境及其未了之心結

《舊唐書・劉禹錫傳》云：「(禹錫) 雖名位不達，公卿大僚多與之交。」自開成元年禹錫以太子賓客分司東都後，他除與白居易、元稹詩歌酬唱不止外，與裴度、令狐楚、牛僧孺、李德裕之間的詩歌唱和亦甚多。其他詩歌往還者，幾乎遍及朝廷大僚。其中裴度為三朝元老，牛僧孺、李德裕為「牛李黨」雙方的核心人物，令狐楚、白居易也屬牛黨，而禹錫與他們皆能保持「等距離」交往，說明晚年的禹錫已與昔日「書生意氣」甚濃的自己大有不同。這就有一個問題：既然「玄都觀看花詩」已經成為過去，禹錫與朝中大僚業已普遍建立了密切關係，所謂「終以恃才褊心」，使禹錫「不得久處朝列」的「執政者」是誰呢？難道裴度、牛僧孺、令狐楚、李德裕還算不得朝廷首輔嗎？很令人費解。不外乎一種解釋：儘管裴、牛、李、令狐輩與禹錫詩歌唱酬的態度皆很誠懇，但他們未始不懷著對禹錫昔日兩賦「玄都觀看花詩」的忌憚，而不能傾力向皇帝推舉。憲宗雖已故去，憲宗子穆宗繼為皇帝，嗣後的敬宗、文宗、武宗皆穆宗子。當順宗疾病、禁中議立太子時，宦官李忠言、牛昭容與叔文等另有他圖。所謂「另有他圖」，就是不立憲宗而另立憲宗異母弟如郯王經、宋王結、郇王綜、衡王絢等，他們的年齡與憲宗相差無幾。儲君之爭非常激烈。最終李忠言的對立面俱文珍、劉光琦等與朝官鄭絪等聯手，挫敗了李忠言與叔文的聯合，立憲宗為太子並最終即位為皇帝。憲宗及穆宗之後的幾任皇帝自然不會忘記昔日曾反對過憲宗的王韋集團及其餘黨。

貞元末，王韋政治集團迅速集結，又轉瞬敗亡，原不足惜，可惜的是集團中如劉、柳那樣的才幹傑出的新銳之士，因陷於王、韋一黨而釀成終生之恨。劉、柳等一輩人俱成長於動亂中，有抱負，有志向，有才學，因急於追求個人事功、不識幾微而導致個人仕途嚴重受挫。《新唐書》史臣在譏諷王叔文為「沾沾小人」後，繼而針對劉、柳發感歎道：「宗元等橈節從之，僥倖一時……彼若不傅匪人，自勵材猷，不失為名卿才大夫，惜哉！」北宋王安石〈讀柳宗元傳〉（《臨川文集》卷七一）亦云：「余觀八司馬，皆天下之奇才也，一為叔文所誘，遂陷入於不義。」蘇軾〈續歐陽子朋黨論〉有云：「唐劉禹錫、柳宗元，使不陷於叔文之黨，其高才絕學，亦足以為唐名臣矣！」（《東坡文集》卷四四）與《新唐書》史臣的言論同。韓愈在〈柳子厚墓誌銘〉最後婉曲地對柳宗元遭遇的不幸，以及不幸中的大幸、即成就了他文學上的巨大成就，表示了他一貫的「文窮而後工」的看法：「然子厚斥不久，窮不極，雖有出於人，其文學辭章必不能自力，以致必傳於後如今無疑也。雖使子厚得所願，為將相於一時，以彼易此，孰得孰失，必有能辨之者。」拿來概括劉禹錫的一生，大體亦是如此。所不同者，是柳宗元貶永州後即健康急劇惡化，終於沒能熬出頭，元和十四年卒，年僅四十七歲。劉禹錫不但熬過了憲宗，熬過了穆宗、敬宗、文宗，一直熬到武宗會昌。會昌元年，禹錫七十歲，有〈歲夜詠懷〉詩，云：「彌年不得意，新歲又如何？念昔同遊者，而今有幾多？以閑為自在，將壽補蹉跎。春色無情故，幽居亦見過。」「將壽補蹉跎」是禹錫面對現實極無奈又自我慰藉的話。大和七年，禹錫六十二歲，在蘇州刺史任，朝廷賜紫金魚帶。這是對州刺史一級官員極高的待遇。開成五年，禹錫六十九歲，任秘書監，從三品，雖然分司東都，職位卻不低；次年，即會昌元年，加檢校禮部尚書，兼太子賓客。禹錫的職銜不可謂不顯赫，但禹錫的生命也走到盡頭了。他終於沒能在自己年富力強時建大功業，沒能抵達王叔文「以宰相待之」的預期。大和以後，禹錫與令狐楚、裴度、牛僧孺、李德裕等大僚們詩歌往還很多，幾乎每一首詩裏都潛藏著他殷殷的期盼。如他寫給裴度的詩：「謝公莫道東山去，待取陰成滿鳳池。」（〈廟庭偃松詩・并引〉）寫給令狐楚的詩：「邊庭自此無烽火，擁節還來坐紫微。」（〈和白侍郎送令狐相公鎮太原〉）寫給牛僧孺的詩：「猶有登朝舊冠冕，待公三入拂埃塵。」（〈酬淮南牛相公述舊見貽〉）寫給李德裕的詩：「自古相門還出相，如今人望在巖廊。」（〈送李尚書鎮滑州〉）在在都有個人的訴求。文學與事功，是古代士人人生追求的兩個方面，然有時不可得兼。孰為輕，孰為重，韓愈說「必有能辨之者」，後世人或者能辨，而對劉、柳來說，則未必能辨。尤其劉禹錫，在他人生價值的衡器上，事功或者佔的分量要更重一些。會昌元年，禹錫七十歲，朝廷在秘書監頭銜之上再加檢校禮部尚書。檢校禮部尚書是虛銜，與死後贈官無異，對禹錫來說恐怕連心理安慰也談不上。讀其詩文，原其情懷，良可哀也矣！

二、關於劉禹錫的詩文創作

以下論及劉禹錫的詩文創作。以其生平為經，以其詩文創作為緯，經緯交織。又以詩歌為主，文次之。

(一) 貶謫時期的諷喻詩

禹錫一生，也可以分為三個階段：早年為官階段、中年貶謫階段和晚歲兩京為官階段。禹錫〈劉氏集略說〉嘗云：「始余為童兒，居江湖間，喜與屬詞者遊，謬以為可教。視長者所行止，必操觚從之。」所說的「長者」指權德輿、詩僧靈澈，又見禹錫〈獻權舍人書〉、〈澈上人文集紀〉。但今天所見禹錫所為詩文，最早的一首詩是〈華山歌〉，作於貞元八年入京應進士試途經華山時，其後就是〈省試風光草際浮〉了，並無「童兒」少作。應為晚年禹錫編集時盡行刪汰。貞元八至二十一年貶朗州前十餘年間，禹錫的詩可以編入此一段者，不過四十餘首，其間大量詩作，大約也遭刪汰。貞元詩，總的來說，禹錫的詩歌創作，還未顯示出自己的特色面目，可不予論。

中年貶謫階段（永貞元年貶朗州，移刺連州、夔州、和州）前後歷二十三年。按禹錫的說法是「二十三年棄置身」（〈酬樂天揚州初逢席上見贈〉）。禹錫晚年〈劉氏集略說〉嘗自云：「及謫於沅湘間，為江山風物之所蕩，往往指事成歌詩，或讀書有所感，輒立評議。窮愁著書，古儒者之大同，非高冠長劍之比耳。」宏觀地把握禹錫貶謫期的詩文創作，須先瞭解禹錫貶謫時期的心理。禹錫貶謫時期的心理，可以說一直處在矛盾中：一方面是對昔日立場的堅守，不低頭，不認錯（元和十年返京作「玄都觀看花詩」可以說是禹錫堅守昔日立場的極致），故屢有譏時刺世的詩文；另外，被棄置的境遇與急於參與社會政治的急迫心情交匯在一起，故禹錫在堅守昔日立場的同時，又未嘗不混雜悔咎自責的心情。

禹錫一組樂府形式的寓言體詩歌，如〈聚蚊謠〉、〈百舌吟〉、〈飛鳶操〉、〈秋螢引〉、〈鶗鴂吟〉、〈昏鏡詞〉等，可以視作他固守昔日立場、托諷禽鳥、寄詞蚊螢，對上層統治階級持批判態度的代表作❼。元和元年夏，朝廷有〈改元元和赦文〉，禹錫聽從韓愈的勸說，為〈上杜司徒書〉，向昔日幕主杜佑陳述其委屈，希望得到杜佑的援助：「乞恩於指顧之間，為惠有生成之重」。〈上杜司徒書〉以韓非〈說難〉、〈孤憤〉處境喻己，語及貞元末自己的作為，有所悔咎：「小人受性顓蒙，涉道未至，末學見淺，少年氣粗……」，但多數文字，則是陳述個人的被誤解、被離間，希望得到杜佑的理解。然而，對禹錫的上書，杜佑寂無回應；至八月，憲宗詔：「左降官韋執誼……等八人，縱逢恩赦，不在量移之限。」王叔文之賜死，大約也在此時。這對禹錫是極大打擊。絕望悲憤之際，禹錫乃為此一組寓言詩以泄其憤，可能性較大，語氣也與〈上杜司徒書〉大不相同，如〈聚蚊謠〉：

沉沉夏夜蘭堂開，飛蚊伺暗聲如雷。嘈然欻起初駭聽，殷殷若自南山來。喧騰鼓舞喜昏黑，昧者不分聰者惑。露花滴瀝月上天，利觜迎人著不得。我軀七尺爾如芒，我孤爾眾能我傷。天生有時不可遏，為爾設幄潛匡床。清商一來秋日曉，羞爾微形飼丹鳥。

❼ 多數禹錫評傳及禹錫詩歌編年，都將這幾首詩編在貞元末王叔文執政行將失敗時，是禹錫對朝廷「保守派」的譏諷和反擊。不過我以為將這幾首詩編在元和元年禹錫貶朗州時期較為合適。這一組詩雖是寓言體，但嘲諷相當露骨，當王叔文執政行將失敗時，千夫所指，禹錫恐不至於為此一組詩招致物議。

其對群小（「聚蚊」）「利觜迎人」、惡毒嘴臉的描述，對「清商一來」、「微形飼丹鳥」的期盼，略無掩飾，說明禹錫為此詩時其憎恨的情緒已難以抑制，其個性在詩中有充分表露。其他〈百舌吟〉、〈飛鳶操〉、〈摩鏡篇〉等亦如此，托諷幽遠，寓意深切。元和初，李紳、元稹、白居易有〈新題樂府〉之作❽，禹錫受其影響，由此可以大致推出禹錫此組寓言詩創作的時間。不過禹錫的寓言詩不同於元、白。例如白〈新樂府〉中有〈黑潭龍〉、〈秦吉了〉等，題下分別注云「疾貪吏也」、「哀冤民也」，以禽、鳥喻人，皆是泛指，如龍指普天下之貪吏，秦吉了指朝廷言官。禹錫的寓言詩則是「專指」——即他意中那些憑藉阿諛奉承得寵的佞人（〈百舌吟〉）、陰險狡詐專在暗中播弄是非利嘴傷人的小人（〈聚蚊謠〉）、不知其醜反而忌憚明鏡的陋者（〈昏鏡詞〉），以及玩弄權術品行委瑣的當權者（〈飛鳶操〉）。故白詩反映社會問題深刻而劉詩「針對性」強。禹錫這一組詩都帶有「吟」、「謠」、「操」一類歌行體的標誌，從這個意義講，似更接近杜甫的寓言類詠物詩，如杜甫的〈朱鳳行〉：「君不見瀟湘之山衡山高，山巔朱鳳聲嗷嗷。側身長顧求其曹，翅垂口噤心勞勞。下湣百鳥在羅網，黃雀最小猶難逃。願分朱實及螻蟻，盡使鴟梟相怒號。」仇兆鰲云：「〈朱鳳行〉，自傷孤棲失志也。師氏云：鳳喻君子……朱鳳求曹，呼引同志也。翅垂口噤，欲言不敢也。百鳥羅網，民困誅求也。黃雀難逃，無一得所也。願分螻蟻，愛物之意無窮。鴟梟怒號，欲去小人之為害者。」（《杜詩詳注》卷二三）由於禹錫積久處於沅湘間，抑鬱不樂，將個人貞元間政治經歷化而為詩，皆實有所指，不但諷刺老辣深刻，且不失其格調之含蘊深邃，故能在老杜處一變，與同時之元、白、張、王亦具不同面貌。這些詩，有人將其歸之於樂府，但嚴格講還是歌行體，內容上則可以歸於諷喻詩。

這一組詩是禹錫貶謫期間堅守其貞元末政治立場的證明。禹錫文中，如〈因論七篇〉、〈華佗論〉

❽ 元和初，李紳為〈樂府新題二十首〉，元稹擇和其中十二首，成〈和李校書新題樂府十二首〉，白居易又擴充至五十首，名為〈新樂府〉，其序云：「元和四年為左拾遺時作。」

等，皆是對社會現實的批判。〈華佗論〉以華佗為曹操所殺，譏刺「懲暴者之輕殺」，反諷憲宗殺叔文；長篇五言排律〈武陵書懷〉詩及詩前的「引」，均提及三國人常林《義陵記》所載項籍殺義帝、高祖更名武陵為義陵事，極容易讓人聯想到元和元年順宗在宮中不明不白的死⑨。悔咎和飾非心理也幾乎伴隨禹錫終生，如元和十年刺連州、大和六年刺蘇州所為〈謝上表〉，均違心地稱叔文為「權臣」⑩。因為長期被棄置而又急於參與社會政治的心理，尤其混雜在他整個貶謫期間。反映他急於參與社會政治迫切心情的詩，可以元和十二年冬作於連州的〈平蔡州三首〉為例。安史亂後，困擾唐政府最大的事端，就是藩鎮割據。憲宗即位後，屢屢對抗拒朝廷的藩鎮有大動作，元和十二年平定蔡州叛亂，在整個中晚唐都難得一見，故後世對憲宗一朝有「中興」之譽。遠在連州的禹錫由衷地為朝廷取得平叛戰爭勝利感到高興。〈平蔡州三首〉其二有句云：「忽驚元和十二載，重見天寶承平時。」蔡州一役，裴度以宰相兼彰義軍節度使立大功，友人韓愈以行軍司馬參與其中亦取大功勞，禹錫的由衷興奮則是自己不能參與的大遺憾⑪。另外，〈城西行〉寫蔡州吳元濟京城授首，〈平齊行〉寫元和十四年反叛的淄青平盧節度使李師道授首、河南道淄青等十二州皆平，禹錫心情與〈平蔡州〉同。裴度大軍征淮蔡自京師東門出發時，詩人王建寫〈東征行〉表達其興奮心情，然禹錫與王建不同。王建是詩人，而禹錫在詩人之外還多了一層參與心理，是政治家。

然而號為「宣王中興」的元和政治卻又是如此複雜且令禹錫等失望：號稱「英主」的憲宗所任宰相

---

⑨ 關於順宗的死，今人陳寅恪、章士釗、卞孝萱等均認為是憲宗或宦官所殺。見陳氏《唐代政治史述論稿》、章氏《柳文指要》上〈體要之部〉卷三一、卞氏《劉禹錫評傳》第四章〈貶謫時期〉。

⑩ 禹錫〈謝上連州刺史表〉：「陛下飛龍之日……權臣奏用，蓋聞虛名，實非曲求，可以覆視。」〈蘇州謝上表〉：「永貞之初，權臣領務，遂奏錄用，蓋聞虛名。」

⑪ 當時在柳州的柳宗元亦有〈平淮夷雅二首〉之作，並有〈獻平淮夷雅表〉上奏憲宗。

皆稱一時之秀，而與劉禹錫、柳宗元同樣有文學才華、有遠大志向、有精幹吏才、有強烈參與意識的韓愈、元稹、白居易與劉、柳一樣，在元和時期均不得志，陸續遭貶或排擠。有研究者將韓、元、白、劉、柳稱作「元和五大貶謫詩人」⓬，原因即在於他們不是普通的儒者或一般意義的詩人，與同時詩人如孟郊、張籍、王建不同，與稍後的賈島、李賀更不同。他們皆是一代之英才，而時局似乎是在召喚著英才，又同時在埋沒並棄置著英才。貶謫時期的禹錫，其紛亂矛盾的心態即是如此。

(二) 貶謫時期的民俗詩、詠古詩及仿民歌體詩

《舊唐書．劉禹錫傳》：「禹錫在朗州十年，唯以文章吟詠，陶冶情性。」禹錫因「為江山風物之所蕩」而致力於詩文寫作，是他在「事功」實現無望之後在文學創作方面的自我補救，也可以看做是禹錫借詩歌創作對長期困擾自己的被棄置境遇與憤怨心情的擺脫與消解。清人吳喬《圍爐詩話》卷三引賀裳語曰：「夢得佳詩，多在朗、連、夔、蘇時。」朗、連、夔時期確為禹錫詩文創作的成熟期（禹錫刺蘇州已在大和六年，另作別論）。禹錫在朗、連、夔的「佳詩」甚多，前所引〈聚蚊謠〉等諷喻詩，亦屬佳詩之列。另外，從題材及詩歌藝術而言，禹錫此期創作的反映異地民俗的詩，詠古詩以及仿效屈原學習當地民歌所作的〈竹枝詞〉等，尤其是「佳詩」。

禹錫反映遠州僻壤民眾生活、民風習俗的詩很多。如作於朗州的〈采菱行〉、〈踏歌詞〉、〈堤上行〉、〈競渡曲〉、〈蠻子歌〉，作於連州的〈插田歌〉、〈莫徭歌〉、〈連州臘日觀莫徭獵西山〉，作於夔州的〈畬田行〉等。朗、連、夔州唐時皆是少數民族聚居之處，其異於中原的自然風貌，異於中原的生活、勞動方式，帶給禹錫的不是傷感、不適，而是新奇，吸引了禹錫的目光，與韓愈貶陽山（屬連州）時對

⓬ 今人尚永亮有《貶謫文化與貶謫文學——以中唐元和五大詩人之貶及其創作為中心》之著作，蘭州大學出版社二〇〇四年版，可參看。

陽山的窮荒、野蠻、衣食住行全然不能適應不同⑬。處於沅湘的朗州，曾是屈原流放過的地方，此處的山水林木，皆曾出現在屈原辭賦裏。盛唐大詩人杜甫曾寓居夔州，有〈負薪行〉、〈最能行〉、〈夔州歌十絕句〉等反映夔州居民生活的詩。可以說，禹錫的朗州十年，夔州兩年，一直生活在屈原辭賦和杜甫詩歌的氛圍裏。對於僻遠如同異域的朗州，禹錫的心情在抑鬱、憤懣之外，還充滿了好奇甚至欣賞。如他寫於朗州的〈采菱行〉：

白馬湖平秋日光，紫菱如錦彩鴛翔。蕩舟游女滿中央，采菱不顧馬上郎。爭多逐勝紛相向，時轉蘭橈破輕浪。長鬟弱袂動參差，釵影釧文浮蕩漾。笑語哇咬顧晚暉，蓼花緣岸扣舷歸。歸來共到市橋步，野蔓繫船萍滿衣。家家竹樓臨廣陌，下有連檣多估客。攜觴薦芰夜經過，醉踏大堤相應歌。屈平祠下沅江水，月照寒波白煙起。一曲南音此地聞，長安北望三千里。

采菱女子鮮豔的服裝，勞作時歡聲笑語的場面，岸上觀望的「馬上郎」，夜深時「攜觴薦芰」的商賈，以及「醉踏大堤相應歌」的少男少女，在禹錫筆下得到靈活生動的體現。這只能是湖面遍佈、港汊交錯，並遠離中原、與中原文化迥然相異的朗州所能有。

再如他寫於連州的〈插田歌〉：

---

⑬ 韓愈貶陽山，雖然有親近自然的詩，但整個心理是抵觸的，對陽山的自然環境有諸多不適。如〈八月十五夜贈張功曹〉詩：「十生九死到官所，幽居默默如藏逃。下床畏蛇食畏藥，海氣濕蟄熏腥臊。」如〈送區冊序〉：「陽山，天下之窮處也……縣郭無居民，官無丞尉，夾江荒茅篁竹之間。小吏十餘家，皆鳥言夷面。始至，言語不通，畫地為字。」

岡頭花草齊，燕子東西飛。田塍望如線，白水光參差。農婦白紵裙，農父綠蓑衣。齊唱田中歌，嚶儜如〈竹枝〉。但聞怨響音，不辨俚語詞。時時一大笑，此必相嘲嗤。水平苗漠漠，煙火生墟落。黃犬往復還，赤雞鳴且啄。路旁誰家郎，烏帽衫袖長。自言上計吏，年初離帝鄉。田夫語計吏，君家儂定諳。一來長安道，眼大不相參。計吏笑致辭，長安真大處。省門高軻峨，儂入無度數。昨來補衛士，唯用筒竹布。君看二三年，我作官人去。

全詩用通俗的語言寫連州農民的插田（插秧）勞動、以及勞作時唱歌自娛等情景。詩開篇「岡頭花草齊，燕子東西飛」數句，有畫意，似陶淵明筆下的田園。田父勞作之間，來一計吏，與田父問答，詼諧而不乏善意的諷刺，如聞其聲，如見其貌。直採俚語入詩，俚得妙，且不覺其晦澀。沈德潛《唐詩別裁》卷三評曰：「前狀插田唱歌，如聞其聲；後狀計吏問答，如繪其形。」鍾惺《唐詩歸》評曰：「風土詩必身至其地，始知其妙，然使未至者讀之，茫然不曉何語，亦是口頭、筆下不能運用之過。」禹錫此詩的妙處在於即使讀者未「身至其地」，亦能感受並理解到它的「俚」，不致於「茫然不曉」。

作於朗州的〈競渡曲〉寫朗州五月龍舟競渡。競渡為唐時沅湘一帶風俗，禹錫此詩寫朗州競渡時，兩船競發，各不相讓，刺史官員親臨，州民觀者如堵，彩旗夾岸場面以及競渡後女妓水面演藝，歷歷在目。〈蠻子歌〉寫朗州五溪習俗。「蠻子」為舊時對南方少數民族帶有輕蔑、侮辱性的稱呼，《後漢書・南蠻傳》關於南蠻有所記載，謂其習俗「衣裳斑蘭，語言侏離，好入山壑，不樂平曠」，為禹錫此詩所本。然禹錫此詩只是客觀地寫朗州山民「鉤輈」的蠻語，「斑爛」的蠻衣，以及他們「熏狸掘沙鼠」、「腰斧上高山」的生活習性，毫無輕蔑之意。元和間作於連州的〈莫傜歌〉與〈蠻子歌〉同。莫傜為瑤族古稱。《隋書・地理志下》：「長沙郡又雜有夷蜒，名曰莫傜，自云：『其先祖有功，常免傜役，故以為名。其男子但著白布褌衫，更無巾袴；其女子青布衫，斑布裙，通無鞋屩。婚嫁用鐵鈷鉧為聘財。』」〈畬田行〉寫夔州一帶流傳數千年的刀耕火種習俗。此詩既可以看作民俗詩，亦可以視作奇觀詩：火光燭天，紅焰如霞，遠望山頭的大火，在漆黑的夜晚如星如月，風聲、燃燒時竹木的爆裂聲使得禽獸驚走。影響禹錫寫這些詩有兩人：一為杜甫。大曆初年，杜甫在夔州久住，漸漸熟悉當地習俗，有對夔州民俗的描寫，如〈負薪行〉，寫夔州婦女遭喪亂嫁不售以及「土風坐男使女立，應當門戶女出入」的落後習俗；如〈最能行〉，寫「峽中丈夫絕輕死，少在公門多在水」、不習詩書而長隨商旅的民俗；其〈夔州歌十絕句〉對夔州民俗也有描寫。杜甫的〈秋日夔府詠懷奉寄鄭監李賓客〉詩也寫到夔州燒山耕地的習慣，仇兆鰲注引《農書》：「荊楚多畬田。先縱火熂爐，侯經雨下種，歷三歲土脈竭，復熂旁山。熂，燹火燎草，爐火燒山界也。」禹錫此詩對《農書》作了形象化的描述。影響禹錫為此類詩的另一人是白居易。禹錫的〈采菱行〉云「故賦之以俟采詩者」，〈插田歌‧引〉亦云「以俟采詩者」，與白居易《新樂府‧序》所謂「使采之者傳信也……可以播於樂章歌曲也」同。元和五年，貶在江陵的元稹寄詩禹錫，這是禹錫與元稹有詩歌往還之始；因元、劉交往，時為翰林學士的白居易寄禹錫詩一百篇，劉白詩歌酬答亦始於此。白居易所寄百首詩一定有其新近所為〈新樂府〉，禹錫受其影響，寫〈采菱行〉、〈插田歌〉等。但禹錫的這些民俗詩不同於白居易。白〈新樂府〉或更傾向於反映社會現實、揭露社會弊端，涉及政治、倫理、宗教、婦女、婚姻……諸多方面，功利性很強，有時甚至將樂府詩等同於奏章；禹錫詩或者較接近杜詩。禹錫沒有白居易那麼強的功利性，他只是客觀地反映朗、連、夔等地的民風、民俗。禹錫的民俗詩，開了唐詩新風貌。唐代詩人中尚未有如劉禹錫這樣在詩歌中全面、細緻地對荒裔遠州少數民族勞動、生活風貌描寫過。

禹錫的詠史懷古詩數量雖然不多，卻是他詩中思想最深刻、藝術最精湛的部分，在中唐也獨樹一幟。禹錫多數詠史懷古詩皆創作於他貶謫期間，但據內容、題材之不同，又可以分為前後兩期。前期寫於朗州十年，後期則寫於連、夔、和時期。前後期的不同與他本人境遇、心態發生的某些變化有關。朗州司馬是閒職，貶於蠻荒，居久不調，所以此期的詠史詩多借古跡抒發其無罪被貶的憤怒和久不得調的悲苦。元和十一年以後刺連州、夔州、和州，畢竟為一州長官，有許多公務要處理，憲宗元和後期的政局漸漸地發生著變化，長慶至寶曆時期，朝廷對王叔文黨人的懲處較前為鬆懈，夔州雖然仍舊僻遠，但卻處於交通要衝地位；和州臨大江，地理位置漸近中原，禹錫的心情較前有所不同，其詠史懷古詩就偏重於徵前代之興亡，對國家前途表示殷憂；或面對歷史遺跡，感歎時光流逝，斯人不再。前期的詠史懷古詩，如〈君山懷古〉詩：

屬車八十一，此地阻長風。千載威靈盡，赭山寒水中。

此詩是禹錫赴朗州阻風洞庭時所寫。千年前那位「威靈」盡顯的秦始皇早已不復存在，但他所造的孽——被伐光樹木的君山卻還留在人間。詩自然有所諷刺，也有所影射。〈荊州道懷古〉是元和十年赴京、貶授連州刺史赴任途中所作：

南國山川舊帝畿，宋臺梁館尚依稀。馬嘶古樹行人歇，麥秀空城澤雉飛。風吹落葉填宮井，火入荒陵化寶衣。徒使詞臣庾開府，咸陽終日苦思歸。

自楚、漢到南朝，荊州皆是歷史名城，昔日的臺館，而今僅依稀可辨而已，詩借懷古發抒權力和富貴皆不能恆久的感慨，以化解再次遭貶的痛楚。荊州的古跡和故實很多，此詩選擇的時代，僅局限於南朝梁元帝及後梁宣、明二帝那一段歷史。其所以如此，是為末聯庾信徒然的故國之思作鋪墊。詩人朗州十年，苦苦思念的是長安，然而到了長安，卻又被遠貶，十年之思也歸於徒然。這就與庾信的故國之思感情和結果接連在一起了。元和間所作的〈漢壽城春望〉、〈經伏波神祠〉等大率沿襲此種情緒。禹錫後期的詠史懷古詩，如〈經檀道濟故壘〉、〈金陵懷古〉、〈觀八陣圖〉、〈蜀先主廟〉、〈西塞山懷古〉等，個人的悲憤情緒減卻了，增加了故國憂思，其思想和藝術均超越了前期所作，達到了極高境界。如被認為是禹錫學習杜甫文心細密最見功力的〈西塞山懷古〉：

王濬樓船下益州，金陵王氣黯然收。千尋鐵鎖沉江底，一片降幡出石頭。人世幾回傷往事，山形依舊枕寒流。今逢四海為家日，故壘蕭蕭蘆荻秋。

這是禹錫長慶四年自夔州赴任和州，途中憑弔西塞山故壘時作。西塞山臨長江，山勢陡峭，自吳至晉，皆以為軍事防務要塞。詩因西塞山而詠古今興亡之事，寄寓深厚，感慨良深。「金陵王氣黯然收」一句如斷然判語，說明山川之險不足恃，分裂割據終究要歸於統一。詩人在「四海為家日」發出了「人世幾回傷往事」的喟歎，說明他固然瞭解分久必合的天下大勢，也未必不預感到合久必分的另一趨勢。當著中唐藩鎮割據的局面，與其說此詩表達了詩人對天下統一的歌頌，毋寧說更表達了詩人對時局的殷憂。此詩在剪裁上頗具功力，語言不經意而自工，懷古而慨今，正體現了禹錫詩人兼政治家的本色。薛雪《一瓢詩話》評此詩云：「似議非議，有論無論，著筆紙上，神來天際，氣魄法律，無不精到，洵是此老一生傑作，自然壓倒元、白。」因時代風氣，中唐詠懷古跡詩極多，而禹錫此首，何焯以為「氣勢筆力，匹敵〈黃鶴樓〉詩，千載絕作也」(《瀛奎律髓彙評》引)。

給禹錫的詠懷古跡詩帶來至上榮譽的，仍推他的七絕組詩〈金陵五題〉。如其中的〈石頭城〉、〈烏衣巷〉：

山圍故國周遭在，潮打空城寂寞回。淮水東邊舊時月，夜深還過女牆來。（〈石頭城〉）

朱雀橋邊野草花，烏衣巷口夕陽斜。舊時王謝堂前燕，飛入尋常百姓家。（〈烏衣巷〉）

石頭城原為戰國楚金陵邑治所，三國時孫權移治秣陵（今南京），改名石頭城。東晉時又加磚壘石，因山為城，因江為池，地形險要，為攻守金陵戰略要地。如今，因分裂、割據而營造石頭城的主人已經永遠逝去，城牆、潮水和舊時之月，都是曾經的歷史見證。詩人巨大的歷史興亡之感，全在「潮打空城寂寞回」一句，故白居易說「『潮打空城寂寞回』，吾知後之詩人不復措辭矣。」推此首為〈金陵五題〉第一，推「潮打空城寂寞回」一句為絕佳之句（禹錫〈金陵五題・并引〉）。清人沈德潛亦推此篇為唐人七絕壓卷，堪與李白「白帝」、王昌齡「奉帚平明」、王維「渭城」、王之渙「黃河遠上」等名家之作「接武」（《說詩晬語》卷上）。烏衣巷亦在金陵，東晉時王謝大族聚居於此。此首借烏衣巷今昔變遷發抒時世更迭之感。「野草花」、「夕陽斜」為作者的人事更迭之感作了暗示，而燕子出入烏衣巷尋常百姓家，則尤為感慨萬端。不盡之意，俱在文字以外。禹錫為此詩時在和州，並未親至金陵，只是隔江而望，全憑想像寫出。禹錫論詩，有「片言可以明百意，坐馳可以役萬里」（〈董氏武陵集紀〉）之語，此五首皆足以當之。

禹錫夔州時期學習屈原模仿與改造的民歌體詩〈竹枝詞〉，是他詩歌創作的一個高潮，也是他七言絕句藝術的一個高峰。〈竹枝詞〉共兩組，第一組九首，第二組二首，共十一首，與屈原〈九歌〉十一篇相合。第一組〈竹枝詞〉前有「引」，云：「四方之歌，異音而同樂……昔屈原居沅湘間，其民迎神，詞多鄙陋，乃為作〈九歌〉，到於今，荊楚鼓舞之。故余亦作〈竹枝詞〉九篇，俾善歌者颺之，附於末，後之聆巴歈，知變風之自焉。」屈原居沅湘時，仿當地迎神之曲寫〈九歌〉，「到於今，荊楚鼓舞之」。屈原〈九歌〉藝術生命持久力竟如此之強，給了禹錫創作〈竹枝詞〉以極大的推動力；在夔州，他聽到民間所唱〈竹枝〉，「雖傖儜不可分，而含思宛轉」，其婉轉的音樂魅力，也使他傾倒⓮。其實禹錫在朗州，就已經受到〈竹枝〉的影響，其〈踏歌詞〉、〈堤上行〉及〈插田歌〉均提到當地人唱〈竹枝〉⓯，而且〈踏歌詞〉、〈堤上行〉無論內容與形式都與〈竹枝〉無異。但是決心繼美屈原創作〈竹枝詞〉，則是在夔州時。禹錫的十一首〈竹枝詞〉，篇篇皆是佳作，有描寫男女愛情的：

山桃紅花滿上頭，蜀江春水拍山流。花紅易衰似郎意，水流無限似儂愁。
楊柳青青江水平，聞郎江上唱歌聲。東邊日出西邊雨，道是無晴還有晴。

有描繪夔州風土人情的：

兩岸山花似雪開，家家春酒滿銀盃。昭君坊中多女伴，永安宮外踏青來。
江上竹樓新雨晴，瀼西春水縠文生。橋東橋西好楊柳，人來人去唱歌行。
山上層層桃李花，雲間煙火是人家。銀釧金釵來負水，長刀短笠去燒畬。

也有以眼前事眼前景寄託感慨、富含人世哲理的：

城西門前灩澦堆，年年波浪不能摧。懊惱人心不如石，少時東去復西來。

⓮ 白居易〈憶夢得〉：「幾時紅燭下，聽唱〈竹枝〉歌？」白居易自注：「夢得能唱〈竹枝〉，聽者愁絕。」

⓯ 禹錫〈踏歌詞〉有云：「日暮江頭聞〈竹枝〉。」〈堤上行〉有云：「〈桃葉〉傳情〈竹枝〉怨。」〈插田歌〉有云：「嚶儜如〈竹枝〉。」

瞿唐嘈嘈十二灘，人言道路古來難。長恨人心不如水，等閑平地起波瀾。

明人陸時雍《唐詩鏡》總評禹錫〈竹枝詞〉曰：「俚而雅。」詩人為詩，雅不難，俚而雅則難。禹錫〈竹枝詞〉大量使用比興、諧聲、重疊回環等民歌常見的藝術手法，語言清新朗暢，詞采瑰麗，音節悠揚婉轉，達到禹錫絕句藝術的巔峰。宋黃庭堅晚年貶在宜州（今湖北宜昌），喜禹錫〈竹枝詞〉，嘗手書「瞿塘嘈嘈」一首，其〈山谷題跋〉云：「劉夢得〈竹枝〉九章，詞意高妙，元和間誠可獨步。道風俗而不俚，追古昔而不愧，比子美之〈夔州歌〉，所謂同工異曲也。昔東坡聞余吟第一篇，歎曰：『此奔軼絕塵，不可追也。』又曰：『劉夢得〈竹枝〉九篇，蓋詩人中工道人意中事者也。使白居易、張籍為之，未必能也。』」（《豫章黃先生文集》卷二六）《舊唐書．劉禹錫傳》：「禹錫在朗州十年，唯以文章吟詠，陶冶情性。蠻俗好巫，每淫祠鼓舞，必歌俚辭，禹錫或從事於其間，乃依騷人之作，為新辭，以教巫祝。故武陵溪洞間夷歌，率多禹錫之辭也。」⓰禹錫在夔州，還有〈紇那曲詞二首〉，與〈竹枝詞〉同工。長慶四年，禹錫轉刺和州，有〈別夔州官吏〉詩，有句云：「三年楚國巴城守，一去揚州揚子津……唯有〈九歌〉詞數首，里中留與賽蠻神。」說明禹錫對他的〈竹枝詞〉私心很喜愛。大和間，禹錫為蘇州刺史，作〈楊柳枝詞九首〉、〈浪淘沙九首〉，是和白居易所作。〈浪淘沙〉原是唐教坊曲名，禹錫之作，分詠黃河、洛水、長江、浙江等江河，或以氣勢見長，或以風情移人，或富於哲理，在禹錫〈竹枝詞〉之外，又呈一種面貌。其形式皆七言四句，其詞采之富贍、比興手法之運用，與〈竹枝詞〉悉同。從音樂從屬講，〈浪淘沙〉「屬南方水邊民歌」（任半塘《唐聲詩》下編〈格調〉第十三），而〈楊柳

⓰《新唐書．劉禹錫傳》：「禹錫……斥朗州司馬，州接夜郎諸夷，風俗陋甚，家喜巫鬼，每祠，歌〈竹枝〉，鼓吹裴回，其聲傖儜。禹錫謂屈原居沅湘間，作〈九歌〉，使楚人以迎送神，乃倚其聲，作〈竹枝〉十餘篇，於是武陵夷俚悉歌之。」與《舊唐書》均以禹錫〈竹枝〉之作在朗州，誤。

枝〉應是北方笛曲⓱。禹錫在〈竹枝詞〉之外，再創作〈浪淘沙〉、〈楊柳枝詞〉，應是他在音樂歌詞方面新嘗試，證明他比任何一位唐代詩人都更重視從民歌中吸取藝術營養，並以個人獨有的才情對民歌加以改造，形成華美、爽朗、細膩的風格，獨步於唐代。

禹錫貶謫期間的詩歌創作，應予留意的方面還很多，如他與友人唱酬贈答的詩、反映時世和個人遭際的感遇詩、山水詩、詠物詩等。因為篇幅，不一一論及了。

(三) 晚年的酬唱贈答詩

寶曆二年，禹錫罷和州；大和元年以主客郎中分司東都，是年禹錫五十六歲；會昌二年，禹錫七十一歲，病歿於洛陽。此十六年為禹錫晚年。十六年間，禹錫在京任主客郎中、禮部郎中兼集賢殿學士約三年；除蘇、汝、同州刺史，約四年。其餘八、九年，均以太子賓客或秘書監身份分司東都。據禹錫年譜、禹錫詩編年集，禹錫在此一段時間所為詩近四百首，詩題中有贈、答、酬、謝、寄、同、和等字樣者，在二百三十首以上，佔十之六。禹錫贈答酬謝寄同和的人物，既有一般同僚及友人如元稹、白居易、張籍、姚合等，也有朝中大僚如裴度、令狐楚、牛僧孺、李德裕等。禹錫晚年，嘗編與令狐楚唱和詩為《彭陽唱和集》，編與李德裕唱和詩為《吳蜀集》。禹錫與白居易唱和最多。大和間，白居易曾將其與劉禹錫唱和詩編成《劉白唱和集》，共收入二人唱和詩一百三十餘首。開成二年，禹錫再編與白居易唱和詩為《汝洛集》以續《劉白唱和集》。《舊唐書》本傳：「夢得嘗為〈西塞懷古〉、〈金陵五題〉等，江南文士稱為佳作。雖名位不達，公卿大僚多與之交。」「公卿大僚多與之交」與近世風行的明星崇拜心理有些近似，官員們有所作，即寄禹錫邀和，借此為自己增添名譽。至於如元、白、張、姚等詩友，

⓱ 李白〈春夜洛城聞笛〉：「今夜曲中聞〈折柳〉，誰人不起故鄉情？」又王之渙〈涼州詞〉：「羌笛何須怨楊柳，春風不度玉門關。」

但有詩寄贈，禹錫必和；如裴、令狐、李、牛等「大僚」，皆能詩，有所贈，亦須答。禹錫晚年大量的贈答應酬詩，就是這樣形成的。聞一多先生嘗言「唐人的生活是詩的生活」⓲；劉禹錫因其詩名大盛於江湘，一進入兩京，即「陷入」詩的網羅包圍中，應接不暇⓳。禹錫晚年最重要的詩友、或最重要的唱酬對象是白居易，有多重原因。第一，白居易最初的詩友是元稹，但元稹早卒，卒後劉、白唱酬又延續了十年的時間。第二，劉、白晚年多在洛陽。第三，白居易傾心佩服禹錫。第四，最重要的一點，是劉、白思想上契合。故認識禹錫晚年及其詩，研究劉、白關係是一個切入點。

元和五年，白居易給謫居朗州的劉禹錫寄詩一百首，禹錫寫〈翰林白二十二學士見寄詩一百篇因以答貺〉，這是劉、白最早的唱和。自此以後，劉、白寄贈酬答不斷。寶曆二年，禹錫罷和州，返洛陽，與病免蘇州的白居易相遇於揚州。這是劉、白最早的會面。白設宴款待禹錫，並於席上賦詩相贈，其末聯云：「亦知合被才名折，二十三年折太多。」禹錫答以〈酬樂天揚州初逢席上見贈〉詩：

> 巴山楚水淒涼地，二十三年棄置身。懷舊空吟聞笛賦，到鄉翻似爛柯人。沉舟側畔千帆過，病樹前頭萬木春。今日聽君歌一曲，暫憑杯酒長精神。

禹錫貶巴山楚水間二十三年，壯志不酬，而歲月蹉跎，故舊飄零，故詩中呈無限蒼涼悲憤、不勝遲速榮悴之感。答詩以極精煉的文字概括自己被貶的心情，「棄置」二字說得極沉痛。白居易云：「『沉舟側畔千帆過，病樹前頭萬木春』之句之類，真謂神妙，在在處處，應當有靈物護之。」（《白居易集》卷六九

⓲ 見鄭臨川《聞一多說唐詩》，重慶出版社一九八四年版。

⓳ 考察在朝詩人的詩與在野詩人的詩，一個最大的區別即在於此：在朝詩人的詩多奉和酬答詩，在野詩人的詩則較多感遇、抒懷或來自底層聲音的詩。

〈劉白唱和集解〉）又曰：「彭城劉夢得，詩豪者也，其鋒森然，少敢當者。」對禹錫詩極表讚賞。陳寅恪嘗言：「樂天深賞夢得詩之處，即樂天自覺其所作遜於劉詩之處……及大和五年微之卒後，樂天年已六十，其二十年前所欲改進其詩之辭繁言激之病者，並世詩人，從夢得求之。樂天之所以傾倒夢得至是者，實職是之故。」（《元白詩箋證稿》附論〈白樂天與劉夢得之詩〉）可謂獨具隻眼。劉、白詩才，棋逢對手，晚年退居洛陽，互相唱和不休，唱酬贈答之詩極多，就在預料之中了。

大和初，禹錫自貶地召回，原頗有圖進取之心。初抵洛陽時，有〈尉遲郎中見示南遷牽復卻至洛城東舊居之作因以和之〉詩，云：「曾遭飛語十年謫，新受恩光萬里還。朝服不妨遊洛浦，郊園依舊看嵩山。竹含天籟清商樂，水繞亭臺碧玉環。留作功成退身地，如今只是暫時閑。」對將來仕途充滿信心。但因再詠「玄都觀看花詩」受到挫折，不得不處處謹慎，〈闕下待傳點呈諸同舍〉詩有句云：「多慚再入金門籍，不敢為文學解嘲。」裴度曾向朝廷推薦禹錫知制誥，不成，故禹錫在京師三年，僅做到吏部郎中、集賢殿學士而已。大和初年，「牛李黨爭」局面已經形成，禹錫的知己裴度在朝廷受宦官及李宗閔排斥，政治環境很不利；於是禹錫也漸漸滋生消極退隱思想。大和三年，白居易以太子賓客分司東都。退居洛陽的白居易遠離禍患，傾心參禪悟道，吟玩情性，樂天知命，知足常樂，並在東都形成了以其為核心的閒適詩人群體。白居易有〈中隱〉詩：

大隱住朝市，小隱入丘樊。丘樊太冷落，朝市太囂喧。不如作中隱，隱在留司官。似出復似處，非忙亦非閑。不勞心與力，又免饑與寒。終歲無公事，隨月有俸錢。君若好登臨，城南有丘山。君若愛遊蕩，城東有春園。君若欲一醉，時出赴賓筵。洛中多君子，可以恣歡言。君若欲高臥，但自深閉關。亦無車馬客，造次到門前。人生處一世，其道難兩全。賤即苦凍餒，貴則多憂患。唯此中隱士，致身吉且安。窮通與豐約，正在四者間。（《白居易集》卷二二）

頗能代表這一群閒適詩人好佛親禪，留連詩酒，耽玩園林，甚至沉迷聲色的傾向。禹錫也屬於閒適詩人群。但分司時期禹錫的閒適，似又可分為前後兩期：大和末歲之前，禹錫外表閒適，內在失意，詩歌中時有高亢振作之音，對重新進入仕宦上層仍存希冀。這從他與裴度、令狐楚、牛僧孺以及李德裕往來詩可以看出，本文前段業已指出；開成以後，禹錫顯然對重新進入仕宦上層不再抱有幻想，也可以說禹錫已經認同了白居易的「中隱」思想。開成二年，禹錫有〈酬樂天醉後狂吟十韻〉詩：

> 散誕人間樂，逍遙地上仙。詩家登逸品，釋氏悟真筌。制誥留臺閣，歌詞入管弦。處身於木雁，任世變桑田。吏隱情兼遂，儒玄道兩全。八關齋適罷，三雅興猶偏。文墨中年舊，松筠晚歲堅。魚書曾替代，香火有因緣。欲向醉鄉去，猶為色界牽。好吹〈楊柳〉曲，為我舞金鈿。

詩是對白居易來詩「移家住醉鄉」及「要路風波險，權門市井忙。世間無可戀，不是不思量」（《白居易集》卷三四）的回覆，表面上是對白「地上仙」生活狀態的奉承，實際上也是禹錫以洛中生活為自在天的自白。散淡、閒適，猶如神仙而居於人間者，可以作詩自娛，可以親近釋氏，可以親近歌舞，「醉鄉」與「色界」，「文墨」與「儒玄道」兼顧。「木雁」用《莊子》典，比喻遠離是非成敗，對白居易「中隱」思想的本質特徵作了極為準確的概括。其所以有前後兩期的不同，原因在於不但朝廷「黨爭」局面愈來愈險惡，大和九年九月還發生了血腥的「甘露之變」：翰林侍講李訓、太僕卿鄭注與文宗謀除宦官，詐稱左金吾廳事後石榴有「甘露」，請帝臨視，借機圖殺宦官，事泄，為宦官所殺，朝官，包括宰相王涯、賈餗、舒元輿等在內，被殺者數千人，史稱「甘露之變」。然而整體來看，同處於洛中閒適詩人群的禹錫與遠出世情、對政治採取超然態度的白居易仍然有所不同。首先，表現在二人對待歲月流逝、老境臨至態度上。大和六年，禹錫在洛陽作詩別白居易赴蘇州刺史任，詩中有「在人雖晚達，於樹似冬青」句，白居易和詩中說：「不見山苗與林葉，迎春先綠亦先枯。」感傷、頹廢的情緒頗多。禹錫再有〈樂天寄重和晚達冬青一篇因成再答〉詩，勸白居易以達觀之態度應對人生。詩云：

風雲變化饒年少，光景蹉跎屬老夫。秋隼得時陵汗漫，寒龜飲氣受泥塗。東隅有失誰能免？北叟之言豈便誣？振臂猶堪呼一擲，爭知掌下不成盧！

此詩固然是勸慰、開導白居易的，也可以視作禹錫的生活態度。世事變化，當然是年輕人佔先；光陰虛度，感慨一事無成，這種情緒自然屬於老人。在禹錫看來皆屬正常，無論年輕年老，要緊的是要抓住機會，機會好，如秋隼得天時之利可高飛凌空；機會不好，也可以如寒龜，借助行氣導引延年長壽。故清人何焯評此詩云：「夢得生平可謂知進不知退矣。」（清何焯《批劉禹錫詩》）

白居易常有詠老詩。老之將至，他的態度消極頹廢，如其〈詠老贈夢得〉詩：「與君俱老也，自問老何如？眼澀夜先臥，頭慵朝未梳。有時扶杖出，盡日閉門居。懶照新磨鏡，休看小字書。情於故人重，跡共少年疏。唯是閑談興，相逢尚有餘。」禹錫有〈酬樂天詠老見示〉答之：

人誰不顧老？老去有誰憐？身瘦帶頻減，髮稀冠自偏。廢書緣惜眼，多灸為隨年。經事還諳事，閱人如閱川。細思皆幸矣，下此便翛然。莫道桑榆晚，為霞尚滿天。

禹錫酬詩，較白詩多了「經事還諳事，閱人如閱川」這些可能與時局變故有關的句子。如「甘露之變」。詩中因此感歎說「細思皆幸矣，下此便翛然」。難得的是，禹錫在詠老的最後寫出了「莫道桑榆晚，為霞尚滿天」這樣精警、豪情充溢的句子。「為霞滿天」當然不是指政治上有大作為，而主要是指詩歌文章創作，同時也包括老而不衰、樂觀積極的生活態度。故明胡震亨評論此詩說：「劉禹錫播遷一生，晚年洛下閑廢，與綠野、香山諸老優遊詩酒間，而精華不衰，一時以詩豪見推，公亦自有句云：『莫道桑榆晚，為霞尚滿天。』公自貞元登第……同人凋落且盡，而靈光巋然獨存。造物者亦有以償其所不足矣。」（《唐音癸籤》卷二五）其次，表現在二人對佛教癡迷程度的不同上。白居易的「中隱」哲學本來就包括了佛、禪信仰。他親佛、禪，持齋受戒，並嚴格履踐佛教戒律如「受八戒，修十善」等。禹錫也親佛、禪，但與履踐佛教戒律保持距離，更不持齋食素。開成元年九月，居易持「三長月」齋滿（釋氏以正、五、九月為「三長月」，奉佛者當此三月皆持齋），時為東都留守的裴度置酒款待居易，禹錫有〈酬樂天齋滿日裴令公置酒席上戲贈〉詩，有句云：「一月道場齋戒滿，今朝華幄管絃迎。銜杯本自多狂態，事佛無妨有佞名。」持齋一月，要實行佛教所謂「八關齋戒」：如不食酒肉，不邪淫，不妄語，不著華鬘瓔珞，不習歌舞伎樂等。禹錫詩中說居易「銜杯本自多狂態」——意謂貪杯原是居易本性，持齋一月即強制自己違背本性，多少有取笑居易有「雙重人格」之嫌，故曰「戲贈」。最後，表現在二人對待分司態度的不同上。劉、白同為洛中閒適詩人，對待分司態度卻判然有別：白為求之不得，劉則出於無奈。大和五年，白居易自太子賓客分司拜河南尹，有詩云：「六十河南尹，前途足可知。」（〈六十拜河南尹〉，《白居易集》卷二八）又云：「分司勝刺史，致仕勝分司。」（〈偶作寄朗之〉，《白居易集》卷三七）大和七年，免河南尹，再以太子賓客分司東都，居易如釋重負，有〈詠興五首〉，序云：「七年四月，予罷河南府，歸履道第。廬舍自給，衣儲自充，無欲無營，或歌或舞，頹然自適，蓋河洛間一幸人也。」與居易拜河南尹同時，禹錫拜蘇州刺史。時蘇州水患成災，禹錫奏請救濟，勤於職守，政績斐然；蘇州居滿後，禹錫先後移刺同州、汝州，同樣能體貼民情，忠於職守，至開成元年始以太子賓客分司東都。

禹錫有名的幾篇秋詩與賦，皆作於晚年。如七律〈始聞秋風〉：

昔看黃菊與君別，今聽玄蟬我卻回。五夜颼飀枕前覺，一年顏狀鏡中來。馬思邊草拳毛動，雕眄青雲睡眼開。天地肅清堪四望，為君扶病上高臺。

七絕〈秋詞二首〉：

自古逢秋悲寂寥，我言秋日勝春朝。晴空一鶴排雲上，便引詩情到碧霄。

山明水淨夜來霜，數樹深紅出淺黃。試上高樓清入骨，豈如春色嗾人狂。

二詩皆有因秋風而起衰年振作之意，清絕、幽遠，蒼勁有力。〈始聞秋風〉一首「馬思邊草拳毛動」二句，尤為警麗。禹錫另有〈秋聲賦〉一篇，作於會昌元年秋，禹錫已是七十歲老人，賦末云：「嗟乎！驥伏櫪而已老，鷹在韝而有情。聆朔風而心動，盼天籟而神驚。力將痑兮足受絏，猶奮迅於秋聲。」與〈秋詞二首〉同致。瞿佑《歸田詩話》卷上評晚年禹錫：「暮年與裴、白優遊綠野堂，有『在人稱晚達，於樹比冬青』之句，又有『莫道桑榆晚，為霞尚滿天』。其英邁之氣，老年不衰如此。」在晚唐洛中這片追求閒適、消退了進取心的詩人群中，劉禹錫可以說是個特例。他也留連詩酒，耽於園林歌舞之樂，但他又能積極地面對生活，樂觀面對衰暮，甚至積極應付朝廷新任命。

(四) 晚年詩歌的藝術成就

禹錫晚年所為詩近四百首，其中五七律、七絕佔大半：五律一百五十首左右，七律一百一十首左右，七絕一百二十首左右，五絕極少，僅七八首，七古或歌行近於無。如元和長慶貶謫時期的〈百舌吟〉、〈聚蚊謠〉那樣的譏刺現實的歌行，長篇感傷七古如〈傷秦姝行〉、〈泰娘歌〉，詠峭拔九華山壯麗景觀的〈九華山歌〉，詠竹笛及笛曲的〈武昌老人說笛歌〉……等七言歌行，如〈插田歌〉、〈畬田行〉那樣描寫民俗的五古，如〈平蔡州〉、〈城西行〉那樣的反映國家大事的七古，均不再見於此期。此期朝廷並非無大事發生，如大和三年討平並處斬橫海節度使李同捷；大和四年興元軍亂，節度使李絳舉家被害；大和九年發生的宦官大誅朝官的「甘露之變」等，禹錫詩中均無反映。這與禹錫晚年處於洛中閒適詩人群體中的環境有關，與應付周遭眾多的大僚、詩酒朋友不斷的邀約的情勢有關。晚年的禹錫，也有牢騷，也有不平，但與貶謫期間的牢騷滿腹、不平滿腔已大不同。他生活優裕，精神狀態基本處於閒適優遊氛圍中，其詩歌反映社會現實的內容消減，體裁也隨之發生變化，在意料之中。

然禹錫詩歌的藝術造詣，也因為人生閱歷的豐富，對詩歌語言的精益求精的追求，達到新的頂點。《新唐書・劉禹錫傳》：禹錫「素善詩，晚節尤精。」南宋張戒《歲寒堂詩話》卷上：「劉夢得……大抵工律詩而不工古詩，七言尤工，五言微弱。」禹錫詩，諸體皆工，而近體成就的確高於古體。就近體而言，七絕、七律又略高於五絕、五律。今人沈祖棻在《唐人七絕詩淺釋》中論唐七絕，於盛唐，推王昌齡、李白、王維三家；於中唐，推李益、劉禹錫、元稹、白居易四家；於晚唐，推杜牧與李商隱兩家。沈先生最看重劉禹錫七絕處，是「劉禹錫可以說是唐代除王昌齡以外，以最大力量來從事七絕詩寫作的詩人。管世銘說他『無體不備，蔚為大家，絕句中之山海。』李重華也認為他是王昌齡、李白以後最有成就的七言絕句作家，並非過譽。」沈先生最稱道的是劉禹錫〈竹枝詞〉、〈堤上行〉、〈踏歌詞〉等，亦即黃庭堅所說「夢得樂府小章優於大篇」者。然則禹錫晚年所為之〈浪淘沙九首〉、〈楊柳枝詞九首〉等，其藝術成就不在〈竹枝詞〉、〈堤上行〉、〈踏歌詞〉之下。如〈金陵五題〉更是其七絕的巔峰之作。七律一體，成於初唐沈、宋，漸壯大於盛唐李（頎）、王（維）、高、岑諸家，而至杜甫，乃精心鑄煉，始千匯萬狀，凡登臨、送別、寄贈、邊塞、行旅、詠懷、感懷……無所不有，無所不能。杜甫七律開後世七律雄健、淺近、拗峭三派，禹錫得其雄健，白居易得其淺近，張籍王建得其拗峭。白居易謂禹錫詩「詩豪者也，其鋒森然，少敢當者」，應該主要指禹錫如〈西塞山懷古〉、〈酬樂天揚州初逢〉等七律而言。禹錫也是傾全力創作七律者。七律篇數，唐代詩人中白居易最多，近六百首；禹錫次之，一百八十餘首，為唐人第二[20]。禹錫七律，貶謫期間的〈松滋渡望峽中〉、〈漢壽城春望〉、〈荊州道懷古〉及〈西塞山懷古〉、〈酬樂天揚州初逢〉等，藝術上已經成熟，晚年尤用功於七律，並漸漸形成他意境悠遠、風力遒勁、用典精到、詞采華麗的特點。禹錫朗州時，為董侹作〈董氏武陵集紀〉，借此系統闡述了他的詩學主張。其云：

> 詩者，其文章之蘊耶！義得而言喪，故微而難能；境生於象外，故精而寡和。千里之繆，不容秋毫。非有的然之姿，可使戶曉。必俟知者，然後鼓行於時。

「義」與「言」之間存在矛盾，得意（義同）而忘言，詩人的本領，在於既得其義，又可以用言將其形容出來；「境」與「象」之間的關係，極精微，每每可意會而不可言傳。禹錫用「境生於象外」予以闡述之，最得詩歌腠理。禹錫幼時，曾從詩僧皎然、靈澈學為詩。皎然俗姓謝，自稱為謝靈運十世孫，能詩，於大曆、貞元間頗負盛名，有《詩式》五卷，標舉意境，開以禪論詩之先河。其《詩式・辯體》云：「取境偏高，則一首舉體便高；取境偏逸，則一首舉體便逸。」禹錫少年時曾從二人學詩，其〈澈上人文集紀〉云：「時予方以兩髦執筆硯，陪其吟詠，皆曰孺子可教。」禹錫在朗州時期，精研七律詩法，提出「境生於象外」，顯然超越了皎然關於「取境」的詩學思想。禹錫以〈金陵五題〉為代表的七絕，以〈西塞山懷古〉及晚年〈始聞秋風〉等為代表的七律，皆是他實踐其「境生於象外」的代表作。

---

[20] 此據今人孫琴安《唐七律詩精評》的統計，上海社科院出版社一九八九年版。

姑再以禹錫大和、開成間呈獻裴度一首、酬答牛僧孺一首、寄贈白居易一首七律為例：

功成頻獻乞身章，擺落襄陽鎮洛陽。萬乘旌旗分一半，八方風雨會中央。兵符今奉黃公略，書殿曾隨翠鳳翔。心寄華亭一雙鶴，日陪高步繞池塘。（〈郡內書情獻裴侍中留守〉）

官曹崇重難頻入，第宅清閑且獨行。階蟻相逢如偶語，園蜂速去恐違程。人於紅藥惟看色，鶯到垂楊不惜聲。東洛池臺怨抛擲，移文非久會應成。（〈和僕射牛相公春日閑坐見懷〉）

吟君苦調我沾纓，能使無情盡有情。四望車中心未釋，千秋亭下賦初成。庭梧已有雛棲處，池鶴今無子和聲。從此期君比瓊樹，一枝吹折一枝生。（〈吟白君哭崔兒二篇愴然寄贈〉）

獻裴度一首作於文宗大和八年。時禹錫刺汝州。是年冬裴度以山南東道節度使充東都留守，詩稱美裴度為國之棟梁，對其調任東都留守表示祝賀。詩題曰「書情」，所書之情既有劉禹錫個人敬仰之「私」，亦有出於國家安危寄予裴度之「公」。此詩因頷聯的「閎偉尊壯」（清劉塤《隱居通義》語）而頗得詩評家讚賞。如宋葉夢得《石林詩話》卷下曰：「七言難於氣象雄偉，句中有力有紆餘，不失言外之意。自老杜『錦江春色來天地，玉壘浮雲變古今』與『五更鼓角聲悲壯，三峽星河影動搖』等句之後，常恨無繼者。韓退之筆力最為雄健，然每苦意與語俱盡……不若劉禹錫〈賀裴晉公守東都〉云『天子旌旗分一半，八方風雨會中央』，語遠而體大也。」誠是的評。酬和牛僧孺一篇，作於開成四年。牛僧孺開成二年為東都留守，三年遷尚書省左僕射，赴京。僧孺有〈春日閑坐〉詩自長安寄禹錫，禹錫和以此詩，抒發其人走而莊園空寂懷念之情。「階蟻偶語」、「鶯不惜聲」等，藉以形容池臺寂寞、荒無人跡，境生於象，言在意外。傷白居易哭幼兒一篇作於大和五年。白居易老來得子，愛惜如掌珠，不幸早夭，禹錫寄此篇慰藉之。此種事最難措詞，故此詩多用典，藉典故抒發情意。然起句「吟君苦調我沾纓，能使無情盡有情」和末句「從此期君比瓊樹，一枝吹折一枝生」卻是用心之筆。清人鮑倚雲《退餘叢話》有云：「七律……今人多著意頷聯，能講究起句及結句者甚少……劉夢得於此處倍研練，能操筆，最可法。」此首起句結句即是很「講究」之一例。「一枝吹折一枝生」是口頭語，又不妨是神來之筆。以上三首本選集皆予選入，讀者自可詳參，此處不贅。

盛唐詩壇之後，有「大曆十才子」，大曆之後，中唐詩風在韓孟、元白宣導之下發生嬗變，都極力要打破盛唐以來詩歌審美的規範。韓孟師法李白杜甫，在苦吟中追求奇崛險怪；元白則師法杜甫，貼近社會，追求淺近。李肇《唐國史補》卷下：「元和以後，為文筆則學奇詭於韓愈，學苦澀於樊宗師；歌行則學流蕩於張籍；詩章則學矯激於孟郊，學淺切於白居易，學淫靡於元稹，俱名為元和體。」此段話兼詩文兩端，而沒有提及劉、柳，原因是元和間劉、柳遠在貶地，雖然有盛名湖湘間，但兩京間罕聞其名。當長慶、大和以後，禹錫返回兩京，詩名漸大，尤其當白居易退居洛陽、元稹辭世以後，白居易與劉禹錫成為兩京詩壇主角，禹錫詩歌在當世的影響應該超過了元稹、張籍輩。元方回《瀛奎律髓》卷一四：「劉夢得詩格高，在元、白之上，長慶以後詩人皆不能及。」此言有一定道理。公平地說，韓、孟是「大曆十才子」之後前期的代表，元、白與劉、柳是中期的代表，而劉、白則是後期的代表。禹錫辭世後，白居易〈哭劉尚書夢得二首〉其一：「四海齊名劉與白，百年交分兩綢繆。」（《白居易集》卷三六）晚唐杜牧、李商隱等都傾心學習過劉禹錫的詩㉑。禹錫生前未見有與溫庭筠往來之詩，但據溫庭筠

㉑ 賀裳《載酒園詩話》卷一：「偷法一事，名家不免。如劉夢得『山圍故國周遭在，潮打空城寂寞回。淮水東邊舊時月，夜深還過女牆來。』杜牧之『煙籠寒水月籠沙，夜泊秦淮近酒家。商女不知亡國恨，隔江猶唱後庭花。』……雖各詠一事，意調實則相同。」又管世銘《讀雪山房唐詩凡例・七絕凡例》：「杜紫微天才橫逸，有太白之風，而時出入於夢得……劉賓客無體不備，蔚為大家，絕句中之山海也，始以議論入詩，下開杜紫微一派。」又何焯《義門讀書記・李義山詩集》卷下：「（李義山）七言句法，兼學夢得。」

行蹤，他應該當大和間在洛陽與禹錫相識。禹錫謝世時，溫庭筠有〈秘書劉尚書挽歌詞二首〉哭之，其二云：「塵尾近良玉，鶴裘吹素絲。壞陵殷浩謫，春墅謝安棋。京口貴公子，襄陽諸女兒。折花兼踏月，多唱柳（劉）郎詞。」清人王鳴盛《蛾術編・說集》卷三謂溫庭筠〈挽歌詞〉「極寫投分之深」。

至宋，劉禹錫影響不減，陳師道《後山詩話》云：「蘇（軾）詩始學劉禹錫。」張戒《歲寒堂詩話》卷上、劉克莊《後村詩話前集》也都說到蘇軾詩學禹錫。清查慎行《初白庵詩評》又謂「陸放翁七律全學劉夢得」。禹錫以他傾盡全力寫作的七絕、七律，以他〈竹枝詞〉等仿民歌體詩及詠懷古跡詩，在唐代詩壇及中國詩歌史上卓然獨樹一幟，成為大家。

(五) 劉禹錫的散文

禹錫散文，總的成就不如他的詩歌。明人推出的「唐宋八大家」無禹錫，清儲欣所輯《唐宋十大家全集錄》增李翺、孫樵，成「唐宋十大家」，禹錫也不曾列入。他不曾像韓愈、柳宗元那樣在文章句法、語言方面下非常之苦功㉒。禹錫曾在〈祭韓吏部文〉中說：「子長在筆，予長在論。」「筆」、「論」的界線並不十分分明，但禹錫文的特點確在於「論」。元和初在朗州，禹錫寫〈聚蚊謠〉、〈飛鳶操〉、〈百舌吟〉等諷喻詩，同時「或讀書有所感，輒立評議」（〈劉氏集略說〉），也寫了許多一事一議的論說性文字，如〈因論七篇〉等。這些議論，文在此而義在彼，多針對國家政治、社會現實而發，或與個人

㉒ 韓愈〈答李翊書〉這樣形容他對語言的追求：「處若忘，行若遺，儼乎其若思，茫乎其若迷。當其取於心而注於手也，惟陳言之務去，戛戛乎其難哉！」（《韓昌黎集》卷一六）而柳宗元〈與韋中立論師道書〉則云：「吾每為文章，未嘗敢以輕心掉之，懼其剽而不留也；未嘗敢以怠心出之，懼其弛而不嚴也；未嘗敢以昏氣出之，懼其昧沒而雜也；未嘗敢以矜氣作之，懼其偃蹇而驕也。抑之欲其奧，揚之欲其明，疏之欲其通，廉之欲其節，激而發之欲其清，固而存之欲其重。」（《柳宗元集》卷三三）

身世遭遇有關。禹錫為文，性之所好，也在議論，除了哲學論文〈天論〉三篇以外，他的其他文字，皆好立論。如〈救沉志〉一篇，敘武陵五溪洪水氾濫人畜罹難，有僧人率眾人搭救，其時有猛虎亦被洪流沖下，眾人欲救卻被僧人攔阻，發一大段「惡人在位，不去不祥」的大議論。文章本來以敘事狀物為主，但後篇大段議論，幾乎淹沒了前段的敘事。〈天論〉三篇在中國哲學史上有重要地位；其〈機汲記〉寫工匠巧思取江水入城，〈觀市〉對集市貿易買賣雙方討價還價的世態人情有生動刻畫，〈祭韓吏部文〉、〈祭柳員外文〉抒發其與韓愈、柳宗元的友情，頗感人。禹錫文，所長在「論」，所短似也在「論」，如他文集中絕無如韓愈〈送李愿歸盤谷序〉、〈柳子厚墓誌銘〉、〈祭十二郎文〉那樣的文字，也絕無柳宗元「永州八記」、〈捕蛇者說〉那樣的文字。中國古代散文，一直在應用文與「文章學」糾結之中，唐宋八大家之文，就是企圖衝出應用文及「文章學」的範圍，在應用文中努力作出富於文學性的「文章」來。古人謂韓愈「以文為詩」，而錢穆先生〈雜論唐代古文運動〉反謂韓愈「以詩為文」（存萃學社編《韓愈研究論叢》），其本義，即謂韓文能將詩的抒情性運用於文章中。韓愈（及柳宗元、宋歐蘇等）能成就為文章大家，原因在此。禹錫有賦九篇，文采華贍，抒情性強，頗可讀。

閻琦　謹識

編年詩選

貞元、永貞詩選

華山歌

【題解】唐德宗貞元八年（西元七九二年）秋冬間，劉禹錫辭親，自揚州入長安參加進士科考試，途經華山，作此詩。華山，一名太華山，在今陝西華陰南，古稱西嶽。全詩讚美華山，間接表達了年輕詩人對未來前程的嚮往和期待。

洪鑪❶作高山，元氣鼓其橐❷。俄然❸神功就❹，峻拔❺在寥廓❻。靈蹤露指爪❼，殺氣❽見稜角❾。凡木不敢生，神仙聿來託❿。天資帝王宅⓫，以我為關鑰⓬。能令下國人⓭，一見換神骨。高山固無限⓮，如此方為嶽⓯。丈夫無特達⓰，雖貴猶碌碌⓱。

【注釋】❶洪爐　冶煉金屬的大爐。此指自然、造化。❷橐　即橐籥，古代一種鼓風器。❸俄然　頃刻間。❹神功就　指天地、造化成功造就華山。❺峻拔　高峻聳立。❻寥廓　指天空。❼靈蹤露指爪　《史記・封禪書》張守節《正義》引《括地志》云：「華、嶽本一山，當河水過而行，河神巨靈手蕩腳踏，開而為兩，今腳跡在東首陽下，手掌在華山，今呼為仙掌，河流於二山之間也。」靈蹤，巨靈神的遺跡。指爪，即華山仙掌峰。《華嶽志》載：「（華山）東峰曰仙人掌，峰側石上有痕，自下望之，宛然一掌，五指具備。」❽殺氣　肅殺之氣。❾棱角　指山峰。華山有五峰，東曰朝陽峰，南曰落雁峰，西曰蓮花峰，北曰五雲峰，中曰玉女峰。❿神仙聿來託　謂神仙可在此託身居住。聿，語助詞，於是。⓫帝王宅　京師。此指長安。⓬關鑰　門閂；門鎖。⓭下國人　京師以外的人。此禹錫自指。⓮無限　很多。⓯嶽　山高而有名者。⓰特達　特出的才能與功業。⓱碌碌　平庸無所作為。

【語　譯】大自然造就高山，元氣鼓動風囊。頃刻間成就神奇功績，挺拔高峻的大山屹立在天穹。傳說中巨靈開山留下了指掌遺跡，肅殺之氣顯露在華山五峰之間。平常的樹木不能在此生長，只有神仙能託身居留於此。上蒼也要資助帝都長安，以華山為關防鎖鑰，讓如我一般的下國之人，一看見它就如同換了神骨。天下的高山雖然很多，只有華山才稱得上是嶽。男子漢如果沒有特出的才能和貢獻，即使終身顯貴，仍是庸碌無用之人。

【研　析】劉禹錫詩歌，向以此首為編年之始。禹錫早年之作，或為其晚年編集時所刪。唐德宗貞元八年，二十一歲的劉禹錫離開家鄉，前往長安應進士科考試，途經華山，寫下了這首華山之歌。受到高峻挺拔的華山的感染，年輕詩人對人生陡然增加無限勇氣。雖然此詩大半在說華山的雄奇峻拔，但全詩的本旨似乎並不在華山，這都因為有了詩的最後兩句——「丈夫無特達，雖貴猶碌碌」，而使詩的重心發生了改變。後人評論禹錫此詩，有說「浩氣宏詞」（吳震方《放膽詩》）的，有說「躁露不含蓄」（賀裳《載酒園詩話又編》）的，皆道出了劉禹錫性格的一個側面。作為劉禹錫踏上人生征途第一首詩，此詩的認識價值或在於此。

省試風光草際浮

【題　解】貞元九年（西元七九三年）春參加進士試作於長安。省試，即尚書省禮部進士試，「風光草際浮」

為本年進士試「雜文」科的詩歌試題。據徐松《登科記考》，禹錫於此年登第。柳宗元與禹錫同年登第。劉、柳之交，應該始於此年。

熙熙❶春景霽，草綠春光麗。的歷❷亂相鮮，葳蕤❸互虧蔽。乍疑❹芊綿❺裏，稍動丰茸際。影碎翻崇蘭❻，香浮轉叢蕙。含煙絢碧彩，帶露如珠綴。幸因採掇❼日，況此臨芳歲。

【注　釋】❶熙熙　繁盛和樂的樣子。❷的歷　光亮鮮明的樣子。❸葳蕤　草木茂盛的樣子。❹疑　通「凝」。❺芊綿　草木豐茂。❻崇蘭　叢生的蘭草。❼採擷　採摘。此處比喻朝廷延攬人才。

【語　譯】和樂安寧，春日的陽光晴好，春草綠油油閃著光亮。眾多的花朵各自呈現出鮮豔，花葉繁茂互相掩映遮蔽。繁花忽而好似凝固在豐茂的綠色中，忽而又在茂盛的草木裏稍稍擺動。輕風搖動花影破碎在蘭草叢中，香氣浮動飄轉於芳蕙之間。花木含煙泛出絢麗的光彩，花葉帶露如同綴上珠玉。幸運逢到採摘花朵的日子，何況正是春日的大好時光。

【研　析】唐代進士試，試三場：雜文，帖經，策論。雜文試包括：作五言六韻排律一首，賦一篇。本年賦試的題目是「平權衡賦」。「風光草際浮」為南朝齊謝朓〈和徐都曹出新亭渚〉中的一句，見於《文選》。以《文選》中詩某一句為詩題，為中唐以後進士試慣例。《登科記考》錄入張復元等五人〈風光草際浮〉詩，各以「光」字、「浮」字、「風」字為韻，禹錫詩則以「際」字為韻，是仄韻排律。

此為標準的試帖詩。試帖詩不宜寫真性情，只是要把「風光草際浮」的含義用五言排律的形式表現出來，要寫得春意融融，春光流溢，還要間接地反映出平和安謐的「盛世」氣象來。禹錫此詩大致符合這個要求。

前五韻，將題目的意思做足，甚至不避堆垛重疊，只要字面上不犯重複就行。最後兩句，應是此詩的點睛之筆：頌時、頌聖，迎合了考官閱卷的心理要求。

答張侍御賈喜再登科後自洛赴上都贈別

【題　解】貞元十年（西元七九四年），禹錫吏部試再登科，自洛陽赴京時作。張賈，貞元二年進士，貞元、元和中歷仕禮部員外郎、吏部郎中、兵部侍郎、華州刺史等。唐時，御史臺三院御史（侍御史、殿中侍御史、監察御史）均可稱為侍御。其時賈或以監察御史分司東都，聞禹錫吏試登科，有詩相賀，禹錫答以此詩。張賈詩已不存。

又被時人寫姓名❶，春風引路入京城。知君憶得前身事❷，分付鶯花❸與後生。

【注　釋】❶寫姓名　指姓名被載入《登科記》。封演《封氏聞見記》卷三：「當代以進士登科為登龍門，解褐多拜清緊……好事者紀其姓名。」❷憶得前身事　或指張賈有預見性，已經預先推知自己要再登科。❸鶯花　即鶯啼花開之意。泛指春日景色。

【語　譯】再次被時人將姓名寫入《登科記》，春風引領我進入京城。知道您能預知自己前身之事，並將鶯啼花開、春光明媚的錦繡前程留給了後生我。

【研　析】唐制：進士及第並不能立即授予官職，還必須再參加吏部考試。禹錫曾屢次言及自己三登科第：「貞元中，三忝科第。」（〈夔州謝上表〉）「謬以薄伎，三登文科。」（〈蘇州謝上表〉）貞元九年進士第為一登文科，十年再登文科，可能是由吏部主持的博學宏詞科，然而徐松《登科記考》闕載。三登文科在明年（貞元十一年），授校書郎，《登科記考》亦闕載。

貞元八至十一年，韓愈也在京師應吏部博宏試，皆不中選。禹錫與韓愈初識，大約在此時。劉禹錫科場還是很順利的，此詩的調子也積極、昂揚向上。劉禹錫自然是憑藉自己的文才武略科場連捷的，他把功勞歸於能預知將來的張侍御，是為了表達自己的知遇之恩。

馬嵬行

【題　解】 禹錫貞元九年（西元七九三年）登進士第，十年再登吏部博學宏詞，十一年三登文科，始授太子校書。貞元九至十一年間，他遊歷於長安、洛陽之間。此詩當作於此時。詩借「里中兒」之口再現了四十年前馬嵬兵變、唐玄宗不得已縊殺楊貴妃的事實，用語尖刻，反映了中唐士人對唐玄宗荒淫誤國的批判態度。

綠野扶風❶道，黃塵馬嵬驛。路邊楊貴人❷，墳高三四尺。乃問里中兒，皆言幸蜀時，軍家誅佞倖，天子捨妖姬。群吏伏門屏，貴人牽帝衣。低回轉美目，風日為無暉❸。貴人飲金屑❹，倏忽蕣英暮❺。平生服杏丹❻，顏色真如故。屬車❼塵已遠，里巷來窺覷。共愛宿妝❽妍，君王畫眉處❾。履綦❿無復有，履組⓫光未滅。不見巖畔人⓬，空見陵波襪⓭。郵童⓮愛蹤跡，私手解鞶結⓯。傳看千萬眼，縷絕香不歇。指環照骨明⓰，首飾敵連城⓱。將⓲入咸陽市⓳，猶得賈胡⓴

驚ㄐㄧㄥ。

【注釋】❶扶風　即右扶風，漢政區名，與京兆、左馮翊並稱三輔，拱衛京師，其地約當今陝西興平，在長安西。❷楊貴人　唐玄宗貴妃楊玉環。原為壽王妃，開元二十四年召入宮中，通曉音律，善歌舞，得幸，遂專寵，天寶初，進冊貴妃。安祿山反，玄宗西幸，被縊死於馬嵬。詳見下。❸乃問里中兒八句　寫馬嵬兵變，玄宗不得已處死貴妃。《資治通鑑・唐紀》卷二一八，天寶十五載六月，玄宗西幸，「丙申，至馬嵬驛，將士饑疲，皆憤怒，陳玄禮以禍由楊國忠，欲誅之……會吐蕃使者二十餘人遮國忠馬，訴以無食，國忠未及對，軍士呼曰：『國忠與胡虜謀反！』或射之，中鞍。國忠走至西門內，軍士追殺之，屠割支體，以槍揭其首於驛門外，並殺其子戶部侍郎楊暄及韓國、秦國夫人……軍士圍驛，上聞喧嘩，問外何事，左右以國忠反對。上仗屨出驛門，慰勞軍士，令收隊，軍士不應。上使高力士問之，玄禮對曰：『國忠謀反，貴妃不宜供奉，願陛下割恩正法。』上曰：『朕當自處之。』入門，倚仗傾首而立。久之，京兆司錄韋諤前言曰：『今眾怒難犯，安危在晷刻，願陛下速決！』因叩頭流血……上乃命力士引貴妃於佛堂，縊殺之。」軍家，指陳玄禮及所部軍士。時陳官龍武大將軍。佞幸，指楊國忠及韓國、秦國夫人等。妖姬，指楊貴妃。❹金屑　即黃金之末，吞金可致人死。或代指金屑酒，為古代帝王賜死之酒。《晉書・后妃傳・賈皇后》：「(趙王)倫乃矯詔遣尚書劉弘等持節齎金屑酒賜后死。」按：禹錫詩謂貴妃服金屑或金屑酒死，與史載貴妃縊死馬嵬有異。陳寅恪《元白詩箋證稿・長恨歌校補記》云：「寅恪所見記載，幾皆言貴妃縊死馬嵬，獨夢得此詩謂其吞金自盡。疑劉詩『貴人飲金屑』之語，乃得自『里中兒』，故有此異說耳……檢沈濤《瑟榭叢談》下云：『楊貴妃縊死馬嵬，傳記無異說。劉夢得詩貴人飲金屑，乃用《晉書・賈后傳》……故事，以喻當日貴妃賜死情事耳。或遂疑貴妃實服金屑，誤矣。』寅恪以為沈說固可通，但吾國昔時貴顯者，致死之方法多種兼用，吞金不過其一。楊妃縊死前，或曾吞金，是以里中兒傳得此說，亦未可知。」❺蕣英暮　指木槿朝開暮落。❻杏丹　古代方士所製的一種成藥，以杏仁為主要原料，據說服之能令人顏色美好。❼屬車　皇帝侍從的車乘。❽宿妝　舊妝；殘妝。❾君王畫眉處　用漢張敞事，喻玄宗與貴妃生前恩愛。《漢書・張敞傳》載張敞為其妻畫眉。❿履綦　鞋帶。⓫履組　鞋面上裝飾物，用絲帶盤結而成。⓬巖畔人　指楊貴妃。曹植〈洛神賦〉：「於是精移神駭，忽焉散思。俯則未察，仰以殊觀。睹一麗人，於巖之畔。」此用其事。⓭陵波襪　曹植〈洛神賦〉：「淩波微步，羅襪生塵。」此用其事。陵，通「淩」。⓮郵童　即郵子，古代在驛站間傳遞公文、書信的人。⓯私手解鞶結　私下解開貴妃襪子上盤結的絲帶。⓰指環照骨明　喻戒指晶瑩透徹。《西京雜記》卷一：「戚姬以百煉金為彄環，照見指骨。」⓱連城　極言價值昂貴。⓲將　取；拿。⓳咸陽市　咸陽城內市場。咸陽，秦都，在長安西，此處代指長安。⓴賈胡　西域胡商。善識珍寶奇玩。

【語　譯】春風綠野中扶風大道，黃塵起處是馬嵬驛。路邊高三四尺的墳墓，是埋葬楊貴妃之處。詢問於當地居民，都說到當年玄宗幸蜀時，軍家譁變誅殺楊氏兄妹之事。玄宗決心拋捨妃子，臣子因為害怕匍匐於門屏之後。貴妃牽著皇帝衣袖，眼看著皇帝苦苦哀求，太陽都為之失去暉光。貴妃終於飲下了致命的金屑酒，如同木槿瞬間花開花落。貴妃平時常服杏丹仙藥，死後顏色還如同生前。皇帝君臣的車輛已經走遠，里巷中人圍攏來窺看。貴妃昨日的宿妝，還有君王畫眉的痕跡，是多麼的令人可愛！她鞋上的帶子已經無有，但鞋面上的裝飾物依然還在，熠熠生輝。看不到昔日那活靈活現的麗人了，但她足上的襪子卻留在人們手中。傳遞書信的驛卒偏愛這件遺物，私下解開了襪子上盤繞挽結的絲帶。經眾人傳看千萬眼，縷縷香氣仍然不絕。貴妃的指環晶瑩透徹，首飾一件件都價值連城。倘若拿這些到長安街市變賣，定會讓善識珍寶的西域胡商大吃一驚。

【研　析】馬嵬驛地當長安以西的大道，楊妃墓即在大道一側。所以馬嵬兵變、楊妃死於非命之事，唐代詩人歌詠者甚多。綜覽這些詩，有回護玄宗的，有對楊妃的死表示同情的。同為杜甫，其〈北征〉「不聞夏殷衰，中自誅褒妲」之句，即回護玄宗，而其〈哀江頭〉名句「明眸皓齒今何在？血污遊魂歸不得」卻對楊妃表示同情。他如白居易〈長恨歌〉，首言「漢皇重色思傾國，御宇多年求不得」，中間則曰「六軍不發無奈何，宛轉蛾眉馬前死」，末則曰「天長地久有時盡，此恨綿綿無絕期」，亦是。多數詩人的詩則是含蓄地指出女禍亡國的教訓，如李益、賈島、李商隱、李遠……等詠馬嵬的詩。但如劉禹錫這樣備細寫到楊妃死後暴屍街衢、任人窺覷，貴妃的鞋襪亦被里巷常人「褻玩」掌中的詩卻是僅見。以是之故，劉禹錫此首在十數首唐馬嵬詩中頗為「挺出」，頗受評論家注意。探討這些詩詩旨不同的原因是一件很有意思的事。詩旨源自詩人的識見，與詩人所處的時代環境不無關係。劉禹錫是中唐之際初露頭角、有理想、有抱負的一代，面對馬嵬兵變遺跡，他想到的，首先不是安祿山的以下犯上，也不是楊氏兄妹的恃寵弄權，更不是皇帝、妃子之間天荒地老不渝的情愛，而是一代「英主」唐玄宗的荒淫誤國。但是，畢竟又有君臣大節的限制在，所以，詩人乃借「里中兒」之口，將種種「無狀」之事寫出。陳寅恪嘗以為「貴妃死後，疑有盜墓之舉，劉氏不欲顯言之」（《元白詩箋證稿・長恨歌校補記》），其言甚是。這也算是劉禹錫因君臣之禮而「留一步田地」吧。

白鷺兒

【題解】白鷺，水鳥名，羽毛潔白，常在水邊。詩以潔身自好的白鷺自喻，自視甚高。貞元十一年（西元七九五年）劉禹錫初入仕，為太子校書，詩或作於此時。

白鷺兒，最高格❶。毛衣❷新成雪不敵，眾禽喧呼獨凝寂❸。孤眠芊芊❹草，
久立潺潺石❺。前山正無雲，飛去入遙碧❻。

【注釋】❶格　品格；格調。❷毛衣　羽毛。❸凝寂　端莊、寧靜的樣子。❹芊芊　草豐盛的樣子。❺潺潺石　水中石。潺潺，水流的樣子。❻遙碧　遠處碧空。

【語譯】白鷺鳥兒，品格最高。初生羽毛比雪還白，眾鳥喧呼唯有牠寧靜不語。或獨眠於如茵的草地上，或久久站立在水中巨石上。前方高山正無濃雲遮蔽，一躍而起飛入碧空裏。

【研析】此詩是詠物詩，然以物擬人的特徵很明顯：「毛衣新成」，愛惜其毛羽，不欲為塵俗所染也；「眾禽喧呼獨凝寂」，兀然有所思，無視流俗輩也；「前山無雲，飛入遙碧」，良禽擇木而棲，圖另有高就也。按

之禹錫生平出處，一一符合若契。雖然如此，卻也能做到不粘不滯，仍然是好詩。

請告東歸發霸橋卻寄諸僚友

【題　解】貞元十一年（西元七九五年），禹錫三登文科，授太子校書（東宮屬官，正九品下，掌校理圖書）。十二年，禹錫父劉緒「遇疾不諱」（〈子劉子自傳〉），卒於揚州。禹錫請假赴揚州奔喪，離別長安時告別同僚而作。

征途出霸涘，回首傷如何❶。故人雲雨散，滿目山川多❷。行車無停軌❸，
流景❹同迅波❺。前歡漸成昔，感歎益勞歌❻。

【注　釋】❶征途出霸涘二句　王粲〈七哀〉：「南登灞陵岸，回首望長安。」又謝朓〈晚登三山還望京邑〉：「灞涘望長安。」兩句用其意。灞水在長安東。涘，水邊。❷故人雲雨散二句　謝朓〈和劉中書繪入琵琶峽望積布磯〉：「山川隔舊賞，舊僚多雨散。」又李嶠〈汾陰行〉：「山川滿目淚沾衣。」兩句用其意。❸軌　車子。陸機〈飲馬長城窟行〉：「戎車無停軌。」❹流景　謂光陰如流。❺迅波　指灞水。❻勞歌　傷別之歌。

【語　譯】踏上征途來到灞水邊，回首長安，傷痛不知如何是好。相送的同僚已經星散，滿目望去盡是令人傷心的山川。行車急速前行不要停歇，光陰如同灞水迅疾流過。前此的歡笑俱成以往，如今只有傷感的離別之歌。

【研　析】灞水及灞橋是唐時送別的場所，東行或東南行的人在此與友人告別，然後登上前途。此詩云「回首傷如何」，與同僚離別之傷其實是次要的，主要是喪父之痛。正因為如此，全詩大半套用前人的成句，這既是

年輕詩人不成熟的體現，也是所謂「至哀無言」的體現。雖然如此，套用前人成句不留痕跡，也還妥當熨帖。

謝柳子厚寄疊石硯

【題解】禹錫父葬於滎陽祖塋，貞元十二年（西元七九六年）至十五年，禹錫即丁憂在滎陽。此詩當作於此期。柳子厚即柳宗元，河東（今山西運城）人，禹錫進士同年。疊石硯，一種雕成雲山狀的硯臺。劉、柳至交，此詩是反映他們交誼最早的一首。

常時同硯席❶，寄此感離群❷。清越❸敲寒玉，參差疊碧雲。煙嵐餘斐亹❹，
水墨兩氛氳❺。好與陶貞白❻，松窗寫紫文❼。

【注釋】❶同硯席　同學。劉、柳進士同年，可稱為同學。❷離群　《禮記・檀弓上》：「吾離群而索居，亦已久矣。」鄭玄注：「群，謂同門朋友也。」此指丁憂居家。❸清越　聲音清脆激越。此指硯材之佳。❹斐亹　有文采貌。❺水墨兩氛氳　指硯中存水聚墨甚多。氛氳，茂盛的樣子。❻陶貞白　即陶弘景，南朝齊時隱士，自號「華陽隱居」，好道術，工書法。梁武帝時隱於茅山，禮聘不出，然朝廷每有大事，輒就諮詢，號為「山中宰相」。卒諡「貞白先生」。❼松窗寫紫文　用陶弘景事，比喻其丁憂家居生活。《南史・陶弘景傳》：「特愛松風，庭院皆植松，每聞其響，欣然為樂。」紫文，道書。道家書以紫筆繕寫。

【語譯】你我當年進士同年，寄來此硯使我頓感久離友群。敲擊寒玉般硯石發出清脆激越之聲，硯石還顯現碧雲般文彩。彷彿能看見山林浮動的煙霧，硯中存水儲墨又甚多。此硯將助我如陶弘景，松窗之下好書寫得道文章。

【研　析】劉禹錫丁憂時，柳宗元為集賢殿書院正字，在長安。文人相贈以硯，似很平常，但長安的柳宗元贈硯給洛陽的劉禹錫，卻透露了劉、柳關係的不同一般，從硯可以聯想到文字，從文字可以聯想到思想（哲學思想、政治思想）。此後數十年政治生涯，劉、柳因共同的政治理想、相同的遭遇真正成為生死不渝的密友。一方疊石硯，見證了劉、柳不尋常友誼的開端。

淮陰行五首 并引（選三）

【題　解】貞元十七年（西元八〇一年）前後作，其時禹錫為淮南節度使（治揚州）掌書記。淮陰，今江蘇淮安，唐時屬楚州。〈長干行〉一名〈長干曲〉，樂府「雜曲歌辭」名。長干，金陵（今江蘇南京）里巷名，位於秦淮河南岸，吏民雜居，號長干。〈長干曲〉多寫商賈間男女情愛之事，〈淮陰行〉仿之，為作者早期有意識仿民歌的新樂府之作。

古有〈長干❶行〉，言三江❷之事，悉矣。余嘗阻風淮陰，作〈淮陰行〉以裨❸樂府。

其一

簇簇❹淮陰市，竹樓緣岸上❺。好日起檣竿❻，烏飛驚五兩❼。

【注　釋】❶長干　里巷名，近長江，故址在今江蘇南京南。《文選・左思・吳都賦》：「長干延屬，飛甍舛互。」劉逵注：「江東謂山岡間為干。建鄴之南有山，其間平地，吏民居之，故號為干。中有大長干、小長干，皆相屬。」❷三江　泛指今長江、淮河一帶水系。❸裨　增益。❹簇簇　攢聚的樣子。❺竹樓緣岸上　居民竹樓沿江岸建立。❻檣竿　船桅杆。❼五

兩　古代的測風器，多用於軍中或行船。用雞毛五兩或八兩，繫於高竿頂上，藉以觀測風向、風力。

【語　譯】人煙稠密的淮陰市區，竹樓沿著江岸建立。正是船行的吉日，飛鳥驚動了桅杆上的五兩。

【研　析】此首寫船將行。首二句寫淮陰江邊總貌，「簇簇」二字用得準確，淮陰江邊商賈、舟船雲集之狀如在目前。所謂「好日」，即「五兩」順風之日。桅杆豎起，故驚起飛鳥；著此一筆，風情搖曳。

其二

今日轉船頭，金烏指西北❶。煙波與春草，千里同一色。

【注　釋】❶金烏指西北　烏形風向標指西北方向，謂東南風起。金烏，烏形風向標。

【語　譯】今日調轉船頭，順著金烏的指向朝著西北。浩淼煙波與碧綠春草連綿成片，千里之內一望無際。

【研　析】此首寫船行。自淮陰沿淮水西北行入泗水，即進入今山東、河南腹地，應是淮陰商家經營流通的重要地域。結尾二句寫淮南春水、春草相映，語調明麗天然，且境界開闊。

其四

何物令儂❶羨？羨郎船尾燕。銜泥趁檣竿，宿食長相見❷。

【注　釋】❶儂　我。江南民歌中多為女子自稱。❷銜泥趁檣竿二句　意謂船尾之燕雙雙對對，無論銜泥、食宿皆在一起。是女子自恨不能隨郎同船前往的話。趁，追逐；繞飛。

【語　譯】有何事物令我羨慕？是郎船尾的雙燕。牠們銜泥築巢繞桅杆追逐飛行，食宿皆在一起。

【研　析】此首寫船行時女子與郎告別。女子不願與他分別，反而羨慕船尾的燕子，最具南朝民歌風味。試取讀南朝樂府〈西曲歌・那呵灘〉一類便知。

題招隱寺

【題　解】招隱寺在潤州丹徒（今屬江蘇。丹徒與揚州一江之隔）招隱山上。約作於貞元十七年（西元八〇一年），時禹錫在淮南幕府。詩寫其思鄉之情。

隱士❶遺塵在，高僧精舍❷開。地形臨渚斷，江勢觸山回。楚野❸花多思，
南禽❹聲例哀。殷勤❺最高頂，閑即望鄉來。

【注　釋】❶隱士　指南朝宋隱士戴顒。顒字仲若，譙郡（今安徽亳州）人，隱於招隱山。❷精舍　道士、僧人修煉居住之所。❸楚野　潤州古屬楚地。❹南禽　南方的鳥，如杜鵑、鷓鴣之類。❺殷勤　勤奮；努力。

【語　譯】隱士故宅的遺跡尚在，高僧的精舍就建在此處。寺院的地形在臨近江渚處斷開，大江的水勢觸山後倒退回流。楚地的花木令人多思，南方禽鳥的叫聲總是顯得哀愁。我要努力登上最高頂，有空閒時即來此處北望鄉關。

【研　析】此詩有應酬的意味，但不粘不滯，既切題，又自說自話，抒其胸臆。首聯將高僧精舍與隱士故宅並提，便將應酬之意說盡。頷聯放開一筆，寫寺院所處地勢，境界遂開。頸聯承地勢，自然過渡到楚地花、鳥，由花、鳥觸及鄉關之思，於是末聯以登高望鄉收束全篇，老辣周到。「地形」二句頗見錘煉功夫，宋宋祁〈再遊海雲寺〉云：「天形欹野盡，江勢讓山回。」全襲此語。

柳絮

【題　解】詩中提及的「古江津」，即揚子津，當作於禹錫在揚州淮南幕府時。約在貞元十七年。

飄颺南陌起東鄰，漠漠濛濛暗度春。花巷暖隨輕舞蝶，玉樓晴拂豔妝人。
縈回謝女題詩❶筆，點綴陶公漉酒巾❷。何處好風偏似雪？隋河❸堤上古江津❹。

【注　釋】❶謝女題詩　用東晉謝道韞事。《世說新語・言語》：「謝太傅（安）寒雪日內集，與兒女講論文義。俄而雪驟，公欣然曰：『白雪紛紛何所似？』兄子胡兒曰：『撒鹽空中差可擬。』兄女（道韞）曰：『未若柳絮因風起。』公大笑樂。」❷陶公漉酒巾　用東晉陶潛事。《宋書・陶潛傳》：「潛少有高趣，嘗著〈五柳先生傳〉以自況，曰：『先生不知何許人，亦不詳其姓字，宅邊有五柳樹，因以為號焉。』……郡將候潛，值其酒熟，（潛）取頭上葛巾漉酒畢，還復著之。」❸隋河　指隋煬帝開鑿的運河。❹江津　即揚子津，為古運河入長江處。

【語　譯】柳絮自東鄰飄颺到南邊大道，漠漠濛濛不知不覺間度過了春天。飄向花巷有蝴蝶追隨春暖翩翩起舞，飄向玉樓拂著了豔妝的美人。空中縈回是謝女題詩的筆，點綴了自稱五柳的陶公漉酒頭巾。何處有好風使柳絮飄飛似雪？是在隋河大堤古江津上。

【研　析】是一首詠柳絮的詩。全詩共用的主語是柳絮。柳絮飄飛代表了春晚，於是牽連出花巷、玉樓這樣的麗藻，又牽連出與柳絮有關的兩個古人（謝女、陶公），流麗可喜。末聯又以柳絮似雪作結，稍覺與「謝女」典重出。

洛中送楊處厚入關便遊蜀謁韋令公

【題　解】貞元十八年（西元八〇二年）秋作於洛陽。是年禹錫改京兆渭南（今屬陝西）主簿，乃自揚州奉母先歸洛陽。楊處厚，貞元、元和間人，元和時曾任邛州大邑尉。關指潼關，為由洛入京必經之處。韋令公，謂韋皋。皋字城武，京兆（今陝西西安）人，時官劍南西川節度使。令公是對中書令的尊稱。中唐以後，節度使多加中書令。

洛陽秋日正淒淒，君去西秦更向西❶。舊學三冬❷今轉富，曾傷六翮❸養初齊。王城❹曉入窺丹鳳❺，蜀路晴來見碧雞❻。早識臥龍❼應有分，不妨從此躡丹梯❽。

【注　釋】❶更向西　蜀地又在秦地之西。❷三冬　三個冬季，即三年。《漢書・東方朔傳》：「年十三，學書三冬，文史足用。」王先謙《補注》：「案：三冬謂三年，猶言三春三秋耳。」❸傷六翮　謂楊處厚曾科場失意。❹王城　指長安。❺丹鳳　唐長安大明宮含元殿之南有丹鳳門。此指長安。❻碧雞　傳說中的神物。《漢書・郊祀志下》：「或言益州有金馬、碧雞之神，可醮祭而致，於是遣諫大夫王褒使持節而求之。」益州即成都。此代指成都。❼臥龍　喻傑出人才。此指韋皋。❽丹梯　喻仕進之路。

【語　譯】洛陽秋意正顯得衰颯，您要往西秦之西的蜀地去。舊有的學問經過數年進修更加富有，曾經受傷的羽翼現在已經豐滿。清晨進入京城可以一睹丹鳳門，蜀路途中又可見傳說中的碧雞。早早拜會有臥龍之材的韋令公是您命中該有之事，不妨以此為登山攀高的階梯。

【研　析】是應酬之詩。應酬之詩，多以「借事」入手，既可以將事、情或景說盡，又顯得優游典雅。這幾乎可以說是禹錫七律的特點。德宗建中四年朱泚反，據長安，韋皋平叛嘗建大功，詩以臥龍喻韋皋，在此處不為過分；「丹梯」云云，說中士子干謁地方長官心事，亦不為譏諷。

和武中丞秋日寄懷簡諸僚故

【題　解】貞元二十年秋作於長安，時禹錫為監察御史。武中丞為武元衡。元衡字伯蒼，緱氏（今河南偃師）人，德宗建中四年進士，貞元中歷仕華原令、比部員外郎、左司郎中等，二十年，擢為御史中丞（御史臺副長官）。元衡先有〈秋日臺中寄懷簡諸僚〉詩，禹錫和以此詩。

退朝還公府❶，騎吹❷息繁音。吏❸散秋庭寂，烏啼煙樹深。威生奉白簡❹，
道勝外華簪❺。風物清遠目，功名懷寸陰❻。雲衢❼令前侶❽，彩翰❾寫沖襟❿。
涼菊照幽院，敗荷攢⓫碧潯⓬。感時江海思⓭，報國松筠心⓮。空愧壽陵步，芳塵
何處尋⓯？

【注　釋】❶公府　公署。此指御史臺。❷騎吹　騎在馬上吹奏樂器的儀仗人員。❸吏　此指御史臺其他下屬官員。❹白簡　指彈劾的奏章。用晉傅玄事。《晉書‧傅玄傳》：「玄天性峻急，不能有所容，每有奏劾，或值日暮，整簪帶，竦踊不寐，坐而待旦。於是貴遊懾伏，臺閣生風。」❺外華簪　置華麗的簪子於度外。華簪，華美的簪，代指高官厚祿。❻風物清遠目二句　謂武元衡志存王事，珍惜寸陰。功名，指朝廷之事。❼雲衢　雲路，比喻仕途順達。❽前侶　往昔的朋友。元衡詩中有「物情牽跼促，友道曠招尋」之句。❾彩翰　彩筆。此指元衡所寫詩。❿沖襟　沖淡、淡泊的胸懷。⓫攢　聚集。

⑫碧潯　清澈的池水邊。⑬江海思　隱逸之思。杜甫〈自京赴奉先詠懷五百字〉：「非無江海志，瀟灑送日月。」元衡詩中有「塵埃緇素襟」、「池魚滄海心」之句。⑭松筠心　堅貞之心。⑮空愧壽陵步二句　化用《莊子》事，謂其才學疏淺，意欲酬和大人的詩作，慚愧的是卻不能領會大人詩作的用意。《莊子・秋水》載，有壽陵子羨慕邯鄲人走路之態，未能學到，反而把自己原先的步伐也忘記了，只好爬著回來。壽陵，戰國時燕國城邑。

【語　譯】退朝回到御史臺公署，騎馬的儀仗停息了吹奏。下屬官吏俱已散去歸家，烏鴉啼叫在深樹中。手捧彈劾的白簡威風自然而生，為官以道取勝將高官厚祿置之度外。秋光甚好正可以放眼遠望，為報效國家卻珍惜每一寸光陰。已經是高高在上卻懷念從前的僚故，執筆寫下了自己沖淡的胸懷。秋日的菊花映照著幽靜的院落，殘敗的荷花簇聚在清澈的水池邊。有感於節候之變興起隱逸之思，為了報國仍舊堅守堅貞的松筠之心。空自慚愧我只有壽陵本步，意欲仿效大人的大作卻不知從何做起？

【研　析】由禹錫詩「吏散秋庭寂」、「涼菊照幽院」等句看，武元衡因公務遲歸，並很晚時分仍待在公署裏，寫詩寄懷，邀諸僚故酬和，禹錫作為比較年輕的御史臺官員，和詩與武元衡詩同體、同韻，是很得體的。前四句敘事，「威生奉白簡」以下四句寫武元衡勤於職守，奉公執法；「雲衢念前侶」以下六句寫武元衡懷抱，中間間以「涼菊」、「敗荷」兩句秋景予以疏鬆，免呆滯少變化。最後兩句自謙才學疏淺，化用《莊子》典，頗見新意。五言排律最能顯示學問、才情，禹錫早年之作所存無多，此篇雖無深意，卻頗能顯出他詩作雅雋之風格。

逢王二十學士入翰林因以詩贈　時貞元二十年，王以藍田尉充學士

【題　解】貞元二十年作於長安，時禹錫為監察御史。王二十為王涯。涯字廣津，太原（今屬山西）人，貞元八年進士，又登博學宏詞科，授藍田尉，至是年召充翰林學士，拜右拾遺。

廄馬❶翩翩禁外❷逢，星槎上漢❸杳難從。定知欲報淮南詔❹，促召王褒❺入九重❻。

【注　釋】❶廄馬　御廄中的馬匹。李肇《翰林志》載，學士入院時，「飛龍司借馬一匹。」唐時御馬右髆印飛字，左頸印龍形，因以飛龍司稱後宮養馬之所。❷禁外　宮禁之外。❸星槎上漢　舊說天河與海相通，漢世有人居海渚者，年年八月乘浮槎去來，見牛郎織女。見張華《博物志》卷三。槎，木筏。漢，天河。❹報淮南詔　用漢武帝及淮南王劉安事。《漢書・淮南王傳》：「淮南王安為人好書……時武帝方好藝文，以安屬為諸父，甚尊重之。每為報書及賜，常召司馬相如等視草乃遣。」❺王褒　西漢著名辭賦家，有〈九懷〉、〈洞簫賦〉等作品。《漢書》有傳。❻九重　指宮廷。

【語　譯】在宮外遇到您騎著御馬翩翩而來，好似乘著浮槎進入天河令我難以跟從。我當然知曉是皇帝要回覆淮南王詔書，趕緊召王褒進宮效用。

【研　析】禹錫當時為監察御史，秩正八品上，王涯為藍田尉，正九品下。禹錫的官秩要比王高好幾階，而王乃以藍田尉入為翰林學士，故禹錫詩以「天上人」稱譽王，自謙難以追攀。是恭維王，然而羨慕之情溢於言表。雖然只是一首應酬詩，但對瞭解禹錫貞元末加入王叔文集團時的急迫心情有幫助。宋胡仔嘗對此詩用王褒典有批評，云：「漢武帝以淮南王善文辭，尊重之，每為報書，常召司馬相如視草乃遣。王褒自是宣帝時人。」（《西齋詩話》）也算是一個小疵吧。

廣宣上人寄在蜀與韋令公唱和詩卷因以令公手札答詩示之

【題　解】貞元二十年作於長安，時禹錫為監察御史。廣宣上人為中唐著名詩僧，交州（今越南河內）人，貞元間居蜀，與劍南西川節度使韋皋作詩唱和，貞元末至長安，居大興善寺，後奉詔居安國寺紅樓院，以詩應制供奉十餘年。韋令公指韋皋，已見前。皋貞元十七年以功加檢校司徒兼中書令。兩《唐書》有傳。

碧雲佳句❶久傳芳，曾向成都❷住草堂❸。振錫❹常過長者❺宅，披文❻猶帶令公香❼。一時風景添詩思，八部❽人天入道場❾。若許相期同結社❿，吾家本自有柴桑⓫。

【注釋】❶碧雲佳句　以南朝詩僧湯惠休擬廣宣。湯惠休善屬文，與當時文人多有往還。《文選・江淹・雜體詩三十首之三十・休上人》有「日暮碧雲合，佳人殊未來」之句。按，「碧雲佳人」為江淹所擬湯惠休之詩。江淹或者襲用湯惠休成句。然湯惠休詩今已無存。此處誤以「碧雲佳人」為湯惠休詩。❷成都　今屬四川，唐時為劍南西川節度使治所。❸草堂　在成都，杜甫嘗寓居於此。❹振錫　指僧人出行。錫，僧人所持錫杖，杖頭有金屬環，僧人作法或出行時搖動錫杖使發聲。❺長者　此指為長官者。❻披文　打開詩卷。❼令公香　猶言詩卷猶有韋皋之手澤。《太平御覽》卷七〇三引晉習鑿齒《襄陽記》：「荀令君至人家，坐處三日香。」令公，指三國魏荀彧。彧字文若，為侍中，守尚書令。傳說他曾得異香，用以熏衣，餘香三日不散。❽八部　佛家語。《翻譯名義集》卷四〈八部〉：「一天、二龍、三夜叉、四乾闥婆、五阿脩羅、六迦龍羅、七緊那羅、八摩睺羅迦。」八部中以天、龍二部居首，故又稱天龍八部。❾道場　僧人作法事的壇場。❿結社　因信仰相同而結為社團。⓫吾家本自有柴桑　用東晉劉程之事。東晉時，廬山東林寺釋慧遠嘗與同好結白蓮社。晉無名氏《蓮社高僧傳・慧遠傳》：「慧永、慧持……名儒劉程之……等，結社念佛，世號十八賢。」按，柴桑，漢縣名，治所在今江西九江市西南，劉程之時為柴桑宰。禹錫因劉程之與其同姓，故稱「吾家」。

【語譯】碧雲佳句久久被人傳誦，還曾在成都草堂居住，受到詩聖的浸染。搖動錫杖常常走動於長者門戶，打開詩卷還能感覺到令公的手澤。一時風景變換啟動了詩興勃發，天龍八部的佛理與人間共同成為詩材。如果上人許可與我相約同結社，可知我劉姓本家在柴桑曾有此經歷。

【研析】廣宣是詩僧，不安於佛寺，攜一卷詩頻頻往來於「長者」之門，與權勢者及長安許多詩人均有往來。韓愈〈廣宣上人頻見過〉云：「三百六旬長擾擾，不衝風雨即塵埃。」其廣通聲氣、追逐勢力可以想見。廣宣寄其與地方大員唱和之詩卷與禹錫，並將韋皋手劄答詩相示，趨炎附勢，俗態十足。《唐詩紀事》卷七二：「廣宣，會昌間有詩名，與劉夢得最善。」所以禹錫此詩寫得就比較客氣，甚至有相約要與其結社的話頭。荀彧持身儉素，祿賜散給家族，家無餘財；而韋皋在蜀二十一年，「重賦斂以事月進，卒致蜀土虛竭，時論非之」（《舊唐書・韋皋傳》），此詩以韋皋擬荀彧，「頌」得卻有些過分。

蒲桃歌

【題解】貞元末作於長安，時禹錫為監察御史。蒲桃，即葡萄。此詩借葡萄諷刺當時吏治之昏亂。

野田生蒲桃，纏繞一枝蒿。移來碧墀❶下，張王❷日日高。分岐❸浩繁縟，修蔓蟠詰曲❹。揚翹向庭柯❺，意思如有屬❻。為之立長架，布濩❼當軒綠。米液❽溉其根，理疏❾看滲漉❿。繁葩⓫組綬⓬結，懸實珠璣蹙⓭。馬乳⓮帶輕霜，龍鱗⓯曜初旭。有客汾陰⓰至，臨堂瞪雙目⓱。自言我晉人，種此如種玉⓲。釀之成美酒，令人飲不足。為君持一斗，往取涼州牧⓳。

【注釋】❶碧墀　石階。❷張王　旺盛的樣子。王通「旺」。❸分岐　謂葡萄分蘖。❹詰曲　指葡萄鬚藤纏繞彎曲。❺庭柯　庭中樹木。❻有屬　意有所歸屬。❼布濩　遍佈；佈散。❽米液　淘米水。❾理疏　鬆土。❿滲漉　米液滲入土中。

⑪葩　花。⑫組綬　絲帶。此指藤蔓。⑬珠璣蹙　形容葡萄果實密集堆聚。⑭馬乳　葡萄之一種，形似馬乳。⑮龍鱗　葡萄之一種，形似龍鱗。⑯汾陰　漢縣名，故址在今山西萬榮西南。《新唐書・地理志》：太原府「土貢……蒲桃酒。」⑰瞪目　驚訝的樣子。⑱種玉　用干寶《搜神記》事。《搜神記》卷一一：「(楊)公汲水作義漿於阪頭，行者皆飲之。三年，有一人就飲，以一斗石子與之，使至高平好地有石處種之，云：『玉當生其中。』楊公未娶，又語云：『汝後當得好婦。』語畢不見。乃種其石，數歲，時時往視，見玉子生石上，人莫知也。有徐氏者，右北平著姓，女甚有行，時人求，多不許。公乃試求徐氏。徐氏笑以為狂，因戲曰：『得白璧一雙來，當聽為婚。』公至所種玉田中，得白璧五雙，以聘。徐氏大驚，遂以女妻公。」後因以「種玉」喻得好姻緣。此處比喻神仙之事。⑲為君持一斗二句　用後漢宦官張讓事。《後漢書・張讓傳》李賢注引《三輔決錄》：「(孟)佗字伯郎，以葡萄酒一斗遺讓，讓即拜佗為涼州刺史。」

【語　譯】野田生出一枝葡萄，纏繞著一棵蒿草往上長。將它移來栽在臺階下，枝葉繁茂日日在長高。葡萄分蘗很多，修長的藤蔓彎曲纏繞。揚起來向著庭中樹木，其意似乎有所歸依。為它立了長長的木架，它的綠葉就佈滿了窗戶。用淘米水澆灌其根，為它鬆土，看著米液滲下。繁密的花開了一串串如組綬，果實如珠璣密聚集。馬乳葡萄好似帶著輕霜，龍鱗葡萄閃耀光彩在朝陽下。有客人自汾陰來，來至堂前瞪目結舌。自言「我是盛產葡萄的晉人，種植葡萄精心如同種玉。葡萄成熟釀成美酒，叫人飲用永不知滿足。我可以為您釀美酒一斗，送給高官換取涼州刺史。」

【研　析】此詩自「有客汾陰至」處分為兩截：前半譏刺小人之攀附權貴，後半譏刺宦官專權賣官鬻爵。似此等皆德宗晚年吏治腐敗之事。詩前半寫葡萄自栽種、成長至開花結實，描摹入神。結尾突然轉入行賄宦官斗酒換取涼州刺史之事，如寸水興波，為興來之筆，而詩意陡然轉入他一境界。

春日退朝

【題　解】當作於貞元二十一年(西元八〇五年)順宗即位初，時禹錫任監察御史，在長安。皇帝早朝會見百官，宰相大臣奏事，皇帝處分畢，乃退朝，百官各自回到衙署所在。此詩寫退朝時長安春色，自得之情洋溢其中。

紫陌❶夜來雨，南山朝下看❷。戟枝❸迎日動，閣影❹助松寒。瑞氣卷綃縠❺，游光泛波瀾。御溝❻新柳色，處處拂歸鞍。

【注釋】❶紫陌　指京師大道。❷南山朝下看　形容宮殿之高。南山，即終南山，在長安南五十里。唐自玄宗朝之後，帝王早朝例在大明宮含元殿。《唐語林》卷八：「含元殿鑿龍首岡以為址，高五十餘尺……倚欄下視，南山如在掌中。」❸戟枝　戟上橫出之刃。戟，古代兵器名，似戈，後以木為之，成為一種儀仗。唐制：宮殿、宗廟及官署門前列戟以示尊貴。此指早朝時列戟以為儀仗。❹閣影　宮殿樓閣之影。❺綃縠　絲織品。縠，縐紗。❻御溝　經宮外流入宮內之水溝。

【語譯】長安大道昨夜經歷了一場好雨，自殿外遠望南山如在目前。戟枝迎著朝日移動，樓閣陰影帶來南山松樹的寒意。含元殿如被輕紗絲帳籠罩一派瑞氣，春日朝陽在長安城內泛起明亮的波瀾。御溝旁披上新綠的柳條，不時拂在馬鞍上。

【研析】讀這首詩，須把握兩點：一是詩意與初春早朝退朝時間的吻合。依據資料，可知唐時早朝，以今日之計時方法推之，大約起自早晨六時，到九時左右退朝。「戟枝迎日」、「閣影助寒」，以及「瑞氣」、「遊光」、「新柳」等，無不與初春物候和退朝時間相吻合。二是洋溢在詩句中詩人樂觀進取、甚至是興奮自得的情緒。天子早朝，五品以上「常參官」始有資格參加。監察御史品階雖低（八品），但屬「人君耳目」的中樞之官，故有資格參與早朝。這對進入官場不久的詩人來說，自然是十分榮耀之事，詩中的一場「夜來」春雨，春雨過後「下看」南山，固是大自然的特意恩惠，又不妨視作是詩人為添加喜氣著意的安排。此下的描寫，無不與作者樂觀進取的情緒相關聯。貞元二十一年正月，德宗駕崩，太子李誦即位，是為順宗。順宗即位，王叔文、王伾等用事，而二王與劉禹錫的關係至為密切，禹錫官職的升遷指日可待（至本年四月禹錫遷屯田員外郎）。這一切都給詩人帶來了好情緒，遂在詩中體現出來了；但又讓常人不覺，似乎不過是一首稱頌吉日良辰、天子聖明的詩。這也是此詩高明之處。

桃源行

【題　解】從詩的風格看，似是禹錫早期的作品。詩檃栝陶淵明〈桃花源記〉故事，寄託其眷戀人間的理想。

漁舟何招招❶，浮在武陵水❷。拖綸擲餌❸信流去，誤入桃源行數里。清源尋盡花綿綿，踏花覓逕至洞前。洞門蒼黑煙霧生，暗行數步逢虛明❹。俗人毛骨❺驚仙子，爭來致辭❻何至此？須臾皆破冰雪顏❼，笑言委曲❽問人間。因嗟隱身來種玉❾，不知人世如風燭❿。筵羞石髓⓫勸客餐，鐙爇松脂⓬留客宿。雞聲犬吠遙相聞，曉光蔥蘢開五雲⓭。漁人振衣起出戶，滿庭無路花紛紛。翻然⓮恐迷鄉縣處，一息⓯不肯桃源住。桃花滿溪水似鏡，塵心⓰如垢洗不去。仙家一出尋無蹤，至今水流山重重⓱。

【注　釋】❶招招　招呼的樣子。《詩經・邶風・匏有苦葉》：「招招舟子，人涉卬否。」《毛傳》：「招招，號召之貌。」❷浮在武陵水以下數句　敷衍陶淵明〈桃花源記〉情節。可參看陶文。❸拖綸擲餌　謂打漁。綸，漁網。❹虛明　透著亮光。❺俗人毛骨　謂凡人骨相。與仙人相對而言。❻致辭　說話。❼破冰雪顏　猶言笑逐顏開。冰雪顏，仙人冷峻的面孔。語出《莊子．逍遙遊》：「藐姑射之山，有神人居焉，肌膚若冰雪，淖約若處子。」❽委曲　曲折的事由。❾種玉　用干寶《搜神記》事，詳見貞元、永貞詩選〈蒲桃歌〉注。❿風燭　風中之燭。比喻變故甚大。⓫筵羞石髓　謂以石髓為餐。羞，同「饈」。美味的食品。石髓，即石鐘乳，仙家所服用。《晉書．嵇康傳》：「康嘗采藥入山澤……遇王列，共入山。列嘗得石髓如飴，即自服半，餘半與康，皆凝而為石。」⓬鐙爇松脂　以松脂點燃為燈燭。鐙，同「燈」。爇，點燃。⓭五雲　五色雲。⓮翻然　忽然醒悟。⓯一息　呼吸之間。形容時間很短。⓰塵心　凡俗之心。⓱仙家一出尋無蹤二句　衍申自〈桃花源記〉：「停數日，辭去。此中人語云：『不足為外人道也。』既出，得其船，便扶向路，處處誌之……尋向所誌，遂迷不復得路。」

【語　譯】舟子們相互打著招呼，將船行在武陵的水面上。拖著漁網投著魚餌信流而去，誤入數里進入桃花源。到了流水盡頭只見桃花綿綿無盡，踏花尋覓路徑至一處洞口邊。洞口蒼黑有煙霧生出，暗行數步逢到了光亮。俗骨凡貌的漁人驚訝於仙人相貌，爭著詢問他們因何至此？仙人們笑著回答緣由並問及人間之事，一會兒功夫就嬉笑顏開態度和藹。於是感歎自己隱身此地做神仙，竟不知人間如風中之燭變化多多。設下筵席以石髓勸漁人品嘗，點燃了松脂留漁人歇息。夜靜可以聽到遠處的雞犬之聲，清晨的陽光照射天空現出五彩雲。漁人振衣走出門戶，看見滿院的落花遮蔽了道路。忽然醒悟如此豈不迷了家鄉歸路，一會兒也不願在桃源留下來居住。落花飄滿了溪水水面平靜似鏡，漁人凡心如垢洗也洗不去。離開了仙境再也尋不到蹤跡，至今只見流水淙淙山巒重重。

【研　析】陶淵明根據民間傳說，創造了關於世外桃源的不朽作品：〈桃花源記〉及〈桃花源詩〉。因為〈桃花源記〉裏那個與世隔絕、「春蠶收長絲，秋熟靡王稅」（〈桃花源詩〉）的環境太吸引人了，所以不斷地有詩人對此同一題材進行再創作。唐代王維、韓愈以及劉禹錫即有同題詩。三人詩都以檃栝陶詩文內容為主幹，但各有不同。王維詩寫於他十九歲那一年，活潑熱烈，充溢著他對神仙世界的嚮往；韓愈詩寫於他反佛道思想成熟的中後期，所以一開首就直接說「神仙有無何渺茫，桃源之說誠荒唐」。禹錫此首把重點轉移為漁人，雖然複述故事，但一直是漁人的視覺，感受也是漁人的，對漁人的「俗人毛骨」、「塵心如垢」、「一息不肯桃源住」的鄉土觀念表示了同情和理解。從藝術方面講，王、韓的詩更有氣勢一些，描寫神仙世界桃花繽紛皆有令後人成誦的佳句，而劉詩則顯得質樸有餘，藻飾不足。

萋兮吟

【題解】「萋兮」語出《詩經・小雅・巷伯》：「萋兮斐兮，成是錦貝；彼譖人者，亦已大甚。」〈詩序〉以為「寺人傷於讒，故作是詩也」。此詩傷「二王」之貶而作。貞元二十一年（西元八〇五年）八月，順宗內禪，憲宗即位，改元永貞。憲宗即位之初，即貶右散騎常侍王伾為開州司馬，戶部侍郎、度支鹽鐵轉運使王叔文為渝州司戶。詩當作於此時。劉、柳及韓泰、韓曄、陳諫等之貶，在此年九月。

天涯浮雲❶生，爭蔽日月光。窮巷❷秋風起，先摧蘭蕙❸芳。萬貨列旗亭❹，恣心❺注明璫❻。名高毀所集，言巧智難防。勿謂行大道，斯須❼成太行❽。莫吟萋兮什❾，徒使君子傷。

【注釋】❶浮雲　以喻小人。陸賈《新語・慎微》：「邪臣之蔽賢，猶浮雲之障日月也。」此用其意。❷窮巷　冷僻簡陋的小巷。《墨子・號令》：「吏行其部，至里門，正與開門內吏，與行父老之守及窮巷幽間無人之處。」或謂指窮人所居巷，亦通。❸蘭蕙　以喻君子。此或指王伾、王叔文。❹旗亭　酒樓。此指集市、市廛。❺恣心　貪鄙之心。❻明璫　明珠。❼斯須　轉瞬間。❽太行　山名。劉孝標〈廣絕交論〉：「世路險巇，一至於此。太行、孟門，豈云嶄絕！」後世詩文每以太行喻世道艱險，如曹操〈苦寒行〉：「北上太行山，艱哉何巍巍。」❾萋兮什　指〈巷伯〉詩。

【語譯】天邊生出浮雲，遮蔽了日月之光。窮巷起了陣陣秋風，先摧折了蘭蕙的芬芳。集市上擺滿了各種貨物，小人們的邪心都貫注在最珍貴的珠寶上。譭謗總是集中於名望最高者，再聰明的人也難以防範巧言的中傷。不要說腳下是平坦的大道，轉瞬間就變成了太行山峻阪。請不要再吟「萋兮」這樣的篇章了，這只會讓君子徒然感到悲傷。

【研析】對於永貞年間「二王」、「八司馬」之敗，禹錫後來貶朗州後，有多首寓言詩諷其事。此首或是即時之作。禹錫於王伾素無愛憎。史載王伾「闒茸，專以納賄為事，作大櫃貯金帛，夫婦寢其上。」（《資治通鑑・唐紀五十二》）「萬貨列旗亭」二句，當是王伾貪賄財產被抄沒時紀實之句。禹錫於王叔文則特為愛敬，其〈子劉子自傳〉嘗云：「叔文北海人，自言猛之後，有遠祖風……叔文實工言治道，能以口辯移人。既得用，自春至秋，其所施為，人不以為當非。」故此篇可視為禹錫專為王叔文而作。詩以譏刺讒人的《詩經・小雅・巷伯》首二字「萋兮」為題，以「浮雲」、「秋風」喻製造讒言者，以「日月光」喻帝王之明，以「蘭蕙」喻叔文，並無隱諱，甚至是公開地為叔文叫屈。王叔文出身微賤，執政時又過分張揚，「名高毀所集」，得罪了許多有權勢者。在這種局面下，替叔文叫屈鳴冤，是需要一些勇氣的。

赴連山途次德宗山陵寄張員外

【題解】永貞元年（即貞元二十一年，西元八〇五年）九月作。是年八月，順宗內禪，太子李純即皇帝位，是為憲宗。改貞元二十一年為永貞元年，貶王叔文為渝州司戶，王伾為開州司馬，貶劉、柳等為遠州刺史，劉禹錫為連州（今屬廣東），柳宗元為邵州。禹錫因老母在洛陽，故取道洛陽赴貶所。連山即連州。德宗山陵指德宗陵墓所在的崇陵，在今陝西涇陽嵯峨山。張員外指張賈，曾為禮部員外郎，故稱。又見前〈答張侍御賈喜再登科後自洛赴上都贈別〉。當德宗朝，二人曾同殿為臣，今日自己則獨赴貶地，故感慨係之。

當時並冕❶奉天顏❷，委佩低簪❸彩仗❹間。今日獨來張樂❺地，萬重雲水望橋山❻。

【注釋】❶并冕 猶並肩。冕，指官員的禮冠。❷天顏 帝王容顏。❸委佩低簪 謂參拜皇帝時一躬到底。❹彩仗 帝王朝見百官時的儀仗。❺張樂 設置音樂。德宗葬崇陵時此地曾大張音樂。❻橋山 即橋陵，軒轅皇帝葬處，在今陝西黃陵橋山。

【語譯】當時我們曾並肩朝拜天顏，一躬到底在皇帝的彩仗間。今日我獨自來到崇陵，隔著萬重雲水遙望橋山。

【研析】德宗薨後，杜佑（時為宰相）為山陵使，禹錫以禮部員外郎佐杜佑，為崇陵使判官。張賈亦為禮部員外郎，或與禹錫同經營崇陵。涇陽的崇陵在長安西北，禹錫經洛陽赴貶地（連州），似不必途次崇陵。或因為禹錫曾為崇陵判官，當德宗朝自己的仕途還算順利，所以在赴連州時不惜繞道，來到崇陵，也未可知。全詩對往昔充滿懷戀，末句的「望橋山」，既有對往昔的懷戀之情，也有對自己今後命運難以把握的茫然之感。

秋晚題湖城驛池上亭

【題解】永貞元年九月，繼王伾、王叔文被貶後，劉禹錫、柳宗元及王叔文黨人韓泰、陳諫、韓曄、凌准、程異、韋執誼均被貶。初貶為遠州刺史，途中再貶為遠州司馬，號為「八司馬」。禹錫初被貶為連州（今屬廣東）刺史，大約行至岳陽，改貶為朗州司馬。此為赴連州途中作。禹錫赴貶所，出潼關、取道洛陽，以其有老母在洛陽。湖城驛，在唐虢州湖城縣（今河南靈寶）。

秋次池上館，林塘照南榮❶。塵衣❷紛未解，幽思浩已盈。風蓮墜故萼，露
菊含晚英。恨為一夕客，愁聽晨雞鳴。

【注釋】❶南榮　房屋南簷。❷塵衣　形容旅途勞頓。

【語譯】正逢秋日，我停宿於湖城驛池旁客館，林旁池塘映照房屋南簷。衣上的征塵還未解除，鬱結的情思就已經盈滿胸懷。蓮萼在西風中墜落，帶露的菊花晚間開放。遺憾的是，我只是一夕的客人，黎明前的雞鳴聲令我頓生愁腸。

【研析】唐制：左降官量情狀稍重者，日馳十驛以上赴任（見《唐會要》卷四一「左降官及流人」）。故禹錫赴連州，迫於期限，沿途不得逗留。塵衣未解而幽思已盈，晨雞未鳴而愁腸已起，以此故也。

登陝州城北樓卻寄京師親友

【題解】永貞元年九月作。陝州即今河南三門峽市。

獨上百尺樓，目窮思亦愁。初日遍露草，野田荒悠悠。塵息❶長道白❷，林
清宿煙❸收。回首雲深處，永懷帝鄉❹遊。

【注釋】❶塵息　揚塵息止。❷長道白　大道。李白〈洗腳亭〉：「白道向姑熟。」王琦注：「白道，大路也。人行跡多，草不能生，遙望白色，故曰白道。」❸宿煙　夜間升起的水氣。❹帝鄉　京師。

【語譯】獨自登上百尺高樓，望到極遠處愁緒隨之而生。朝日臨照帶露的秋草，野外一片無際的荒涼。大道之上塵土不再揚起，樹林裏夜間的水氣散開。回首層雲深處，有我永遠懷念的京師友人。

【研析】全詩的要點在「目窮思亦愁」。登樓極目，想看到長安，字面上懷戀難捨的是「京師親友」，然則實際上是作為詩人政治歸宿的長安。正如李白被貶出長安後所寫的「總為浮雲能蔽日，長安不見使人愁」（〈登金陵鳳凰臺〉）一樣。

紀南歌

【題解】永貞元年十月作於赴連州途中。紀南，古城名，即楚都郢，在今湖北江陵西北，春秋時楚文王定都於此。昭王時遷走，惠王初又遷回，後為秦將白起所破，地入秦。因地在紀山之南，故稱紀郢；又因地居楚國南境，亦稱南郢。故城稱紀南城。「紀南歌」為禹錫自創新樂府題。

風煙紀南城，塵土荊門❶路。天寒多獵騎，走上樊姬墓❷。

【注釋】❶荊門　縣名，今屬湖北。❷樊姬墓　樊姬，楚莊王之夫人。《列女傳》卷二：「樊姬，楚莊王之夫人也。莊王即位，好狩獵，樊姬諫，不止，乃不食禽獸之肉。王改過，勤於政事。」樊姬墓在郢西北。張九齡有題為〈郢城西北有大古塚數十觀其封域多是楚時諸王而年代久遠不可復識唯直西有樊妃塚因後人為植松柏故行路盡知之〉的詩。

【語譯】遠處風煙起處是紀南城，塵土飛揚的是通往荊門的大路。天寒地凍多的是騎馬狩獵人，一個個走上了樊姬的墳墓。

【研析】首二句寫其行程：從方位來看禹錫應該是先抵荊門（荊門在江陵北百餘里），所以有「塵土荊門路」

之句；「風煙」一句仿王勃「風煙望五津」，寫自荊門望中的江陵。後二句寫其抵達江陵前（樊姬墓在江陵北二十里）所見。張九齡詩云：「楚子初逞志，樊妃嘗獻箴。能令更擇士，非直罷從禽。舊國皆湮滅，先王亦莫尋。唯傳賢媛隴，猶結後人心。」（《全唐詩》卷四七）張九齡眼中的盛唐人尚知由尊敬樊姬的為人而敬其墳墓，但到了劉禹錫的中唐就不同了，狩獵者竟然騎馬登上了樊姬墳墓，一絲敬慕都不存在了。禹錫所感慨者在此。

韓十八侍御見示岳陽樓別竇司直詩因令屬和重以自述故足成六十二韻

【題解】永貞元年十一月作。韓十八為韓愈，愈曾任監察御史，故稱其為侍御。竇司直為竇庠。韓皋出鎮武昌，辟庠為幕府，司直即大理司直，為竇庠兼銜。其時竇庠權領岳州刺史。貞元十九年，京師天旱人饑，時為監察御史的韓愈上疏請緩徵本年租稅，得罪權貴，貶陽山（今屬廣東）令。貞元二十一年正月，德宗駕崩，太子李誦即位，是為順宗；八月，順宗內禪，太子李純即位，是為憲宗，改元永貞。憲宗即位後，愈得量移江陵府法曹參軍。順宗為太子時即患風疾，不能言，群臣嘗奏請以太子監國，遭到二王反對，故憲宗即位後立即嚴懲「黨人」，貶王伾開州司馬，王叔文渝州司戶；九月，與二王交密的劉禹錫、柳宗元、韓泰、陳諫、韓曄、凌准、程異等「黨人」亦相繼被貶為遠州刺史。十一月，貶韋執誼崖州司馬，再貶劉、柳等為遠州司馬（劉為朗州司馬，柳為永州司馬），並有「縱逢恩赦，不在量移之限」，號為「八司馬」。韓愈受詔自陽山赴江陵（今屬湖北），禹錫赴朗州，二人先後行至江陵，得到竇庠的盛情接待。韓有〈岳陽樓別竇司直〉詩，庠有和詩，禹錫亦有和詩，即此詩。貞元末，由於政局動盪和二王、韋等「黨人」密結的原因，韓愈與劉、柳的關係一度出現過裂痕，產生過較大的嫌怨；劉、柳對韓愈也有一些誤會。這些，在此詩中均有反映。此詩為禹錫詩篇幅較長的一首，氣勢宏偉，敘述委曲，且是研究韓愈與劉、柳關係很重要的一首詩。

楚望❶何蒼然，層巒七百里❷。孤城❸寄遠目，一寫❹無窮已。蕩漾浮天蓋❺，回環宣❻地理❼。積漲❽在三秋❾，混成非一水❿。冬遊⓫見清淺，春望多洲沚。雲錦遠沙明，風煙青草⓬靡。火星⓭忽南見，月魄⓮方東迤⓯。雪波⓰西山來，隱若長城起。獨專朝宗⓱路，駛悍⓲不可止。支川讓其威，蓄縮至南委⓳。熊武⓴走蠻落㉑，瀟湘㉒來奧鄙㉓。炎蒸動泉源，積潦搜山趾㉔。歸往㉕無旦夕，包含通遠邇㉖。

【章　旨】此段鋪寫洞庭湖水的浩淼廣大。先簡要寫遠眺之下湖與郡城的蒼然之色，再分寫秋、冬、春、夏四季湖水之不同，最後總寫自盛夏火星出現後（六月）至三秋季節眾水彙聚洞庭，湖水雪浪如長城、駛悍不能止、甚至動搖群山之氣勢。

【注　釋】❶楚望　楚地有名望的山川。此指洞庭湖。望，有聲望、威望的人或物。❷層巒七百里　謂洞庭水波浩淼廣大無邊。《水經注．湘水》：「洞庭……湖水廣圓五百餘里。」❸孤城　此指岳陽城。❹一寫　指湖水流瀉。寫，同「瀉」。❺天蓋　即天。天圓如車蓋覆於地，故稱。❻宣　宣洩。❼地理　大地脈理。❽積漲　積水而漲。❾三秋　秋季三個月。❿混成非一水　指洞庭湖水由眾多江河匯聚而成。⓫冬遊　冬日遊歷。⓬青草　指青草湖。一名巴丘湖，在洞庭湖東南。又借指湖中水草。⓭火星　即大火星，每年夏曆六月黃昏出現於正南方，方向最正而位置最高，至七月偏西而下行。⓮月魄　月初生或圓而始缺時不明亮的部分。此處泛指月亮。⓯東迤　斜掛於東方。⓰雪波　指湖水翻動的浪花。⓱朝宗　東流入海。《尚書．禹貢》：「江漢朝宗於海。」孔穎達疏：「朝宗是人事之名，水無性識，非有此義。以海水大而江漢小，以小就大，似諸侯歸於天子，假人事而言也。」⓲駛悍　奔流峻急。⓳支川讓其威二句　意謂江水支流皆隨順其威風而流入洞庭。支川，支流。蓄縮，畏縮；退縮。委，順從的樣子。⓴熊武　即熊溪、武溪，皆武陵五溪之一。㉑蠻落　蠻荒之地。㉒瀟湘　即瀟水、湘水，皆匯入洞庭。㉓奧鄙　邊遠荒僻之地。㉔炎蒸動泉源二句　意謂洞庭湖當盛暑之時足以動搖所有支流的泉源，而當三秋湖水積漲之時又足以撼動群山之根。山趾，山腳。㉕歸往　指眾水流入洞庭。㉖邇　近。

【語　譯】遠望楚地洞庭湖水白茫茫一片，層層波瀾足有七百里。站在岳陽城上遠遠望去，見到湖水一瀉而去無有窮已。湖水蕩漾天蓋似乎漂浮其上，湖水回環宣洩著大地的脈理。湖水漲滿在三秋之月，眾水匯聚成為洞庭之水。冬日遊歷可見湖水的清淺，春日望去可見湖中多有陸地。遠處彩雲與白沙相輝映，風煙起處湖邊青草低靡。忽然見到火星在南方天際出現，一彎新月也斜掛在東方。白雪一般的水浪從西山湧來，隱隱然如築起一道長城。洞庭湖獨當眾水歸於東海的大道，湖水奔流峻急不可停歇。一切支流都懾於它的威風，畏縮順隨在一旁。熊武二溪源於蠻荒之地，瀟湘二水來自荒僻之鄉。當盛暑時湖水足以動搖眾水泉源，當湖水暴漲時又足以撼動群山之根基。眾水匯聚洞庭無日無夜，洞庭之水匯通了遠近的水流。

行當白露❶時，眇視❷秋光裏。曙色未昭晰，露華遙斐亹❸。浩爾神骨清❹，
如觀混元❺始。戕風❻忽震盪，驚浪迷津涘❼。怒激鼓鏗訇❽，蹙成山巋硊❾。鵾
鵬疑變化❿，罔象⓫何恢詭⓬。噓吸⓭寫樓臺⓮，騰驤⓯露鬐尾⓰。景⓱移群動⓲息，
波靜繁音弭⓳。明月出中央，青天絕纖滓⓴。素光㉑淡無際，綠靜㉒平如砥㉓。空
影渡鵷鴻，秋聲思蘆葦㉔。鮫人㉕弄機杼，貝闕㉖駢紅紫。珠蛤㉗吐玲瓏㉘，文
鰩㉙翔旖旎㉚。

【章　旨】此段具體寫詩人行至岳陽時所見洞庭湖秋冬之際景色。又頻頻轉換筆調，寫惡風突然而至，湖水驚浪滔天的可怖景象；再寫群動忽而靜息，明月出於中天的宜人景色。詩人並由此不斷產生種種聯想。

【注　釋】❶白露　節氣名。中原白露節氣一般在夏曆七、八月，而禹錫行至岳陽已是十一月。江南白露降下已到十一月份，故此處「白露」非實寫節氣。❷眇視　遠視。❸斐亹　文采的樣子。此指露珠晶瑩。❹神骨清　意謂精神清爽。❺混元　天地。❻戕風　惡風。❼津涘　水岸；渡口。❽鏗訇　水激蕩聲。❾巋硊　山高的樣子。此指水浪。❿鵾鵬疑變化　用《莊子・逍遙遊》：「鵾之大，不知其幾千里也。化而為鳥，其名為鵬。鵬之背，不知其幾千里也。怒而飛，其翼若垂天之雲」句意。鵾鵬，即鯤鵬。⓫罔象　傳說中水怪名。或謂木石之怪。《國語・魯語下》：「水之怪曰龍、罔象。」韋昭注：「或曰罔象食人，一名沐腫。」⓬恢詭　奇怪不可揣測。⓭噓吸　呼吸。⓮樓臺　此指海市蜃樓。古人以為海市蜃樓是水中蛟、蜃等生物呼吸吐氣而成。⓯騰驤　騰躍。⓰鬐尾　此指水中蛟、蜃等生物的鬐鬣和尾。⓱景　日光。⓲群動　各種生物。⓳弭　停息。⓴纖滓　細小的雜物。此指雲彩。《世說新語・言語》：「司馬太傅齋中夜坐，于時天月明淨，都無纖翳，太傅歎以為佳。謝景重在座，答曰：『意謂乃不如微雲點綴。』太傅因戲謝曰：『卿居心不淨，乃欲強復滓穢太清邪？』」㉑素光　月光。㉒綠靜　水面平靜。㉓砥　磨刀石。此形容水面平靜。㉔秋聲思蘆葦　用《詩經・秦風・蒹葭》：「蒹葭蒼蒼，白露為霜。所謂伊人，在水一方」句意。此謂因秋聲而起懷人之思。㉕鮫人　傳說中居於水中的人。張華《博物志》卷九：「南海外有鮫人，水居如魚，不廢織績……從水出，寓人家，積日賣絹。將去，從主人索一器，泣而成珠滿盤，以與主人。」㉖貝闕　此指水中宮殿。㉗珠蛤　可以孕珠的水中介殼軟體動物。㉘玲瓏　明豔的樣子。此指珍珠。㉙文鰩　一種能飛的魚。㉚旖旋　從風飛翔的樣子。

【語　譯】正當白露降下之時，遠視江南一派秋光。曙色尚未明晰，露水晶瑩閃爍。秋色無邊使人精神清爽，如同觀看天地始分之時。惡風忽然一陣震盪，驚浪遮住了湖岸渡口。浪濤撞擊聲如擊鼓，水浪如山一般蹙起。疑心大鯤是否在發生變化為大鵬，或是罔象正在水中作怪。蛟蜃一類吐氣構成了樓臺，又在水裏騰躍露出鬐鬣和尾巴。日影移動各種動物的喧鬧停息下來，一輪明月出現在天中央，青天淨潔無一絲汙穢。潔白明亮的月光無邊無際，水面平靜波瀾不起。鴻雁在空中飛過，秋色濃重讓人懷想在水一方的伊人。傳說中的鮫人在水裏擺弄機杼，水底顯出了紫貝搭成的水神宮殿。珠蛤產珠晶瑩剔透，文鰩在水面上優美地飛翔。

水鄉吳蜀限❶，地勢東南庳❷。翼軫❸粲垂精❹，衡巫❺屹環峙。名雄七澤藪❻，國辨三苗氏❼。唐羿斷修蛇❽，荊王殪青兕❾。秦狩跡猶在❿，虞巡路從此⓫。軒后奏宮商⓬，騷人詠蘭芷⓭。茅嶺潛相應⓮，橘洲⓯傍可指。郭璞驗幽經⓰，羅含著前紀⓱。

【章旨】此段寫洞庭湖所處地理位置及分野，並徵引相關歷史記載或歷史人物以鋪陳洞庭湖人文特徵。

【注釋】❶吳蜀限　意謂三國時吳蜀以此（洞庭）為界限。❷庳　低下。❸翼軫　星宿名。洞庭湖在荊州，翼、軫二星為其分野。❹垂精　垂下光芒。❺衡巫　衡山和巫山。衡山在洞庭之南，巫山在洞庭之西。❻七澤藪　古代傳說中的七個大澤。司馬相如〈子虛賦〉：「臣聞楚有七澤，嘗見其一……名曰雲夢。雲夢者，方九百里。」藪，湖澤。❼三苗氏　古國名。《史記．五帝本紀》：「三苗在江淮、荊州，數為亂。」張守節《正義》引吳起曰：「三苗之國，左洞庭而右彭蠡。」❽唐羿斷修蛇　用傳說中后羿斬蛇事。唐，唐堯，即帝堯。《淮南子．本經》：「逮至堯之時，十日并出……封豨、修蛇皆為民害。堯乃使羿斷修蛇於洞庭。」高誘注：「修蛇，大蛇。」❾荊王殪青兕　用《戰國策》楚王射殺犀牛事。《戰國策．楚策一》：「楚王游於雲夢，結駟千乘，旌旗蔽日。野火之起也若雲霓，兕虎嗥之聲若雷霆。有狂兕牂車依輪而至。王親引弓而射，一發而殪。」荊王，楚王。殪，死。青兕，犀牛之類。❿秦狩跡猶在　用秦始皇出巡至洞庭君山事。狩，帝王出巡。《史記．秦始皇本紀》：「始皇……之衡山，南郡，浮江，至湘山祠，逢大風，幾不得渡。上問博士曰：『湘君何神？』博士對曰：『聞之，堯女，舜之妻，而葬此。』於是始皇大怒，使刑徒三千人皆伐湘山樹，赭其山。」湘山即君山，在洞庭中。⓫虞巡路從此　謂虞舜南巡至於此。《史記．五帝本紀》：「舜……踐帝位三十九年，南巡狩，崩於蒼梧之野，葬於江南九疑，是為零陵。」⑫軒后奏宮商　用黃帝奏樂於洞庭事。《莊子・天運》：「帝張咸池之樂於洞庭之野。」軒后，黃帝軒轅氏。⑬騷人詠蘭芷　指屈原及其《楚辭》作品。屈原被放於沅湘，賦〈離騷〉、〈九章〉等，好以蘭芷等香草入於作品中。⑭茅嶺潛相應　茅嶺，即茅山，在今江蘇句容南，相傳茅嶺與君山相通。《水經注・湘水》引《荊州記》：「湖中有君山……山有石穴，潛通吳之包山。」按，包山一作苞山，又名洞庭山，即今江蘇吳縣西南太湖中洞庭西山。⑮橘洲　又名橘子洲，在今湖南長沙西湘江中。⑯郭璞驗幽經　謂晉人郭璞曾經注過《山海經》，其中〈海內東經〉有關於洞庭湖的記載。⑰羅含著前紀　羅含，晉人，字君章。前紀，指羅含所著《湘中山水記》。

【語　譯】水鄉吳蜀以洞庭為分界，其東南方一帶地勢庳下。翼軫二星是洞庭的分野，衡山巫山環峙在洞庭四周。洞庭之名為古七澤之一，上古之時是三苗國的屬地。唐堯之時后羿在此斬斷過長蛇，楚王也在此射殺過兕猛的犀牛。秦皇出巡曾經到過此地，虞舜南巡也由此經過。軒轅黃帝嘗奏樂於此，屈原的作品吟詠過香草蘭芷。茅嶺與洞庭君山相通相應，橘洲在其旁伸手可指。郭璞在《山海經》注裏對洞庭有過考訂，羅含有著作記載過湘中山水。

觀津戚里族❶，按道侯家子❷。連袂❸登高樓，臨軒笑相視。假守亦高臥❹，墨曹正垂耳❺。契闊❻話涼溫，壺觴慰遷徙❼。地偏山水秀，客重❽杯盤侈❾。紅袖花欲然❿，銀鐙⓫晝相似。興酣更抵掌⓬，樂極同啟齒⓭。筆鋒不能休，藻思⓮一何綺。

【章　旨】此段漸及人事。先盛讚竇庠門第高貴，政務清閒；再語及與韓愈途中相遇，話說人生溫涼。三人同登岳陽高樓，酒酣樂極，談鋒既健，文辭亦不能休，過渡到韓愈為詩邀和。

【注釋】❶觀津戚里族　謂竇庠。觀津，漢縣名，故址在今河北武邑東南。觀津為竇姓郡望。戚里，西漢長安里名，為帝王外戚聚居之地。《史記・萬石張叔列傳》：「於是高祖召其姊為美人，以（石）奮為中涓，受書謁，徙其家長安中戚里。」司馬貞《索隱》引顏師古曰：「於上有姻親者皆居之，故名其里為戚里。」漢文帝皇后為竇氏，故以之代指竇庠。❷按道侯家子　謂韓愈。漢韓悅封按道侯，故以之代韓愈。❸連袂　衣袖相聯。比喻結伴同行。❹假守亦高臥　謂竇庠。假守，臨時代理的刺史。高臥，謂岳州政事清閒，竇庠高臥以治之。❺墨曹正垂耳　謂韓愈。韓愈時受命為江陵府法曹參軍。墨曹，法曹別稱。垂耳，不得志的樣子。按，韓愈自陽山令量移為江陵法曹參軍，未能回歸長安，鬱鬱不得志，故云。❻契闊　分離與聚合。此處偏指離散。❼遷徙　指韓愈與己。德宗貞元二十年，韓愈貶陽山令。❽客重　猶言貴客、嘉賓。❾杯盤侈　謂酒肴豐盛。❿紅袖花欲然　喻侑酒的歌女美貌如花。花然，花盛開。然，同「燃」。⓫銀鐙　古代照明用具。銅製，上有盤，中有柱，下有底，或有三足及柄，盤所以盛膏油。⓬抵掌　擊掌。談興濃時以手相擊。⓭樂極同啟齒　指韓、竇岳陽樓詩作。⓮藻思　文思。

【語譯】主人出身於帝戚貴族，客人是侯門之後。並肩登上岳陽城高樓，臨窗相視而笑。代理刺史政務清閒，法曹參軍鬱鬱不得志。離散後相逢話說人生溫涼，舉酒慰藉遷徙的朋友。地理雖偏卻有山水之美，客人尊貴酒肴亦很豐盛。唱歌侑酒的歌女美貌如花盛開，高點明燭白晝一般。談興甚濃相互擊掌，高興之極同時動筆為詩。筆鋒甚健不能休止，文思是多麼綺麗。

伊❶予負微尚❷，夙昔慚知己❸。出入金馬門❹，交結青雲士❺。襲芳踐蘭室❻，學古游槐市❼。策慕宋前軍❽，文師漢中壘❾。陋容昧俯仰❿，孤志無依倚⓫。銜足不如葵⓬，漏川空歎蟻⓭。幸逢萬物泰，獨處窮途否⓮。鎩翮重疊傷，兢魂再三褫⓯。蘧瑗亦屢化⓰，左丘猶有恥⓱。桃源訪仙官，薜服祠山鬼⓲。

【章　旨】此段說到自己。先寫個人抱負，漸及個人近期遭遇，連用典故，暗示其中委曲不能盡言。

【注　釋】❶伊　發語詞。❷微尚　微志。是對自己素懷大志的謙辭。❸慚知己　慚愧自己不如友人（韓愈）之優秀。是謙辭。貞元十九年，禹錫與韓愈同官監察御史。❹金馬門　西漢長安宮門，學士待詔之處。此指唐長安宮門。❺青雲士　志存高遠之士。❻襲芳踐蘭室　比喻自己受友朋感染。襲芳，承襲其芬芳。蘭室，芝蘭之室。《說苑・雜言》：「孔子曰：『與善人居，如入蘭芷之室，久而不聞其香，即與之化矣。』」❼遊槐市　謂其與友朋輩交遊。槐市，漢長安讀書人聚會、貿易之所，以其多槐而得名。後泛指學宮、學舍。❽策慕宋前軍　謂其決謀策劃仰慕南朝宋劉穆之。穆之字道和，東莞莒縣（今屬山東）人，自幼喜讀《尚書》、《左傳》，博覽多通。桓玄篡晉，穆之隨同劉裕起兵，為府主簿，平定建康，權劉裕執掌東晉朝政。又隨劉裕北伐前燕，為前將軍，建謀畫策，甚為劉裕倚重，累遷至尚書左僕射。劉裕西討司馬休之，穆之留守建康，內總朝政，外供軍旅，決斷如流，內外咨稟，盈階滿室，目覽辭訟，手答箋書，耳行聽受，口并酬應，不相參涉，皆悉贍舉。事見《宋書・劉穆之傳》。❾文師漢中壘　謂其為學為文師法漢劉向。向字子政，西漢沛縣（今屬江蘇）人，楚元王四世孫。好儒學，能詩賦，宣帝時初為郎，旋升諫議大夫，治《春秋穀梁傳》，講論五經於石渠閣。成帝時任光祿大夫、中壘校尉。曾校閱圖書，撰成《別錄》及《新序》、《說苑》、《列女傳》等。事見《漢書・劉向傳》。❿陋容昧俯仰　謙辭，猶言其資質陋鈍，在友朋間昧於周旋應對。俯仰，周旋應付。⓫依倚　依靠。⓬衛足不如葵　《左傳・成公十七年》：「仲尼曰：『鮑莊子之知不如葵，葵猶能衛其足。』」杜預注：「葵傾葉向日，以蔽其根。」後因以比喻自全或自衛。⓭漏川空歎蟻　《韓非子・喻老》：「千丈之堤，以螻蟻之穴潰。」此處化用以喻時事。⓮幸逢萬物泰二句　形容憲宗即位，萬物皆泰而獨自己遭遇不幸。泰、否，《易》卦名。《易・泰》：「天地交而萬物通也。君子道長，小人道消。」《易・否》：「天地不交而萬物不通也。小人道長，君子道消。」⓯鎩翮重疊傷二句　謂其連遭兩次貶謫。按，憲宗即位，先貶禹錫等遠州刺史，繼再貶為遠州司馬。禹錫先貶連州刺史，中途再貶朗州司馬。鎩翮，剪除鳥羽。比喻遭到殘害。褫，奪去。⓰蘧瑗亦屢化　用《莊子》事。蘧瑗，字伯玉，春秋衛大夫。《莊子・則陽》：「蘧伯玉行年六十而六十化。」化，變化。⓱左丘猶有恥　左丘，即左丘明，春秋時魯國史官。《論語・公冶長》：「子曰：『巧言令色足恭，左丘明恥之，丘亦恥之；匿怨而友其人，左丘明恥之，丘亦恥之。』」匿怨，對人懷恨在心而不表現出來。⓲桃源訪仙官二句　謂其將赴貶地朗州。桃源，即桃花源，在朗州（武陵）。因晉陶淵明為〈桃花源記〉而得名。仙官，原意指道士，此指桃花源中避秦亂而居於山中之人。薜服、山鬼，用屈原《楚辭・九歌・山鬼》事。〈山鬼〉云：「若有人兮山之阿，被薜荔兮帶女蘿。」王逸注：「言山鬼仿佛若人見於山之阿，被薜荔之衣，以兔絲子為帶也。」薜荔，香草名，緣木而生。山鬼，山神、山精之類。

【語譯】我也素來負有微志，只是自慚遠遜於朋友。我曾經出入於長安宮門，結交了許多負有青雲之志的人物。如同進入芝蘭之室襲染芬芳，又像古人那樣遊於學宮。為政仰慕劉穆之，為文師法漢劉向。我資質陋鈍昧於與朋友周旋，雖有抱負卻孤獨沒有依靠。護衛自己不如以葉蔽根的葵，大堤一日潰決只能空歎禍端起於蟻穴。幸逢聖主登基萬物通泰之時，而我卻獨處於困窘之中。翅膀遭遇兩次損傷，神志也再三受到驚嚇。蘧伯玉可以與時事一起變化，左丘明也有他感到恥辱之事。如今將去桃源拜訪仙官，祭祀身著薜荔的山鬼。

故人❶南臺❷舊，一別如弦矢❸。今朝會荊蠻❹，斗酒相宴喜。為余出新什❺，笑忭❻隨伸紙。曄若觀五彩，歡然臻四美❼。委曲風濤事❽，分明窮達旨❾。洪韻發華鐘❿，淒音激清徵⓫。羊璿要共和，江淹多雜擬⓬。徒欲仰高山，焉能追逸軌⓭？湘州⓮路四達，巴陵⓯城百雉⓰。何必顏光祿，留詩張內史⓱。

【章旨】此段過渡到韓愈原唱以及韓愈的邀和。對與韓愈的相會於岳陽，詩人甚表難得；對韓愈的詩，也極盡誇獎之能事。

【注釋】❶故人　指韓愈。❷南臺　唐時稱御史臺為南臺。貞元末，禹錫與韓愈同官監察御史。❸弦矢　離弦之箭。❹荊蠻　指岳州。岳州古屬楚國，春秋時中原各國稱其為蠻夷之國。❺新什　新作。此指韓愈〈岳陽樓別竇司直〉詩。❻笑忭　歡笑。❼四美　古人謂「良辰、美景、賞心、樂事」為四美。語出謝靈運〈擬魏太子鄴中集詩序〉。❽委曲風濤事　指韓詩。韓愈詩對洞庭湖風濤有備細描寫。委曲，委婉細緻。❾窮達旨　謂韓詩中對個人身世遭遇有詳盡敘述。❿洪韻發華鐘　形容韓詩藻飾華美音韻洪亮。⓫淒音激清徵　形容韓詩傷感動人。⓬羊璿要共和二句　羊璿，即南朝宋詩人羊璿之。璿之字曜璠，泰山（今山東費縣）人。謝靈運自建康返永嘉，與謝惠連、何長瑜、荀雍、羊璿之等共遊處，以文章賞會，時號「四友」。謝靈運有〈登臨海嶠初發彊中作與從弟惠連見羊何共和之〉詩，羊即羊璿之。和，唱和。羊璿之詩今不存。江淹，南朝宋、齊、梁間詩人，字文通，濟陽考城（今河南蘭考）人。淹詩體總雜，善於摹擬，以〈雜體詩三十首〉最有名。以上二句自比羊璿之、江淹。⓭徒欲仰高山二句　謂韓愈詩意境難以追攀。高山，用《詩經．小雅．車舝》「高山仰止，景行行止」句意。⓮湘州　東晉置，州治臨湘，即今湖南長沙。⓯巴陵　即岳州。⓰百雉　古代城牆長三丈、高一丈謂之一雉。百雉之城為大城。⓱何必顏光祿二句　顏光祿，即顏延之，南朝宋文學家。延之字延年，琅琊臨沂（今屬山東）人，文章之美為當時之冠，官至光祿大夫。張內史，指張邵，延之同時人，官湘州刺史。內史，官職名，西漢初，諸侯王國置內史，掌民政。錢大昕《十駕齋養新錄》卷六：「制：諸侯王國以相治民事，若郡之有太守。晉則以內史行太守事。」此以內史代指刺史。《文選》載顏延之〈始安郡還都與張湘州登巴陵城樓作〉詩。二句自擬顏延之，以張邵擬竇庠，意謂自己的詩不值得留給竇庠。

【語　譯】故人是我御史臺的舊友，長安一別如離弦的箭矢。今朝相會於荊蠻岳陽之地，設宴置酒作為慶祝。故人出示他的新作，歡笑之際伸出一頁紙。我看故人的詩作猶如五彩的雲，今日的情景就是古人所說的「四美」。詩中備細寫到洞庭湖的風濤，分明表達了對個人仕途窮達的憂慮。有時如洪韻振發於巨鐘，有時又傷悲透徹心脾。謝靈運曾邀請羊璿之和詩，江淹也有很多雜擬之詩。我只能徒然地仰望高山，焉能追攀故人飛快奔馳的車？湘州的道路四通八達，巴陵城池龐大城牆百雉；我非顏光祿，所作的詩不值得留給岳州刺史。

【研　析】此類詩（另如元和元年〈武陵書懷五十韻〉及寶曆元年〈曆陽書事七十四韻〉），體製和寫法上有些類似元稹所說杜甫的「壯浪縱恣，擺去拘束，模寫物象……鋪陳終始，排比聲韻，大或千言，次猶數百，詞氣豪邁而風調清深，屬對律切而脫棄凡俗」的長篇五言排律。不過禹錫此篇押仄韻，其他兩篇用平韻，故也有人稱此種長律為「仄韻排律」。寫法上第一個特點就是鋪陳，古往今來，可以從歷史、傳說、人文、地理說起，以顯示作者的才氣、學問。鋪陳當中，以敘事為主，輔以抒情寫景，變化多端。禹錫此首是與韓愈詩相唱和的，韓詩先已如此，故禹錫此首亦是如此，這也是詩人在唱酬時的一種規矩。

按韓愈在〈岳陽樓別竇司直〉中曾對劉禹錫有強烈的不滿或質疑。貞元末年，德宗多病，多種政治力量都在試圖重新聚集，其中以翰林學士韋執誼與太子身邊的棋待詔王叔文的結合最引人矚目。王叔文聯絡了朝中多位年輕有為的官員，如劉禹錫、柳宗元、韓泰、韓曄等皆作為自己集團的中堅分子，而同樣年輕有為的韓愈卻不在其內，韓愈沒有覺察到在自己身邊有「黨人」形成，或覺察到而不當一回事，仍舊把柳、劉作為自己可信任的朋友。貞元十九年末，京師大旱，時任監察御史的韓愈上疏言事，得罪權貴，被貶陽山令。較〈岳陽樓別竇司直〉詩稍早，韓愈有〈赴江陵途中寄贈王十二補闕李十二拾遺李二十六員外翰林三學士〉詩，詩云：「同官盡才俊，偏善柳與劉。或慮語言泄，傳之落冤仇。」「冤仇」可以有兩種解釋：一是韓愈以為王、韋並非自己的「冤仇」，只是因為柳、劉的「語言泄」，乃使王、韋成為「冤仇」；另一種解釋是韓愈原視王、韋為政敵，但並未公開，只是因為柳、劉的「語言泄」公開化了。「語言泄」就是告密，是友朋間一種很嚴重的「出賣」行為。當然，韓愈只是一種猜測，「二子不宜爾，將疑還斷不」，韓愈也懷疑自己的猜測判斷是否正確。韓愈終於還是肯定了自己的判斷，在其後的〈岳陽樓別竇司直〉中說「愛才不擇行，觸事得讒謗」，就是在重彈柳、劉「語言泄」的老調。韓愈既然將此詩出示給劉禹錫要其和，則劉禹錫必須回答韓愈的疑心和指責。韓詩的篇幅較長，前半寫景，鋪陳洞庭湖景色，後半敘事，於個人貶謫陽山的經歷尤有痛切的陳述，言語悲切，語言激憤。劉禹錫和詩前半也用大量篇幅鋪張洞庭湖景色，在情理之中；後半敘事，久久迂回，不入韓詩「質疑」自己的正題，這也好理解，但至於終了，一直未面對韓愈的質問，就不免有些奇怪了，是值得讓人深長思之的。反觀劉禹錫「衛足不如葵，漏川空歎蟻」等用意含混的典故，想來多有深意。清人何焯《義門讀書記》評云：「退之出官，頗疑劉、柳泄其情與韋、王，乃此詩即以示劉，令其屬和，毋乃強直而疏淺乎！或者竇庠語次，深明劉、柳不然，勸其因唱和以兩釋疑猜，而劉亦忍詬以自明也。」韓愈確實「強直而疏淺」，禹錫既未「自明」（是否以「語言」泄於王、韋），則也說不上「忍詬」。這也是禹錫倔強之處。

元和詩選

聚蚊謠

【題解】這是一首政治寓言詩。憲宗元和元年（西元八〇六年）作於朗州（今湖南常德）司馬任上。聚蚊，喻專在暗中製造謠言傷人的群小。「謠」與下篇的「吟」及「歌」、「行」等同，為歌行體之一種。因為政治形勢異常嚴酷，不能明言，詩人遂將遭遇傷害的痛楚、對群小的憎恨壓下，以寓言手法言之。貶朗州期間，禹錫此類詩作甚多，以此首及以下數首為代表。

沉沉夏夜蘭堂❶開，飛蚊伺暗聲如雷❷。嘈然歘起❸初駭聽，殷殷若自南山來❹。喧騰鼓舞喜昏黑，昧者❺不分聰者❻惑。露花滴瀝月上天，利觜迎人著不得❼。我軀七尺爾如芒❽，我孤爾眾能我傷。天生有時❾不可遏，為爾設幄❿潛匡床⓫。清商⓬一來秋日曉，羞爾微形飼丹鳥⓭。

【注釋】❶蘭堂　芳潔高雅的廳堂。❷聲如雷　形容聚蚊之多。❸歘起　驚起；驟然而起。❹殷殷若自南山來　化用《詩經・召南・殷其靁》「殷其靁，在南山之陽」句意。殷殷，雷聲，此指聚蚊之聲。❺昧者　昏昧不明的人。❻聰者　聽覺靈敏的人。❼利觜迎人著不得　形容常人懼怕蚊子附體。觜，同「嘴」。鳥類之喙。此指蚊子叮人的尖吻。❽芒　微小。❾天生有時　謂正當夏日，正是蚊子繁衍旺盛之時。❿幄　幃帳。⓫匡床　方正的床。⓬清商　指秋風。商，為五音之一，古以五音與四時相配，商音配秋。晉潘岳〈悼亡詩〉：「清商應秋至，溽暑隨節闌。」⓭丹鳥　螢火蟲的異名。《大戴禮記・小夏正》：「八月，丹鳥羞白鳥。丹鳥也者，謂丹良也。白鳥也者，謂蚊蚋也。」

【語譯】黑沉沉的夏夜廳堂敞開，飛蚊在暗中聚集其聲如雷。紛雜、突然而起的聲音初聽讓人駭然，殷殷如雷好似從南山傳來。飛蚊喧騰鼓舞喜歡黑暗，昏昧的人不能分辨，聰明的人也迷惑不清。露水淅瀝落下月上中天，飛蚊利嘴迎人而來——千萬別被牠叮著。我堂堂七尺之軀，你細小如芒。然而我孤單一人，你等數量眾多故能加害於我。夏天適宜蚊蟲孳生奈何你不得，為躲避你我懸掛幃帳潛臥方床。待到清秋拂曉西風起，我將進獻小小的爾等為螢火蟲的美餐。

【研析】貞元二十一年八月順宗內禪、憲宗即位，劉禹錫的政治生命發生巨大轉折。憲宗對「二王、八司馬」懲罰的嚴厲史所罕見：王叔文賜死，八司馬遠竄且永不許量移。強加於劉禹錫一干年輕官員的政治迫害不但嚴厲而且無端，與憲宗的報復心理有關，尤其與朝中一批製造謠言的群小有關。這首寓言詩針對群小而發，其特點有二：一是雖藉寓言而發，但略無掩飾，其針對性竟可以說是「赤裸裸」的。一般來說，既是寓言詩，稍許講究一下婉曲、曲折還是必要的。略無掩飾，說明劉禹錫為此詩時其憎恨的情緒難以抑制。二是當時政治形勢非常嚴酷，得勢群小不可一世，而劉禹錫在詩中竟毫無畏縮恐懼或憂傷悲歎之態；即使略作退讓：「天生有時不可遏，為爾設幄潛匡床」，也不過是策略性的權衡之計，一切都為了將來的「清商一來秋日曉，羞爾微形飼丹鳥」。總而言之，劉禹錫的個性在詩中充分得以表露。

百舌吟

【題解】與前首同時之作。百舌，鳥名，其聲多變化。《淮南子．說山》：「人有多言者，猶百舌之聲。」高誘注：「百舌，鳥名，能易其舌效百鳥之聲，故曰百舌也。以喻人雖多言無益於事也。」前首「聚蚊」喻群小，此首「百舌」或喻群小中圓滑而善變者。

曉星寥落春雲低，初聞百舌間關❶啼。花樹滿空迷處所，搖動繁英墜紅雨。
笙簧❷百囀❸音韻多，黃鸝❹吞聲❺燕無語。東方朝日遲遲❻升，迎風弄景❼如自
矜❽。數聲不盡又飛去，何許❾相逢綠楊路。綿蠻❿宛轉似娛人，一心百舌何紛
紛⓫。酡顏⓬俠少停歌聽，墜珥⓭妖姬和睡聞⓮。可憐光景⓯何時盡，誰能低回⓰
避鷹隼⓱？廷尉張羅自不關⓲，潘郎挾彈無情損⓳。天生羽族⓴爾何微，舌端萬變
乘春輝㉑。南方朱鳥㉒一朝見㉓，索漠㉔無言蒿下飛㉕。

【注釋】❶間關　鳥鳴聲。❷笙簧　笙管中發聲的簧片。❸百囀　聲音變化繁複。《詩經．小雅．巧言》：「巧言如簧。」此以喻百舌鳥。❹黃鸝　黃鶯鳥。❺吞聲　不再出聲。❻遲遲　謂春日陽光明麗溫暖。❼景　同「影」。❽自矜　自負；自誇。❾何許　何處。❿綿蠻　鳥鳴聲。⓫一心百舌何紛紛　意謂百舌鳥只是一心而百變其舌，何其繁複多端。⓬酡顏　醉顏。酡，因醉酒而臉紅。⓭墜珥　墜落的首飾。狀美女（妖姬）衣著散亂。⓮和睡聞　朦朧睡意中聽百舌鳥鳴叫。⓯可憐光景　指春時。可憐，可愛。⓰低回　徘徊；留連。⓱隼　猛禽。⓲廷尉張羅自不關　《史記．汲鄭列傳》載翟公始為廷尉時，賓客盈門，及廢，門可羅雀。此化用其意，謂廷尉張開網子捕鳥，自然不會收網。廷尉，秦漢時官職名，掌刑罰、糾察百官。羅，羅網。⓳潘郎挾彈無情損　《晉書．潘岳傳》：「岳美姿容……少時常攜彈出洛陽道。」潘郎，指潘岳。彈，彈弓。此化用其意，謂少年郎攜彈亦會危及百舌鳥。⓴羽族　鳥類。㉑舌端萬變乘春輝　謂百舌鳥只有乘著春日才能萬變其

舌。㉒朱鳥　即朱雀，星宿名，二十八宿中南方七宿的總稱。七宿相聯呈鳥形，朱色象火，南方屬火，故名。此指夏天。
㉓見　同「現」。㉔索漠　神色沮喪的樣子。㉕蒿下飛　飛於蓬蒿之間。喻其不能高飛。

【語譯】晨星隱去，春雲低沉，開始聽到百舌鳥的鳴叫聲。到處皆是花柳，百舌鳥飛來飛去搖動繁花飄落如雨。牠的鳴聲如笙簧一般音調多變，黃鸝、燕子為之靜默無語。東方朝日緩緩升起，明媚春日中百舌鳥迎風弄影自鳴得意。此處叫了幾聲再飛往他處，在大道綠楊樹上又遇見牠。鳴聲宛轉使人愉悅，雖然只是一心卻百變其舌何其紛紛。醉酒的俠少停止歌唱在聽，耳飾墜落衣著散亂的美女睡意朦朧中也在聽。可愛的春光不知何時為盡，誰能夠低回曲折躲開鷹隼的襲擊？廷尉張開羅網就不會收口，攜彈出門的少年絲毫不講情面。天生爾輩鳥類是何等卑微，乘著春陽鼓動萬變的舌端。待到炎熱的夏天來臨，落寞的百舌鳥就只能回翔於蓬蒿之間。

【研析】順宗退位、憲宗即位之際，朝廷派系鬥爭異常激烈。「二王」不論，「八司馬」中，劉禹錫因為鋒芒太露，樹敵最多。所謂政敵，有正面的、公開的，也有側面的、隱蔽的，還可能有曾經是友人，時局一變又化友為敵的。韓愈〈柳子厚墓誌銘〉有一段話，說到人與人之相交，可作為參考。韓愈說：「嗚呼！士窮乃見節義。今夫平居里巷相慕悅，酒食遊戲相徵逐，詡詡強笑語以相取下，握手出肝肺相示，指天日涕泣，誓生死不相背負，真若可信；一旦臨小利害，僅如毛髮比，反眼若不相識。落陷阱，不一引手救，反擠之，又下石焉者，皆是也。」這些昔日「詡詡強笑語」，今日「反眼若不相識」，甚至落井下石的人，在劉禹錫筆下，即是巧舌如簧、百囀音韻的百舌鳥。詩人對以謠言傷人的「聚蚊」與以百變巧言逢迎人的「百舌」的憎恨是一樣的，不過對於百舌，詩人的態度明顯的多了嘲諷與蔑視。詩中用了大量篇幅渲染百舌鳴聲的動聽迷人，不惜用「花樹滿空迷處所，搖動繁英墜紅雨」這樣綺麗的句子為百舌營造繁花似錦的環境氛圍。這都是為服務於嘲諷與蔑視而設置的。兩首詩的結尾相同：前詩期盼秋風一起使聚蚊成為丹鳥之餌，此詩則期盼夏日來到讓百舌閉口，或陷於羅網，或死於天敵之手。

飛鳶操

【題解】與前首為同時之作。飛鳶，猛禽類，形體似鷹而略小，此以喻權勢者。

鳶飛杳杳❶青雲裏，鳶鳴蕭蕭風四起。旗尾❷飄揚勢漸高，箭頭砉劃❸聲相
似。長空悠悠霽日懸，六翮不動凝飛烟❹。遊鶤❺翔雁出其下，慶雲❻清景❼相迴
旋。忽聞飢烏一噪聚，瞥❽下雲中爭腐鼠。騰音❾礪吻❿相喧呼，仰天大嚇疑鵷
雛⓫。畏人避犬投高處，俯啄無聲猶屢顧。青鳥⓬自愛玉山禾⓭，仙禽⓮徒貴華
亭⓯露。朴樕⓰危巢向暮時，毰毸⓱飽腹蹲枯枝。遊童挾彈一麾肘⓲，臆碎羽分⓳
人不悲。天生眾禽各有類，威鳳⓴文章㉑在仁義。鷹隼㉒儀形螻蟻心，雖能戾天㉓
何足貴？

【注釋】❶杳杳　深遠、渺茫的樣子。❷旗尾　指鳶尾分叉如旗幟的尾端。❸砉劃　形容箭頭射出時發出的聲音。❹六翮不動凝飛烟　形容鳶飛翔時翅膀不動如凝。《淮南子・覽冥》：「翱翔四海之外。」高誘注：「翼一上一下曰翱，不搖曰翔。」六翮，翅膀。❺鶤　古書上說的一種鳥，形似鶴。❻慶雲　五色雲。古人以為吉慶。❼清景　日光。❽瞥　迅急。❾騰音　高大其聲音。❿礪吻　磨礪其牙齒。⓫仰天大嚇疑鵷雛　用《莊子》事。《莊子・秋水》：「惠子相梁，莊子往見之。或謂惠子曰：『莊子來，欲代子相。』於是惠子恐，搜於國中三日三夜。莊子往見之，曰：『南方有鳥，其名鵷雛……

發於南海，而飛於北海。非梧桐不止，非楝實不食，非醴泉不飲。於是鴟得腐鼠，鵷雛過之，仰而視之曰：「嚇！」今子欲以子之梁國嚇我耶？』」⑫青鳥　神話傳說中鳥名，為西王母取食傳信。⑬玉山禾　傳說中昆侖山所生之禾。玉山，神話傳說中山名，西王母所居處。⑭仙禽　指仙鶴。⑮華亭　地名，在今上海市松江區，因其地有華亭鶴而得名。華亭多鶴，晉陸機、陸雲兄弟入洛前喜聞華亭鶴唳，見《世說新語・尤悔》。⑯朴樕　小樹。⑰毰毸　亦作陪鰓，毛羽張開的樣子。⑱一麾附　猶言一揮手。指彈射。⑲臆碎羽分　形容鳶鳥被彈射而死。臆，前胸。⑳威鳳　有威儀的鳳。㉑文章　指鳥羽花紋。㉒鷹隼　猛禽。㉓戾天　到達天際。

【語譯】鳶飛翔在幽遠的青雲裏，淒厲的鳴叫如同蕭蕭風聲。牠展翅高飛，尾翼如同旗尾，像箭頭一樣沖向高空。廣闊無際的高空晴日高懸，鳶翔於天雙翅不動如凝聚的飛煙。那些遊弋的鷗雁都在牠的下面，五色雲和燦爛的陽光與牠迴旋在一起。忽然聽見一群饑鳥一陣聒噪，鳶迅即飛下與饑鳥爭食腐鼠。牠高呼大叫磨礪其牙齒，大聲威嚇鵷雛不要來搶食腐鼠。牠怕人怕犬躲在高處，一邊埋頭食鼠一邊屢屢回顧。青鳥喜食的是玉山之禾，仙鶴高貴只飲華亭之露。日將向暮，鳶展開雙翅鼓著肚皮得意地臥在小樹危巢旁的枯枝上。手持彈弓的遊童一揮手，彈子打穿了鳶腹，羽毛紛亂四散，人家並不可憐同情牠。天下禽鳥種類繁多，鳳凰羽毛華麗因為牠的仁慈而顯得端莊尊貴。鳶徒有鷹隼的外形，卻是螻蟻一般的心腸，雖然也能一飛沖天又有什麼可貴之處？

【研析】詩中的飛鳶，肯定是禹錫痛恨的權勢者。但此詩寫飛鳶，先揚後抑。飛鳶的高入青雲，旗尾飄揚，箭頭一般一飛戾天，與慶雲清景相迴旋，此為揚；飛鳶的瞥下雲中，與群鳥爭腐鼠，騰音礪吻，俯啄無聲，又畏人避犬，毰毸飽腹，是為抑。詩中又謂飛鳶「鷹隼儀形螻蟻心」，據此，則這位權勢者，必為一面身居高位威重其表、一面忘身徇利醜態百出者。故而有研究者認為此權勢者為武元衡，是禹錫因「武元衡任御史中丞時之夙怨」而發（見瞿蛻園《劉禹錫集箋證》卷二一）。貞元末，武元衡與王叔文集團不睦，與禹錫亦有隙；憲宗元和二年，武元衡為門下侍郎同中書門下平章事，居於高位，謂禹錫或因舊怨而發為此詩，不為無因。

秋螢引

【題解】與前首同時之作。為詠物詩而有寓意者，秋螢當指有才（發光明）而不自炫者，應是禹錫自喻。

漢陵秦苑❶遙蒼蒼，陳根腐葉❷秋螢光。夜空寂寥金氣❸淨，千門九陌❹飛悠揚。紛綸❺暉映互明滅，金爐星噴❻鐙花發。露華洗濯清風吹，攢昂不定招搖垂❼。高麗❽罘罳❾過蛛網，斜歷璿題❿舞羅幌⓫。曝衣樓⓬上拂香裙，承露臺⓭前轉仙掌。槐市⓮諸生夜對書⓯，北窗分明辨魯魚⓰。行子〈東山〉起征思⓱，中郎騎省⓲悲秋氣。銅雀人歸⓳自入簾，長門⓴帳開來照淚。誰言向晦㉑常自明？童兒走步㉒嬌女爭。天生有光非自炫㉓，遠近低昂暗中見。撮蚊袄鳥㉔亦夜飛，翅如車輪人不見。

【注釋】❶漢陵秦苑　泛指長安一帶。❷陳根腐葉　舊有「腐草化為螢」（《禮記・月令》）的說法。❸金氣　秋氣。秋於五行屬金。❹千門九陌　指長安宮殿與街衢。《三輔黃圖》卷二：「武帝作為建章宮，度為千門萬戶。」又云：「長安城中八街九陌。」❺紛綸　形容螢火之多。❻金爐星噴　形容螢火眾多紛亂。❼攢昂不定招搖垂　形容螢火聚散不定，忽高忽低。攢昂，聚散不定的樣子。招搖，移動的樣子。《漢書・禮樂志》：「飾玉梢以舞歌，體招搖若永望。」顏師古注：「招搖，申動貌。」❽麗　附麗；附著。❾罘罳　設在屋簷或窗上以防鳥雀的金屬網或絲網。❿璿題　古時玉飾的椽頭。⓫羅

幌　絲織的帳子。⑫曝衣樓　舊時七月七日有曝衣習俗。崔寔《四民月令》：「七月七日……暴（同曝）經書及衣服。」漢唐時，宮中猶盛曝衣。沈佺期〈曝衣篇〉：「宮中擾擾曝衣樓，天上娥娥紅粉席。曝衣何許曛半黃，宮中彩女提玉箱。珠履奏騰上蘭砌，金閨婉轉出梅梁。」⑬承露臺　漢武帝迷信神仙，在建章宮築神明臺，立銅仙人舒掌捧銅盤承接甘露，冀飲以延年。見《三輔黃圖》卷三。⑭槐市　漢長安讀書人聚會、貿易之處，因其多槐而得名。《太平御覽》卷八二六引《三輔黃圖》：「元始四年，起明堂、辟雍長安城南，北為槐市，但列槐樹數百行為隊，無牆屋，諸生朔望會此市，各持其郡所出貨物及經傳書記、笙磬器物，與買賣，雍容揖讓，或議論槐下。」後泛指學宮或學舍。⑮對書　面對書，即讀書。對，一作「讀」。⑯辨魯魚　辨別文字正誤。古籍中魯、魚，亥、豕篆文形似，以致引起誤寫錯讀。後以「魯魚亥豕」泛指書籍傳寫刊印中的文字錯誤。⑰東山起征思　《詩經・豳風》有〈東山〉篇，寫行子行役思鄉。中有云：「我徂東山，慆慆不歸……町畽鹿場，熠燿宵行。」《毛傳》：「熠燿，燐也。燐，螢火也。」後多以「熠燿」借指螢火蟲。⑱中郎騎省　用晉潘岳事。中郎，官名，潘岳嘗官虎賁中郎將。騎省，官署名，謂散騎之省。潘岳〈秋興賦序〉：「晉十有四年，余春秋三十有二，始見二毛，以太尉掾兼虎賁中郎將，寓直於散騎之省。」後遂以「騎省」代指潘岳。又，其〈秋興賦〉中有「熠燿粲於階闥」之句。⑲銅雀人歸　用曹操築銅雀臺儲妻妾婢女事。漢末建安十五年冬曹操建銅雀臺，故址在今河北臨漳西南古鄴城西北隅，與金虎、冰井合稱三臺。《樂府詩集》引《鄴都故事》：「魏武帝遺命諸子曰：『吾死之後，葬於鄴之西崗上，與西門豹祠相近，無藏金玉珠寶。餘香可分諸夫人，不命祭吾。妾與伎人，皆著銅雀臺，臺上施六尺牀，下繐帳，朝晡上酒脯粻糒之屬。每月朝十五，輒向帳前作伎，汝等時登臺，望吾西陵墓田。』」⑳長門　即漢長門宮。武帝陳皇后失寵後嘗居此，司馬相如為作〈長門賦〉，中有云：「孝武帝……別在長門宮，愁悶悲思。」㉑向晦　天將晚時。㉒走步　謂奔走捕捉。或謂「步」為「捕」之誤，亦通。㉓自炫　自我誇耀。㉔撮蚊袄鳥　捕食蚊蟲的怪鳥。

【語譯】秦漢的陵墓與苑囿遙望蒼茫一片，閃耀著由陳根腐葉變化而成的秋螢之光。夜空寂寥秋氣淨潔，秋螢飛翔在都城的千門萬戶。紛繁的螢光互相輝映忽明忽滅，好似冶爐金星噴發出萬千燈花。經過露華洗濯的螢光被清風吹拂，或聚或散高低不定飄飄忽忽。飄過了屏障與蛛網，斜穿屋簷椽頭又飛舞於羅帷。曝衣樓上拂過宮女的香裙，再飛經承露臺前的仙掌銅盤。槐市的讀書人夜深仍在讀書，明亮的北窗下辨別文字正誤。行子吟誦〈東山〉起了故鄉之思，中郎將潘岳有感秋氣凜冽賦〈秋興〉。螢光照見銅雀臺魏武妻妾在簾內遠眺，照見長門宮內幃帳開處阿嬌的淚水。誰說螢火天將晚時就自然發光？惹得童子捕捉嬌女來搶。牠天生有光並非自我炫耀，無論遠近高低暗中皆能看見。捕捉蚊蟲的怪鳥也在夜裏飛翔，翅膀大如車輪卻無人得見。

【研　析】明周珽《唐詩選脈會通評林》評論禹錫此詩云：「說得秋螢大有身份，其光明所燭，無所不到，無人不見。微物且然，況盛德之士，寧晦不自炫、竟沉於泯滅哉！末二句，見得惡劣小人雖大張其聲勢，終不若君子形著明動，有自然之輝也。」說得甚是。前面大段篇幅運用螢事，如隸事詠物之詩，「天生有光非自炫」以下四句，詩意激切，是禹錫特別用心處。〈聚蚊〉、〈百舌〉、〈飛鳶〉、〈秋螢〉四篇，結末皆以「天生」二字收束全篇，揭出主題，足證四篇為一時之作，謂為禹錫元和之初在朗州有暇，乃回顧永貞時事而作，應大致不差。

武陵書懷五十韻　并引

【題　解】元和元年初至朗州時作。武陵即朗州。此詩對其前半生作了回顧，尤詳於貞元、永貞之際政局變幻與個人遭際的牽連，是研究禹錫思想的重要資料。

按〈天官書〉❶，武陵當翼、軫❷之分，其在春秋及戰國時皆楚地。後為秦惠王所并，置黔中郡❸。漢興，更名曰武陵❹，東徙於今治所。常林❺《義陵記》云：「初，項籍殺義帝於郴❻，武陵人曰：『天下憐楚而興，今吾王何罪乃見殺？』郡民縞素❼哭於招屈亭❽，高祖聞而義之，故名曰義陵。」今郡城東南亭舍，其所也。晉、宋、齊、梁間，皆以分王子弟，事存於其書❾。

永貞元年，余始以尚書外郎⑩出補連山守⑪，道貶為是郡司馬⑫，至則以方志所載而質諸其人民。顧山川風物皆騷人所賦⑬，乃具所聞見而成是詩，因自述其出處之所以然，故用「書懷」為目⑭云。

西漢開支郡⑮，南朝號戚藩⑯。四封當列宿⑰，百雉⑱俯清沅。高岸朝霞⑲合，驚湍激箭奔。積陰春暗度⑳，將霽霧先昏。俗尚東皇㉑祀，謠傳義帝冤㉒。桃花迷隱跡㉓，楝葉慰忠魂㉔。戶筭㉕資漁獵㉖，鄉豪恃子孫㉗。照山畬火㉘動，踏月㉙俚歌喧。擁楫舟為市㉚，連甍竹覆軒。披沙金粟見㉛，拾羽翠翹㉜翻。茗坼㉝滄溪㉞秀，蘋㉟生枉渚㊱暄。滄溪茶為邑人所重。枉渚近在郭東。禽驚格磔㊲起，魚戲噞喁㊳繁。按《本草經》曰「鷓鴣聲如鉤輈格磔」者是也。沈約臺榭㊴故，李衡墟落㊵存。隱侯臺、木奴洲並在。湘靈悲鼓瑟㊶，泉客泣酬恩㊷。露變蒹葭浦㊸，星懸橘柚村。虎咆空野震，鼉㊹作滿川渾。鄰里皆遷客㊺，兒童習左言㊻。炎天無冽井㊼，霜月見芳蓀㊽。

【章　旨】此段錯綜敘述武陵從西漢到南朝的建置沿革、武陵郡城規模，以及環城沅江激流奔湍景象。次第及於對武陵俗尚、物產、歷史傳說、歷史遺跡等的敘述，結末過渡到因貶謫而來到此地的自己。

【注　釋】❶天官書　《史記》八書之一，記天文、星宿等。❷翼軫　皆「二十八宿」星宿名。古人習以天上星宿位置與地面某一區域對應，稱作分野。翼、軫二星為古楚地分野。❸黔中郡　一說為戰國時楚所置；一說為秦（昭襄王）所置。❹武陵　按，秦黔中郡治臨沅縣（今湖南常德），一說治沅陵縣（今屬湖南，在臨沅縣西南）；西漢時高祖改置武陵郡，治義陵（今湖南溆浦南）。唐武陵郡（朗州）治所在今湖南常德。❺常林　三國河內溫（今河南溫縣）人，字伯槐，仕魏，明帝時官至光祿勳、太常、光祿大夫，封樂陽亭侯、高陽縣侯。《三國志》有傳。常林撰《義陵記》事史籍無載。❻項籍殺義帝於郴　項籍，即項羽。義帝，楚懷王之孫熊心。楚懷王入秦不返，楚人憐之。秦末，項梁起兵抗秦，范增說項梁，乃求懷王孫熊心於民間，為人牧羊，立以為楚懷王。項羽滅秦，尊懷王為義帝。漢元年正月，項王自立為西楚霸王，使人徙義帝於長沙郴縣；二年十月，又使人殺義帝於長沙郴縣。見《史記・項羽本紀》。❼縞素　白色喪服。❽招屈亭　相傳屈原死後楚人為招其魂所建。《輿地紀勝》卷六九：「招屈亭，今郡南亭即其所，在安濟門之右、沅水之濱。每端午日，以角黍飼飯，揚桴中流，競渡以濟，邦人縱觀。」❾皆以分王子弟二句　晉宣帝孫司馬澹封武陵王，見《晉書・宣五王傳》；宋文帝子劉駿、劉贊封武陵王，見《宋書・孝武紀》、《後廢帝紀》；齊蕭煜封武陵王，見《南齊書・太祖紀》；梁高祖子蕭紀封武陵王，見《梁書・蕭紀傳》。❿外郎　即員外郎。⓫連山守　即連州刺史。⓬道貶為是郡司馬　按，禹錫初貶為連州刺史。赴連州途中，即永貞元年十一月，再貶為武陵郡（即朗州）司馬。司馬，州郡長官之佐。⓭顧山川風物皆騷人所賦　屈原〈九歌〉等作品皆作於沅、湘間。《楚辭・九歌》王逸序：「〈九歌〉者，屈原之所作也。昔楚國南郢之邑，沅、湘之間，其俗信鬼而好祠，其祠，必作歌樂鼓舞以樂諸神。屈原放逐，竄伏其域，懷憂苦毒，愁思沸鬱，出見俗人祭祀之禮，歌舞之樂，其詞鄙陋，因為作〈九歌〉之曲。」屈原〈九歌〉，多有沅、湘一帶山林草木水陸植物等，故云。⓮目　標題；題目。⓯西漢開支郡　謂武陵郡為西漢所置。支郡，漢代諸侯國的屬郡。西漢時，武陵郡為長沙王屬郡。⓰南朝號戚藩　謂武陵郡南朝時為皇族諸王封地。⓱四封當列宿　謂武陵郡四方與天上星宿對應。四封，四面疆界。⓲百雉　指城牆的長度達三百丈。是春秋時諸侯國國都城牆的長度。《禮記・坊記》：「都城不過百雉。」鄭玄注：「雉，度名也，高一丈，長三丈。」⓳朝霞　借指武陵郡一帶紅色土壤。⓴積陰春暗度　謂武陵郡陰氣重，春日遲遲來到。㉑東皇　天神名，一名太乙、東皇太一。《文選・屈原・九歌・東皇太一》五臣注：「太一，星名，天之尊神。祠在楚東，以配東帝，故曰東皇。」㉒謠傳義帝冤　指項羽殺害義帝。謠傳，民間傳說。㉓桃花迷隱跡　指陶淵明〈桃花源記〉所記世外桃源事。㉔楝葉慰忠魂　指楚地民間祭屈原事。《史記・屈原賈生列傳》張守節《正義》引《續齊諧記》：「屈原以五月五日投汨羅江，楚人哀之，每於此日以竹筒貯米投水祭之。漢建武中，長沙區回白日忽見一人，自稱三閭大夫，謂回曰：『聞君常見祭，甚善。但年年所遺，并為蛟龍所竊。今若有惠，可以楝樹葉塞上，以五色絲縛之，此物蛟龍所憚。』回依其言。世人五月五日作粽，并帶五色絲及楝葉，皆汨羅之遺風。」楝，即楝樹，楝樹葉苦。㉕戶算　即戶稅，每戶應徵收的稅。㉖資漁獵　有賴於漁和獵。㉗鄉豪恃子孫　意謂鄉里豪強所依仗的是族中子弟。㉘畬火　畬田時燒山的火。㉙踏月　月下散步。㉚擁楫舟為市　舟船併在一起，就是交易市場。㉛披沙金粟見　指水中沙含有金粒。披沙，淘去泥沙，即常說的浪淘沙。㉜翠翹　翠鳥羽。古代婦女以之為裝飾。《楚辭・招魂》：「砥竇翠翹。」王逸注：「翠，鳥名也。翹，羽也。」㉝茗坼　茶葉芽展開。茗，茶。㉞滄溪　溪水。滄，指水色青蒼色。㉟蘋　一種水草。㊱枉渚　水名。《水經注・沅水》：「沅水東逕辰陽縣東南……又東，歷小灣，謂之枉渚。」㊲格磔　鳥鳴聲。㊳噞喁　魚群在水面口動的樣子。㊴沈約臺榭　《輿地碑記目》卷三常德府：「沈公臺碑，在武陵西南三里光福寺竹林中，今猶存有古碑，題額六字云：『重建沈公臺記。』碑字漫滅不可讀。」㊵李衡墟落　《水經注・沅水》：「沅水又東歷龍陽縣之汜洲，洲長二十里。吳丹陽太守李衡種柑於其上，臨死，敕其子曰：『吾州里有木奴千頭，不責衣食，歲絹千匹。』今洲上猶有陳根餘枿，蓋其遺也。」㊶湘靈悲鼓瑟　用《楚辭・遠游》「使湘靈鼓瑟兮，令海若舞馮夷」句意。洪興祖《補注》：「湘靈，湘水之神也。」㊷泉客泣酬恩　用晉張華《博物志》鮫人泣珠事。《博物志》卷九：「南海外有鮫人，水居如魚，不廢織績……從水出，寓人家，積日賣絹。將去，從主人索一器，泣而成珠滿盤，以與主人。」㊸霜變蒹葭浦　用《詩經・秦風・蒹葭》：「蒹葭蒼蒼，白露為霜」句意，謂節令變化。浦，渡口。㊹鼉　即揚子鱷，俗稱豬婆龍，長丈餘，穴居於江河岸邊或湖沼底部。㊺鄰里皆遷客　按禹錫在朗，居於招屈亭附近，其鄰里多貶官於此者。遷客，被貶謫的官吏。㊻左言　異族語言。此指方言。㊼洌井　清涼的井水。㊽芳蓀　香草名。

【語譯】據《史記・天官書》，武陵當翼、軫二星之分野。在春秋戰國時期屬於楚國之地，後來被秦惠王所併，置黔中郡。漢初，更名為武陵，治所東徙於今朗州所在之地。常林《義陵記》說：「當項羽殺害義帝於郴縣時，武陵人說：『天下人同情楚國而使楚國興盛，今吾王有何罪過而被殺？』郡民穿白戴孝哭於招屈亭。高祖聽說了，被郡民的義氣感動，故武陵稱作義陵。」今郡城東南亭舍，即招屈亭舊址所在。晉、宋、齊、梁間，皆以其地分封於諸王子弟，其事存於史書。永貞元年，我以禮部員外郎身份出守連州刺史，中途再貶為此郡司馬。到郡即以方志所載而詢問於百姓，乃知道此郡山川風物都曾被屈原寫進〈九歌〉裏。於是備細寫出我所見所聞而成此詩，並借此詩述其出處以及其所以然，故用「書懷」作為題目。

西漢時此地為藩王的支郡，南朝時此地為皇族子弟所領。州的四面邊界都對應著星宿，百雉長的城牆俯瞰著清澈的沅水。高岸紅土與朝霞融為一體，湍急的江水如箭一般奔流。陰氣厚重使此地春天遲遲來到，陰雨將晴時總是霧氣昏昏。民俗崇尚祀奉東皇太一，還流傳著義帝被冤殺的傳說。盛開的桃花裏隱藏著陶淵明筆下的隱者世界，練葉裹粽子安慰屈原的忠魂。每戶賦稅有賴於打漁狩獵，鄉里豪強多依仗本族眾多的子孫。畬田燒荒的火映照著山巒，月光下男女青年踏月唱起了山歌。將船湊在一起就可以開市交易，屋脊連接一起掩映在一片竹林裏。淘盡沙子即可見金粒，撿拾翠鳥羽毛戴在頭上充作裝飾。茶的嫩芽在溪水邊伸展開來，蘋一簇簇生成於枉渚水裏。滄溪茶為當地人所重。汪渚水即在城郭之東。禽鳥見人驚起格磔地鳴叫，魚群聚在水面張口嬉戲。按《本草經》所謂「鷓鴣鳴聲如鉤輈格磔」，即此。此處有破敗了的沈約臺榭，李衡種植的柑橘洲也有遺跡存留。沈約遺跡隱侯臺、李衡遺跡木奴洲並在。湘水之神鼓起了哀哀的瑟，鮫人哭泣成珠子答謝寓居主人。秋冬時節渡口的蘆葦落了白霜，星空下的村落到處都是橘柚果樹。老虎咆哮空野震動，揚子鱷浮動滿川的水都變渾濁。我的左鄰右舍都是貶謫的官員，時間久了，他們的孩子能說一口當地方言。夏天也沒有一口井水是清涼的，冬天也能見到芳蓀等香草在生長。

清白家傳遺❶，《詩》《書》❷志所敦❸。列科❹叨甲乙❺，從宦出丘樊❻。結友心多契❼，馳聲❽氣尚吞。士安曾重賦❾，元禮許登門❿。草檄嫖姚幕，巡兵戊己屯⓫。築臺先自隗⓬，送客獨留髡⓭。遂結王畿綬，來觀衢室尊⓮。鳶飛入鷹隼，魚目儷璵璠⓯。曉燭羅馳道，朝陽闢帝閽⓰。王正會夷夏，月朔盛旗旛⓱。獨立當瑤闕，傳呵步紫垣⓲。按章清犴獄⓳，視祭潔蘋蘩⓴。御曆昌期遠，傳家寶作蕃㉑。繇文光夏啟，神教畀軒轅㉒。內禪因天性，膺圖授化元㉓。繼明懸日月，出震統乾坤㉔。大孝三朝備，洪恩九族惇㉕。百川宗渤澥，五嶽輔崑崙㉖。何幸逢休運㉗，微班㉘識至尊㉙。校緡資筦榷㉚，復土奉山園㉛。時以本官判度支鹽鐵等，兼崇陵使判官。

【章旨】此段敘其家風、家學，再述其貞元間科第、為官，尤詳於御史臺時任職情況，對於貞元末一年之間德、順、憲三位皇帝或薨或禪或即位一段史實，也有平實而不露痕跡的敘述。

【注釋】❶清白家傳遺　謂其家世清白。❷詩書　指以《詩經》、《尚書》為代表的儒家經典。❸敦　崇尚；注重。❹列科　指唐代各科舉考試門類，如進士科、明經科等。❺叨甲乙　謂其中舉。《新唐書·選舉志上》：「凡進士，試時務策五道，帖一大經。經策全通為甲等，策通四、帖過四以上為乙第。」叨，謙辭。❻丘樊　家園。❼契　心同志和。❽馳聲　聲名大。❾士安曾重賦　用晉皇甫謐推重左思事。《晉書·左思傳》：「左思為〈三都賦〉，及賦成，時人未之重。思自以其作不謝班、張，恐以人廢言，安定皇甫謐有高譽，思造示之。謐稱善，為其賦序……於是豪貴之家，競相傳寫，洛陽為之紙貴。」士安，皇甫謐字。謐安定朝那（今甘肅平涼）人，博覽群書，朝廷屢徵召，皆稱病不就，有大名於時。❿元禮許登門　用東漢李膺事。《後漢書·李膺傳》：「膺獨持風裁，以聲名自高，士有被其容接者，名為登龍門。」謂其進士登科後頗為時輩推重。⓫草檄嫖姚幕二句　謂其在杜佑幕。嫖姚，即嫖姚校尉，漢武官名，名將霍去病曾為此職。此以嫖姚代杜佑。按，貞元十六年禹錫先入徐泗濠節度使杜佑幕，掌書記；同年杜佑為淮南節度使，禹錫再入淮南幕。戊己屯，指中央兵營。戊己在天干中屬中央。⓬築臺先自隗　用戰國時燕郭隗事，謂其頗得杜佑重用。燕昭王卑辭厚幣以招賢者，往見郭隗，郭隗對昭王曰：「臣聞古之人有以千金求千里馬者，三年不能得。涓人請求之。遣之三月，得千里馬，而馬已死，買其首五百金，反以報君，君大怒。涓人對曰：『死馬且買之五百金，況生馬乎？天下必以王能市馬，馬今至矣。』於是不能期年，千里馬之至者三。今王誠欲致士，先從隗始。隗且見用，況賢於隗者乎！」於是昭王為隗築宮而師之，士爭往燕。事見《戰國策·

燕策》。⑬送客獨留髡　用戰國齊人淳于髡事，謂其頗得杜佑賞識。淳于髡，滑稽多智，《史記・滑稽列傳》載其語曰：「日暮酒闌，合尊促坐，男女同席，履舄交錯，杯盤狼藉。堂上燭滅，主人留髡而送客，羅襦襟解，微聞薌澤，當此之時，髡心最歡。」⑭遂結王畿綬二句　謂其貞元十八年自淮南節度使幕調補渭南主簿，再入為監察御史。王畿，京師所在地。唐時渭南（今屬陝西）屬京兆府。綬，綬帶。衢室，相傳為唐堯時徵詢民意之所，後泛指京畿所在地。⑮鳶飛入鷹隼二句　皆謙辭。鳶，凡鳥，禹錫自指。鷹隼，猛禽，代指同僚。「魚目儷璵璠」即魚目混珠之意。魚目，魚的眼珠，其形類似珠玉。璵璠，珍珠名。⑯曉燭羅馳道二句　謂百官上朝，宮殿大門打開。帝閽，天帝或帝王所居的宮殿。⑰王正會夷夏二句　指帝王正月元日和朔日舉行的大朝會。夷夏，外國使團和本國官員。月朔，每月初一。⑱獨立當瑤闕二句　指其貞元十九、二十年為監察御史時執行「肅整朝儀」（《唐六典・御史臺》）之職責。瑤闕、紫垣，代指宮殿。傳訶，傳呼訶斥。監察御史「掌巡按郡縣，糾視刑獄，肅整朝儀」。⑲按章清犴獄　亦指其為監察御史時執行「巡按郡縣，糾視刑獄」（《唐六典・御史臺》）之職責。⑳視祭潔蘋蘩　劉禹錫為監察御史時兼領監祭使（監察朝廷的祭祀活動）之職。潔蘋蘩，祭品淨潔。蘋蘩，兩種可以食用的水草，古代常用以祭祀。此處代指祭品。㉑御曆昌期遠二句　謂順宗即位為帝。貞元二十一年正月，德宗崩，順宗即位。御曆，帝王在位年數。按德宗大曆十四年（西元七七九年）即位，至貞元二十一年（西元八〇五年）崩，在位二十七年。傳家，傳位於子。寶祚蕃，國運昌盛。寶祚，國運、帝位。㉒繇文光夏啟二句　謂順宗繼承德宗遺教，國運昌盛。繇文，占卜的文辭。繇，通「籀」。夏啟，夏代君主。《史記・夏本紀》：「禹子啟賢，天子屬意焉。及禹崩……啟遂即天子之位，是為夏后帝啟。」傳說禹傳位於其子啟，是堯舜以來第一次國君父子相傳。神教，指德宗的遺教。軒轅，即黃帝，此處代指德宗。㉓內禪因天性二句　謂貞元二十一年八月順宗自稱太上皇、太子（李純）即皇帝位（憲宗）事。天性，謂順宗天性淳厚。膺圖，指憲宗承受瑞應之圖繼位為皇帝。化元，猶言天命。㉔繼明懸日月二句　頌憲宗英明睿智統領天下。出震，如日出於東方。此指憲宗繼位。「震」在八卦中位應東方。㉕大孝三朝備二句　謂憲宗即位後能孝親父皇及皇族。大孝三朝，皇帝為太上皇守孝三日。韓愈《順宗實錄》卷五：「元和元年正月甲申，太上皇崩于興慶宮咸寧殿，年四十六，遺誥曰：『……聖人大孝，在乎善繼，樞務之重，軍國之殷，纘而承之，不可暫闕。以日易月，抑惟舊章。皇帝宜三日聽政。』」九族，本族之九親。按，憲宗元和元年正月一日帥群臣詣興慶宮上上皇尊號為「至德弘道大聖大安孝皇帝」，又尊王皇后為皇太后，太后諸親皆量與優給。是皆為「大孝備」、「九族惇」之舉。㉖百川宗渤澥二句　謂憲宗即位後舉國安定。「百川宗渤澥」形容諸侯來朝，如百川歸於大海。「五嶽輔崑崙」形容群臣忠心輔佐君王如五嶽拱扶崑崙。㉗休運　猶言盛世。㉘微班　朝班。時禹錫為屯田員外郎，為常參官。㉙至尊　指憲宗。㉚校緡資管榷　謂其以本官（屯田員外郎）兼判度支鹽鐵案。校緡，檢校錢財。緡，穿錢的繩索。資管榷，管理國家對鹽鐵酒的專賣事務。㉛復土奉山園　謂其又兼崇陵使判官。按，時杜佑為崇陵使，總攬順宗陵墓修建事，禹錫協助其事。

【語　譯】我有清白家世的傳遺，儒家詩書是我志向所在。參加科考有幸中舉，開始為官走出家門。所結交的皆為情意相投的契友，名聲因此傳開我也志氣高揚。有大名人看重我的辭賦，有德高者願意接納我。其後入徐泗幕府為節度判官，草檄、巡視在中央軍營。長官特別看重於我，在同僚中尤被賞識。於是再任職於京畿縣、御史臺，有機會看到王室之尊貴。同僚皆很出色，而我如凡鳥入於鷹群、魚目混於珠寶。清晨明燭照亮了馳道，朝陽初臨帝王宮殿開啟大門。君王正月元旦及每月朔日大朝會，會見參拜的異邦諸侯和各地官員。我獨立於雙闕與宮殿之間糾察百官，行走於宮殿之上，大聲呵斥違紀官員。又巡視地方，執行糾察刑獄、糾察祭祀的任務。皇帝在位大長日久，子承父業江山昌盛繁榮。大禹傳位於啟開啟了夏王朝，順宗繼位敬承德宗的教誨。出於仁厚的天性，順宗內禪帝位於太子。憲宗繼承大統，英明如日月。對父皇敬孝備至，對親族恩寵有加。國家安定昌盛，諸侯百官敬奉天子，如同百川歸於大海，如同五嶽輔助昆侖。我何等幸運逢遇開明盛世，在班行裏得識聖上尊顏。奉命監管鹽鐵專賣，又協理修築先皇陵墓事務。

一失貴人意❶，徒聞太學論❷。直廬辭錦帳❸，遠守愧朱轓❹。巢幕方猶
燕❺，搶榆尚笑鯤❻。邅回過荊郢❼，流落感涼溫❽。旅望❾花無色，愁心醉不
惛❿。春江千里草，暮雨一聲猿。問卜⓫安冥數⓬，看方理病源⓭。帶賒衣改
製⓮，塵澀劍成痕⓯。三秀悲中散⓰，二毛傷虎賁⓱。來憂御魑魅⓲，歸願牧雞

豚⑲。就日秦京遠⑳，臨風楚奏㉑煩。南登無灞岸㉒，旦夕上高原。

【章旨】此段以「一失貴人意」作轉折，敘述個人在仕途的大失意：貶官。此下寫赴貶途一路所見所聞及愁醉苦悶、懷念京師的心情。

【注釋】❶失貴人意　暗指其不得憲宗信任。貴人，原指朝中大官，此處借指憲宗。❷徒聞太學論　謂其貶官，雖有京城太學生挽留之論，亦無濟於事。東漢時皇甫規持節為將，擊羌立功，任度遼將軍、護羌校尉等。還督鄉里，既與權臣無它私惠，而多所舉奏，又惡絕宦官，不與交通，於是中外交惡，中常侍徐璜、左悺欲從求貨，規終不答。璜等忿怒，論事下獄，諸公及太學生張鳳等三百餘人詣闕訟之。事見《後漢書・皇甫規傳》。晉嵇康被繫於獄，德宗時陽城被貶道州，京師太學生皆有詣闕上書挽留之事。❸直廬辭錦帳　謂辭別京城。直廬，官吏宿直（夜間值班）所用館舍。錦帳義同。❹遠守愧朱轓　謂其遠貶連州。朱轓，車兩側的紅色擋泥板。漢制：二千石（太守）車皆皂蓋、朱轓。❺巢幕方猶燕　《左傳・襄公二十九年》：「夫子之在此也，猶燕之巢於幕上。」楊伯峻注：「幕即帳幕，隨時可撤，燕巢於其上，至為危險。」按，順宗即位時，因患中風不能語，禹錫可能以巢幕比喻王叔文黨人依附順宗，處境非常危殆。❻搶榆尚笑鯤　《莊子・逍遙遊》：「鵬之徙于南冥也，水擊三千里，摶扶搖而上者九萬里……蜩與學鳩笑之曰：『我決起而飛，搶榆枋，時則不至，而控於地而已矣，奚以九萬里而南為？』」此以大鵬自喻，以搶榆之蜩與學鳩喻朝中幸災樂禍者。搶榆，落在榆樹上。❼邅回過荊郢　謂其赴貶途，艱難地行至江陵。邅回，行難進貌。荊郢，指江陵（今屬湖北）。江陵戰國時為楚國都。按，禹錫初貶連州刺史，永貞元年十一月己卯（十四日），途貶朗州司馬。其時禹錫當已行至岳陽。❽淙溫　指人情冷暖。❾旅望　旅途中登高遠望。❿惛　義同「悶」。⓫問卜　問吉凶於卜者。⓬安冥數　安於命運安排。冥數，命運。⓭看方理病源　開藥方治病。看方，開藥方。理，同「治」。唐人避高宗諱以治為理。⓮帶賒衣改製　謂其因愁而消瘦，衣帶寬大，因而衣服也要改窄。⓯塵澀劍成痕　謂久不使用劍，劍亦生銹。⓰三秀悲中散　晉嵇康被囚，為〈幽憤詩〉，有「煌煌靈芝，一年三秀」句，此用其意。三秀，靈芝草別名。靈芝一年開花三次，故又稱三秀。中散，指嵇康，康曾為中散大夫。⓱二毛傷虎賁　晉潘岳〈秋興賦序〉：「余春秋三十有二，始見二毛。」二毛謂黑髮中已見白髮，後因以二毛代三十餘歲。虎賁，指潘岳，岳曾為虎賁中郎將。⓲禦魑魅　指貶為朗州司馬。魑魅，傳說中山林水澤中傷人的鬼魅，朗州地處深山密林之中，故云。⓳牧雞豚　指歸田為農夫。⑳就日秦京遠　謂其遠離京城。就，接近；靠近。日，喻皇帝。秦京，指長安。㉑楚奏　楚地音樂。㉒南登無灞岸　用王粲〈七哀〉：「南登灞陵岸，回首望長安」句意，意謂此處無灞岸可登，故不能回首望長安。

【語　譯】一旦失去了朝中大官的厚愛，被貶外地的結局已定，太學生的挽留就成為空論。辭別了長安的官舍，到遙遠的異地去做刺史。築巢於帳幕自然是不能持久的，可笑那些蜩鳩一般的小人，哪裏曉得我大鵬的志向。艱難跋涉經過了荊州郢都，一路零落深感人情世態的溫涼。旅途之中登高遠眺所見花皆無色，愁苦之下即使醉了心裏也是清醒的。春江千里草色濃綠一片，暮雨之中能聽見猿在啼叫。詢問於卜者自己安於命運安排，開藥方探尋得病的根源。因為苦悶變得消瘦衣帶漸寬衣服都要改窄，腰間的劍久不使用已經生銹。想起嵇康悲痛中「靈芝三秀」的詩句，又想起潘岳「二毛始見」的感傷話語。來到此地頗憂於與魑魅為伴，寧願歸鄉去放牧雞豚。意欲靠近皇帝然而遠離京城，隨風送來的俱是楚地的音聲。沒有王粲那樣的灞岸可登，只好旦夕間登上高原北望長安。

【研　析】題曰「書懷」，第一段以敘述武陵歷史沿革、民風、民俗為主，第二段以個人科第仕宦經歷為主，於「書懷」二字體現不多。唯有到第三段敘及貶官，才增加了「書懷」的成分。此詩也屬於「鋪陳終始，屬對律切」的長篇五律，以敘事為主，間以抒情、寫景兼議論。「王韋黨人」以八司馬的遭遠竄而宣告徹底失敗，作為當事人之一的劉禹錫，該是鬱積了多少幽憤與憤懣！然而，作為臣子，此詩對貞元末的政治大變更，只作平實的敘述，甚至將德、順宗傳位稱頌為如大禹傳位於啟，謂順宗內禪憲宗是出於仁厚天性，謂憲宗英明如日月等。至於自己的被貶，也只一句自責的「一失貴人意」，歸咎於個人。一路貶途，感傷之外，仍只是對朝廷無限的眷戀和一腔忠忱，並無絲毫怨懟之情，文字在平實之中甚多隱曲之筆。

陽山廟觀賽神　梁松南征至此，遂為其神，在朗州

【題　解】元和間作於朗州。陽山，一名梁山，在朗州西。陽山廟，為後漢梁松之廟。松字伯孫，少為郎，娶光武帝女為妻，博通經書，明帝時官至太僕，後因私自請託郡縣被免官，又因飛書誹謗下獄死。《後漢書》有傳。賽神，謂設祭酬神。

漢家都尉❶舊征蠻❷，血食❸如今配此山。曲蓋❹幽深蒼檜下，洞簫愁絕翠屏❺間。荊巫❻脈脈❼傳神語❽，野老婆娑❾啟醉顏。日落風生廟門外，幾人連踏竹歌❿還？

【注　釋】❶都尉　指梁松。按，松並未官都尉。魏晉以後以駙馬為駙馬都尉，唐仍之，武陵人沿唐習，稱梁松為駙馬都尉。❷征蠻　按，梁松並未參與征蠻之事。據《後漢書·馬援列傳》，援討武陵蠻失利，帝乃使松乘驛責問，因代監軍。梁松征蠻事，恐亦武陵人世代相傳如此。❸血食　鬼神享受祭品。古代習以殺牲取血以祭，故稱。按，史籍無梁松死於武陵的記載，恐亦是民間傳聞。❹曲蓋　曲柄傘蓋，為賽神時儀仗。❺翠屏　指群山青翠如屏。❻荊巫　楚地巫女。❼脈脈　凝目注視的樣子。❽傳神語　謂女巫傳遞神的語言。❾婆娑　形容醉態。❿連踏竹歌　即連臂踏歌，唱〈竹枝詞〉。

【語　譯】漢家都尉舊時在此征蠻，如今他的鬼神在此享受祭品。迎神的儀仗出入於幽深蒼檜下，洞簫聲迴響於群山之間。楚地巫女凝神貫注傳達神的言語，鄉野老人醉態朦朧行走不穩。日落陣風起於廟門之外，還有多少人連臂踏歌遲遲未還？

【研　析】寫荊南的淫祀及賽神活動。禹錫之意當不在評判其淫祀，而在於寫武陵當地習俗。屈原〈九歌〉場面如在眼前。

詠古二首有所寄

【題　解】約作於元和遭貶時期。「有所寄」，非有所寄贈之謂，乃有所寄託之謂。兩首詩皆禹錫遭貶時心態之反映。

其一

車音想轔轔❶，不見綦❷下塵。可憐平陽第，歌舞嬌青春❸。金屋容色在，文園詞賦新❹。一朝復得幸，應知失意人。

【注　釋】❶轔轔　車輪聲。❷綦　鞋帶。此指鞋。❸可憐平陽第二句　用漢武帝時衛子夫得幸事。漢武帝皇后衛子夫，原為武帝姊平陽公主謳（唱歌）者。武帝有事霸上，還過公主第，所侍美女，帝皆不悅。既飲，謳者進，帝獨悅子夫。帝起更衣，子夫侍尚衣軒中，得幸。公主遂送子夫入宮，元朔元年生男，遂立為皇后。事見《漢書・孝武衛皇后傳》。平陽第，平陽公主宅第。❹金屋容色在二句　用漢武帝皇后陳阿嬌因司馬相如賦失寵而復得幸事。司馬相如〈長門賦序〉：「孝武皇帝陳皇后，時得幸，頗妒，別在長門宮，愁悶悲思，聞蜀郡成都司馬相如天下工為文，奉黃金百斤，為相如文君取酒，因于解悲愁之辭。而相如為文以悟主上，陳皇后復得親幸。」金屋，初，武帝欲得陳阿嬌為妻，說：「若得阿嬌為妻，當作金屋貯之。」事見《漢書・孝武陳皇后傳》。文園，漢文帝陵園，此指司馬相如。相如曾為文園令。

【語　譯】您赴京的車輪聲轔轔地響，不再看見腳下的飛塵。平陽公主的宅第多麼富麗，歌舞的美女正當青春嬌好。金屋內陳阿嬌容色仍在，文園相如的辭賦也已經潤色成功。自從分別您又得幸，應該知道還有失意的我。

【研　析】詩中求助、諷刺之意兼而有之，或以為是韓愈，元和九年至十一年，三年之間，愈官職自吏部郎中而知制誥、中書舍人，升遷甚快，故禹錫怨其不一手援；或以為是程異，異與禹錫同為永貞間「八司馬」之一，元和四年得鹽鐵使李巽之薦，擢為侍御史，復為鹽鐵轉運揚子院留後。然韓愈之「貴」甚晚，程異僅為七品的揚子院留後，禹錫將援手願望寄託在韓愈、程異身上，似皆不大可能。

其二

寂寥照鏡臺❶，遺基❷古南陽❸。真人昔來遊，翠鳳相隨翔。目成在桑野，
志遂貯椒房❹。豈無三千女？初心❺不可忘。

【注　釋】❶照鏡臺　當指漢光武帝皇后陰麗華遺跡。❷遺基　即遺址。❸南陽　漢郡名，治宛縣，即今河南南陽。陰麗華為南陽新野（今俱屬河南）人。❹真人昔來游四句　詠漢光武及陰麗華之事。光武微時，遊南陽，聞陰麗華美，心悅之。後至長安，見執金吾車騎甚盛，因歎曰：「仕宦當作執金吾，娶妻當得陰麗華。」更始元年，遂納麗華於宛縣當成里。建武元年，光武即位，以麗華為貴人，十七年，廢皇后郭氏而立貴人。事見《後漢書·光烈陰皇后紀》。真人，指光武帝。翠鳳，喻陰麗華。目成，以目相視，情感交通。椒房，宮殿名，以椒塗壁，取其芬芳，故名，為皇后所居。❺初心　當初的志願。

【語　譯】寂寥的照鏡臺是陰麗華所遺，遺址在她的故鄉南陽。光武帝從前來遊此地，陰麗華與他相隨從。兩目相視感情溝通，終於將她藏貯在椒房裏。難道後宮沒有三千女子？當初的緣分不可以忘記。

【研　析】此首因陰麗華遺跡而聯想到光武帝尊貴而不忘初心，寄希望於朝中在位某人施援於己。

覽董評事思歸之什因以詩贈

【題解】元和五、六年間作於朗州。董評事謂董侹（一作挺）。侹字庶中，隴西（今甘肅秦安）人。劉禹錫有〈故荊南節度推官董府君墓誌銘〉，據〈墓誌〉及侹〈荊南節度使裴公重修玉泉關廟記〉，侹約於貞元八至十九年為荊南節度推官，中間嘗辭去幕職，遊湖湘。元和初客居朗州，與禹錫相過從，晚年再投老荊南，元和七年卒。董有《武陵集》，禹錫嘗為之作序，參見「編年文選」〈董氏武陵集紀〉。評事，大理寺屬官，當為董侹在荊南幕府的兼銜。其思歸之作今不存。

幾年油幕❶佐征東❷，卻泛滄浪狎釣童❸。欹枕醉眠成戲蝶❹，抱琴閑望送歸鴻❺。文儒自襲膠西相❻，倚伏能齊塞上翁❼。更說扁舟動鄉思，青菰已熟奈秋風❽？

【注釋】❶油幕　塗油的帳幕，後泛指將帥幕府。❷佐征東　謂董侹在荊南幕府參軍事。❸卻泛滄浪狎釣童　謂閒暇無事，日與釣童為伴。滄浪，水名。《楚辭・漁父》：「漁父歌曰：『滄浪之水清兮，可以濯吾纓；滄浪之水濁兮，可以濯吾足。』」古以漢水為滄浪水。朗州亦有滄浪水。此處泛指江河水。❹欹枕醉眠成戲蝶　用《莊子》典，謂董侹超然物外。《莊子・齊物論》：「昔者莊周夢為蝴蝶，栩栩然蝴蝶也……俄然覺，則蘧蘧然周也。不知周之夢為蝴蝶與，蝴蝶之夢為周與。」欹枕，曲臂成枕。❺抱琴閑望送歸鴻　用晉嵇康〈送秀才從軍〉：「手揮五弦，目送歸鴻。俯仰自得，游心太玄」句意。❻文儒自襲膠西相　謂董侹博通經書。膠西相，指董仲舒。董仲舒曾為膠西王（武帝兄）相。❼倚伏能齊塞上翁　用《淮南子》事，謂董侹樂天知命，不以得失為懷。《淮南子・人間》：「夫禍福之轉而相生，其變難見也。近塞上之人有善術者，馬無故而亡入胡。人皆吊之，其父曰：『此何遽不為福乎！』居數月，其馬將胡駿馬而歸。人皆賀之，其父曰：『此何遽不能為禍乎！』家富良馬，其子好騎，墮而折其髀。人皆吊之，其父曰：『此何遽不為福乎？』居一年，胡人大入塞，丁壯者引弦而戰，近塞之人死者十九，此獨以跛之故父子相保。」❽更說扁舟動鄉思二句　用晉張翰事，謂董侹忽萌歸鄉之思。《世說新語・識鑒》：「張季鷹（翰字）辟齊王東曹掾，在洛，見秋風起，因思吳中菰菜羹、鱸魚膾，曰：『人生貴得適意耳，何能羈宦數千里以要名爵！』遂命駕便歸。」奈秋風，猶言秋風已起，無奈猶不得歸。

【語譯】多少年隨從東征的幕府，不料卻泛舟滄浪與釣童為侶。曲臂成枕醉眠夢為戲蝶，抱琴閑望目送歸鴻。博通經書如同膠西相董仲舒，說禍福轉換可與塞上翁看齊。又說到駕一葉扁舟歸於鄉里，然而秋風起菰菜熟卻無可奈何！

【研析】董侹久滯於荊南幕府，且無所事事，與居閒朗州的禹錫處境極相似。張翰因秋風思故鄉菰菜羹、鱸魚膾的典故，在這裏只是借用。「歸鄉」在唐人詩文裏，並不一定指鄉里，往往具象徵意義，代表著政治歸宿的京城（如李白詩「西望長安不見家」等），從這個意義講，禹錫同情董侹，也是在說著自己的恓惶。

臥病聞常山旋師策勳宥過王澤大洽因寄李六侍御

【題解】元和五年（西元八一〇年）秋作於朗州。元和四年初，成德軍（治恒州，即常山郡，元和十五年又改鎮州，即今河北正定）節度使王士真死，其子王承宗自稱留後。秋，朝廷乃以承宗為成德軍節度使，又以承宗勢大，乃割成德所轄德、棣二州歸朝廷，另為一鎮，命德州刺史薛昌朝為節度使。承宗不奉命，朝廷乃命神策左軍中尉吐突承璀為招討使討之。昭義節度使盧從史與王承宗通牒，制才下，承宗即以兵擄昌朝歸鎮州。吐突承璀用計誘執盧從史送京師，承宗自陳為盧從史所離間，遂乘此罷兵。五年七月，詔昭洗王承宗，復其官爵，德、棣二州仍歸成德，待之如初，諸道行營將士，共賜物二十八萬。諸道並以罷兵加賞，幽州節度使劉濟加中書令，魏博節度使田濟安加司徒，淄青節度使李師道加僕射。所謂「王澤大洽」，謂此。詳見《舊唐書・憲宗紀》。李六侍御指李景儉。景儉字寬中，唐宗室，貞元十五年進士，博聞強記，自負王霸之略。先為東都留守從事，元和元年為晉絳觀察從事。二年，御史中丞竇群引為監察御史，三年，竇群以罪左遷，景儉坐貶江陵府戶曹參軍。此詩傷感其久貶，不沾王澤。

寂寂重寂寂，病夫臥秋齋。夜蟲思幽壁❶，槁葉鳴空階。南國異氣候，火旻❷尚昏霾❸。瘴煙跕飛羽❹，沴氣傷百骸❺。昨聞凱歌旋，飲至❻酒如淮❼。無戰陋丹水❽，垂仁輕槀街❾。清廟❿既策勳，圓丘俟燔柴⓫。車書一以混⓬，幽遠靡不懷⓭。逐客⓮憔悴久，故鄉雲雨乖⓯。禽魚各有化⓰，余欲問齊諧⓱。

【注釋】❶幽壁　陰暗的牆壁。❷火旻　秋日天空。火，指大火，星名，用《詩經・豳風・七月》「七月流火」意。❸昏霾　不清朗貌。❹瘴煙跕飛羽　用東漢馬援事，形容朗州陰濕天氣。《後漢書・馬援列傳》：「(援)從容謂官屬曰：『……當吾在浪泊、西里間，虜未滅之時，下潦上霧，毒氣重蒸，仰視飛鳶跕跕墮水中。』」瘴煙，水中毒氣。跕，墜落。飛羽，指鳥。❺沴氣傷百骸　災害可傷及各種生物之氣。此亦形容朗州氣候惡劣。❻飲至　古代諸侯朝會盟伐完畢，祭告宗廟并飲酒慶祝的典禮。後代指出征奏凱，宴飲慶功之禮。❼酒如淮　極言飲酒之多。語出《左傳・隱公五年》：「歸而飲至，有酒如淮。」❽無戰陋丹水　意謂常山一役，未經戰鬥而取勝，足以超越古聖賢。《呂氏春秋・恃君覽》：「堯戰于丹水之浦，以服南蠻。」丹水，水名，以在丹城（故址在今河南內鄉西南）之南而得名。❾垂仁輕槀街　意謂朝廷為仁義之師，從此可以蔑視叛逆藩鎮。槀街，漢長安街名，為屬國使節館舍所在地。此指河北藩鎮。按，唐時河東、河北及山東節鎮，多由蕃將擔任節度使，故云。❿清廟　宗廟。⓫圓丘俟燔柴　指祭天地以告成功。圓丘，即天壇，古時帝王祭天之所。燔柴，祭天時，堆積木柴燃燒。⓬車書一以混　指統一天下。秦始皇一統天下後，「車同軌，書同文」。混，合併；統一。⓭幽遠靡不懷　意謂皇帝恩惠普及天下。幽遠，指僻遠地方之人。⓮逐客　禹錫自指。⓯故鄉雲雨乖　指皇帝恩惠不及於己。故鄉，此指長安。乖，背離；違背。⓰禽魚各有化　用《莊子・逍遙遊》北溟之魚（鯤）化為鵬鳥之意，謂立功將士皆有恩賞。⓱余欲問齊諧　意謂自己欲探其究竟。齊諧，人名；一說書名。《莊子・逍遙遊》：「齊諧者，志怪者也。」成玄英疏：「姓齊名諧，人姓名也。亦言書名也，齊國有此俳諧之書也。」

【語　譯】冷清啊冷清，有病的我臥於秋齋。夜間鳴叫的蟲總是躲在幽暗的牆壁下，枯槁的樹葉落在臺階上發出響聲。南國氣候與北方有異，到了秋天還是昏昏濛濛的。沉沉的水霧使飛鳥落下，有毒的空氣傷害著人們。昨日聽到常山官軍大捷的消息，獲勝的將士宴會飲酒如淮。不經戰鬥即取勝強敵超越了古聖人，仁義之師足以蔑視節鎮蕃將。朝廷既策勳獎勵眾將士，天壇上燃燒木柴告天地以成功。國家文化制度空前統一，即使是僻遠的人無不得到關懷。唯獨我遭貶憔悴日久，皇帝的雨露卻降不到我的身上。禽魚都有各自的變化，我的前途如何要向齊諧問個究竟。

【研　析】李景儉與王叔文善，叔文用事時，景儉居喪東都，未與黨人事。景儉又極自負，貶在江陵，故與禹錫同聲氣。詩寄景儉，因此之故。詩起首至「沴氣傷百骸」為一層意思，寫秋氣昏霾中自己纏綿臥病；「昨聞凱歌旋」語氣一轉，至「幽遠靡不懷」寫常山大捷，朝廷慶功；末尾四句再歸於己身不沾恩露。總是以時局的大好與自身遭遇的不公作對比。早在元和元年八月，憲宗即有詔云：劉禹錫等八人，「縱逢恩赦，不在量移之限」（見《舊唐書・憲宗紀》）。禹錫指望常山慶功赦還，豈非奢望乎！

酬元九院長自江陵見寄

【題　解】元和五年（西元八一〇年）作於朗州。元九即元稹。元和四年，稹以監察御史分務東臺，「河南尹房式為不法事，稹欲追攝，擅令停務。既飛表聞奏，罰式一月俸，仍召稹還京。宿敷水驛，內官劉士元後至而爭廳，士元怒排其戶，稹襪而走廳後，士元追之，以箠擊稹傷面。執政以稹少年後輩，務作威福，貶為江陵府士曹參軍」（《舊唐書・元稹傳》）。稹貶江陵，有詩寄禹錫，禹錫酬以此詩。元稹所寄詩今不存。院長，唐時兩院御史相呼院長。禹錫曾官監察御史。

無事尋花至仙境❶，等閑栽樹比封君❷。金門❸通籍❹真多士❺，黃紙除書❻每日聞。

【注釋】❶無事尋花至仙境　用晉陶淵明〈桃花源記〉漁人尋花誤入桃花源事。此指其貶官朗州。唐朗州即晉武陵郡。❷等閑栽樹比封君　《史記・貨殖列傳》：「蜀、漢、江陵千樹橘……此其人皆與千戶侯等。」又《三國志・吳書・孫休傳》「丹陽太守李衡」裴松之注引習鑿齒《襄陽記》：「（李衡）于武陵龍陽汜洲上作宅，種甘橘千株。臨死，敕兒曰：『汝母惡我治家，故窮如是。然吾州里有千頭木奴，不責汝衣食，歲上一匹絹，亦可足用耳』……吳末，衡甘橘成，歲得絹數千匹，家道殷足。」封君，受封邑者，後以之比太守。此指元稹。❸金門　即金馬門，漢代長安宮門。此指唐長安宮門。❹通籍　列名於門籍。指在朝為官。門籍，一種書有當事人姓名、相貌特徵的木牌，懸於宮門，官員入宮時，經驗證相符，乃得入。❺多士　眾多人才。❻黃紙除書　授官詔書。唐開元三年（西元七一五年），始用黃麻紙寫詔。至上元三年（西元七六二年），詔制敕並用黃麻紙。見《唐會要》卷五四。

【語譯】我無事尋花不經意間來到武陵仙境，你隨便栽種橘樹來到江陵。通籍金馬門的人才非常之多，每日都聽說有授官的黃麻紙詔書頒佈。

【研析】元稹貶江陵士曹，禹錫始與其有交往。從劉、元交往詩看，應是元稹先有詩寄劉，劉乃有酬答之詩，即此首。元稹以己之貶而抱同情於禹錫，禹錫因元之耿直不屈而賞識元的人格。二人處於同一境地，於是有共同語言，這是禹錫此詩對時局不滿頗顯憤激的原因。起首兩句將二人貶官寫得漫不經心，是對當政者的蔑視。

翰林白二十二學士見寄詩一百篇因以答貺

【題解】元和五年（西元八一〇年）作於朗州。白二十二學士，指白居易。元和二年，白居易任翰林學士，至六年丁母喪退居渭南下邽，復出後歷任左拾遺、京兆府戶曹參軍等職，仍兼翰林學士。因元稹之故，白寄詩禹錫，禹錫答以此詩。貺，特指他人贈與的詩文。

吟君遺❶我百篇詩，使我獨坐形神馳❷。玉琴清夜人不語，琪樹春朝風正吹❸。郢人斤斫❹無痕跡，仙人衣裳棄刀尺❺。世人方內❻欲相尋，行盡四維❼無處覓。

【注釋】❶遺　贈。❷形神馳　形神馳往。形容心神出遊，無限嚮往。❸玉琴清夜人不語二句　形容白詩如玉琴在清夜鳴奏，如玉樹於春朝臨風。❹郢人斤斫　用《莊子》事，謂白詩為大匠之材。《莊子・徐无鬼》：「郢人堊漫其鼻端，若蠅翼，使匠石斫之，盡堊而鼻不傷。郢人立不失容。」❺仙人衣裳棄刀尺　即「天衣無縫」之意。前蜀牛嶠《靈怪錄・郭翰》：「稍聞香氣漸濃，翰甚怪之，仰視空中，見有人冉冉而下，直至翰前，乃一少女……徐視之，其衣并無縫。翰問之，謂翰曰：「天衣本非針線為也。」」後遂以「天衣無縫」比喻詩文自然渾成。棄刀尺，猶言無規矩。刀尺，規矩。❻方內　世間。❼四維　指地之東南、西南、東北、西北四隅。

【語譯】吟誦著您贈我的百篇詩歌，獨坐的我心神出遊無限嚮往。好似在寂寂清夜聽玉琴彈奏，又好似玉樹在春朝微風吹拂。大匠的才能本無痕跡可求，仙衣的裁剪也無針線可尋。世人欲在人間尋找，走遍地的四角也無處可覓。

【研析】劉、白此前的交往無考。元、白至交，元稹在江陵與禹錫有詩歌往還，因而帶動白居易寄詩給禹錫，劉、白唱和始於此。一次寄詩即多達百篇，白居易似乎要將他此前與禹錫交往的闕失總地補過來。因為白居易寄詩數量頗多，因而禹錫也就只能總地酬答。前四句總寫自己讀白詩心理上的感受，「玉琴」一句從聽覺上形容白詩的賞心愜意，「琪樹」一句從視覺上形容白詩的清新宜人。後四句總寫白詩藝術，「郢人」兩句，清人趙翼以為禹錫所指專在白居易的古體，「香山主於用意。用意則屬對排偶不能縱橫如意；而出之於古詩，則惟意所之，辯才無礙……劉夢得所謂『郢人斤斫無痕跡，仙人衣裳棄刀尺』者，此古體所以獨絕也。」（《甌北詩話》卷四）可謂獨具隻眼。

傷秦姝行　并引

【題解】詩寫房啟（字開士）與彈箏女（秦姝）的愛情，感傷於秦姝的早逝。秦姝死於容州。房啟於貞元末任容管經略使，凡九年，此詩之作，當在元和四、五年間，時禹錫在朗州。

河南房開士❶，前為虞部郎中❷。為余話曰：「我得善箏人於長安懷遠里❸。」其後，開士為赤縣❹，牧容州❺，求國工❻而誨之，藝工而夭。今年，開士遺予新詩，有悼佳人之目。顧予知所自也。惜其有良妓，獲所從而不克久，乃為傷詞，以貽開士。

長安二月花滿城，插花女兒弄銀箏。南宮仙郎❼下朝晚，曲頭❽駐馬聞新聲。
馬蹄逶遲❾心蕩漾，高樓已遠猶頻望。此時意重千金輕，鳥❿傳消息紺輪⓫迎。
芳筵銀燭一相見，淺笑低鬟初目成⓬。蜀弦⓭錚摐⓮指如玉，皇帝弟子⓯韋家
曲⓰。青牛文梓⓱赤金簧⓲，玫瑰寶柱⓳秋雁行⓴。斂蛾㉑收袂㉒凝清光，抽弦㉓緩

調㉔怨且長。八鸞鏘鏘㉕渡銀漢㉖，九雛威鳳㉗鳴朝陽。曲終韻盡意不足，餘思悄絕愁空堂。從郎鎮南㉘別城闕㉙，樓船理曲㉚瀟湘月。馮夷㉛蹁躚舞淥波㉜，鮫人㉝出聽停綃梭。北池含煙瑤草短，萬松亭下清風滿㉞。北池、萬松㉟皆容州勝概。秦聲一曲此時聞，嶺泉嗚咽南雲斷㊱。來自長陵㊲小市東，蕣華零落㊳瘴江風。侍兒掩泣收銀甲㊴，鸚鵡不言愁玉籠㊵。博山爐㊶中香自滅，鏡奩㊷塵暗同心結㊸。從此東山非昔遊㊹，長嗟人與弦俱絕㊺。

【注釋】❶河南房開士　指房啟。啟字開士，河南（今河南洛陽）人，其祖房琯相玄宗、肅宗朝。啟以祖蔭補鳳翔參軍事，累調萬年令。貞元末，啟附於王叔文，除容管經略使，凡九年，改桂管觀察使，遷太僕少卿，未至，以事貶虔州刺史，卒於官。兩《唐書》有傳，墓誌見於《韓昌黎文集》。❷虞部郎中　虞部屬尚書省工部。按，據韓愈〈房啟墓碣銘〉，啟為虞部員外郎，此處云郎中，或有誤。❸懷遠里　唐長安坊名，在朱雀大街西第四坊。❹為赤縣　指房啟為萬年縣令。唐縣有赤、畿、緊、望……七等之差。京都所治縣為赤。❺牧容州　指房啟為容管經略使。容管治容州（今廣西北流）。❻國工　猶言國手。❼南宮仙郎　指房啟。南宮，即尚書省。仙郎，為唐人對尚書省各部郎中、員外郎的慣稱。❽曲頭　街坊僻靜處。❾透遲　緩行的樣子。❿鳥　指青鳥。傳說西王母有青鳥，可傳遞消息。⓫紺幰　掛有天青色帷幔的車輛。⓬目成　通過眉目傳情結成友好。⓭蜀弦　蜀地所產的琴。此指箏。⓮錚摐　象聲詞，彈箏聲。⓯皇帝弟子　即引中所說的「國工」。唐時設教坊，為政府管領的音樂、歌舞機關，其中有專門向演員樂工傳授技藝者，通稱為「善才」。⓰韋家曲　韋青傳授的曲子。韋青，京兆杜陵人，善歌，玄宗時官至金吾將軍，見於唐段安節《樂府雜錄》。⓱青牛文梓　指製作精良的樂器。《太平御覽》卷四四引《錄異記》：「秦文公時，雍南山有大梓樹，文公伐之……斷，中有一青牛出，走入豐水中。」文梓，有文理的梓木，為良木美材，可製樂器。⓲赤金簀　赤金做成薄片，為箏上的發聲器。⓳玫瑰寶柱　美玉做的弦柱。玫瑰，美玉。⓴秋雁行　形容兩旁弦柱如秋雁兩行。㉑斂蛾　正色的樣子。蛾，蛾眉的省稱。蠶蛾觸鬚細長而彎曲，因以比喻女子美麗的眉毛。《詩經・衛風・碩人》：「螓首蛾眉，巧笑倩兮。」㉒收袂　挽起衣袖。㉓抽弦　撥動琴弦。㉔緩調　指箏音緩慢柔軟。㉕八鸞鏘鏘　形容箏音。八鸞，即鸞鈴，懸於車旁。㉖銀漢　銀河。㉗九雛威鳳　形容箏音，用樂府〈鳳將雛〉：「鳳凰鳴啾啾，一母將九雛」句意。威鳳，有威儀的鳳凰。㉘從郎鎮南　指秦姝從房啟往容州。房啟為容管經略使在貞元二十一年。㉙城闕　此指長安。㉚樓船理曲　指秦姝往容州途中彈箏。㉛馮夷　水神名。㉜淥波　同「綠波」。㉝鮫人　神話傳說中人形魚，能織鮫綃。晉張華《博物志》：「南海中有鮫人，水居如魚，不廢織績。」㉞北池萬松　皆容州池、亭名。㉟南雲斷　即「響遏行雲」之意。形容箏聲。㊱長陵　指長安。長陵，漢高祖墓，在咸陽（今屬陝西）東三十里。㊲蕣華零落　指秦姝早死。蕣華，即木槿花，朝開暮落。㊳銀甲　銀製的假指甲，套於指上，彈奏箏、琴等弦樂器。㊴玉籠　鳥籠。玉修飾其美。㊵博山爐　香爐名。《西京雜記》卷一：「長安巧工丁緩者……作九層博山爐，鏤為奇禽怪獸，窮諸靈異，皆自然運動。」㊶鏡奩　鏡匣。㊷同心結　古代用絲帶編織的連環回文樣式的菱形結，用以表示愛情。㊸從此東山非昔遊　用東晉謝安事。《晉書・謝安傳》：「安雖放情丘壑，然每遊賞，必以妓女從。」意謂房啟此後遊賞無美人相從。㊹人與弦俱絕　用西晉嵇康事。《晉書・嵇康傳》：「康將刑東市，索琴彈之，曰：『〈廣陵散〉於今絕矣。』」

【語　譯】河南房開士此前為虞部郎中時，曾對我說過：「我於長安懷遠里獲得一位善彈箏的人。」其後開士為萬年縣令、容州刺史，求彈箏國手教誨她，她的技藝大為精進，卻不幸夭折。今年開士贈我新詩，其中有悼亡之意，我知道開士的心事在何處。很同情他有善彈箏的歌妓，而她也得到好歸宿然而卻不能恆久，於是寫此感傷之詞回贈開士。

長安二月滿城開遍鮮花，秦姝插花滿頭在樓上撥弄銀箏。尚書省的郎官退朝已經很晚，於小巷僻靜處立馬仔細聽新曲。馬蹄遲緩心頭波濤蕩漾，距離高樓已遠還不斷回頭張望。此時情重而千金為輕，有青鳥傳遞消息，用車輛將美人載歸。華筵開張，明燭高照，秦姝一見房郎就低頭微笑眉目傳情兩心相悅。蜀地的琴弦錚錚響起，彈箏的雙手如白玉一般，所奏之曲，都是皇宮名家所傳授。名貴木材做成的箏，美玉做的弦柱如秋雁兩行排開。只見秦姝端正顏色挽起衣袖，滿座寂然如秋水澄澈清淨，撥動琴弦曲調緩慢哀怨而悠長。如同懸著八顆鸞鈴的車子鏘鏘渡過銀河，如同鳳凰攜帶九隻雛鳳在朝陽下鳴叫。一曲終了歌詞唱罷然而意猶未盡，綿綿不盡的思緒悄然彌漫在空堂。跟隨房郎鎮守容州告別長安，瀟湘明月下，秦姝在樓船上一一溫習舊曲。水神馮夷翩然起舞在水波上，鮫人也停下了手中的織梭凝聽。容州的北池春草初生，萬松亭下清風徐徐吹拂。秦地的樂聲當此時奏起，嶺泉嗚咽行雲亦為之阻斷。秦姝從長安來到此間，好似木槿花零落在瘴江邊。侍兒含淚收拾她的銀甲，鸚鵡停止言語滿懷愁腸在玉籠。博山香爐斷絕了香煙，鏡匣滿是塵土，遮蔽了同心結。從此房郎遊賞山水不再有可心的伴侶，秦姝人已亡，琴曲也終絕，令人惋惜不已。

【研　析】從「此時意重千金輕」一句可以看出，這位善箏的秦姝是房啟由妓院中贖出的。唐時妓女（唱歌或彈奏樂器樂工），有官妓、家妓之分，秦姝被房啟購得後，即成為房啟家妓。全詩可分為三段：自起首至「淺笑低鬟初目成」為第一段，寫房啟為秦姝箏聲所吸引並千金購得佳人歸；自「蜀弦錚摐指如玉」至「餘思悄絕愁空堂」為第二段，寫秦姝彈箏及其超群技藝；自「從郎鎮南別城闕」至「長嗟人與弦俱絕」為第三段，寫秦姝隨房啟至容後病死，人弦俱絕。如此長篇的七言歌行，在禹錫詩中並不多見。其抒情兼敘事的形式，與白居易〈長恨歌〉、〈琵琶行〉大體相近。所不同者，〈傷秦姝行〉的故事情節，作者僅由房啟初購得秦姝的一句話和秦姝亡後房啟的一首詩，得其梗概而已，大部分空白，均由其想像予以填充（白居易〈長恨歌〉的情節得自於民間關於李楊愛情的傳說，〈琵琶行〉的情節則是詩人的親歷及琵琶女的自述）。此其一。其二是〈傷秦姝行〉故事情節的主體，並非如詩題所說是在「傷」秦姝的命運，也非展示秦姝的彈箏技藝；詩的開頭寫房啟退朝聽箏凝迷之態，又以「從此東山非昔遊，長嗟人與弦俱絕」兩句結尾，說明〈傷秦姝行〉故事情節，是以房啟與秦姝之間男女的愛情為主體。

在寫法上，〈傷秦姝行〉將以上三條線索穿插在一起寫，關於秦姝彈箏技藝及其音樂效果的描寫尤其出色。第一段是從旁聽者的著迷狀態（頗與傳奇《李娃傳》鄭生初見李娃的光景有幾分相似）側面予以描寫；第二段，在寫了芳筵明燭男女相見眉目傳情之後，有秦姝「斂蛾收袂」、「抽弦緩調」，似乎是在獻上「定情」一曲的大段精彩描寫；第三段，當秦姝隨房啟赴任容州、於瀟湘樓船中「理曲」時，通過「馮夷」蹁躚起舞、

「鮫人」停止綃梭的描寫，再次從側面烘托其技藝。可以說，禹錫的〈傷秦姝行〉藝術上是相當成功的，但相較於白居易〈長恨歌〉、〈琵琶行〉，卻要遜色一些。原因在於〈傷秦姝行〉愛情主題遠沒有〈長恨歌〉李楊愛情主題來得重大，秦姝的命運也不如楊玉環、琵琶女命運的曲折跌宕，而音樂描寫則顯然不如〈琵琶行〉細膩傳神。有選材的原因，也有篇幅的原因。〈傷秦姝行〉的篇幅不及〈長恨歌〉三分之一，三條線索穿插在一起寫，受篇幅的限制，三條線索都得不到盡興盡情的描寫。此詩可與本年〈泰娘歌〉比較而讀。

送李策秀才還湖南因寄幕中親故兼簡衡州呂八郎中

【題　解】元和五年作於朗州。李策，蜀人，其他不詳。李策因屢試不中來朗州見禹錫，禹錫待之甚厚。當其辭朗州、往衡州之際，禹錫寫此詩送他。呂八郎中，指呂溫。參見前首題解。

深春❶風日淨，晝長幽鳥❷鳴。僕夫❸前致辭，門有白面生❹。攝衣❺相問訊，解帶❻坐南榮❼。端志❽見眉睫，苦言❾發精誠。因出懷中文，調孤詞亦清。

悄❿如促柱弦⓫，掩抑⓬多不平。

【章　旨】此段為長篇敘事的發端：敘時令、來人、來人來歷面龐等，並總括其憤然不平的情緒。

【注　釋】❶深春　春末。❷幽鳥　隱蔽於林中之鳥。❸僕夫　僕人。❹白面生　年輕人。❺攝衣　整頓衣裳。❻解帶　寬帶。❼南榮　南面屋簷。榮，屋簷兩端上翹的部分。❽端志　端正的志向。❾苦言　哀苦的話語。❿悄　憂傷的樣子。⓫促柱弦　弦緊音高。此指聲音淒厲而高。柱，琴瑟上繫弦的木柱。音高則促柱，音低則緩柱。⓬掩抑　控制之下聲音有所哽咽。

【語 譯】暮春時節風和日麗，白日漸長深樹中傳來鳥的啼叫。僕人前來告訴我說，門外有一位年輕書生求見。我整頓衣裳見他並詢問，遂與他寬帶共坐屋簷下說話。端正的志向顯現於他眉宇間，哀苦的話語發自精誠。又自懷中取出所作文章，文章大旨與眾不同詞語也清切。傷心的話語好像旋緊弦柱的琴聲，壓抑之下透出許多憤慨不平。

乃言本蜀士，世降岷山[1]靈。前人[2]秉懿文[3]，高視[4]來上京[5]。曳綬[6]司徒[7]府，所從信國楨[8]。析薪委空林[9]，善響難繼聲[10]。何處翳[11]附郭[12]？幾人思郈成[13]？雲天望喬木，風水悲流萍[14]。前與計吏[15]西，始列貢士[16]名。森然就筆劄，從試春官卿[17]。帝城歧路[18]多，萬足伺晨星[19]。茫茫風塵中，工拙同有營[20]。寒女勞夜織，山苗縈寸莖[21]。侯門方擊鐘[22]，衣褐[23]誰將迎？弱羽果摧頹[24]，壯心鬱怦怦[25]。諒無蟠木容[26]，聊復蓬累行[27]。昨日訊靈龜[28]，繇言[29]利艱貞[30]。當求舍拔中[31]，必在審己[32]明。誓將息薄遊[33]，焦思[34]窮筆精[35]。蒔[36]蘭在幽渚[37]，安得揚芬馨[38]？曰余摧落者，散質[39]負華纓[40]。

【章 旨】此段是李策的自述。兩個意思，一是自述其進士試鎩羽而歸。唐代進士試前「行卷」、「溫卷」之風盛行，舉子們無論「工拙」都要干謁。舉子們的干謁，在唐代是公開的，干謁與被干謁者之間，留下了許多文壇佳話。但如果被干謁者倨傲，拒人於千里之外，干謁者就會覺得受辱。例如韓愈參加科考時也曾從事干謁，事後想起來，仍有「如痛定之人，思當痛之時，不知何能自處」（〈與李翺書〉）之感。禹錫是過來人，故能對李策此種經歷有深刻體會。另一個意思是失利之後的自省，承認自己是不堪用之材，必須下苦功尋求文章之妙。能勇於承認失敗的原因之一在於自己，不是一味地怨天尤人，頗為難得。

【注釋】❶岷山　在今四川北部。❷前人　前輩。此或指其父親。❸秉懿文　持有美文。❹高視　自負的樣子。❺上京　長安。❻曳緌　拖著緌帶。指做官。❼司徒　唐三公之一，位尊正一品，一般為宰相的加官，無實際職掌。❽國楨　國之棟梁。楨，支柱。❾析薪委空林　《左傳・昭公七年》：「古人有言曰：其父析薪，其子弗克負荷。」此用其義，謂其不能子承父業。析薪，伐木、劈柴。後以「析薪」謂繼承父業。❿善響難繼聲　義同上。⓫翳　義同「依」，依靠之意。⓬附郭　即附郭而居，指有所遮蔽、有所依靠。郭，城郭。⓭幾人思郈成　大意謂與父親當年有交的人不肯施援於己。郈成，春秋魯人。《孔叢子》卷五「陳士義」條：「昔郈成子自魯聘晉，過乎衛，右宰穀臣止而觴之，陳樂而不作，送以寶璧。反，過而不辭。其僕曰：『日者右宰之觴吾子甚歡也，今過而不辭，何也？』成子曰：『夫止而觴我，與我歡也；陳樂而不作，告我哀也；送我以璧，寄之我也。若由此觀之，衛其有亂乎！』過衛三十里，聞甯喜作難，右宰死之。還車而臨，三舉而歸反命於君。乃使人迎其妻子，隔宅而居之，分祿而食之，其子長而反其璧。」⓮雲天望喬木二句　狀其歲月蹉跎。⓯計吏　唐時代表州郡長官每年前往長安呈送戶口、賦稅等計簿的官吏。⓰貢士　即鄉貢進士，經由州郡選拔後送往京師參加考試的舉子，通稱鄉貢進士。⓱春官卿　即禮部官員。武則天光宅元年，改尚書省六部（吏、戶、禮、兵、刑、工）為天、地、春、夏、秋、冬。⓲歧路　原指分岔的路，此指門路多。⓳萬足伺晨星　形容參與考試的舉子都等著天亮（去走門路）。⓴工拙同有營　意謂舉子中無論為人機巧和拙於行事者皆會尋找門路。按，此指唐進士試時應試者的行卷（投遞詩文卷子給官員或名人，希冀其揄揚推薦）或溫卷（初投之後再次投遞詩文卷子）的風氣。㉑寒女勞夜織二句　形容自己家世卑微，無所投靠。寒女，貧家女。山苗榮寸莖，用晉左思〈詠史〉「鬱鬱澗底松，離離山上苗。以彼徑寸莖，蔭此百尺條。世胄躡高位，英俊沉下僚」句意。榮，此指花木成長。㉒擊鐘　擊鐘而食。舊時達官貴宦人家，每飯時擊鐘列鼎而食。㉓衣褐　沒有官職的平民服裝。此指舉子所服。㉔弱羽果摧頹　指進士試落選。㉕鬱怦怦　鬱悶不平。㉖蟠木容　漢鄒陽〈於獄中上書自明〉：「蟠木根柢，輪囷離詭，而為萬乘器者，何則？以左右先為之容也。」此用其意。蟠木，彎曲的木，本無所用，但有人預先為之通款曲，於是為君王所用。容，形容，雕刻裝飾。㉗蓬累行　如蓬草無根到處飄蕩。指其離家來到朗州。㉘訊靈龜　求卜。靈龜，以龜甲占卜。㉙繇言　卦兆的占辭。㉚利艱貞　《易・明夷》中語。是解釋占辭的話，意思是占得此卦之人，「宜艱難貞固，守其貞正之德」（孔穎達《周易正義》）。㉛舍拔中　猶言科第得中。舍拔，發箭。語出《詩經・秦風・駟驖》：「公曰左之，舍拔則獲。」孔穎達疏：「舍放矢括，則獲得其獸。」㉜審己　審察自身。㉝薄遊　漂泊遊歷。㉞焦思　苦思。㉟窮筆精　窮究文筆精妙之法。㊱蒔　移栽；種植。㊲幽渚　陰暗的水邊。㊳菲馨　芳香。㊴散質　散材；無所用之材。㊵負華纓　不堪為官。華纓，華麗的冠帶。此指官服。

【語譯】李秀才說自己是蜀人，降生於岷山之地。父親很有文才，滿懷信心來到京師。曾在司徒府上做官，所來往者皆是國之棟梁。可惜我未能承繼前人的事業，父親良好的才藝沒能繼承下去。我無處可以依靠，凡受過父親恩惠者也無人有郤成的報恩之德。我仰望雲天喬木，自悲如流萍漂泊不定。前數年與州郡計吏一起西行，才以鄉貢名義來到京師。在森然氣氛下握筆答卷，參加了禮部官員主持的進士考試。帝城歧路繁多四通八達，千萬名考生都在等候天亮好去活動尋找門路。茫茫風塵之中，舉子們無論巧拙都有其動作。我好似寒女辛勤織作到深夜，又好似山澗幼苗長成一寸之莖。公侯之門正在擊鐘宴會，誰肯接見我一個素衣讀書人？弱小的我果然遭遇挫敗，心中不免鬱悶不平。自諒無人先行打通關節，只好像蓬草那樣四處飄蕩。昨日占了一卦，卦辭中說在艱難中堅持下去於我有利。如果要求得科考得中，必須多審視自身。於是我發誓停止往日的遊歷干謁，苦思冥索以求文章之妙。將蘭草栽種在幽暗的水邊，豈能指望它發出芬芳？又說如我這樣的失敗者，是不堪用之材，不足以為官。

一聆苦辛詞，再動伊鬱❶情。身棄言不重❷，愛才心尚驚❸。恨無羊角風，
使爾化北溟❹。論罷情益親，涉旬忘歸程。日攜邑中客，閑眺江上城。晝渴命金

罍❺，宵談轉璿衡❻。蕙風香麈尾❼，月露濡桃笙❽。

【章　旨】此段寫其對李策油然而生的同情心。加上二人性情相投，遂與李策在朗州有忘情的交遊。

【注　釋】❶伊鬱　同「抑鬱」。❷身棄言不重　禹錫自謂，言其遭貶，人微言輕，不為人所重。❸驚　同「警」。引起警覺。❹恨無羊角風二句　用《莊子．逍遙遊》事。其云：「(鵬) 怒而飛，其翼若垂天之雲，摶扶搖而上者九萬里……海運則將徙于南冥。南冥者，天池也。」羊角風，即《莊子》所謂「摶扶搖而上者」之風，如羊角，盤旋而上。❺金罍　酒器。此指酒。❻宵談轉璿衡　形容夜談既久，天上星斗發生變化。璿衡，代指北斗，璿為北斗前四星，衡為杓三星。❼麈尾　拂塵，以麈（一種類鹿的野獸）尾為之。古人清談時，以手執麈尾為時尚。❽桃笙　桃枝竹（一種竹子）編的竹席。

【語　譯】聽到李策苦辛的陳情，再次觸動了我憂鬱的情緒。我自身已被遺棄人微言輕，但見到有才之人心裏仍舊有警喜之感。自恨不能掀起扶搖而上的羊角風，送你一直到北海去。說罷情感益覺親近，在朗州住了十多天仍不欲離開。每日帶著朗州城中相識的友人，在江城之上漫遊閒眺。白日口渴就命人拿酒來喝，晚上談天直到斗轉星移。麈尾扇過來一陣陣和暖的春風，月中露水打濕了桃笙竹編的席子。

忽被戒❶羸驂❷，薄言❸事南征❹。火雲❺蔚❻千里，旅思浩已盈。湘江含碧虛❼，衡嶺❽浮翠晶。豈伊山水異？適與人事并❾。油幕似崑丘，粲然疊瑤瓊❿。庾樓⓫見清月，孔坐⓬多綠醽⓭。復有衡山守，本自雲龍庭⓮。至和在靈府⓯，發越侔〈咸〉〈英〉⓰。一麾出營陽⓱，惠彼嗤嗤氓⓲。隼旟辭瀟水，居者皆涕零⓳。惟昔與伊人，交歡在夙齡⓴。一從雲雨散，滋我鄙吝萌㉑。北渚不堪愁㉒，南音誰復聽㉓？離憂若去水，浩漾無時停。

【章旨】此段稱讚呂溫幕中僚吏，並稱頌呂溫超人的才能。

【注釋】❶戒　備辦。❷羸驂　瘦馬。❸薄言　發語詞。❹事南征　往南方去。此指衡州（今湖南衡陽）。❺火雲　形容炎熱。❻蔚　雲氣彌漫的樣子。❼碧虛　形容水清如空無。❽衡嶺　即衡山，五嶽之一，在衡陽北，濱湘水。❾豈伊山水異二句　謂衡州山水與朗州並無大異，恰與此處人事相連而已。此指衡州刺史呂溫。❿油幕似崑丘二句　指呂溫帳下幕僚多俊才之士，如美玉之相疊。瑤瓊，美玉。⓫庾樓　用晉庾亮事。《晉書·庾亮傳》：「庾亮在武昌，諸佐吏殷浩之徒，乘秋夜往共登南樓，俄而不覺亮至，諸人將起避之，亮徐曰：『諸君少住，老子於此處興復不淺。』便坐胡床，與浩等談詠竟坐。」此以庾亮喻呂溫。或謂庾樓乃庾亮鎮江州時所建，不足信。陸游《入蜀記》有辯證。⓬孔坐　孔融之座。此用孔融事。《後漢書·孔融傳》：「(融)常歎曰：『座上客常滿，樽中酒不空，吾無憂矣。』」⓭綠醽　酒。醽，一作「酃」。《文選·左思·吳都賦》：「飛輕軒而酌綠酃。」李善注引《湘州記》：「湘州臨水縣有酃湖，取水為酒，名曰酃酒。」⓮復有衡山守二句　意謂衡州刺史呂溫來自京城。雲龍庭，指朝廷。⓯至和在靈府　謂呂溫為人安順沖和。至和，安順和諧。靈府，心胸。⓰發越侔咸英　猶言呂溫的氣概發揮出來與上古音樂等同。咸英，堯樂〈咸池〉與帝嚳樂〈六英〉的並稱。此處以「咸英」的音樂境界喻人的精神面貌。⓱一麾出營陽　指呂溫由長安貶道州。按，呂溫貶道州刺史事，參見前篇〈呂八見寄郡內書懷因而戲和〉詩題解。⓲嗤嗤氓　語出《詩經·衛風·氓》：「氓之嗤嗤」。嗤嗤，敦厚的樣子。氓，同「民」。⓳隼旟辭瀟水二句　謂呂溫辭道州改任衡州。隼旟，繪有飛鳥的旗幟。此指刺史儀仗。瀟水，源出九疑山，流經道州。此處代指道州。⓴惟昔與伊人二句　謂其與呂溫交遊甚早。夙齡，早年。㉑一從雲雨散二句　謂其與呂溫分手後思念不已。鄙吝萌，用後漢黃憲事，謂久不見呂溫，自己的品行得不到提高。憲字叔度，汝南慎陽（今屬河南）人，隱居不仕，在士林中享有很高聲譽，尤為名士郭泰、陳蕃等所敬重。《後漢書·黃憲傳》載：「陳蕃、周舉常相謂曰：『時月之間不見黃生，則鄙吝之萌，復存於心。』」㉒北渚不堪愁　用《楚辭·九歌·湘夫人》「帝子降兮北渚，目眇眇兮愁予」句意，謂其因思念呂溫而愁苦。㉓南音誰復聽　暗用《左傳·成公九年》鍾儀操南音事，謂其久處南方，充耳皆是南方音樂，令人不堪聽。按，成公七年，楚伐鄭，諸侯救鄭，鄭人俘楚伶鍾儀，獻于晉。晉侯觀於軍府，見鍾儀，使鍾儀操琴，鍾儀操南音，以示不忘楚國。

【語譯】忽有一日李策備辦馬匹，言說要往南方的衡州去。其時正是火雲千里的盛夏，然而李策去意已決。衡州的湘水清澈如同虛空，衡山一派碧翠如同水晶。難道此處山水與朗州有別？只是因為此地的人物恰恰為我所思。衡州刺史幕中僚吏好似昆侖之山，粲然眾多如同瓊瑤相疊。刺史呂溫喜愛登樓賞月堪與晉時庾亮相比，又好酒好客與東漢孔融一般。呂太守任職衡州，起初卻是朝廷的郎官。他為人沖和恬淡出自內心，氣度超人境界如同上古的音樂〈咸〉〈英〉。先告別京師來到道州，以他的善政惠及那裏的老百姓。其後辭別道州來到衡州，道州百姓依依不捨盡皆涕零。我與此人相處甚歡，交遊早在貞元年間。自從與此君分手離散，得不到他的教誨使我鄙吝之心萌生。我在湘水北渚不堪其愁苦，充耳的南方音樂誰願再聽？離別的憂思如同逝去的流水，浩浩蕩蕩無時無刻消停。

嘗聞祝融峰❶，上有神禹銘❷。古石琅玕❸姿，秘文螭虎形❹。聖功❺奠遠
服❻，神物❼擁休禎❽。賢人在其下，仿像疑蓬瀛❾。君行歷郡齋❿，大袂⓫拂雙
旌⓬。飾容⓭遇朗鑒⓮，肝鬲可以呈⓯。昔日馬相如，臨邛坐盡傾⓰。勉君刷羽
翰⓱，早取凌青冥⓲。

【章旨】此段由地理（衡山）再說及呂溫，以及預見呂溫對李策的超常接待，詩題「送」李策、「兼簡」呂溫之意至此完整。借臨邛令恭敬失意而歸的司馬相如典，略有失當之處，蓋呂溫是當時顯宦，司馬相如雖然從梁孝王處失意暫歸，但已是當時名士，李策之名、之文，遠不能與相如相比。

【注釋】❶祝融峰　衡山七十二峰最高峰。❷神禹銘　相傳衡山有神禹碑，為大禹治水刻石所留。韓愈有〈岣嶁山〉詩，岣嶁山，即衡山。朱熹《韓文考異》：「岣嶁者，衡山南嶽別峰之名。然今衡山實無此碑。此詩所記，蓋當時傳聞之誤。故

其卒章自為疑詞，以見微意。劉禹錫〈寄呂衡州溫〉亦云……蓋亦得于傳聞也。」❸琅玕　石而似玉者。此指神禹碑。❹祕文魑虎形　形容神禹碑文字之神秘莫測。韓愈〈岣嶁山〉詩云：「岣嶁山尖神禹碑，字青石赤形摹奇。科斗拳身薤倒披，鸞飄鳳泊拏虎魑。」與此意同。❺聖功　指大禹開山治水之功。❻奠遠服　使極遠處安定。奠，使……安定。《尚書・禹貢》：「禹敷土，隨山刊木，奠高山大川。」孔安國傳：「奠，定也。」遠服，謂極遠之處。古時按距離京城遠近分為五服，二千里外為荒服。❼神物　指禹碑。❽休禎　吉祥。❾賢人在其下二句　意謂呂溫在衡州為官，附近的衡山就彷彿是仙境了。彷像，彷彿。蓬瀛，蓬山與瀛洲，傳說中的海上仙山。❿郡齋　衡州官舍。⓫袂　衣襟。⓬雙旌　成對的旗幡。此指刺史出行時的儀仗。⓭飾容　美貌。⓮朗鑒　明鏡。⓯肸蠁可以呈　猶言有何肸蠁之言皆可以說與呂太守。肸蠁，比喻內心。⓰昔日馬相如二句　用臨邛令款待司馬相如事。《史記・司馬相如列傳》：「相如歸，而家貧，無以自業。素與臨邛令王吉相善，吉曰：『長卿久宦遊不遂，而來過我。』於是相如往，舍都亭。臨邛令繆為恭敬，日往朝相如。相如初尚見之，後稱病，使從者謝吉，吉愈益謹肅。臨邛中多富人，而卓王孫家僮八百人，程鄭亦數百人，二人乃相謂曰：『今有貴客，為具召之。』并召令。令既至，卓氏客以百數。至日中，謁司馬長卿。長卿謝病不能往，臨邛令不敢嘗食，自往迎相如。相如不得已，強往，一座盡傾。」馬相如，司馬相如的省稱。此以司馬相如喻李策，以臨邛令喻呂溫。⓱刷羽翰　梳理羽毛。猶言重整旗鼓。⓲青冥　天空。此指得以舉進士。

【語譯】曾經聽說衡山祝融峰，上有大禹留下的神碑。碑石如同美玉，字跡如同虎魑。大禹治水之功安定了荒遠之地，神碑也呈現著吉祥。貴人在其下為官，衡山就是仙山蓬瀛。您遊歷衡州經過官舍，必然會遭遇太守呂君。您優異的姿質遇到鑒人如明鏡的呂太守，有何肸蠁之言均可以說與他。太守呂君會像當年臨邛令招待司馬相如一樣迎候您，衡州當地的富戶宴請您，使一座盡興飲酒。呂太守會勉勵您重整旗鼓，早早地考取進士一飛沖天。

【研析】由此詩頗能見禹錫愛惜人才之心。李策，不過一失意舉子耳，而禹錫待其隆重如此。詩中特意以大量篇幅言及呂溫，景仰之情溢於言辭。《舊唐書・呂溫傳》：「溫天才俊拔，文才贍逸，為時流柳宗元、劉禹錫所稱。」足見禹錫稱頌呂溫由衷的出自內心。然《舊唐書》又說溫「性多險詐」，嘗借李吉甫與中官有隙誣告吉甫交通術士，憲宗驗之無徵，故貶道州刺史。禹錫不可能不知道呂溫貶道州的原委。其所以在送李策詩中稱頌呂溫者，一是因為他與呂溫原來俱屬王韋集團，交遊早而深；二是當王叔文等遭貶黜時，呂溫因出使吐蕃不在長安不預黨人，如今雖貶在衡州，但政治處境優於禹錫，一旦有機會，就可以出人頭地，仍然是值得禹錫期盼並可以依賴的。可惜呂溫不壽，次年（元和六年）秩滿歸京，發疾，卒。參見下篇。

哭呂衡州時予方謫居

【題解】元和六年（西元八一一年）作於朗州。呂衡州，即呂溫。溫字和叔，河東（今山西永濟）人，貞元十四年進士第，又登宏詞科，授集賢殿校書郎，與王叔文、劉禹錫、柳宗元等善。十九年擢為左拾遺，二十年，隨工部侍郎張薦出使吐蕃，為副使，被拘，留吐蕃經年，永貞元年十月始還京，故不預黨人。元和初任戶部、司封員外郎、刑部郎中，因與宰相李逢吉有隙，三年，貶均州刺史，未至，再貶道州刺史。五年轉衡州刺史，次年八月卒。溫時為衡州（今湖南衡陽）刺史，元和六年八月卒於任。呂卒，柳宗元亦有〈哭呂衡州〉詩。此詩題中「時予方謫居」數字，當為題下注而闌入題中。貞元間在長安時，劉、柳與呂溫俱與王叔文等相善，故此詩寫來沉痛悲愴，非一般傷逝之作。

一夜霜風凋玉芝❶，蒼生❷望絕士林❸悲。空懷濟世安人❹略，不見男婚女嫁❺時。遺草❻一函歸太史❼，旅墳三尺近要離❽。朔方徙歲行當滿❾，欲為君刊第二碑❿。

【注釋】❶玉芝 仙草名，喻賢才。❷蒼生 老百姓。❸士林 指文士。❹安人 即安民。唐時避太宗李世民諱，以

「人」為「民」。❺不見男婚女嫁　謂兒女皆幼，尚未婚嫁。古時人以辦完兒女婚事為了卻俗務，從此可以逍遙世事。呂溫病逝時年僅四十，此句是傷其早逝。❻遺草　遺留的文稿。❼太史　史官。❽旅墳三尺近要離　謂呂溫死後靈柩權厝於江陵。柳宗元〈唐故衡州刺史呂府君誄〉：「維唐元和六年八月日，衡州刺史東平呂君卒，藁葬於江陵之野。」旅墳，客死他鄉者之墳。要離，春秋時吳國刺客。為公子光刺殺慶忌，慶忌既死，要離行至江陵，自斷手足，伏劍自殺。事見《吳越春秋》卷四及《史記・魯仲連鄒陽列傳》。❾朔方徙歲行當滿　謂己貶朗州行當到期。按：劉禹錫等「八司馬」貶遠州司馬時，有「縱逢恩赦，不在量移之限」的詔令，或者當時有召劉禹錫回朝的傳聞。朔方，漢郡名，治所在今內蒙杭錦旗北。「朔方徙歲」用東漢蔡邕事。東漢靈帝時，蔡邕數上疏言朝政闕失，宦者疾之，下洛陽獄。有詔減死一等，與家屬髡鉗（剃去頭髮，鐵圈束頸）徙朔方五原。會明年大赦，乃宥還本郡。行當滿，期限將到。此以蔡邕徙朔方喻其貶朗州。❿刊第二碑　意謂自己返京後，當再為呂溫刊刻第二通碑。呂溫權葬江陵，江陵墓碑是第一通碑；呂溫祖塋在洛陽，將來歸祔祖塋，必再樹墓碑，故云。

【語　譯】一夜的秋風吹凋了玉芝，百姓絕望，文士們感到傷悲。你空懷著濟世安民的才略，卻未能等到兒女男婚女嫁不幸早逝。遺文一函付與史官收藏，三尺孤墳安葬在距要離墓很近之處。我貶謫的生涯或者即將結束，返回京師再為你刊刻第二通墓碑。

【研　析】認識此詩，須把握兩點。第一，呂溫確實具真才實學，在士林享有盛名，禹錫曾說他「名聲四馳，速如羽檄」（〈唐故衡州刺史呂君集紀〉），柳宗元、元稹皆有類似的評價。第二，呂溫與劉、柳一樣，同屬王叔文執政前「籠絡」的年輕才人之一，只是當憲宗即位，嚴懲王叔文等「黨人」時，呂溫出使吐蕃未歸，故不與「八司馬」之列。雖然，禹錫仍然視呂溫為知己，與一般文士舊交不同。所以此詩既悼念失去摯友，又感傷呂溫才華過人而英年早逝，寫來雄渾蒼老，極沉著痛快。末聯將個人返京的願望與切望呂溫歸祔祖塋，並再次悼念故友融於一處，是極凝練之筆。

謫居悼往二首

【題解】元和間作於朗州。因傷其妻薛氏之逝而作。悼往，即悼亡。晉潘岳有〈悼亡詩三首〉。

其一

悒悒❶何悒悒，長沙地卑濕❷。樓上見春多，花前恨風急❸。猿愁腸斷叫，
鶴病❹翹趾❺立。牛衣獨自眠，誰哀仲卿泣❻？

【注釋】❶悒悒　抑鬱不樂。❷長沙地卑濕　用漢賈誼事。《漢書‧賈誼傳》：「賈生既以謫居長沙，長沙卑濕，自以為壽不得長，傷悼之，乃為賦以自廣。」此以長沙擬朗州。❸樓上見春多二句　前句謂謫居已久，已數見花開；後句謂風急花落。❹鶴病　指妻子臥病。李賀〈始為奉禮憶昌谷山居〉「鶴病悔游秦」句王琦《彙解》：「古詩：『飛來雙白鶴，乃從西北來。十十五五，羅列成行。妻卒被病，行不能相隨』」。❺翹趾　狀病鶴孤立之態。❻牛衣獨自眠二句　用漢王章事。《漢書‧王章傳》：「初，章為諸生學長安，獨與妻居。章疾病，無被，臥牛衣中，與妻決，涕泣。其妻怒呵之曰：『仲卿！京師尊貴在朝廷人，誰逾仲卿者！今疾病困厄，不自激卬，乃反涕泣，何鄙也？』」後章仕宦歷位，及為京兆，欲上封事，妻又止之曰：『人當知足，獨不念牛衣中涕泣時耶？』」牛衣，編亂麻為之，寒冷時披在牛身上。仲卿，王章字。

【語譯】憂傷啊憂傷，長沙地卑而低濕。登樓已數見春天來臨，然而花開不久即被疾風吹落。猿猴哀鳴在嶺上，病鶴翹趾孤立水中。自此以後我當獨自眠在牛衣中，有誰會為我灑下同情的淚水？

【研析】長沙地卑，既用賈誼事，亦是致其妻早逝的原因。詩用王章「牛衣對泣」事，有深意。王章窮時，其妻激勵之；王章發達時，其妻又阻遏之。可知禹錫妻是賢慧且明智識時務。

其二

鬱鬱何鬱鬱，長安遠於日❶。終日念鄉關❷，燕來鴻復還❸。潘岳歲寒思❹，

屈平憔悴顏❺。殷勤❻望歸路，無雨即登山❼。

【注釋】❶長安遠於日　用晉明帝幼時語。劉義慶《世說新語・夙惠》：「晉明帝數歲，坐元帝膝上，有人從長安來……因問明帝：『汝意謂長安何如日遠？』答曰：『日遠。不聞人從日邊來，居然可知。』元帝異之。明日，集群臣宴會，告以此意，更重問之，乃答曰：『日近。』元帝失色，曰：『爾何故異昨日之言邪？』答曰：『舉目見日，不見長安。』」此以喻長安遼遠不得歸。❷鄉關　家鄉。❸燕來鴻復還　猶言春來秋往，年月已久。春天燕來，秋日鴻（大雁）來。❹潘岳歲寒思　用潘岳〈悼亡詩〉其二「凜凜涼風升，始覺夏衾單。豈曰無重纊？誰與同歲寒」句意。❺屈平憔悴顏　用屈原《楚辭・漁父》「屈原既放，游于江潭，行吟澤畔，形容憔悴，顏色枯槁」句意。❻殷勤　頻繁；反復。❼登山　登山望遠。

【語譯】憂鬱啊憂鬱，長安遙遠不得歸。終日思念家鄉，春來秋往多少年。想起潘岳〈悼亡詩〉歲寒之思，屈原放逐江潭憔悴的容顏。頻頻地望著歸家的路，只要無雨就登山遠望。

【研析】兩首悼亡詩糾結著兩層意思，一是不得歸家的焦慮，一是妻子逝去的苦痛。此首關於妻子去世只有一句（「潘岳歲寒思」），其他都是急切地盼望歸家的思緒。這是因為妻子去世以後，成為鰥夫的禹錫獨處貶地就更令他不堪了。

禹錫貞元二十年（西元八〇四年）娶福州刺史薛謇之女，見其〈唐故福建等州都團練觀察處置使福州刺史兼御史中丞薛公（謇）神道碑〉。禹錫又有〈傷往賦〉，其序云：「予授室九年而鰥。」若貞元二十年為禹錫第一次婚姻，據此後推九年為元和七年，薛氏之亡當在此年。然貞元二十年禹錫已三十三歲，其第一次婚姻或不可能如此之晚，則薛氏或為禹錫再娶之妻。〈傷往賦〉未提及朗州謫居，應當是禹錫為傷第一任妻子去世而作，時在貞元十七年，禹錫三十歲左右。參見〈傷往賦〉及注。詩云「樓上見春多」、「燕來鴻復還」，則此詩之作，在貶朗州多年之後，或在元和五、六年間。

送僧元暠南遊　并引

【題解】引云「策名二十年」，舉其成數而已。元暠，僧人，俗姓陶，據柳宗元〈送元暠師序〉，元暠在朗州與禹錫相處一年有餘，離別之際，禹錫為此詩送他，其時當在元和七年（西元八一二年）前後。引中誇讚元暠以僧人而不忘父母之恩之作為，兼敘及其歷遭挫折之後轉而向佛的思想基礎，是研究劉禹錫與佛教關係的重要篇目。

予策名[1]二十年，百慮而無一得，然後知世所謂道，無非畏途，唯出世間法，可盡心耳[2]。由是在席硯[3]者多旁行四句之書[4]，備將迎者皆赤髭白足[5]之侶。深入智地[6]，靜通還源[7]，客塵[8]觀盡，妙氣來宅[9]，內視胸中，猶煎煉[10]然。開士[11]元暠，姓陶氏，本丹陽[12]名家，世有人爵[13]，不藉其資。於毗尼禪那[14]極細密之義，於初中後[15]日習總持[16]之門，妙音[17]奮迅，願力昭答[18]。雅聞[19]予事佛而佞[20]，亟來相從。或問師隳形[21]之自，對曰：「少失怙恃[22]，推棘心[23]以求上乘[24]，積四十年有贏，老將至而不懈。始悲浚泉之有洌[25]，今痛防墓之未遷[26]。塗芻[27]莫備，薪火恐滅[28]，諸相皆離[29]，此心長懸。雖萬性歸佛，盡為釋種[30]，如河入海，無復水名。然其一切智者豈遺百行[31]？求無量義者寧容斷思[32]？今聞南諸侯[33]雅多大士[34]，思扣以苦調[35]而希其末光[36]。無容至前，有足悲者。」予聞是說已，力不足而悲有餘，因為詩以送之，庶乎踐霜露者聆之有惻37。

寶書38翻譯學初成，振錫39如飛白足40輕。彭澤41因家凡幾世？靈山42預會是前生。傳燈43已寤無為理44，濡露猶懷罔極情45。從此多逢大居士，何人不願解珠瓔46？

【注釋】❶策名　出仕。此指其進士及第。❷唯出世間法二句　猶言唯佛法可以盡心力去學習。出世間法，指佛法。❸席硯　即硯席，硯臺與坐席，指讀書寫字等。❹旁行四句之書　指佛家之書。旁行，橫寫，佛經用梵文橫寫。四句之書，指佛經中的唱頌之詞偈，每四句為一偈。❺赤髭白足　指僧侶。南朝梁時僧人耶舍為人赤髭，善解《毗婆沙經》，時人號為赤髭毗婆沙。見南朝梁慧皎《高僧傳・譯經中》。又後秦僧鳩摩羅什弟子曇始，足白於面，雖跣涉泥淖而未嘗汙濕，時號白足和尚。❻智地　佛教指實證真理的境界。❼還源　佛家語，由迷誤而返歸醒悟。❽客塵　佛家語，指俗世的種種煩惱。❾妙氣來宅　神妙清爽之氣充溢心胸。宅，居所，此指心胸所在。❿煎煉　形容修煉過程的艱難。⓫開士　菩薩。此處是對僧人的尊稱。⓬丹陽　唐潤州屬縣，今屬江蘇。⓭人爵　官爵。⓮毗尼禪那　皆佛家語。毗尼，梵語音譯，即佛律之意。禪那，梵語音譯，簡稱為禪，即思維修、靜慮之意，簡稱禪定。⓯初中後　猶言初步掌握其要義之後。⓰總持　佛家語，梵語陀羅尼之意譯，意謂持善不失，持惡不生，具備眾德。⓱妙音　美妙的樂音。⓲願力昭答　佛家語，猶言善良的願望顯示出昭然的徵兆。願力，誓願的力量，多指善願功德之力。⓳雅聞　素聞。⓴事佛而佞　此指沉迷於佛教。佞，迷惑；迷戀。㉑隳形　毀壞身體。此指佛教徒剃髮受戒。㉒怙恃　依靠；依仗。此指父母養育。語出《詩經・小雅・蓼莪》：「無父何怙，無母何恃？」㉓棘心　棘木之心。語出《詩經・邶風・凱風》：「凱風自南，吹彼棘心。」朱熹《集傳》：「棘，小木，叢生，多刺難長，而心又其稚弱，而未成者也……以凱風比母，棘心比子之幼時。」後以喻人子思親之心。㉔上乘　此指佛教。佛教稱大乘教為上乘，小乘教為下乘。㉕悲浚泉之有洌　語出《詩經・邶風・凱風》：「爰有寒泉，在浚之下。有子七人，母氏勞苦。」朱熹《集傳》：「浚，衛邑。諸子自責，言寒泉在浚之下，猶能有所滋益於浚，而有子七人，反不能事母，而使母至於勞苦乎？」按，浚，古地名，在今河南濮陽南。㉖痛防墓之未遷　用孔子合葬父母並為築墓事。據《史記・孔子世家》，孔子之父叔梁紇，娶顏氏徵在。孔子生而叔梁紇死，葬於防山，母徵在年幼而寡，以嫌不得送葬，故不知葬處。孔子母死，不確知其父葬處，謹慎起見，葬其母於五父之衢。陬人輓父之母告知孔子其父葬處，孔子乃合葬父母於防山。按，防山，在兗州曲阜東二十五里。五父之衢，地名，在兗州曲阜西南二里。㉗塗芻　祭奠時所用泥車及草紮人馬等。㉘薪火恐滅　生命恐怕就要結束。薪火滅，謂死亡。㉙諸相皆離　猶言勘破一切世情。諸相，佛家語，指一切事物外觀的形態。㉚釋種　釋家信徒。佛祖釋迦牟尼，故稱信徒為釋種。㉛具一切智者豈遺百行　猶言具備大智慧的人豈能遺忘最基本的孝行。一切智，佛家語，最高的智慧。百行，百種行事之道，即士大夫傳統行為。此指孝行。㉜求無量義者寧容斷思　猶言求取佛教教義者豈能斷絕親情之思。無量義，即無量壽佛之教義。無量壽佛，阿彌陀佛的意譯，西方淨土教主。㉝南諸侯　指南方州郡長官。㉞大士　菩薩。此指尊敬佛教、熱心佛事者。㉟扣以苦調　向人訴說個人的苦情。扣，叩問。㊱希其末光　得到同情並賞賜之類。㊲踐霜露者聆之有惻　語出《禮記・祭義》：「霜露既降，君子履之，必有悽愴之心，非其寒之謂也。春雨露既濡，君子履之，必有怵惕之心，如將見之。」清朱彬《禮記訓纂》注：「非其寒之謂，謂悽愴及怵惕皆為感時念親也。」㊳寶書　指佛經。㊴振錫　佛教徒行走時振動其錫杖。錫杖，即禪杖，其制：杖頭有一鐵卷，中間用木，下安鐵纂，振時發聲。㊵白足　已見前注。㊶彭澤　地名，今屬江西。晉陶潛曾為彭澤令，元暠俗姓陶，故云。㊷靈山　即靈鷲山，在印度，傳說為佛祖說法處。㊸傳燈　佛家語，傳授佛法。㊹無為理　佛教無為的義理。㊺罔極情　無窮的父母養育之恩。語出《詩經・小雅・蓼莪》：「父兮生我，母兮鞠我，拊我畜我，長我育我……欲報之德，昊天罔極。」㊻珠瓔　身上所佩的珍珠瓔珞等。此指施捨的財貨。

【語　譯】我為官二十年，百般思慮而無一得，然後知道人世間所謂的道，無非都是危險之路途，唯有脫離世間常法的佛法，可以盡心力地去學習。因此我讀書的範圍多是橫寫的梵文書籍和四言偈語，迎接接待的人多是赤髭白足的僧人。深入到佛理的智慧之地，靜靜地回歸本源，勘透俗世的塵氛就會覺得美妙之氣來到心宅，內視胸中，這一段過程有如煎煉。僧人元暠，姓陶氏，本丹陽世家出身，世代都有為官的，而元暠卻不願借助這些。於毗尼禪那極其細密深邃的教義，在最初的領會之後就堅持學習，由此美妙的樂聲紛至沓來，向善的願望都得到明白的酬報。他平素聽說我好佛並迷戀其中，於是趕緊來相從。有人問大師剃髮受戒的原因，他回答說：「自小失去了父母，遵循回報父母的想法來求取佛法，已經四十年有餘，雖然老將至而不懈怠。

起初傷悲未能侍奉父母致使父母劬勞，如今則痛心父母墳墓未能修整加固，祭奠用的泥車、草人草馬也未齊備。我的生命恐怕就要結束，萬一結束了就一切皆空，故而此心長久的懸著。雖然大眾皆歸於佛，如同河水流入大海，就不再有河水的名目，但具備了佛大智慧的人難道就要遺棄百行之首的孝？求取無量壽佛的人難道可以斷絕親情之思？我聽說南方高官裏有許多虔心向佛者，就想著以自己的苦情說動他們，以得到他們的同情和施捨。如今來到您這裏，讓我既慚愧又傷悲。」我聽完了他的話，自感力不足而悲有餘，於是就寫這首詩送給他，希望凡是有感於踐霜露而懷念父母之恩者，寄同情心於他。

學習佛經已然很有成就，振動錫杖邁開雙足如飛一般。彭澤寄家過了幾個世代？早在前生與靈山已有了預先的約定。空寂無為佛法已經得到傳授，卻仍舊深懷父母雨露養育之情。從此以後必然多逢有權勢的大居士，有誰不願意解下珠瓔相贈呢？

【研　析】元暠離開朗州後至永州，見柳宗元，宗元有〈送元暠師序〉，序中贊劉禹錫對元暠的稱讚是「不知人之實未嘗言，言未嘗不讎」，就是指元暠再三強調的「豈遺百行」、「寧容斷思」的孝行。柳文又批評當今僧人丟棄孝道、割捨親情行為的不妥，唯有元暠因「先人之葬未返其土」而四處求人施捨，乃是真正懂得佛理之人；佛經有〈大報恩〉十篇，言人皆要通過孝道求得功德圓滿，而元暠不違背佛道，「與儒合」。此與禹錫此詩及「引」大意同。柳宗元又有〈送僧浩初序〉一文，云：「儒者韓退之與余善，嘗病余嗜浮圖言，訾余與浮圖遊。」柳在此文中極力為自己辯解，辯解的主要依據就是佛「與《易》、《論語》合」，即釋者之論與儒家有相通之處。禹錫亦自稱其「事佛而佞」。考禹錫與宗元的好佛，皆與其入仕後歷遭挫折有關。但作為儒者的禹錫與宗元，皆不肯、或不能公開棄儒入佛，其對抗如韓愈這樣的純正儒者的指責的理由就是「儒與佛通」，這就是禹錫此詩及序反復講述元暠不忘父母親情的原因所在。當然，韓愈反佛與劉、柳的「佞佛」，各有各的理由，此處不具論。

元暠遍遊江南，訪文人，求序求詩，以張揚他的孝道，再持此遍訪南方諸侯，以「希其末光」，說穿了就是乞食討錢。僧人借孝道以斂錢，其行為仍然是無聊且可恥的。

寄楊八拾遺　時出為國子主簿分司東都。韓十八員外亦轉國子博士，同在洛陽

【題　解】元和八年（西元八一三年）間作於朗州。楊八拾遺為楊歸厚。《新唐書・李吉甫傳》：「左拾遺楊歸厚嘗請對，日已旰，帝令他日見。固請不肯退。既見，極論中人許振遂之奸，又歷詆卿相……帝怒其輕薄，欲遠斥之。」其後經丞相李絳、李吉甫為言，帝意始釋，貶國子主簿分司東都，時在元和七年（西元八一二年）十二月。題注云「韓十八員外」為韓愈。愈元和六年以事自職方員外郎貶國子博士。

聞君前日獨庭爭❶，漢帝偏知白馬生❷。忽領簿書❸遊太學❹，寧勞侍從厭承明❺。洛陽本自宜才子❻，海內而今有直聲❼。為謝同寮老博士❽，范雲來歲即公卿❾。

【注　釋】❶庭爭　在朝堂與帝相爭。指楊歸厚論宦官許振遂之奸事。庭，即廷。❷漢帝偏知白馬生　用東漢張湛事，以喻楊歸厚。湛字子孝，扶風平陵（今陝西咸陽）人，光武帝時歷官左馮翊、光祿卿、大司徒，好直諫。光武臨朝，或有惰容，湛輒陳諫其失。常乘白馬，帝每見湛，輒言：「白馬生且復諫矣。」見《後漢書・張湛傳》。❸簿書　官署中的文書簿冊。楊歸厚時為國子主簿，「掌印勾檢監事，凡六學生有不率師教者，則舉而免之」（《唐六典・國子監》），多文書簿冊之事，故云。❹太學　國子監下設六學之一。此代指國子監。❺寧勞侍從厭承明　用《漢書・嚴助傳》「君厭承明之廬，勞侍從之事」句意，謂楊歸厚厭倦在京任職，侍奉君王。承明，即承明廬。漢長安承明殿，殿旁屋為侍臣值宿所居，稱承明廬。此指長安。❻洛陽本自宜才子　用漢賈誼事。意謂洛陽適宜才子生活。賈誼洛陽人。❼直聲　正直的名聲。❽同寮老博士　指韓愈。韓

愈貞元間嘗為監察御史，與禹錫為同僚。寮，同「僚」。又韓愈元和初為博士，今再為博士，故為老。❾范雲來歲即公卿 用南朝范雲事，以喻韓愈不久將升任公卿。范雲，南朝陳、梁間人。雲在齊東昏侯時為博士，梁代齊立，雲即拜黃門侍郎。見《梁書·范雲傳》。

【語　譯】聽到您前日為揭發宦官之事當眾在朝堂諫諍，皇帝知曉了您是又一個乘白馬好直諫的張湛。雖然因此貶官到太學擔任主簿，卻何必勞您侍奉皇帝直到厭倦時才辭別京城。洛陽城本是適合才子生活的地方，您也贏得了四海的耿直之聲。請代我向當年的同僚老博士韓愈致意，他將會像范雲那樣來年成為公卿。

【研　析】楊歸厚以揭發宦官奸事觸怒皇帝貶洛陽，故禹錫去詩問候，表彰楊的直道以行。詩中又託楊轉達他對韓愈的慰安，其中所含資訊甚為複雜。貞元末，韓愈與劉、柳同官監察御史，三人互有往來，但未見有詩文交往。嗣後愈貶陽山（今屬廣東）令，頗疑是王叔文藉故打擊他而劉、柳有「告密」之嫌，見韓〈岳陽樓別竇司直〉詩。永貞元年，愈自陽山移官江陵，途中遇到貶朗州的劉禹錫，並以〈岳陽樓別竇司直〉詩見示於禹錫。禹錫有詩酬愈，但未正面回答韓愈的指責，韓愈似乎也沒有完全原諒劉、柳。韓、劉一別，至此八年，這是劉第一次主動問候韓，是禹錫對從前存在縫隙的朋友關係的主動修補。這在韓、劉的關係史上，是值得關注的。題下注謂韓「同在洛陽」；然元和六年韓貶博士，兩《唐書》本傳俱未言分司東都，或是禹錫誤記。韓集中未見韓愈酬答禹錫的詩，或者因為韓愈不在洛陽，楊歸厚未能將禹錫好意轉達到韓。

酬竇員外使君寒食日途次松滋渡先寄示四韻

【題　解】元和八年（西元八一三年）春作於朗州。竇員外為竇常。常字中行，扶風平陵（故址在今陝西咸陽西）人，為「五竇」之長。代宗大曆十四年（西元七七九年）進士第，長期在節鎮幕府任職，元和六年徵為侍御史，轉水部員外郎，七年冬出牧朗州。八年春赴任，至松滋渡，有詩〈之任武陵寒食日途次松滋渡先寄劉員外禹錫〉寄禹錫，禹錫酬以此詩。

楚鄉❶寒食橘花❷時，野渡❸臨風駐彩旗❹。草色連雲人去住，水文如縠❺燕差池❻。朱輪❼尚憶群飛雉❽，青綬❾初縣❿左顧龜⓫。非是湓城魚司馬，水曹何事與新詩⓬？時自水部郎出牧。

【注釋】❶楚鄉　此指朗州。❷橘花　橘樹開花之時。❸野渡　即松滋渡。在今湖北松滋西北，臨長江。❹彩旗　謂竇常儀仗。❺縠　縐紗。❻差池　高低不齊的樣子。❼朱輪　古代王侯顯貴乘坐車以朱塗車輪。此指竇常所乘坐車。❽群飛雉　用晉孝子蕭芝事。《藝文類聚》卷九〇引晉蕭廣濟《孝子傳》：「蕭芝至孝，除尚書郎，有雉數十頭，飲啄宿止。當上直，送至歧路；下直入門，飛鳴車側。」❾青綬　指竇常的刺史印綬。漢時郡守銀印青綬。❿縣　同「懸」。⓫左顧龜　用晉孔愉事。《晉書・孔愉傳》：「愉嘗行經餘不亭，見籠龜于路者，愉買而放之溪中，龜中流左顧者數四。及是鑄侯印，而印龜左顧，三鑄如初。印工以告，愉乃悟，遂佩焉。」此以喻官印。⓬非是湓城魚司馬二句　用南朝梁詩人何遜事。何遜〈日夕望江山贈魚司馬〉：「湓城帶湓水，湓水縈若帶。」此處以何遜擬竇常，以魚司馬擬己。湓城，地名，故址在今江西九江市。魚司馬，事蹟不詳。水曹，指竇常水部之職。

【語譯】正是楚鄉寒食橘樹開花的時節，春風吹拂著渡口的儀仗彩旗。草色連雲渡口人來人往，水紋如縐紗燕子高低不齊地飛。朱輪所到之處便有群雉跟隨，青綬初次懸掛即有左顧之印。我不是湓城的魚司馬，何勞竇水曹寄來新詩？

【研　析】竇常自員外郎出刺朗州，應是升遷（員外郎從六品上，州郡刺史四品）；竇常年輩又長於禹錫，且將為禹錫直接上司。但因為禹錫與其四弟竇庠有舊，故竇常未至朗州，先有詩寄禹錫，既示友好，亦是禮數。禹錫酬詩用「群飛雉」、「左顧龜」典，奉承竇常，禮數亦很周到。竇常詩首四句云：「杏花榆莢曉風前，雲際離離上峽船。江轉數程淹驛路，楚曾三戶少人煙。」寫得風光滿眼。禹錫酬詩首四句尤其秀麗，與竇常詩相匹且過之。

漢壽城春望

古荊州刺史治亭，其下有子胥廟兼楚王故墳

【題解】元和間作於朗州。漢壽，漢縣名，東漢時為荊州刺史治所，故址在今湖南常德東北。這是一首詠懷古跡詩。昔日繁華的交通要衝，如今竟然變得古墓荊榛、滿目荒涼，令詩人感慨萬端。

漢壽城邊野草春，荒祠古墓❶對荊榛。田中牧豎❷燒芻狗❸，陌上行人看石麟❹。華表半空經霹靂❺，碑文才見滿埃塵❻。不知何日東瀛變，此地還成要路津❼。

【注釋】❶荒祠古墓　即題注所云「子胥廟兼楚王古墳。」子胥，即春秋時吳國伍員，字子胥。子胥原為楚將，楚平王聽信讒言，殺子胥父及兄，子胥逃吳，助吳平楚。《史記‧伍子胥列傳》：「及吳兵入郢，伍子胥求昭王。既不得，乃掘楚平王墓，出其屍，鞭之三百而後已。」子胥亭不知何時所建，或即題注所云之「子胥廟」。古墓為楚平王墓，抑為楚昭王墓，亦不可考。❷牧豎　牧童。❸芻狗　草紮的狗馬之類，用作祭品。《老子》：「天地不仁，以萬物為芻狗。」魏源《本義》：「結芻為狗，用之祭祀，既畢事則棄而踐之。」❹石麟　石麒麟，列墓旁。❺華表半空經霹靂　謂華表自中間斷裂。華表，石柱，樹在宮殿、陵墓前。❻碑文才見滿埃塵　謂碑文被塵埃所蔽，依稀可見。❼不知何日東瀛變二句　晉葛洪《神仙傳》：「麻姑自說云：『接待以來，已見東海三為桑田。』」用其意，謂不知何日東海再為桑田，此地又變為交通要衝。東瀛，即東海。要路津，交通要道。

【語　譯】時值春日，漢代舊城壽城草莽一片，子胥祠堂與楚王古墓佈滿了荊榛。田中牧童火燒祭祀後棄下的芻狗，路上行人偶然看看墓旁石麟。華表自中間斷裂似遭雷劈，墓碑為塵埃所蔽文字依稀可見。不知何時東海再變為桑田，說不定此地又成為要道通衢。

【研　析】此詩前三聯一氣直下，寫漢代舊城壽城的荒涼。「野草春」三字是總寫，以下荒祠、古墓、芻狗、石麟、斷石、殘碑是分寫。壽城在漢，不過一個小縣而已，但它曾是荊州治所，伍子胥廟、楚王墓，又都暗示它與春秋時期的霸業有某種聯繫，不但地理位置當通衢大道，政治地位也十分重要。瞭解了壽城以往的歷史，便會理解詩人何以連用三聯寫壽城的荒涼。末聯作一轉折：人事更替，焉知多少年後壽城不再會重新繁華似錦呢！詩人更加深藏的感慨，或許就在這裏。

秋日送客至潛水驛

【題　解】元和間作於朗州司馬任。潛水驛，在朗州東北十五里。此是送人之詩，寫途中所見。

候吏❶立沙際，田家連竹溪。楓林社日鼓❷，茅屋午時❸雞。雀噪晚禾地，
蝶飛秋草畦。驛樓宮樹❹近，疲馬再三嘶。

【注　釋】❶候吏　驛館迎候之吏。❷社日鼓　謂民間社日祭神的娛樂活動。社日，祭祀土神之日，一般在立春或立秋後第五個戊日。❸午時　約當今之中午十二時左右。❹宮樹　驛館前的樹。

【語　譯】驛館小吏站在水邊迎候，田家與竹林水溪相連。民間祭祀社神的鼓聲一陣陣傳來，還有農家茅屋裏的雞在啼。鳥雀群集在晚秋莊稼地裏，蝴蝶飛舞在草叢上。終於望見驛館大樹了，疲敝的老馬也再三嘶鳴。

【研　析】送人之詩，卻無通常應有的惜別之情。整首詩都是寫送人途中，「楓林」二句是所聞，「雀噪」二句是所見，末聯才寫到「驛樓宮樹」，卻又以「疲馬再三嘶」去沖淡惜別的意味。揣測此詩只是作為州司馬的詩人公務中應有的迎來送往，所以送人降為其次，沿途景色描摹成為主要。「楓林社日鼓，茅屋午時雞」一聯恬淡宜人，是傳誦的名句，王安石嘗手書此聯贈人，當時人誤以為是盛唐山水派名家儲光羲的詩（見胡仔《苕溪漁隱叢話》前集卷二〇所引《雪浪齋日記》）。

八月十五夜桃源玩月

【題　解】元和間作於朗州司馬任。桃源，地名，唐時屬朗州武陵，北宋時分武陵置，即今湖南桃源縣。境內有桃源山、桃源洞，相傳即陶淵明〈桃花源記〉所記，故名。此詩寫中秋賞月，從明月東升到皓月當空、西傾，寫來極有次序，景色亦清曠。

塵中❶見月心亦閑，況是清秋仙府❷間。凝光悠悠寒露墜，此時立在最高
山❸。碧虛無雲風不起，山上長松山下水。群動翛然❹一顧中，天高地平千萬里。
少君❺引我升玉壇❻，禮空❼遙請真仙官。雲軿❽欲下星斗動，天樂一聲肌骨寒。
金霞昕昕❾漸東上，輪欹影促❿猶頻望。絕景良時難再并，他年此日應惆悵。

【注　釋】❶塵中　與「清秋」相對，謂非秋日之時。❷仙府　指道觀，即桃川宮，一名桃源觀。❸最高山　即桃源山。❹群動翛然　萬物靜寂無聲。翛然，自然安順的樣子。❺少君　漢武帝時有方士李少君，以辟穀、長生之術說武帝，見《漢

書・郊祀志上》。其後遂將道士通稱為「少君」。❻玉壇　道士作法的平臺。❼禮空　向空中行禮。❽雲軿　仙人所乘的雲車。❾昕昕　明亮的樣子。❿輪欹影促　謂月輪西斜，月光漸暗淡。

【語譯】平時見月就使我心中閒適，何況今夜觀月正當清秋，其地又在道觀仙府。我立在最高山上，其時明月未出，凝光隱現，清露墜下。碧空無雲亦無風，山上是高大松樹，山下是潺潺流水。萬物寂然，天高地平千萬里，盡在一覽之中。道長引導我登上玉壇，向空行禮遙請上界仙官。仙人的雲車飄然欲下星斗震動，仙界樂聲響起令我肌骨寒栗。皓月明亮漸漸東升，直到月輪西傾、光芒漸暗，我仍然頻頻瞻望。如此絕佳之月、絕佳之夜，恐怕難得再有機會遇到，他年的今夜我定然生出無盡的惆悵。

【研析】唐人寫八月十五夜觀月的詩很多，但多是將月亮（或月光）作為大背景，像劉禹錫這樣，細緻而有層次的寫觀月的詩，並不多見。此詩幾無觀月以外的「贅語」或其他鋪墊，一開始即進入主題。首四句寫今夜觀月的地點、環境，「凝光悠悠寒露墜」一句，寫月即將出山情景，將隱在山後邊的月光形容作「凝光」：凝止不動的光，非常形象。「碧虛無雲風不起」以下四句寫月出前天地之間千萬里的大環境，一片虛靜、空明。「少君引我升玉壇，禮空遙請真仙官」二句，乍看似與觀月無關，但其領下的「雲軿欲下星斗動，天樂一聲肌骨寒」二句，則令人幾生「太虛幻境」之感：恍惚已見仙人下界，恍惚已聞天樂奏起。將月出寫得如此鄭重，似虛似實，似幻似真，除李賀〈夢天〉之外，恐無再有。然李賀畢竟是記夢，而劉禹錫則處處在寫實。這是這首詩值得再三體味的地方。

泰娘歌　并引

【題解】元和八年（西元八一三年）前後作於朗州司馬任。泰娘，女妓名，工琵琶，善歌舞。詩前之「引」，大略交代了泰娘半生之遭遇。詩人傷泰娘之際遇，為作此詩。詩中有感有諷，雖未明言禹錫個人之遭遇，而實託以自傷。

泰娘本韋尚書❶家主謳者❷。初，尚書為吳郡❸，得之，命樂工誨之琵琶，使之歌且舞。無幾何，盡得其術。居一二歲，攜之以歸京師❹。京師多新聲❺善工，於是又捐去❻故技，以新聲度曲。而泰娘名字往往見稱於貴遊之間。元和初，尚書薨於東京❼，泰娘出居民間。久之，為蘄州刺史張遜❽所得。其後遜坐事謫居❾武陵郡。遜卒，泰娘無所歸，地荒且遠，無有能知其容與藝者，故日抱樂器而哭，其音焦殺❿以悲。雒客⓫聞之，為歌其事，以足於樂府云。

泰娘家本閶門⓬西，門前綠水環金堤⓭。有時妝成好天氣，走上皋橋⓮折花戲。風流太守韋尚書，路傍忽見停隼旟⓯。斗量明珠鳥傳意⓰，紺幰迎入專城居⓱。長鬟如雲衣似霧，錦茵羅薦⓲承輕步。舞學驚鴻⓳水榭春，歌傳上客⓴蘭堂暮。從郎西入帝城中㉑，貴遊簪組㉒香簾櫳㉓。低鬟緩視抱明月㉔，纖指破撥生胡風㉕。繁華一旦有消歇，題劍無光履聲絕㉖。洛陽舊宅生草萊㉗，杜陵蕭蕭松柏哀㉘。妝奩蟲網厚如繭，博山爐側傾寒灰㉙。蘄州刺史張公子，白馬新到銅駝里㉚。自言買笑擲黃金，月墮雲中從此始㉛。安知鵬鳥座隅飛，寂寞旅魂招不歸㉜。秦嘉鏡有前時結㉝，韓壽香銷㉞故篋衣。山城㉟少人江水碧，斷雁哀猿風雨夕。朱弦已絕為知音㊱，雲鬢未秋㊲私自惜。舉目風煙非舊時，夢尋歸路多參差㊳。如何將此千行淚，更灑湘江斑竹枝㊴。

【注釋】❶韋尚書　指韋夏卿。夏卿字雲客，杜陵（今陝西西安）人，貞元、元和中歷仕蘇常二州刺史、吏部侍郎、京兆尹、太子賓客檢校工部尚書、東都留守等。❷主謳者　歌者中色藝最佳者。❸吳郡　即蘇州。❹歸京師　韋夏卿任京兆尹在貞元十七、十八年。❺新聲　流行的新曲調。❻捐去　拋去。❼薨於東京　韋夏卿卒於東都留守任在元和元年，見呂溫〈京兆韋府君神道碑〉。❽張悉　張悉任蘄州刺史約在元和二至四年。❾坐事謫居　元和五年張悉坐贓為觀察使郗士美所奏，貶朗州長史。見郁賢皓《唐刺史考・淮南道》引《冊府元龜》。令狐楚〈為人作薦昭州刺史張悉狀〉，稱其「憂人若己，理郡如家，勸課農桑，置立保社」；而《新唐書・闞播傳》則稱張悉為「輕薄子」。❿燋殺　聲音淒苦。燋，通「噍」。⓫雒客　即洛客，禹錫自謂。⓬閶門　蘇州城西門。⓭金堤　堤堰的美稱。⓮皋橋　在蘇州閶門內。⓯隼旟　畫有隼鳥的旗幟。古詩文中用作州郡長官的標誌。⓰斗量明珠鳥傳意　指韋夏卿對泰娘恩愛有加。斗量明珠，謂贈與之多。鳥傳意，謂使者傳情達意。據《漢武故事》，西王母每與漢武帝有約，使青鳥預為告知。⓱紺幰迎入專城居　指韋夏卿迎泰娘入蘇州刺史府第。韋夏卿貞元十二年任蘇州刺史。紺幰，青紅色的車帷。專城居，州郡長官。古樂府〈陌上桑〉：「十五府小吏，二十朝大夫。三十侍中郎，四十專城居。」「專城居」謂為一城之主，後專指州郡太守。⓲錦茵羅薦　以錦緞、絲羅為席子和地毯。⓳舞學驚鴻　指舞姿優美。曹植〈洛神賦〉：「翩若驚鴻，婉若游龍。」⓴上客　貴客。㉑從郎西入帝城中　指泰娘隨韋夏卿入長安。貞元十六年（西元八〇〇年）韋夏卿自徐泗濠節度使入為吏部侍郎。郎，唐時對身份尊貴男性的尊稱。㉒簪組　簪纓組綬。代指達官貴人。㉓香簾櫳　華貴的房屋。㉔抱明月　懷抱琵琶。琵琶形似明月。㉕纖指破撥生胡風　謂彈奏琵琶。破撥，琵琶的一種彈奏手法。唐段成式《酉陽雜俎・樂》：「開元中……賀懷智破撥彈之，不能成聲。」大約是一種急速彈奏的手法。生胡風，謂樂聲有西域情調。㉖繁華一旦有消歇二句　謂韋夏卿死，繁華不再。題劍，用東漢韓棱等故事。《後漢書・韓棱傳》：「（棱）為尚書令，與僕射郅壽、尚書陳憲，同時俱以才能稱，肅宗嘗賜諸尚書劍，唯此三人特以寶劍。」

「題劍無光」指夏卿死。夏卿死於憲宗元和元年（西元八〇六年），贈尚書左僕射。履聲，用西漢鄭崇故事。《漢書・鄭崇傳》：「哀帝擢（崇）為尚書僕射，數求見諫爭，上初納用之。每見曳革履，上笑曰：『我識鄭尚書履聲。』」「履聲絕」亦指夏卿死。㉗洛陽舊宅生草萊　按：韋夏卿卒於東都留守任，故云。韋夏卿洛陽舊宅在洛陽履信里。㉘杜陵蕭蕭松柏哀　謂韋夏卿死葬於長安杜陵。杜陵，在今陝西西安東南。此地有漢宣帝陵，故名。自漢以來，杜陵為關內韋、杜巨姓聚居之地。㉙妝奩蟲網厚如繭二句　謂韋夏卿死後泰娘景況冷落。妝奩，梳妝匣。博山爐，古香爐名，因爐蓋形似傳說中的博山而得名。《西京雜記》卷一載：「長安巧工丁緩者……又作九層博山香爐，鏤為奇禽怪獸，窮諸靈異，皆自然運動。」㉚蘄州刺史張公子二句　謂泰娘又得張愻寵愛。張公子，指張愻。銅駝里，唐時洛陽城中坊名，此指韋夏卿死後泰娘在洛陽的居處。「白馬新到」謂張愻在洛陽初見泰娘。㉛自言買笑擲黃金二句　意謂張愻自誇其豪奢多情，不意境遇自此變壞。買笑，謂狎妓遊冶。擲黃金，猶言揮金如土。月墮雲中，謂失去光彩。謝靈運〈東陽溪中贈答〉：「可憐誰家郎，緣流乘素舸。若問情如何，月就雲中墮。」此化用其意。㉜安知鵩鳥座隅飛二句　謂張愻遭貶死於朗州。鵩鳥座隅，用賈誼〈鵩鳥賦〉句意。〈鵩鳥賦〉云：「誼為長沙王太傅三年，有鵩鳥飛入誼舍，止於座隅。鵩似鴞，不祥鳥也。」按：張愻約於元和四年（西元八〇九年）遷將作少監，元和五年坐贓貶朗州長史。其死於朗州，或在元和六、七年間。㉝秦嘉鏡有前時結　謂泰娘心情之壞，無心梳妝。秦嘉，東漢人。《玉臺新詠》卷一收有秦嘉〈贈婦詩三首〉，其序云：「秦嘉字士會，隴西人也，為郡上掾。其妻徐淑，寢疾還家，不獲面別，贈詩云爾。」其三云：「何用敘我心？遺思致款誠。寶釵可耀首，明鏡可鑒形。」吳兆宜注引《北堂書鈔》曰：「秦嘉與婦書曰：『今致寶釵一雙，價值千金，可以耀首。』淑答曰：『未奉光儀，則寶釵不設。』嘉書又曰：『頃得此鏡，既明且好，世所稀有，意甚愛之，故以相贈。』淑答書曰：『今君征未旋，鏡將何施行？明鏡鑒形，當俟君至。』」前時結，前時寄贈明鏡時所封之結。即未啟封。㉞韓壽香銷　用西晉韓壽故事，謂張愻已死。韓壽美姿貌，善容止，為司空賈充掾。充每宴賓客，其女輒於簾後窺之，見壽而悅，遂潛修音好，厚相贈與。時西域有貢奇香，一著人則經月不歇。帝甚貴之，惟賜充及大司馬陳騫。充僚屬與壽宴處，聞其芬馥，稱之於充，充乃問女之左右，具以狀對。充秘其事，以女妻壽。事見《晉書・賈充傳》。㉟山城　指朗州。㊱朱弦已絕為知音　即詩序所云「愻卒，泰娘無所歸，地荒且遠，無有能知其容與藝者，故日抱樂器而哭。」知音，指張愻。㊲雲鬟未秋　頭髮未白。㊳參差　紛雜不齊的樣子。㊴如何將此千行淚二句　用舜帝二妃事。堯二女娥皇、女英為舜之妃。舜南巡，二女追之不及，相與慟哭，淚下沾竹，竹上文為之斑斑然。見《述異記》卷上。

【語　譯】泰娘本是韋尚書家歌姬色藝最佳者，早先，尚書為蘇州刺史時得到她，命樂工教她琵琶，並使她唱歌跳舞，過了沒多久，盡學得其技藝。一二年後，尚書帶她回到京師。京師多新曲及更有名的師父，於是她又棄去原來的技藝，學著以新聲唱曲，從此以後泰娘的名字就往往被貴遊們所稱讚。元和初年，韋尚書病故於東京，泰娘出居於民間，過了許久，為蘄州刺史張愻所得。其後張愻坐贓被貶到朗州，愻死之後，泰娘無處可歸，地荒且遠，再無人知道她的容顏與才藝，所以每日懷抱樂器哭泣，聲音淒苦悲傷。洛客劉禹錫聽說此事，將她的遭遇寫出來，不過用來作為補充樂府的資料罷了。

泰娘的家原在蘇州閶門西，門前綠水環繞著大堤。有時她梳妝完畢天氣又好，就走上皋橋折花遊戲。風流的太守韋夏卿尚書，路旁看見遂停下車。斗量明珠送與泰娘，派使者傳情達意，低垂帷幕的車子將泰娘接入刺史府第。泰娘長鬢如雲衣著似霧，錦繡的地毯承載著她輕盈的步履。她起舞在水榭，舞姿似驚鴻；她歌聲撩動貴客，直到華堂日暮。隨著夏卿的升遷泰娘進入帝京，從此交遊達官貴人於華屋之中。她垂鬟緩視懷抱如月的琵琶，纖纖手指急速彈奏樂聲有異域之風。好景不長，韋夏卿死去，繁華的日子一旦銷歇。夏卿洛陽舊宅長出荒草，杜陵墳墓的松柏也蕭蕭哀鳴。泰娘的妝奩久不打開，蟲網厚如蠶繭，博山香爐也欹側爐灰傾出。蘄州刺史張公子聞知，跨白馬直到泰娘洛陽家裏。張公子自誇可以千金買泰娘一笑，卻不知泰娘從此命運悲苦如月墮雲中。不祥的鵩鳥來到座隅，張公子一命喪去，旅魂寂寞寄在朗州不得歸。如秦嘉贈妻之鏡永不能開啟，如賈女贈韓壽之香已經消散。朗州人煙稀少山水青碧，孤雁哀猿啼叫於風雨之夕。琵琶弦絕因失去知音而不再彈奏，青春依然不免私自珍惜。時世變遷已非舊時，夢中歸鄉之途也紛紜難找。如何能將這千行淚，再灑於湘江斑竹枝上。

【研　析】此首長篇歌行，依其敘事脈絡，可分為三段。自開頭至「纖指破撥生胡風」為第一段，寫泰娘初為韋夏卿所寵時之春風得意。這一段寫法頗似漢樂府〈陌上桑〉，閶門小橋流水，泰娘盛妝出場，數句文字非常旖旎美麗，既符合泰娘如花的少女年歲，也應和了太守韋夏卿的「風流」本性。自「繁華一旦有消歇」至「韓壽香消故篋衣」為第二段，寫泰娘遭遇韋夏卿死、「刺史張公子」再死打擊後孤苦伶仃情況。「繁華一旦有消歇」只一句就兜轉，從「刺史張公子」白馬到洛陽到張遜死，匆匆數句，大有秋風一陣、落葉滿地之慨。「月墮雲中」借用謝靈運成句，意象卻大異其趣，別出心裁，堪稱絕妙。自「山城少人江水碧」至結尾為第三段，寫泰娘失去倚靠孤苦伶仃情況。

唐時之樂妓，為官人私養者為家妓。官人蓄家妓，一為娛客，二為獵其聲色，一般並無真正的情愛可言。官人老或死，則樂妓散落他處。劉禹錫是韋夏卿與張遜之僚屬，所以詩中稱許他們與泰娘情愛深深，是泰娘的「知音」。但泰娘畢竟只是供人玩弄的女子，當張遜死，泰娘流落地荒且遠的朗州，無處可以投靠，皆詩人所親見，所以詩中對泰娘的處境深致同情。此詩與白居易〈琵琶行〉有相似之處（作時相差也只在兩三年間），但〈琵琶行〉大段引入個人貶謫遭遇，而此篇似乎僅僅對泰娘深致同情而已，故〈琵琶行〉境界似高出此篇。細細想來，詩人既深致同情於流落天涯的女子，其中必有個人遭遇的寄託在；另外，末段「雲鬟未秋私自惜」一句，值得深加玩味。「私自惜」者，泰娘自憐其青春未可輕擲之意。樂妓之心聲，即詩人劉禹錫心聲不經意間之流露。透過一層看，禹錫希圖再用於世的心情不難揣知。

秋日過鴻舉法師寺院便送歸江陵 并引

【題解】元和九年（西元八一四年）作於朗州。鴻舉法師，荊、郢間僧人，習詩，本年五六月間抵朗州，餘不詳。此是禹錫在其將要離開朗州返回江陵時送別所作。

梵言沙門❶，猶華言去欲也。能離欲則方寸❷地虛，虛而萬景入，入必有所泄，乃形乎詞。詞妙而深者，必依於聲律❸。故自近古而降，釋子以詩聞於世者相踵❹焉。因定❺而得境，故翛然❻以清；由慧而遣詞，故粹然❼以麗。信禪林之花萼而誠河之珠璣耳❽。初，鴻舉學詩於荊郢間，私試竊詠，發於餘習，蓋榛楛之翠羽，弋者未之眄焉❾。今年至武陵，二千石❿始奇之，有起予⓫之歎，以方袍親絳紗⓬者十有餘旬，由是名稍聞而藝愈變。閏八月，余步出城東門，謁仁祠⓭，而鴻舉在焉。與之言移時，因告以將去，且曰：「貧道雅聞東諸侯⓮之工為詩者莫若武陵，今幸承其話言，如得法印⓯，寶山⓰之下宜有所持，豈徒衣裓⓱之中眾花而已。」余聞是說，乃叩商⓲而吟，成一章，章八句。郡守以坐嘯餘詠，激清徵而應之⓳。師其行乎，足以資一時中之學矣⓴。

看畫長廊遍，尋僧一徑幽。小池兼鶴淨，古木帶蟬秋。客至茶煙起，禽歸㉑講席收。浮杯㉒明日去，相望水悠悠。

【注釋】❶沙門　梵語音譯，即僧，或作桑門、娑門，意譯為去欲。❷方寸　即心。心在胸中方寸之間，故稱。❸依於聲律　此指五七言律詩。❹相踵　極言其多。踵，足跟。❺定　佛家境界，即禪定。❻翛然　自然、瀟散的樣子。❼粹然　溫純雅正的樣子。❽信禪林之花萼句　意謂僧人之詩的確是佛家世界之精華。花萼，即花。珠璣，即珠。璣，不圓的珠。一說小珠為璣。❾蓋榛楛之翠羽二句　意謂初習之詩如小鳥，未為捕鳥者所留意。榛楛，小灌木。❿二千石　指郡守。朗州刺史為竇常。⓫起予　語出《論語・八佾》：「子曰：『起予者商也！可與言詩已矣。』」商即孔子弟子子夏。子夏與孔子言詩，時有啟發孔子之言，故孔子稱讚他。⓬以方袍親絳紗　指鴻舉法師在朗州辛苦學詩。方袍，僧人之袍。絳紗，用西漢馬融設絳帳授徒事，此指講席。⓭仁祠　佛寺。⓮東諸侯　或指山南東道。按，鴻舉法師所在的荊、郢一帶，唐時屬山南東道；天寶初割朗州屬山南東道，後仍屬江南西道，然《舊唐書・地理志》以朗州屬山南東道。⓯法印　佛家語，指判定佛法的標準。⑯寶山　珠寶之山。此指高僧所居的神山，遍佈寶物。⑰衣裓　佛教徒掛在肩上的方形口袋，用來拭手或盛放衣物。佛教徒亦稱盛花之器為衣裓。⑱叩商　猶言按照五律的格律。商，五音（宮商角徵羽）之一。⑲郡守以坐嘯餘詠二句　謂郡守亦有和詩。坐嘯，閒坐吟嘯。清徵，清澄的徵音，亦指琴音。按，竇常和詩今不存。⑳師其行乎二句　謂鴻舉法師可以歸去了，此二首五律足以讓你揣摩一時了。㉑禽歸　指天色晚，禽鳥歸林。㉒浮杯　謂鴻舉法師即將歸去。傳說晉宋間有僧人，常乘木杯渡水，遂以杯渡為名。見南朝梁慧皎《高僧傳・神異下》。

【語　譯】梵語的「沙門」，即華語「去欲」的意思。一個人能離開欲望則方寸之間虛空，虛空則萬景進入，其時必有所泄，於是乃形於詞。詞妙而深邃者，必然遵循格律，所以近古以來佛教徒出身的詩人一個接一個。他們的詩，因其禪定而得境界，故其詩瀟散而清；復因其有智慧而遣詞，故其詩純雅而麗，確實是佛家世界的花萼和珠璣啊。初，鴻舉學詩在荊、郢一帶，在其習誦經典之外，私下嘗試有所作，大約屬於矮林中飛翔的小翠鳥，不為人所知。今年他來到武陵，太守頗欣賞他，每每稱讚他的言語能啟發自己，以一位僧人學習作詩之道十旬有餘，因此而名漸漸為人所知，其詩藝也發生變化。今年閏八月，我步出州城東門，謁佛寺，恰好鴻舉在此，遂與他言談有時。他告訴我他將離去，又說：「貧道頗聽說東道諸侯間工於詩者，莫過於武陵。今日幸得承您言教，好似獲得法印，明旦我歸去應有所持，豈能讓我的袋子裏徒有普通的花而已。」我聽他如此說，於是按格律吟一首詩給他，是一章八句的五律。一旁的郡守也坐嘯隨詠，按律應和了一首。鴻舉法師可以走了，此兩首詩足以讓你好好體會一陣子了。

在寺院中看畫走遍長廊，沿著一條幽徑遇到了僧人。池水與仙鶴顯得清澈淨潔，古木上蟬鳴帶來了秋意。因為客人來到燃起燒茶的煙火，與法師講詩直到禽鳥歸林才停。和尚明日就要歸去，相互思念之情如同流水悠悠。

【研　析】詩前的引很長，除了說明寫詩的緣由外，主要是「詞妙而深者，必依於聲律。故自近古而降，釋子以詩聞於世者相踵焉。因定而得境，故翛然以清；由慧而遣詞，故粹然以麗」數句。既是對南朝以後「釋子」詩藝術特點的概括，也是對寫景五律藝術特點的概括。中唐詩僧皎然、先是僧人後還了俗的賈島的五律可以驗證這幾句話。禹錫這首五律，有給鴻舉法師「示範」的意味。首聯以對句敘事起，在不經意間；頷聯「小池兼鶴淨，古木帶蟬秋」承以寫景，是精研錘煉的佳句，顯得詞嚴而義密；於是頸聯「客至茶煙起，禽歸講席收」寫眼前事，略為疏散，使中間兩聯有疏密結合之妙。末聯以送人收。從「引」看，禹錫此詩是脫口而成的，與賈島等苦吟大有別。

庭梅詠寄人

【題　解】梅，落葉喬木，早春開花，味清香，果實似杏，立夏後熟，味酸。唐張九齡有〈庭梅詠〉，詩云：「更憐花蒂弱，不受歲寒移……馨香雖尚爾，飄蕩復誰知？」此詩亦借庭梅喻其貶謫之境遇。所寄之人，必是與己處境相似者，故隱其名。

早花常犯寒❶，繁實常苦酸❷。何事上春❸日，坐令芳意闌❹？夭桃❺定相笑，遊妓❻肯回看？君問調金鼎❼，方知正味❽難。

【注　釋】❶犯寒　冒著寒冷。❷苦酸　甚酸。❸上春　孟春。農曆正月。❹芳意闌　指花零落。❺夭桃　豔麗的桃花。《詩經・周南・桃夭》：「桃之夭夭，灼灼其華。」❻遊妓　遊春的歌女。❼調金鼎　調宰相之職。古以調和梅鹽喻宰相治理國家。《尚書・說命下》：「若作和羹，爾惟鹽梅。」孔安國傳：「鹽鹹梅酸，羹須鹹酸以和之。」❽正味　純正的滋味。喻國家治理和順。

【語　譯】花開早所以常常衝冒嚴寒，繁盛的果實也常常苦酸。為什麼才是正月天氣，竟令梅花凋零？定然被豔麗的桃花取笑，遊春的女妓豈肯回頭看它？君問治理國家調和鹽梅鹹酸的道理，可知純正的滋味實在難以調和。

【研　析】詩的前六句，襲張九齡〈庭梅詠〉詩意，一意貫下，只是在說梅花、梅實命運的不濟以自喻。後兩句則從宰相治理國家生出另一意。梅花固然犯寒，梅實固然苦酸，但宰相調和金鼎鹽梅（鹹酸），其「正味」卻離不開梅，也是自喻。

步出武陵東亭臨江寓望

【題　解】元和間作於朗州。武陵，即朗州。江指沅江。寓望亦曰候館，古代邊境上所設置的以備瞭望、迎送的樓館。

鷹至感風候❶，霜餘變林麓。孤帆帶日來，寒江轉沙曲。戍❷遙旗影動，津❸
晚櫓聲促。月上彩霞收，漁歌遠相續。

【注　釋】❶鷹至感風候　《漢書・五行志》：「故立秋而鷹隼擊。」風候，節令；時節。❷戍　屯兵之處。❸津　渡口。

【語　譯】鷹隼感於秋令到來而高飛長空，嚴霜降下林麓都變了顏色。商船揚帆從日邊駛來，寒江沿沙岸曲折流過。遠遠的軍壘旗幟隨風翻動，急促的槳聲中渡口近於黃昏。明月東上，西天的彩霞隱去，能聽到遠處的漁歌聲相接相續。

【研　析】「孤帆帶日來」是白日西斜，「月上彩霞收」是黃昏臨近，說明詩人在武陵臨江候館凝望佇立時間之久。唐自安史亂後，州郡司馬是典型的閒職，「蒞之者，進不課其能，退不殿其不能，才不才一也……刺史守土臣，不可遠觀遊；群吏執事官，不敢自暇佚。惟司馬綽綽可以從容於山水詩酒間」（白居易〈江州司馬廳記〉）。從詩中看不出詩人面對寒江秋景的心情，但是，瞭解了州司馬一職的處境，則禹錫朗州時期及此詩的心情何如矣。

團扇歌

【題　解】詩以團扇逢秋被棄捐自喻，當是元和中貶朗州時所作。

團扇復團扇，奉君清暑殿。秋風入庭樹，從此不相見❶。上有乘鸞女，蒼蒼網蟲遍❷。明年入懷袖，別是機中練❸。

【注　釋】❶團扇復團扇四句　檃栝班婕妤〈怨歌行〉大意。《樂府詩集·相和歌辭·楚調曲》錄班婕妤〈怨歌行〉云：「新裂齊紈素，鮮潔如霜雪。裁為合歡扇，團團似明月。出入君懷袖，動搖微風發。常恐秋節至，涼飆奪炎熱。棄捐篋笥中，恩情中道絕。」❷上有乘鸞女二句　江淹〈怨歌行〉：「紈素如團月，出自機中素。畫作秦王女，乘鸞向煙霧。」此化用其意。乘鸞女，指秦穆公女弄玉，扇上所畫者。傳說秦穆公時人蕭史，善吹簫，能致白鶴、孔雀於庭。穆公有女字弄玉，好之，穆公遂以女妻之。蕭史教弄玉作鳳鳴，吹簫似鳳聲，居數年，有鳳來至其庭。穆公為作鳳臺，夫婦至其上，數年不下，一旦皆隨鳳凰飛去。見漢劉向《列仙傳》卷上。❸練　絲織品。

【語　譯】團扇啊團扇，夏日陪伴君王在清涼的宮殿。待到秋風吹動庭中之樹，從此就被棄用永不相見。團扇上畫有乘鸞的秦王之女，被蒼黑的蟲網遮蔽。明年再入君王懷袖的團扇，是機上織成的別一種絲練作成。

【研　析】關於班婕妤身世及寫作〈怨歌行〉的本事，《樂府詩集》引《樂府解題》述之甚詳，云：「〈婕妤怨〉者，為漢成帝班婕妤作也。婕妤，徐令彪之姑，況之女，美而能文。初為帝所寵愛，後幸趙飛燕姊弟，冠於後宮。婕妤自知見薄，乃退居東宮，作賦及〈紈扇詩〉以自傷悼。」據《漢書》，班婕妤恐久見危，求供養太后於長信宮，故唐人樂府又名〈長信怨〉，如王昌齡有名的〈長信秋詞〉即是。於此可知，以「秋扇棄捐」作譬的詩歌，一開始就屬於宮怨詩，團扇所譬喻的，均為宮中女性。唐人之作亦如此，多未越出這個範圍。禹錫此詩，作宮怨詩理解固然可以，但聯繫他的遭遇，作借宮怨詩以自喻理解似更貼切，寓意也更深刻。此詩前四句檃括班婕妤〈怨歌行〉大意，簡括而不蹈襲原詩詞句；後四句用江淹詩意，但皆能翻出新意。如江淹「畫作秦王女，乘鸞向煙霧」二句在劉詩中化為「上有乘鸞女，蒼蒼網蟲遍」，翻出「蒼蒼網蟲遍」一句新意；江淹「紈素如團月，出自機中素」二句在劉詩中化為「明年入懷袖，別是機中練」，不但翻出新意，而且「竿頭進步，正自酸楚感人」（清賀裳《載酒園詩話又編》）。

采菱行

武陵俗嗜芰菱，歲秋矣，有女郎盛遊於白馬湖，薄言采之，歸以御客。古有〈采菱曲〉，罕傳其詞，故賦之以俟采詩者

【題　解】元和間作於朗州司馬任。《樂府詩集・清商曲辭》有〈江南弄〉，並引《古今樂錄》謂「〈梁武帝〉改西曲，制……〈江南弄〉七曲」，其一即〈采菱曲〉。據題後作者自注，此詩是作者著意為采菱女寫的歌辭。歌辭中對寫采菱女勞作的場面和收穫後的喜悅有詩意的渲染，對采菱女健康美麗的形態的刻畫，尤其傳神寫照。

白馬湖❶平秋日光，紫菱如錦彩鴛翔。蕩舟遊女滿中央，采菱不顧馬上郎。

爭多逐勝紛相向，時轉蘭橈❷破輕浪。長鬟弱袂❸動參差❹，釵影釧文浮蕩漾。
笑語哇咬❺顧晚暉，蓼花❻緣岸扣舷❼歸。歸來共到市橋步❽，野蔓繫船萍滿衣。
家家竹樓臨廣陌❾，下有連檣❿多估客⓫。攜觴薦芰⓬夜經過，醉踏⓭大堤相應歌。屈平祠⓮下沅江⓯水，月照寒波白煙起。一曲南音⓰此地聞，長安北望三千里⓱。

【注釋】❶白馬湖　在朗州西，又稱白蟒湖。❷蘭橈　船槳。蘭言其華貴。❸弱袂　輕羅衫。❹參差　謂采菱女在湖中錯落不整。❺哇咬　象聲詞，女孩笑語聲。❻蓼花　一種生在水邊的植物。❼扣舷　敲擊船舷而歌。❽市橋步　地名。步，通「埠」。水邊停舟處。❾廣陌　大路。❿連檣　指船多。檣，船桅杆。⓫估客　商人。⓬薦芰　獻上芰，即以芰菱為下酒物。⓭踏　即踏歌，數人聯手踏地而歌。⓮屈平祠　在朗州東。至明嘉靖時祠已廢，唯存其址。⓯沅江　在今貴州境內稱清水江，東北流入今湖南境內，稱沅江，至常德（朗州）南入洞庭湖。⓰南音　指〈采菱曲〉等南方民歌。⓱三千里　據唐李吉甫《元和郡縣圖志》，朗州至長安二千一百餘里。

【語譯】白馬湖水面平整如鏡映出秋日陽光，紫色的菱角如錦繡一般，五彩斑斕的鴛鴦在水面回翔。采菱女子的小舟蕩漾在水中央，她們忙著采菱不顧岸上騎馬的少年郎。哪裏菱多，她們就紛紛向哪裏划去，時時掉轉船槳破開輕浪。長鬟短衫的采菱女在湖中散開，釵、釧和她們美麗的身影蕩漾在湖面。她們說笑著直到日偏西，掩映著蓼花扣著船舷唱歌返回。歸來將小船停靠在市橋步，用野蔓繫好船，顧不得浮萍沾滿衣衫。家家戶戶的竹樓都連著大路，竹樓下停泊著桅杆林立的商船。入夜時分，商人們攜壺飲酒吃菱角，喝醉了就腳踏節拍沿著大堤應和唱歌。屈平祠下沅江的水，清冷的月光下波浪湧起水霧彌漫。在此地聽到南方的曲調，不禁想起三千里外的長安。

【研　析】此詩寫江南采菱勞動場面。詩人著力描繪的，是勞動場面的熱鬧和采菱女在勞動過程中歡快的情態。詩中對采菱女美麗健康的形貌也有細緻入微的刻畫，采菱女的「長鬟弱袂」、「釵影釧文」、「萍滿衣」都進入了詩人的視覺。《爾雅翼》卷六嘗記載吳楚間采菱風俗：「吳楚之風俗，當芰菱時，士女相與采之，故有采菱之歌以相和，為繁華流蕩之極。」這種熱鬧中帶有「狂歡」性質的勞動場面，千百年來竟然在江南水鄉相沿成俗，倘若不「士女相與采之……歌以相和，為繁華流蕩之極」，反而不是江南的采菱了。微有不同的是，禹錫詩裏的「士」(男性)不再參與水中的采菱嬉戲，而成了在岸上旁觀的「馬上郎」。「馬上郎」或者還包括那些「攜觴薦芰」、「醉踏大堤」的估客們，受了采菱女白日歡快形態的感染，他們居然也飲酒醉歌達旦。這既是當時民俗的反映，也為此詩「綺」中平添了幾分「豔」的特色。末兩句發抒貶謫感慨，是禹錫朗州時期詩歌的通體特徵，補此兩句，不為蛇足。

踏歌詞四首

【題　解】元和間作於朗州。踏歌詞，樂府「近代曲辭」名。踏歌，多人聯手而歌，踏地以為節。詩寫朗州民俗。

其一

春江月出大堤平，堤上女郎連袂行。唱盡新詞歡❶不見，紅霞❷映樹鷓鴣鳴。

【注　釋】❶歡　指情人。南朝樂府民歌每以「歡」代情人。❷紅霞　此指朝霞。

【語　譯】月亮升起，春江之水與大堤平齊，大堤上有女郎手牽手行走。唱遍了新編的歌詞卻不見情郎出現，直到朝霞染紅樹木鷓鴣鳴。

【研　析】從月亮升起一直唱到朝霞遍染林木，唐時朗州一帶民俗的開放可知。「歡不見」可能為女郎歌詞中所唱，與〈西洲曲〉中「憶郎郎不至」同。

其二

桃蹊柳陌❶好經過，燈下妝成月下歌。為是襄王故宮地，至今猶自細腰多❷。

【注　釋】❶桃蹊柳陌　桃、柳樹下的小路。蹊陌，小徑。❷為是襄王故宮地二句　襄王，即戰國楚頃襄王。朗州古屬楚國；唐時朗州屬荊南節度使（治江陵）管轄，江陵有楚宮。《墨子・兼愛中》：「昔者楚靈王好士細要（腰），故靈王之臣皆以一飯為節，脅息然後帶，扶牆然後起。比期年，朝有黧黑之危。」又《韓非子・二柄》：「楚靈王好細腰，而國中多餓人。」皆不言襄王，此處恐有誤。

【語　譯】正好走過桃樹柳樹下的小徑，燈下梳妝好了，月光下去唱歌。因為曾是楚襄王故宮所在之地，至今猶自多細腰女郎。

【研　析】「細腰」只是隨手借用了「楚王好細腰」的典故，並無寓意，只是形容唱歌女子的婀娜多姿。與徐陵《玉臺新詠・序》「楚王宮內，無不推其細腰」義同。

其三

新詞宛轉❶遞相傳，振袖傾鬟❷風露前。月落烏啼雲雨❸散，遊童陌上拾花鈿❹。

【注釋】❶宛轉　形容歌聲曼妙曲折。❷振袖傾鬟　是載歌載舞之狀。振袖，揚袖。傾鬟，低頭。❸雲雨　指男女歡愛。❹花鈿　婦女髮飾，為金屬片狀。

【語譯】歌聲曼妙曲折由近及遠唱起，女郎們揚袖低頭載歌載舞在風露前。月兒落下烏鳥啼叫，男女歡聚後各自散去，有小孩在大堤上拾到了遺落的花鈿。

【研析】唐時朗州，即今湘西之地，多少數民族，男女之間較少禁忌，風俗與中原有異。不過「月落烏啼」兩句仍然寫得含蓄不露。

其四

日暮江頭聞〈竹枝〉❶，南人行樂北人❷悲。自從雪裏唱新曲，直到三春花盡時。

【注釋】❶竹枝　即〈竹枝詞〉。❷北人　作者自指。

【語譯】日暮江頭聽見了〈竹枝詞〉的曲調，南方的男女行樂唱歌引起北方的我傷悲。從冬天下雪唱起，直到三春花盡時才停。

【研析】末二句既言朗州男女唱歌之久，也是說自己傷悲之久。所傷悲者，為久不得歸也。

堤上行三首

【題解】與前首為同時之作。《樂府詩集．清商曲辭》有〈大堤〉、〈大堤曲〉，〈堤上行〉當由此變化而來。三首總寫行人爭渡、酒旗相望、流水徘徊等湘西景致，對夜幕掩映下「〈桃葉〉傳情」的江南商業都市風情有傳神的描繪。

其一

酒旗❶相望大堤頭，堤下連檣堤上樓。日暮行人爭渡急❷，槳聲幽軋❸滿中流。

【注釋】❶酒旗　即酒帘，酒店的標識。❷爭渡急　急於乘船過江。孟浩然〈夜歸鹿門歌〉：「山寺鳴鐘晝已昏，南梁渡頭爭渡喧。」岑參〈巴南舟中夜書事〉：「渡口欲黃昏，歸人爭渡喧。」❸幽軋　船槳聲。

【語譯】從大堤一端望去是一面面酒帘，堤下是林立的船桅，堤上是人家的竹樓。日暮時分行人爭相乘船歸去，槳聲幽軋船兒滿中流。

【研析】此首先寫林立的酒樓和堤下的連檣帆影、堤上的竹樓，是處於沅江岸邊朗州的大背景。在渡口喧鬧乘船的行人是白日忙碌、此刻急於歸家的人，與下首「入夜」之後仍然歌唱不止的「行人」不同。

其二

江南江北望煙波，入夜行人相應歌。〈桃葉〉❶傳情〈竹枝〉❷怨，水流無限月明多。

【注釋】❶桃葉　《樂府詩集・清商曲辭》有〈桃葉歌〉，引《古今樂錄》曰：「〈桃葉歌〉者，晉王子敬之所作也。桃葉，子敬妾名，緣於篤愛，所以歌之。」❷竹枝　巴渝一帶民歌。

【語　譯】江南江北望去盡是浩淼煙波，入夜之後行人唱歌互相應答。忽而是〈桃葉歌〉的抒情，忽而是〈竹枝詞〉的哀怨。流逝的江水上，閃爍著明亮的月光。

【研　析】此首寫「入夜」之後行人相應唱歌，時間較前首稍晚。「行人」當為出門在外的估客，思念家鄉親人，借〈桃葉歌〉、〈竹枝詞〉傳情。章法上頗有特別之處，清冒春榮《葚原詩說》云：絕句「有兩呼兩應者，或分應，或合應，或錯綜應……劉禹錫『江南江北望煙波……』一呼四應，二呼三應。」(卷三) 此詩應是所謂的「錯綜應」。錯綜相應使「水流無限月明多」一句似乎以單句落尾，含意顯得格外深重沉著。

其三

長堤繚繞水徘徊❶，酒舍旗亭❷次第開❸。日晚上簾招估客，軻峨❹大艑❺落帆來。

【注　釋】❶水徘徊　謂流水環繞。❷酒舍旗亭　酒店；酒樓。❸次第開　一一開。❹軻峨　高大的樣子。❺艑　大船。

【語　譯】大堤環繞郡城春水徘徊流淌，懸掛酒旗的酒樓大門次第打開。雖然日色已晚仍要準備招呼客人，那些剛到的大船正在紛紛落下風帆。

【研　析】首二句是白日所見，是作為晚間估客活動的背景。「日晚」與前首的「入夜」，時間上並無差異，「行人」們仍在唱歌，因為又有大船落帆，所以酒家要忙活起來了。

〈堤上行三首〉，所寫皆是「日暮」、「入夜」、「日晚」時分估客的「夜生活」。禹錫曾說朗州「地荒且遠」(〈泰娘歌・引〉)，以此三首詩看，「遠」固然，「荒」則未必。朗州地處沅江北岸，又在沅江入洞庭湖口處。沅江上游物產極豐富，上佳的地理環境使朗州成為商賈雲集的地方。唐詩中的「西江估客珠百斛」(張籍〈野老歌〉)的「西江」，就包括沅江在內。劉禹錫此詩從一個側面反映了中唐時期沅江商業的繁榮。

競渡曲

競渡始於武陵，至今舉楫而相和之，其音咸呼「何在」，斯招屈之義。事見《圖經》。

【題解】元和間作於朗州。詩寫朗州五月競渡習俗，情景如畫。《樂府詩集》卷九四〈新樂府辭〉收入此詩，云：「《荊楚歲時記》云：『舊傳屈原死於汨羅，時人傷之，競以舟楫拯焉，因以成俗。』……〈競渡曲〉蓋起於此。」

沅江五月平堤流，邑人相將❶浮彩舟。靈均❷何年歌已矣❸，哀謠振楫從此起❹。揚桴擊節❺雷闐闐❻，亂流齊進聲轟然。蛟龍得雨鬐鬣動，螮蝀飲河形影聯❼。刺史臨流褰翠幃❽，揭竿命爵分雄雌❾。先鳴餘勇爭鼓舞❿，未至銜枚顏色沮⓫。百勝本自有前期，一飛由來無定所⓬。風俗如狂重此時，縱觀雲委⓭江之湄⓮。彩旗夾岸照鮫室⓯，羅襪凌波呈水嬉⓰。曲終人散空愁暮，招屈亭⓱前水東注。

【注釋】❶相將　相隨。❷靈均　屈原字。❸歌已矣　謂屈原沉水已死，他為民間所作的祭祀歌曲（如〈九歌〉）久已不再唱起。❹哀謠振楫從此起　意謂當地百姓競渡時唱起悲傷的歌。振楫，舉槳。❺揚桴擊節　擂鼓以為划船的節奏。桴，鼓槌。❻闐闐　雷聲。此處形容鼓聲。❼蛟龍得雨鬐鬣動二句　形容龍舟在江中飛駛。蛟龍、螮蝀，指龍舟。螮蝀原是虹的別名，傳說虹能入澗飲水，故以虹擬龍舟。❽刺史臨流褰翠幃　用東漢賈琮事。賈琮為冀州牧，傳車垂赤帷裳，琮曰：「刺史當遠視廣聽，糾察美惡，何垂帷裳以自掩乎？」命御者褰之。事見《後漢書·賈琮傳》。此謂州刺史來到競渡現場，與民同樂。❾揭竿命爵分雄雌　謂刺史舉旗飲酒命令競渡開始。揭竿，舉旗。命爵，飲酒。❿先鳴餘勇爭鼓舞　謂取得勝利者歡呼鼓舞。先鳴，首先鳴叫。鬥雞時得勝者先鳴，後以先鳴喻得勝者。⓫未至銜枚顏色沮　謂失敗者沉默不語神情沮喪。銜枚，行軍時為防止喧譁，令軍士口中銜一細木棍。⓬百勝本自有前期二句　前句為得勝者言語，意謂此次得勝早成定局；後句是失敗者言語，意謂勝敗並無一定，下次當一鳴驚人。一飛，即「不飛則已，一飛沖天；不鳴則已，一鳴驚人」之意。⓭雲委　如雲之委積。形容觀者如堵。⓮湄　水濱。⓯鮫室　鮫人所居處。鮫人，神話傳說中人魚，人形，水居。⓰羅襪凌波呈水嬉　競渡結束後女妓戲水並表演。羅襪凌波，用曹植〈洛神賦〉「凌波微步，羅襪生塵」句意。羅襪，女子所著襪。凌波，形容戲水。嬉，同「戲」。⓱招屈亭　在朗州，當因五月競渡招屈原魂所建之亭館。按，禹錫在朗州，居所與招屈亭相鄰，其大和間詩〈酬朗州崔員外與任十四兄侍御同過鄙人舊居見懷之什〉有「昔日居鄰招屈亭」之句。

【語　譯】五月沅江水溢幾與堤平，州人相隨來到江邊龍舟競渡。屈原死於何時，他寫的〈九歌〉已不再唱；競渡的船槳一舉，哀哀的歌聲就隨之響起。揚起鼓槌，有節奏的鼓聲如同雷鳴；龍舟下水，亂流中齊頭並進響聲轟然。好似蛟龍得雨鬐鬣掀動，又好似條條虹霓飲水河中。刺史大人與民同樂來到河邊揭開車帷，高舉旗杆飲酒下令比賽開始。先至者尚有餘勇歡呼跳躍，後至者沉默不語顏色沮喪。先至者說「百戰百勝，勝利早已成定局」；後至者說「勝敗並無一定，一飛沖天看我們下一次」。民俗如狂州人最看重這一天，百姓縱觀江濱人流如潮。彩旗夾岸一直映射到水底，女妓羅襪凌波在水面嬉戲表演。曲終人散黃昏已至我滿懷愁苦，凝視著居所前沅江水東流不止。

【研　析】五月龍舟競渡，確是唐時沅湘一帶風俗，禹錫此詩寫朗州競渡時，兩船競發，各不相讓，刺史官員親臨，州民觀者如堵，彩旗夾岸場面以及競渡後女妓水面演藝，歷歷在目。《全唐詩》另有張建封〈競渡歌〉（一作薛逢詩）亦寫沅湘一帶競渡習俗，與禹錫詩頗相似，可以互參。張建封詩末尾以議論作結，意謂競渡場面氣氛火爆，輸贏難定，竟至於大打出手，「何如當路權相持」，所以建議各歸兩岸，拆船折楫了事。禹錫此詩則歸於曲終人散、時日不再的喟歎，顯得含蓄蘊藉。

蠻子歌

【題　解】元和間作於朗州。舊稱南方少數民族為蠻子。此詩寫五溪習俗。

蠻語鉤輈❶音，蠻衣斑斕❷布。熏狸掘沙鼠❸，時節祠盤瓠❹。忽逢乘馬客❺，恍若驚麏❻顧。腰斧上高山，意行❼無舊路。

【注　釋】❶鉤輈　鳥叫聲。此處形容朗州方音古怪難懂。❷斑斕　色彩鮮豔繁複。❸熏狸掘沙鼠　是當地百姓的一種狩獵活動。狸，山貓。沙鼠，一種野鼠。❹盤瓠　古代傳說為高辛氏所蓄犬，其毛五色。時犬戎侵暴，帝募能得犬戎吳將軍頭者，妻以少女。後盤瓠銜其頭來，帝即以女配之。盤瓠負女入南山石室，子孫繁衍於南方山地。南方少數民族奉其為祖。見《後漢書·南蠻傳》。❺乘馬客　指作者。❻麏　獐子。❼意行　率意而行。

【語　譯】南方蠻人的語言奇特難懂，蠻人的穿著五色斑斕。熏狸掘沙鼠是他們的狩獵，逢到節令就去祭祀先祖盤瓠。忽然看見騎馬的我，驚慌得好似獐子回顧。腰裏插斧奔向高山，率意四散而走不沿舊路。

【研　析】《後漢書·南蠻傳》關於南蠻及盤瓠之說多穿鑿附會，且語含輕蔑侮辱，但傳中記載南人習俗當不全虛，如所謂「衣裳斑蘭，語言侏離，好入山壑，不樂平曠」，即為禹錫此詩所本。然禹錫此詩只是客觀地寫朗州山民習俗，毫無輕蔑之意。

視刀環歌

【題解】元和間作於朗州司馬任。「環」諧音「還」，還歸長安之意。詩詠漢李陵事以自喻。

常恨言語淺，不如人意深。今朝兩相視，脈脈萬重心❶。

【注釋】❶常恨言語淺四句　詠漢李陵事。《漢書‧李廣傳》附〈李陵傳〉：「昭帝立，大將軍霍光……遣陵故人隴西任立政等三人俱至匈奴招陵。立政等至，單于置酒賜漢使者，李陵、衛律皆侍坐。立政等見陵，未得私語，即目視陵，而數數自循其刀環，握其足，陰諭之，言可還歸漢也……立政曰：『請少卿來歸故鄉，毋憂富貴。』陵字立政曰：『少公，歸易耳，恐再辱，奈何！』」脈脈，含情凝視的樣子。

【語譯】每每遺憾言語表達的淺，不如人意顯示的深。今日兩人一相視，脈脈含情萬重心。

【研析】或因一位友人的無言相視而被感動，或因偶讀《漢書‧李陵傳》的這段記載而被深深觸動，禹錫寫了這首詩。題為「歌」，按常規可以寫成七言歌行體，可以大段地述其本事，淋漓盡致地發抒其感情；然而詩人卻只用一首體裁最短小的五言絕句了卻。詩的重點當然在「歸」，然而言外意或者竟在「恐再辱」，即歸不得，故此益覺言淺而意深。

秋風引

【題解】《樂府詩集‧琴曲歌辭》有〈秋風〉，「引」即琴曲。詩因秋風至、雁群南飛而有所感觸，當是憲宗元和間為朗州司馬時所作。

何處秋風至？蕭蕭送雁群。朝來入庭樹，孤客❶最先聞。

【注　釋】❶孤客　單身旅居外地的人。此指其貶謫。

【語　譯】秋風從何處來到？抬頭又看見隨風而至的雁群。清晨秋風穿庭過樹，貶謫在外的我最先聽到。

【研　析】首作發問，驚秋風來之無蹤。次寫雁群南飛，再寫庭樹搖動，以他物襯托秋之行跡。詩眼是末句的「最先聞」三字。因為「孤客」獨居在外，以寂寥之心感應外界變化，故最為敏感。

元和甲午歲詔書盡徵江湘逐客余自武陵赴京宿於都亭有懷續來諸君子

【題　解】元和十年（西元八一五年）春自朗州貶所奉詔回京至京郊驛亭時作。甲午歲，即憲宗元和十年。「詔書盡徵江湘逐客……」云云，謂是年憲宗詔，徵還永貞初被貶的劉禹錫、柳宗元、韓曄、陳諫、韓泰諸人回京之事。都亭指長安郊外的驛亭。禹錫先至，有懷後至之柳、韓、陳、韓等而作此詩。作者沉淪江湘達十年之久，今日乍到長安，不禁感慨萬端。

雲雨江湘起臥龍❶，武陵樵客躡仙蹤❷。十年❸楚水楓林❹下，今夜初聞長樂鐘❺。

【注　釋】❶雲雨江湘起臥龍　謂其被召還京師。雲雨，《全唐詩》作「雷雨」，《易・解》：「天地解而雷雨作。雷雨作百果草木甲坼。」於義較為優長。臥龍，蟄伏之龍，原指諸葛亮。《三國志・蜀書・諸葛亮傳》載徐庶語云：「諸葛孔明者，臥龍也。」此處代柳、韓、陳、韓等。❷武陵樵客躡仙蹤　謂其追隨柳、韓、陳、韓之跡同返長安。武陵樵客，作者自指。朗州又稱武陵郡。仙，對友朋的尊稱。舊時友朋之間互稱仙侶。❸十年　作者自永貞元年被貶，至此已十年。❹楓林　楚地多楓林。《楚辭・招魂》：「湛湛江水兮上有楓。」❺長樂鐘　長樂宮裏的鐘聲。長樂為漢長安宮名，高祖命蕭何築，此代指唐長安大明宮。唐時宮內以鐘聲報時，聲聞於外。沈佺期〈同舍人早朝〉詩：「長樂宵鐘盡，明光曉鼓催。」

【語　譯】雲雨興於江湘驚起了久蟄的臥龍，我也追隨著各位仙人蹤跡回到京城。十年久居楚水楓林下，今夜初聞長安大明宮的鐘聲。

【研　析】永貞元年「八司馬」被貶時，曾有詔：劉禹錫等八人「縱逢恩赦，不在量移之限。」十年之後，聞到赦令，可以想像，劉禹錫自朗州起身至長安，心情大致是以喜悅為主的。前兩句即是此種心情的反映。後兩句於承接中作一轉折：當他宿於長安都亭、等候柳宗元等故舊來到時，突然一陣大明宮鐘聲響起，勾起他萬般心思。終於返回京師，固然值得慶幸，但是，故舊的凋零，年歲的蹉跎，不免使他悲從中來。清徐增《而庵說唐詩》解得好：「人皆以夢得此句為慶幸，愚謂此正是其傷心處。十年放逐，日以文章吟詠陶冶性情，頗相忘於朗州。一聞長樂鐘，十年心頭事一齊提起，豈不是最傷心之處乎！」（卷一一）

傷獨孤舍人　并引

【題　解】元和十年（西元八一五年）春自朗州召還宿於長安都亭時作。獨孤舍人謂獨孤郁。郁河南（今河南洛陽）人，盛唐著名古文家獨孤及之子，貞元進士，歷仕史館修撰、翰林學士、知制誥、駕部郎中等，元和九年十一月改官秘書監，病卒，年甫四十。韓愈有〈獨孤郁墓誌〉，兩《唐書》有傳。獨孤郁仕不及中書舍人，然唐時知制誥亦可稱舍人。

貞元中，余以御史監祠❶事，河南獨孤生始仕為奉禮郎❷，有事宗廟郊畤❸，必與之俱，由是甚熟。及余謫武陵，九年間，獨孤生仕至中書舍人❹，視草❺禁中，上方許以宰相。元和十年春，余祗召抵京師，次都亭日，舍人疾不起。余聞，因作傷詞以為弔。

昔別矜年少❻，今悲喪國華❼。遠來同社燕，不見早梅花❽。

【注　釋】❶御史監祠　謂己以監察御史身分監察祭祀。❷奉禮郎　官職名，屬太常寺，掌朝會、祭祀等事。❸郊時　古代祭天地神靈之處。❹中書舍人　官職名，屬中書省，掌詔書起草，職務極清要。❺視草　指翰林學士。翰林學士可以代皇帝批答詔書，謂之視草。❻昔別矜年少　永貞元年禹錫遠貶時，禹錫三十四歲，獨孤郁僅三十歲。故云。矜，自誇；自恃。❼國華　國家傑出人才。❽遠來同社燕二句　謂其自遠方歸來而獨孤已死，不及見梅花開。同社燕，與社燕相同。社燕，喻己。古人以為燕於二月春社（古時於立春後第五個戊日祭祀土神，以祈豐收，稱作春社）時來，因謂之社燕。梅花，喻獨孤郁。

【語　譯】貞元間，我以監察御史身分監察祭祀之事，河南獨孤生初入仕，為奉禮郎。若朝廷有祭祀之事，我必與他一起，因此相熟。待到我謫朗州，九年之間，獨孤生仕至中書舍人，在禁中代皇帝批答詔書，皇帝正許以宰相之位。元和十年，我奉召回京師，獨孤舍人居然患病不起。我聞說此事，作此傷詞，以為弔唁。

昔日分別時我們各以年少自矜，今日卻悲傷國家喪失了傑出的人才。我如同從遠處歸來的社燕，來不及看到早開的梅花。

【研　析】十年遠離京城，人事隔絕，最易引起感傷的就是故舊的去世。末二句社燕、早梅的比喻極貼切。

徵還京師見舊番官馮叔達

【題　解】元和十年（西元八一五年）春自朗州召還作於長安。番官，尚書省掌倉庫及廳事鋪設的掾吏。馮叔達，事蹟不詳。詩借舊人相見抒發久謫之苦。

前者匆匆襆被❶行，十年憔悴到京城。南宮❷舊吏來相問，何處淹留白髮生？

【注釋】❶襆被　以包袱裹束衣被，意謂整理行裝。《晉書・魏舒傳》：「入為尚書郎。時欲沙汰郎官，非其才者罷之。舒曰：『吾即其人也。』襆被而出。」此指其永貞元年由屯田員外郎貶連州刺史（後再貶朗州司馬）事。❷南宮　尚書省。

【語譯】從前捲起鋪蓋匆匆離京，十年以後滿面憔悴回到京城。尚書省舊同僚前來相問，淹留在何處致使滿頭白髮？

【研析】「襆被」的典故用得好。永貞元年劉禹錫等先貶遠州刺史，途中再貶州司馬，番官馮叔達是尚書省流外小吏，或者知道前者（貶刺史）而不知道後者（再貶州司馬），至於十年不得回京的原因，他就更不知道了，故有「何處淹留」之問。借不明就裏的小吏的一問，寫其久謫之苦，其苦更深一層。

酬楊侍郎憑見寄二首

【題解】元和十年（西元八一五年）召還後作於長安。楊侍郎，即楊憑。憑為柳宗元岳父，元和二年自左散騎常侍轉刑部侍郎，後以事貶臨賀尉，徙杭州長史，入為太子詹事，為恭王傅，分司東都。此稱其前職。聞劉、柳等召還，憑有詩見寄，禹錫答以此詩。

其一

翔鸞闕❶底謝皇恩，纓上滄浪❷舊水痕。疏傅❸揮金❹忽相憶，遠擎長句❺與招魂❻。

【注釋】❶翔鸞闕　唐長安大明宮含元殿前有二闕：左翔鸞，右棲鳳。❷滄浪　水名，漢水別流。《尚書・禹貢》：「嶓冢導漾，東流為漢，又東為滄浪之水。」孔安國傳：「別流在荊州。」此代指其貶地朗州。❸疏傅　指漢疏廣。廣嘗為太子太傅，此代指楊憑。❹揮金　用疏廣事。疏廣為太子太傅，廣侄受為太子少傅，朝廷並以為榮。一日俱上書乞骸骨，上以其年老，皆許之。加賜黃金二十斤，皇太子贈以五十斤。廣既歸鄉里，日令其家設飲食，請族人故舊賓客，與相為樂。人或勸其為子孫置產業，廣曰：「此金者，聖主所以惠養老臣也，故樂與鄉黨宗族共饗其賜，以盡吾餘日，不亦可乎？」事見《漢書・疏廣傳》。此以喻楊憑。❺長句　七言詩。此指楊憑所寄詩。❻招魂　招遠貶人之魂。民俗，招魂既可招死者之魂，亦可招生者之魂。《楚辭》有〈招魂〉，王逸「題解」曰：「〈招魂〉者，宋玉之所作也……宋玉哀憐屈原忠而見棄，愁滿山澤，魂魄放佚，厥命將落，故作〈招魂〉，欲以復其精神，延其年壽。」

【語譯】我在皇宮前感謝皇上的恩典，帽纓上還沾著貶謫地滄浪水的痕跡。揮金如土的疏廣忽然想起了我，遠寄長句慰藉我丟失的魂魄。

【研析】此首寫得相當沉痛。「滄浪水痕」與「招魂」都暗示自己就是「忠而見棄，愁滿山澤，魂魄放佚，厥命將落」的屈原，用意深長。

其二

十年毛羽摧頹，一旦天書❶召回。看看瓜時欲到，故侯也好歸來❷。

【注釋】❶天書　詔書。❷看看瓜時欲到二句　用秦東陵侯邵平典，此以喻楊憑。《三輔黃圖》卷一：「長安城東出第一門曰霸城門……或曰青門，門外舊出佳瓜。廣陵人邵平為秦東陵侯，秦破，種瓜青門外。瓜美，故時人謂之東陵瓜。」故侯，失去封爵的侯。

【語　譯】十年貶謫已將毛羽摧敗，一旦詔書將我召回。看看種瓜的時辰就要到了，從前的侍郎也該歸來。

【研　析】柳宗元也有兩首詩酬楊憑寄詩，一為七言絕句，一為六言絕句，似與禹錫有約定。今存最早的六言詩為漢末孔融所作，但唐以後人所作，大都偶一為之。劉禹錫、柳宗元都僅此一首。劉、柳對新詩體的嘗試，加之柳宗元詩題還有「戲贈詔追南來諸賢」字樣，說明劉、柳返至長安，心情不錯，對未來充滿希望。

楊憑原官侍郎，地位顯赫；太子詹事是閒職，用邵平「青門瓜」的典故以切楊憑，還算說得過去。

元和十年自朗州承召至京戲贈看花諸君子

【題　解】元和十年（西元八一五年）春自朗州召還後作於長安。諸君子，指柳宗元、韓泰、陳諫、韓曄諸人。數人至道觀看花，心有所感觸，禹錫為此詩以泄其憤。

紫陌❶紅塵拂面來，無人不道看花回。玄都觀❷裏桃千樹，盡是劉郎❸去後栽。

【注　釋】❶紫陌　指京師近郊的道路。❷玄都觀　北周道觀名，原名通達觀，隋時改玄都觀，故址在長安朱雀街西崇業坊。❸劉郎　禹錫自指。

【語　譯】長安大道紅塵拂面而來，無人不說是看花歸來。玄都觀裏的千樹桃花，盡是劉郎我去後所栽。

【研　析】劉禹錫等被召還京師的理由可能很簡單：「永貞黨人」的頭領（二王、韋）均已死去，而憲宗的地位經十年經營已經很鞏固，對當年因監國、禪讓鬥爭中對「黨人」的仇恨情緒也已鬆動。此時有朝廷大員（如杜佑、裴度等）替他們說項，於是有召還劉、柳諸人的詔書。玄都觀中千樹桃花，劉禹錫永貞年間在長安時未曾有，恰如現在的滿朝新貴，皆劉禹錫出京後所引進。這深深刺痛了倔強的劉禹錫，於是借一榮一衰形容自己遭遇的不公，大有盡土俗凡庸、非我所賞的味道。口氣放肆，全不把「桃千樹」和滿朝新貴放在眼裏。據《本事詩》，劉禹錫此詩一出，傳於京師，有素嫉其名者告於執政，不數日，劉、柳等再貶遠州刺史（韓泰為漳州刺史，陳諫為封州刺史，柳宗元為柳州刺史，韓曄為汀州刺史，劉禹錫先為播州刺史，旋改授連州刺史）。一首小詩，惹禍如此。

荊州道懷古

【題　解】元和十年（西元八一五年）夏貶授連州刺史赴任途中作。荊州，唐時為大都督府，後改為江陵郡、江陵府，治江陵。今屬湖北。「州」一作「門」，非是。詩借懷古發抒權力和富貴皆不能恆久的感慨，以化解再次遭貶的痛楚。

南國山川舊帝畿❶，宋臺梁館❷尚依稀。馬嘶古樹行人歇，麥秀❸空城澤雉飛。風吹落葉填宮井，火入荒陵化寶衣❹。徒使詞臣庾開府❺，咸陽終日苦思歸❻。

【注　釋】❶帝畿　帝京。京師所在為畿。南朝梁武陵王蕭紀天正二年（西元五五二年），湘東王蕭繹即帝位於江陵，改元承聖，是為梁元帝。❷宋臺梁館　指宋文帝、梁元帝即位前所築之臺榭池館。宋文帝劉義隆、梁元帝蕭繹即位前皆以藩王鎮荊州。❸麥秀　小麥抽穗。此指故宮荒廢，被墾為耕田。據《史記・宋微子世家》，殷亡後，其後箕子朝周，過殷故墟，有感於宮室毀壞，生禾黍，乃作〈麥秀之歌〉以傷之。❹火入荒陵化寶衣　用牧童誤入始皇墓失火事。《漢書・劉向傳》載，有牧兒亡羊，羊入始皇墓，牧兒持火照，求羊，失火燒其墓藏。荒陵，指後梁宣、明二帝陵墓。西魏恭帝元年，大發兵攻梁，梁元帝降，旋被殺。魏恭帝立蕭詧承梁之後，即帝位於江陵，史稱後梁。詧死，諡宣皇帝。子巋繼立，巋死，諡孝明皇帝。二帝陵皆在江陵。寶衣，指宣、明二帝墓中所葬。❺庾開府　指庾信。庾信原仕梁，梁元帝時為御史中丞，奉命出使西魏。信至魏，屬魏攻江陵，梁亡，遂留北朝。信後仕周至驃騎大將軍、開府儀同三司，世稱「庾開府」。❻咸陽終日苦思歸　謂庾信在周思歸。咸陽，此代長安，北周京城在長安。《周書・庾信傳》：「信雖位望通顯，常有鄉關之思，乃作〈哀江南賦〉以寄其意云。」

【語　譯】此地的南國山川曾是帝王之都，宋、梁藩王的臺館依稀尚在。行人歇足，馬嘶叫在古樹旁，小麥在廢棄的空城裏抽穗揚花，池澤中有野雉飛起。風吹落葉飄進了宮井，牧兒的火誤入帝陵焚燒了墓中葬品。梁朝旋即滅亡，庾信徒然地懷念故國苦苦思歸。

【研　析】四聯全是針對荊州的懷古。昔日的臺館，僅僅依稀可辨而已，宮井為落葉所填，宮室墾為麥田，說明富貴、權勢皆不能永久，轉瞬即化為虛無。詩人如此寫，自然是對當朝權貴的輕視，也不妨化解一下個人遭遇外貶的憤懣。自楚、漢到南朝，荊州皆是歷史名城，古跡和故實很多，而此詩選擇的時代，僅局限於南朝梁元帝及後梁宣、明二帝那一段歷史。其所以如此，是為末聯的庾信徒然的故國之思作鋪墊。詩人朗州十年，苦苦思念的是京師長安，然而到了長安，卻又被遠貶，十年之思也是徒然的。這就與庾信的故國之思，在感情和結果上都有相似之處。懷古與自歎身世自然地融合在一起了。試將詩中的「咸陽」換成「長安」（平仄、詞義皆無問題），自歎身世的效果馬上就看出來了。

再授連州至衡陽酬柳柳州贈別

【題　解】元和十年（西元八一五年）貶授連州刺史赴任途中作。永貞元年禹錫因與二王、韋「黨人」集團，嘗被貶為連州刺史（後改授朗州司馬），故云「再授」。連州，今屬廣東。衡陽，今屬湖南。柳州，今屬廣西。柳柳州，指柳宗元，時柳宗元貶授柳州刺史。

去國❶十年同赴召，渡湘❷千里又分歧❸。重臨事異黃丞相❹，三黜名慚柳士師❺。歸目❻併隨回雁❼盡，愁腸正遇斷猿❽時。桂江❾東過連山❿下，相望長吟〈有所思〉⓫。

【注釋】❶去國　離開京城。國，指京城。❷湘　指湘水。湘水源於嶺南，經衡陽東，北流，匯入洞庭湖。❸分歧　分途。柳州在衡陽西南，連州在衡陽東南，劉、柳赴貶地，至衡陽當分途。❹重臨事異黃丞相　以再次蒞職連州擬漢黃霸，而又以為與黃霸事有異。重臨，謂其再任連州刺史。黃丞相，指西漢宣帝時黃霸。霸先為潁川太守，以外寬內治得民心，戶口歲增，為天下第一，徵為京兆尹，秩二千石，坐事再貶為潁川太守，秩八百石。前後八年，郡中大治。至五鳳三年，霸官至丞相。《漢書》有傳。劉禹錫亦再臨連州刺史職，而前途暗淡，故事異於黃霸。❺三黜名慚柳士師　謂其三次遭到貶黜有愧於柳宗元。三黜，指貞元初先貶為連州刺史，貶途中再貶為朗州司馬，至此次三貶為連州刺史。名慚，謂其名望不如柳宗元。柳士師，即春秋時魯國人柳下惠。柳下惠曾為士師（主察獄訟的官職）。《論語．微子》：「柳下惠為士師，三黜。人曰：『子未可以去乎？』曰：『直道而事人，焉往而不三黜？』」此處代柳宗元。❻歸目　北望的目光。❼回雁　北飛的大雁。❽斷猿　令人斷腸的猿的哀鳴。❾桂江　即灕江。柳宗元赴柳州，必經灕江；灕江又繞連州而過。❿連山　在連州。州以山而得名。⓫有所思　古樂府曲名。古辭曰：「有所思，乃在大海南。」

【語譯】離開京城十年後同赴徵召，不意今日渡過湘水，在京城千里之外與你分手。我重臨連州事情卻有別於黃霸丞相，三次遭貶名聲遠不如你柳宗元。北望的目光隨著歸飛的大雁而遠去，滿腹愁腸正逢哀猿啼叫之時。桂江之水從連山旁流過，期盼我們相互凝望，吟詠著〈有所思〉抒發相思之情。

【研　析】劉、柳二人同赴貶所，至衡陽，將分途。柳先有〈衡陽與夢得分路贈別〉詩，禹錫以此首和之。首聯敘事，寫十年離京召回、旋又遭貶的景況。頷聯用典，抑鬱中含著悲憤莫名又慚愧難當的複雜心情。頸聯抒發戀京之情，末聯強調與柳宗元不可移易的友誼。耐人尋味的是頷聯「重臨事異黃丞相，三黜名慚柳士師」兩句。柳宗元〈衡陽與夢得分路贈別〉詩中間兩聯是「伏波古道風煙在，翁仲遺墟草樹平。直以慵疏招物議，休將文字占時名」。「伏波」二句用典，卻是敘事兼寫景；「直以」二句歎其境遇，兼有自我警戒並警戒朋友劉禹錫的意味。何以見得呢？柳詩劈頭就說「十年憔悴到秦京」，足見柳宗元對於此次返京抱著多麼大的期待！然而卻輕易地被劉禹錫一首看花詩斷送掉了，這豈不是因為「慵疏」而「招物議」？豈不是圖一時之痛快而以「文字占時名」？不過柳宗元用語非常委婉，反倒是自我警戒的意思居多，絕無責備朋友的意思。劉禹錫一定多少對友朋抱著一絲歉意，在答詩中以「重臨事異黃丞相，三黜名慚柳士師」兩句回應柳宗元。「重臨」句是自歎其境遇，「三黜」句就對柳宗元的告誡有些慚愧難當了。看花詩固然讓劉禹錫名滿京師，然而終因招致物議太甚而「三黜」。當然，劉禹錫的話說得也很委婉：柳下惠因「直道而行」而遭三黜，我等也是如此，有什麼過錯呢？衡陽分路之時，柳有三首詩贈別，劉有三首詩相答，贈詩和答詩的感情都非常複雜，要設身處地，方能體味出來。

重答柳柳州

【題　解】與前篇同時之作。宗元有〈重別夢得〉詩，此詩答之。

弱冠❶同懷長者憂，臨岐❷回想盡悠悠。耦耕❸若便遺身世❹，黃髮❺相看萬事休。

【注　釋】❶弱冠　二十歲。❷臨岐　面臨歧路。岐，同「歧」。❸耦耕　兩人並耕。指退隱。❹遺身世　棄世，即隱居。❺黃髮　老年。人老則髮由白而黃。

【語　譯】你我青年時即懷著長者的憂慮，分手之際，回想從前盡皆成悠悠往塵。如果耦耕可以隱遁棄世，黃髮的我們只要相守人間萬事皆休。

【研　析】禹錫〈重答柳柳州〉詩不見於劉集而附於柳集，宋人於柳集中輯入劉詩時，誤將劉、柳詩互易，今之整理者多已指出。柳宗元〈重別夢得〉詩云：「二十年來萬事同，今朝岐路忽西東。皇恩若許歸田去，晚歲當為鄰舍翁。」與劉詩相較，一贈一答，區別還是比較明顯的。

衡陽分手後四年（元和十四年），柳宗元卒於柳州。柳宗元「晚歲當為鄰舍翁」的願望與劉禹錫「黃髮相看萬事休」的回應盡皆落空。一對志同道合的朋友從此永隔幽明，豈不痛哉！

酬柳柳州家雞之贈

【題　解】元和十年，禹錫初刺連州時作。柳柳州謂柳宗元。宗元先有〈殷賢戲批書後寄劉連州并示孟侖二童〉，禹錫答以此詩。家雞，喻家傳的書法技藝。晉庾翼善書法，初不服王羲之，遂以家雞比喻自己的書法，以野雉比喻王氏書法，見《晉書・庾翼傳》。柳宗元來詩中有「聞道近來諸子弟，臨池尋已厭家雞」之句，故云。

日日臨池❶弄小雛❷，還思寫論付官奴❸。柳家新樣元和腳❹，且盡薑芽斂手徒❺。

【注釋】❶臨池　謂學書。❷弄小雛　逗玩小兒。小雛，指其幼子，即宗元來詩之「孟、侖二童」。禹錫二子，一曰咸允，字信臣；一曰同廙，字敬臣。孟、侖當是二子之乳名。❸還思寫論付官奴　用王羲之事。官奴為王羲之女名。褚遂良《右軍書目》有「正書五卷，第一，〈樂毅論〉四十四行，書賜官奴」字樣。句謂其亦欲效羲之書法以付子女。❹柳家新樣元和腳　謂柳宗元書體。趙璘《因話錄》卷三：「元和中，柳柳州書，後生多師效，就中尤長於章草，為時所寶。湖湘以南，童稚悉學其書，頗有能者。」元和腳，楊慎以為「蓋懸針垂露之體耳」（《藝林伐山》卷一四）。❺且盡薑芽斂手徒　意謂且將柳書盡付子弟使學，而自己則不得不斂手。薑芽，薑的嫩芽，喻兒童手指。斂手徒，即徒斂手、空斂手。

【語譯】日日臨池學書兼逗弄小兒，也想如王羲之那樣將書法留給子女。柳家的書法為元和年間流行者，就將它付與子女效法，我空自斂手也罷。

【研析】禹錫嗜書法，文集中有〈論書〉一文，對書法技藝有精到見解，可參看。柳宗元書法及技藝更為精進，故柳宗元致禹錫詩有「厭家雞」之說。禹錫亦大度，承認宗元書法為優。關於書法，嗣後宗元又有〈重贈二首〉，禹錫皆有答詩。此是劉、柳在連州、柳州期間較為輕鬆的話題，甚是難得。

沓潮歌　并引

【題解】元和十一年（西元八一六年）作於連州刺史任。沓潮，重疊的海潮，謂前潮未退盡而後潮繼至。唐劉恂《嶺表錄異》卷上：「沓潮者，廣州去大海不遠二百里，每年八月，潮水最大，秋中復多颶風，當潮水未盡退之間，颶風作而潮又至，遂至波濤溢岸，淹沒人廬舍，蕩失苗稼，沉溺舟船，南中謂之沓潮。」禹錫並未親見，此因人言而想像沓潮之狀。

元和十年夏五月，終風❶駕濤，南海羨溢❷。南人曰：「沓潮也，率三更歲一有之。」

余為連州，客或為予言其狀，因歌之，附於南越志❸。

屯門❹積日無回飆❺，滄波不歸成沓潮。轟如鞭石❻矻❼且搖，亙空欲駕黿鼉橋❽。驚湍蹙縮悍而驕，大陵高岸失岧嶢❾。四邊無阻音響調，背負元氣掀重霄。介鯨❿得性方逍遙，仰鼻噓吸揚朱翹⓫。海人⓬狂顧迭相招，罽衣髽首⓭聲嘵嘵。征南將軍⓮登麗譙⓯，赤旗指麾不敢囂⓰。翌日風回沴氣⓱消，歸濤納納⓲景昭昭⓳。烏泥白沙⓴復滿海，海色不動如青瑤㉑。

【注　釋】❶終風　終日不歇之風。❷羡溢　海水滿溢高漲。❸南越志　泛指嶺南地方志。南越，即今廣東、廣西一帶。❹屯門　山名，在廣州。❺回飆　回風。❻鞭石　《藝文類聚》卷七九引晉伏琛《三齊略記》：「始皇作石橋，欲過海觀日出處。於時有神人，能驅石下海，城陽一山石盡起立，嶷嶷東傾，狀似相隨而去。雲石去不速，神人輒鞭之，盡流血，石莫不盡赤，至今猶爾。」此處形容潮水繼至如有神人驅趕。❼矻　堅立的樣子。❽黿鼉橋　由黿鼉搭成的橋。黿，大鱉。鼉，俗稱豬婆龍，即揚子鱷。此處以黿鼉形容潮水。❾岧嶢　高峻的樣子。❿介鯨　大鯨魚。⓫朱翹　赤色魚尾。此指鯨魚尾。⓬海人　行船之人，或海邊勞作之人。⓭罽衣髽首　形容嶺南人服飾衣著。罽衣，披的毛毯一類。髽首，以麻束髮。舊時皆以「罽衣髽首」指代南蠻或蠻夷之人。⓮征南將軍　此指嶺南節度使、廣州刺史馬總。據《舊唐書．憲宗紀》，元和九至十一年馬總為嶺南節度使、廣州刺史。⓯麗譙　城上高樓。⓰不敢囂　猶言不敢輕慢。囂，傲慢；輕視。⓱沴氣　濕氣；毒氣。⓲納納　濕潤、溫和。⓳昭昭　明亮的樣子。⓴烏泥白沙　形容海邊面貌依舊。㉑青瑤　青黑色玉。狀海色。

【語　譯】元和十年夏五月，整日不停的大風刮起巨浪，南海漲溢。海邊的人說：「這是沓潮，每三年多總有一回。」我在連州，有客人為我講述沓潮形狀，於是作此歌，或者可以附於南海方志的末尾。

屯門山連日無有回風，南海波浪不返回形成沓潮。轟然巨響好似神人鞭驅山石，又似黿鼉橫空意欲搭成一座橋。驚湍湧起跌落悍而且驕，大山高岸瞬間失去高度。巨響散佈四邊毫無阻隔，背負著天地之間元氣掀向重霄。鯨魚得其所盡興逍遙，仰鼻噓吸翹起巨尾。海邊的人發狂奔走呼叫同夥，一個個身著粗毛衣麻帶束髮驚恐呼嚎。征南將軍登上城樓遠眺，赤旗指揮不敢掉以輕心。明日風停不祥之氣消散，回歸大海的波濤濕潤溫和景色明亮。南海海岸依舊是烏泥和白沙，海水平靜不動有如青色玉石。

【研　析】「引」云「元和十年夏五月」，是南海沓潮發生之時。按禹錫以本年三月改除連州刺史，約在本年六月到任，此詩之作，應是抵任後聞人說起沓潮之事從容追記之詩，其時或已至十一年之初。禹錫性格中素有好奇的一面，喜場面大、氣派壯的事物，聽人敘說南海沓潮奇觀，不覺心嚮往之，發揮想像力，據客人所述化為詩歌（禹錫屢有同類之作，如早年所作〈客有為余話天壇遇雨之狀因以賦之〉、夔州時〈畬田行〉等）。此詩為七古，平韻到底。句句押韻，且尾三字多「三平腳」，如「無回飆」、「黿鼉橋」、「掀重霄」、「方逍遙」……等，是有意追求一種拗峭的效果，皆是變格。

答楊八敬之絕句

楊生時亦謫居

【題　解】元和十、十一年作於連州。楊敬之，字茂孝，嘗以〈華山賦〉得韓愈賞識。元和初進士第，平判入等，遷右衛冑曹參軍（一作左衛騎曹參軍），文宗大和間仕至國子祭酒。敬之愛才公正，見江南舉子項斯詩，大加愛賞，有「到處逢人說項斯」之句，為士林稱讚。《新唐書》有傳。元和十年秋，敬之因事貶吉州（今江西吉安）司戶參軍，或過連州，贈禹錫詩，禹錫答以此詩。敬之詩今不存。

飽霜孤竹❶聲偏切❷，帶火焦桐❸韻本悲。今日知音一留聽，是君心事不平時。

【注　釋】❶孤竹　獨生之竹。《周禮・春官・大司禮》：「孤竹之管……冬日至，於地上圜丘奏之。」此指一種管樂器，用孤竹製成。❷切　悲切。❸焦桐　指琴。《後漢書・蔡邕列傳》：「吳人有燒桐以爨者，邕聞火烈之聲，知為良木，因請而裁為琴，果有美音，而其尾猶焦，故時人名曰『焦尾琴』焉。」

【語　譯】飽經風霜的孤竹之管聲音悲切，火燒過的焦尾琴本來就有傷感之韻。同樣有貶謫經歷的我讀了來詩，從中感知了您正在憤然不平之時。

【研　析】孤竹之管與焦尾琴俱是樂器，又代表了楊敬之的贈詩。同是天涯淪落，因而自稱「知音」。孤竹本是多義詞：孤生之竹，以喻敬之的特立獨行；又為古國名，當西周興時，伯夷、叔齊居於此，以喻敬之節操之潔；孤竹之管又為樂器，切敬之贈詩。此詩之妙在此。

代靖安佳人怨二首　并引

【題　解】元和十年秋作於連州。靖安佳人，指宰相武元衡侍妾。元和九年十月，淮西吳元濟叛，宰相武元衡、御史中丞裴度力主討之，於是憲宗發十六道兵進討淮西，戰事久難分勝負。憲宗討淮西，河北諸道與淮西休戚相關，暗中相助於元濟。十年六月，淄青節度使李師道（或云是鎮州節度使王承宗）遣刺客潛入長安，刺死武元衡。時禹錫尚在赴連途中，聞此事，借靖安佳人之「怨」以傷悼之。

靖安❶，丞相武公❷居里名也。元和十年六月，公將朝，夜漏未盡三刻，騎出里門，遇盜，薨於牆下❸。初，公為郎，余為御史，繇是有舊故❹。今守於遠服❺，賤不可以誄❻，又不得為歌詩聲於楚挽❼，故代作〈佳人怨〉，以裨❽於樂府云。

其二

寶馬鳴珂踏曉塵❾，魚文匕首❿犯車茵⓫。適來⓬行哭里門外，昨夜華堂歌舞人。

【注釋】❶靖安　長安里坊名，在朱雀街東。❷武公　即武元衡。元衡字伯蒼，緱氏（今河南偃師）人，元和二年以門下侍郎同中書門下平章事，旋出為劍南西川節度使，八年徵還，復入相。❸元和十年六月六句　《舊唐書・武元衡傳》：「元衡宅在靖安里。十年六月三日將朝，出里東門，有暗中叱使滅燭者，導騎呵之，賊射之中肩，又有匿樹陰突出者，以棓擊元衡左股，其徒馭已為賊所格奔逸，賊乃持元衡馬東南行十餘步害之。」夜漏未盡三刻，謂時辰未到五更三點，約當黎明前。❹初公為郎四句　德宗貞元末，元衡為左司郎中，禹錫初為監察御史，同在朝，故云。❺今守於遠服　指為連州刺史。遠服，猶荒服。古代王畿以外的地方稱作服，每服五百里。《尚書・益稷》：「弼成五服。」孔傳：「五服，侯、甸、綏、要、荒服也。服五百里。」❻賤不可以誄　謂其地位低賤不可以作文以哀悼死者。《禮記・曾子問》：「賤不誄貴，幼不誄長，禮也。」誄，悼念死者的文字。❼楚挽　悲傷的挽歌。《文選・謝莊・宋孝武宣貴妃誄》：「鏘楚挽于槐國。」李善注：「楚，辛楚也。」❽裨　增加；增補。❾寶馬鳴珂踏曉塵　謂武元衡離家早朝。鳴珂，馬勒上懸掛的鈴鐺，行則有聲。❿魚文匕首　匕首而有魚文者。古謂刀劍上有魚文狀者佳。⓫車茵　車上坐墊。⓬適來　猶剛才。

【語譯】靖安，丞相武公所居的里坊。元和十年六月某日，公將上朝，其時夜漏未及五更三刻，騎馬出里門，遭遇刺客，死於牆下。當初，公為左司郎中，我為御史，由是之故為故舊。如今我遠刺連州，身份低賤不可以為文悼念，也不能作哀傷的挽詩，故代佳人作〈佳人怨〉，以為樂府歌詞的增補。

寶馬鑾鈴在清晨出動，手持匕首的刺客侵入到車中。剛才邊走邊哭在里門之外的，就是昨夜在華堂歌舞的美人。

【研　析】此首描摹了兩個場面：一是兇犯行刺的場面，一是美人行哭里門外的場面。武元衡之死，赴任途中的劉禹錫得之於路途傳聞，然兩個場面的描摹，皆很傷痛傳神。

其二

秉燭朝天❶遂不回，路人彈指望高臺❷。牆東❸便是傷心地，夜夜秋螢飛去來。

【注　釋】❶秉燭朝天　指上早朝。冬天上朝，天尚未亮，故官員皆秉燭（或火把、燈籠）。❷路人彈指望高臺　意謂行路之人皆感歎世態變化之大。彈指，謂時間很短。武元衡元和八年自劍南西川召還入相。高臺，園中臺榭之類。此處暗用丘遲〈與陳伯之書〉「高臺未傾，愛妾尚在」句意。❸牆東　里門東牆。按，自靖安坊上朝（大明宮）須出里東門。

【語　譯】秉燭朝天竟未能回來，路人望著宰相園中高臺感歎世態變化之大。牆東便是佳人的傷心之地，入夜秋螢在那裏飛來飛去。

【研　析】此首前二句仍是摹寫之辭。「牆東」即佳人行哭之所，所以用「夜夜秋螢」形容佳人的傷心欲絕。雖是虛寫，卻不妨為神來之筆。

禹錫此詩，是傷悼元衡之非命而死？還是借「靖安佳人」之哀怨以書其「快意」？蓋王叔文執政時，禹錫與元衡有宿怨；禹錫坐王叔文黨被貶，及元和十年召還，旋又遠貶，似皆與元衡銜舊怨有關。於是對此詩不由人不作他想。宋人葛立方、蔡居厚、朱熹、魏了翁皆以為「禹錫為〈靖安佳人怨〉以悼元衡之死，其實蓋快之。」（《苕溪漁隱叢話前集》卷二一引《蔡寬夫詩話》）劉克莊則具體說「昨夜畫堂歌舞人」之句「似傷于薄」。仔細推敲禹錫此詩及引，以上說法不為無因。「引」所謂「初，公為郎，余為御史……今守於遠服，賤不可以為誅」，語含譏諷，非出於誠。至於「昨夜華堂歌舞人」、「路人彈指望高臺」云云，不但傷於薄，且「快意」之情隱然其中矣。其時正當憲宗淮西用兵之際，而力主用兵、為憲宗股肱者，舉朝唯元衡與裴度。事各有曲直而怨亦有淺深，元衡横死於強藩刺客之手，以風人忠厚之教論之，禹錫實不當為此詩。按，柳宗元在柳州，有〈古東門行〉，亦詠武元衡事，詩云「當街一叱百吏走，馮敬胸中函匕首」；劉克莊《後村詩話》卷二：「子厚〈古東門行〉、夢得〈靖安佳人〉，恐皆為武相元衡作也。柳云……猶有嫉惡憫忠之意。」

敬酬徹公見寄二首

【題解】元和十一年（西元八一六年）作於連州。徹公，即僧人靈澈。澈一作徹。靈澈俗姓湯，字源澄，會稽（今浙江紹興）人，幼出家於雲門寺，大曆間以能詩聞名於江南，與詩僧皎然遊，多有唱和。貞元間，靈澈在長安，與劉、柳、韓泰、呂溫等往還，關係密切。元和十一年卒於宣州開元寺，年七十一。此詩或作於靈澈卒前。靈澈寄禹錫詩今不存。澈有《澈上人文集》十卷，禹錫為之作序，可參見。

其一

淒涼沃州僧❶，憔悴柴桑宰❷。別來二十年❸，唯餘兩心在。

【注釋】❶沃州僧　指靈澈。沃州，山名，在今浙江新昌東。晉時僧人支遁（道林）等嘗居於沃州山中。此借指靈澈。❷柴桑宰　禹錫自指。柴桑，縣名，即今江西九江市。晉時人劉程之曾為柴桑令，後隱居廬山西林，自號遺民。陶淵明有〈酬劉柴桑〉詩。此以柴桑代連州。❸二十年　約數。自貞元九、十年至元和十一年，約為二十年。

【語　譯】您是晚境淒涼的沃州老僧人，我是憔悴的柴桑縣宰。別後已經二十年，你我所有的唯兩顆互相牽掛的心。

【研　析】末二句說得平平，然其中含有無限淒楚。

其二

越江千里鏡，越嶺四時雪❶。中有逍遙人，夜深觀水月。

【注　釋】❶越江千里鏡二句　分指今浙東水、山。

【語　譯】越地江水清澈如鏡，越地高山四時積雪不化。其中有逍遙自在人，夜深觀水中倒映之月。

【研　析】末聯似寓有禪理。「水月」明淨，又常常用來形容僧人品格清奇，如李白〈贈宣州靈源寺仲濬公〉：

「觀心同水月，解領得明珠。」

兩首五絕，上聯皆對偶，下聯在似對未對之間，是一種變體。

衢州徐員外使君遺以縞紵兼竹書箱因成一篇用答佳貺

按此郡本自婺州析置，徐自台州遷

【題　解】元和十一、十二年作於連州。衢州，本婺州信安縣，唐武德四年，於新安縣置衢州。今屬浙江。徐員外為徐放。《元和姓纂》卷二「諸郡徐氏」：「放，屯田員外郎，台州刺史。」韓愈〈衢州徐偃王廟碑〉：「開元初，徐姓二人相屬為刺史……後九十年，當元和九年，而徐氏放復為刺史。放字達夫。」韓愈碑文作於元和十年，而放贈禹錫以縞紵、竹書箱，當在十一年。縞紵，麻織品。貺，贈與。

爛柯山❶下舊仙郎❷，列宿來添婺女光❸。遠放歌聲分〈白紵〉❹，知傳家學與青箱❺。水朝滄海何時去❻？蘭在幽林亦自芳。聞道天台有遺愛❼，人將琪樹❽比甘棠❾。

【注釋】❶爛柯山　又名石室山，在衢州。梁任昉《述異記》卷上：「信安郡石室山，晉時王質伐木，至，見童子數人，棋而歡，質因聽之。童子以一物與質，如棗核，質含之，不覺饑。俄頃，童子謂曰：『何不去？』質起，視斧柯爛盡，既歸，無復時人。」❷仙郎　指徐放。徐放原為屯田員外郎，唐人習稱尚書省各部郎中、員外郎為仙郎。❸列宿來添婺女光　謂徐放自京師南來為台、衢二州刺史。列宿，星宿，義同「仙郎」。婺女，即女宿，星宿名，二十八宿之一。《文選・左思・吳都賦》：「婺女寄其曜，翼軫寓其精。」李善注：「《漢書》：『越地，婺女之分野。』」❹白紵　舞曲名。此處切徐放所贈縞紵。《呂氏春秋・察賢》：「宓子賤（孔子弟子）治單父，彈鳴琴，身不下堂而單父治。」故此處白紵又切徐放治台、衢二州有善政。❺青箱　書箱。舊時稱能以史學傳家的人家為「青箱家」，此處既切徐放所贈之書箱，又喻徐氏家學淵源。❻水朝滄海何時去　用《尚書・禹貢》「江漢朝宗於海」句意，喻徐放久在外不得歸朝。❼聞道天台有遺愛　謂徐放在台州、衢州有善政。天台，山名，在今浙江天台北。此處代指台、衢二州。❽琪樹　仙境中的玉樹。《文選・孫綽・天台山賦》：「琪樹璀璨而垂珠。」呂延濟注：「琪樹，玉樹。」❾甘棠　用燕召公有遺愛於民事，屢見前注。

【語譯】爛柯山下的舊郎官，打從京城來到衢州。贈我縞紵似可聞〈白紵〉舞曲，為傳家學再贈我以書箱。水流朝宗不知您何時能回到京師？幽蘭雖然處在深林仍不失其芬芳。聽說您在台、衢二州甚有遺愛，百姓將天台山的琪樹比作甘棠。

【研析】徐放不遠千里贈禹錫以縞紵、竹書箱，其情感人。禹錫贈詩作為回報，用「白紵」、「青箱」典，既切所贈之物，又美其人之政，讚其人之學，甚妙。

插田歌　并引

【題解】元和十二年作於連州。全詩用通俗的語言寫連州農民的插田（插秧）勞動、以及勞作時唱歌自娛等情景。詩中對州小吏與田夫對話的描寫，詼諧而不乏善意的諷刺，如聞其聲，如見其貌。

連州城下，俯接村墟，偶登郡樓，適有所感，遂書其事為俚歌❶，以俟采詩者。

岡頭花草齊，燕子東西飛。田塍❷望如線，白水光參差❸。農婦白紵❹裙，農父綠蓑衣。齊唱田中歌，嚶儜❺如〈竹枝〉❻。但聞怨響音❼，不辨俚語詞。時時一大笑，此必相嘲嗤。水平苗漠漠❽，煙火生墟落。黃犬往復還，赤雞鳴且啄。路旁誰家郎，烏帽❾衫袖長。自言上計吏❿，年初離帝鄉。田夫語計吏，君家儂定諳⓫。一來長安道，眼大不相參⓬。計吏笑致辭，長安真大處。省門⓭高軻峨⓮，儂入無度數⓯。昨來補衛士⓰，唯用筒竹布⓱。君看二三年，我作官人⓲去。

【注釋】❶俚歌　民間歌謠。❷田塍　田埂。❸光參差　形容水田波光蕩漾浮動。❹白紵　白麻布。❺嚶儜　曲調奇特難懂。❻竹枝　即〈竹枝詞〉，巴渝一帶民歌。❼怨響音　哀怨而高亢的歌聲。❽苗漠漠　秧苗平整廣佈的樣子。❾烏帽　即烏紗帽。晉以前烏紗帽為官員之帽，至唐時吏民皆可戴。宋以後又為官帽。❿上計吏　地方官派往京城接洽公務的小吏。

⓫君家儂定諳　猶言你家的景況我很熟悉。⓬眼大不相參　猶言目中無人。不相參，不相識；不相認。⓭省門　指京城中書省、門下省、尚書省等。此處泛指京城衙門。⓮軻峨　高聳的樣子。⓯無度數　許多次；不計其數。⓰衛士　指衛戍京城或禁苑的禁軍。⓱筒竹布　又稱筒中布、筒布，古代細布的一種，因多捲作筒形，故名。⓲官人　官吏。此指衛士。

【語　譯】連州城下，與民間村落相接。我偶然登郡樓，適有所感觸，於是書其事為民謠，以等待收集民謠的人采入。土岡上長滿了花草，燕子東西來回飛翔。田埂望去筆直如線，白水在陽光下閃爍不定。農婦穿著白麻布裙，農夫身披綠色的蓑衣。他們齊聲唱著當地歌謠，曲調奇特難懂如巴渝〈竹枝詞〉。只能聽到哀怨高亢的歌聲，卻不能分辨方言歌辭。只見他們時不時開懷大笑，必然是互相在嘲誚。平展展的水面上秧苗平整地鋪開，炊煙在村落飄起。黃犬跑來跑去，紅公雞邊啼邊啄。路旁來了一位誰家的年輕人，頭戴烏帽身穿長袖衣。自稱是州裏的上計吏，年初剛從長安歸來。田夫對計吏講：你家的景況我很清楚，怎麼一去長安就目中無人。計吏笑著對農夫說：長安真是個大去處，衙門高大巍峨，我出入不知有多少次。近來京城要補充近衛軍士，只收穿得起筒布的富家人。你看著吧，兩三年間，我就做官去了。

【研　析】這首詩分三截。開頭至「此必相嘲嗤」為第一截，寫農民的插田勞動和唱歌娛樂。自「水平苗漠漠」至「赤雞鳴且啄」四句為第二截，是個過渡，從和順熙穆的勞作場面過渡到計吏與農夫的對話。此下是第三截。計吏與農夫的對話很有意思，頗具諧趣意味。計吏自然是個淺薄的青年，但他對長安、對「官人」的嚮往，正是其時農村一部分富裕戶子弟或浮浪子弟不願意由讀書考進士而另闢蹊徑求功名的反映。他也不乏其天真、質樸的一面：田夫譏誚他，說他「一來長安道，眼大不相參」，他聽不出其中含著譏誚，反而「笑致辭」，讓人對他的「不識好歹」忍俊不禁。

明鍾惺云：「風土詩必身至其地，始知其妙，然使未至者讀之，茫然不曉何語，亦是口頭、筆下不能運用之過。」（《唐詩歸》）說得極是。禹錫此詩的妙處在於即使讀者未「身至其地」，亦能感受到它的「俚」而妙，不致於「茫然不曉」。韓愈貶潮，途經昌樂瀧，作〈瀧吏〉，寫其與「瀧吏」問答，亦多用口語，夾雜俚語方言，與禹錫此篇各臻妙境。

元日感懷

【題　解】元和間作於連州。元日，舊曆正月初一。詩感慨其謫居湘南的孤獨寂寥。

振蟄❶春潛至，湘南人❷未歸。身加一日長❸，心覺去年非❹。燎火❺委虛燼，兒童炫彩衣❻。異鄉無舊識，車馬到門稀。

【注　釋】❶振蟄　冬眠之蟲振翅，謂春日至。《禮記・月令・孟春之月》：「東風解凍，蟄蟲始振。」❷湘南人　作者自指。連州在湘水以南。❸身加一日長　謂新年來到，又增一歲。❹心覺去年非　感覺到往日的不是。此處是慨歎人生遭遇。語出陶淵明〈歸去來辭〉：「覺今是而昨非」。❺燎火　除夕夜所燃火炬。❻兒童炫彩衣　新年兒童皆著新衣。

【語　譯】蟄伏的蟲子振翅，春天不覺間來到，謫居湘南的我卻不能歸。年歲增長了一歲，覺今是而昨非。除夕夜的燎火已成灰燼，兒童炫耀著他們的新衣。異鄉沒有舊相識，門前車馬少而稀。

【研　析】元日是一年之始，傳統節日中最具歡慶意義的一天。然而人過中年之後，元日卻又最能觸動身世之感。此詩即將元日的兩種氣氛摻雜在一起寫。如首聯，一句寫春日來臨，一句寫人未歸；次聯，一句寫人增壽，一句寫今是而昨非；三聯，一句寫燎火成為灰燼，一句寫兒童炫耀彩衣……直到末聯才總寫兩句「異鄉無舊識，車馬到門稀」。詩人有意如此安排，讀來有如五味之雜陳。

南中書來

【題解】元和間作於連州。詩寫謫居異域思鄉之苦。

君書問風俗，此地接炎州❶。淫祀❷多青鬼❸，居人少白頭❹。旅情偏在夜，
鄉思豈唯秋？每羨朝宗❺水，門前盡日流。

【注釋】❶炎州　泛指南方炎熱地方。❷淫祀　不合禮制的祭祀、妄濫之祀。❸青鬼　佛家語，青色的鬼，在地獄呵責罪人者。此處泛指南人濫祀之鬼。❹居人少白頭　謂居人多短命而死。❺朝宗　古代諸侯春、夏朝見天子。後泛指臣下朝見帝王。此處比喻小水流注大水。《尚書・禹貢》：「江漢朝宗於海。」孔穎達疏：「朝宗是人事之名……以海水大而江漢小，以小就大，似諸侯歸於天子，假人事而言之也。」

【語譯】君有書來問連州風俗，此地與炎熱的南方接壤。民間祭祀的多是無名堂的青鬼，居人短壽，少有活到白頭的。人與羈旅之情多在夜晚，而家鄉之思豈僅在秋日？每每羨慕流向大海的水，在我門前整日流個不住。

【研析】因友人來書詢問連州風俗而觸發謫居感慨。唐時嶺南一帶被視為「百越」之族，不但地處僻遠，且文化禮儀風俗習慣與中原迥異。貞元間，韓愈貶陽山令（陽山唐時屬連州）時有〈送區冊序〉一文，云：「陽山，天下之窮處也……縣郭無居民，……小吏十餘家，皆鳥言夷面。始至，言語不通，畫地為字，然後可告以租賦，奉期約。」地處僻遠尚在其次，文化風習的差異是最令人難堪的。此詩應是「以詩代書」——用詩的形式回答友人。一句「此地接炎州」、一句「淫祀多青鬼」就等於告訴了友人全部。朗州與連州大抵相似，十數年無親無故連續處在這樣的環境，對詩人的心理是很大的折磨。

觀棋歌送儇師西遊

【題解】元和間作於連州。儇師，據詩，為東林寺僧人，工弈棋，餘不詳。儇師逗留連州後將西遊長安，禹錫為此詩相送。

長沙男子東林師❶，閑讀藝經❷工弈棋。有時凝思如入定❸，暗覆❹一局誰能知。今年訪予來小桂❺，方袍袖中貯新勢❻。山城❼無事愁日長，白晝懵懵眠匡床❽。因君臨局看鬥智，不覺遲景❾沉西牆。自從山人遇樵子❿，直到開元王長史⓫。前身後身⓬付餘習⓭，百變千化無窮已。初疑磊落曙天星，次見搏擊三秋兵⓮。雁行布陣⓯眾未曉，虎穴得子⓰人皆驚。行盡三湘⓱不逢敵，終日饒人⓲損機格⓳。自言臺閣⓴有知音，悠然遠起西遊心。商山㉑夏木陰寂寂，好處徘徊駐飛錫㉒。忽思爭道㉓畫平沙㉔，獨笑無言心有適。藹藹㉕京城在九天，貴遊豪士足華筵。此時一行出人意㉖，賭取聲名不要錢。

【注釋】❶東林師　東林寺僧。東林寺在廬山。❷藝經　此指棋經。❸入定　僧人凝神打坐，心神處於靜止狀態。❹暗覆　一局棋結束之後，對弈雙方為推究棋局重新排佈棋子稱作覆局。強記並精於棋藝者可以默記全局，在心中覆局，稱作暗覆。❺小桂　指桂陽，即連州。唐時連州治桂陽。❻新勢　新的佈局。❼山城　指連州。❽匡床　方正的床。❾遲景　長晝。景，同「影」。❿山人遇樵子　《淵鑒類函》卷二一九引《文苑匯雋》：「黎州《圖經》云：有人駕牛采樵，入蒙秦山，見二老人弈棋，其人繫牛坐斧而觀。局未終，老人謂曰：『非汝久留之所。』樵起而斧柯已爛，牛已為灰矣。」⓫開元王長史　王長史，謂王積薪，天寶中為右領軍衛長史。王積薪博藝多能，嘗以棋待詔翰林。《淵鑒類函》同卷引《天中記》：「翰林棋者王積薪，從明皇幸蜀，寓俗深溪之家，但有婦姑，止給水火。纔暝闔戶，積薪夜聞姑謂婦曰：「良宵無以為適，與子手談，可乎？」掌內無燭，婦姑各在東西室對談。已而姑曰：「子已北矣，吾止勝九枰耳。」遲明，王具禮請問，出局，盡平生之好。布子未及數十，姑謂婦曰：「是子可教以常勢。」因指示攻守殺奪救應防拒之法，其意甚略，曰：「此已無敵人間矣。」謝而別，回顧，失向之室矣。」⑫前身後身　佛家語，猶言前世後世。佛教謂轉世之身為後身。⑬餘習　無法去掉的舊習。此指圍棋。⑭初疑磊落曙天星二句　喻圍棋落子。圍棋起始，棋枰落子稀少，故云「曙天星」；進入中局後，棋枰落子漸多，故云「三秋兵」。⑮雁行布陣　形容棋形。《淵鑒類函》同卷引《山堂肆考》云：「晉潘茂名，永嘉中入山，逢二道士弈棋，立觀久之。道士顧謂曰：「子亦愛此否？」答曰：「入猶蛇竇，出似雁行。」道士笑可其說。」⑯虎穴得子　喻行棋在搏殺中得對方一子。⑰三湘　泛指今湘江及洞庭湖一帶。⑱饒人　圍棋術語，即讓子、讓先（讓對方先落子）之意。⑲損機格　損傷棋藝。機格，規格；格式。此處指棋藝水準。⑳臺閣　中央官署。㉑商山　秦嶺在今陝西商洛的一段。㉒駐飛錫　停歇。飛錫，佛家語，謂僧人遊方。錫，指僧人所持的禪杖。其制：杖頭有一鐵卷，中段用木，下安鐵纂，振時作聲。㉓爭道　圍棋術語，謂行棋時爭搶有利位置。㉔畫平沙　在沙地上畫棋局。㉕藹藹　雲煙密集的樣子。此處形容長安城人煙稠密。㉖出人意　意謂儇師棋藝必然出人意料之外。

【語譯】儇師是長沙男子東林寺僧人，閒暇時熟讀棋經工於圍棋。有時凝神思慮如入定，心中暗覆一局棋誰能知曉。今年訪我來到桂陽，方袍寬袖定然藏著新的招數。山城無聊正愁日長，白晝昏昏沉睡在方床。因儇師到來臨局下棋互相鬥智，時間飛快不覺日影沉下西牆。從傳說中那位樵夫山中遇見的神仙，直到開元年間棋待詔的王長史。他們如同前世後世一般都醉心於圍棋，使棋局百變千化沒有盡頭。一局初始，落子好似曙天的星辰，一會兒就好像兩軍對陣三秋點兵。棋勢忽而像雁行佈陣令旁觀者不能知曉，搏殺當中贏得一子如同虎穴得子驚煞觀者。行盡三湘儇師未遇到敵手，每每落子讓人也損傷了自己的技藝。自言京城必然有知音，悠然起了西遊長安之心。途經商山夏日林木陰陰好景致，要在此處徘徊休整停腳步。忽思爭道相持不下，平沙上畫棋局仔細推算，心有所會即獨笑無言。長安人煙稠密好似在九天，豐盛的筵席上是眾多的貴遊豪士。長安此行必能憑藉棋藝出人意料，賭取聲名並不在乎金錢。

【研　析】唐人賦棋之詩甚多，此首可謂得圍棋之理及趣。如「初疑磊落曙天星，次見搏擊三秋兵」等，非精於此道者不能言。

平蔡州三首

【題　解】元和十二年冬作於連州。蔡州即今河南汝陽，唐時為淮西節度使治所。元和九年，淮西（又稱彰義軍）節度使吳少陽死，其子吳元濟匿喪，自為留後，四出焚掠，旋自立為節度使，據蔡州叛。憲宗發兵討之，久不能勝，而賊勢益熾。元和十二年七月，憲宗以丞相裴度兼彰義軍節度使，十月，裴度用李愬計，夜襲蔡州，擒吳元濟，蔡州平。禹錫遠在連州，聞蔡州大捷，喜極，為此詩。

其一

蔡州城中眾心死❶，祅星❷夜落照壕水。漢家飛將❸下天來，馬箠一揮門洞開❹。賊徒崩騰❺望旗拜，有若群蟄❻驚春雷。狂童面縛登檻車❼，大帛夭矯垂捷書❽。相公❾從容來鎮撫❿，常侍⓫郊迎負文弩⓬。四人歸業閭里閑⓭，小兒跳踉⓮健兒⓯舞。

【注　釋】❶眾心死　謂蔡州叛軍人心渙散。❷祅星　即妖星。祅，同「妖」。古人以彗星為妖星，彗星隕落預示災禍降臨。此謂吳元濟已臨窮途末路。❸漢家飛將　漢時，李廣被匈奴人號為「飛將軍」。此指李愬。❹馬箠一揮門洞開　謂李愬乘吳元濟不備夜襲蔡州。《資治通鑑．唐紀》卷二四〇，憲宗元和十二年略云：「（十月）辛未，李愬將三千人為中軍，命田進誠將三千人殿其後。諸將請所之，愬曰：『入蔡州取吳元濟！』夜半，雪愈甚，行七十里，至州城。自吳少誠拒命，官軍不至城下三十餘年，故蔡人不為備。壬申，四鼓，愬至城下，無一人知者。愬命李祐、李忠義钁其城，為坎以先登，壯士從之。守門卒方熟睡，盡殺之，而留擊柝者，使擊柝如故。遂開門納眾，及裏城，亦然，城中皆不之覺。雞鳴，雪止，愬入居元濟外宅。或告元濟官軍至、城陷，元濟不之信。」馬箠，馬鞭。❺崩騰　形容叛軍投降瓦解之快。❻群蟄　蟄伏之動物。❼狂童面縛登檻車　謂李愬軍生擒吳元濟。據《資治通鑑》同卷，李愬軍攻入蔡州牙城，「元濟於城上請罪，軍士梯而下之，愬以檻車送元濟入京師。」狂童，輕狂頑劣的少年，此指吳元濟。元和十二年元濟被斬於京師，時年三十四歲。面縛，雙手反綁於背而面向前。檻車，押送囚犯的車。❽大帛夭矯垂捷書　謂蔡州大捷佈告天下。大帛，粗絲製成的厚帛，捷書張掛於其上。夭矯，縱恣貌。此指捷書隨風飄動。❾相公　指裴度。❿鎮撫　安撫。⓫常侍　即散騎常侍，尚書省官職名。此指李愬。時李愬檢校左散騎常侍兼鄧州刺史、隨鄧唐節度使之職隨軍討吳元濟。⓬負文弩　謂背負弓箭開路先行。為古代迎接貴賓之禮節。據《資治通鑑》同卷，蔡州平，「裴度將降卒萬餘人入城，李愬具櫜鞬（箭囊）出迎，拜於道左。」文弩，有文飾的弓弩。⓭四人歸業閭里閑　謂士、農、工、商各安其業，不再受戰爭紛擾。四人，即四民。唐時稱士、農、工、商為四民，又避太宗諱為四人。閑，安閒，謂不再受戰爭紛擾。⓮跳踉　跳躍，欣喜貌。⓯健兒　指唐政府兵士。

【語　譯】蔡州城中軍心渙散，災星降落照見了城壕之水。漢家飛將從天而降，馬鞭一揮蔡州城門就洞然大開。叛軍迅速瓦解望旗而拜，有如冬眠的動物聽到了春雷。頑劣的小子當面受縛登上囚車，大帛上張掛著飄動的捷報。相公從容地進城撫慰，將軍負弩前驅迎候在城郊。四民各安其業歸於閭里，小孩高興地跳躍，兵卒也歡欣舞蹈。

【研　析】安史亂後，困擾唐朝政府最大的事端，就是藩鎮割據。強藩擁兵自重，根本不把朝廷放在眼裏。肅、代、德、順宗四朝，與藩鎮姑息者多，敢於興兵討叛者少。憲宗元和年間發生的平定蔡州叛亂這一場戰爭，在整個中晚唐都難得一見，憲宗一朝以是有「中興」之譽。遠在連州的劉禹錫歷來關心時局，由衷地為朝廷取得平叛戰爭感到高興，寫詩歌頌。此首主要寫平蔡一戰的經過。拖延了四年的平蔡之戰因李愬的雪夜奇襲而大獲全勝，所以此詩也寫得夭矯突兀，筆勢崢嶸，「漢家飛將下天來」四句，尤顯得語句警拔。

其二

汝南❶晨雞喔喔鳴，城頭鼓角❷音和平。路傍老人憶舊事，相與感激皆涕零。
老人收泣❸前致辭，官軍入城人不知。忽驚元和十二載，重見天寶❹承平時。

【注釋】❶汝南　即蔡州。隋大業二年改蔡州為汝南郡，唐初復置豫州，代宗初仍為蔡州。❷鼓角　鼓和角，古時軍隊用以報時或發出號令。杜甫〈閣夜〉：「五更鼓角聲悲壯，三峽星河影動搖。」即是。❸收泣　止住哭泣。❹天寶　唐玄宗年號。天寶十五載（西元七五五年），安祿山反。

【語譯】汝南城的清晨，雄雞喔喔啼叫，城頭的鼓角聲和平安定。路旁的老人們回憶起往年舊事，相與感激不禁喜極而泣。老人止住哭泣說道：如此惡戰，官軍入城百姓竟然毫無知覺。令人驚訝元和十二載，似乎回到了天寶天下太平時。

【研析】此首承上寫平定後的蔡州。蔡州平定後第一個早晨在晨雞啼鳴中開始，安定祥和之意立見。城頭鼓角如往常那樣響起，然而平和的鼓角聲不過報時而已，既非警報，亦非軍中號令。這令蔡州老人感激不已，恍惚數十年不見如此光景了。這首詩語句平和，如城頭鼓角一樣，不故作警拔之語，而多側面的映襯。如作者借道旁老人之口，說出了百姓對割據戰爭的厭惡，對和平的期盼，然作者於「元和」、「天寶」兩個年號的轉換之間，將他對天寶末年（安史之亂）以後政局衰頹的強烈感慨已一寓其中。

其三

九衢❶車馬渾渾❷流，使臣來獻淮西囚❸。四夷❹聞風失匕箸❺，天子受賀登
高樓。妖童❻擢髮不足數❼，血汙城西一抔土❽。南峰無火❾楚澤閑❿，夜行不鎖
穆陵關⓫。策動⓬禮畢天下泰，猛士按劍看常山⓭。時唯常山不庭。

【注釋】❶九衢　指長安大道。❷渾渾　音義俱同「滾滾」，水流盛大的樣子。此形容車水馬龍往來如流水。❸淮西囚　指吳元濟。李愬擒吳元濟，以檻車送元濟入京師。❹四夷　泛指四方抗命的藩鎮。❺失匕箸　驚惶失措的樣子。匕箸，食具，羹匙與筷子。人受驚時，羹匙、筷子失手落地。《三國志・蜀書・先主傳》：「先主方食，失匕箸。」❻妖童　指吳元濟。妖，謂其邪惡。❼擢髮不足數　形容罪惡深重。❽血污城西一抔土　《舊唐書・憲宗紀》：「（元和十二年十一月）元濟至京，憲宗御興安門受俘，百僚樓前稱賀，乃獻廟社，徇於兩市，斬於獨柳樹。」獨柳樹，在長安西市。宋敏求《長安志》謂西市有獨柳，注云：「刑人之所。」《舊唐書・王涯傳》：「（大和九年，腰斬王涯）於子城西南隅獨柳樹下。」子城，謂皇城。子城西南隅，以其位置推之，約在西市東門外。❾南峰無火　謂蔡州再無烽火之警。❿楚澤閑　謂南方一帶安靜無戰事。⓫穆陵關　有三處，此指位於今湖北麻城北一百里的穆（穆一作木）陵關。穆陵關與蔡州所屬光山縣相接。⓬策勳　指憲宗大封平定淮西功臣：裴度仍守本官（門下侍郎、同平章事），賜上柱國、晉國公，食邑三千戶；隨鄧唐節度使李愬檢校尚書左僕射、襄州刺史、上柱國，封涼國公；蔡州留後馬總檢校工部尚書、蔡州刺史、彰義軍節度使。其他平淮西文武將官，如韓弘、李光顏、韓愈等皆有封賞。⓭常山　郡名，即恒州，元和十五年又改鎮州，為成德軍節度使治所。

【語　譯】長安大道車如流水馬如龍，都來看蔡州使臣檻車送來的淮西囚徒。四方節鎮聞風喪膽，天子接受朝賀登上高樓。吳元濟罪孽深重擢髮不足數，獨柳樹下斬首血汙西市一抔土。從此南方蔡州一帶的烽候再無火警燃起，穆陵關即使夜行也不鎖閉關門。皇帝策勳淮西有功將帥，將士們磨礪兵器注視著未歸順的常山。

【研　析】此首寫吳元濟解至長安後景象。車馬滾滾，元濟授首，及天子受賀策勳等情節，雖出於想像，皆是寫實；至於「南峰無火」、關門大開等，則是禹錫對淮西平定後天下太平的期盼。「猛士按劍看常山」一句，禹錫特加注釋云：「時唯常山不庭。」是他對時局的憂慮。成德軍節度使王承宗元和十年反，憲宗發六道兵討王承宗，久無功，遂罷之。朝士多言「宜并力先取淮西，俟淮西平，乘其勝勢，回取恒冀」（《資治通鑑》卷二四〇），憲宗從之。至淮西平，元和十三年四月，王承宗懼，獻德、棣二州，朝廷原之。此是後話。

平齊行二首

【題解】元和十四年（西元八一九年）作於連州。十四年二月，反叛的淄青平盧節度使李師道授首，河南道淄青等十二州皆平，此詩歌頌之。

其一

胡塵昔起薊北門❶，河南❷地屬平盧軍❸。貂裘代馬❹繞東嶽❺，嶧陽孤桐❻削為角❼。地形十二❽虜意驕，恩澤含容❾歷四朝❿。魯人皆科⓫帶弓箭，齊人不復聞《簫韶》⓬。今朝天子聖神武⓭，手握玄符⓮平九土⓯。初哀狂童襲故事，文告不來方震怒⓰。去秋詔下誅東平⓱，官軍四合猶嬰城⓲。春來群烏噪且驚⓳，氣如壞山⓴隳其庭。牙門大將有劉生㉑，夜半射落欃槍星㉒。帳中虜血流滿地，門外三軍舞連臂㉓。驛騎函首㉔過黃河㉕，城中無賊天氣和。朝廷侍郎來慰撫㉖，耕夫滿野行人歌。

【注釋】❶胡塵昔起薊北門　謂天寶末年安史之亂。薊，即薊縣，故址在今北京市西南，唐時為幽州節度使治所。❷河南　唐十道（天寶間增為十五道）之一，約有今河南、山東黃河以南地區。❸平盧軍　指平盧節度使所領軍。平盧軍之置，在玄宗開元七年（西元七一九年），治營州（故址在今遼寧錦州西北）。肅宗上元二年（西元七六一年），平盧節度使侯希逸引兵保青州，授青密節度使，稱淄青平盧節度使，領淄（今山東淄博）、青（今山東青州）、齊（今山東濟南）、登（今山東蓬萊）、萊（今山東萊州）、鄆（今山東東平）、曹（今山東菏澤）、濮（故址在今河南鄄城北）數州，遂有河南之地。❹貂裘代馬　指北方軍人。代馬，代郡（今山西北部）所產之馬。❺東嶽　泰山。❻嶧陽孤桐　嶧陽所產之桐，為製琴良材。嶧陽，嶧山之南。嶧山一名鄒山，在今山東鄒縣南。《尚書．禹貢》：「嶧山之陽特生桐，中琴瑟。」❼角　古樂器名，出西北游牧民族，鳴角以示晨昏。軍中多用作軍號。❽地形十二　謂平盧地形險要。《史記・高祖本紀》：「秦，形勝之國，帶河山之險，縣（懸）隔千里，持戟百萬，秦得百二焉……夫齊，東有琅琊、即墨之饒，南有泰山之固，西有濁河之限，北有勃海之利，持戟百萬，縣（懸）隔千里之外，齊得十二焉。」裴駰《集解》引蘇林曰：「得百中之二焉。秦地險固，二萬人足當諸侯百萬人也。十二，得十中之二。」❾恩澤含容　謂朝廷寬容。❿四朝　指代、德、順、憲四朝。⓫科　分攤；分派。此處作硬性攤派解。⓬簫韶　相傳為舜時音樂。《尚書・益稷》：「〈簫韶〉九成，鳳凰來儀。」《論語・述而》：「子在齊聞〈韶〉，三月不知肉味。」⓭今朝天子聖神武　指唐憲宗。《舊唐書・憲宗紀》：元和十四年七月，「群臣上尊號曰元和聖文神武法天應道皇帝。」⓮玄符　天符；符命，謂上天降臨的瑞徵。⓯九土　九州。⓰初哀狂童襲故事二句　謂憲宗起初尚能容忍李師道，其後因李師道過於狂悖而發兵進討。狂童，輕狂頑劣的少年，此指李師道。師道為師古異母弟，時為密州刺史。元和元年（西元八〇六年）閏六月，平盧及淄青節度使李師古卒，其家奴秘不發喪，潛使迎師道於密州，奉其為節度副使。憲宗因蜀川劉辟事方擾，不能加兵於師道，元年七月，授師道淄青節度留後，權知鄆州事。元和十二年（西元八一七年）淮西平，師道恐懼，上表乞聽朝旨，請割三州並遣長子入侍宿衛，詔許之。既而師道表言軍情不諧，不獻三州及納質，元和十三年七月，下制罪狀李師道，令宣武、魏博、義成、武寧、横海兵共討之。故事，約定成俗的規矩。安史亂後，河北、河南一帶藩鎮父子或兄弟相繼承、不經朝廷認可幾成為慣例。⓱去秋詔下誅東平　謂元和十三年七月憲宗下詔進討李師道。東平，郡名，即鄆州。⓲嬰城　環圍城池。時唐數道兵進討淄青，對鄆城幾成合圍之勢。⓳群烏噪且驚　是凶兆。⓴壞山　山崩。形容氣勢大。㉑劉生　指劉悟。悟時為淄青兵馬使。㉒射落欃槍星　指劉悟生擒李師道。欃槍星，即彗星，喻戰爭、殺戮。兩《唐書・李師道傳》及《資治通鑑》卷二四〇載：唐大軍至，師道使劉悟將兵當魏博軍，敗。師道數令促戰，劉悟師未進。師道乃使奴召悟議事，悟知師道欲殺己，乃稱病不出，召諸將吏謀曰：「悟與公等皆被驅逐就死地，何如轉禍為福，殺其來使，以兵趣鄆州，立大功以求富貴?」眾皆曰：「善。」乃迎其使而斬之，使士皆飽食執兵，夜半聽鼓三聲絕，即行，人銜枚，馬縛口，遇行人執留之，人無知者。比至，子城已洞開，惟牙城拒守，俄知力不支，皆投弓於地。悟勒兵升廳事，使捕李師道等，皆斬之，函師道父子三首送田弘正（魏博節度使），弘正大喜，露布以聞。㉓連臂　手挽手，臂挽臂。為舞蹈的樣子。㉔函首　以木匣盛首級。㉕過黃河　時田弘正魏博之兵在黃河以北，鄆州在黃河以南，故須過黃河。㉖朝廷侍郎來慰撫　侍郎，指戶部侍郎楊於陵。《資治通鑑》卷二四〇：「（元和十四年二月）壬戌，田弘正捷奏至，乙丑，命戶部侍郎楊於陵為淄青宣撫使……上命楊於陵分李師道地。於陵按圖籍，視土地遠邇，計士馬眾寡，校倉庫虛實，分為三道，使之適均。」

【語　譯】天寶末，安史之亂起於薊北，河南之地隨之屬於平盧。貂裘代馬圍繞著東嶽泰山，嶧陽的桐材刻削為軍中的號角。齊地形勢險要使割據軍閥意氣驕橫，皇帝恩澤寬大容忍已歷四朝。魯人被迫帶起了弓箭，齊人不再聽到和平優美的〈簫韶〉音樂。今朝天子聖文神武，手握兵符平定天下九州。淄青父死子代已成慣例，出於哀矜之心皇帝寬容了李師道這個狂童，直到他違背文告朝廷才大為震怒。去秋皇帝下詔進討東平，官軍四面出兵如同合圍。鄆州春日有群烏驚飛齊噪凶兆顯現，官軍氣勢如山崩墮於鄆州之庭。牙門大將有劉悟，夜半起兵生擒李師道。帳中斬首叛逆血流滿地，帳外三軍戰士挽手歡呼跳躍。騎兵跨過黃河送去李師道首級，鄆州城中少了賊人天氣都顯得晴和。朝廷派來侍郎官撫慰淄青，耕夫滿野行人也愉快地唱起了歌。

【研　析】憲宗自即位以來，對割據河南、河北的藩鎮勢力屢有進討。就中以元和十二年的平定淮西和十四年平定淄青，在憲宗的「中興」事業上，最具重要意義。淮西平，河北、河南藩鎮互通聲氣、互為倚重的格局被打破；而李師道授首，淄青十二州分解為三，「自廣德（代宗年號）以來，垂六十年，藩鎮跋扈河南、北三十餘州，自除官吏，不供貢賦，自是盡遵朝廷約束。」（《資治通鑑》卷二四〇）憲宗這兩次大的戰役，禹錫皆有詩紀其事，熱情地對憲宗的平藩事業予以歌頌，充分反映了他對藩鎮割據的態度，對國家統一、和平的期盼。

其二

泰山沉寇❶六十年❷，旅祭❸不饗生愁煙。今逢聖君❹欲封禪❺，神使陰兵來助戰❻。妖氛掃盡河水清❼，日觀❽杲杲❾卿雲❿見。開元皇帝⓫東封⓬時，百神受職⓭爭奔馳。千鈞猛簴順流下，洪波涵淡浮熊羆⓮。侍臣燕公⓯秉文筆，玉檢⓰告天無愧詞。當今睿孫⑰承聖祖，嶽神⑱望幸河宗⑲舞。青門⑳大道屬車㉑塵，共待葳蕤翠華㉒舉。

【注釋】❶泰山沉寇　指淄青李師道。淄青初轄六州（後擴展至轄有十二州），泰山在其範圍之內。❷六十年　謂自代宗廣德至憲宗元和，淄青父子、兄弟相傳（李正己傳其子李納，納傳於其子師古、師道），不歸順朝廷已六十年。見前首研析引《資治通鑑》語。❸旅祭　祭泰山。❹聖君　指憲宗。❺封禪　古代君王祭天地的大典。在泰山上築土為壇，報天之功，稱封；在泰山下的梁父山上辟場祭地，報地之德，稱禪。見《史記・封禪書》。❻神使陰兵來助戰　謂李師道人神共嫉，泰山之神亦使神兵助朝廷。陰兵，神兵。❼河水清　古以「河（黃河）清」為天下太平的徵兆。❽日觀　泰山日觀峰。❾杲杲　日東升的樣子。❿卿雲　祥雲。⓫開元皇帝　指玄宗。開元為玄宗年號。⓬東封　開元十三年十月，玄宗東封泰山。見兩《唐書・玄宗紀》。⓭百神受職　謂天地山川百神皆受皇帝之封。⓮千鈞猛虡順流下二句　謂玄宗東封時猛士如雲順流而下。猛虡、熊羆，皆指護衛軍士。⓯燕公　指燕國公張說。張說封燕國公。玄宗東封時，張說為中書令，受命與右散騎常侍徐堅等撰《東封儀注》，張說又撰《封禪壇頌》。見《唐會要》卷八「郊議」。⓰玉檢　即玉牒。古代帝王封禪、郊祀的玉簡文書。《唐會要》卷八「郊議」：「又為玉冊，皆以金繩連編玉牒為之。每牒長一尺二寸，廣一寸二分，厚三分，刻玉填金為字。」《說文・木部》：「檢，書署也。」段玉裁注：「玉牒檢者，玉牒之玉函也，所謂玉檢也。」⓱睿孫　指憲宗。憲宗為玄宗五代孫。⓲嶽神　泰山之神。⓳河宗　河水之神。⓴青門　長安東門。色青，故稱。㉑屬車　皇帝隨行車輛。㉒翠華　帝王儀仗。

【語譯】泰山被強寇佔據已經六十年，不得享受帝王之祭令山神發愁。今逢聖君舉行封禪大典，泰山之神暗使神兵助戰滅了賊寇。妖氛掃盡河水變清，日觀峰上紅日冉冉東升出現五彩之雲。當年開元皇帝東封泰山時，天地百神爭先恐後皆得到皇帝之封。隨行護衛的猛士順流而下，河水洪波浮滿了熊羆之士。侍臣燕國公張說秉持文筆，玉檢文書告天地成功毫無愧詞。當今皇帝是開元皇帝之聖孫，泰山河水之神都期盼著帝王來臨。長安東門外車馬屯聚相隨，等候著皇帝儀仗隊伍出現。

【研析】因為淄青不庭已垂六十載，泰山在淄青範圍，故此首全從泰山封禪上說話。憲宗朝，並無封禪之事，然群臣有議論行封禪事者。禹錫遠在連州，亦為朝廷大局所感動，乃為此詩。

莫傜歌

【題解】元和間作於連州。莫傜，瑤族的古稱。傜或作猺、傜。《隋書・地理志下》：「長沙郡又雜有夷蜒，名曰莫傜，自云：『其先祖有功，常免傜役，故以為名。其男子但著白布褌衫，更無巾袴；其女子青布衫，斑布裙，通無鞋屩。婚嫁用鐵鈷鉧為聘財。』」

莫傜自生長，名字無符籍❶。市易❷雜鮫人❸，婚姻通木客❹。星居❺占泉眼，火種❻開山脊。夜渡千仞溪，含沙❼不能射。

【注釋】❶符籍　官府登記人戶的簿籍。❷市易　市場貿易。❸鮫人　神話傳說中的人魚。此處泛指海上以捕魚為生者。❹木客　傳說中居於深山的精怪，實際可能是久居深山的野人。《太平御覽》卷八八四引晉鄧德明《南康記》：「木客，頭面語聲亦不全異人，但手腳爪如鉤利，高巖絕峰然後居之。」此處指居於深山的人。❺星居　分散居住如天上星。❻火種　燒山墾田而種。參見長慶間詩〈畬田行〉。❼含沙　晉干寶《搜神記》卷一二：「漢光武中平中，有物處於江水，其名曰『蜮』，一曰『短狐』，能含沙射人。所中者則身體筋急，頭痛，發熱；劇者至死。」後以「含沙射影」比喻暗中誹謗中傷。

【語譯】莫傜自生自長，名字不在官府人戶的登記簿上。他們與海外漁人互通貿易，與深居山中的人互通婚姻。各佔水源分散居住，燒山墾田播種莊稼。深夜裏也能渡過千仞之溪，鬼蜮含沙永遠射不中他們。

【研析】禹錫所處的連州，是漢、傜雜居之處，從而使他對莫傜人的生活習性有所瞭解。末二句，或者有他自己的感慨在。

連州臘日觀莫猺獵西山

【題解】元和間作於連州。臘日，古時臘祭之日，漢以前以冬至後第三個戌日為臘日，後固定為農曆臘月初八日。此詩寫連州莫猺族狩獵場面。

海天殺氣薄❶，蠻軍❷部伍❸囂。林紅葉盡變，原黑草初燒。圍合繁鉦❹息，禽興❺大旆搖❻。張羅❼依道口，嗾❽犬上山腰。猜鷹❾屢奮迅，驚麏❿時踴跳⓫。瘴雲四面起，臘雪半空消。箭頭餘鵠血，鞍傍見雉翹。日暮還城邑，金笳發麗譙⓬。

【注釋】❶薄　逼近。❷蠻軍　此指莫猺族人。蓋少數民族狩獵活動皆集體出動，其部署有如軍隊。❸部伍　軍隊行列。❹鉦　樂器名，形似鐘而狹長，以物敲擊而鳴。❺禽興　鳥飛起。❻大旆搖　大旗揮動，以為信號。❼羅　捕鳥的網羅。❽嗾　指使獵犬發出的聲音。❾猜鷹　指獵鷹。鷹好猜，故云。❿麏　似鹿。⓫踴跳　畏縮跳躍。⓬麗譙　華麗的高樓。此指城樓。

【語譯】自海天而來的殺氣迫近，莫猺狩獵人的隊伍大聲喧譁。林葉經霜全都變了顏色，秋草燒過原野一片焦黑。合圍的鉦聲停息下來，鳥兒飛起，大旗揮舞。網羅張在道口，指使獵犬奔上山腰。獵鷹屢屢起飛，受驚的麏瞬間畏縮跳躍。濃雲從四面而起，臘雪自半空而消。箭頭還帶有飛禽的血，馬鞍旁懸掛著獵獲的野雉。

日暮時分返回城池，城樓上傳來胡笳的聲音。

【研析】全詩從狩獵前的氣氛寫起，中間是狩獵的環境和狩獵的過程，末尾寫狩獵所獲及日暮歸來。時間、空間的界畫清楚，章法儼然。又騰出手以「瘴雲」點染連州，以「臘雪」照應題面，並暗起「日暮」，甚是得法。

海陽十詠　并引

【題解】元和間作於連州。海陽，即海陽湖，在連州。詳見「引」。

元次山❶始作海陽湖❷，後之人或立亭榭，率無指名，及予而大備。每疏鑿構置，必揣稱以標之，人咸曰有旨❸。異日，遷客❹裴侍御❺為〈十詠〉以示予，頗明麗而不虛美，因捃拾❻裴詩所未道者，從而和之。

吏隱❼亭

結構得奇勢，朱門交碧潯❽。外來始一望，寫❾盡平生心。日軒漾波影，月砌鏤松陰。幾度欲歸去，回眸情更深。

【注釋】❶元次山　即元結。《新唐書·元結傳》不載元結刺連州事。代宗永泰、大曆間，元結任道州刺史，道州與連州相鄰，或以為元結刺道州期間假攝連州，或是。禹錫〈吏隱亭述〉云：「海陽之名，自元先生。先生元結，有銘其碣。元維假符，予維左遷。」亦持此說。❷海陽湖　《方輿勝覽》卷三七「連州」：「海陽湖，在桂陽東北二里。唐大曆間，元結到此，創湖，通小舟遊泛。」按，唐時連州又稱桂陽郡。❸有旨　有意味。❹遷客　貶謫者。❺裴侍御　名字不詳。或是貶為連州州郡佐屬者，其〈海陽十詠〉今不存。❻捃拾　拾取。❼吏隱　猶言身雖為官吏而隱，與隱於山林者不同。❽碧潯　指海陽湖水。潯，水邊。❾寫　同「瀉」。

【語　譯】元次山始作海陽湖，後來的人或者立亭，或建高臺，但都沒有正式的名字。直到我來到連州，亭榭名字才具備。我每當疏鑿建造，必須揣摩其地勢位置才予以標出，大家都覺得名字起得有意味。有一日，貶謫此地的裴侍御寫了〈十詠〉出示於我，言辭頗為明麗而不虛美，我因此檢取裴詩沒有說及者，為〈海陽十詠〉和他。

吏隱亭結構頗得湖水奇勢，亭門直接與碧水相連接。出得門來四下一望，湖水流淌好似在宣洩我平生心事。白日亭影蕩漾在湖水中，夜晚月光砌下松樹的陰涼。幾度欲回轉歸去，又幾度回眸情意更深。

【研　析】亭名「吏隱」，委曲地傳達了禹錫在連州的心態。所謂「有旨」，全在於此。「日軒」二句，頗見雕鏤之工。

切雲❶亭

迥破林煙出，俯窺石潭空。波搖杏梁❷日，松韻❸碧窗風。隔水生別島，帶
橋如斷虹。九疑南面❹事，盡入寸眸❺中。

【注　釋】❶切雲　形容其高。《楚辭·九章·涉江》：「冠切雲之崔嵬。」❷杏梁　以文杏為梁。文杏即銀杏，俗稱白果樹。木質紋理堅密，是建築和手工業的高級用材。司馬相如〈長門賦〉：「刻木蘭以為榱兮，飾文杏以為梁。」王維《輞川集·文杏館》：「文杏以為梁。」❸松韻　形容松濤聲。❹九疑南面　指舜南巡葬於九疑山事。九疑，山名，在今湖南寧遠

南。《山海經・海內經》：「南方蒼梧之丘，蒼梧之淵，其中有九嶷山，舜之所葬，在長沙零陵界中。」郭璞注：「其山九谿皆相似，故云『九疑』。」❺寸眸　眼。《文選・左思・魏都賦》：「八極可圍於寸眸，萬物可齊於一朝。」李周翰注：「高臺遠視，八極之地可入於寸目。」

【語　譯】遠遠地從林間青靄中顯露出來，高高地俯瞰石潭清澈見底的水。水波中是搖動的日光和杏梁之亭，碧窗清風送來松濤的聲音。隔著湖面是另一個島嶼，飄帶一般的橋面好似一節彩虹。大舜所葬的九疑山，盡在一望之中。

【研　析】「切雲」形容亭位置之高，兼有屈辭「切雲之冠」的意思，這也是亭名「有旨」之處。因為亭高，整首詩都寫遠望中景色，末尾用「盡入寸眸中」收束全詩，很得體。

雲英❶潭

芳幄❷覆雲屏❸，石奩❹開碧鏡❺。支流❻日飛灑，深處自凝瑩❼。潛去不見跡，清音常滿聽。有時病朝酲❽，來此心神醒。

【注　釋】❶雲英　雲母的一種。❷芳幄　華美的帳幕。此處形容潭水周圍芳草叢生猶如華屋。❸雲屏　用雲母裝飾的屏風。此指雲英潭。❹奩　梳妝匣。❺碧鏡　形容潭水。❻支流　細流。此處指細微的瀑布水。❼凝瑩　形容潭水如凝固的碧玉。❽朝酲　宿酒未醒。

【語　譯】潭水如雲屏為叢生的芳草所覆蓋，又好像妝奩打開後的明鏡。細細的瀑水自高處飛灑，潭水深處如同凝固的碧玉。游魚潛入水中不見痕跡，水流的清音如樂聲充耳。每當宿酒未醒之時，來到此處心神即刻清醒。

【研　析】此首連用「雲屏」、「碧鏡」、「凝瑩」，極寫潭水的清澈。

玄覽❶亭

蕭灑青林際，夤緣❷碧潭隈❸。淙流冒石下，輕波逐砌迴。香風過人度，幽花覆水開。故今無四壁，清夜月光來。

【注釋】❶玄覽　遠見；深察。陸機〈文賦〉：「佇中區以玄覽，頤情志於典墳。」❷夤緣　連接。❸隈　山水彎曲處。

【語譯】從青青林木間蕭灑地挺立而出，連接著碧潭彎曲處。淙淙作響的水流由大石間冒出，輕波隨著砌石迴繞而回。香風陣陣拂面而來，幽花覆蓋在水面開放。亭子有意不設四壁，晴朗的夜晚好讓月光進來。

【研析】著意寫亭子環境之幽美。末二句有意思。

裴溪❶　時御史已遇新恩

楚客❷憶關中❸，疏溪❹想汾水❺。縈紆非一曲，意態如千里。倒影羅文❻動，微波笑顏起。君今賜環❼歸，何人承玉趾❽？

【注釋】❶裴溪　大約以裴御史命名者。題下注「時御史已遇新恩」，說明裴某將奉調回京，故以裴之姓名溪水。❷楚客　楚地之客。此指裴御史。❸關中　此指長安。❹疏溪　淺溪。❺汾水　在今山西。自山西北部南流，於河津入黃河。裴侍御或為河東人，故云。❻羅文　流水波紋。文，同「紋」。❼賜環　舊時放逐之臣，遇赦召還謂「賜環」。語本《荀子・大略》：「絕人以玦，反絕以環。」楊倞注：「古者臣有罪待放於境，三年不敢去，與之環則還，與之玦則絕，皆所以見意也。」按，環、還取其音同。❽玉趾　腳步。

【語　譯】楚地之人憶念關中，淺溪的水想流向汾水。溪水雖然縈回曲折，意態卻在千里之外。流水波紋使您的倒影晃動，微波好似您在喜笑顏開。蒙受君恩您將奉調回京，此後有誰承繼您的腳步與我同遊？

【研　析】裴侍御即將返回京城，為了紀念裴與自己的交情，故以其姓名溪。此詩既寫溪水，又寫裴侍御；寫裴侍御，除了恭賀，也含有對個人處境的憂心。

飛練❶瀑

晶晶❷擲岩端，潔光如可把❸。瓊枝❹曲不折，雪片晴猶下。石堅激清響，葉動承餘灑❺。前時明月中，見是銀河瀉。

【注　釋】❶飛練　形容瀑布如練。練，白色絲織品。❷晶晶　晶瑩貌。此形容瀑布水。❸把　把握；握住。❹瓊枝　形容瀑布水。❺餘灑　飛濺的瀑布水。

【語　譯】好似把晶瑩剔透的水投向岩端，潔淨光亮好似可以把握。又好似瓊枝曲而不折，晴日裏雪片在紛紛飄下。撞擊在堅硬的岩石上激起清澈的聲響，飛灑的水珠使樹葉顫動。此前曾在明月光下觀看瀑布，以為是銀河從天空瀉下。

【研　析】此首寫瀑布。詩用一連串的比喻形容瀑布水，形象而貼切。末二句插入月光下的瀑布水，為了回避李白詩句「疑是銀河落九天」，索性直截地說「見是銀河瀉」。

蒙池❶

濛渟❷幽壁下，深靜如無力。風起不成文，月來同一色。地靈草木腴❸，人遠煙霞逼。往往疑列仙，圍棋在岩側。

【注　釋】❶蒙池　水池為草木所覆蓋，故曰蒙池。❷瀠渟　水聚集不流的樣子。❸腴　豐盛。

【語　譯】池水聚集在岩壁下，深而平靜的池水一派無力的樣子。有風吹過它不起波紋，月光照耀下水光一色。地靈草木也顯得豐腴，遠離人家而靠近山林煙霞。我總是疑心有列仙，在山岩一側圍棋。

【研　析】此首寫池水之靜。用「無力」一詞形容蒙池環境的安靜，池水的平靜，別出心裁，賦予蒙池如「靜女」那樣的品性。

棼絲❶瀑

飛流透嵌隙❷，噴灑如絲棼。含暈迎初旭，翻光破夕曛❸。餘波繞石去，碎響隔溪聞。卻望瓊沙❹際，逶迤❺見脈分❻。

【注　釋】❶棼絲　頭緒多，錯雜如絲。此處形容瀑布水流細而紛亂如絲。❷嵌隙　岩石縫隙。❸夕曛　夕陽餘輝。❹瓊沙　如玉的白沙。❺逶迤　水流曲折的樣子。❻脈分　溪水分流。

【語　譯】瀑水飛流自岩縫中透出，紛亂噴灑如頭緒繁多的亂絲。初升的朝日使瀑水含暈，灑落的瀑水分解了落日光輝。溪水環繞大石流去，潺潺的水聲清晰可聞。又望見在流水白沙之間，曲折的水流分分合合向遠處流去。

【研　析】前四句寫「棼絲」般的瀑布，大不同於〈飛練瀑〉中瀑水。後四句寫瀑水落下後聲響及形態，細膩而有情致。

雙溪

流水繞雙島，碧溪相並深。浮花擁曲處，遠影落中心。閑鷺久獨立，曝龜❶驚復沉。蘋風❷有時起，滿谷〈簫韶〉❸音。

【注釋】❶曝龜　浮出水面曝曬的烏龜。❷蘋風　微風。語出宋玉〈風賦〉：「夫風生於地，起於青蘋之末。」❸簫韶　相傳為舜時音樂。此借代音樂。

【語譯】流水繞過了雙島，兩條碧水相並前行。繁茂的花木簇擁在流水曲處，青山的影子留在雙島中間。悠閒的鷺鳥久久獨立水邊，浮出水面的烏龜受驚又沉入水底。微風時而吹過，滿谷盡是動人的樂聲。

【研析】此首承前，所謂雙溪之水應該就是飛瀑流下的水，而所謂雙島，則應是溪水分流所形成。

月窟❶

濺濺❷漱幽石，注入團圓❸處。有如常滿杯，承彼清夜露。岩曲月斜照❹，林寒春晚煦❺。遊人不敢觸，恐有蛟龍護。

【注釋】❶月窟　傳說月的歸宿處。❷濺濺　亦作淺淺，水流聲。王維《輞川集・欒家瀨》：「颯颯秋雨中，淺淺石溜瀉。」❸團圓　形容月窟形狀。❹岩曲月斜照　因為山岩環曲，月光只能斜照而入。❺煦　溫暖。

【語譯】流水飛濺在幽石上，注入圓圓的月窟之中。好像滿滿的酒杯，接受了清夜的露水。月光透過環曲的山岩照進來，晚春的溫暖抵不住林中寒意。遊人皆不敢觸摸月窟之水，唯恐有蛟龍護衛著它。

【研　析】以「月窟」形容圓形潭水，非常形象。既以月窟命名，故此首多寫夜景。因為月夜幽昏，故「不敢觸」，而假設有蛟龍護衛，聯想得妙。

海陽湖為連州有文獻記載的名勝之一。日人河世寧《全唐詩逸》輯錄有無名氏〈海陽泉〉、〈海陽湖〉等詩。稍早於劉禹錫的呂溫亦有〈初發道州答崔三連州海陽亭見寄絕句〉詩。禹錫刺連州時，疏浚海陽湖，建樓臺亭閣，將湖與周圍山岩、瀑布、流溪、潭水連成一體，其本年所作〈海陽湖別浩初師·引〉云：「吳郡以山水冠世，海陽又以奇甲一州。」海陽湖明代尚有記載（見《永樂大典·連州殘卷》），至清時壅塞為田，亭閣俱廢。

盛唐王維經營輞川別業，為〈輞川集二十首〉，裴迪和之，傳為美談。嗣後為許多州刺史所仿，如韋處厚刺開州，築盛山，作〈盛山十二詩〉，張籍有和詩；劉伯芻為虢州，築三堂，作〈三堂新題二十一詠〉（詩已佚），韓愈有和詩。唯韋處厚、張籍、韓愈詩多仿王、裴〈輞川集〉，為五言絕句，而禹錫之〈十詠〉為五言八句，或律，或不律，承繼中有變化。

重至衡陽傷柳儀曹　并引

【題　解】元和十五年（西元八二〇年）冬作於衡陽。柳儀曹謂柳宗元。隋煬帝時改禮部員外郎為儀曹郎。柳宗元曾任禮部員外郎，故稱。柳宗元元和十四年十一月十八日卒於柳州。柳病危時草就遺書，向劉禹錫、韓愈等託以後事。而其時劉母病逝於連州，劉扶柩歸洛陽，至衡陽時，始獲知柳宗元凶耗，傷感之餘，為此詩。

元和乙未歲❶，與故人柳子厚臨湘水為別。柳浮舟適柳州，余登陸赴連州。後五年，余從故道出桂嶺，至前別處，而君沒於南中。因賦詩以投弔。

憶昨與故人，湘江岸頭別。我馬映林嘶，君帆轉山滅。馬嘶循故道❷，帆滅❸如流電。千里江蘺❹春，故人今不見。

【注釋】❶乙未歲　元和十年。❷故道　指當年與柳宗元一起經過的道路。❸帆滅　形容船行之疾。❹江蘺　香草名，又作「江離」。

【語譯】元和乙未歲，我與故人柳子厚臨湘水告別。柳乘舟往柳州，我登岸往連州。其後五年，我從故道出桂嶺，到從前分手處，而子厚卒於柳州。於是賦詩投水以弔。回憶不久前與故人，在湘江岸頭分別。我的馬在林邊嘶鳴，您的船帆轉過了山。我的馬嘶鳴沿著故道行走，您的船行極快，倏忽即看不見您的船帆。如今江蘺又一次逢春，卻再也見不到故人了。

【研析】人事真是難以逆料，劉、柳分手五年之後，柳竟成泉下之人。四年前與柳宗元分手與今日得到柳宗元凶耗之地皆在衡陽，時令皆在春時，難道天意如此？全詩皆從此立意。「君帆轉山滅」怨別去得快，「故人今不見」恨永無再見機會，只是兩相對比，從實寫來，自然沉痛無比。

長慶詩選

松滋渡望峽中

【題解】長慶二年（西元八二二年）春赴夔州刺史任途中作。松滋渡，長江上渡口，在今湖北枝江、松滋兩縣之間，西陵峽在其西北。詩寫遠望之中峽江景色，想像將要到達的夔州，感情深陷於沉重迷茫之中。

渡頭輕雨灑寒梅，雲際溶溶❶雪水來。夢渚❷草長迷楚望❸，夷陵❹土黑有秦灰❺。巴人淚應猿聲落❻，蜀客船從鳥道❼回。十二碧峰❽何處所？永安宮❾外是荒臺❿。

【注釋】❶溶溶　水盛大的樣子。❷夢渚　即雲夢澤，為古藪澤名，具體範圍已不詳，古代詩詞中常以雲夢澤泛指今湖北、湖南境內的湖泊。❸楚望　楚地山川。❹夷陵　唐縣名，為峽州治所，即今湖北宜昌。❺秦灰　秦滅楚時戰火毀壞後的灰燼。《史記・白起王翦列傳》：「白起攻楚……拔郢，燒夷陵。」❻巴人淚應猿聲落　《水經注・江水》：「每至晴初霜旦，林寒澗肅，常有高猿長嘯，屬引淒異，空谷傳響，哀轉久絕。故漁者歌曰：『巴東三峽巫峽長，猿鳴三聲淚沾裳。』」句用其意。另，杜甫〈秋興八首〉其二有「聽猿實下三聲淚」之句。❼鳥道　鳥才能飛過的道路。李白〈蜀道難〉：「西當太白有鳥道，可以橫絕峨眉巔。」此形容三峽水道之險。❽十二碧峰　指巫山十二峰。巫山群峰迭起，著者有十二峰。十二峰說法不一。宋祝穆《方輿勝覽》載十二峰為：望霞、翠屏、朝雲、松巒、集仙、聚鶴、淨壇、上升、起雲、飛鳳、登龍、聖泉。❾永安宮　漢末公孫述所築，蜀先主劉備崩於此，故名。故址在今重慶市奉節。❿荒臺　荒廢之臺。此指戰國時楚之陽臺，一名陽雲臺，故址在今重慶市巫山縣北陽臺山上，為楚襄王遊憩之地。

【語譯】渡頭一陣輕雨灑在寒梅花上，天外雲際滔滔而來的是冰雪融化的江水。雲夢澤草長彌望無際的是楚國的山川，夷陵尚有秦楚之戰毀壞後的灰燼。巴人淚水隨著哀哀的猿鳴而落下，蜀地估客船只從鳥道一般的峽中駛出。巫山十二碧峰都在哪裏？永安宮以外即是荒廢了的陽臺。

【研析】劉禹錫在洛陽丁母憂二年有餘（舊制：子女為父母服喪二十五個月），新的任命是與連州同樣荒僻的夔州（今重慶奉節）刺史。穆宗即位，改元後大赦天下，然而新皇帝仍舊未能顧及擯斥已久的劉禹錫等人。所以，夔州的任命雖未出禹錫意料之外，然而他的心情卻是沉重而迷茫的。這首七律即是他此種心情的反映。首聯是望中所見，「輕雨」、「寒梅」、「雪水」點出江南的春寒料峭。頷聯抒發懷古幽情，一個「迷」字，固然是對望中楚地山川無邊無際的「迷」，也是對個人前途不可揣度的迷茫。頸聯「巴人淚應猿聲落」二句，既借助古典，又借助今典（李、杜詩句），是對他沉重感情的進一步抒發。末聯由巫山「十二峰」自東向西逆推至「荒臺」，再至「永安宮」，歸到自己即將蒞職的夔州。永安宮、陽雲臺是灰色而沉重的兩個地名，故此整首詩的氣氛仍然是沉重的。

禹錫對「巴人淚應猿聲落」一聯相當欣賞。范攄《雲溪友議》卷中載：「中山劉公曰：『頃在夔州，少逢甯客，縱有停舟相訪，不可久留，而獨吟曰：巴人淚應猿聲落，蜀客舟從鳥道來。』」此聯的佳處是「自然感慨，盡從景得，所謂景中蘊情」（王夫之《唐詩評選》卷四）。其實這也是劉禹錫整首七律藝術上的共同特點，不過這一聯格外工致、渾然不露罷了。

始至雲安寄兵部韓侍郎中書白舍人二公近曾遠守故有屬焉

【題解】長慶二年春作於夔州。時禹錫初至夔州刺史任。雲安，即夔州。夔州曾稱雲安郡。兵部韓侍郎指韓愈。元和十四年，愈自貶地袁州（今江西宜春）返回長安，初任國子監祭酒，不久轉兵部侍郎。中書白舍人指白居易。元和十五年，居易自貶地忠州（今重慶忠縣）召回，任主客郎中，不久遷為知制誥、中書舍人。韓、白身居高位，漸近朝廷中樞，禹錫向韓、白自訴遠州刺史之苦，為此詩。

天外巴子國❶，山頭白帝城❷。波清蜀村盡，雲散楚臺❸傾。迅瀨下哮吼，兩岸勢爭衡❹。陰風鬼神過，暴雨蛟龍生。硤斷見孤邑❺，江流照飛甍❻。蠻軍❼擊嚴鼓❽，筰馬❾引雙旌❿。望闕遙拜舞⓫，分庭備將迎⓬。銅符一以合⓭，文墨紛來縈⓮。暮色四山起，愁猿數處聲。重關群吏散，靜室寒燈明。故人青霞意⓯，飛舞集蓬瀛⓰。昔曾在池籞⓱，應知魚鳥情⓲。

【注　釋】❶巴子國　古國名，其族主要分佈在今川東、鄂西一帶。傳說周以前居今甘肅南部，後遷武落鍾離山（今湖北長陽西北），以廩君為首領，稱廩君蠻；因以白虎為圖騰，又稱白虎夷或虎蠻。周初封為子國，稱巴子國。春秋時與楚、鄧等國交往頻繁。對鄂西、川東的開發有過重大貢獻。周慎靚王五年（西元前三一六年）併於秦，以其地為巴郡。其族人一支遷至今鄂東，東漢時稱江夏蠻，西晉、南北朝時稱五水蠻。一支遷至今湘西，構成武陵蠻或五溪蠻的一部分。留在今重慶境內的，部分稱板楯蠻。南北朝時更大量遷移，大都先後與漢族同化。一說與今湘西土家族有淵源關係。參閱常璩《華陽國志・巴志》。此處指夔州一帶。❷白帝城　古城名，故址在今重慶市奉節東瞿塘峽口高山上。酈道元《水經注・江水一》：「江水又東逕魚復縣故城南，故魚國也……公孫述名之為白帝，取其王色。」❸楚臺　指陽雲臺，見前篇注。❹兩岸勢爭衡　狀夔門夾江山勢，若相與爭持之狀。❺硤斷見孤邑　狀夔州孤立夔門之外景況。硤，同「峽」。孤邑，即夔州。按，長江三峽由西而東，為瞿塘峽、巫峽、西陵峽。瞿塘峽口即所謂夔門，山勢若斷，夔州州城孤立於夔門之西，故云。❻飛甍　屋簷。❼蠻軍　夔州軍隊。❽嚴鼓　急鼓；急促的鼓聲。《漢書・史丹傳》：「天子自臨軒檻上，隤銅丸以擿鼓，聲中嚴鼓之節。」顏師古注引晉灼曰：「疾擊之鼓也。」❾筰馬　巴地之馬。筰，古部族名，也稱筰都。漢代時多分佈於今四川及重慶市一帶。《漢書・枚乘傳》：「昔者，秦西舉胡戎之難，北備榆中之關，南距羌、筰之塞，東當六國之從。」顏師古注：「筰，西南夷也。」❿雙旌　唐刺史出行以兩面旗幡作為前導。⓫望闕遙拜舞　謂刺史望闕謝恩。闕，宮廷前有雙闕，置警衛。此以代帝都。⓬分庭備將迎　指夔州屬吏分庭迎接刺史到任。⓭銅符一以合　謂其到任。銅符，銅魚符，刺史信物。隋、唐時朝廷頒發的符信，雕木或鑄銅為魚形，刻書其上，剖而分執之，以備符合為憑信，謂之「魚符」，亦名魚契。此或指告身（古代授官的文憑）之類。⓮文墨紛來縈　謂始到任即有文案之類纏身。⓯青霞意　謂韓、白二人胸懷高遠。青霞，高遠。⓰蓬

瀛　蓬萊、瀛洲，傳說中仙山。此指宮廷。⑰池籞　養魚、鳥的場所。籞周圍有牆垣、籬落。《漢書・宣帝紀》：「（宣帝）又詔池籞未御幸者假與貧民。」顏師古注：「蘇林曰：『折竹以繩緜連禁禦，使人不得往來，律名為籞。』應劭曰：『池者，陂池也；籞者，禁苑也。』」此處以池籞借指韓、白曾為偏僻州郡刺史。⑱魚鳥情　禹錫自指。

【語　譯】巴子國遠在天外，白帝城就在山頭。江水清澈，蜀地村落稀落，浮雲散去，楚王舊臺荒廢傾塌。迅猛的江水發出吼叫之聲，兩岸山峰並立好似在爭衡。陰風怒吼鬼神從此處經過，暴雨降臨蛟龍有時出沒。山峽中斷處可見孤聳的城池，江流映照出房舍的屋簷。州郡駐軍擊起急促的鼓聲，巴地的軍馬引出一雙旌旗。朝廷任命的告身一經驗證，紛繁的文書立即堆案盈几。當暮色自四面山間湧出時，可以聽到淒厲的哀猿啼叫聲。州衙重門關閉州吏散去，寂靜的內室裏一盞孤燈亮起。故人皆有遠大的懷抱，得意地聚會於宮禁之中。你們都曾遠貶在異地州郡，想來一定能體會到我當前的心情。

【研　析】詩題「二公近曾遠守故有屬焉」一句，更像是作者的題下注，也揭示此詩主旨：欲求助於韓、白，因為韓、白皆有遠貶異地的經歷，較易引起同情之心。詩先寫夔州地勢，再寫到任情況，末數句「曲終奏雅」，說明寄詩本意。服滿之後，夔州的新任命令禹錫大失望。他前此與白居易交往不多；與韓愈的交往分兩段：元和以前頗有齟齬（參見永貞元年〈韓十八侍御見示岳陽樓別竇司直因令屬和重以自述故足成六十二韻〉詩及相關研析），元和十四年柳宗元去世使韓、劉開始解除誤會。現在韓、白身居高官，成為朝廷要員（晉升宰輔、尚書之類）有可能是朝夕間事，故寄詩韓、白，期望得到關照。然韓愈長慶間不斷陷入朋黨之爭漩渦，初由兵侍轉吏侍，又由吏侍轉京兆尹，再為兵侍，復再轉吏侍，走馬燈一般。至長慶四年，韓愈以病告休，遂罷職，本年冬十二月病沒。白居易任中舍後不及一年即出守杭州。這就不能不令禹錫失望了。

傷愚溪三首　并引

【題　解】長慶二年（西元八二二年）作於夔州刺史任。為傷柳宗元而作。愚溪，永州溪水名，原名冉溪、染溪，柳宗元為永州司馬時，改名愚溪，有〈愚溪詩序〉、〈愚溪對〉釋其事。

故人柳子厚之謫永州❶，得勝地，結茅❷樹蔬❸，為沼沚❹，為臺榭，目曰愚溪❺。柳子沒三年，有僧遊零陵❻，告余曰：「愚溪無復曩時❼矣！」一聞僧言，悲不能自勝，遂以所聞為七言以寄恨。

其一

溪水悠悠春自來，草堂❽無主燕飛回。隔簾惟見中庭草，一樹山榴❾依舊開。

【注　釋】❶永州　唐時屬江南西道，即今湖南零陵。❷結茅　構築茅舍。❸樹蔬　栽種蔬菜。❹沼沚　水池；池塘。❺目曰愚溪　命名為愚溪。柳宗元〈愚溪詩序〉：「灌水之陽有溪焉，東流入于瀟水。或曰，冉氏嘗居也，故姓是溪為冉溪。或曰，可以染也，故謂之染溪。余以愚觸罪，謫瀟水上，愛是溪，入二三里，得其尤絕者家焉。古有愚公谷，今余家是溪……故更之為愚溪。」❻零陵　郡名，即永州。❼曩時　從前。❽草堂　即柳宗元在愚溪所築之茅舍（愚堂）。❾山榴　杜鵑花的別名，為柳宗元在愚溪所植。

【語　譯】故人柳子厚謫永州時，得景色優美之地，於是結茅屋，栽菜蔬，修築池沼，造臺榭，名之曰「愚溪」。子厚沒三年，有僧人遊永州，告訴我說：「愚溪已經不再是當年樣子了！」聽僧人說罷，我悲不能自勝，於是以所聽到的為此三首七言絕句，以寄寓我的憤恨之情。

春天當來自來，溪水仍然悠悠流過。草屋荒廢無主，舊時燕子又飛來。隔著窗簾只看見中庭的春草，一樹山榴依舊開花。

【研　析】一派人亡物在情景。水自是流，花照舊開，然而茅屋無主，春草也不免長荒了。詩人只是即事感懷，感慨即在其中。

其二

草聖❶數行留壞壁，木奴❷千樹屬鄰家。唯見里門❸通德榜❹，殘陽寂寞出樵車。

【注　釋】❶草聖　精於草書者，如唐張旭、懷素皆被稱為草聖。此指柳宗元。柳宗元長於章草，見元和間〈酬柳柳州家雞之贈〉數詩。❷木奴　指柑橘之類。據《三國志．吳書．孫休傳》裴松之注引《襄陽記》，丹陽太守李衡於武陵龍陽氾洲植柑橘千株，臨死謂其子曰：「汝母惡吾治家，故窮如是。然吾州里有千頭木奴，不責汝衣食，歲上一匹絹，亦可足用。」後柑橘長成，歲得絹數千匹，家道殷足。後因稱柑橘樹為木奴。柳宗元在柳州時曾植柑橘，有詩〈柳州城西北隅種柑橘樹〉紀其事。在永州當也曾植柑橘。❸里門　閭里的門。古時同族聚居於里，設里門。❹通德榜　用後漢鄭玄事以擬柳宗元。鄭玄，高密人，孔融為北海相，慕鄭玄博學，令高密令為鄭玄設立一鄉，廣其門衢，令容高車，號為通德門。見《後漢書．鄭玄傳》。榜，即匾額。此以「通德榜」代指柳宗元永州時所居地。

【語　譯】草書數行還留在破敗的牆壁上，千株柑橘樹已成為鄰家之物。原先柳子居住的里巷，現在出入的是砍柴人的車。

【研　析】前二句仍是人亡物在之意，唯後二句意象極深沉。柳宗元永州時所居之里巷，乃是博學、厚德之人所居，柳宗元在永州之日，定可聞讀書、琴弦之聲，如今但見柴車出入，則其舊居之破敗、其在永州時致力於文教事業之衰頹可知。「殘陽」、「寂寞」云云，皆想像之辭，而感慨悲吟，情不能已。

其三

柳門竹巷❶依依在，野草青苔日日多。縱有鄰人解吹笛，山陽舊侶更誰過❷？

【注釋】❶柳門竹巷　謂幽靜簡樸的住宅。柳門，即蓬門，用柳條所編之門。❷縱有鄰人解吹笛二句　用晉向秀悼嵇康事。向秀與嵇康、呂安為友，嵇康善鍛，秀為之佐；又嘗與呂安、嵇康灌園於山陽。後呂安、嵇康被誅，秀應計入洛，經山陽舊廬，聞鄰人有吹笛者，追想曩昔與呂安、嵇康之事，作〈思舊賦〉。見《晉書・向秀傳》。山陽，漢縣名，舊址在今河南焦作東北。二句意謂自己再無機緣經過永州，縱然有鄰人吹笛，亦無思舊之作。

【語譯】柳門竹巷依然還在，只是野草青苔日見其多。縱然有會吹笛的鄰人，往日舊友有誰經過此處？

【研析】「柳門竹巷」、「野草青苔」云云，是述來自零陵（即永州）僧人所見景物，仍是人亡物在之意。後二句感歎自己不能為舊友寫出如向秀那樣長留世間的思舊之作，是為遺恨。以上三首詩，非頌非誄，甚至亦非悼亡，只是因僧人一句「愚溪無復曩時矣」，遂觸動其情思，只就人亡物在入手，抒發其傷感之意。

寄朗州溫右史曹長

【題解】長慶二年春作於夔州。溫右史曹長指溫造。造字簡輿，河內（郡名，治今河南武陟）人。據《舊唐書・穆宗紀》，長慶元年十二月，貶起居舍人溫造為朗州刺史，其抵任已在本年春，故有「桃花」、「杜若」之句。起居舍人屬中書省。舍人稱內史。唐時尚書省丞郎、郎中相呼為曹長。造坐與諫議大夫李景儉史館同飲，而景儉乘醉見宰相漫罵，故貶朗州。罰不當罪，故此詩頗致同情於溫造。

暫別瑤墀❶鴛鷺行❷，彩旗雙引❸到沅湘❹。城邊流水桃花過，簾外春風杜若❺香。史筆❻枉將書紙尾❼，朝纓不稱❽濯滄浪❾。雲臺功業家聲在❿，徵詔何時出建章⓫？

【注釋】❶瑤墀　玉階。指朝廷。❷鴛鷺行　鴛、鷺止有班，立有序，後以借指朝官行列。❸彩旗雙引　指溫造出任朗州刺史。刺史出行，以雙彩旗為前導，故云。❹沅湘　此指朗州。❺杜若　香草名。《楚辭・九歌・湘君》：「采芳洲兮杜若。」❻史筆　指溫造任起居舍人之職。《舊唐書・職官二》：「起居舍人，掌修記言之史，錄天子之制誥德音，如記事之制，以記時政損益。季終，則授之於國史。」❼書紙尾　在呈送的相關文書末尾與他官聯合署名。❽朝纓不稱　在朝不稱職。朝纓，朝冠。❾濯滄浪　指任職朗州。滄浪，水名，在朗州。用《孟子・離婁上》「有孺子歌曰：『滄浪之水清兮，可以濯我纓；滄浪之水濁兮，可以濯我足。』」句意。❿雲臺功業家聲在　謂溫造家世顯赫。《舊唐書・溫造傳》：「德宗愛其才，召至京師，謂之曰：『卿誰家子？年復幾何？』造對曰：『臣五代祖大雅，外五代祖李勣。臣犬馬之年三十有二。』德宗奇之。」按溫大雅、李勣皆唐開國功臣，大雅弟彥博、大有亦開國功臣。雲臺，東漢洛陽宮名。東漢初，有二十八將佐光武帝，為開國功臣，號中興二十八將。永平中，明帝追感前世功臣，乃圖畫二十八將於南宮雲臺。見《後漢書・馬武傳論》。⓫建章　西漢長安宮名，此借指朝廷。

【語譯】暫時告別了朝廷和朝官班行，一雙彩旗前導來到沅湘。朗州城邊春水流過桃花盛開，簾外春風送來杜若陣陣香氣。雖有史筆卻只能隨眾官在文書末尾聯合署名，在朝不稱職來到朗州優悠度日。家世顯赫皇帝還記得祖先的功業，不知召回的詔令何時會自長安宮廷發出？

【研析】禹錫自任職夔州後，與地方官、朝官之間的詩文酬答漸多。這是朝廷對王叔文黨人嚴厲的懲罰逐漸淡化的一個標誌。夔州處長江交通要衝，不似朗州那樣偏僻，也是一個原因。

溫造遠貶，罰不當罪，故此詩對溫造持同情態度。前四句以及末二句皆是寬慰之詞。關鍵在五、六兩句，

「史筆枉將」、「朝纓不稱」都有為溫造在朝任職甚輕、不能施展其才能抱屈的意味，應該含有禹錫個人的感慨在。用典甚切且含而不露是本詩一個特點。

酬馮十七舍人宿衛贈別五韻

【題　解】馮宿，字拱之，婺州（今浙江金華）人，貞元八年登進士第，貞元末為監察御史，元和間為太常博士、虞部、都官員外郎等，長慶元年遷兵部郎中知制誥，二年進中書舍人。年末使於成都，三年春返長安，與禹錫相見於夔州。此為酬別之作。馮宿贈別詩今不存。

少年為別日，隋宮楊柳陰❶。白首相逢處，巴江煙浪深❷。使星❸三蜀酒❹，

春雨沾衣襟。王程❺促速意，夜語殷勤心。卻歸天上❻去，遺我雲間音❼。

【注　釋】❶少年為別日二句　謂年少時曾在揚州相聚並分手。隋宮，隋煬帝在揚州建造的宮苑，有歸雁宮、回流宮、九里宮、松林宮、楓林宮……等名目。按，貞元十八年（西元八〇二年）初，劉禹錫在揚州為杜佑（淮南節度使）從事，馮宿在徐州幕，遭誣陷，貶泉州司戶，路出揚州。劉、馮相遇於揚州當在此時。時禹錫三十歲。❷白首相逢處二句　謂二人老來在夔州相逢。巴江，指長江。夔州臨江。❸使星　使者。此指馮宿。❹三蜀酒　用後漢欒巴事。漢初分蜀郡置廣漢郡，武帝時再置犍為郡，合稱三蜀。欒巴為尚書，正朝大會，巴獨後至，又飲酒西南噀之，自言成都失火，故飲酒為雨以滅火。後成都驛報，果正旦失火，會時有雨從東北來，火乃息，雨乃酒臭。見《神仙傳》。❺王程　奉公命差遣的行程。❻天上　此指長安。❼雲間音　指馮宿所作之詩。

【語　譯】少年時我們揚州分手，其時楊柳正是濃蔭。今日我們白首夔州相逢，長江煙浪一派茫茫。你出使蜀

州有如天降及時雨，分手時春雨沾濕了衣襟。王命在身催促你早早歸去，昨夜對床夜語道不盡我思念之心。你將要返回的長安猶如天上，你的詩篇如同來自彩雲間。

【研　析】貞元末，禹錫與馮宿有御史臺同官的經歷。經過時局動盪，十數年後再相逢於僻遠的江濱，雙方都應有許多感觸。此詩起手兩聯，用「少年」、「白首」作一跌宕，將時局、仕途、年齡感慨一寓其中。「天上」、「雲間」的比喻，將禹錫久處邊地不堪的心情盡情托出。

此詩五韻，較常見的四韻八句的五律多出一韻，較常見的六韻十二句的排律又少一韻，因而頗有失律之處。恐是「變體」。

宣上人遠寄賀禮部王侍郎放榜後詩因而繼和

【題　解】長慶三年（西元八二三年）春作於夔州。宣上人，僧人，名廣宣，已見貞元二十年詩。王侍郎即禮部王起。起字舉之，太原（今屬山西）人，貞元十四年登進士第，元和中歷仕起居郎、司勳員外郎、比部郎中等，穆宗即位，為中書舍人。先是，長慶元年，以禮部侍郎錢徽知貢舉，勢門子弟，交相請託，致使寒門俊秀，十棄六七，群議譁然，詔令王起、白居易等重試，所取進士三十三人，駁下十人，重試十人。二年，王起遷禮部侍郎，知貢舉；三年，再掌貢舉，得士甚精。京師詩人寫詩相賀者甚多。廣宣上人亦為詩，詩寄禹錫，禹錫和以此詩。

禮闈❶新榜動長安，九陌❷人人走馬看。一日聲名遍天下，滿城桃李屬春官❸。自吟〈白雪〉❹銓❺詞賦，指示青雲惜羽翰❻。借問至公誰印可❼？支郎❽

天眼❾定中❿觀。

【注釋】❶禮闈　指禮部。唐每年進士科考試由禮部主持。❷九陌　長安大道。《三輔黃圖》引《三輔舊事》：「長安城中八街九陌。」❸春官　禮部長官。武后時曾改禮部為春官。❹白雪　即〈陽春〉〈白雪〉，謂詩作高雅脫俗。❺銓　裁定；衡量。❻惜羽翰　愛惜人才。羽翰，代指人才。❼印可　印證、認可。廣宣〈賀王侍郎典貢放榜〉詩中有「再辟文場無枉路，兩開金榜絕冤人」之句。❽支郎　指東漢末僧人支謙。謙月氏國人，居東吳，其人博通梵籍，於世間技藝亦多所精究。為人細長黑瘦，眼多白而睛黃，時人諺曰：「支謙眼中黃，形軀雖小是智囊。」見費長房《歷代三寶記・魏吳錄》。此借指宣上人。❾天眼　佛教所說五眼之一。又稱天趣眼，能透視六道、遠近、上下、前後、內外及未來等。見《大智度論》卷五。❿定中　入定時。佛教認為僧人靜坐時屏除雜念、心定於一的狀態為入定。

【語譯】禮部張貼春榜驚動了長安，九陌人人走馬去觀看。新進士們一日之內名滿天下，滿城的桃李皆屬於禮部長官。主考官的詩作有如〈陽春〉〈白雪〉般高雅脫俗，為考生指點青雲之路愛惜人才。借問誰的評判是最公道的？宣上人入定時能借助天眼來審看。

【研析】唐時春榜一放，長安為之轟動。王起連續兩年知貢舉，也是很榮耀的事。禹錫雖然遠在夔州，和詩也算是對長安時事的一種參與。詩人張籍〈喜王起侍郎放榜〉詩云：「東風節氣近清明，車馬爭來滿禁城。二十八人初上第，百千萬里盡傳名。誰家不借花園看？在處多將酒器行。共賀春司能鑒識，今年定合有公卿。」八句中以六句寫放榜。禹錫詩亦以四句寫放榜，然第四句落語即過渡到主司王起。五六兩句再讚王起鑒識之公，末兩句歸於宣上人詩，安排妥帖。用了一句「定中」，連帶將他僧人的身份也寫出來了。

送周使君罷渝州歸郢中別墅

【題解】長慶三、四年間作於夔州。周使君為周載。長慶元年由山南東道鹽鐵轉運使、殿中侍御史遷渝州刺史，見《全唐文・元稹・授周載渝州刺史制》，其他不詳。郢中，其地當在今湖北江陵附近。周載罷官返郢中，途經夔州，禹錫為此詩送他。

君思郢上吟歸去❶，故自渝南❷擲郡章❸。野戍❹岸邊留畫舸❺，綠蘿陰下到山莊。池荷雨後衣香起，庭草春深綬帶❻長。只恐鳴騶❼催上道，不容待得晚菘❽嘗。

【注釋】❶吟歸去　用晉陶淵明罷彭澤令作〈歸去來辭〉事。❷渝南　即渝州。渝州在渝水之南。❸郡章　郡太守的印璽。❹野戍　野外駐防之處。此指渝州郊野之處。❺畫舸　裝飾華美的遊船。❻綬帶　繫官印的絲帶。此指形如綬帶的草。❼鳴騶　古代隨從顯貴出行並傳呼喝道的騎卒。此指朝廷徵召的使者。❽晚菘　秋末白菜。菘，白菜。《南史・周顒傳》：「文惠太子問顒：『菜食何味最勝？』顒曰：『春初早韭，秋末晚菘。』」

【語譯】皇帝的恩典讓你罷官歸於故里，於是你在渝州拋擲了郡守印章。渝州郊外留有你遊玩的畫船，綠蘿樹蔭下是你的故居山莊。衣服上染著雨後池荷的香氣，庭中春草細長如綬帶。只恐皇帝使者不久即催促你上道，晚秋的白菜都容不得你嘗新。

【研析】周載罷官的原因不明。因為不是官員自己年老或有病請辭，所以罷官對官員來說終究是令人懊惱的事。為詩相送，一般也要表示慰藉同情，或埋怨宰相用人不公，然而此詩卻按陶淵明〈歸去來辭〉的路數，一路寫罷官的樂趣：「吟歸去」、「擲郡章」、「留畫舸」、「到山莊」，真如輕車快馬。「池荷雨後衣香起」一聯是一個轉換，「池荷」一句寫隱者的安逸之趣，「庭草」一句則暗含為官為宦。末聯終將慰藉的本意寫出：皇帝將很快起用你，只怕連晚秋的白菜也吃不上啊！然而又說得很委婉：是鳴騶在催促你，並非你本意如此。

甚為得體。

白舍人自杭州寄新詩有柳色春藏蘇小家之句因而戲酬兼寄浙東元相公

【題解】長慶三年作於夔州。白舍人指白居易。長慶元年居易為中書舍人，明年求外任，除杭州刺史。此稱其舊銜。元相公為元稹。長慶元年，元稹自工部侍郎拜相，未幾，出為同州刺史，三年八月，為越州刺史、浙東觀察使。此亦稱其舊銜。「柳色春藏蘇小家」為白居易〈杭州春望〉七律中一句。白寄詩於禹錫，禹錫和以此詩。

錢塘❶山水有奇聲，暫謫仙官❷守百城❸。
女妓還聞名小小❹，使君❺誰許喚卿卿❻？
鼇驚震海風雷起，蜃鬥噓天樓閣成❼。
莫道騷人在三楚，文星今向斗牛明❽。

【注釋】❶錢塘　即杭州。❷仙官　此指白居易此前所任的中書舍人。❸百城　「百雉」之城。古時稱城牆方丈為一雉，百雉之城為大城。此指杭州。❹小小　即蘇小小。南齊時名妓。《樂府詩集・雜歌謠辭三・蘇小小歌》：「我乘油壁車，郎乘青驄馬。何處結同心，西陵松柏下。」同卷引《樂府廣題》曰：「蘇小小，錢塘名倡也。蓋南齊時人。」❺使君　漢時稱太守為使君。此指白居易。❻卿卿　用晉人王戎（字濬仲，嘗為安豐令）事。《世說新語・惑溺》：「王安豐婦常卿安豐。安豐曰：『婦人卿婿，於禮為不敬，後勿復爾。』婦曰：『親卿愛卿，是以卿卿。我不卿卿，誰當卿卿？』遂恒聽之。」後代指男女相愛。❼鼇驚震海風雷起二句　意謂白、元二人俱處浙東，如巨鼇震海，風雷頓起，如蜃相鬥噓氣，樓閣形成。鼇，傳說中海中能負山的大龜。《楚辭・天問》：「鼇戴山抃，何以安之？」王逸注引《列仙傳》云：「有巨靈之鼇背負蓬萊之山而抃舞。」❽莫道騷人在三楚二句　意同上二句，謂文星自今明朗在吳越間。三楚，西楚、東楚、南楚的合稱。秦漢時以淮北、沛、陳、汝南、南郡為西楚，彭城以東、東海、吳、廣陵為東楚，衡山、九江、江南、豫章為南楚。見《史記・貨殖列傳》。文星，即文昌星，又名文曲星。相傳文曲星主文才。斗牛，斗宿和牛宿，古天文學以斗、牛為吳越的分野。

【語譯】錢塘山水有大名於天下，您暫時告別仙官來守杭州。聽說杭州城裏有女妓名叫小小，使君您准許哪位相喚卿卿？元白在浙東如鼇負山震動海水風雷頓起，又如蜃門噓氣空中樓閣形成。不要說騷人偏在三楚之地，文曲星如今在斗牛間閃爍發光。

【研析】劉、白首次唱酬，在元和五年。中間間隔十數年二人再有唱酬之作，其間原因難明。自此之後，劉、白唱酬不斷。長慶二年，時任中書舍人的白居易因朝中執政非人，乃求外任，出為杭州刺史。白所寄詩，有「柳色春藏蘇小家」之句，是文人文采風流一面的流露，故禹錫以「使君誰許喚卿卿」一句酬之。然白詩另有「濤聲夜入伍員廟」一句，則是對外任杭州內心的無奈和幽憤的流露，故禹錫和詩再以「鼇驚」、「蜃門」一聯慰藉之。

送裴處士應制舉　并引

【題解】據詩意，當是長慶四年（西元八二四年）作於夔州。裴生（昌禹）生平，當是禹錫幼年相識的朋友。制舉為唐代科舉名目，由皇帝不定期舉行，有別於常年舉行的進士科、明經科等。裴生將應明年（寶曆元年）賢良方正能直言極諫科，禹錫為此詩相送。

晉人❶裴昌禹讀書數千卷，於《周官》、《小戴禮》❷尤邃。性是古❸敢言，雖侯王不能卑下，故與世相參差❹。凡抵有位以索合，行天下幾遍。常嘆諸侯莫可遊，欲一見天子而未有路。會今年詔書徵賢良❺，昌禹大喜，以為盡可以豁平生，搏髀爵躍❻曰：「一觀雲龍庭❼足矣！」繇是裹三月糧❽而西徂，咨余以七言，為西遊之資藉耳。

裴生久在風塵裏，氣勁言高少知己。注書曾學鄭司農❾，歷國❿多於孔夫子。往年訪我到連州，無窮絕境終日遊。登山雨中試蠟屐⓫，入洞夏裏披貂裘。白帝城邊又相遇，斂翼三年⓬不飛去。忽然結束⓭如秋蓬⓮，自稱對策明光宮⓯。人言策中說何事，掉頭⓰不答看飛鴻。彤庭⓱翠松迎曉日，鳳銜金榜⓲雲間⓳出。中貴⓴腰鞭㉑立傾酒，宰臣委佩㉒觀搖筆。古稱射策㉓如彎弧㉔，一發偶中何時無？由來草澤㉕無忌諱，努力滿挽當雲衢㉖。憶得童年識君處，嘉禾驛㉗後聯墻住。垂鉤鬥得王餘魚㉘，踏芳共登蘇小墓㉙。此事今同夢想間，相看一笑且開顏。老大㉚希逢舊鄰里，為君扶病到方山㉛。

【注釋】❶晉人　今山西人。唐時為河東道。❷周官小戴禮　儒家經典名。《周官》記西周官制之事。《小戴禮記》，《禮記》之一種。西漢今文經學家戴德與其侄戴聖，二人同受《禮記》於后蒼，德傳《禮記》八十五篇，稱《大戴禮記》；聖傳《禮記》四十九篇，稱《小戴禮記》。見《漢書・儒林傳》。❸性是古　猶言其個性偏好古人。❹參差　不合。❺賢良　指賢良方正科。唐制舉名。按，據《登科記考》，長慶四年正月，敬宗即位，三月，詔徵「天下諸色人中，有賢良方正、能直言極諫，經術優深、可為人師……限來年正月到上都。」❻搏髀爵躍　狀喜悅之貌。搏髀，拍擊大腿。爵躍，即雀躍。爵，同

「雀」。❼雲龍庭　朝廷。❽裹三月糧　謂攜帶三個月熟食乾糧，以備出征或遠行。語出《詩經・大雅・公劉》：「迺裹餱糧，于橐于囊。」朱熹《集傳》：「餱，食。糧，糗也。」亦省作「裹餱」、「裹糧」。❾鄭司農　指漢經學家鄭眾，因其曾官大司農，故稱。❿歷國　遊歷各國。孔子嘗周遊列國，故稱。⓫蠟屐　即木屐。古人以蠟塗木屐，防其透水。語出劉義慶《世說新語・雅量》：「或有詣阮（阮孚），見自吹火蠟屐，因歎曰：『未知一生當著幾量屐！』神色閑暢。」又南朝宋謝靈運好遊山，《宋書・謝靈運傳》：「尋山陟嶺，必造幽峻，巖嶂千重，莫不備盡。登躡常著木履，上山則去其前齒，下山去其後齒。」此處泛指木屐。⓬斂翼三年　指其在夔州停留三年。按，禹錫長慶二年始來夔州，至長慶四年，合首尾共三年。⓭結束　收拾行裝。⓮秋蓬　秋季的蓬草，因已乾枯，易隨風飄飛，故以喻飄泊不定。此處形容其將雲遊遠方。⓯明光宮　漢長安宮殿名，此處代唐長安宮殿。⓰掉頭　轉過頭，表示不屑。⓱彤庭　朝廷朝堂。⓲鳳銜金榜　意謂皇帝發佈詔書揭曉中舉者姓名。後趙武帝石虎在臺觀上以五色紙為詔書，銜鳳凰口中，使人放數百丈緋繩，轆轤回轉，鳳凰飛下，謂之鳳詔。見《初學記》卷三〇引《鄴中記》。⓳雲間　天上。此指朝廷。⓴中貴　宮中宦官。㉑腰鞭　鞭子插在腰間。鞭，鞭子。《周禮・秋官・條狼氏》：「條狼氏掌執鞭以趨辟。」孫詒讓《正義》：「鞭所以威人，眾有不辟者，則以鞭毆之。」詳詩意，唐時試場有宦官臨場監督，有違紀者，以鞭示警。㉒委佩　恭敬的樣子。謂俯身時佩飾拖垂至地。語出《禮記・曲禮下》：「立則磬折垂佩，主佩倚，則臣佩垂；主佩垂，則臣佩委。」鄭玄注：「君臣俛仰之節，倚謂附於身，小俛則垂，大俛則委於地。」㉓射策　漢代考試取士方法之一。《漢書・蕭望之傳》：「望之以射策甲科為郎。」顏師古注：「射策者，謂為難問疑義書之於策，量其大小署為甲乙之科，列而置之，不使彰顯。有欲射者，隨其所取得而釋之，以知優劣。射之言投射也。」此指殿試時按皇帝設問對答。㉔彎弧　彎弓。㉕草澤　草野。指出身貧寒者。㉖雲衢　雲中道路。比喻朝廷。左思《白髮賦》：「英英終賈，高論雲衢。」㉗嘉禾驛　驛站名，當在今江蘇嘉興。《通典》卷一八二〈州郡十二〉：「吳時，有嘉禾生。」今湖南郴州有嘉禾縣，與此無涉。㉘王餘魚　魚名。《文選・左思・吳都賦》：「雙則比目，片則王餘。」劉逵注：「王餘魚，其身半也。俗云：越王鱠魚未盡，因以殘半棄水中，為魚，遂無其一面，故曰王餘也。」㉙蘇小墓　在嘉興。蘇小，即蘇小小，南朝齊錢塘名妓。陸廣微《吳地記》：「嘉興縣……有晉妓錢唐蘇小小墓。」㉚老大　垂老之際。㉛方山　山名，在今江蘇南京東南。傳說為秦始皇鑿斷金陵山以疏淮水處，其地四方而峭絕，故名。

【語　譯】晉人裴昌禹讀書數千卷，於《周官》、《小戴禮記》尤為精通。他性情堅守古道敢於直言，雖在王侯面前亦不呈卑下之色，因此與世道不合。凡與高位者相交，亦以平常之態，遍行天下。常感嘆諸侯無可與交者，欲一見天子欲問無門路。適逢今年詔書徵賢良方正，昌禹大喜，以為可以盡展其平身所學，歡喜雀躍，說：「一觀朝廷，願足矣！」由是帶三月之糧西行，請求我作七言長句作為他旅行之憑藉。裴生久久被埋沒在風塵裏，氣節強勁言語高邁缺少知己。曾像鄭眾那樣注釋過經典，遍歷各地較當年孔子周遊列國還多。往年訪我到過連州，終日遊歷於連州山水。冒雨登山穿著謝公木屐，披著貂裘夏日進入幽深山洞。白帝城邊又與我相遇，待了三年不肯離去。忽然收拾行裝打算遠遊，自稱將對策於明光宮。人家問他策中所說何事，他掉頭不顧仰首看天上飛鴻。朝廷金殿翠松迎來東升曉日，鳳凰口銜金榜從雲間飛來。宮中貴人腰插皮鞭在一旁傾酒自飲，宰臣躬身佩飾垂地觀看舉子們揮筆作文。古稱射策如同彎弓射箭，一發即中之事何嘗不會發生？草澤之人言語向來無有忌諱，希望你努力挽弓如滿月在宮廷裏。回憶起童年時代與君相識，嘉禾驛後曾是聯牆住的街鄰。一同釣魚在河渠裏，一同登上蘇小小的墳墓。此事如今想起如同在夢裏，相看一笑只是暫且開顏而已。將來老了還希望相遇舊鄰里，為了你我的友誼抱病也要同遊方山。

【研　析】裴生為禹錫幼時朋友，詩中所說「鬥得王餘魚」、「共登蘇小墓」等童年事，皆是江南之事。學術界有關劉禹錫的傳記多據此詩斷定禹錫的童年在江南嘉興度過。故此詩頗有禹錫早歲經歷意義。裴生其人碌碌無為，但他豪氣頗足，遊歷四方，不應常科（進士科或明經科等）而專候制舉，說明他為人亦有出奇之處。

詩可作為人物傳記讀。分為三層。自開頭到「斂翼三年不飛去」為第一層，寫裴生為人之出奇；自「忽然結束如秋蓬」至「努力滿挽當雲衢」為第二層，寫裴生赴京金殿應制舉情景，卻非實寫，多出於想像；自「憶得童年識君處」至末，為第三層，以回憶童年往事作結。關於金殿應舉，寫到「中貴腰鞭」、「宰臣委佩」等，也有認識意義。唐人筆記及詩歌，寫到進士試細節者較多，而記載制舉細節者，尚不多見。

詩為七言古詩。押韻平仄互換，是常規，但風格較為古拙，如少用對句、律句等，故瞿蛻園以為「猶存大曆風格」（《劉禹錫集箋證》卷二八）。

和樂天題真娘墓

【題　解】長慶四年作於夔州。樂天即白居易，時為杭州刺史。真娘，唐時吳地妓，墓在今江蘇蘇州虎丘。范攄《雲溪友議》卷六：「真娘者，吳國之佳人也，時人比於錢塘蘇小小，死葬吳宮之側，行客慕其華麗，競為詩題於墓樹。」李紳〈真娘墓序〉：「吳之妓人，歌舞有名者，死葬於吳武（虎）丘寺前。」白居易、元稹（時為浙東觀察使）皆有題真娘墓之作，禹錫和以此詩。

薝蔔❶林中黃土堆，羅襦❷繡帶已成灰。芳魂雖死人不怕，蔓草逢春花自開。
幡蓋向風疑舞袖，鏡燈臨曉似妝臺。吳王嬌女墳❸相近，一片行雲❹應往來。

【注　釋】❶薝蔔　梵語音譯，意譯為鬱金花。李時珍《本草綱目．木三．卮子》「集解」引蘇頌曰：「今南方及西蜀州郡皆有之。木高七八尺，葉似李而厚硬。又似樗蒲子，二三月生白花，花皆六出，甚芬香，俗說即西域薝蔔也。夏秋結實如訶子狀，生青熟黃，中仁深紅。」❷襦　短襖。❸吳王嬌女墳　在蘇州閶門外。吳王女為誰，說法不一。《越絕書》謂為夫差小女字幼玉，見父無道，願與書生韓重為偶，不果，結怨而死，吳王厚葬於閶門外；《搜神記》則謂女名紫玉。范成大《吳郡志》同《搜神記》。《吳越春秋》謂為闔閭女名滕玉，怨王先食蒸魚，乃自殺。王痛之，葬閶門外。陸廣微《吳地記》引此條。未知孰是。❹行雲　用宋玉〈高唐賦〉詠神女事。屢見前注。

【語　譯】薝蔔林中一抔黃土，羅襦繡帶俱已成為灰土。芳魂雖死遊人並不感到害怕，墳頭上蔓草逢春依舊開花。幡蓋向風招展疑似她的舞袖，鏡前燈火好似她在曉妝。與吳王嬌女之墳相鄰近，一片行雲可以互相往來。

【研　析】長慶二年白居易為中舍時，禹錫嘗有詩，盼其施以援手（見〈始至雲安寄兵部韓侍郎中書白舍人二公近曾遠守故有屬焉〉詩），是禹錫首次以詩歌與白氏相接。後白氏出刺杭州，為〈真娘墓〉詩寄禹錫，禹錫和以此詩，與下篇為劉、白酬唱之始。此首不甚佳，沈德潛評白居易〈真娘墓〉，連帶而及禹錫此詩，謂「香（原字如此）魂雖死人不怕」一句「真可笑人也」（《唐詩別裁集》卷八），誠是，然自此之後，劉、白酬唱之多無可計數矣。

和樂天柘枝

【題　解】與前篇同時所作。白居易集中有〈柘枝妓〉一首，禹錫和之。柘枝，即柘枝舞。《樂府詩集》卷五六〈舞曲歌辭五〉：「《樂府雜錄》曰：『健舞曲有〈柘枝曲〉，軟舞曲有〈屈柘〉。』《樂苑》曰：『羽調有〈柘枝曲〉，商調有〈屈柘枝〉。此舞因曲而為名。用二女童，帽施金鈴，抃轉有聲。』」

柘枝本出楚王家❶，玉面❷添嬌舞態奢❸。鬆鬢故梳鸞鳳髻❹，新衫別織鬥雞
紗❺。鼓催殘拍❻腰身軟，汗透羅衣雨點花❼。華筵曲罷辭歸去，便隨王母上煙
霞❽。

【注　釋】❶柘枝本出楚王家　謂柘枝舞源出西南楚地。《樂府詩集》：「沈亞之賦云：『昔神祖之克戎，賓雜舞以混會。柘枝信其多妍，命佳人以繼態。』然則似是戎狄之舞。按今舞人衣冠類蠻服，疑出南蠻諸國也。」按，沈亞之〈柘枝舞賦〉，見《全唐文》卷七三四。❷玉面　形容美人。❸奢　美好。❹鸞鳳髻　形似鸞鳳那樣的髮髻。❺鬥雞紗　繡有鬥雞圖的衫子。❻殘拍　樂曲終了前的節拍。唐張祜〈周員外席上觀柘枝〉：「一時欻腕招殘拍，斜斂輕身拜玉郎。」「殘拍」也指舞曲終了前。❼雨點花　形容汗水濕透。❽便隨王母上煙霞　意謂舞女如仙女。白居易〈柘枝妓〉中有「雲飄雨送上陽臺」之

句，故以此句和之。

【語　譯】柘枝舞本出自南蠻之地，舞女們面目個個如玉舞態美好。鬆鬆的鬢髮梳成鸞鳳樣，新衫上繡出鬥雞圖。鼓聲催促著舞曲終結前的節拍，汗水濕透衣衫好似灑上的雨點。筵會結束她們辭歸而去，都隨著王母上了煙霞。

【研　析】因了柘枝舞以及舞女的聯想，此首和詩較前首風光旖旎許多。白詩「雲飄雨送上陽臺」即有邀禹錫和詩之意。劉、白詩歌唱酬，自此漸入佳境。

聞韓賓擢第歸覲以詩美之兼賀韓十五曹長時韓牧永州

【題　解】長慶間作於夔州。韓十五即韓曄。曄京兆（今陝西西安）人，貞元進士，與禹錫同為永貞「八司馬」之一。曹長，是對尚書省郎官的通稱。王叔文當政時，韓曄嘗任吏部司封郎中。長慶元年三月，韓曄自汀州刺史量移為永州刺史。韓賓為韓曄之子。《登科記考》據《唐會要》，錄韓賓文宗大和二年（西元八二八年）中「賢良方正，能直言極諫科」，則韓賓之擢進士第，當在長慶三、四年間。

零陵❶香草滿郊坰❷，丹穴雛❸飛入翠屏。孝若歸來呈畫贊❹，孟陽別後有山銘❺。
蘭陔舊地花才結，桂樹新枝色更青❻。為報儒林丈人❼道，如今從此鬢星星❽。

【注　釋】❶零陵　即永州。❷郊坰　郊野。❸丹穴雛　即丹穴雛鳳。此指韓賓。丹穴，傳說中山名。《山海經・南山經》：

「丹穴之山……有鳥焉，其狀如雞，五采而文，名曰鳳皇。」❹孝若歸來呈畫贊　用西晉夏侯湛事。湛字孝若，譙國譙（今安徽亳州）人。《晉書・夏侯湛傳》：「父莊，淮南太守。湛幼有盛才，文章宏富，善構新詞。」湛所為〈東方朔畫贊〉云：「大人來守此國。僕自東都，言歸定省，睹先生之縣邑，想先生之高風。徘徊路寢，見先生之遺像；逍遙城郭，觀先生之祠宇。慨然有懷，乃作頌焉。」❺孟陽別後有山銘　用西晉張載撰〈劍閣銘〉事。載字孟陽，安平（今屬河北）人。《晉書・張載傳》：「父收，蜀郡太守。載性閑雅，博學有文章。太康初至蜀省父，道經劍閣，載以蜀人恃險好亂，因著銘以作誡。」《文選・張載・劍閣銘》李善注引臧榮緒《晉書》：「益州刺史張敏見而奇之，乃表上其文，世祖遣使鐫石紀焉。」❻蘭陔舊地花才結二句　謂韓曄先取得進士，不久其子亦進士及第。蘭陔，出自《詩經・小雅》篇名，其辭已佚。此指種植蘭花之地。結，同「擷」。採摘。桂樹新枝，指韓賓。古人以「折桂」喻中舉。按，兩《唐書・韓曄傳》不載韓曄進士第在何年。❼儒林丈人　指韓曄。❽鬢星星　鬢髮花白。謂已已老。

【語　譯】零陵郊野香草遍地皆是，丹穴山裏飛出一隻雛鳳回到永州。好似昔日的夏侯湛省父淮南寫了〈東方朔畫贊〉，又好似省父蜀郡的張載撰寫〈劍閣銘〉。種植蘭花之地剛有蘭花可採，桂樹又發了新枝色澤更青。請這樣轉告你的父親，就說我如今鬢髮花白已經老了。

【研　析】聞友人之子考中進士，寫詩賀友人「蘭陔」舊地再發新枝。連用了兩處古名人省父兼有文章傳世的典故，很切題。此詩的意義在於：韓曄是禹錫的永貞「八司馬」同案。從「八司馬」被遠貶至今，已經過去了近二十年，所以「如今從此鬢星星」一句，才是詩的重點所在。

畬田行

【題　解】長慶中作於夔州。畬田，又稱火種、火耕，一種原始的耕作方法。其法是：燒去草木，以作肥料，待雨後就地種植作物。舊時，凡地廣人稀地區，多用此法。此詩寫夔州農人畬田過程，筆致細膩而形象生動。

何處好畬田？團團❶縵山腹❷。鑽龜得雨卦❸，上山燒臥木❹。驚麏❺走且顧，群雉聲咿喔。紅焰遠成霞，輕煤❻飛入郭❼。風引上高岑，獵獵❽度青林。青林望靡靡❾，赤光低復起。照潭出老蛟❿，爆竹驚山鬼⓫。夜色不見山，孤明⓬星漢間。如星復如月，俱逐曉風滅。本從敲石光⓭，遂致烘天熱。下種暖灰中，乘陽坼牙蘗⓮。蒼蒼⓯一雨後，苕穎⓰如雲發⓱。巴人拱手吟⓲，耕耨⓳不關心。由來得地勢，徑寸有餘陰⓴。

【注　釋】❶團團　形容將要畬田之處狀如圓塊形。❷縵山腹　回繞在山腰。❸鑽龜得雨卦　謂畬田前占卜得到將要下雨的卦象。畬田又稱「火耕水耨」，即燒去草木後再灌水下種，故在得到下雨的預兆後極利於畬田。鑽龜，古時迷信用龜甲占卜，先鑽龜甲，再行燒灼，視其裂紋以判斷吉凶。❹臥木　畬田前預先砍伐、臥倒的樹木。❺麏　鹿類。❻輕煤　飛灰。❼郭　城郭。❽獵獵　風聲。❾靡靡　林木在風中傾倒貌。❿蛟　傳說中水底龍類動物。⓫山鬼　山林中怪物。⓬孤明　指燒山的火光獨自在天宇間照亮。⓭敲石光　敲擊石頭取火發光。指山火初起極小。⓮坼牙蘗　植物發芽。坼，裂開。牙，同「芽」。⓯蒼蒼　深青色。此指下雨前的烏雲。⓰苕穎　植物的幼苗。⓱如雲發　形容禾苗生長極快。⓲巴人拱手吟　意謂巴人畬田之後輕鬆地唱歌，不再為種田操勞。巴人，古時對古巴州（今重慶市東北部）人的稱呼。拱手，猶束手。輕鬆、輕易的樣子。⓳耕耨　翻土及除草。⓴由來得地勢二句　用左思〈詠史〉詩「鬱鬱澗底松，離離山上苗。以彼徑寸莖，蔭此百尺條。……地勢使之然，由來非一朝」句意，謂巴人得地勢之利，徑寸之苗亦可以鬱鬱成蔭。亦即巴人畬田之後即可無勞而有年（豐收）。

【語　譯】何處可以畬田？一塊一塊團團地環繞於山腰間。占卜得到下雨的卦象，於是就上山焚燒倒臥的林木。受驚的野獸邊跑邊回頭張望，成群的野雉咿喔飛走。遠遠望去火焰像紅霞一般，飛灰飄起飄進城郭。風把火焰吹向山頂，獵獵作響度過樹林。樹林順著大風似乎要傾倒，火光一會兒低下去，又忽然高起來。火光照耀深潭使蛟龍躍起，爆裂的聲音驚動了山中怪物。夜色濃濃看不見山，但見火光獨自照亮在天宇之間。火光如星又如月，與星辰一起隨晨風消失。本來是敲石取火發出的一點火星，居然造成烘烤天空的大火。種籽種在暖灰裏，乘著陽氣發芽分蘗。一陣春雨過後，禾苗就像雲朵一般膨脹成長。巴人袖手一旁唱歌吟詩，耕田鋤地全不用操勞。因為有了地利的方便，幼苗也可以由徑寸長成大樹。

【研　析】將此詩看作民俗詩，無如將它視作奇觀詩。它為我們再現了流傳數千年的刀耕火種的奇觀：火光燭天，紅焰如霞，遠望山頭的大火，在漆黑的夜晚如星如月，風聲、燃燒時竹木的爆裂聲使得禽獸驚走。劉禹錫顯然也是「好奇」的詩人，故能將放火燒山的畬田奇觀寫得奇駭驚人。杜甫在夔州時，有〈秋日夔府詠懷奉寄鄭監李賓客〉詩，云：「燒畬度地偏。」仇兆鰲注引《農書》：「荊楚多畬田。先縱火熂爐，候經雨下種，歷三歲土脈竭，復熂旁山。熂，燹火燎草，爐火燒山界也。」可與此詩並讀。

蜀先主廟　漢末謠：「黃牛白腹，五銖當復。」

【題　解】穆宗長慶間作於夔州。蜀先主，謂三國劉備。先主廟在白帝城，去夔州六里。章武三年四月，備崩於白帝城，後人立廟祭祀。此為懷古詩，借劉備事慨歎創業之艱，而守成更難於創業。

天地英雄氣，千秋尚凜然❶。勢分三足鼎，業復五銖錢❷。得相能開國❸，

生兒不象賢❹。淒涼蜀故妓，來舞魏宮前❺。

【注　釋】❶天地英雄氣二句　謂廟中充塞英雄氣概，先主神像令人望之頓生敬畏之心。❷勢分三足鼎二句　謂先主一生所

創事業所在。三足鼎，語出孫楚〈為石仲容與孫皓書〉：「吳之先主，起自荊州；劉備震懼，亦逃巴蜀。互相扇動，拒捍中國，自謂三分鼎立之勢，可與泰山共相始終。」鼎有三足，以喻魏、蜀、吳三國對峙之勢。五銖錢，漢武帝元狩五年始鑄，重五銖，上篆「五銖」二字。王莽篡漢，廢五銖；東漢初，光武帝劉秀恢復使用五銖。前句說劉備當漢末天下大亂之際，轉戰南北，終於據有巴蜀之地，與魏、吳形成三分鼎立之勢；後句說劉備始終懷抱恢復漢室志向。❸得相能開國　謂劉備得諸葛亮為相，輔佐其建立蜀國。❹生兒不象賢　謂劉備之子劉禪不肖，不能繼承祖業。象賢，謂子孫能效法先人的賢德。語出《儀禮・士冠禮》：「繼世以立諸侯，象賢也。」據《三國志・蜀書・後主傳》，劉禪貪於玩樂，荒淫誤國，終於斷送了蜀國江山。❺淒涼蜀故妓二句　謂蜀後主降於魏，蜀妓樂為魏所得。據《三國志・蜀書・後主傳》裴松之注引《漢晉春秋》，劉禪降魏，封安樂縣公，一日，司馬昭宴後主，席間出蜀妓，旁人皆為之感愴，而後主嬉笑自若。妓，指妓樂。

【語　譯】廟堂裏充塞著天地間英雄氣概，千秋之後神像仍舊令人生敬畏之心。先主的事業，在於與魏、吳成鼎立之勢，恢復漢室。得到諸葛丞相的輔助開啟蜀國，生下兒子卻不能保住先祖的業績。令人倍感淒涼的是，蜀國的妓女竟歌舞於魏宮前。

【研　析】此詩稱得上是格律森嚴、沉著有力的一首五律。全詩注重議論，「勢分三足鼎，業復五銖錢」對仗工穩，說盡先主一生事業，堪稱精當。末聯與晚唐杜牧「東風不與周郎便，銅雀春深鎖二喬」用意相似，風流蘊藉，雋永有味，然杜牧詩句不免稍涉輕薄，而禹錫詩句仍然莊重老蒼，耐人尋思。

觀八陣圖

【題　解】長慶間作於夔州。陳同「陣」。八陣圖，古代用兵的一種陣法。相傳蜀相諸葛亮曾推演兵法，作八陣圖。其遺址傳說不一，此指在夔州者。《水經注・江水》：「江水又東，逕諸葛亮圖壘南。石磧平曠，望兼川陸，有亮所造八陣圖。東跨故壘，皆壘細石為之。自壘西去，聚石八行，行間相去二丈……今以水飄蕩，歲月消損，高處可二三尺，下者磨滅殆盡。」即指此。此詩通過對八陣圖的描繪，表達了作者對諸葛亮由衷的景仰之情。

軒皇❶傳上略❷，蜀相運神機。水落龍蛇❸出，沙平鵝鸛❹飛。波濤無動勢，鱗介❺避餘威。會有知兵者❻，臨流指是非❼。

【注釋】❶軒皇　指黃帝軒轅氏。❷上略　上等謀略。據《太白陰經》，黃帝設八陣之形，分為天、地、風、雲、龍、虎、鳥、蛇八個陣勢。❸龍蛇　陣名。❹鵝鸛　陣名。❺鱗介　水族。魚龍之屬為鱗，龜鱉之屬為介。❻知兵者　熟知陣法者。謂桓溫等。《唐語林》卷二載劉禹錫語云：「東晉桓溫征蜀過此，曰：『此常山蛇陣。擊頭則尾應，擊尾則頭應，擊其中則頭尾皆應。』常山者，地名，其蛇兩頭，出於常山。其陣適類其蛇之兩頭，故名之也。桓遂勒其銘曰：『望古識其真，臨源愛往跡。恐君遺事節，聊下南山石。』」❼臨流指是非　或指杜甫〈八陣圖〉詩「遺恨失吞吳」而言。參見研析。

【語譯】八陣圖是軒轅黃帝傳下來的上等謀略，由諸葛蜀相運用神機造成。江水落下就現出龍蛇之陣，平坦的沙灘上不時有鵝鸛飛起。江水波濤無撼動八陣圖的力量，鱗介一類水下生物都要回避它的餘威。一定有熟知兵法的人，在一旁評論它的是非。

【研析】劉禹錫曾評論諸葛亮及其八陣圖云：「是諸葛公誠明，一心為先主效死。況此法出《六韜》，是太公上智之材所構。自有此法，唯孔明行之，所以神明保持。」（《唐語林》卷二）此詩前六句，即是這段評論的詩的概括。末聯頗有可議之處。東晉桓溫為「知兵者」之一，固是，然「是非」云者，其又何指？杜甫〈八陣圖〉詩「遺恨失吞吳」一句，是指「遺恨未能吞滅東吳」，還是指「劉備的失誤即在於滅吳」？後世爭論不休。禹錫此詩不作結論，索性留於後人「臨流指是非」吧。或者是此句正解。

竹枝詞九首　并引

【題解】〈竹枝詞〉原為巴渝（今重慶市、三峽）一帶民歌。禹錫據以改作新詞，歌詠三峽風光和男女戀情。其形式為七言絕句，語言通俗，音調輕快，遂盛行於世。後人多有仿作，也多詠當地風土或兒女之情。故今人朱自清謂：「《詞律》云：『〈竹枝〉之音，起於巴蜀，唐人所作，皆言蜀中風景。後人因效其體，於各地為之。』這時〈竹枝〉已成了一種敘述風土的詩體了。」（《中國歌謠》三）禹錫〈竹枝詞〉共兩組，皆為其長慶間任夔州刺史時所作，是他有意識學習屈原摹仿民歌的作品。

四方之歌，異音而同樂。歲正月，余來建平❶，里中兒聯歌〈竹枝〉，吹短笛擊鼓以赴節。歌者揚袂睢舞❷，以曲多為賢。聆其音，中黃鍾之羽❸。卒章激訐❹如吳聲❺。雖傖儜❻不可分，而含思宛轉，有〈淇澳〉❼之豔。昔屈原居沅湘間，其民迎神，詞多鄙陋，乃為作〈九歌〉❽，到於今，荊楚鼓舞之。故余亦作〈竹枝詞〉九篇，俾善歌者颺之，附於末，後之聆巴歈，知變風❾之自焉。

其一

白帝城❿頭春草生，白鹽山⓫下蜀江⓬清。南人⓭上來歌一曲，北人⓮陌上動鄉情。

【注釋】❶建平　郡名，晉於秭歸置建平郡，故以建平代夔州。❷揚袂睢舞　形容歌舞者之態。揚袂，揚起衣袖。睢，張目而視。❸黃鐘之羽　黃鐘律中之羽音。黃鐘，樂律十二律中的第一律。《禮記・月令》：「（季夏之月）其日戊巳，其帝黃帝，其神后土，其蟲倮，其音宮，律中黃鍾之宮。」孔穎達疏：「黃鍾宮最長，為聲調之始，十二宮之主。」《呂氏春秋・適音》：「黃鐘之宮，音之本也，清濁之衷也。」陳奇猷《校釋》：「黃鐘即今所謂標準音，故是音之本。但黃鐘是所有樂律之標準……黃鐘既是標準音，則自黃鐘始，愈上音愈高，愈下音愈低，故黃鐘是清濁之衷。」羽，五音之一。《周禮・春官・大師》：「皆文之以五聲：宮、商、角、徵、羽。」《國語・周語下》：「琴瑟尚宮，鍾尚羽。」❹激訐　激烈昂揚。❺吳聲　吳地（今江浙一帶）音樂。❻傖儜　方音俚語。❼淇澳　亦作淇奧。《詩經・衛風・淇奧》：「瞻彼淇奧，綠竹猗猗。」《毛傳》：「奧，隈也。」此處指春秋時衛國一帶，即淇水流域。〈衛風〉中多男女相戀之歌。❽九歌　《楚辭》篇名，共十一章，為屈原仿楚地民歌所作祭神之曲。❾變風　與正風相對。漢儒以《詩經・國風》中〈周南〉、〈召南〉為正風，以邶至豳等十三國的作品為變風。〈詩大序〉：「至於王道衰，禮儀廢，政教失，國異政，家殊俗，而變風變雅作矣。」此處泛指民歌。❿白帝城　在夔州東白帝山上，已見前注。⓫白鹽山　在夔州東，岩壁色白如鹽，故名。⓬蜀江　蜀地（今重慶市境內）的江河。此指長江。⓭南人　此指當地的人。⓮北人　作者自指。

【語　譯】各地的歌曲，雖然音調不同，但皆屬音樂一類。今年正月，我來到夔州，聽到里巷兒童合唱〈竹枝〉，也有吹短笛擊鼓者，應和其節拍。歌者張目顧盼揚起衣袖翩翩起舞，以曲多者為佳。聽其音，正是黃鐘律中的羽音。歌曲結束時，聲音激切如吳地之音。其中夾雜的方音俗語為我所不懂，但含思婉轉，有與《詩經・衛風・淇奧》相類似的豔麗妖冶之音。從前屈原居於沅湘之間，當地百姓迎神唱曲，詞多粗鄙，於是他就為百姓們作了〈九歌〉，直至今天，荊楚一帶仍舊在傳唱。所以我也嘗試作〈竹枝詞〉九篇，希望善於歌唱的人能傳播它。九篇〈竹枝詞〉附於序言之末，以後凡是聽到巴地民歌的人們，就會知道所謂變風變雅是如何來的了。

白帝城頭春草叢生，白鹽山下江水清清。本地人上來高歌一曲，觸動了一旁靜聽的北方人思鄉之情。

【研　析】此是組詩第一首，先總寫歌者所在之地，而旁聽的詩人在為當地歌者寫〈竹枝詞〉的同時，自己亦懷著濃厚的思鄉之情。

其二

山桃❶紅花滿上頭❷，蜀江春水拍山流。花紅易衰似郎意，水流無限似儂❸愁。

【注釋】❶山桃　山桃花。❷上頭　山上。❸儂　我。後多為女子自稱。

【語譯】山桃紅花開滿了山頭，蜀江春水拍打著從山腳下流過。山桃花雖紅卻容易衰落，好似郎的薄情；水流無窮無盡，恰似我的多愁。

【研析】首二句「山桃紅花」、「蜀江春水」興而兼比。山桃花紅，彌望一片，遍佈山頭，然而旋開旋凋，正似郎的情意不堅；而我之愁如蜀江春水，漲而彌高，無窮無盡。全詩隔句對偶承接，在禹錫〈竹枝詞〉組詩中另具一格。

其三

江上朱樓新雨晴，瀼西❶春水縠文❷生。橋東橋西好楊柳，人來人去唱歌行。

【注釋】❶瀼西　水名，即今奉節東門外之梅溪河。此指夔州瀼水西岸一帶。大曆間，杜甫卜居於此，其〈瀼西寒望〉詩有「瞿塘春欲至，定卜瀼西居」之句。❷縠文　水波紋。

【語譯】新雨晴後的江邊朱樓，瀼西春水波紋一層層。橋東橋西楊柳成行，來往行人邊走邊唱。

【研析】此首退回一步再寫唱歌的大環境：新雨後的竹樓，瀼水，楊柳及橋東西往來的行人。行人即歌者，開口不是說話而是唱歌，極形象地點出了當地唱歌風氣之盛。

其四

日出三竿春霧消，江頭蜀客❶駐蘭橈❷。憑寄狂夫❸書一紙，家住成都萬里橋❹。

【注　釋】❶蜀客　此指來自蜀地成都的舟子。❷蘭橈　船槳。❸狂夫　無知妄為的人。此是女子暱稱其丈夫。❹萬里橋　橋名，故址在今四川成都南門錦江上。三國時蜀使費禕聘吳，諸葛亮送之，費歎曰：「萬里之路，始於此橋。」因故得名。

【語　譯】日上三竿春霧消散，成都來的舟子停船在江頭。請你給我那位丈夫帶一封信，他就住在成都萬里橋旁。

【研　析】夔州是商賈往來集中之地，無論出峽、入峽，都要在此停舟暫息。詩中這位少婦的丈夫顯然不是常隨商船往來江上的那種「行商」，而是常住成都經營貨物的「坐賈」，所以使妻子長守空閨。不過少婦對丈夫還是充滿著愛和懷念，一個似嗔似怒的「狂夫」把她對丈夫的感情和盤托出。「狂夫」一詞大約源於《詩經・齊風・東方未明》的「折柳樊圃，狂夫瞿瞿」，但拿來逼肖少婦對其夫愛、怨交并的口吻，卻難得詩人想出來。

其五

兩岸山花似雪開，家家春酒滿銀盃。昭君坊❶中多女伴，永安宮❷外踏青來。

【注　釋】❶昭君坊　不詳所在。昭君又稱明妃，漢元帝時以和親遠嫁匈奴呼韓邪單于。昭君故里，《漢書・元帝紀》稱其

「本蜀郡秭歸人也」。秭歸即蜀夔州，此處或以「昭君坊」代夔州女子所居處。❷永安宮　在夔州，為蜀漢先主劉備所建。

【語　譯】長江兩岸山花開放似雪，家家春酒釀成斟滿了銀盃。夔州民居裏成群結隊的青年女子，相約往永安宮外去踏青。

【研　析】詩中雖未說踏青女子是否邊走邊唱，但讀者幾乎可以從詩外聽到她們銀鈴一般的歌聲和歡快的情緒。

其六

城西門前灩澦堆❶，年年波浪不能摧。懊惱人心不如石，少時❷東去復西來。

【注　釋】❶灩澦堆　在夔州西南大江中，為一巨石。冬水淺，屹然露百餘尺；夏水漲，沒數十丈，其狀如馬，舟人不敢進。故諺曰：「灩澦大如馬，瞿唐不可下。灩澦大如鱉，瞿唐行舟絕。灩澦大如龜，瞿唐不可窺。灩澦大如蹼，瞿唐不可觸。」❷少時　一會兒。

【語　譯】夔州城西江中的灩澦堆，波浪年年沖刷不能移動它。可惱人心不如石頭，忽而在東，又忽而在西。

【研　析】有許多解家將此詩解釋為有寄託的政治詩，固未嘗不可。不過還是按常情將它視作情詩的好。女子埋怨丈夫（或情人）用情不專，忽而向她示好，忽而又向別人示好，故而有此比喻。下首（「瞿唐嘈嘈十二灘」）與此同。

其七

瞿唐❶嘈嘈十二灘❷，人言道路古來難。長恨人心不如水，等閑❸平地起波瀾。

【注　釋】❶瞿唐　即瞿塘峽，長江三峽之一，在夔州西。❷十二灘　謂瞿塘峽灘頭之多。行舟凡遇灘頭，則水流電激，舟人恐懼。❸等閑　猶言無端、無緣故。

【語　譯】瞿塘峽水嘈嘈流過十二處灘頭，人人都說這一段水路自古最艱險。可恨人心不如水，無緣無故平地就起波瀾。

【研　析】江水遇到灘頭就要翻起波瀾，而男子多變的心卻會無端地翻起波瀾！前首（「城西門前灩澦堆」），女子懊惱丈夫的心不能堅如磐石，隨意移易；此首，女子抱怨丈夫的心輕易改變。因為詩裏說到人心可以「等閑平地起波瀾」，頗與現實生活中人際關係突兀發生變故有相似之處，認為此詩兼有泛泛的警戒意義，也是可以的。

其八

巫峽❶蒼蒼煙雨時，清猿❷啼在最高枝。個裏❸愁人腸自斷❹，由來不是此聲悲。

【注　釋】❶巫峽　長江三峽之一，在瞿塘峽之東，因巫山而得名。❷清猿　即猿。因其啼聲淒清，故稱。❸個裏　此中；其中。❹腸自斷　語出劉義慶《世說新語・黜免》：「桓公入蜀，至三峽中，部伍中有得猿子者，其母緣岸哀號，行百餘里不去，遂跳上船，至便即絕，破視其腹中，腸皆寸寸斷。公聞之，怒，令黜其人。」後世用作因思念愛人而極度悲傷之典。

【語　譯】巫峽煙雨過後莽莽蒼蒼，淒清的猿猴啼叫在樹枝最高處。此中發愁的我肝腸自斷，與清猿的啼叫並無關係。

【研　析】此首的關鍵字是「個裏愁人」。「愁人」應該就是思念「狂夫」的那一位女子，就是永安宮外踏青的「女伴」，就是「水流無限似儂愁」的「儂」。

其九

山上層層桃李花，雲間煙火是人家。銀釧金釵❶來負水，長刀短笠❷去燒畬❸。

【注　釋】❶銀釧金釵　皆婦女飾物。此代指婦女。❷長刀短笠　代指男子。❸燒畬　即畬田。參見前〈畬田行〉詩注。

【語　譯】山上是一層層的桃李花，白雲深處有煙火處是山裏人家。戴著銀釧金釵的婦女下來背水，佩長刀戴短笠的男子前去燒荒畬田。

【研　析】前兩句寫景，首句「山上層層桃李花」如在眼前。禹錫〈竹枝詞九首〉有三處寫山花：「山桃紅花滿上頭」（其二）、「兩岸山花似雪開」（其五），以及本首。景相同而用語不同，但都很清新，讀之但覺山花滿眼，花香撲面。第二句以「是人家」逗出後兩句，很自然地過渡到山民的辛勤勞作：婦女背水備炊，男子燒荒畬田。

　　劉禹錫很在意學習民間謠諺，在朗州，在連州，在夔州，都有學習民歌之作，而以夔州所作之兩組〈竹枝詞〉臻於成熟，藝術成就也最高。其後所作之〈楊柳枝詞〉、〈浪淘沙〉亦是成熟之作。以俚語入雅調，似吳歌西曲，又是文人典雅之作，是其擅長，「所寫皆兒女子口中語，然頗有雅味」（清毛先舒《詩辯坻》卷三）。《詩人玉屑》卷一五引黃山谷（庭堅）語云：「劉夢得〈竹枝〉九章，詞意高妙，元和間誠可以獨步。道風俗而不俚，追古昔而不愧。比之杜子美〈夔州歌〉，所謂同工異曲也。昔（蘇）子瞻嘗聞余詠第一篇，歎曰：此奔軼絕塵，不可追也。」皆是的論。後人仿之，皆不能出其右。禹錫且能唱〈竹枝〉，白居易〈憶夢得〉詩題下注云：「夢得能唱〈竹枝〉，聽者愁絕。」邵博《河南邵氏聞見後錄》卷一九亦謂：「夔州營妓，為喻迪孺（南宋喻汝礪，字迪孺，高宗紹興間提點夔州路刑獄公事）扣銅盤，歌劉尚書〈竹枝詞〉九解，尚有當時含思婉轉之豔，他妓者皆不能也……妓家夔州，其先必事劉尚書者，故獨能傳當時之聲也。」

竹枝詞二首

其一

【題解】此首是禹錫〈竹枝詞〉傳誦最廣的一首。以「晴」諧「情」，極得民歌妙處。

楊柳青青江水平，聞郎江上唱歌聲。東邊日出西邊雨，道是無晴還有晴。

【語譯】楊柳青青江水滿平，江上傳來郎的歌聲。東邊日出而西邊下雨，說是無晴卻是有晴。

【研析】末句「晴」一作「情」，將諧音的妙處道破，就意味全無。四句詩，只是兒女情事，而節令物候、風土人情盡在其中，風景又堪入畫。為詩如此，乃臻於絕妙。

其二

楚水巴山江雨多，巴人❶能唱本鄉歌。今朝北客❷思歸去，回入〈紇那〉❸披綠羅❹。

【注釋】❶巴人 古巴郡（約當今鄂西、川東一帶）人。❷北客 禹錫自指。❸紇那 曲名，其取義則不能詳。《舊唐書・

韋堅傳》：「先是人間戲唱歌詞云：『得體紇那也，紇囊得體耶？潭裏船車鬧，揚州銅器多。三郎當殿坐，看唱〈得體歌〉。』」瞿蛻園以為「〈紇那〉為唐時歌謠中之有聲無字者」（《劉禹錫集箋證》卷二七），其說大體是。楊慎《藝林伐山》卷二〇云：「李郢〈上元日寄胡杭二從事〉詩曰：『戀別山登（燈）與水登（燈），山光水焰百千層。謝公留賞山公喚，知入笙歌〈阿那〉朋。』劉禹錫夔州〈竹枝詞〉云：『楚水巴山江雨多……』〈阿那〉、〈紇那〉皆當時曲名。李郢詩言變梵唄為豔歌，劉禹錫詩言翻南調為北曲也。」可備一說。參見下篇。❹綠羅　同「綠蘿」。

【語　譯】楚水巴山一帶江雨多，巴人擅長唱本鄉的歌。今朝北方人也思念家鄉，身披綠蘿請用北方〈紇那〉調唱一曲。

【研　析】此首是詩人在「自說自話」。歌詞可以代巴人撰寫，音調仍不能「變」過來。所以詩人希望能將自己的歌詞「回入」到北方〈紇那〉曲中去。

紇那曲詞二首

【題　解】約與〈竹枝詞〉同期作於夔州。〈紇那〉，北方曲調名，見前篇注。

其一

楊柳鬱青青，〈竹枝〉無限情。周郎一回顧❶，聽唱〈紇那〉聲。

【注　釋】❶周郎一回顧　語出《三國志‧吳書‧周瑜傳》：「瑜少精意於音樂，雖三爵之後，其有闕誤，瑜必知之，知之必顧，故時人謠曰：『曲有誤，周郎顧。』」後用為精於音樂者善辨音律的典故。此處係作者自指。

【語　譯】楊柳青青如煙，〈竹枝〉曲調蘊含無限情意。但足以讓周郎頻頻回顧的，卻是北方的〈紇那〉曲調。

【研　析】是歌女的口吻。可以視為「新樂府」詞。用「周郎顧」典，委婉地表達了詩人思鄉之情。

其二

蹋曲❶興無窮，調同詞不同。願郎❷千萬壽，長作主人翁❸。

【注　釋】❶蹋曲　即踏歌，眾人拉手而歌，以腳踏地為節拍。《資治通鑑·唐紀》卷二二一，則天后聖曆元年：「尚書位任非輕，乃為虜蹋歌。」胡三省注：「蹋歌者，連手而歌，蹋地以為節。」❷郎　官名。又，舊時對男子的尊稱；奴僕稱主人亦為郎。酈道元《水經注·溫水》：「文（范文）為奴時，山澗牧牛，于澗水中得兩鱧魚，隱藏挾歸，規欲私食，郎知，檢求，文大慚懼。」熊會貞《參疏》：「僕稱主曰郎，見《唐書·宋璟傳》。」《舊唐書·宋璟傳》：「天官侍郎鄭善果謂璟曰：『中丞奈何呼五郎（張易之）為卿？』璟曰：『以官言之，正當為卿；若以親故，當為張五。足下非易之家奴，何郎之有？鄭善果一何懦哉！』」顧炎武《日知錄·郎》：「郎者，奴僕稱其主人之辭。」此處應是當地百姓對刺史（禹錫）的稱呼。作歌女對官家的稱呼解，亦通。❸主人翁　主人。此指本地官員。

【語　譯】踏地唱歌興趣濃，曲調雖同曲詞不同。祝願官人千萬壽，永遠做本地的官員。

【研　析】〈紇那曲詞二首〉，似是詩人（禹錫）與歌者對答之歌詞。第一首，詩人謂〈竹枝〉固然有情，但我所熟知的，仍舊是北方曲調；第二首，歌者為詩人祝壽，願其長久在本地為官。也適宜在家宴饗客時供歌女歌唱。

送景玄師東歸　并引

【題　解】長慶間作於夔州。景玄，廬山僧人，餘不詳。

盧山僧景玄袖詩一軸❶來謁，往往有句輕而遒，如鶴雛襬褷❷，未有六翮❸，而步舒視遠，戛然一唳，乃非泥滓間物。獻詩已，斂袵❹而辭，且曰：「其來也，與故山秋為期。夫丐❺者，僧事也。今無它請，唯文是求。」故賦一篇，以代瓔珞❻耳。

東林寺❼裏一沙彌❽，心愛當時才子詩。山下偶隨流水出，秋來卻赴白雲期。

灘頭躡屐挑沙菜❾，路上停舟讀古碑。想到舊房拋錫杖，小松應有過簷枝❿。

【注釋】❶一軸　卷在軸上的紙張，表示字畫的單位。❷襬褷　鳥羽初生時濡濕狀。❸六翮　鳥類雙翅中的正羽。此指鳥的雙翼。❹斂袵　整飭衣襟，表示恭敬。袵，衣前襟。❺丐　乞討。❻瓔珞　以珠玉貫穿而成、掛在頸部的裝飾物。❼東林寺　在廬山。❽沙彌　初出家的男佛教徒。❾沙菜　長在沙土中的菜。❿想到舊房拋錫杖二句　寫景幺想到歸期將至情急之態。錫杖，僧人所持的禪杖。其制：杖頭有一鐵卷，中段用木，下安鐵纂，僧人出動時，振錫，振時有聲。

【語譯】廬山僧人景玄帶著一卷詩來見我。他的詩往往有輕巧而遒麗的句子，如雛鶴羽毛初生，雖然沒有堅強的雙翅，但步態舒展，視野闊遠，戛然一鳴，不是俗世間物。獻詩一畢，整理衣襟告辭，說：「我來時，與故山有約，以秋天為期。乞討是僧人之事；今無別的請求，唯求您賜一篇文章。」因此我作此詩，以代替對僧人的布施。

東林寺裏有一位和尚，心愛當今才子的詩。偶然隨著山下流水出山，秋來還要歸去故山。他一路行來，穿著木屐在灘頭挑沙菜，遇到古碑就停舟仔細辨認。想到自己的舊房，和舊房旁長大的小松，情急之下就不由振動禪杖。

【研析】中唐時，有一類詩僧活躍在詩壇上：他們不甘寺院枯燥的生活，自己寫詩，也雲遊天下，四處求當今才子的詩。求詩的本意是為了博得名人對自己的誇獎。景玄應是一位年輕的僧人，禹錫此詩，可能有意仿照年輕僧人詩的風格：明白如話，不用典故，「句句分曉，不吃氣力」（方回評語，見《瀛奎律髓》卷四七），「挑沙菜」，「讀古碑」，可能皆是景玄所攜詩軸裏的「今典」，隨手用來，自然親切，卻是禹錫自己的面貌。

別夔州官吏

【題　解】長慶四年（西元八二四年）夏，禹錫改任和州（今屬安徽）刺史，是年秋離開夔州赴和州任，此是告別夔州群官之作。

三年楚國巴城守❶，一去揚州揚子津❷。青帳❸聯延❹喧驛步❺，白頭俯傴❻到江濱。巫山暮色常含雨，峽水秋來不恐人❼。唯有〈九歌〉❽詞數首，里中留與賽蠻神。

【注　釋】❶三年楚國巴城守　自長慶元年冬禹錫除夔州刺史，至四年秋離任，恰為三年。巴城，指夔州。夔州古屬巴國。❷一去揚州揚子津　此指和州。唐時和州屬淮南道，淮南道治揚州。揚子津，即揚子橋，在今江蘇揚州南。❸青帳　送行者用青布搭成的臨時帳幕。❹聯延　帳幕一個接一個。❺喧驛步　形容人多嘈雜。驛，此指渡口。❻俯傴　彎腰。形容老態。❼峽水秋來不恐人　是安慰送行者的話。三峽水至秋季稍落。❽九歌　屈原作品名。此指其在夔州所作〈竹枝詞〉等。

【語　譯】做了三年夔州的刺史，如今一去到揚州揚子橋頭。眾官相送的帳幕連接一片，人員很多聲音紛雜響成一片。此行前途會見到巴山濃重潮濕的暮色，好在秋來江水稍落不必擔驚。只有幾首仿民謠的詩留給你們，當地百姓祭神時可以拿來唱。

【研析】相較夔州或朗州，和州算是到了中原內地，距離東西兩京也近了許多。雖與禹錫的理想差距很遠，總算「量移」得近了許多。與夔州群官告別，見得刺史大人的人緣甚好。長慶四年白居易杭州刺史任滿離任時也有〈別州民〉詩，有「唯留一湖水，與汝救凶年」之句，是對自己杭州一任政績（治理西湖）的自負；禹錫非無政績，其尤自負者，詩歌創作也。亦可知禹錫在夔州日，夔州官民祭神時已以禹錫〈竹枝詞〉等為歌詞了。

巫山神女廟

【題解】穆宗長慶四年秋赴任和州途經巫山神女廟時作。神女廟，在巫山縣（今屬重慶市）。陸游《入蜀記》：「過巫山凝真觀，謁妙用真人祠。真人即世所謂巫山神女也。祠正對巫山。」

巫山十二❶鬱蒼蒼，片石亭亭號女郎❷。曉霧乍開疑卷幔，山花欲謝似殘妝。

星河好夜聞清佩，雲雨❸歸時帶異香。何事神仙九天上，人間來就楚襄王❹？

【注釋】❶巫山十二　指巫山十二峰。❷亭亭號女郎　指十二峰中之神女峰。亭亭，纖麗的樣子。陸游《入蜀記》：「過巫山……然十二峰者不可悉見。所見八九峰，唯神女峰最為纖麗奇峭，宜為仙真所托。」❸雲雨　用宋玉〈高唐賦〉楚王遊高唐夢與神女交事。見長慶三年〈酬楊司業巨源見寄〉詩注。❹楚襄王　戰國時楚王。宋玉與襄王遊高唐，為襄王述神女與先王事，是夜，神女來就襄王。見宋玉〈神女賦序〉。

【語譯】巫山十二峰鬱鬱蒼蒼，其中亭亭玉立的一座峰號為神女峰。江岸曉霧乍開疑是帷幔捲起，山間花開欲謝好似神女的殘妝。群星明朗的夜晚能聽見清越玉佩聲，與楚王相會歸來時身帶異香。神仙號稱生活在九天之上，為什麼來到人間俯就楚王？

【研　析】無論現實或傳說，並無神女相會楚王事，宋玉為阿諛楚王，作〈高唐賦〉，又作〈神女賦〉，玷汙神女甚矣。此詩前六句敷衍傳說中神女與楚王相會事，平平無奇；至末二句作一反詰，對傳說提出強烈的質疑，兼譏宋玉的諛、楚王的淫，全詩意境乃出。

自江陵沿流道中 陸遜、甘寧皆有祠宇

【題　解】長慶四年赴任和州途中作。江陵，唐時為荊州江陵府治所，今屬湖北。詩寫舟行西江所見沿岸景致古跡，於中微露「儒冠誤身」的感慨。

三千三百西江❶水，自古如今要路津❷。月夜歌謠有漁父，風天氣色屬商人。

沙村❸好處多逢寺，山葉紅時覺勝春。行到南朝❹征戰地，古來名將❺盡為神。

【注　釋】❶三千三百西江　指西江水流綿長。樂府〈懊儂歌〉：「江陵去揚州，三千三百里。」三千三百，泛指其長。西江，長江出峽後流經今湖北、安徽之一段。❷要路津　交通要道上的渡口。❸沙村　沙灘或沙洲上建的村子。❹南朝　此指六朝，即東吳、東晉及宋、齊、梁、陳。❺名將　即指詩題下注之陸遜、甘寧。陸、甘皆三國東吳大將。

【語　譯】三千三百里的西江水，自古到今都是交通要道。月夜下唱起歌謠的有漁父，風浪中穿行江面的是商人。沙洲村子好處是多遇到佛寺，山上樹葉紅時景致勝過春天。行舟到南朝征戰之地，古來名將盡被當做神聖立廟祭祀。

【研　析】「三千三百」一語即說盡舟行西江。因為人在舟中，所以頷、頸兩聯寫舟中所聞（漁歌）和所見

（商船、佛寺、紅葉）。沿江所建的祭祀古代名將的廟宇也是所見，因為詩人於此不免有些「儒冠誤身」的感慨，故特為拈出。其實第三句「月夜歌謠有漁父」即令我們想起許多，如《楚辭・漁父》中那位唱著「滄浪之水清兮，可以濯吾纓……」的漁父，柳宗元〈漁翁〉中那位「欸乃一聲山水綠」的漁翁。漁父、歌謠，正是詩人隱者情懷的反映，與末聯的「儒冠誤身」感慨同。

望洞庭

【題　解】長慶四年秋赴任和州，途經洞庭湖時作。精妙新奇的比喻，是此詩得以廣為傳誦的原因。

湖光秋月兩相和，潭面無風鏡未磨。遙望洞庭山水翠，白銀盤裏一青螺❶。

【注　釋】❶青螺　喻君山。君山在洞庭湖中。

【語　譯】湖光和秋月兩相融合，湖水平靜無風好似未磨的鏡面。遠望洞庭山水一片翠綠，君山就是白銀盤裏一枚青螺。

【研　析】秋月朦朧中的湖面似未經打磨的銅鏡，比喻已屬新奇；再將洞庭湖面上的君山比喻作青螺，更覺精妙無雙。青螺原指具迴旋形貝殼的軟體動物，古代女子盤其髮如螺旋狀，稱作螺髻，其後用來形容形似螺髻的青山。君山是山，亦是島，在洞庭湖水中，遠遠望去，謂其如螺（貝殼），是；謂其如螺髻，亦是；謂其如螺髻形的青山，亦是。晚唐詩人雍陶〈詠君山〉云：「疑是水仙梳洗罷，一螺青髻鑑中心。」襲此詩「青螺」比喻的第二解。

洞庭秋月行

【題解】當與前首為同時之作。詩寫秋夜泛舟洞庭所見。

洞庭秋月生湖心，曾波❶萬頃如鎔金。孤輪❷徐轉光不定，遊氣❸濛濛隔寒鏡。是時白露❹三秋中❺，湖平月上天地空。岳陽❻城頭暮角❼絕，蕩漾已過君山東。山城蒼蒼夜寂寂，水月逶迤繞城白。蕩槳巴童❽歌〈竹枝〉，連檣❾估客❿吹羌笛⓫。勢高夜久陰力全⓬，金氣⓭肅肅開星躔⓮。浮雲野馬⓯歸四裔⓰，首冠⓱星斗當中天。天雞⓲相呼曙霞出，劍影含光⓳讓朝日。日出喧喧人不閑⓴，夜來清景非人間。

【注釋】❶曾波 層層波浪。曾，同「層」。❷孤輪 形容秋月。下句「寒鏡」亦指月。❸遊氣 漂浮不定的水氣。❹白露 秋天節氣。❺三秋中 秋之中，即八月。❻岳陽 今屬湖南。唐時屬江南西道，為岳州治所。❼暮角 岳陽駐軍以號角司昏晨。❽巴童 此指撐船舟子。❾連檣 鄰舟。檣，船桅。❿估客 同「賈客」。商人。⓫羌笛 笛名，古代的管樂器。因出於羌人，故名。⓬陰力全 指月光明亮。古以月為陰。《素問・六節藏象論》：「日為陽，月為陰。」⓭金氣 秋氣。古人以五行中之金配秋。⓮星躔 星辰運行的軌跡。⓯野馬 原指日光照耀下的塵埃。此指水氣。⓰四裔 四邊。裔，邊遠處。⓱首冠 猶言頭戴。⓲天雞 神話中天上的雞。任昉《述異記》卷下：「東南有桃都山，上有大樹，名曰「桃都」，枝相去三千里。上有天雞，日初出，照此木，天雞則鳴，天下雞皆隨之鳴。」⓳劍影含光 形容黎明前月光。⓴人不閑 指賈客忙碌起來。

【語譯】一輪秋月自洞庭湖心升起，萬頃波浪頓時如融化了的黃金。圓如車輪的明月徐徐旋轉光芒不定，浮動的水氣遮住了鏡子一般的湖面朦朦朧朧。其時正當八月白露時節，湖水平鋪明月高懸天地皆空。暮色裏岳陽城頭號角已經停止不吹，舟船蕩漾飄過了君山以東。山城蒼茫靜夜寂無聲息，水月纏綿起伏圍繞山城一片霜白。撐船的舟子唱起巴地〈竹枝〉，比鄰船上的估客也吹起羌笛。夜深月高月光飽滿明亮，秋氣肅靜星辰在天空排列有序。月光下的水氣好似野馬奔騰散布四周，乘客頭戴星斗正當中天。天雞啼叫曙光漸漸現出，劍影般的月光只好讓位於日光。日出湖中喧鬧商人開始忙碌，回想起昨夜清境定非人世間。

【研析】洞庭湖是個大題目，禹錫在寫了七絕〈望洞庭〉後再以一首七古長篇寫洞庭，是意料中事。此詩寫泛舟湖中所見，以時間（初夜、夜深、曙色）為經，以湖水、月光為緯，交織成篇，旁及城頭暮角、巴童竹枝、鄰舟羌笛等，如眾樂合奏，一不遺漏。

武昌老人說笛歌

【題解】長慶四年赴任和州途經武昌時作。詩借老人說笛之言語，敷衍鋪陳，以結構全篇，間以詩人帶有總括性的感受，以映帶笛竹及吹奏之妙，使全詩在鋪敘中平添宛轉情致。

武昌老將七十餘，手把庚令❶相問書❷。自言少小學吹笛，早事曹王❸曾賞激。往年鎮戍到蘄州❹，楚山蕭蕭笛竹❺秋。當時買材恣搜索，典卻❻身上烏貂裘。古苔蒼蒼封老節，石上孤生飽風雪❼。商聲❽五音隨指發，水中龍應行雲絕⑨。曾將⑩黃鶴樓⑪上吹，一聲占盡秋江月。如今老去語猶遲⑫，音韻高低耳不知⑬。氣力已微心尚在，時時一曲夢中吹。

【注釋】❶庾令　指晉庾亮，曾鎮武昌，官至中書令。此代指當時的武昌軍節度使。❷相問書　問候、慰勞的書信。❸曹王　指唐宗室曹王李皋。皋為太宗子明玄孫，明封曹王，皋天寶十一載嗣封曹王。❹鎮戍到蘄州　謂老人隨李皋鎮戍蘄州。德宗建中三年，淮西軍節度使李希烈反，皋授江西節度使討李希烈，其間曾移兵蘄州。蘄州，州治蘄春，今屬湖北。❺笛竹　竹之一種，可以製笛，又以蘄州所產最著名。白居易〈寄蘄州簟與元九因題六韻〉詩：「笛竹出蘄春，霜刀劈翠筠。」即指蘄州笛竹。❻典卻　當掉。❼古苔蒼蒼封老節二句　形容買定之笛材生長之環境。❽商聲　五音之一。五音即宮、商、角、徵、羽。❾行雲絕　謂其笛音高亢，行雲為之阻遏。❿將　攜帶；帶著。⓫黃鶴樓　在武昌。⓬語猶遲　謂言語遲鈍。⓭耳不知　謂耳聾。

【語譯】武昌這位老將軍已七十多歲，手中持著地方大員問候他近況的書信。自言他從少小起學習吹笛，早年侍奉過宗室曹王並得到他的激賞。有一年隨從曹王移兵蘄州，當地竹林蕭蕭，適逢秋天。為了買到好的笛材曾恣意搜尋，不惜典當了身上的烏貂裘。尋到的這支笛材被蒼蒼古苔爬滿，孤立生長於石上飽經風霜。做成笛子，商聲五音隨著手指發出，水中蛟龍都有回應，天上行雲為之阻絕。他曾經帶著笛子在黃鶴樓上吹奏，秋江和明月的妙處似盡被笛聲佔有。如今老了，說話語言遲鈍；又因為耳背，音韻高低也不能分辨。氣力雖然衰微而壯心尚在，時時於夢中吹奏一曲。

【研析】這是一首寫音樂的詩，貫穿了三個意思：笛材的尋覓擇取、笛音的美妙和吹奏者（即武昌老將）對音樂的癡迷。三個意思錯綜著寫，落腳點盡在對吹奏者形象的塑造。老人的敘述，充滿對昔日盛年技藝的追憶。全詩以老人的講述結構，而「楚山蕭蕭笛竹秋」、「一聲占盡秋江月」及「時時一曲夢中吹」等經過了精心爐錘、詩化了的語言，顯示了詩人於老人娓娓不休講述中的「筆舌」之妙。

西塞山懷古

【題解】長慶四年赴任和州，途中憑弔西塞山故壘時作。西塞山，在今湖北大冶東，臨長江，山勢陡峭，自吳至晉，皆以為軍事防務要塞。詩因西塞山而詠古今興亡之事，寄寓深厚，感慨良深。

王濬樓船下益州❶，金陵王氣黯然收❷。千尋鐵鎖沉江底，一片降幡出石頭❸。人世幾回傷往事，山形依舊枕寒流❹。今逢四海為家日，故壘蕭蕭蘆荻秋❺。

【注釋】❶王濬樓船下益州　晉武帝咸寧五年（西元二七九年）十一月，晉大發兵，遣王渾、王濬等水陸六路攻吳，王濬水師發自益州。王濬，西晉益州刺史。樓船，船上建有樓的大船。益州，即今四川成都。❷金陵王氣黯然收　謂吳帝開城投降，吳國國運終結。咸寧六年（西元二八〇年）三月，王濬水師至建業，吳帝孫皓降。金陵，即今江蘇南京，為吳國首都，時稱建業。王氣，帝王之氣。古代迷信說法，認為帝王所在之地乃有王氣，國亡則王氣收。❸千尋鐵鎖沉江底二句　寫吳亡經過。晉伐吳時，吳人於江磧要害之處置鐵鎖橫江攔截，晉軍於船頭作火炬，灌以麻油，遇鐵鎖則熔斷之，於是船行無礙。降幡，表示投降的旗幡。石頭，即石頭城，舊址在今南京西。三國吳時，孫權因石頭山造城，地形險要，為攻守金陵必爭之地。王濬水師由武昌直下金陵，攻下石頭城，吳主孫晧親到營門投降。❹人世幾回傷往事二句　謂金陵屢為分裂割據者建都之地，西塞山要塞建而廢，廢而建，如今俱已成為往事。❺今逢四海為家日二句　意謂當今四海為家，天下統一，西塞山故壘荒廢一片。蘆荻，蘆葦。

【語譯】西晉大將王濬率領的樓船自益州順流而下，東吳政權隨即悄然覆亡。吳人所置千尋鐵鎖沉於江底，一面投降的旗幟插在石頭城上。人世間多少興亡之事令人感傷，而西塞山依然靜靠江邊。今逢國家統一四海為家，所見唯昔日征戰留下的營壘和秋日枯黃的蘆荻。

【研　析】此詩因西塞山而詠晉、吳興亡之事。首聯二句如斷然判語，說明山川之險不足恃，分裂割據終究要歸於統一。次聯承之，以「千尋鐵鎖」與「一片降幡」互為映襯，補足前意。頸聯以下，轉入懷古。詩人在「四海為家日」發出了「人世幾回傷往事」的喟歎，說明劉禹錫固然瞭解分久必合的天下大勢，也未必不預感到合久必分的另一趨勢。當著中唐藩鎮割據的局面，與其說此詩表達了詩人對天下統一的歌頌，毋寧說更表達了詩人對時局的殷憂。此詩高明之處，在「似議非議，有論無論」（薛雪《一瓢詩話》評語），正體現了劉禹錫詩人兼政治家的本色。因時代風氣，中唐詠懷古跡詩極多，仍推劉禹錫此篇為第一。此詩用語，不經意而自工，但又頗多異文（如「王濬」一作「西晉」，「人世幾回傷往事」一作「荒苑至今生茂草」，「今逢四海為家日」二句一作「而今四海歸皇化，兩岸蕭蕭蘆荻秋」）。異文或與輾轉傳抄有關，但也證明作者對此詩曾多次加以修改，鍛煉再三，最終乃成此完篇。

《全唐詩話》卷三：「長慶中，元微之夢得韋楚客同會（白）樂天舍，論南朝興廢，各賦〈金陵懷古〉詩。劉滿引一杯，飲已，即成曰：『王濬樓船下益州……』白公覽詩曰：『四人探驪龍，子先獲珠，所餘鱗爪何用耶？』於是罷唱。」瞿蛻園《劉禹錫集箋證》卷二四以為「其言殊不可信」。其說有三：一曰禹錫無緣在長慶中與元、白相會；二曰此詩本應為〈西塞山懷古〉，無復有〈金陵懷古〉之可言；三曰白居易「探驪獲珠」之說「必是由〈金陵五題〉引申」而來。其說可從。錄以備考。

經檀道濟故壘

【題　解】長慶四年赴任和州途經江州（今江西九江市）作。檀道濟，高平金鄉（今屬山東）人，南朝宋初官至征南大將軍、司空、江州刺史。故壘，當是檀道濟為江州刺史時所築營壘。檀道濟功高震主，為彭城王劉義康所忌，元嘉十三年矯詔殺之。道濟八子同時被害。詩因經故壘，又聞〈白符鳩〉之歌而哀之。

萬里長城壞❶，荒營野草秋。秣陵❷多士女，猶唱〈白符鳩〉❸。

【注釋】❶長城壞　謂檀道濟之被害。據《宋書・檀道濟傳》，檀被收時，「乃脫幘投地，曰：『乃復壞汝之萬里長城！』」❷秣陵　即金陵，今江蘇南京。❸白符鳩　舞曲名。《南史・檀道濟傳》：「（道濟）及其子八人并誅，時人歌曰：『可憐白浮鳩，枉殺檀江州。』」浮，同「符」。

【語譯】國家萬里長城被毀壞，他所修築的營壘一片荒蕪。秣陵人家的女兒，至今還在唱〈白符鳩〉的曲子。

【研析】經檀道濟故壘，令詩人想起檀的被冤殺；讓詩人心靈為之一震的，恐怕是聽到了金陵女子〈白符鳩〉的歌聲之後。將近四百年過去了，一首曲子仍舊傳唱不歇，除了曲調本身的持續性外，就是長存於世的公道人心。

九華山歌　并引

【題解】長慶四年赴任和州途經九華山時作。九華山，在宣州青陽縣（今屬安徽）南，原名九子山，天寶十四載，李白遊江漢，睹其山秀異，遂更號曰九華。白集中有〈改九子山為九華山聯句〉，其序云：「青陽縣南有九子山，山高數千丈，上有九峰如蓮華。按圖徵名，無所依據……乃削其舊號，加以九華之目。」此詩寫九華山九峰奇觀，用語極峭拔挺出，設想亦奇特。詩中再三慨歎九華山所處不在要路津，故不能為世人共知，當兼有個人身世之感歎在。

九華山在池州青陽縣西南，九峰競秀，神采奇異。昔予仰太華❶，以為此外無奇；愛女几、荊山❷，以為此外無秀。及今見九華，始悼❸前言之容易也。惜其地偏且遠，不為世所稱，故歌以大之。

奇峰一見驚魂魄，意想洪爐❹始開闢。疑是九龍夭矯❺欲攀天，忽逢霹靂一聲化為石。不然何至今，悠悠億萬年，氣勢不死如騰仚❻。雲含幽兮月添冷，月凝暉兮江漾影。結根不得要路津❼，迥❽秀長在無人境。軒皇封禪登云亭❾，大禹會計臨東溟❿。乘樏⓫不來廣樂⓬絕，獨與猿鳥愁青熒⓭。君不見敬亭之山⓮黃索漠⓯，兀⓰如斷岸⓱無稜角。宣城謝守⓲一首詩⓳，遂使名聲齊五嶽。九華山，九華山，自是造化一尤物⓴，焉能籍甚㉑乎人間？

【注　釋】❶太華　即西嶽華山。❷女几荊山　山名，女几山在今河南宜陽西南，荊山在今河南南。❸悼　追悔。❹洪爐　大火爐。此以喻天地造化。❺九龍夭矯　喻山上九峰騰空而起。夭矯，縱恣屈伸的樣子。❻騰仚　騰空飛舉的樣子。❼結根不得要路津　謂九華山不能出於通衢大道處。結根，立根。要路津，交通要道上的渡口。❽迥　遙遠。❾軒皇封禪登云亭　謂軒轅黃帝封禪泰山事。封禪，古代帝王祭天地的大典。在泰山上築土為壇，報天之功，稱封；在泰山下的梁父山上辟場祭地，報地之德，稱禪。云亭，即云云、亭亭，泰山下兩座小山。據《史記·封禪書》，炎帝封泰山，禪於云云；黃帝封泰山，禪於亭亭。❿大禹會計臨東溟　謂大禹巡天下、大會諸侯事。會計，會諸侯以計功。東溟，東海。據《史記·夏本紀》及

〈封禪書〉，大禹東巡狩，至於會稽，群臣乃大會計。⓫樏　相傳為大禹治水時乘具之一。《尚書・益稷》：「禹曰：『洪水滔天，浩浩懷山襄陵……予乘四載，隨山刊木。』」注：「四載：水乘舟，陸乘車，泥乘輴，山乘樏……樏，以鐵為之，其形似錐，長半寸，施之履下，以上山不蹉跌也。」⓬廣樂　天子之樂稱為廣樂。⓭獨與猿鳥愁青熒　謂九華山孤獨而無侶。青熒，天空。⓮敬亭之山　在宣州（今屬安徽）北。⓯黃索漠　枯萎而無生氣。⓰兀　孤立的樣子。⓱斷岸　高峻的樣子。⓲宣城謝守　指南朝齊謝脁。脁曾任宣城太守。⓳一首詩　指謝脁〈遊敬亭山〉等詩。⓴尤物　珍奇之物。㉑籍甚　名聲大的樣子。

【語　譯】九華山在池州青陽縣西南，九座山峰競秀，神采奇異。昔日我仰望太華山，以為除此以外再無奇異如此者；又愛女几山、荊山，以為除此以外再無秀美如此二山者。及今見九華山，始追悔前所言之隨意。可惜九華山處地偏僻，不為世所稱道，故為此歌以廣大之。

見到九華奇峰驚魂動魄，令我想到天地造化初開之時；又懷疑是九龍騰空欲攀天，忽然間一聲霹靂盡化為石。要不然為何悠悠千年過去，九龍氣勢不死仍像在騰越飛舉。山間的白雲含著幽雅秀麗，明亮日光照耀下，山影倒映在江水裏。九華山不能立足在通衢大道旁，遠遠地秀出於偏僻無人之境。軒轅黃帝封禪泰山曾登云亭二山，大禹巡狩大會諸侯在東海。他們都未嘗乘樏駕臨，廣樂未能奏起，九華山只能與猿鳥愁對天空。君不見枯黃了無生氣的敬亭山，孤獨聳立而沒有稜角。只是因為有了謝脁太守一首詩，就使它聲名與五嶽並齊。九華山啊，九華山，自是造化成就的一個尤物，怎樣才能讓它名聲遍佈於人間？

【研　析】李白以為九子山「九峰如蓮華」，遂改九子為九華；白〈望九華山贈青陽韋仲堪〉詩云：「昔在九江上，遙望九華峰。天河掛綠水，秀出九芙蓉。」李白的蓮華視角，著重在九華的秀。禹錫此詩前引，謂九華兼有太華之奇和女几、荊山之秀，但關於九華的秀，詩中只有較為泛泛的「雲含幽兮月添冷，月凝暉兮江漾影」兩句，著重卻在誇讚九華的奇。詩中將九華山擬為九龍攀天、突然遭遇霹靂而化為石山，設想不但奇特，亦與九華山九峰簇擁孤聳、不呈綿延之態極相似。李、劉視角不同，但李的視角似不如禹錫視角更為形象。總而言之，九華山在李、劉之前默默無聞，經兩位大詩人的張揚，中、晚唐以後，歷宋、元、明、清，至於近代，九華之名遍佈海內外。九華固然奇秀，而詩人吹噓之力亦大焉。至於詩中再三感歎九華山地處偏僻，不為人所知，寓有詩人個人身世之感慨，是一貫的，與柳宗元之歎愚溪同致。

謝宣州崔相公賜馬

【題　解】長慶四年赴和州途經宣州（今屬安徽）時作。崔相公，謂崔群。群字敦詩，貝州武成（今屬河北）人，貞元八年進士第。元和中歷仕庫部郎中知制誥、中書舍人、禮部侍郎、戶部侍郎等，十二年拜中書侍郎、同平章事，十四年罷為湖南觀察使。穆宗即位，歷任吏部侍郎、御史大夫、華州刺史等，長慶四年改宣歙觀察使。此處稱崔群舊銜。

浮雲金絡腦，昨日別朱輪❶。銜草如懷戀，嘶風尚意頻❷。曾將比君子❸，
不是換佳人❹。從此西歸路，應容躡後塵❺。

【注　釋】❶浮雲金絡腦二句　比喻馬不貪戀富貴。《論語·述而》：「子曰：『不義而富且貴，於我如浮雲。』」金絡腦，華貴的馬絡頭。朱輪，古代王侯所乘坐的車子。因以紅漆車輪，故稱。此以馬喻人，意謂崔群不戀富貴，不以罷相為意。❷銜草如懷戀二句　寫馬對舊主人懷戀，然對新主人尚能接納。嘶風，迎風嘶叫。❸比君子　指馬。古人每將馬擬君子。《淵鑒類函》卷四三三引《風俗通》：「俗說馬及君子與人相匹。」❹換佳人　用三國魏曹彰事。《獨異志》：「後魏曹彰性倜儻，偶逢駿馬，愛之，其主所惜也。彰曰：『予有美妾，可換，惟君所選。』馬主因指一妓，彰遂換之。」❺躡後塵　追隨其後。

【語　譯】昨日與華貴的軒車分手，昂貴的金絡腦，於馬不過如浮雲。銜草表示牠還眷戀舊主，迎風嘶鳴又說

明牠有意傾向新主。有人曾將馬比作君子，贈馬並非是拿來換佳人。從此以後西歸之路，我就好步您的後塵。

【研　析】崔群與禹錫同庚，貞元時，禹錫入朝為監察御史，即舉群自代。群元和、長慶間成為朝中大臣，有名於時，韓愈稱其為「明白淳粹，輝光日新者」（《韓昌黎集・與崔群書》），柳宗元稱其「有柔儒溫文之道……有雅厚直方之誠」（〈送崔群序〉）。禹錫量移和州，群移書與禹錫，云：「必我覿（覿，見面之意）而之藩，不十日飲，不置子。」見禹錫寶曆元年詩〈歷陽書事七十四韻・并引〉。禹錫自夔州抵和州，一路行船，至池州乃改陸路，抵宣城。群初見面又贈馬，熱情如此，為友朋中少見者。此詩既是詠馬，又句句是詠人、頌美其人。「曾將比君子，不是換佳人」二句，還可以看出崔、劉之間不以升沉異趣的君子之交。

晚泊牛渚

【題　解】長慶四年赴任和州途經牛渚時作。牛渚，即牛渚磯，又名采磯，在宣州當塗（今屬安徽馬鞍山市）西北長江南岸。詩寫秋江夜景，復借古人事慨歎平生之不遇，含蓄蘊藉，不露痕跡。

蘆葦晚風起，秋江鱗甲❶生。殘霞忽改色，遠雁有餘聲。戍鼓❷音響絕，漁家燈火明。無人能詠史，獨自月中行❸。

【注　釋】❶鱗甲　喻江水波紋。❷戍鼓　城中駐軍的鼓聲。❸無人能詠史二句　用晉袁宏、謝尚事。袁宏字彥伯，有逸才而孤貧，為人傭載運租為業。時鎮西將軍謝尚屯牛渚，乘月夜泛江，聞運船中諷詠之聲，甚有情致，所誦五言又其所未嘗聞，遣問之，即袁宏詠其自作〈詠史〉。於是大相讚賞，引為參軍。事見《世說新語・文學》。

【語　譯】晚風吹拂著岸邊蘆葦，江水泛起鱗甲一般的波紋。殘霞忽然改了顏色，遠處隱約傳來大雁的鳴聲。

城裏駐軍的鼓聲暫告停歇，漁家舟中的燈火分外明亮。再無人能朗誦詠史詩了，我獨自行走在秋月中。

【研　析】五律四聯，與起、承、轉、合四層暗合，或以敘事起，或以寫景起。此詩前三聯均寫景，與傳統五律章法有異而人不覺累贅。末聯插入謝尚識拔袁宏事，既切牛渚，又切秋夜，兼有個人感慨在內，極妥帖。李白有〈夜泊牛渚懷古〉詩，亦用謝、袁事，云「余亦能高詠，斯人不可聞」，以舟中袁宏自居；禹錫詩云：「無人能詠史，獨自月中行」，似以謝尚自擬。此因所處地不同（一在舟中，一在岸上）而有異，尚友之意則同。

寶曆詩選

歷陽書事七十韻　并引

【題　解】敬宗寶曆元年（西元八二五年）春作於和州。歷陽，指歷陽郡，即和州。詩寫其赴任和州一路所經，尤詳於宣州與崔群之往還。和州地近中原腹地，雖僅為量移，然可見禹錫喜悅之情。

長慶四年八月，余自夔州轉歷陽❶，浮岷江❷，觀洞庭，歷夏口❸，涉潯陽❹而東。友人崔敦詩❺罷丞相，鎮宛陵❻，緘書來抵曰：「必我覿❼而之藩，不十日飲，不置❽子。」

故余自池州⑨道宛陵，如其素⑩。敦詩出祖⑪於敬亭⑫祠下。由姑熟⑬西渡江，乃吾圉⑭也。至則考圖經⑮，參見事，為之詩，俟采之夜諷⑯者。

一夕為湖地⑰，千年列郡名⑱。霸王迷路處⑲，亞父所封城⑳。漢置東南尉㉑，梁分肘腋兵㉒。本吳風俗剽㉓，兼楚語音傖㉔。沸井㉕今無湧，烏江㉖舊有名。土臺遊柱史㉗，石室隱彭鏗㉘。老君適楚有臺在焉。彭鏗石室在含山縣。曹操祠㉙猶在，濡須塢㉚未平。海潮隨月大，江水應春生。

【章旨】此段為一首長律的開篇。先從遙遠的千年之前說起：有歷陽城的來歷，歷陽與楚霸王、范增的關係，也說到傳說中彭祖以及當地祭祀曹操的祠堂等。

【注釋】❶歷陽　即和州。❷岷江　即長江。❸夏口　地名，因漢水（下游古稱夏水）注入長江口而得名，即今湖北武昌。❹潯陽　即今江西九江市。❺崔敦詩　即崔群。群字敦詩。❻宛陵　即宣州。❼覿　見面。❽不置　不放過；不停息。❾池州　即今安徽池州市貴池區。❿如其素　猶言如其所言。⓫祖　餞行。⓬敬亭　即敬亭山，在宣州北。⓭姑熟　當塗（今屬安徽）別稱。⓮圉　邊境。此指管轄範圍。⓯圖經　附有圖畫、地圖的書籍。⓰夜諷　夜誦。順宗名誦，避諱改。《漢書・禮樂志》：「至武帝……乃立樂府，采詩夜誦，有趙、代、秦、楚之謳。」顏師古注：「夜誦者，言其辭或秘不可宣，故於夜中歌誦也。」⓱一夕為湖地　舊傳歷陽一夕為湖。《淮南子・俶真訓》：「夫歷陽之都，一夕反而為湖。」高誘注：「歷陽，淮南國之縣名，今屬江都。昔有老嫗，常行仁義，有二諸生過之，謂曰：『此國當沒為湖。』謂嫗：『視東門閫上有血，便走上北山，勿顧也。』自此嫗便往視門閫。閽者問之，嫗對，白如是。其暮，門吏故殺雞，血塗門閫。明旦，老嫗早往視門，見血，便上北山，國沒為湖。及閽吏言其事，適一宿耳，一夕旦而為湖也。」⓲千年列郡名　歷陽秦時屬九江郡，漢置歷陽縣，至東晉時改歷陽郡。⓳霸王迷路處　用楚項羽事。《史記・項羽本紀》：「項王至陰陵，迷失道，問一田父，田父紿曰『左』。左，乃陷大澤中，以故漢追及之。」據胡三省注《資治通鑑》引《括地志》，陰陵故城在濠州定遠縣西北六十里，東南距和州近二百里。項羽敗於烏江，此連類而及。⑳亞父所封城　范增封歷陽侯。見《史記・項羽本紀》。亞父，即次父，項羽呼范增為亞父。《史記・項羽本紀》裴駰《集解》引如淳曰：「亞，次也，尊敬之次父，猶管仲為仲父。」㉑漢置東南尉　漢於歷陽置都尉。尉，指都尉。漢於邊遠之州除太守以外別置都尉，掌管軍事。㉒梁分附腋兵　南朝梁時以宗室子弟為王，統領京都附近城市之兵。附腋，比喻切近之地。按，梁以前，宗室子弟兼地方行政軍事長官，只是遙領而已，並不到達駐地。梁宗室子弟始親自到官。㉓本吳風俗剽　謂歷陽與吳地剽悍之風俗相近。剽，剽悍好鬥。㉔兼楚語音傖　謂歷陽地方口音與楚地粗俗之音相近。傖，淺陋鄙俗。㉕沸井　沸騰的井水。是地熱現象。《輿地紀勝》卷四八載和州有沸井。㉖烏江　江名，在和州附近。秦於此置亭，楚漢之際，項羽垓下戰敗，於此自刎。晉於此置縣，後廢。㉗土臺游柱史　《輿地紀勝》卷四八載和州烏江縣有老君臺，云是老君煉丹之所。柱史，官職名，柱下史的簡稱，此指老子，相傳老子為周柱下史。㉘石室隱彭鏗　《太平寰宇記》卷一二四載彭祖曾隱於和州含山縣之禱應山。彭鏗，即傳說中之彭祖，善養生，有導引之術，活到八百歲。見《列仙傳》。㉙曹操祠　《太平寰宇記》同卷載有曹操祠在和州含山縣。㉚濡須塢　《太平寰宇記》同卷載和州歷陽縣有濡須塢，為漢建安十七年東吳因防禦曹操所築。塢，小型城堡一類的防禦工事。

【語譯】 長慶四年八月，我自夔州移官和州，一路浮岷江，觀洞庭，歷夏口，抵達潯陽而東。友人崔敦詩罷丞相鎮宣城，封一書對我說：「必須見我一面然後再上任。在宣城不飲酒十日不會放過你。」所以我自池州登岸經宣城，如崔所說。臨分手時，敦詩餞行於敬亭祠下。由當塗渡江而西，則是和州管轄範圍了。到了和州，我查考圖經，參以與和州有關的事件，為此詩，等候采風者夜間誦讀它。

自從一夕之間歷陽成為湖水，千年以來歷陽就有了郡名。楚霸王曾在此迷過路，亞父范增受封為歷陽侯。漢代在歷陽安置都尉，梁代的宗室子弟開始在此統領軍隊。老百姓有吳地剽悍的氣質，語言兼有楚地那樣的粗鄙。熱水井已不再沸騰，項羽自刎的烏江本來就很有名。有老子煉過丹的土臺，有彭祖隱居的石室。祭祀曹操的祠堂猶然在，防禦曹軍的土堡也未傾覆。潮汐隨著月亮朔望而變化，江水在春天最充盈。

憶昨深山裏，終朝看火耕❶。魚書❷來北闕❸，鷁首下南荊❹。雲雨巫山暗，蕙蘭湘水清❺。章華樹已失，鄂渚草來迎❻。廬阜香爐出，湓城粉堞明❼。雁飛彭蠡暮，鴉噪大雷晴❽。平野分風使，恬和趁夜程❾。

【章旨】此段自其在夔州接到朝廷任職詔書、赴和州任沿江而下寫起。對從夔州至巫山、章華，至鄂渚、香爐峰、湓口，此一段水程，交代極簡捷，筆調也較為輕鬆，至貴池棄舟登陸至。

【注釋】❶憶昨深山裏二句　謂往日在夔州為官，終日只能看到山民刀耕火種。火耕，即畬田，參見長慶詩〈畬田行〉詩注。❷魚書　古代朝廷任免州郡長官時所頒發的魚符或敕書。❸北闕　古代朝廷北面的宮殿或樓閣，是臣子等候朝見或上書奏事之處。此指朝廷。❹鷁首下南荊　謂其乘船駛往和州赴任。鷁首，船首刻有鷁鳥之首的大船。南荊，即南楚，此指和州。歷陽漢時屬九江郡，屬南楚。❺雲雨巫山暗二句　謂其赴任途經巫山、洞庭。巫山，即今重慶市巫山縣。湘水，此指洞庭湖。湘水注入洞庭湖。❻章華樹已失二句　謂沿途經過了章華臺、鄂州。章華，即章華臺，故址在今湖北監利一帶，相傳為戰國時楚王所築。鄂渚，即鄂州，即今湖北武昌。鄂渚故址在今湖北武昌黃鶴山上游數百步，隋置鄂州，即因渚而得名，後因稱鄂州為鄂渚。❼廬阜香爐出二句　謂沿途經過了廬山及江州。廬阜，即廬山。香爐，香爐峰，廬山峰名，形似香爐，孤峰秀出，有氣氤氳，若香煙溢出。湓城，原名湓口，因湓浦水注入長江而得名，後改名湓城，唐時又改名江州、潯陽，即今江西九江市。粉堞，指城垛。❽雁飛彭蠡暮二句　謂船行經過了彭蠡湖口及大雷岸。彭蠡，湖名，一名彭澤湖，即今江西境內鄱陽湖。大雷，地名，在今安徽望江縣長江岸邊。晉於此置大雷戍，南朝梁鮑照有〈登大雷岸與妹書〉。❾平野分風使二句　謂船行至平曠處則因風向而使帆，風力安靜平和處則晝夜兼程。

【語譯】想起昨日我還在深山裏，從早到晚看百姓刀耕火種。朝廷的詔書從京城頒下，我赴任的船隻就開往南荊。雲雨昏暗中駛過了巫山，蕙蘭芬芳中駛過了洞庭湖。章華臺的樹木漸漸退去，鄂渚的綠草遠遠地來迎。岸邊顯出了廬山的香爐峰，還有江州城的城垛口。暮色裏看見了飛翔在彭蠡湖的大雁，還有鄱陽湖大雷岸上群鴉的聒噪。船行至平曠處就按風向揚帆，風力平和處就晝夜兼程。

貴池登陸峻，春穀渡橋鳴❶。絡繹主人問，悲歡故舊情❷。幾年方一面，卜晝便三更❸。助喜杯盤盛❹，忘機❺笑語訇❻。管清疑警鶴，絃巧似嬌鶯❼。熾炭烘蹲獸❽，華茵織鬥鯨❾。回裾飄霧雨，急節墮瓊英❿。斂黛凝愁色，施鈿耀翠晶⓫。容華本南國，妝束學西京⓬。日落方收鼓⓭，天寒更炙笙⓮。促筵交履舄，痛飲倒簪纓⓯。謔浪容優孟⓰，嬌憐許智瓊⓱。蔽明⓲添翠帟⓳，命燭拄金莖⓴。坐久羅衣皺，杯頻粉面騂㉑。興來從請曲，意墮即飛觥㉒。令急重須改，歡馮醉盡呈㉓。詰朝㉔還選勝㉕，來日又尋盟㉖。道別殷勤惜，邀筵次第爭㉗。唯聞嗟短景㉘，不復有餘酲。眾散扃㉙朱戶，相攜話素誠㉚。晤言猶亹亹㉛，殘漏自丁丁㉜。出祖千夫擁，行廚五熟烹㉝。

【章　旨】此段敘在貴池登陸，得到故人崔群的迎接，並接受邀請來到宣城，受到崔群及宣州群官極熱情的接待：飲酒從白晝到夜深，酒宴豐盛，管弦樂助樂齊鳴，有舞女及伶人表演助興。歌舞酒宴直到日落方才停歇，眾人酒後意氣飛揚與致極高。直到眾人散去，我方與主人閉戶，攜手說起存儲胸中多年的友情，談與甚濃直到夜深。離開宣城時，有百千人簇擁設宴相送。

【注　釋】❶貴池登陸峻二句　謂其受到崔群邀請，在池州棄船登岸，陸路來到宣城。貴池，水名，在池州西。春穀，烏名。又地名，在宣城西。❷絡繹主人問二句　謂崔群殷勤接待，暢敘故舊之情。絡繹，不絕。❸卜晝便三更　猶言白日飲酒直到深夜。春秋時齊陳敬仲為工正，請桓公飲酒，桓公高興，命舉火繼飲。敬仲辭曰：「臣卜其晝，未卜其夜，不敢。」見《晏子春秋・雜上》。後稱盡情歡飲晝夜不止為「卜晝卜夜」。❹杯盤盛　謂酒肴豐盛。❺忘機　無機巧之心。❻訇　大聲。❼管清疑警鶴二句　謂飲酒之間音樂聲起。管、絃，分指管樂、弦樂。❽蹲獸　指獸形的炭。《晉書・羊琇傳》：「琇性豪侈，費用無復齊限。而屑炭和作獸形以溫酒，洛下豪貴咸競效之。」❾鬥鯨　指地毯上織成的糾結在一起的鯨魚。❿回裾飄霧雨二句　形容舞女舞姿。裾，舞裙。瓊英，頭飾。⓫斂黛凝愁色二句　形容舞女容貌。斂黛，蹙眉。黛，原指畫眉之黑色顏料。鈿，金銀頭飾。⓬容華本南國二句　謂舞女為本地人而妝束入時。西京，長安。⓭收鼓　罷舞。⓮炙笙　烘烤笙的簧片。笙，一種吹奏樂器，吹奏時金屬簧片發聲，天寒則簧片受潮，需要烘烤使乾。⓯促筵交履舄二句　謂酒酣後眾人不拘禮儀。交履舄，鞋履交錯雜亂。語出《史記・滑稽列傳》：「日暮酒闌，合尊促坐，男女同席，履舄交錯。」倒簪纓，義同。簪纓，古代官吏的冠飾。⓰謔浪容優孟　謂酒酣之際有伶人表演節目。謔浪，戲謔放浪。優孟，戰國時伶人名。此指表演滑稽節目的藝人。⓱嬌憐許智瓊　謂有女妓與主客歡樂。嬌憐，形容女妓初見時形態。智瓊，仙女名，複姓成公，見干寶《搜神記》卷一。此指州郡官妓。⓲蔽明　遮蔽光亮。⓳翠帟　帳幕。⓴金莖　此指燈擎，銅製，上有盤，承燭。㉑坐久羅衣皺二句　謂女妓因坐久而羅衣不整，因飲酒而粉面通紅。騂，紅色。㉒興來從請曲二句　形容女妓醉後狂態。從請曲，猶言要她唱何曲任由客人提出來。意墮，語意謂女妓原先的嬌矜之態已經失去。飛觥，飲酒。觥，酒杯。㉓令急重須改二句　形容行酒令時眾人忘形之態。令，酒令。凴，同「憑」。㉔詰朝　明天早晨。㉕選勝　選擇風景好的地方。㉖尋盟　再次履行約定，即引中所云崔群「不十日飲，不置子」的約定。㉗邀筵次第爭　意謂宣城郡吏爭著作東設筵。次第，依次；順序。㉘短景　日暮。兼指年歲已晚，來日無多。㉙扃　關閉。㉚素誠　久蓄於心的誠意。㉛亹亹　談興方濃的樣子。㉜丁丁　形容漏聲。㉝山祖千夫擁二句　謂送行時人員眾多，祖筵食物豐盛。行廚，臨時搭建的廚房。五熟，義同五味。

【語　譯】我從貴池棄船登岸，有鳥兒在渡橋鳴叫。主人不斷地噓寒問暖，互道故舊之間的悲歡情懷。許多年才能見到一面，飲酒從白晝繼續到夜深。助樂的酒宴酒肴豐盛，主客雙方毫無機心時不時訇然大笑。管樂清亮好似仙鶴長鳴，絃樂靈巧好似嬌鶯鳴囀。燃起了形似蹲獸的炭火，華麗的地毯上繡著糾結相鬥的鯨魚。舞女迴旋的長裙如風飄霧雨，節奏歡快以致她的頭飾落下。斂起黛眉好似愁緒滿懷，頭上是翠玉水晶的髮飾。

容貌一望而知是本地女子，梳妝打扮卻都是京華模樣。歌舞直到日落方才停歇，天氣寒冷笙簧還要烘烤一番。催促酒宴男女雜坐鞋履交錯，痛飲美酒官帽都歪歪斜斜。另有表演滑稽情節的伶人出來，嬌矜的女妓智瓊也在座。白天就用帳幕遮蔽陽光，日暮了就命燈擎高點明燭。女妓們因久坐而羅衣皺褶，頻頻喝酒使粉頰赤紅。興致極高唱歌隨你點曲，意氣高揚端起酒杯就喝。酒令急促來不及應付就要改過重來，極度的歡樂全憑醉後顯現。明朝再另選景色幽美之地，來日要繼續踐「十日飲」的約定。道別之期就要到了眾人格外珍惜，邀請的酒筵依次排序還要你爭我搶。到了此時大家只是說來日無多，不再有醉酒後未清醒的形態。當眾人散去關閉了門戶，我們攜手說起多年存儲胸中的友情。談話的興致正濃之際，漏聲丁丁夜已經深沉。送別時有百千人簇擁，臨時建起的廚房五味俱全。

離亭❶臨野水，別思入哀箏。接境❷人情洽，方冬❸饌具精。中流為界道❹，隔岸數飛甍❺。沙浦王渾鎮❻，滄州謝傅塋❼。望夫人化石❽，夢帝日環營❾。半渡❿趨津吏⓫，緣堤簇郡甿⓬。場黃堆晚稻，籬碧見冬菁⓭。里社⓮爭來獻，壺漿各自擎。鴟夷⓯傾底寫⓰，粔籹⓱鬬文成⓲。采石⓳風傳柝⓴，新林㉑暮擊鉦㉒。繭綸牽撥剌㉓，犀焰照澄泓㉔。露冕㉕觀原野，前驅㉖抗旆旌㉗。

【章旨】此段寫初入和州州境時所見。和州人情融洽，有津吏趨奉迎候，和州百姓亦聚眾圍觀，令詩人心情暢爽，遂聯想到和州人文古跡。又看到打穀場上堆聚金黃晚稻，人家竹籬旁碧綠的菜蔬。鄉里爭獻禮品食物，手擎壺漿酒囊，表達對新任州郡長官的敬意。涉筆所及，詩中還寫到採石的柝聲、新林浦傳來的鐘聲以及婦女繅車的響聲，然後乘坐軒車前往州郡官衙。

【注釋】❶離亭　離別之亭。或指謝公亭，在宣城北。李白有〈謝公亭〉詩，王琦《李太白全集》注：「《海錄碎事》：『謝公亭，在宣州，太守謝玄暉置。范雲為零陵內史，謝送別於此。』」❷接境　指宣州與和州地界相連處。❸方冬　按禹錫抵達和州在十月末。❹中流為界道　指長江中流為二州（宣州、和州）分界處。❺隔岸數飛甍　用謝朓〈晚登三山還望京邑〉：「白日麗飛甍，參差皆可見」句意。飛甍，高揚如飛的屋脊。隔岸飛甍指對岸金陵的建築。❻王渾鎮　在和州歷陽東南，因晉人王渾得名。渾字玄沖，太原晉陽（今山西太原）人，晉武帝時為安東將軍，都督揚州軍事，領兵平吳，以功遷征東大將軍。渾領兵與吳境接，宣佈威信，前後降者甚多。見《晉書》本傳。❼謝傅塋　謝安的墳墓。謝安墓在潤州上元（今江蘇南京）東十里。一本「謝傅塋」作「謝朓城」，謝朓城指宣城，謝曾為宣城太守。前句寫行程已到達和州地界，似不應再語及宣城。❽望夫人化石　即望夫山。當塗（今屬安徽）有望夫山。當塗與和州一江之隔。❾夢帝日環營　用晉明帝事。王敦將舉兵叛，明帝密知之，乃乘巴滇駿馬微行，至于湖，陰察敦營壘出入。有軍士疑帝非常人。其時敦正晝寢，夢日環其城，驚起曰：「此必黃鬚鮮卑奴來也！」帝母荀氏，燕代人，帝形狀類外氏，鬚黃，故敦謂帝云云。見《晉書・明帝紀》。于湖在姑熟（即今安徽當塗）南。❿半渡　渡河中流。⓫津吏　管理渡口的官員。唐時和州南設有橫江浦，與對岸當塗之采石磯，有渡船往來。李白有〈橫江詞〉詩，詩云：「橫江館前津吏迎」，即此。⓬郡甿　和州百姓。甿，種田人。此處泛指百姓。⓭菁　韭菜花。此處泛指蔬菜。⓮里社　古代里中祭祀土地神的處所。此處借指鄉里。唐代地方基層組織稱里，以百戶為一里，每里設里正，處置里中之事。⓯鴟夷　酒囊。⓰寫　同「瀉」。傾；倒。⓱粔籹　古代一種食品。以蜜和米麵，搓成細條，組之成束，扭做環形，用油煎熟，猶今之饊子。⓲鬬文成　形容粔籹花樣翻新。按：此句原作「鬬成文」，文字不叶韻，此處據整理本乙之。⓳采石　地名，在今安徽當塗，臨大江，與和州隔岸相望。⓴柝　古代巡夜人報更的木梆。㉑新林　地名，即新林浦，在今江蘇南京西，源出牛頭山，西入長江。㉒鉦　即鐃，古代軍中樂器。㉓繭綸牽撥刺　繅絲的車輪轉動的聲音。撥刺，象聲詞。㉔犀焰照澄泓　用晉溫嶠事。嶠至牛渚磯，水深不可測，世云其下多怪物，嶠遂燃犀角而照之。須臾見水族覆火，奇形異狀，或乘馬車著赤衣者。嶠其夜夢人謂己曰：「與君幽明道別，何意相照也！」見《晉書》本傳。牛渚磯即采石磯，在今安徽當塗，與和州一水之隔。㉕露冕　掀開車幃，露出冠冕。指在車中遠眺。㉖前驅　在隊伍中為前行者。㉗旆旌　旗幟。

【語譯】離亭臨近郊野水邊，奏響的箏也傳達著別離的情緒。進入和州地界感覺人情非常融洽，地方上準備的冬天的食物饌具都很淨潔精美。長江中流即宣、和二州的分界，隔岸可以看到金陵城裏高揚的屋脊。沙浦是有名的王渾鎮，謝太傅的墳塋就在附近。望夫山在宣州當塗，晉明帝暗察軍營的所在亦在此地。渡船行至中途有津吏趨奉迎候，緣著大堤擠滿了和州圍觀的百姓。打穀場上一片金黃堆著晚稻，人家竹籬旁是碧綠的菜蔬。鄉里爭著來獻出禮物，各自手裏都擎著壺漿。酒囊的酒盡情地傾倒，油炸的食物花樣各不相同。江對岸采石軍營傳來柝聲，新林浦方向也響起了鉦的聲音。村裏婦女繅絲車輪還在撥剌撥剌響個不停，江水深深使我想起當年溫嶠燃犀照牛渚的故事。挑開車幃我遠遠望去，但見行列中最前行者扛著大旗。

分庭展賓主，望闕❶拜恩榮。比屋❷惸嫠❸輩，連年水旱并❹。退思常後已，
下令必先庚❺。遠岫❻低屏列，支流曲帶縈。湖魚香勝肉，官酒❼重於餳❽。憶昔
泉源變，斯須地軸傾❾。雞籠為石顆❿，龜眼入泥坑⓫。事繫人風重，官從物論
輕⓬。江春俄澹蕩，樓月幾虧盈。柳長千絲宛⓭，田塍一線絣⓮。遊魚將婢⓯從，
野雉見媒⓰驚。波淨攢⓱鳧鷖⓲，洲香發杜蘅⓳。一鍾⓴菰葑米㉑，千里水葵羹㉒。

【章旨】此段寫進入官廳，拜謝今上恩榮，然後感歎和州百姓孤苦無依，遭受水旱之災，作為州郡長官的責任感油然而生。又歷數和州民情、出產，寫到巡視境內所見山水景觀，另有湖魚、甜酒、柳絲、田塍、遊魚、野雉、鳧鷖、杜蘅、菰米、水葵等，皆透出詩人對和州的喜愛。

【注釋】❶望闕　遙望京城。闕，指宮門前雙闕。❷比屋　家家戶戶。❸惸嫠　孤苦無助者。無兄弟曰惸，無夫曰嫠。❹水旱并　水旱災接連。長慶末年，江淮諸州多旱災，米價踴貴。長慶二年至有百姓殺縣令以取官米之事。見《舊唐書・穆

宗紀》。又劉禹錫至和州後〈和州謝上表〉云：「伏以（和州）地在江淮，俗參吳楚，災旱之後，綏撫誠難。」❺退思常後已二句　謂其施政總是先行申述，最後再考慮自己。退思，退而思過，語出《左傳・宣公十二年》：「林父之事君也，進思盡忠，退思補過，社稷之衛也。」先庚，頒佈命令前先行申述，語出《易經・巽》：「先庚三日。」孔穎達疏：「申命令謂之庚。」❻岫　山。❼官酒　官釀官賣的酒。❽重於餳　猶言較蜜糖更甜。餳，飴糖，用麥芽製成。❾憶昔泉源變二句　寫傳說中歷陽地震事。地軸傾，指歷陽地震陷為湖。❿雞籠為石顆　寫地震事。雞籠，山名，在和州西。石顆，石塊。傳說歷陽陷為湖時，有老母提雞籠以登此山，乃化為石。今山有石，狀如雞籠，因名之。見《太平寰宇記》卷一二四引《淮南子》。⓫龜眼入泥坑　亦地震事。傳說歷陽將淪為湖。有一書生遇一老姥，姥待之厚，生謂姥曰：「此縣門石龜眼中血出，此地當陷為湖。」姥後數往視之，門吏問姥，姥具答之。吏以朱點龜眼，姥見，遂走上北山。回顧，城已陷。見《述異記》卷上。按，此與首句「一夕為湖地」高誘注「東門閫上有血」當為一事之二傳者。⓬事繫人風重二句　意謂和州之任以改變民風為主，以朝廷的輿論為輕。人風，民風，唐時因避李世民諱以民為人。⓭宛　通「苑」。枯萎的樣子。⓮線絣　連接的樣子。⓯婢　一種小魚，一名妾魚。《爾雅翼・釋魚二》：「鱖歸，似鯽而小，黑色而揚赤，今人謂之旁皮鯽，又謂之婢妾魚，蓋其行以三為率，一頭在前，兩頭從之，若媵妾之狀，故以為名。」⓰媒　指捕鳥者用以引誘的鳥。⓱攢　聚集。⓲鳧鶒　兩種水鳥。⓳杜蘅　香草名，生長在水邊。⓴鍾　古容量單位。其制不一，或容六斛四斗，或容八斛。㉑菰葑米　即菰米，茭白所結的實。㉒水葵羹　即蓴菜羹。

【語　譯】賓主分庭坐定，遙望京城拜謝皇上的恩榮。和州人家孤苦無依，連年遭受水旱之災。上任之後每思將個人之事放置在後，有政令必先行申述，讓百姓知曉。遠山排列如同屏風，河水彎曲恰似飄帶。湖魚鮮美勝過豬牛肉，官家釀的酒甜似蜜糖。想到昔日歷陽地震塌陷為湖時，頃刻之間地軸傾斜斷裂。雞籠山成了一塊土塊，縣門口的石龜陷入了泥坑。治理州事以改變民風為重，至於官場的輿論如何倒在其次。歲月如梭，春江之水依舊蕩漾，樓頭之月數度虧盈。柳絲千條漸漸枯萎，田埂連成了一條直線。水中之魚結隊游水，野雉受驚發出鳴叫。水波平靜野鴨在水邊聚集，江中小鳥上杜蘅散發陣陣香氣。茭白結出的菰米收穫，蓴菜羹吸引著千里以外的行人。

受譴時方久❶，分憂❷政未成。比瓊雖碌碌，於鐵尚錚錚❸。早忝❹登三署❺，曾聞奏〈六英〉❻。無能甘負弩❼，不慎在騎衡❽。口語成中遘，毛衣阻上征❾。時聞關利鈍，智亦有聾盲❿。昔愧山東妙，今慚海內兄⓫。後來登甲乙，早已在蓬瀛⓬。心託秦明鏡⓭，才非楚白珩⓮。齒衰⓯親藥物，宦薄⓰傲公卿。捧日皆元老，宣風盡大彭⓱。好今朝集使，結束赴新正⓲。

【章　旨】語及個人半生經歷及教訓，多議論語，且多反語。

【注　釋】❶受譴時方久　禹錫貞元末因參與王韋黨貶朗州，元和十年移夔州，至此已二十一年。❷分憂　是擔任地方官的另一種說法。古人認為當地方官就是為皇帝分憂。❸比瓊雖碌碌二句　意謂自己為政雖非最優，卻也不落人後。瓊，美玉，指政績優異者。鐵，指政績劣者。唐時地方官政績，有專門機構考核，稱為考課。考課一般每年舉行一次，稱為小考，若干年（一般是三年或四年）大考一次。考課成績分為九等，按標準定考第，按考第施獎懲。❹忝　謙辭。❺三署　漢時五官署、左署、右署合稱三署。後以三署代指中央機構。劉禹錫早年任監察御史，後又任禮部郎，皆為三署之職。❻六英　古樂名，相傳為帝嚳與顓頊之樂。❼無能甘負弩　是「願為王前驅」的謙辭。負弩，背負弓箭。❽不慎在騎衡　不慎處於危機之處境，語出《史記·袁盎鼂錯列傳》：「臣聞千金之子坐不垂堂，百金之子不騎衡。」衡，古代樓殿邊上的欄杆。此指其陷於王韋黨中。❾口語成中遘二句　意謂流言構成禍患，自己仕途受阻。口語，流言。中遘，即中冓。《詩經·鄘風·牆有茨》：「中冓之言，不可道也。」鄭箋：「內冓之言，謂宮中所冓成……淫昏之語。」毛衣，羽毛；翅膀。❿時聞關利鈍二句　意謂關乎利鈍時有所聞，即使是智者也有聾或盲的時候。⓫昔愧山東妙二句　意謂昔日有愧於崔群，今日則抱愧於海內諸位朋友。山東妙，指崔群。崔氏是山東巨姓。妙，美好；高明。按，貞元末，劉禹錫在御史臺時與王叔文等定為「密交」，時崔群亦在御史臺任職，故有「昔愧」之語。⓬後來登甲乙二句　謂年輕一輩陸續登第，任職已進入中樞部門。按，甲乙，即科第。蓬瀛，蓬萊、瀛洲的簡稱，為神仙所居。此以蓬瀛喻朝廷中樞之地。⓭心託秦明鏡　謂其已經將心事告知崔群。秦明鏡，喻崔群。相傳秦始皇有一方鏡，廣四尺，高五尺九寸，可以照見人心善惡。見《西京雜記》卷三。⑭楚白珩　楚國的寶玉。白珩，古代佩玉上部的橫玉，形似磬，或似半環。⑮齒衰　年老。⑯宦薄　宦情淡薄，即無意再為官。⑰捧日皆元老二句　意謂在朝廷為大官侍奉皇帝者皆為元老，在地方教化、傳佈德政的大員都是大彭。捧日，喻官員輔佐皇帝。大彭，即彭祖。相傳彭祖為商代地方諸侯。按，兩句兼言崔群。崔群先後為禮部、戶部侍郎，為中書侍郎時同平章事，是為「捧日」之元老；出為宣歙觀察使，是為大彭。⑱好令朝集使二句　意謂時辰已到，應當打發朝集使上京賀新正了。朝集使，漢代各郡每年派遣使者進京報告郡政及財經情況，稱為上計吏。後世沿襲漢制，改稱朝集使。唐代規定朝集使每年十月二十五日到京，十一月一日見。新正，新年元旦。唐制：元日大朝會，州郡以上地方官員要派遣朝正使上京朝賀。按，兩句亦兼崔群言之。禹錫抵達和州，已在冬初，須急遣朝集使。作為宣歙觀察使的崔群，亦是。

【語　譯】我遭貶任地方官時間已久，為皇帝分憂自覺政績平平。考課雖非上上的優等，但比起劣等則要強許多。我很早就在中央部門任職，曾經聽過宮廷裏演奏的音樂。雖然無能卻甘願為王前驅，不慎陷進了危險的處境。流言散佈在朝廷成為禍患，摧傷了毛羽阻止我繼續飛行上進。在利鈍之間予以抉擇，智者也有聾盲的時候。在昔慚愧於高人崔君，於今抱愧於海內的友朋。年輕一輩紛紛進士及第，在朝為官也已任職在樞要部門。我的心事如秦明鏡所照，何況我本不具備白玉的材質。年紀老了多與藥物打交道，宦情已薄故可以傲視公卿。當今輔佐皇帝的大臣皆是元老，在外宣揚教化的地方大員皆是彭祖。冬令已至，我還得趕緊派遣朝集使，讓他們收拾行裝上京賀新正才是。

【研　析】本篇體裁為五言排律，篇幅長至七十四韻（詩題為七十韻，實則七十四韻），在禹錫五言排律中為最長。禹錫元和初已有〈武陵書懷五十韻〉等長篇，相關評論，可以參見。詩由接到和州任命、自夔州起程寫起。萬里長江，一路所經，皆一筆帶過。題曰「歷陽書事」，故對和州風物人情有較詳細敘述。和州唐時屬淮南道，與江南東、江南西相鄰，已接近中原，雖處江北，但其風貌已屬典型的江南水鄉，故全詩呈現出禹錫輕鬆愉悅的心態。除此之外，詩又特詳於宣城十日與崔群的往還，說明禹錫非常看重與崔群的友誼。此不特因崔群曾經官高位重，不特因崔群隆重的接待，而是顯示了糾纏禹錫二十餘年的政治重壓漸漸卸去、所處困境亦漸顯寬鬆。

客有話汴州新政書事寄令狐相公

【題　解】寶曆元年春作於和州。令狐相公指令狐楚。楚字殼士，敦煌（今屬甘肅）人，貞元七年登進士第，元和九年仕至職方郎中知制誥，充翰林學士，十三年出為華州刺史，轉河陽節度使，十四年入朝為中書侍郎同平章事，長慶元年為太子賓客分司東都，四年為河南尹，其年九月遷宣武軍節度使。兩《唐書》有傳。《舊唐書》本傳：「汴軍素驕，累逐主帥，前後韓弘兄弟，率以峻法繩之，人皆偷生，未能革志。楚長於撫理……及蒞汴州，解其酷伐，以仁惠為治，去其太甚，軍民咸悅，翕然從化，後竟為善地。」題中所謂「新政」，謂此。禹錫聞人說汴州新政，欣然為此詩寄令狐。

天下咽喉❶今大寧❷，軍城喜氣徹青冥❸。庭前劍戟❹朝迎日，筆底文章夜應星❺。三省❻壁中題姓字❼，萬人頭上見儀形❽。汴州忽復承平事，正月看燈戶不扃❾。

【注　釋】❶咽喉　謂交通要衝。《元和郡縣志·河南道·汴州》：「酈生說漢高曰：『陳留天下之要衝，四通五達之郊。』」按，汴州漢時為陳留郡浚儀縣。❷大寧　大安寧。❸喜氣徹青冥　謂汴州一派承平氣象。按，汴州軍稱宣武軍，自德宗後屢屢發生叛亂。據《舊紀》記載，貞元九年，宣武軍亂，逐節度使劉士寧；十二年又亂，逐李迺；十五年，殺節度留後陸長源，殺判官孟叔度、丘穎；長慶二年，逐節度使李願。❹庭前劍戟　指節度使府前所列棨戟。唐制：官員三品以上，門前列棨戟。❺筆底文章夜應星　謂令狐楚文章馳名天下，上應星宿。令狐楚才思俊麗，「其為文，於箋奏制令尤善，每一篇成，人皆傳諷。」（《新唐書・令狐楚傳》）❻三省　唐中書、門下、尚書合稱三省。令狐楚歷官禮部、刑部員外郎，又官職方郎中，屬尚書省；又官中書舍人、中書侍郎，屬中書省；又官門下侍郎，屬門下省。❼題姓字　謂題姓名於官署廳壁。唐時各官署多有「題名記」，如〈郎官石柱題名〉、〈承旨學士院（題名）記〉、〈御史臺題名記〉等。❽萬人頭上見儀形　謂其儀態出眾。❾戶不扃　即「夜不閉戶」之義。

【語　譯】天下咽喉之地今日得以大寧，駐軍之城喜氣洋溢直達青冥。府衙前排列的劍戟迎著朝陽，筆底的文章上應星宿。三省廳壁上皆有姓名題寫，出眾的儀態在萬人之上。汴州忽然恢復了太平氣象，元宵觀燈百姓可以不鎖門戶。

【研　析】禹錫與令狐楚唱和之詩，後來曾編為《彭陽唱和集》三卷。二人唱和，首見於此。《舊唐書・劉禹錫傳》：「夢得嘗為〈西塞懷古〉、〈金陵五題〉等詩，江南文士稱為佳作，雖名位不達，公卿大僚多與之交。」自和州以後，禹錫與朝中及中原「大僚」唱和明顯多於以往。然此詩則禹錫先行寄出，令狐然後和之（令狐和詩今不存），原因則在於令狐在汴州之「新政」。藩鎮之禍，將驕則不服朝廷，兵驕則不服將帥，由是軍亂不息。汴州居中原交通要衝之地，軍亂則舉國不寧。而今令狐楚以安撫為主，又不貪財貨（《舊傳》稱：「汴帥前例，始至率以錢二百萬實其私藏，楚獨不取，以其羨財治廨舍數百間」），汴州平定，禹錫大為欣賞，故寄以此詩。詩對令狐文章、資歷、儀態俱有誇讚，然著重誇讚的還是「新政」，說明禹錫看重令狐者，首先是他的治亂之才以及人品。

春日書懷寄東洛白二十二楊八二庶子

【題　解】寶曆元年作於和州刺史任。東洛，謂東京洛陽。白二十二、楊八分別指白居易、楊歸厚，庶子為太子東宮官職名，時白、楊二人為太子左庶子分司東都。詩寫其漸近暮年的閒適、頹放生活，於曠達中寓深深牢騷。

曾向空門❶學坐禪❷，如今萬事盡忘筌❸。眼前名利同春夢，醉裏風情敵少年。野草芳菲紅錦地❹，遊絲❺撩亂碧羅❻天。心知洛下❼閑才子❽，不作詩魔❾即酒顛❿。

【注　釋】❶空門　泛指佛法。此指佛教。❷坐禪　佛家語，謂靜坐息慮，寧心參究佛法。❸忘筌　語出《莊子・外物》：「荃者所以在魚，得魚而忘荃。」荃，同「筌」。為捕魚之器，竹製。意謂既已達到目的，則原先所憑藉之工具即已無用，可以忘記。❹紅錦地　喻落花如紅錦鋪地。❺遊絲　春日空中漂浮的絲，為昆蟲所吐。❻碧羅　青綠色的絲織物。❼洛下　洛陽。❽閑才子　指白、楊二人。閑，謂其職事閒暇。❾詩魔　癡迷寫詩如同著魔。❿酒顛　酒後發狂。

【語　譯】我曾經向佛門學習打坐習禪，如今萬事皆可做到得魚忘筌。名利在我眼前如同春夢，醉酒中的風情卻與少年相當。洛陽現在是野草芳菲落花如紅錦鋪地，遊絲繚亂如碧羅一般的藍天。我知道洛下二位閒暇無事的才子，不是沉湎於詩就是酒醉發狂。

【研　析】詩分兩層：前四句表白自己，後四句以己度白、楊。自己「空門學坐禪」，於今對待萬事皆達到了忘筌的境界。「忘筌」語出《莊子・外物》，〈外物〉篇與此相關的還有一句話，就是「言者所以在意，得意而忘言。」劉禹錫用此典的本意或落在「得意忘言」上。既然已經得其意，則是無法、也無須用語言向朋友表述的。倘要勉為表述，那就是「眼前名利同春夢」，在功名事業方面取放棄態度；還有就是「醉裏風情敵少年」，在生活方面取頹唐放縱態度。白居易當時任太子左庶子，官階不低（正四品），但是閒官，何況還是分司東都的閒官，所以劉禹錫以己度人，說白、楊二位在洛下春風中快活，不是作詩，就是醉酒。無論說己，還是說友人，都是牢騷。發自己的牢騷，是怨命運對待自己不公。替友人發牢騷，是同情友人與己同命運。所以雖是以己度人，卻也揣摩得當。

蘇州白舍人寄新詩有歎早白無兒之句因以贈之

【題解】寶曆元年夏秋間作於和州刺史任。白舍人，指白居易，居易元和間曾任中書舍人。時白居易已自太子左庶子分司東都除蘇州刺史，此稱其前資。白莅新職後，為〈自詠〉詩寄禹錫，有「唯是無兒頭早白」之句，詩以答之。

莫嗟華髮與無兒，卻是人間久遠期。雪裏高山頭白❶早，海中仙果❷子生遲。
于公必有高門慶❸，謝守何煩曉鏡悲❹。幸免如新分非淺❺，祝君長詠夢熊❻詩。

【注釋】❶高山頭白　謂山頂積雪。此以喻白居易頭白。❷海中仙果　傳說中海上仙山有椹樹，高數千丈，九千歲一結實。此以喻白居易年老或將得子。按：白居易三十八歲有女名金鑾子，金鑾子三歲夭，至寶曆元年膝下仍無子，故有「無兒」之歎。❸于公必有高門慶　用漢于公事，喻白居易子孫必大貴。于公為縣獄史，決獄平，其門閭壞，父老方共治之，于公自稱其治獄多陰德，未嘗有所冤，子孫必有興者，令稍高大其閭門，可容駟馬高蓋車。後其子定國為丞相，永為御史大夫，封侯傳世。事見《漢書・于定國傳》。❹謝守何煩曉鏡悲　用南朝齊謝朓事，喻白居易不必因白髮而愁。謝朓嘗為宣城太守，謝朓〈冬緒羈懷〉詩有「寒燈耿宵夢，清鏡悲曉髮」之句。❺倖免如新分非淺　意謂所幸者是與您相交甚深，情分非淺。如新，謂相交日久而不相知，有如新交一般。《史記・魯仲連鄒陽列傳》引諺語曰：「白頭如新，傾蓋如故。」司馬貞《索隱》：「人不相知，自初交至白頭，猶如新也。」❻夢熊　古人以夢中見熊羆為生男的徵兆。

【語　譯】不要嗟歎白髮和年老無子，這些都是人間壽命長遠的徵兆。雪裏高山早早白頭，海中仙果結子也很遲。您就像漢代于公必有高門之慶，卻不必像謝太守那樣有白髮之歎。所幸的是我與君相知甚深情分非淺，祝福您長有夢熊生男的詩。

【研　析】白居易是劉禹錫晚年最重要的詩友，兩人相知既深，往來寄贈詩就會涉及一些純屬個人私生活的問題，如白居易的〈自詠〉詩。白居易〈自詠〉詩先說自己「形容瘦薄」，命相不佳，只合貧窮一生，卻居然「三度擁朱輪」（三任州刺史），志得意滿之餘，多少有些矯情。末尾自歎「無兒頭早白」，卻也是白居易最大的心病。劉禹錫答詩，專門針對白居易「無兒頭白」之歎予以「化解」：雪山頭早白，仙果生子遲，其於人復何妨？觀此詩可知朋友之間「化解」之法，既寬慰，又恭維，恭維而不失其「度」。

白舍人見酬拙詩因以寄謝

【題　解】約與前篇同時所作。白舍人謂白居易。「拙詩」當指前篇，居易答以此詩，禹錫再以此詩謝之。

雖陪三品散班中，資歷從來事不同❶。名姓也曾鐫石柱❷，詩篇未得上屏風❸。甘陵舊黨❹凋零盡❺，魏闕新知❻禮數崇❼。煙水五湖❽如有伴，猶應堪作釣魚翁。

【注　釋】❶雖陪三品散班中二句　白居易酬詩中有「好相收拾為閑伴，年齒官班約略同」二句，此二句答之，是謙辭。猶言你我雖然同為州刺史，似乎「年齒官班約略同」，但實際上「從來事不同」。三品散班，禹錫自謂其品級。唐制：上州刺史三品。散班，猶言散官行列，有官名而無固定職事之官。與職事官相對而言。唐時，職事官之實際品級與階官品級不必相應。

如上州刺史之品級雖可以列於三品，然禹錫之實際官階並未達三品。而白居易前此曾為翰林學士、中書舍人，地近樞密，又曾「賜緋」，禹錫則久貶在外，雖州刺史名位同，實則大不同。❷名姓也曾鐫石柱　禹錫自謂。唐時尚書省各司皆有石柱，鐫刻郎官姓名於其上。貞元中禹錫曾為屯田員外郎，故云。❸詩篇未得上屏風　謙辭，謂己之詩不如白居易詩名已遍天下。按，屏風為古人用以擋風或遮蔽的器具，上面常有字畫。白居易〈與元九書〉云：「僕始生六七月時，乳母抱弄於書屏下，有指無字之字示僕者，僕雖口未能言，心已默識。」又云：「自長安抵江西三四千里，凡鄉校、佛寺、逆旅、行舟之中，往往有題僕詩者。」白居易又嘗題寫己與元稹「律句中短小麗絕者凡一百首」（見其〈題屏風詩絕句序〉）題於屏風。❹甘陵舊黨　東漢黨人。甘陵，漢縣名，即今河北清河縣。初，桓帝為蠡吾侯，受學於甘陵周福。後即位，擢周福為尚書。時同郡房植亦有名當朝。二家賓客互相譏嘲，遂各樹朋徒，東漢黨錮之禍，由周、房兩家起。詳見《後漢書・黨錮列傳》。此處借指永貞王、韋等黨人。❺凋零盡　按，禹錫為此詩時，王、韋黨人中，唯禹錫與韓泰尚存世，餘皆物故。故云。❻魏闕新知　朝廷新結交者。此指執政者如裴度、李程、令狐楚等，皆與劉、白要好。魏闕，即巍闕。魏，同「巍」。闕，宮門、城門兩側的高臺，中間有道路，臺上起樓觀。後以魏闕代指朝廷。❼禮數崇　古代按名位而分的禮儀等級制度。此處代指裴度等。❽五湖　即太湖。亦泛指吳越一帶湖泊。春秋末越國大夫范蠡，輔佐越王句踐，滅亡吳國，功成身退，乘輕舟以隱於五湖。見《國語・越語下》。後因以「五湖」指隱遁之所。

【語　譯】我雖然官居三品卻非實職，您我相比資歷大有不同。我的名姓固然曾鐫刻於石柱，但是詩名遠非如您那樣名滿天下。當年的永貞黨人已經凋零殆盡，好在新建的知交在朝內地位尊崇。煙水迷濛的五湖之上如果有伴侶的話，我也可以成為一個釣魚的老翁。

【研　析】白居易酬詩一句「年齒官班約略同」可能引起禹錫個人身世的滄桑、挫折感，故而在恭維白居易的同時約略發了一些牢騷。但也不無傲色，如「名姓也曾鐫石柱」之句。當禹錫官居屯田員外郎時，白居易不過秘書省校書郎而已。「詩篇未得上屏風」固然是對白居易的恭維，卻也未必盡是自謙。朝中樞要如裴度等，皆與劉、白交好，可以視為禹錫對個人前途的樂觀預計。

和令狐相公郡齋對紫薇花

【題　解】寶曆元年夏秋間作於和州。令狐相公，即令狐楚，已見前詩題解。紫薇花，花木名，又稱滿堂紅、百日紅，落葉小喬木，樹皮滑澤，夏秋間開花，淡紅紫色或白色，美麗可供觀賞。令狐之作今不存。

明麗碧天霞❶，豐茸紫綬❷花。香聞荀令宅❸，豔入孝王家❹。幾歲自榮落，高情方歎嗟。有人移上苑❺，猶足占年華❻。

【注　釋】❶明麗碧天霞　形容紫薇花花開豔麗。❷紫綬　紫色綬帶，古代高級官員用作印組，或作服飾。《漢書・百官公卿表》：「相國、丞相，皆秦官，金印紫綬。」❸荀令宅　用三國魏荀彧事。荀彧字文若，曹魏時官至侍中，守尚書令，《三國志・魏書》有傳。《太平御覽》卷七〇三引晉習鑿齒《襄陽記》：「荀令君至人家，坐處三日香。」傳說荀彧曾得異香，用以熏衣，餘香三日不散。令君是魏晉間對尚書令的敬稱。❹孝王家　用漢梁孝王事。梁孝王劉武，雅好文辭，賓客中辭賦名家如司馬相如、枚乘、鄒陽等，常聚其家。事見《漢書》本傳。❺上苑　皇家或宮廷的園林。❻猶足占年華　猶言仍然是一年當中的重要花卉。

【語　譯】明麗如同藍天的霞光，豐茸如同紫色綬帶。花香在荀令宅裏，美豔於孝王之家。多年來花開花落，直到今日才得到高情之人的詠歎。如果有人將它移栽在皇家林苑，它也足以佔得重要地位。

【研　析】紫薇花開，令狐楚寄詩邀和。雖然令狐原詩不存，卻是令狐主動邀和的第一次。禹錫和詩，人、花雙詠。詠人，則以荀令、梁孝王擬令狐的地位和才情，都堪稱貼切；詠花，則以紫薇暗喻中書省。紫薇與三垣（紫微垣、太微垣、天市垣）中的「紫微」音同。《晉書・天文志上》：「紫宮垣十五星……在北斗上。一曰紫微，大帝之座也，天子之常居也。」唐開元元年改中書省為紫微省，省中廣植紫薇花，故白居易為中舍宿直中書省時，有〈紫薇花〉詩，云：「獨坐黃昏誰為伴？紫薇花對紫微郎。」令狐楚嘗為中書侍郎，「移上苑」就是希望令狐楚重新回到中書省。令狐若能重掌政柄，自然會顧及劉禹錫。這是禹錫和詩的另一重用意。

和令狐相公謝太原李侍中寄蒲桃

【題解】寶曆元年秋冬間作於和州。令狐相公即令狐楚，已見前。李侍中謂李光顏。光顏本太原稽阿跌之族，從河東軍為裨將，討李懷光、李惠琳、劉辟，皆有功，元和六年賜姓李氏，官至陳州刺史、忠武軍節度使，討淮西吳元濟有大功，加檢校司空；敬宗即位，寶曆元年七月，遷太原尹、河東節度使，以討李師道、王廷湊之功，拜司徒，兼侍中。卒於寶曆二年。兩《唐書》有傳。侍中，官名，為門下省長官，李光顏所授為兼銜，不具體執掌門下省事。本年秋李光顏寄蒲桃（今通作葡萄）與令狐楚，楚以詩謝之，禹錫和以此詩。楚詩今不存。

珍果出西域，移根到北方❶。昔年隨漢使，今日寄梁王❷。上相❸芳緘❹至，行臺❺綺席❻張。魚鱗❼含宿潤，馬乳❽帶殘霜。染指鉛粉膩❾，滿喉甘露香。醞成千日酒❿，味敵五雲漿⓫。咀嚼停金盞，稱嗟⓬響畫堂。慚非末至客⓭，不得一枝嘗。

【注釋】❶珍果出西域二句　謂葡萄移栽自西域。《漢書．西域傳上．大宛國》：「漢使采蒲陶、目宿（今通作苜蓿）種歸。」明李時珍《本草綱目・果五・葡萄》：「葡萄……可以造酒……《漢書》言張騫使西域還，始得此種，而《神農本草》已有葡萄，則漢前隴西舊有，但未入關耳。」唐李頎〈古從軍行〉：「年年戰骨埋荒外，空見蒲桃入漢家。」❷梁王　指令狐楚。漢時梁孝王封地在大梁，即唐汴州。❸上相　指李光顏。唐代中期凡為宰相者必曰同中書門下平章事，凡親王、留守、節度使加侍中、中書令、同平章事者皆謂之使相，實際上不主政事。光顏即為使相。❹芳緘　對書信的美稱。此指李光顏寄令狐葡萄。❺行臺　舊時地方大吏的官署與居住之所。此指令狐楚宣武軍節度使府。❻綺席　筵席之飾詞。❼魚鱗　狀成串的葡萄。❽馬乳　葡萄品種之一。❾鉛粉膩　新採摘葡萄外皮有一層薄粉狀。❿千日酒　酒名，古代傳說中山人狄希能造千日酒，飲後醉千日。晉張華《博物志》卷五：「昔劉玄石於中山酒家酤酒，酒家與千日酒，忘言其節度，歸至家當醉，而家人不知，以為死也，權葬之。酒家計千日滿，乃憶玄石前來酤酒，醉向醒耳。往視之，云：『玄石亡來三年，已葬。』於是開棺，醉始醒。俗云：『玄石飲酒，一醉千日。』」此處泛指葡萄所釀美酒。⓫五雲漿　代指美酒。語出庾信〈溫湯碑〉：「其色變者，流為五雲之漿。」⓬稱嗟　嗟賞之聲。⓭未至客　未到的客人。此為禹錫自指。

【語　譯】珍貴的果實出自西域，後來移栽在北地。昔年隨漢使張騫帶回，今日寄到梁王府上。相國的書信寄至，諸侯的筵席開張。如魚鱗一般的葡萄含著昨夜的潤澤，馬乳狀的葡萄還彷彿帶著殘餘的霜華。用手拿起就染上了鉛粉膩，飲下滿喉皆是甘露香。可以釀成令人千日不醒的美酒，其味道敵得過舊時美酒五雲漿。咀嚼葡萄就停止把盞飲酒，稱賞的聲音響徹了畫堂。可惜我是未曾身臨其境者，不能得到一枝來嘗鮮。

【研　析】沒有太多的意思，不過證明禹錫詩名甚大，四方諸侯以邀禹錫唱酬為幸事罷了。中間狀葡萄之形、色、味，頗有審美之價值。唐姚合有〈謝汾州田大夫寄茸氈葡萄詩〉，云：「筐封紫葡萄，筒卷白茸毛。臥暖身應健，含消齒免勞。衾衣疏不稱，栗梨鄙難高。曉起題詩報，寒澌滿筆毫。」堪與並讀。

白舍人曹長寄新詩有遊宴之盛因以戲酬

【題　解】寶曆二年春作於和州。白舍人、曹長，皆指白居易。時白在蘇州刺史任。唐尚書省六部即六曹，故郎官相呼為曹長。白居易元和末自司門員外郎遷主客郎中，而劉禹錫貞元末曾為屯田員外郎，故稱白為曹長。白居易抵蘇州後，先後有〈夜歸〉、〈喚笙歌〉、〈對酒吟〉等詩，均紀其在蘇州遊宴盛事。所寄新詩，或即以上諸作，禹錫和以此詩。白居易得禹錫詩後，有〈酬劉和州戲贈〉、〈重答劉和州〉二詩，見《白居易集》卷二四。

蘇州刺史例能詩，西掖今來替左司❶。二八城門❷開道路，五千兵馬❸引旌旗。水通山寺❹笙歌去，騎過虹橋❺劍戟隨。若共吳王鬥百草，不如應是欠西施❻。

【注釋】❶蘇州刺史例能詩二句　皆以白居易擬韋應物。韋應物貞元四年自左司郎中出任蘇州刺史。西掖，為中書或中書省的別稱。漢應劭《漢官儀》卷上：「左右曹受尚書事，前世文士，以中書在右，因謂中書為右曹。又稱西掖。」唐時，中書省在大明宮宣政殿之右。白居易長慶元年曾任中書舍人。「西掖今來替左司」猶言蘇州刺史韋、白相繼，其能詩亦相繼。按，白居易頗推重韋應物詩，其〈與元九書〉有云：「近歲韋蘇州歌行，才麗之外，頗近興諷。其五言詩又高雅閑淡，自成一家之體。今之秉筆者，誰能及之？」❷二八城門　謂蘇州城門數。《吳郡志》卷三：「闔閭城……陸門八，以象天之八風；水門八，以法地之八卦。」❸五千兵馬　言蘇州兵馬總數。按，白居易〈自到郡齋經旬日方專公務未及宴遊偷閒走筆題二十四韻兼寄常州賈舍人湖州崔郎中仍呈吳中諸客〉詩有云：「版圖十萬戶，兵籍五千人。」又〈登閶門閑望〉詩云：「十萬夫家供課稅，五千子弟守封疆。」❹山寺　指蘇州虎丘山虎丘寺、靈巖山靈巖寺等。❺虹橋　蘇州橋名。《吳郡志》卷一七：「虹橋，一在婁門，一在齊門外。」❻若共吳王鬥百草二句　用吳王句踐寵西施事。《吳越春秋》卷九：「越王……得苧蘿山鬻薪之西施、鄭旦，飾以羅縠，教以容步，習於土城，臨於都巷，三年學服而獻於吳王……吳王大悅。」今蘇州靈巖山上有館娃宮，相傳即吳王寵西施之處。鬥草，亦作「鬥百草」，一種古代遊戲。競採花草，比賽多寡優劣，常於端午行之。南朝梁宗懍《荊楚歲時記》：「五月五日，四民并蹋百草，又有鬥百草之戲。」唐代宮中盛行此遊戲。兩句意謂白居易與蘇州歌妓若像當年吳王與西施那樣玩鬥百草之戲，應該輸於歌妓的罷。

【語譯】蘇州刺史歷來皆能詩，今日出身西掖的白舍人來接替當年的韋左司。水陸十六座城門為刺史君的到來大開，五千兵馬簇擁引領旌旗。河水直通山寺笙歌一路而去，騎馬經過虹橋護衛相隨。如果像當年吳王那樣與歌妓鬥百草，一定是輸給了如西施那樣的美女。

【研析】詩分兩層。前面一層是讚美白居易之詩，拿他與蘇州前任韋應物相比。白居易崇拜韋應物詩，如此比並，白居易自然欣然接受。後兩句才是「戲」，謂太守風流不亞於吳王之寵西施。雖然吳王荒淫亡國，但因為是「戲」，朋友也是能接受的。

張郎中籍遠寄長句開緘之日已及新秋因舉目前仰酬高韻

【題解】寶曆元年秋作於和州。張郎中籍謂張籍。籍字文昌，祖籍吳郡（今江蘇蘇州），後移居和州（今屬安徽），故以和州為故鄉。中唐著名詩人，時任主客郎中。兩《唐書》有傳。長句，此指七言律詩。仰酬、高韻，皆客氣話。

南宮❶詞客寄新篇，清似湘靈促柱弦❷。京邑舊遊勞夢想，歷陽❸秋色正澄鮮。
雲銜日腳❹成山雨，風駕潮頭入渚田❺。對此獨吟還獨酌，知音不見思蒼然❻。

【注釋】❶南宮　指尚書省。唐尚書省在皇城，位在宮廷之南。張籍時任的主客郎中屬禮部。❷湘靈促柱弦　用《楚辭・

遠游》「使湘靈鼓瑟兮，令海若舞馮夷」句意。湘靈，傳說中湘水之神。❸歷陽　指歷陽郡，即和州。❹日腳　日光透過雲隙射下來的光線。❺渚田　江中或江邊的田地。❻蒼然　義同「愴然」。

【語　譯】在尚書省為官的詞人寄來新作，清新好似湘靈奏響了琴弦。勞煩京邑的舊遊思念於我，此時歷陽的秋色正澄明新鮮。烏雲銜著日腳忽而成為山雨，風兒駕著江浪越過了渚田。面對如此好景我獨吟又獨酌，知音不見令我思緒愴然。

【研　析】張籍〈寄和州劉使君〉云：「別離已久猶為郡，閑向春風倒酒瓶。送客特過沙口堰，看花多上水心亭。曉來江氣連城白，雨後山光滿郭青。到此詩情應更遠，醉中高吟有誰聽？」張籍是和州人，寫起故鄉的山光江氣，下筆輕靈，透出熱愛，將對舊遊的懷想與對家鄉的珍賞合在了一起。張籍是年春寄出這首詩，不知緣何耽誤，禹錫至秋日始得到。張籍既寫和州之春，自己便以和州之秋（「因舉目前」）「仰酬」之，原唱與和作，遂俱成歌詠和州的佳作。當然，張籍詩，重點是在對故舊的懷念，而禹錫詩，重點則是借機抒寫孤獨無友的寂寞。

和浙西李大夫霜夜對月聽小童吹觱篥歌　依本韻

【題　解】寶曆元年作於和州。浙西李大夫為李德裕。德裕字文饒，趙郡贊皇（今屬河北）人，宰相李吉甫之子。不從科舉，元和元年，以父蔭補秘書省校書郎，十四年仕至監察御史。穆宗即位，為翰林學士，長慶元年，以考功郎中知制誥，次年擢中書舍人，旋改御史中丞，又出為潤州刺史、浙西觀察使。兩《唐書》有傳。小童為潤州樂工，名薛陽陶，時年十二。觱篥，觱一作篳，一種管樂器，形似喇叭。德裕因小童奏觱篥作〈霜夜聽小童陽陶吹觱篥〉，元稹、白居易及禹錫皆有詩和之。此詩是禹錫與李德裕唱和之始。

海門雙青❶暮煙歇，萬頃金波湧明月。侯家小兒能觱篥，對此清光天性發。

長江凝練❷樹無風，瀏慄一聲霄漢中❸。涵胡畫角怨邊草❹，蕭瑟清蟬吟野叢❺。

沖融頓挫❻心使指❼，雄吼如風轉如水❽。思婦多情珠淚垂，仙禽欲舞雙翅起❾。

郡人寂聽衣滿霜，江城月斜樓影長。才驚指下繁韻息，已見樹杪明星光❿。謝公高齋吟激楚⓫，戀闕心同在羈旅⓬。一奏荊人〈白雪歌〉⓭，如聞雒客扶風鄔⓮。

吳門水驛接山陰，文字殷勤寄意深⓯。欲識陽陶能絕處⓰，少年榮貴⓱道傷心。

【注釋】❶海門雙青　指潤州長江中象、焦二山。在今江蘇鎮江市東北，屹立大江中，向為江防要地。❷長江凝練　用謝朓詩「澄江靜如練」句意。❸瀏慄一聲霄漢中　形容觱篥聲音之高亢嘹亮。瀏慄，亦作瀏栗、瀏漓、瀏溧，聲音清亮的樣子。❹涵胡畫角怨邊草　形容觱篥聲渾厚幽怨。涵胡，義同「含糊」，此處作渾厚講。❺蕭瑟清蟬吟野叢　形容觱篥聲轉而為細微淒清。❻沖融頓挫　聲音和平之中有停頓轉折。❼心使指　手指聽憑心意驅使。❽雄吼一聲轉如水　形容觱篥聲由雄壯轉為細膩流暢。❾思婦多情珠淚垂二句　形容觱篥聲哀傷感動了思婦與仙禽。仙禽，指仙鶴。傳說師曠奏琴感動玄鶴來舞。❿已見樹杪明星光　謂天已亮。樹杪，樹梢。明星，此指啟明星，天亮時見於東方。⓫謝公高齋吟激楚　謂李德裕之詩情緒激越慷慨。謝公，指謝朓。謝朓為宣城太守時，有〈郡內高齋閑坐答呂法曹〉詩。此代指李德裕。激楚，激越悲傷。⓬戀闕心同在羈旅　謂李德裕詩中的戀闕之情如同羈居異鄉的旅人。戀闕，懷戀京都。⓭荊人白雪歌　指李德裕詩歌。荊人，即郢人。白雪歌，即〈陽春白雪〉。宋玉〈對楚王問〉：「客有歌於郢中者，其始曰〈下里巴人〉，國中屬而和者數千人……其為〈陽春白雪〉，國中屬而和者數十人。」⓮如聞雒客扶風鄔　意謂小童奏觱篥勾起李德裕思念京師之情。此用東漢馬融〈長笛賦〉事。馬融〈長笛賦序〉：「融……性好音，能鼓琴吹笛，而為督郵，無留事。獨臥郿平陽鄔中。有雒客舍逆旅，吹笛為〈氣出〉、〈精列〉相合。融去京師逾年，暫聞，甚悲而樂之……作〈長笛賦〉。」見《文選》。雒客，即洛客，洛陽客人。扶風鄔，即平陽鄔。京兆府扶風郡郿縣有平陽鄔。⓯吳門水驛接山陰二句　謂白居易、元稹俱有和李德裕之詩。吳門，此指蘇州，時白居易為蘇州刺史。山陰，越州屬縣，時元稹為越州刺史、浙東觀察使。蘇州與越州有水路相通。按，元稹和詩今僅存殘句。⑯能絕處　技藝超人處。⑰少年榮貴　指李德裕。時李德裕年僅三十八，出任浙西觀察使，可謂「少年榮貴」。

【語　譯】潤州的象、焦二峰暮色已經濃重，江面上碧波萬頃湧出一輪明月。公侯之家的小童能吹觱篥，對此清夜天性發作。長江好似匹練樹木無風，忽聽瀏慄一聲沖入霄漢。觱篥聲忽而渾厚如畫角哀怨著邊庭之苦，忽而幽細如清蟬鳴於草叢。平和之聲中有頓挫轉折，手指聽憑心意指使；宏大之聲如巨風，細微之聲如細水長流。多情思婦聽了珠淚滾落，仙鶴也隨著樂音翩翩起舞。全郡之人安靜地聽不覺衣裳落霜，江城之月斜掛樓上影子長長。剛才還驚訝於手指下弦急韻繁，全然不覺啟明星掛在了樹梢。謝公在高齋寫下情緒激越的詩，懷戀京師的心情如同在羈旅當中。一經吹奏高雅的〈白雪之歌〉，就像馬融聽到洛陽客人的長笛之曲。吳門與山陰有水路相通，白蘇州元越州皆有深情的和詩寄來。欲知小童陽陶技藝絕佳之處，就看他能使少年榮貴者說出他的傷心事。

【研　析】此詩雖不及盛唐李頎寫觱篥的〈聽安萬善吹觱篥歌〉，但也是唐詩中寫音樂的名篇。李德裕原詩，今僅存殘句六句：「君不見秋山寂歷風飆歌，半夜青崖吐明月。寒光乍出松篠間，萬籟蕭蕭從此發。忽聞歌管吟朔風，精魂想在幽岩中。」此詩全依本韻，是一大難處。蓋依本韻（且用原字），自己的思路就要受到限制。既依本韻，用原字，又能突破原詩思路的限制，頗見功力。此詩四句一換韻，平仄互換，意亦隨韻換，步步踏實，決不空衍。白居易和詩今存。白詩專從薛陽陶吹奏技藝處立言，不涉及李德裕本人，或者另有他意；李德裕以御史中丞受李逢吉排擠出為潤州刺史、浙西觀察使，禹錫此詩後半突出李德裕思念京師之情緒，從和詩立意講，高於白詩。

湖州崔郎中曹長寄三癖詩自言癖在詩與琴酒其詞逸而高吟詠不足昔柳吳興亭皋隴首之句王融書之白團扇故為四韻以謝之

【題　解】寶曆二年（西元八二六年）作於和州。湖州，今屬浙江。崔郎中曹長，指崔玄亮。玄亮，字晦叔，博陵（今河北安平）人，元和中歷仕膳部、駕部員外郎等，長慶三年出為湖州刺史。唐時，尚書省各部郎中、員外郎相呼為曹長。柳吳興，指柳惲，南朝齊、梁時人，曾兩任吳興（即湖州）太守。「亭皋隴首」之句指柳惲〈擣衣詩〉兩句：「亭皋木葉下，隴首秋雲飛。」王融亦南朝齊時人，甚歎賞柳惲「亭皋、隴首」之句，因書亭壁及所執白團扇，事見《梁書・柳惲傳》。崔玄亮〈三癖詩〉今不存。其以〈三癖詩〉寄禹錫，禹錫酬以此詩。

視事畫屏中❶，自稱三癖翁。管弦泛春渚❷，旌旆拂晴虹❸。酒對青山月，
琴韻白蘋❹風。會❺書團扇上，知君文字工❻。

【注　釋】❶視事畫屏中　謂湖州風景之美。視事，處理公務。❷管弦泛春渚　指琴。❸旌旆拂晴虹　指酒。旌旆，即酒旗。❹白蘋　水草名。宋玉〈風賦〉有「風起於青蘋之末」之句，柳惲為吳興太守時，亦賦有「汀洲采白蘋」之句。❺會　一定；必定。❻文字工　工於書法。

【語　譯】在畫屏一般的湖州處理公務，又自稱為「三癖翁」。琴聲悠揚中泛舟於春渚，酒旗飄拂在雨後的彩虹之中。把酒面對青山明月，操琴迎來白蘋微風。料得您定然將我的詩書寫在團扇之上，因為我知道您工於書法。

【研　析】崔玄亮自命為「三癖翁」。唐代詩人普遍好詩、酒與琴，但自稱「三癖翁」並以「三癖」命題為詩者卻未見第二人。〈三癖詩〉及「三癖翁」顯然觸動了同樣有「三癖」的劉禹錫的神經，和詩即從「三癖」落筆。中間兩聯，一、四句俱說琴，句意相接（「管弦」句與「琴韻」句）；二、三句俱說酒，句意相接（「旌旆」句與「酒對」句），頗見屬思。

禹錫自任和州，與朝中、地方大員的詩歌應酬可謂應接不暇。此是與崔玄亮酬答第一首，此後禹錫與崔玄亮酬答不斷。見下首。

望夫石　正對和州郡樓

【題　解】敬宗寶曆間作於和州。石在當塗縣（今屬安徽）。當塗與和州隔江相望。《太平寰宇記》卷一〇五太平州當塗縣：「望夫山，在縣西四十七里。昔人往楚，累歲不還，其妻登此山望夫，乃化為石。周回五十里，高一百丈，臨江。」詩詠石，對傳說中矢志不移的妻子表示敬佩和同情。

終日望夫夫不歸，化為孤石苦相思。望來已是幾千載，只似當時初望時。

【語　譯】終日望夫而夫卻不歸，化為孤石苦苦地相思。如此相望已有幾千載，切盼夫歸的心情還如初次相望時。

【研　析】望夫石所在多有，傳說中的故事大抵相同。詩詠望夫石，全用賦體，語言質樸。連用三個「望」字，在回環往復中寫出纏綿的感情。

金陵五題 并引

【題解】寶曆間作於和州。金陵為六朝古都，史籍記載金陵古跡及六朝事蹟甚多。和州與金陵隔江而望。據引，詩人原對金陵有許多嚮往，因受他人同題詩之啟發，乃作此詩。詩中有關金陵的五處古跡，非親睹，全憑藉想像。

余少為江南客，而未遊秣陵❶，嘗有遺恨。後為歷陽守，跂❷而望之。適有客以〈金陵五題〉相示，逌爾❸生思，欻然❹有得。它日，友人白樂天掉頭苦吟❺，歎賞良久，且曰：「石頭題詩云：『潮打空城寂寞回』，吾知後之詩人不復措詞矣！」餘四詠雖不及此，亦不孤樂天之言爾。

石頭城

山圍故國❻周遭在❼，潮打空城寂寞回。淮水❽東邊舊時月，夜深還過女牆❾來。

【注釋】❶秣陵　即金陵。秦始皇時，望氣者稱五百年後金陵有都邑之氣，故始皇改其地曰秣陵。❷跂　通「企」。踮起腳跟。❸逌爾　舒適自得的樣子。❹欻然　忽然；頓然。❺掉頭苦吟　苦吟狀。掉頭，搖頭。❻故國　指石頭城。石頭城曾是楚金陵治所。❼周遭在　指往時城牆舊跡依然還在。❽淮水　即秦淮河。❾女牆　城上矮牆。

【語譯】我少年時生活在江南，卻未曾到過金陵，心中不免有遺恨。其後做和州刺史，每每隔江遠望。適逢有客人以其所作〈金陵五題〉向我出示，我頓然有所體會並有所得。他日，友人白樂天搖頭苦吟我的〈金陵五題〉，歎賞良久，且說：「石頭題詩云：『潮打空城寂寞回』，我知道後來的詩人無法再措新詞了！」其餘四首雖然不及此首，但也不辜負樂天如此的誇讚。

群山環繞著金陵故城，四周城牆依然還在。潮水拍打著荒涼的空城，又寂寞地退了回去。秦淮河東邊升起的月亮與從前一樣，深夜時分還會照過女牆來。

【研析】此為組詩第一首。石頭城，舊址在今江蘇南京西。原有山名石頭，為戰國楚金陵邑治所，三國時孫權移治秣陵（今南京），改名石頭城。東晉時又加磚壘石，因山為城，因江為池，地形險要，為攻守金陵戰略要地。石頭城、淮水以及高懸的明月，都是永恆之物。如今，因分裂、割據而營造石頭城的主人已經永遠逝去了，城牆、潮水和舊時之月，都是曾經的歷史的見證。詩人巨大的歷史興亡之感，全在「潮打空城寂寞回」一句，故白居易說：「『潮打空城寂寞回』，吾知後之詩人不復措詞矣！」推此首為〈金陵五題〉第一，推「潮打空城寂寞回」一句為絕佳之句。清人沈德潛亦推此篇為唐人七絕壓卷，堪與李白「白帝」、王昌齡「奉帚平明」、王維「渭城」、王之渙「黃河遠上」等名家之作「接武」（《說詩晬語》卷上）。

烏衣巷

朱雀橋❶邊野草花❷，烏衣巷❸口夕陽斜。舊時王謝❹堂前燕，飛入尋常百姓家。

【注釋】❶朱雀橋　秦淮河上橋名，在今南京市內。❷花　開花。❸烏衣巷　過朱雀橋不遠，即烏衣巷。三國時為吳國衛戍部隊營房所在，因軍士皆著黑衣而得名。❹王謝　東晉至南朝王、謝兩大家族。東晉時，丞相王導始居於此巷，謝鯤、謝靈運等亦居於此。

【語　譯】朱雀橋邊野草開花，烏衣巷口可見夕陽西下。昔日在王謝華屋出沒的燕子，如今飛進尋常百姓的家。

【研　析】此為組詩第二首。烏衣巷，東晉時王謝巨族居於此。此首借烏衣巷今昔變遷發抒時世更迭之感。「野草花」、「夕陽斜」已在為作者的人事更迭之感作了暗示，再拈出燕子出入烏衣巷尋常百姓家，則尤為感慨萬端。但仍然只是暗示，不盡之意，俱在文字以外。

臺城

臺城六代競豪華，結綺臨春❶事最奢。萬戶千門成野草，只緣一曲〈後庭花〉❷。

【注　釋】❶結綺臨春　閣名，陳後主在位時，在臺城建結綺、臨春、望仙三閣，門窗皆用極珍貴之檀木與沉香木，飾以金玉，極其奢華。❷後庭花　舞曲名，即〈玉樹後庭花〉，陳後主所作，歌辭內容靡爛哀傷，被後世視作亡國之音。

【語　譯】六朝修造臺城競相豪華，陳後主所建結綺、臨春則更加奢華。昔日宮殿的萬戶千門如今野草叢生，只是因為沉湎於一曲〈玉樹後庭花〉。

【研　析】此為組詩第三首。臺城為三國吳及南朝宋、齊、梁、陳的宮城。六朝競為奢華，其君主生活靡爛，皆以奢侈亡國，臺城是其見證。其中又以陳後主陳叔寶為最，所以詩中於奢侈豪華，專拈後主的結綺、臨春；於靡爛，專拈後主的〈玉樹後庭花〉。〈玉樹後庭花〉成為亡國之音的代表，以之入詩詞，大約始於此詩。李商隱〈隋宮〉云「地下若逢陳後主，豈宜重問〈後庭花〉」，杜牧〈泊秦淮〉云「商女不知亡國恨，隔江猶唱〈後庭花〉」，皆繼之。

生公講堂

生公❶說法鬼神聽❷，身後空堂夜不扃❸。高坐❹寂寥塵漠漠，一方明月可中庭。

【注釋】❶生公　東晉僧人竺道生，俗姓魏，鉅鹿人，自幼出家，後遊學長安，從鳩摩羅什受業，南還，講經於建康（即金陵）高座寺。❷鬼神聽　據晉人《蓮社高賢傳．道生法師》載，生公入虎丘山，聚石為徒，講《涅槃經》，至精要處，則說有佛性，且曰：「如我所說，契佛心否？」群石皆為點頭。旬日間學眾雲集。一說生公聚石講經處即在建康高座寺。❸扃　關鎖門窗。❹高坐　僧人說法時的講座。

【語譯】當年生公在此說法令頑石點頭，身後講堂空落深夜門戶不鎖。講座也佈滿灰塵極其冷落，只有高懸的明月光照在庭院裏。

【研析】此為組詩第四首。講堂為僧人講經之處。生公說法令頑石點頭，只是傳說而已，但生前門徒之盛可見。此詩所含的感慨，不是專門針對僧人或佛門而發，而寓意於人生普遍存在的現世與將來不可預期的滄桑之感。《洪駒父詩話》載，宋人黃庭堅（黃山谷）很欣賞「一方明月可中庭」一句，與群僧圍爐言之，「一僧率爾曰：『何不曰「一方明月滿中庭」』？山谷笑去。」（《苕溪漁隱叢話》前集卷二〇引）「笑而離去」的山谷對僧人的信口雌黃雖未直接表態，但足見他並不同意僧人的說法。「滿」字頗形象，非不佳，但「滿」字只是說月光灑滿庭院而已；「可」字含有「滿」意，即「月光周遍中庭」之意，又有「月亮正當中天，故而月光恰好灑滿中庭」的意思，宋人陳與義〈題繼祖蟠室〉的「日斜疏竹可窗影，正是幽人睡足時」的「可」，即用此義。此義，「滿」字是不能表現出來的。

江令宅

南朝詞臣北朝客❶，歸來唯見秦淮碧❷。池臺竹樹三畝餘，至今人道江家宅。

【注　釋】❶南朝詞臣北朝客　指江總。總字總持，濟陽考城（今河南蘭考）人，幼聰穎，善文辭，所作五、七言詩，傳誦一時。總先仕梁，梁亡仕陳，官至尚書令，人稱江令。仕陳時日夜與後主及眾狎客遊宴後宮，不理政事，製作淫詞豔曲，君臣昏亂，國事日非。陳亡，又仕於隋，為上開府。江總宅至宋時尚在，宋張敦頤《六朝事迹編類》卷下：「江令宅，陳尚書令江總宅也。《建康實錄》及楊脩詩注云：南朝鼎族，多夾清溪，江令宅猶占勝地……今城東段大夫約之宅，正臨清溪，即其地也。」❷歸來唯見秦淮碧　江總仕隋時年已七十一，隋開皇四年卒於江都，年七十六。其間是否回過金陵，史無記載。

【語　譯】他是南朝的詞客，後來卻在北朝為客。待他歸來舊居，唯見秦淮一池碧水。池臺竹樹三畝有餘，至今人說這是江家的舊宅。

【研　析】江總一生仕三朝，其中仕陳近三十年，官至尚書令，其令後人不齒的也是這三十年。二百年過去，江總尚存的三畝之宅成為他荒湎的指證。然而詩中並未明言，只是說後人指點「江家宅」，至於指點什麼，卻盡在不言之中了。

〈金陵五題〉是禹錫七絕代表作。五首俱佳，而以〈石頭城〉、〈烏衣巷〉藝術表現力最強。原因在於〈石頭城〉的「潮打空城」與「明月」、「女牆」意象、〈烏衣巷〉的「野草花」與「王謝堂燕」意象的深沉妙用。其他三首藝術表現力較弱，原因亦在於此。

罷和州遊建康

【題　解】寶曆二年冬禹錫罷和州刺史。建康，即金陵（今江蘇南京）。此詩為北返途中遊金陵所作。

秋水清無力❶，寒山暮多思。官閑不計程❷，遍上南朝寺。

【注　釋】❶無力　形容秋天長江水枯風浪不大。❷計程　計算日程。

【語　譯】秋日江水清澈微有風浪，寒山日暮時令人多思。職事空閒可以不計路程，將南朝金陵的佛寺逐一走訪。

【研　析】唐時官員三年或四年屆滿。禹錫刺和州兩年，詩題曰「罷」，是屆未滿而去職。劉禹錫的新職（主客郎中分司東都）是明年（寶曆三年，即文宗大和元年）六月才任命的，因何罷和州？新的任命又因何在半年以後？皆有待研究。劉禹錫離開和州，心情是鬱悶的，這由「官閑」一句可以看出。「官閑」此處的正解是「空閒」：徹底地沒有職事羈絆了，所以可以逐一走訪金陵的寺院。理解了「官閑不計程」一句的憂鬱，反過來再看「秋水」和「寒山」兩處意象，也都是憂鬱的象徵。如此貫通，則此詩無一處不是憂鬱了。

金陵懷古

【題　解】與前首同時之作。金陵虎踞龍盤，是所謂帝王之都，然而朝代興廢，不過數百年間事。詩人借地形以點化人事，總結六朝興廢，根本的原因在於人事，識見最高。

潮滿冶城❶渚❷，日斜征虜亭❸。蔡洲❹新草綠，幕府❺舊煙青。興廢由人事，山川空地形。〈後庭花〉❻一曲，幽怨不堪聽。

【注釋】❶冶城　故址在今南京朝天宮一帶，三國吳所築，為鑄冶之地，因以得名。《世說新語·言語》載，王右軍（王羲之）與謝太傅（謝安）曾共登冶城。又，南朝梁敬帝紹泰元年，梁譙、秦二州刺史徐嗣徽襲建康，尚書令陳霸先（後為南朝陳開國皇帝）在此大破徐軍。❷渚　水中小塊陸地。❸征虜亭　故址在今南京西北隅秦淮河畔。《世說新語·雅量》注引《丹陽記》，謂此亭為征虜將軍謝安所立，因以為名。❹蔡洲　長江中洲名，東晉時，盧循作亂率十萬眾，舟艦數百里，連旗而下。劉裕（即南朝宋開國皇帝，時為東晉將領）登石頭城以望盧循軍，見循軍回泊蔡洲，曰：「此成擒耳。」俄而循大敗走。❺幕府　山名，在今南京北。東晉初，丞相王導建幕府於其上，因而得名。❻後庭花　即〈玉樹後庭花〉，陳後主所作曲名。

【語譯】江潮漲起淹沒了冶城渚，斜陽照在征虜亭上。江中蔡洲一片野草翠綠，幕府山依舊山嵐青青。王朝的盛衰興廢取決於人事，山川地形空不足恃。亡國的一曲〈玉樹後庭花〉，纏綿幽怨卻不忍卒聽。

【研析】這首五律的前兩聯，連用四處地名，使人想起大詩人李白〈峨眉山月歌〉，二十八字中連用五地名。杜甫〈聞官軍收河南河北〉末尾兩聯也連用四地名。劉禹錫有意無意在向前輩挑戰。不過劉禹錫的連用四地名，又與李、杜不同，冶城、征虜亭、蔡洲、幕府，既是地名，也是人事，均與前朝著名政治家或軍事家有關。由此而下逗出「興廢由人事，山川空地形」一聯斷語，就很自然了。末聯重複強調〈玉樹後庭花〉。南朝終於陳，陳亡於後主及其〈玉樹後庭花〉，如此就完全補足了「金陵懷古」題意。

酬樂天揚州初逢席上見贈

【題解】禹錫寶曆二年秋罷和州北返洛陽，在揚州與自蘇州返洛陽的白居易相遇。白於席上賦詩相贈，禹錫答以此詩。劉禹錫因參與王叔文集團，貶巴山楚水間二十三年，壯志不酬，而歲月蹉跎，故舊飄零，故詩中呈無限蒼涼悲憤、不勝遲速榮悴之感。

巴山楚水淒涼地，二十三年棄置身❶。懷舊空吟聞笛賦❷，到鄉❸翻似爛柯人❹。沉舟側畔千帆過，病樹前頭萬木春❺。今日聽君歌一曲，暫憑杯酒長精神。

【注釋】❶巴山楚水淒涼地二句　劉禹錫自永貞元年（西元八〇五年）被貶朗州司馬，十年後曾被召回，旋又外放，連任連州、夔州、和州刺史，至本年（西元八二六年）罷和州，首尾合計共二十三年。以上官職，皆在巴山楚水之間。❷懷舊空吟聞笛賦　感歎二十三年間朋友去世者甚多，而自己只能徒然吟詩懷念。聞笛賦，用晉向秀寫〈思舊賦〉懷念嵇康事。詳見長慶〈傷愚溪三首〉詩注。❸到鄉　指此行前途洛陽。洛陽為劉禹錫故鄉。❹爛柯人　用南朝任昉《述異記》王質事。晉人王質入山砍樵，見二童子下棋，遂觀終局，發現手中斧柄（柯）已經爛朽，回鄉後始知已經歷了一百年。❺沉舟側畔千帆過二句　白居易贈詩云：「舉眼風光長寂寞，滿朝官職獨蹉跎。」禹錫答以此二句，感歎自己已經衰老，而時局及人事變化極大。沉舟、病樹，皆禹錫自喻。千帆過、萬木春，謂眾多官場得意者。

【語譯】在巴山楚水荒遠淒涼之地，我如被棄置之人在那裏度過了二十三年。懷念故舊我只能空吟聞笛賦，回到故鄉恰似傳說中的爛柯人。我好像沉舟，一旁有千帆駛過；又好像病樹，前頭有萬木逢春。今日聽到您為我吟詩，暫憑這杯酒足以增添我的精神。

【研析】北歸途中，劉禹錫在揚州與白居易不期而遇。白居易時為蘇州刺史，以病免歸洛陽。劉、白近年雖然不斷有詩歌寄贈，但據他們的生平考訂，二人當面相處，卻是第一次。白居易設宴款待遠道而來的朋友，宴席中且有充滿同情的贈詩，令劉禹錫低落的情緒為之一振，長期鬱結的悲憤也一下子找到了出口，成就了劉禹錫這首七律名篇。白贈詩末聯云：「亦知合被才名折，二十三年折太多。」劉禹錫答詩首聯緊承白詩，以極精煉的文字概括自己被貶的心情，「棄置」二字說得沉痛。揚州是運河南端大渡口，自揚州水路直達汴州，差不多等於到了洛陽，所以頷聯抒寫「到鄉」的感受：「懷舊」一句寫故舊凋零，「到鄉」一句寫心理反差之大。頸聯承上，以「沉舟」與「千帆過」、「病樹」與「萬木春」比對，繼續寫心理反差。對這一聯後人頗多不同理解，而清人沈德潛以為：「『沉舟』二語，見人事不齊，造化亦無如之何。悟得此旨，終身無不平之心矣。」（《唐詩別裁》卷一五）用今天的話說，就是「徹底想開了」。已是五十五歲老人，到此境地，還有何想不開呢？是為正解。此二句比白贈詩兩句博大、高明。末聯感謝白居易一片誠意好心，收束全詩。

白太守行

【題　解】與前首同時之作。白居易寶曆元年除蘇州刺史，次年因眼疾請病假，滿百日，告休北歸。此詩因白居易不戀棧辭官而作。

聞有白太守，棄官歸舊溪❶。蘇州十萬戶，盡作嬰兒啼❷。太守駐行舟，閶門❸草萋萋。揮袂❹謝❺啼者，依然兩眉低❻。朱戶❼非不崇，我心如重狴❽。華池非不清，意在寥廓❾棲。誇者❿竊⓫所怪，賢者默思齊⓬。我為〈太守行〉，題在隱起珪⓭。

【注　釋】❶舊溪　義同「舊山」、「故山」，也指舊居、故鄉。白居易在洛陽有舊居。❷蘇州十萬戶二句　謂蘇州居民因白居易離開而傷心。❸閶門　蘇州城西門。❹揮袂　揮手告別。袂，衣袖。❺謝　辭謝；辭別。❻兩眉低　憂愁的樣子。❼朱戶　此指官署大門。❽狴　牢獄。❾寥廓　天地之間。此指官場以外的鄉野。❿誇者　追慕浮華奢侈的人。⓫竊　私下。

⓬思齊　想與之看齊。語出《論語・里仁》：「子曰：『見賢思齊焉，見不賢而內自省也。』」⓭隱起珪　語出南朝宋荀昶〈擬青青河畔草〉：「客從北方來，遺我端弋綈。命僕開弋綈，中有隱起珪。長跪讀隱珪，辭苦聲亦淒。」隱起珪，即中間隆起之珪，指題寫在珪上的書信。

【語　譯】聽說有位白太守，要辭官歸於故山。蘇州十萬戶人家，像嬰兒般啼哭不捨。太守停下了行舟，閶門芳草萋萋也充滿了別情。太守揮手辭別啼哭的百姓，百姓依然雙眉緊鎖。太守言道：官署朱門並非不高大，在我看來卻如同重重牢獄；官署池水並非不清澈，但我的心意在寥廓的大自然。追求奢侈的人聽了私下奇怪，賢慧的人聽了默默地要向他看齊。我因此作這首〈太守行〉，並把它題寫在寶貴的玉珪上。

【研　析】此詩是詩人擷取白居易辭刺史、與百姓告別的一個場面，所作的〈白太守頌〉。重點在白居易「朱戶非不崇」那一段話，突出了白居易淡薄名利、嚮往田園的思想。藝術上，全詩語近意淺，意隨語盡，是有意在模仿白詩。

白居易有〈答白太守行〉詩，云：「吏滿六百石，昔賢輒去之。秩登二千石，今我方罷歸……朝與府吏別，暮與州民辭。去年到郡時，麥穗黃離離。今年去郡日，稻花白霏霏。為郡已周歲，半歲罹旱饑。襦袴無一片，甘棠無一枝。何乃老與幼，泣別盡沾衣？下慚蘇人淚，上愧劉君辭。」劉、白唱和，此前已經甚多，而自寶曆揚州初逢之後，劉、白唱和幾不絕於耳矣。《舊唐書・劉禹錫傳》：「禹錫晚年與少傅白居易友善，詩筆文章，時無在其右者。（居易）常與禹錫唱和往來，因集其詩而序之曰：『彭城劉夢得，詩豪者也，其鋒森然，少敢當者。予不量力，往往犯之。夫合應者聲同，交爭者力敵，一往一復，欲罷不能……予頃與元微之唱和頗多，或在人口。嘗戲微之云：「僕與足下二十年來為文友詩敵，幸也，亦不幸也。吟詠性情，播揚名聲，其適遺形，其樂忘老，幸也。然江南士女語才子者，多云元、白。以子之故，使僕不得獨步於吳越間，此亦不幸也。今垂老復遇夢得，非重不幸也？」夢得夢得，文之神妙，莫先於詩。若妙與神，則吾豈敢？』」自得之情，溢於言表。五年後，元稹卒，白居易堪稱「敵手」的詩友，就僅餘劉禹錫了。詩歌創作，並不僅僅是個人的精神活動，有時也不妨是一種群體的精神活動，兩、三個人，或三、五個人，互為推力，互為動力，對促進詩歌創作極有益。劉禹錫晚年（自寶曆二年北歸之後）的詩歌創作，正可以作如是觀。觀其晚年詩歌中頻頻出現的「和」、「同」、「酬」、「贈」、「答」、「寄」……等字樣，可知矣。

同樂天登棲靈寺塔

【題　解】寶曆二年冬北歸途中作於揚州。棲靈寺，即西靈寺，在揚州。禹錫與居易登此塔，白先有作，禹錫和以此詩。

步步相攜不覺難，九層雲外倚欄杆。忽然語笑半天上，無限遊人舉眼看。

【語　譯】步步相攜登塔並不覺難，在九層雲外憑倚欄杆。忽然發出一陣笑語如在半空，塔下無數遊人都舉頭仰望。

【研　析】九層塔上，如在雲外，一陣笑語，惹得塔下無數遊人舉目仰望，就有一種睥睨一切的氣概。劉禹錫詩的「豪」，即體現在此。白居易原唱：「共憐筋力猶堪在，上到棲靈第九層。」相較而言，就「弱」。

謝寺雙檜　揚州法雲寺謝鎮西宅，古檜存焉

【題　解】寶曆二年冬北歸途中作於揚州。法雲寺在揚州。題注之「謝鎮西」謂東晉謝尚。尚嘗為鎮西將軍，鎮廣陵。《輿地紀勝》卷三七「揚州」：「法雲寺，晉謝安宅。」謝安（尚從弟）都督揚荊等十五州軍事時曾

出鎮廣陵（揚州），然謝安不曾為鎮西將軍，史籍所載有誤。詩以雙檜自況，感慨歲月流逝。

雙檜蒼然古貌奇，含煙吐霧❶鬱參差。晚依禪客❷當金殿❸，初對將軍❹映畫旗❺。龍象界❻中成寶蓋，鴛鴦瓦❼上出高枝。長明燈❽是前朝❾焰，曾照青青年少❿時。

【注　釋】❶含煙吐霧　形容雙檜枝葉繁密茂盛。❷禪客　參禪之僧人。❸金殿　佛殿。❹將軍　指謝尚。又兼指杜佑。❺畫旗　軍中有畫飾的旗。❻龍象界　佛家語。水行中龍力最大，陸行中象力最大，故佛氏用來比喻阿羅漢中修行勇猛有大力者。此指佛寺。❼鴛鴦瓦　成對的瓦。❽長明燈　在佛像前點燃的長明不熄的燈。❾前朝　指晉朝。又指貞元間。❿青青年少　指雙檜樹。又雙關指自己。

【語　譯】兩棵檜樹蒼然古貌令人歎奇，含煙吐霧枝葉茂密。晚來與僧人結伴對著佛殿，當年面對著軍營裏的將軍與畫旗。在佛寺裏成長如同寶蓋，最高的枝條伸出在鴛鴦瓦之上。佛像前的前朝點燃的長明燈，曾經照耀過幼株的雙檜。

【研　析】貞元十六、十七年，杜佑為淮南節度使，駐揚州，禹錫在其幕，為掌書記。在揚州時，三十歲的他曾到過謝寺，見過寺中「青青年少」的雙檜。二十六年後禹錫再來，已然是五十六歲老人了。面對已經變成蒼然大樹的雙檜，不由感慨萬端，發為此詩。此詩最大的特點是遣詞用字，語帶雙關：「青青」雙檜與「蒼然」雙檜雙關青年的我和老去的我；「將軍」既是謝尚，又雙關杜佑；「前朝」指晉朝，又雙關德宗貞元時。這其間的感慨自然不僅僅是因為時間流逝帶來的人事自然變遷（例如杜佑已經故去），而是其間夾雜的個人複雜的人生感觸，如「沉舟側畔千帆過，病樹前頭萬木春」所形容的那樣。

據詩所云，雙檜似為謝尚宅原有。然東晉至唐貞元時已四百餘年，禹錫不可能見到「青青年少」之雙檜。或者唐時始在謝尚舊宅建寺並植檜，詩中乃錯綜其事、藉故發其端耶？

和樂天鸚鵡

【題　解】是詠物詩，作於寶曆二年冬北歸途中。居易先有題為〈鸚鵡〉之作，禹錫和以此首。

養來鸚鵡觜❶初紅，宜在朱樓繡戶中。頻學喚人❷緣性慧，偏能識主為情通。
斂毛睡足難銷日，嚲❸翅愁時願見風。誰遣聰明好顏色？事須安置入深籠。

【注　釋】❶觜　鳥嘴。❷頻學喚人　謂鸚鵡可以喚人名姓。❸嚲　垂下。

【語　譯】鸚鵡養到嘴巴初紅時，就適宜放在朱樓繡戶之中。頻頻呼喚人的姓名是因為本性聰明，偏又能認識主人是因為感情相通。斂毛睡足難以消磨白日，垂下雙翅發愁時也嚮往開籠迎風。誰讓你既聰明又有美麗的顏色？自然應該安置入深籠中。

【研　析】白居易〈鸚鵡〉云：「隴西鸚鵡到江東，養得經年嘴漸紅。常恐思歸先翦翅，每因餧食暫開籠。人憐巧語情雖重，鳥憶高飛意不同。應似朱門歌舞妓，深藏牢閉後房中。」以鸚鵡自擬，喻其蘇州刺史一年的不得意以及不能任性瀟灑、身不由己的苦衷。禹錫此詩，奉承白居易多才，所以難免深鎖籠中；此處的「深籠」，指朝廷禁廷尊密之處。按，白居易免蘇州刺史，北歸回朝，等待新的任命，心情是矛盾的，一方面希望得到閒職，可以頤養身體，安適性情；另一方面，又未嘗不期望得到更顯赫的位置，可以實現其人生價值。禹錫和詩，也可以說是揣摩到了白居易的心理。

韓信廟

【題　解】是詠史詩。約作於寶曆二年北歸途中。韓信，楚漢相爭時名將，廟在楚州（今江蘇淮陰）。

將略兵機命世雄，蒼黃鍾室歎良弓❶。遂令後代登壇❷者，每一尋思怕立功。

【注　釋】❶將略兵機命世雄二句　詠韓信事。韓信，秦末漢初淮陰人，初屬項羽，為郎中，後投奔劉邦，為大將。在秦末群雄爭鬥中，信屢立奇功：擊魏，虜魏王豹；破趙，擒趙王歇；大破楚將龍且兵於濰水上；平齊，被立為齊王；將兵圍困項羽於垓下，項羽敗死。漢朝建立，被封為楚王。漢六年，有人告其謀反，高帝以陳平計縛信，載後車，信曰：「果若人言：狡兔死，走狗烹；高鳥盡，良弓藏；敵國破，謀臣亡。天下已定，我故當烹。」至洛陽，赦其罪，降為淮陰侯。漢十年，陳豨反，劉邦自領軍而往，信稱病不從，陰使人至豨所，曰：「待汝舉兵，我在此相助。」信乃謀與家臣詐詔赦諸官徒奴，欲發以襲呂后、太子。部署已定，待豨之報。信舍人得罪於信，信囚，欲殺之。舍人之弟知信叛，告信反狀於呂后，呂后與蕭何丞相謀，詐令人從劉邦處來，言豨得死，列侯群臣皆入賀。信亦入賀，呂后使武士縛信，斬之長樂宮鐘室。信當斬，乃歎曰：「吾悔不用蒯通之計，乃為兒女子所詐，豈非天哉！」乃夷信三族。見《史記・淮陰侯列傳》。命世，著名於當世。蒼黃，匆忙；惶急。鍾室，即鐘室，懸鐘之室，在漢長安長樂宮中。❷登壇　韓信初投劉邦時，邦欲召拜信為大將，蕭何以為如此則輕慢無禮，不可，於是邦擇良日，設壇場，具禮，拜信為大將，一軍皆驚。見《史記・淮陰侯列傳》。

【語　譯】為將用兵的計謀和謀略為當世之雄，然而在鍾室蒼黃之際只來得及感歎「良弓藏」一句話。遂令後代登壇為將軍者，每一尋思至此就不敢立功。

【研　析】後世詠韓信之詩，或責人主刻薄寡恩，或感慨韓信功高震主，不知明哲防身。此詩由韓信事說到後世登壇拜將者「怕立功」，文字上翻出新意。

罷郡歸洛途次山陽留辭郭中丞使君

【題　解】寶曆二年冬作於山陽。山陽為楚州治所，即今江蘇淮安。郭中丞為郭行餘。行餘進士出身，能詩，今無存。時任楚州刺史，中丞為行餘之兼銜。兩《唐書》有傳。使君為漢時對州郡太守的稱呼。

自到山陽不許辭❶，高齋❷日夜有佳期❸。管絃正合❹看書院，語笑方酣各詠詩。銀漢雪晴褰翠幕❺，清淮❻月影落金巵❼。洛陽歸客明朝去，容趁❽城東花發時。

【注　釋】❶不許辭　挽留；不許離開。❷高齋　指郭中丞安置自己住宿之處。❸佳期　此指宴會、歌舞等。❹合　合併；在一起。❺褰翠幕　形容雪霽。❻清淮　楚州臨淮水，又與汴水、泗水相通。❼金巵　酒杯。金為飾詞。❽容趁　猶言還能趕上。

【語　譯】自從我來到山陽即不許我離開，宿於高齋每日每夜都有安排。歌舞的院落與我讀書之處緊連一起，笑語方酣各自吟誦新詩。雪晴夜空銀河分明好似揭開了翠幕，清清淮水中的月影也像落在酒杯裏。洛陽歸客明朝就要離去，正好趕上洛陽城東花開的時候。

【研　析】是應酬詩，寫得卻甚有風致。「語笑方酣各詠詩」包括白居易在內。白亦有〈贈楚州郭使君〉詩，云：「淮水東南第一州，山圍雉堞月當樓。黃金印綬懸腰底，白雪歌詩落筆頭。笑看兒童騎竹馬，醉攜賓客上仙舟。當家美事堆身上，何啻林宗與細侯？」瞿蛻園《劉禹錫集箋證》云：「劉乃留辭，白乃贈詩，其實為同時同會所作，立言不同，則製題各異。唐人詩題字句皆有斟酌。」所言極是。白詩只在讚郭行餘治績、郡邑安堵，禹錫詩卻在主客交誼。南朝梁范雲有題為〈別詩〉者，云：「洛陽城東西，長作經年別。昔去雪如花，今來花如雪。」禹錫詩末二句寫歸心迫急，暗用范雲詩意而人不覺。

歲杪將發楚州呈樂天

【題解】歲杪，歲末。據白居易答詩〈除日答夢得同發楚州〉，知此詩寶曆二年除日作於楚州。

楚澤❶雪初霽，楚城春欲歸。清淮變寒色，遠樹含清暉。原野已多思，風霜潛減威。與君同旅雁❷，北向刷毛衣❸。

【注釋】❶楚澤　楚國之澤。司馬相如〈子虛賦〉：「楚有七澤。」楚地多湖泊，楚州古屬楚國，此處或指楚州附近的洪澤湖、成子湖等。❷旅雁　隨季節南遷北歸的雁。❸毛衣　羽毛。沈約〈詠湖中雁〉詩：「白水滿春塘，旅雁每回翔。刷羽同搖漾，一舉還故鄉。」此用其意。

【語譯】楚地的湖水大雪初晴，楚地的春天將要回來。清清淮水寒冷的氣色起了變化，遠處的樹木映出了太陽光輝。雪後初晴的原野令人多思，不知不覺間風霜減去了寒威。和您如同春天的大雁，北飛回鄉時整理一下羽毛。

【研析】此詩極像一首題面為「雪後初霽」的應試詩。首句「切題」，以下「春欲歸」、「變寒色」、「含清暉」、「潛減威」都說著雪和霽。末二句點破了「返鄉」的主題，「刷毛衣」多少有些不確定的情緒：自己因回到故鄉而整理毛羽，故鄉又將怎樣回應自己呢？

大和詩選

令狐相公俯贈篇章斐然仰謝

【題　解】敬宗寶曆二年冬，禹錫罷和州北歸洛陽途中經汴州時作，時已在文宗大和元年（西元八二七年）正月。令狐相公，即令狐楚，時為汴州刺史、宣武軍節度使，已見前。楚贈禹錫詩，禹錫答以此詩。楚贈詩今不存。

鄂渚臨流別❶，梁園衝雪來❷。旅愁隨凍釋，歡意待花開。城曉烏頻起，池
春雁欲回。飲和❸心自醉，何必管絃催？

【注　釋】❶鄂渚臨流別　令狐楚元和十五年罷相，貶宣歙觀察使，再貶衡州刺史，長慶元年四月，量移郢州刺史，遷太子賓客分司東都；其年冬，禹錫服除，自洛陽赴夔州刺史任，或與令狐楚相遇於鄂渚。鄂渚，指武昌。❷梁園衝雪來　指此次相會於汴州。梁園，即汴州。❸飲和　謂使人感覺到自在，享受和樂。語本《莊子・則陽》：「故或不言而飲人以和。」郭象注：「人各自得，斯飲和矣，豈待言哉？」

【語　譯】昔年在鄂渚臨水告別，今日沖雪來到梁園。旅途愁緒隨著冰凍化釋而消解，喜悅中等待著花兒開

放。城頭曉日宿烏頻頻飛起，春草池塘大雁將要飛回。歡洽氣氛已經令人心醉，何必再有歌舞相催？

【研析】禹錫與令狐楚貞元、永貞間不無往還，但頻繁的詩文相酬乃是近年間之事。故而此次相會，其樂何如。「飲和」一句頗見真情。

酬令狐相公贈別

【題解】與前首同時之作。楚贈詩今不存。

越聲❶長苦有誰聞？老向湘山與楚雲❷。海嶠新辭永嘉守❸，夷門重見信陵君❹。田園松菊今迷路❺，霄漢鴛鴻❻久絕群。幸遇甘泉尚詞賦，不知何客薦雄文❼？

【注釋】❶越聲　義同「越吟」。用戰國時人莊舄事。戰國時越人莊舄仕楚，爵至執珪，雖富貴，不忘故國，病中吟越歌以寄鄉思。事見《史記・張儀列傳》。漢王粲〈登樓賦〉：「鍾儀幽而楚奏兮，莊舄顯而越吟。」後因以喻思鄉憶國之情。❷湘山與楚雲　指其任職朗州、夔州時。❸海嶠新辭永嘉守　指其罷和州刺史。南朝宋謝靈運曾任永嘉（今浙江溫州）太守，此處借謝靈運自指。和州臨大江，故稱海嶠。一說辭官者指白居易。白居易罷蘇州刺史，與禹錫一路同行，並同訪令狐楚。蘇州臨江、臨湖。亦通。❹夷門重見信陵君　謂在汴州與令狐楚再次相見。夷門，戰國魏都城大梁的東門。故址在今河南開封城內東北隅。因在夷山之上，故名。信陵君，戰國四大公子之一，此處借指令狐楚。❺田園松菊今迷路　用陶潛〈歸去來辭〉「三徑就荒，松菊猶存」句意，謂家鄉改變很大。❻鴛鴻　同「鴛行」。指朝官班行。鵷鷺止有班，立有序，故稱。❼幸遇甘泉尚詞賦二句　用揚雄獻〈甘泉賦〉事，謂文宗新即位，好文，不知有何人會舉薦他。甘泉，漢甘泉宮，故址在今陝西淳化境內。雄文，揚雄之文。揚雄〈甘泉賦序〉：「孝成帝時，客有薦雄文似相如者。上方郊祀甘泉泰時、汾陰后土，以求繼嗣，召雄待詔承明之庭。正月，從上甘泉，還，奏〈甘泉賦〉以風。」

【語　譯】莊舄苦吟家鄉之聲有誰聽見？我幾乎老死在湘山與楚雲間。新近罷去了和州刺史的官，在汴州重遇令狐相公。家鄉田園改易令我迷路，與朝堂班行也久久隔絕。幸遇好文的新君即位，不知有誰可以向他推薦揚雄之文？

【研　析】首聯說思鄉，次聯由新辭和州過渡到重見令狐。「田園」一句承思鄉，「霄漢」一句則向末聯過渡，最終的意思是要重新回歸朝班行列（不再如從前那樣「湘山楚雲」），並希冀能得到令狐的舉薦。句句轉，層層過渡，無痕。

罷郡歸洛陽閑居

【題　解】文宗大和元年（即寶曆三年，二月改元大和）罷和州、閒居洛陽家中時作。詩中感念老之將至而餘日無多，對閒居生活甚為不安。

十年江外守❶，旦夕有歸心。及此西還日，空成〈東武吟〉❷。花間數盞酒，
月下一張琴。聞說功名事，依前惜寸陰❸。

【注　釋】❶十年江外守　劉禹錫自元和十年（西元八一五年）授連州刺史，後歷夔州、和州，前後共十年。守，指州郡太守之職。❷東武吟　樂府調名。《樂府詩集》引《樂府解題》云：「鮑照云『主人且勿喧』，沈約云『天德深且廣』，傷時移事易、榮華徂謝也。」❸寸陰　光陰短暫。

【語譯】在江外做了十年的地方官，時刻都想著歸來。待到今日回來，只能徒然地空吟〈東武吟〉。百花開放時獨飲數杯酒，月光臨照中彈奏一張琴。聽人說起建立功名之事，仍如從前那樣愛惜光陰。

【研析】〈酬樂天揚州初逢席上見贈〉云：「二十三年棄置身」，此詩云「十年江外守」，是限於五字格律，因遭貶而歲月蹉跎之意則同。此詩與〈酬樂天揚州初逢席上見贈〉意趣頗不同。前詩以「沉舟」、「病樹」作喻，「徹底想開了」；此詩則聽人說「功名」，不免怦然心動，要抓緊時間，因為對他來說，剩餘的時間委實不多了。兩首詩都是真實思想的反映：前首因白居易贈詩而作曠達語，此詩因人說「功名」而頓生急迫感。

罷郡歸洛陽寄友人

【題解】與前首同時之作。

遠謫年猶少❶，初歸鬢已衰❷。門閑故吏❸去，室靜老僧期。不見蜘蛛集❹，
頻為僂句❺欺。穎微囊未出❻，寒甚谷難吹❼。濩落❽唯心在，平生有己知？商
歌❾夜深後，聽者竟為誰？

【注釋】❶年猶少　禹錫永貞元年初貶時年三十四歲。❷鬢已衰　禹錫罷和州歸洛時年五十六歲。❸故吏　原來的屬吏。此處指故舊、故人。❹蜘蛛集　一種喜兆。古人稱一種長腳的小蜘蛛為蟢子或喜子，亦稱喜母，蟢子著於人身為喜兆。《爾雅・釋蟲》：「蠨蛸，長踦」郭璞注：「小蜘蛛長腳者俗呼為喜子。」南朝梁宗懔《荊楚歲時記》：「（婦女）陳瓜果於庭中以乞巧，有喜子網於瓜上，則以為符應。」三國吳陸璣《毛詩草木鳥獸蟲魚疏・蠨蛸在戶》：「蠨蛸長踦，一名長腳，荊州河內人謂之喜母，此蟲來著人衣，當有親客至，有喜也。」❺僂句　龜名，一說為產龜之地名。《左傳・昭公二十五年》：

「初，臧昭伯如晉，臧會竊其寶龜僂句，以卜為信與僭，僭吉。」杜預注：「僂句，龜所出地名。」後因以「僂句」稱龜。明焦竑《焦氏筆乘續集・物名》：「僂句之地出龜，則名龜曰僂句。」一說古無「僂句」地名，僂句乃謂龜背之中高而兩旁下。此以僂句代指占卜。❻穎微囊未出　用戰國時毛遂客平原君事。《史記・平原君虞卿列傳》載，秦圍趙邯鄲，趙使平原君求救於楚，約與食客門下有勇力者偕。得十九人，餘無可取。毛遂請行，平原君曰：「夫賢士之處世也，譬如錐之處囊中，其末立見。今先生處勝（平原君名勝）之門下三年於此矣，左右未有所稱誦，勝未有所聞，是先生無所有也。先生不能，先生留。」毛遂曰：「臣乃今日請處囊中耳。使遂得蚤處囊中，乃脫穎而出，非特其末見而已。」❼寒甚谷難吹　用鄒衍吹律事。律為陽聲，故傳說可以使地暖。《藝文類聚》卷九引漢劉向《別錄》：「鄒衍在燕，燕有谷，地美而寒，不生五穀，鄒子居之，吹律而溫氣至，而穀生，今名黍谷。」❽濩落　結構鬆散、大而無當的樣子。❾商歌　悲涼的歌。商聲淒涼悲切，故稱。《淮南子・道應》：「甯戚飯牛車下，望見桓公而悲，擊牛角而疾商歌。桓公聞之，撫其僕之手曰：『異哉，歌者非常人也。』」

【語　譯】當我遠貶朗州之際年紀還輕，如今回來兩鬢已斑。門庭冷落昔日故舊皆已散去，屋內靜謐正是老僧所期望。沒有看見象徵喜慶的蜘蛛來結網，屢屢為占卜者所欺騙。雖然曾經如錐處囊中但未脫穎而出，寒谷甚冷鄒衍亦難以吹律變暖。我本濩落無用但尚有心存在，平生唯有自己知道。不由得在夜半後唱起商歌，卻不知聽者有何人？

【研　析】前首尚優遊自得，應是罷郡閒居未久之作；此首則多憤激迫切之辭，應是因待新命既久不勝其抑鬱而作。

故洛城古牆

【題　解】文宗大和元年（西元八二七年）春罷和州、閒居洛陽家中時作。故洛城，周召公所營之都城，東漢至魏，皆都於此，稱為「故洛城」。唐時，故洛城在河南府之東。故址在今河南洛陽西。此詩因洛陽宮城一段危牆而發仕途危殆的感慨。

粉落椒飛❶知幾春，風吹雨灑旋成塵。莫言一片危基❷在，猶過無窮來往人。

【注釋】❶粉落椒飛　謂宮牆陳舊破損。古代宮中牆壁皆刷粉塗椒。椒，即花椒，以椒末為泥塗牆，取其氣味芳烈。❷危基　高而缺損的牆基。

【語譯】白粉與椒泥已經脫落，知它經歷了幾多春，風吹雨灑粉椒都成了泥塵。莫要說這是一段缺損危殆的高牆，還有無窮盡的人來來往往。

【研析】洛陽舊宮城歷經歲月，又臨大道。一段行將傾頹的宮牆旁大道上，往來之人不絕於路。古有「君子不立於危牆之下」的古訓，晚唐杜牧〈故洛陽城有感〉詩「一片宮牆當道危，行人為汝去遲遲」即此意。又有「天下熙熙，皆為利來；天下攘攘，皆為利往」的說法，雖是危牆，仍然不能阻擋為利而來、為利而往的行人。詩人作為旁觀者，見此情景而生感慨。從「莫言」二字或許還可以體味出，詩人並沒有把自己也排除在外，因為他自己也無法跳出這個「名利」（說好聽一點就是「功業」）的圈子。

鶴歎二首　并引

【題解】大和元年春夏間作於洛陽。詩因鶴而懷念友人，隱含眷戀京城之意。詩寄白居易，白以〈有雙鶴留在洛中忽見劉郎中依然鳴顧劉因為鶴嘆寄予〉二絕句答之。

友人白樂天去年罷吳郡❶，挈雙鶴雛❷以歸。余相遇於揚子津❸，閑玩終日，翔舞調態，一符相書❹，信華亭之尤物❺也。今年春，樂天為祕書監❻，不以鶴隨，置之洛陽第❼。一旦，余入門問訊其家人，鶴軒然來睨，如記相識，徘徊俯仰，似含情顧慕填膺而不能言者。因以作〈鶴歎〉，以贈樂天。

其一

寂寞一雙鶴，主人在西京。故巢吳苑❽樹，深院洛陽城。徐引竹間步，遠含雲外情。誰憐好風月？鄰舍❾夜吹笙。

【注釋】❶吳郡　即蘇州。敬宗寶曆二年白居易罷蘇州刺史。參見寶曆二年〈酬樂天揚州初逢席上見贈〉詩題解。❷鶴雛　幼鶴。❸揚子津　此指揚州。❹相書　相術之書。古代有相馬、相鶴之書。❺華亭之尤物　用晉陸機事，謂此鶴雛為有名品種。華亭在今上海市松江區西。陸機於吳亡入洛以前，常與弟雲遊於華亭墅中，聞華亭鶴唳。見劉義慶《世說新語・尤悔》。❻秘書監　官職名，為秘書省長官。❼洛陽第　白居易洛陽第在履道里。❽吳苑　指蘇州。蘇州有長洲苑，為春秋時吳王闔閭遊獵處。白居易為蘇州刺史時購置此雙鶴，故云。❾鄰舍　指白居易洛陽宅第東鄰王正雅。王正雅曾為大理卿，白居易在洛陽時，屢有詩贈王。舊題漢劉向撰《列仙傳》載，周靈王子晉（即王子喬）好吹笙，能作鳳凰鳴，後成仙。王正雅好吹笙，故以王子晉擬之。

【語譯】友人白樂天去年罷蘇州，帶回一雙幼鶴，我在揚子津見過此雙鶴，與其閒玩終日。幼鶴飛翔時調整姿態，與相鶴之書一一相符，真正是好品種啊。今年春，樂天任職秘書監，沒有帶幼鶴相隨，放置牠們在洛陽的家裏。有一日，我到他家向家人問訊，幼鶴昂然走過來看，像是在記憶相識，徘徊俯仰，好似一副含情戀慕之情充胸而不能言語的樣子。我因而作此〈鶴歎〉，贈給樂天。

寂寞孤單的一雙鶴，牠們的主人去了西京。鶴的舊巢在蘇州，而今處在洛陽的深院裏。牠們徐徐邁步在竹林間，神態間卻嚮往著高天雲外。如此好的風月有誰憐愛？傳來了鄰舍吹笙的聲音。

【研　析】劉禹錫與雙鶴的主人有深交，主人遠去，雙鶴居然對主人的朋友顧盼再三，雙鶴似乎有著白居易的影子；雙鶴為白居易所養，主人遠去，雙鶴寂寞，留在洛陽的朋友也寂寞，雙鶴之歎也就是劉禹錫之歎，雙鶴顯然又是劉禹錫本人。此詩是詠物詩，其能脫盡粘滯，全在於此。「遠含雲外情」一句一語雙關，既寫雙鶴思念主人，也寫劉禹錫志存高遠，可能暗含著期盼白居易引薦自己到京任職的意思。

其二

丹頂❶宜承日，霜翎❷不染泥。愛池能久立，看月未成棲。一院春草長，三山❸歸路迷。主人朝謁❹早，貪養汝南雞❺。

【注　釋】❶丹頂　即丹頂鶴。又稱仙鶴，體羽主要為白色。喉、頰和頸部暗褐色。兩翼折疊時，覆於白色短尾上。頭頂皮膚裸露，呈朱紅色，故稱丹頂。❷霜翎　形容鶴毛羽潔白。❸三山　海上三仙山。❹朝謁　早朝謁見皇帝。❺汝南雞　古代汝南所產之雞，善鳴。南朝陳徐陵〈烏棲曲〉其二：「惟憎無賴汝南雞，天河未落猶爭啼。」

【語　譯】鶴的丹頂適宜迎著太陽，白色的毛羽不染汙泥。愛好一池清水故而久久站立，仰望明月升起卻不能歸巢棲息。滿院春草茂盛生長，找不到歸去三山的路。主人早朝不能遲起，長安家裏現在養的是能報曉的汝南雞。

【研　析】與前首義同，寫懷念友朋心情，「貪養汝南雞」一句，同情丹頂鶴，也多少有些調侃白居易的意思。兩首可作寓言詩來讀，頗有興味。

洛中逢韓七中丞之吳興口號五首

【題　解】大和元年七月在洛陽作，時禹錫新除主客郎中分司東都。韓七中丞，即韓泰，永貞間「八司馬」之一。吳興，即湖州，今屬浙江。本年六月，韓泰除湖州刺史，自長安經洛陽赴任，與劉禹錫相見。口號，詩體之一種，古人謂即興賦詩為「口號」。組詩寫故舊重逢百感交集心情。

其一

昔年❶意氣結群英❷，幾度朝回一字行❸。海北天南零落盡，兩人相見洛陽城❹。

【注　釋】❶昔年　指永貞元年。❷群英　即後來的「八司馬」，包括王叔文、柳宗元、韓泰、韓曄等。❸一字行　行走時如大雁一字排開。❹海北天南零落盡二句　「永貞黨人」中，包括王叔文及韋執誼等「八司馬」在內，至大和間存世者僅劉禹錫、韓泰二人，故云。

【語　譯】往年我們意氣相投互相結交，多少次退朝歸來行走如一字排開。遭貶後大家海北天南零落殆盡，如今只有我們兩人相逢在洛陽。

【研　析】此首前二句回憶往昔群英聚會睥睨一世情景，後二句跌下，寫今日之風流雲散、零落殆盡。僅存者二人相逢洛陽、感歎唏噓之狀，雖未涉筆而盡在想像之中。

其二

自從雲散各東西，每日歡娛卻慘淒。離別苦多相見少，一生心事在書題❶。

【注釋】❶書題　原指書信，此指互相寄贈的詩文。

【語譯】自從我們如風吹雲散各自東西，每日雖有歡娛內心卻傷感慘淒。離別之日甚多而相見之日甚少，一生心事只能寄託在詩文當中。

【研析】最真實的一句是「每日歡娛卻慘淒」。遠在他方，並不是終日淒淒，也有歡娛之時，然內心終歸還是慘淒。這是因為當年的傷害太深了。

其三

今朝無意訴離杯，何況清絃急管催❶。本欲醉中輕遠別，不知翻引❷酒悲來。

【注釋】❶清絃急管催　謂祖席之上音樂聲節拍急促。❷翻引　反倒引起。

【語譯】今天飲酒之間原無意多訴離情，何況宴席上管弦之聲節拍催得甚急。本打算索性一醉減輕遠別之苦，沒想到反倒引起酒後的傷悲。

【研析】「無意訴離杯」是說自己，其實是在為韓泰著想，恐怕勾起他對傷心往事的回憶。「清絃急管催」是說音樂聲急不容「口號」詩仔細推敲。後兩句是「退一步」法：本欲如此，豈料並非如此，有李白「借酒澆愁愁更愁」的意味。

其四

駱駝橋❶上蘋風❷起，鸚鵡杯❸中箬下春❹。水碧山青知好處❺，開顏一笑向何人？

【注　釋】❶駱駝橋　又名迎春橋，在湖州，因橋形似駝背而得名。❷蘋風　微風。蘋即水中浮蘋，風乍起，蘋為之飄動。宋玉〈風賦〉有「風起於青蘋之末」之句。❸鸚鵡杯　用鸚鵡螺製成的酒杯。❹箬下春　酒名，產於湖州。❺好處　好地方。此指湖州。

【語　譯】駱駝橋上起了微風，鸚鵡杯中斟滿名酒箬下春。湖州水碧山青確是好去處，當君開顏一笑之際面向何人呢？

【研　析】此首起首推開離情說「歡娛」，借湖州橋上微風、杯中名酒說話，以慰藉遠去的朋友；然而後兩句又跌下：當韓泰開顏一笑之際，又有誰可以與他同懷呢？仍舊歸到了離情。

其五

溪中士女出笆籬❶，溪上鴛鴦避畫旗❷。何處人間似仙境？春山攜妓採茶❸時。

【注　釋】❶笆籬　即籬笆，因叶韻倒置。❷畫旗　旗幡，刺史出行時為前導。❸攜妓採茶　《宋詩話輯佚・蔡寬夫詩話》「貢茶」條云：「唐以前，茶唯貴蜀中所產，孫楚歌云：『茶出巴蜀。』張夢陽〈登成都樓詩〉云：『芳茶冠六情，溢味播九區。』他處未見稱者。唐茶品雖多，亦以蜀茶為重，然唯湖州紫筍入貢，每歲以清明日貢到……紫筍生顧渚，在湖常二境之間；當採茶時，兩郡守畢至，最為盛會。杜牧詩所謂『溪盡停蠻棹，旗張卓翠苔。柳村穿窈窕，松澗渡喧豗』，劉禹錫：「何處人間似仙境？春山攜妓採茶時」，皆以此。」

【語　譯】溪水旁士女在籬笆旁探頭觀看太守，溪水中鴛鴦躲開前導的畫旗。何處是人間的仙境？應該就是太守春日攜妓採茶的時候罷。

【研　析】此首借士女觀看、鴛鴦回避畫旗形容韓泰赴任的風光，又及來年春天攜妓採茶的風流，意氣輕鬆。按春日採茶，刺史監採，未必攜妓；白居易〈夜聞賈常州崔湖州茶山境會想羨歡宴因寄此詩〉有云：「遙聞境會茶山夜，珠翠歌鐘俱繞身。」不過鄰境兩太守茶山歡宴時有歌妓助興而已。禹錫此句或本此。

為郎分司寄上都同舍

【題　解】大和元年秋初任主客郎中分司東都時作。為郎分司，指其為主客郎中分司東都。分司，即分管東都之事。唐時尚書省及御史臺等中央官署在洛陽的派出機構稱留省或留臺，其官員稱分司官。上都同舍，指張籍，籍時為長安尚書省主客郎中。此詩寫其官冷無聊之狀，自嘲自諷中微露牢騷。

籍通❶金馬門❷，身在銅駝陌❸。省闥❹晝無塵，宮樹遠凝碧。荒街淺深轍，
古渡潺湲❺石。唯有嵩丘❻雲，堪誇早朝客❼。

【注　釋】❶籍通　即通籍。凡官員，記名於宮門，經驗證後，可以進出宮門，謂之門籍。《漢書・元帝紀》顏師古注引應劭曰：「籍者，為二尺竹牒，記其年紀名字物色，縣（懸）之宮門，案省相應，乃得入也。」❷金馬門　漢長安宮門。此代指唐長安宮門。❸銅駝陌　即銅駝街，在洛陽。❹省闥　東都留省官署門。❺潺湲　水流的樣子。❻嵩丘　即嵩山，在今河南封丘，東南距洛陽約八十里。❼早朝客　在長安為官者，指張籍。

【語　譯】君通籍於長安金馬門，而我身在洛陽銅駝街。留省的大門白晝都清淨無塵，遠處的宮樹凝成一團碧

綠。荒僻的街道分佈著淺深車轍，古老的渡口有潺湲流水。只有嵩山團團白雲，值得向長安早朝的朋友誇示一番。

【研　析】主客郎中為禮部主客司長官，掌諸藩朝見之事。本已屬尚書省六部二十四司中的冷衙門，何況分司東都？此詩開頭兩句將長安與洛陽對舉，以下均寫官之冷、衙門之冷和東都之冷。嵩丘之雲固然堪誇，用在這裏或者另有一番含意。李白有〈白雲歌〉詩，詩云：「楚山秦山皆白雲，白雲處處長隨君。」「白雲」是作為隱者的意象用在詩裏的。劉禹錫並非真的要做隱士，仍舊不過是發發牢騷罷了。

此詩的形式，有人稱之為「仄韻五律」，格律基本上與平韻五律同。中唐以後這種詩體逐漸多起來。

秋夜安國觀聞笙

【題　解】約作於大和元年秋，時禹錫為主客郎中分司東都。安國觀，在洛陽定鼎門街東第二街次北正平坊，稱安國女道士觀，本太平公主宅。見徐松《唐兩京城坊考》卷五。

織女分明銀漢秋，桂枝梧葉共颼飀❶。月露滿庭人寂寂，〈霓裳〉❷一曲在高樓。

【注　釋】❶颼飀　風聲。❷霓裳　即〈霓裳羽衣曲〉，相傳為玄宗所作，貴妃倚曲為霓裳羽衣舞。

【語　譯】織女與銀河明亮地橫在秋夜天空，桂枝梧葉秋風中發出颼飀之聲。庭院中滿是秋露人聲寂寂，似乎聽到〈霓裳〉樂聲從高樓飄下。

【研　析】杜甫〈自京赴奉先縣詠懷五百字〉：「凌晨過驪山，御榻在嵽嵲……君臣留歡娛，樂動殷膠葛。」所說的「樂」，就是〈霓裳羽衣曲〉。自是以後，〈霓裳羽衣曲〉成了玄宗荒淫誤國的象徵。故有白居易〈長恨歌〉：「漁陽鼙鼓動地來，驚破〈霓裳羽衣曲〉」以及杜牧〈過華清宮絕句〉其二：「〈霓裳〉一曲千峰上，舞破中原始下來」之句。玄宗也曾抵東都，故詩人亦每以〈霓裳羽衣曲〉說事，如元稹〈連昌宮詞〉等。安國觀不但原是太平公主宅，開元間，玉真公主亦居之（見《唐會要》卷五〇所載），故禹錫此首連帶及之。

有所嗟二首

【題　解】為傷「鄂姬」早逝而作。白居易有和作。姑編於此。

其一

庾令樓中❶初見時，武昌春柳似腰肢。相逢相笑盡如夢，為雨為雲❷今不知。

【注　釋】❶庾令樓中　用晉庾亮築樓武昌事。見前首詩注。❷為雨為雲　用宋玉〈高唐賦〉事。

【語　譯】初次相見在庾令所建樓中，武昌婀娜春柳好似你的腰肢。與你相逢相笑皆如一場夢，不知你這巫山神女如今是否能為雨為雲。

【研　析】白居易有和作，題作〈和劉郎中傷鄂姬〉，云：「不獨君嗟我亦嗟，西風北雪殺南花。不知月夜魂歸處，鸚鵡洲頭第幾家？」可知武昌、漢陽及鸚鵡洲，均指鄂姬家鄉。前首詩以庾令樓擬令狐楚，或者鄂姬為令狐楚家姬、隨令狐楚在汴州者？禹錫與白居易皆曾得見其舞姿（據春柳腰肢句），故可以判斷此詩當作於大和二年。

其二

鄂渚❶濛濛煙雨微，女郎魂逐暮雲歸。只應長在漢陽渡❷，化作鴛鴦一隻❸飛。

【注釋】❶鄂渚　在今湖北武昌長江中。❷漢陽渡　在今湖北漢陽東。❸鴛鴦一隻　謂鄂姬孤魂無依。據說鴛鴦雌雄不分離，人得其一，另一隻必因思念而死。

【語譯】家鄉鄂渚掩映在濛濛煙雨中，女郎之魂隨著暮雲歸來。雖然歸來卻仍然長在漢陽渡口，化作孤獨的一隻鴛鴦飛來飛去。

【研析】化作鴛鴦，仍為「一隻」獨飛，女郎命運悲苦可知。瞿蛻園《劉禹錫集箋證・外集》卷一云：「禹錫於婦女之遭際悲苦者，皆不憚為之費筆墨。」所言甚是。

答樂天臨都驛見贈

【題解】大和二年（西元八二八年）春白居易歸長安，禹錫相送，贈以此詩。臨都驛，在洛陽西。

北固山❶邊波浪，東都城裏風塵。世事不同心事，新人何似故人❷？

【注釋】❶北固山　在今江蘇鎮江市，臨大江。寶曆二年冬，劉、白北歸皆取道潤州，由揚子津渡江。❷新人何似故人　新人、故人，分別指白居易新結識之友與己。

【語　譯】當年我與您同在北固山渡江，今日我獨在東都城裏經歷風塵。世事進展與人的心事不同，新朋友哪能如舊朋友？

【研　析】主要在重述友誼，重點或在「世事不同心事」一句，謂己分司之不得意。

再贈樂天

【題　解】與前首同時所作。白居易有〈臨都驛答夢得六言二首〉，據此，則禹錫前首詩題或應作「臨都驛贈樂天」。白居易答，禹錫再贈此首。

一政❶政官❷軋軋❸，一年年老駸駸❹。身外名何足算？別來詩且同吟。

【注　釋】❶一政　猶言一任。❷政官　猶政績。❸軋軋　難進的樣子。《文選・陸機・文賦》：「理翳翳而愈伏，思軋軋其若抽。」呂延濟注：「軋軋，難進也。」又，雜遝、煩擾的樣子，亦通。❹駸駸　疾行的樣子。

【語　譯】一任郎官政績平平，一年老似一年。身外之名何足計較？別後有詩且同吟。

【研　析】唐六言詩有古體、近體之分，大多偶一為之。禹錫此二首皆為近體。

洛中寺北樓見賀監草書題詩

【題　解】大和二年作於洛陽。賀監，謂賀知章。知章字季真，自號四明狂客，山陰（今浙江紹興）人，開元二十六年為秘書監，世稱賀監。玄宗天寶三載表請返鄉，未幾卒。知章有詩名，工書法，尤擅草隸。兩《唐書》均有傳，《舊唐書》傳云：「醉後屬詞，動成卷軸，文不加點，咸有可觀。又善草隸書，好事者供其箋翰，每紙不過數十字，共傳寶之。」

高樓賀監昔曾登，壁上筆蹤龍虎騰❶。中國❷書流讓皇象❸，北朝文士重徐陵❹。偶因獨見空驚目，恨不同時便服膺❺。唯恐塵埃轉磨滅，再三珍重囑山僧。

【注　釋】❶龍虎騰　形容草書筆勢。❷中國　此指中原地區。❸皇象　三國吳江都（今江蘇揚州）人，字休明，工書，人謂象章草入神，八分隸入妙，篆入能。王僧虔《名書錄》：「吳人皇象能草，世稱沉著痛快。」此以皇象擬賀知章草書。❹徐陵　南朝梁陳間東海郯郡（今山東郯城）人，仕梁為散騎常侍，入陳為光祿大夫、太子少傅等，詩文與庾信齊名。陵嘗出使北朝，留北六年始歸。《陳書・徐陵傳》：「其文頗變舊體，緝裁巧密，多有新意。每一文出，好事者已傳寫成誦，遂被之華夷，家藏其本。」此以徐陵擬賀知章。❺服膺　銘記在心，衷心信奉。

【語　譯】賀監曾登臨過這座高樓，牆壁留下他龍虎騰躍的草書筆跡。中原傳統書法遜於皇象，北方文士皆敬重徐陵。我偶然看見賀監書跡讓我既驚又喜，恨不能與他同時但衷心佩服他。唯恐賀監書跡被塵埃遮蔽磨滅，故而再三叮囑僧人珍重保護好。

【研　析】此詩表達了禹錫對前賢的敬重，不獨是書法。皇象是書家，然史書不載徐陵工書，此處顯然以徐陵之詞翰擬賀知章。賀知章越州人，皇象、徐陵亦皆江南人，此是禹錫特別用心處。

陝州河亭陪韋五大夫雪後眺望因以留別與韋有布衣之舊一別二紀經遷貶而歸

【題解】大和二年正月，禹錫結束分司東都，實授主客郎中、集賢殿學士，乃辭洛陽赴京。此詩為赴京途中經陝州（即今河南三門峽市）時作。河亭，臨（黃）河渡口之亭，在陝州西門外二里。韋五大夫，指韋弘景，時為陝虢觀察使，駐陝州。大夫謂其所兼憲銜御史大夫。中唐以後，朝廷派外的使職（如節度使、觀察使、採訪使等）多兼憲（御史臺）銜。題中「與韋有布衣之舊一別二紀經遷貶而歸」一段文字應是題下之注，劉與韋相識當在永貞年間。「二紀」為二十四年，自永貞元年至大和二年恰為二十四年。此詩抒寫故舊重逢的感慨，景色雄渾壯闊。

雪霽太陽津❶，城池表裏❷春。河流添馬頰❸，原色動龍鱗❹。萬里獨歸客，
一杯逢故人。因高向西望，關路❺正飛塵。

【注釋】❶太陽津　黃河津渡名，在陝州北。❷表裏　內外。❸馬頰　形容黃河在陝州一帶的形狀。古有馬頰河，今已湮，故道約在今河北東光北。《尚書・禹貢》：「九河既道」孔穎達疏：「馬頰河勢，上廣下狹，狀如馬頰也。」❹龍鱗　形容陝州一帶丘陵起伏如龍鱗。❺關路　指經由函谷關通向長安的道路。故函谷關在陝州西南。

【語譯】太陽津雪後初晴，陝州城內外一派春光。黃河流經此地形似馬頰，原野因空氣浮動狀如龍鱗。從萬里以外獨自歸來的我，在此地與故人相逢飲盡一杯。登上高處向西遠眺，函谷大道行人來往揚起一片飛塵。

【研析】前兩聯，一寫津渡河亭近景，一寫川原遠景。陝州地處秦、晉、河南交匯處，臨大河，近高山，山河形勝帶動了詩人下筆有力，近景、遠景都寫得雄渾壯闊。「萬里獨歸客」二句寫到故人重逢，「萬里」的「萬」極言其遠而艱難，「一杯」的「一」極言其少而難得，是一對字面上矛盾而感情上同一的結構，故舊重逢的沉重感慨，也借此表達出來。末聯寫明日前途，既接前兩聯的遠近景色描寫，又緊承故舊重逢後的分手，有「明日隔山嶽，前途兩茫茫」之感。

三鄉驛樓伏睹玄宗望女几山詩小臣斐然有感

【題　解】三鄉驛、女几山均在今河南宜陽西南。或是本年春由洛陽入京途中所作，姑編於此。玄宗望女几山之詩今不存。

開元天子❶萬事足，唯惜當時光景促。三鄉陌上望仙山，歸作〈霓裳羽衣曲〉❷。仙心從此在瑤池❸，三清❹八景❺相追隨。天上忽乘白雲去❻，世間空有秋風詞❼。

【注　釋】❶開元天子　指玄宗。玄宗在位四十餘年，開元、天寶為其年號，而以開元（共三十年）最稱強盛。❷三鄉陌上望仙山二句　宋樂史《楊太真外傳》注云：「〈霓裳羽衣曲〉者，是玄宗登三鄉驛，望女几山所作也，故劉禹錫詩有『伏睹玄宗……』」又同書載逸史云：「是玄宗八月十五夜宮中玩月，羅公遠邀玄宗月中游，見有仙女數百，素練寬衣，舞於廣庭，玄宗問此何曲也，曰：〈霓裳羽衣〉也。玄宗密記其聲調，歸，象其聲調，作〈霓裳羽衣曲〉。」❸瑤池　傳說為西王母所居。此或指華清池。❹三清　道教對玉清境洞真教主元始天尊、上清境洞玄教主靈寶天尊、太清境洞神教主道德天尊的合稱。此指神仙所居處。❺八景　道教語，謂八采之景色。此處亦指仙人所居處。❻忽乘白雲去　是玄宗辭世的委婉說法。❼秋風詞　漢武帝所作。此指玄宗望女几山詩。

【語　譯】開元天子萬事皆已滿足，唯一不足的是時光流逝催人老去。在三鄉陌上忽見女几仙山，靈感頓悟歸來作了〈霓裳羽衣曲〉。君主之心從此專在神仙之道，三清八景都是他嚮往之地。有朝一日忽然駕鶴歸去，人間空留下這首望仙山之詩。

【研析】所謂「斐然有感」就是感慨玄宗的幻想成仙而不理朝政，致使朝政日衰。譏刺的意味很濃。白居易〈長恨歌〉開首二句「漢皇重色思傾國，御宇多年求不得」與禹錫此詩「開元天子萬事足，唯惜當時光景促」句法相同，二人著眼點不同（一在美色，一在求仙），於是白居易詩寫到後來變了味道，成了歌詠長久愛情的頌歌；禹錫此詩則諷刺到底。

途次華州陪錢大夫登城北樓春望因睹李崔令狐三相國唱和之什翰林舊侶繼踵華城山水清高鸞鳳翔集皆忝夙眷遂題是詩

【題解】赴京途中經華州（今陝西華縣）時作。錢大夫謂錢徽，大曆間詩人錢起之子，時任華州刺史。李、崔、令狐三相國指李絳、崔群及令狐楚，三人憲宗朝均曾為相，復曾先後任華州刺史。夙眷，謂己與三人夙昔皆為相知。按，李崔令狐唱和之詩今不存。

城樓四望出風塵❶，見盡關西❷渭北春。百二山河❸雄上國，一雙旌旆❹委名臣❺。壁中今日題詩處，天上同時草詔人❻。莫怪老郎❼呈濫吹❽，宦途雖別舊情親。

【注釋】❶出風塵　謂樓高。❷關西　今陝西關中平原，因在函谷關（一說為潼關）之西，故稱。❸百二山河　喻山河險固之地。百二，以二敵百。一說百同倍，百二即百的一倍。語出《史記・高祖本紀》：「秦，形勝之國，帶河山之險，縣隔千里，持戟百萬，秦得百二焉。」裴駰《集解》引蘇林曰：「得百中之二焉。秦地險固，二萬人足當諸侯百萬人也。」司馬貞《索隱》引虞喜曰：「言諸侯持戟百萬，秦地險固，一倍於天下，故云得百二焉，言倍之也，蓋言秦兵當二百萬也。」後以喻山河險固之地。故晉張載〈劍閣銘〉：「秦得百二，併吞諸侯。」❹一雙旌旆　指華州刺史之任。按華州近在京畿，刺史兼潼關防禦使、鎮國軍節度使等職，其拱衛京師之任，倍於他州。❺名臣　指李、崔及令狐。兼及錢徽。❻草詔人　指李、崔及令狐楚皆曾任翰林學士。按，玄宗朝，翰林學士之職責，主要是草擬表疏批答，安史亂後，天下用兵，深謀密詔，皆從中出。德宗貞元以後，翰林學士多參掌機密，其任益重。參見《舊唐書．職官志二》。李絳、崔群元和二年同為翰林學士，令狐楚元和九年為翰林學士。❼老郎　禹錫自指。郎，謂郎官。❽濫吹　謙稱其和詩。

【語　譯】登上高高城樓騁目四望，一眼望盡關西的渭北之春。雄壯的百二山河堪稱上國，一雙旌旆從來託付於名臣。牆壁上題寫唱和之作的三人，當年皆是朝廷參掌機密的草詔者。莫怪年老郎官也來題寫劣詩，宦途雖有差異然而舊情卻非常親近。

【研　析】因偶然的登樓，見舊友唱和之詩，引起詩情，與〈洛中寺北樓見賀監草書題詩〉略有相同。不同之處在於，前詩是景仰前賢，此詩是懷念舊友。李絳卒於大和四年，崔群卒於大和六年，故此詩頗顯珍貴。首二句寫四望關中景色，胸襟頗為壯闊，是禹錫重返京師欲展宏圖應有的心情。

初至長安

【題　解】大和二年春至長安後作。

左遷❶凡二紀❷，重見帝城春。老大歸朝客，平安出嶺人❸。每行經舊處，
卻想似前身。不改南山❹色，其餘事事新。

【注　釋】❶左遷　唐人習稱貶官為左遷。❷二紀　共二十四年。禹錫自永貞元年（西元八〇五年）貶朗州司馬，至大和二

年（西元八二八年），首尾合共恰二十四年。❸出嶺人　指其曾任連州刺史。連州在嶺南。❹南山　即終南山。

【語　譯】自貶官到歸朝合共二紀，重見京城之春。垂垂年老居然能夠回歸朝廷，嶺外之人居然能夠走出深山。每每行經京城舊地，恍惚是前生曾經來過。不改的是南山春色，其餘的人事皆與前不同。

【研　析】老大歸朝，感慨萬端。「老大」二句，寫來平平，然含有多少辛酸在其中！詩是五律，平實似五古。

杏園花下酬樂天見贈

【題　解】文宗大和二年（西元八二八年）春作於長安，為酬白居易贈詩之作。杏園，唐長安名勝，在曲江西側，為新進士宴集之處，多植杏花，故名。此詩因杏園而生人事變遷之歎。

二十餘年❶作逐臣，歸來還見曲江❷春。遊人莫笑白頭醉，老醉花間有幾人？

【注　釋】❶二十餘年　見前首注。❷曲江　長安名勝，在長安城西南。唐康駢《劇談錄》：「曲江池，本秦世隑洲，開元中疏鑿，遂為勝境。其南有紫雲樓、芙蓉苑，其西有杏園、慈恩寺。花卉環周，煙水明媚。都人遊玩，勝於中和、上巳之節。」

【語　譯】被朝廷放逐了二十多年，歸來長安還能見到長安的春天。遊人不要笑滿頭白髮的我喝醉了酒，如我這樣老的人能醉在花間有幾人呢？

【研　析】在長安曲江風景區，杏園的特殊意義在於：它是新進士們宴集之地，曾經的進士們也可以在此回味當初宴集時喜慶的況味。白居易〈杏園花下贈劉郎中〉詩云：「怪君把酒偏惆悵，曾是貞元花下人。自別花來多少事？東風二十四回春。」就是由此引出的話頭。劉禹錫此詩，以「二十餘年」起頭，與〈與歌者何戡〉

同；去歲在揚州與白居易初逢答白詩，首聯有「二十三年棄置身」之句，本年初由洛陽往長安途經陝州與韋弘景留別詩題目中有「一別二紀」之句，到長安後所作〈初至長安〉也有「左遷凡二紀」之句。因遭貶，二十多年不到兩京，對劉禹錫的刺激太深，傷害太大，所以相同的語彙屢屢見於詩作。劉禹錫為此答詩後，詩人張籍與遠在浙東任觀察使的元稹皆有和詩，且用劉詩原韻。張籍詩有「從來遷客應無數，重到花前有幾人」之句，元稹詩有「算得貞元舊朝士，幾人同見大和春」之句，都是對劉禹錫傷口的撫慰。

陪崔大尚書及諸閣老宴杏園

【題　解】與前首同時所作。崔大尚書謂崔群，已見前。時崔群為兵部尚書。諸閣老，當指白居易、李絳、庾承宣、楊嗣復。閣老，唐時兩省（中書、門下）相呼為閣老。參見下首。

更將何面上春臺❶？百事無成老又催。唯有落花無俗態，不嫌憔悴滿頭來。

【注　釋】❶春臺　春日高臺。

【語　譯】尚有何面目登上高臺？百事無成時光催人老。唯有落花與當年一樣無俗態，不嫌我憔悴仍舊落滿了頭。

【研　析】感慨在前二句，化傷感為靈動歡娛在末二句，否則眾人聚會嫌掃興。

花下醉中聯句

【題解】與前首同時之作。聯句六朝時稱為連句。二人或數人，每人各賦一句一韻或兩句一韻，依次相繼，以成全篇。此首為八韻排律，趙翼稱為「創體」（《甌北詩話》卷四）。禹錫歸朝後，與京師官員、詩人輩有聯句多首，呈頗「熱鬧」景象。就詩而言，說明禹錫「門庭若市」矣。茲錄此一首。

共醉風光地，花飛落酒杯。絳送劉二十八❶。殘春猶可賞，晚景莫相催。禹錫送白侍郎❷。酒幸年年有，花應歲歲開。居易送兵部相公❸。且當金韻擲❹，莫遣玉山頹❺。群送庾閣長❻。高會彌堪惜，良時不易陪。承宣送主客❼。誰能拉花住，爭得換春回？禹錫送吏部❽。我輩尋常有，佳人❾早晚來。嗣復送白侍郎。寄言三相府，欲散且徘徊❿。居易。時戶部相公⓫同會。

【注釋】❶絳送劉二八　共醉風光地兩句為李絳句。劉二十八，指禹錫。「送」大約是李絳聯句畢應由劉禹錫相接之意。下同。❷禹錫送白侍郎　殘春猶可賞兩句為劉禹錫所聯句。白侍郎，指白居易。時居易為刑部侍郎。❸居易送兵部相公　酒幸年年有兩句為白居易所聯句。兵部相公，指崔群。群元和間為相，時任兵部尚書。❹金韻擲　形容詩句優美。晉孫綽嘗作〈天台山賦〉辭致甚工，以示友人范榮期，謂曰：「卿試擲地，當作金石聲也！」見《晉書・孫綽傳》。❺玉山頹　酒醉倒地。玉山，形容人儀態俊美。《晉書・裴楷傳》：「楷風神高邁，容儀俊爽，博涉群書，特精理義，時人謂之『玉人』，又稱『見裴叔則（楷字）如近玉山，映照人也。』」按，以上兩句為崔群所聯句。❻庾閣長　指庾承宣。閣長，古代稱朝中的近侍次官為閣長。按，承宣寶曆二年任吏部侍郎，次年（大和元年）正月改京兆尹兼御史大夫，此處稱庾承宣為閣長或指其之前任官吏侍而言。❼主客　主客郎中，指劉禹錫。❽禹錫送吏部　誰能拉花住兩句為劉禹錫所聯句。吏部，指楊嗣復，時任吏部侍郎。❾佳人　義同「美人」。古時佳人、美人不專指女性。此指劉禹錫。按，以上兩句為楊嗣復所聯句。❿寄言三相府二句　為白居易所聯句。意謂不必早早散去（或結束聯句），不妨再遲延一陣。三相府，指李絳、崔群及崔植。見下。⓫戶

部相公 指崔植。植穆宗時曾為相。

【語　譯】我們在名勝之地共醉，花飛落在酒杯（李絳）。春光雖殘仍舊可以欣賞，晚春莫要催促時光流逝（劉禹錫）。所幸的是酒年年皆有，花落了應該歲歲能開（白居易）。我們的詩句都可以擲地作金石聲，不要讓自己早早醉倒了（崔群）。勝友聚會非常值得珍惜，好時光不會永遠與我們相陪（庾承宣）。誰可以將花朵拉住，怎樣可以換得春日回來（劉禹錫）？我輩機會尋常就有，佳人早晚都可以相會（楊嗣復）。寄言三位相公，不要急於散去且多停留（白居易）。

【研　析】劉禹錫與崔群、李絳、白居易另有〈杏園聯句〉一首。勝友聚會，多人聯句，是對久別京城的劉禹錫的歡迎，不在乎聯句的推敲，如禹錫「誰能拉花住」一句，就有些「韻不夠，臨時湊」的味道。與韓愈、孟郊聯句不同。韓、孟聯句（如〈城南聯句〉），雖然也有聚會歡娛的性質（元和元年韓愈自貶地返回長安，韓、孟有多首聯句詩），但還帶有詩歌勁敵互相競賽的性質，其形式也較為特別，一人起一句，繼者對，再另起一句。

再遊玄都觀絕句 并引

【題　解】大和二年三月作於長安，時禹錫任主客郎中之職。詩前稱自己在玄都觀曾有「前篇」；所謂「前篇」，即元和十年所作〈元和十年自朗州承召至京戲贈看花諸君子〉七絕。十四年前，禹錫因賦〈戲贈〉詩語涉譏刺而為執政者不懌，出牧連州，並連累柳宗元、韓泰、韓曄、陳諫等人亦出牧遠州。此次再賦玄都觀，以示不屈。

余貞元二十一年為屯田員外郎❶，時此觀中未有花木。是歲，出牧連州，尋貶朗州司馬❷。居十年，召至京師，人人皆言有道士手植仙桃，滿觀如爍晨霞，遂有前篇，以志一時之事。旋又出牧❸，於今十有四年，復為主客郎中，再遊玄都，蕩然無復一樹，唯兔葵燕麥❹動搖於春風耳。因再題二十八字，以俟後遊。時大和二年三月。

百畝中庭半是苔❺，桃花淨盡菜花開。種桃道士歸何處，前度劉郎今又來。

【注釋】❶屯田員外郎　官職名，屬尚書省工部。❷出牧連州二句　貞元二十一年（八月改元永貞）八月，王叔文、王伾及柳宗元、劉禹錫等永貞黨人遭貶，禹錫初貶連州刺史，道途中再貶朗州司馬。參見元和十年〈荊州道懷古〉等詩題解及注釋。❸旋又出牧　指貶連州刺史。❹兔葵燕麥　皆草本植物名。兔葵，《爾雅．釋草》作「莃葵」。宋葉廷珪《海錄碎事．草》：「兔葵，苗如龍芮，花白莖紫。」燕麥，野生於廢墟荒地間，燕雀所食，故名。子實亦可用以救饑。《爾雅．釋草》：「蘥，雀麥。」郝懿行《義疏》：「蘇恭《本草注》云：『所在有之，生故墟野林下，苗葉似小麥而弱，其實似穬麥而細。』」❺苔　青苔。

【語譯】貞元二十一年我任屯田員外郎之職，當時此觀無有花木之類。這一年外貶連州，接著又貶朗州司馬。在朗州待了十年，被召至京師。聽人說此觀有道士手植仙桃，花開時如朝霞般燦爛，於是有〈元和十年自朗州承召至京戲贈看花諸君〉一篇，以記一時之事。緊接著又出為連州刺史，至今已十有四年，復為主客郎中，再遊玄都，發現原先的桃樹已蕩然無存，唯有兔葵燕麥等雜草動搖於春風中。於是再題二十八字，等以後有機會再遊。時在大和二年三月。

百畝大的庭院滿是青苔，桃花淨盡而菜花正在盛開。種桃的道士不知去了哪裏，前度看花的劉郎今天又來了。

【研析】舊事重提，只為「銜前事未已」（《舊唐書》本傳）。元和十年因一首小詩而招致自己及同志數人遠貶，傷害太深，故而銜恨十四年，不能釋懷。「種桃道士」不知歸往何處而前度劉郎再來，見人事之翻覆無常，有「終歸是我勝出」之意。劉禹錫因才藻特出而個性矯激，朝中嫉恨他的人甚多，所以元和間「玄都觀看花詩」一出，即有人告之執政，致使遠貶播州（後改為連州）；然而十四年過去，當年嫉恨者（即「種桃道士」）多已故去，舊事重提，未免銜恨太深，故此詩一出，「人嘉其才而薄其行」（《舊唐書》本傳），不為無因。

闕下待傳點呈諸同舍

【題解】大和二年春作於長安。闕下，指大明宮前雙鳳闕。闕下待傳點，謂百官宮前候命上朝。同舍，與禹錫同在尚書省為郎官者。白居易有和詩。

禁漏❶晨鐘❷聲欲絕，旌旗❸組綬❹影相交。殿含佳氣當龍首❺，閣倚晴天見鳳巢❻。山色❼蔥蘢丹檻❽外，霞光泛灩❾翠松梢。多慚再入金門籍❿，不敢為文學〈解嘲〉⓫。

【注釋】❶禁漏　宮中漏刻。❷晨鐘　宮中鐘聲，百官以此為上朝信號。戴叔倫〈曉聞長樂鐘聲〉所謂「漢苑鐘聲早，秦郊曙色分。霜凌萬戶徹，風散一城聞。已啟蓬萊殿，初朝鴛鷺群」，即此。❸旌旗　宮中禁衛之旗幟。❹組綬　古代用以繫官印等物的絲帶。❺龍首　指龍首原。唐大明宮建在長安北龍首原上。❻鳳巢　《藝文類聚》卷九九引《尚書中候》：「堯即政七十載，鳳皇止庭，巢阿閣讙樹。」後因以「鳳巢」指政治清明。❼山色　指終南山。❽丹檻　宮殿外的紅色欄杆。❾泛灩　閃爍的樣子。❿金門籍　猶言在宮禁之門列籍在案，可以進入。金門，即金馬門，漢代宮門名，學士待詔之處。《史記・滑稽列傳》：「金馬門者，宦（者）署門也。門傍有銅馬，故謂之曰『金馬門』。」參見前〈為郎分司寄上都同舍〉詩注。籍，特指門籍。一種書有當事人姓名的小牌子。《漢書・元帝紀》：「令從官給事宮司馬門中者，得為大父母父母兄弟通籍。」顏師古注引應劭曰：「籍者，為二尺竹牒，記其年紀、名字、物色，縣之宮門，案省相應，乃得入也。」⓫解嘲　漢揚雄文篇名。《漢書・揚雄傳》：「時雄方草《太玄》，有以自守，泊如也。或謿雄以玄尚白，而雄解之，號曰〈解謿〉。」指被人嘲笑而自作解釋。按，謿、嘲同。

【語譯】宮中漏刻以及早朝的鐘聲響起，禁衛的旌旗與官員的組綬交相輝映。依龍首原而建的含元殿充溢著佳氣，晴空映襯著樓閣可以見到鳳巢。自宮殿欄杆望去南山一派蔥蘢，早霞的輝光閃爍在翠松梢頭。很慚愧自己再次進入金馬門，哪裏還敢如揚雄作〈解嘲〉一樣，寫自我解嘲的文章呢。

【研析】《新唐書・百官志三》：「文官五品以上及兩省供奉官、監察御史、員外郎、太常博士，日參，號常參官。」禹錫為主客郎中，從五品上，為常參官。長久疏離朝廷，以五十七歲年齡，乍隨百官上朝，禹錫心中不免混合著榮耀與慚愧。此詩就是在這樣的心情下寫的。因為還要呈於「同舍」，故欲語還休，以不敢效〈解嘲〉而解嘲。白居易和詩以「暫留春殿多稱屈，合入綸闈即可知」慰藉之。「綸闈」是中書省的代稱，為代皇帝撰擬制誥之處。朝中官員以此屬望禹錫者亦多。可參看本年秋〈早秋集賢院即事〉詩。

城東閑遊

【題解】大和二年春作於長安，時禹錫任主客郎中。城東，指長安城東。詩對朝廷達官顯貴建造城東豪華園第而令其閒置予以諷刺。

借問池臺主，多居要路津❶。千金買絕境，永日❷屬閑人。竹徑縈紆入，花林委曲巡。斜陽眾客散，空鎖一池春。

【注釋】❶要路津　交通要道和渡口。此指朝中身居要位者。❷永日　長日；整日。

【語譯】借問一下這些花園的主人，原來多是朝廷身居要位者。耗費千金買下這人世間絕妙的地方，整天只是供這些閒散之人玩樂佔用。翠竹之間的小道彎彎曲曲，花草林木遍佈四周。夕陽西下眾客散去，一園春色空空地鎖在裏面。

【研析】長安東郊與南郊，臨滻、灞水，背倚終南山，富天然林泉之美，多有朝廷達官貴宦在那裏修造的別業。每逢節日，達官貴宦們便會邀集一幫朋友和文人墨客宴集於此，歡娛終日，然後各自散去，再趕回城中私第。從王維、杜甫的詩裏皆可找到此類例子。此詩所寫即是如此。由「借問」一句可知詩人並非參與宴飲的「閒人」，而是旁觀者。這使此詩傾向於諷喻詩。但此詩又不同於諷喻詩，尤其不同於白居易的諷喻詩。這樣的題材若由白居易寫，不會用五律的形式，會像〈秦中吟〉那樣用古體鋪開來寫，亭臺如何，樓閣如何，花費多少，等等。這是劉、白的不同。

唐郎中宅與諸公看牡丹

【題解】大和二年春作於長安。唐郎中為唐扶。扶字雲翔，大和初由外州刺史召為屯田郎中。

今日花前飲，甘心醉數杯。但愁花有語❶，不為老人開。

【注釋】❶花有語　謂花如人，可解（懂）人語。《開元天寶遺事》卷下：「明皇秋八月，太液池有千葉白蓮數枝盛開，帝與貴戚宴賞焉。左右皆嘆羨。久之，帝指貴妃示于左右曰：「爭如我解語花？」

【語　譯】今日與君花前飲酒，甘心情願多飲而醉。只是發愁花理解人間事，因為我老而不開。

【研　析】隨意的小詩，但「不為老人開」一句雖是自嘲，仍含有怨切之情。

賞牡丹

【題　解】約作於大和間，在長安。姑編於此。

庭前芍藥❶妖無格❷，池上芙蕖❸淨少情。唯有牡丹真國色❹，花開時節動京城。

【注　釋】❶芍藥　多年生草本植物。五月開花，花大而美麗，有紫紅、粉紅、白等多種顏色，供觀賞。根可入藥。❷妖無格　妖豔而無格調。❸芙蕖　荷花的別名。《爾雅．釋草》：「荷，芙渠。其莖茄，其葉蕸，其本蔤，其華菡萏，其實蓮，其根藕。」❹國色　傾國之色。按，《摭異記》載：「太（大）和、開成中，有程修己者，以善畫得進謁……會暮春，內殿賞牡丹花，上頗好詩，因問修己曰：『今京邑人傳唱牡丹詩，誰為首出？』修己對曰：『嘗聞公卿間多吟賞中書舍人李正封詩，曰：「國色朝酣酒，天香夜染衣。」』上聞之，嗟賞移時。」

【語　譯】庭院前的芍藥妖豔而缺少格調，水池上的荷花淨潔而缺少情趣。唯有牡丹真正是傾國之色，花開時節就驚動了全京城。

【研　析】李正封任中書舍人約在大和，與禹錫任主客先後難分。禹錫說「真國色」，是對李正封詩句的重複兼肯定，由此判斷，或是正封的詩句在前。中唐舒元輿（元和間進士）有〈牡丹賦〉，亦為當時傳誦之作。元輿與禹錫、正封皆為一時之人。

和嚴給事聞唐昌觀玉蕊花下有遊仙二絕

【題　解】約作於大和間，在長安。嚴給事，為嚴休復。給事，即給事中，官職名，屬門下省，其地位與中書舍人同，掌制敕封奏之權。唐昌觀，在長安朱雀街安業坊內。玉蕊花，花名。即瓊花。一說為瑒花。趙彥衛《雲麓漫鈔》卷四：「今瑒花即玉蘂花也。介甫以比瑒，謂當用此瑒字。蓋瑒，玉名，取其白……唐昌（觀）玉蕊，以少故見珍耳。」遊仙事，蓋一時傳聞如此。康駢《劇談錄》卷下載遊仙本事云：「上都安業坊唐昌觀有玉蕊花，其花每發，若瓊林玉樹。唐元和（當為大和之誤）中，春物方盛，車馬尋玩者相繼，忽一日有女子，年可十七八，衣綠繡衣，乘馬，峨髻雙鬟，無簪珥之飾，容色婉約，迥出於眾。從以二女冠、三小僕，直造花所。香異芬馥，聞於數十步之外。佇立良久，令小僕取花數枝而出……時觀者如堵，咸覺煙霏鶴唳，景物輝煥。舉轡百餘步，有輕風擁塵，隨之而去，須臾塵滅，望之已在半空，方悟神仙之游，餘香不散者經月餘日。」時嚴休復、白居易、張籍、王建、元稹皆有詩詠其事。

其一

玉女❶來看玉蕊花，異香先引七香車❷。攀枝弄雪時回顧，驚怪人間日易斜。

【注　釋】❶玉女　仙女。❷七香車　用多種香木製作的車。此處泛指華美的車。

【語　譯】仙女下凡來看玉蕊花，奇異的香氣導引著七香車。攀弄如雪的枝條時時回顧，驚訝人間不覺間已經日西斜。

【研析】所謂玉女大約是貴族或皇家出身的女冠之流。相貌出眾，觀者驚為天人。玄宗妹玉真公主為女冠，李林甫之女亦為女冠，皆其例。京都詩人中亦有好事者，詠其事，禹錫亦隨眾詠之。可見詩壇一時風氣。

其二

雪蕊瓊絲❶滿院春，衣輕步步不生塵。君平❷簾下徒相問，長伴吹簫❸別有人。

【注釋】❶雪蕊瓊絲　形容玉蕊花。❷君平　漢高士嚴遵的字。隱居不仕，曾賣卜於成都。《漢書・王貢兩龔鮑傳序》：「君平卜筮於成都市……裁日閱數人，得百錢足自養，則閉肆下簾而授《老子》。」❸吹簫　用蕭史、弄玉事。劉向《列仙傳・蕭史》：「蕭史者，秦穆公時人也，善吹簫，能致孔雀、白鶴於庭。穆公有女字弄玉好之，公遂以女妻焉。」

【語譯】雪蕊瓊絲滿院皆春，衣輕步步不起塵。君平簾下空相問，吹簫長伴仙女者別有他人。

【研析】「長伴吹簫別有人」暗示看花女不但出身高貴，且私生活相當放蕩不堪。

裴相公大學士見示答張秘書謝馬詩并群公屬和因命追作

【題解】大和二年春作於長安。裴相公大學士謂裴度。度曾相憲、穆、敬、文四朝。大學士，指集賢殿大學士。張秘書為張籍。元和十四年張籍為秘書郎，病目，裴度贈以馬，張籍有謝贈馬詩，裴度有答詩，韓愈、白居易、李絳、元稹等有相和詩。裴度以當時詩相示，禹錫追和。

草《玄》❶門戶少塵埃，丞相并州❷寄馬來。初自塞垣銜苜蓿❸，忽行幽徑❹破莓苔。尋花緩轡威遲❺去，帶酒垂鞭躞蹀❻回。不與王侯與詞客，知輕富貴重清才。

【注釋】❶草玄　用漢揚雄事。雄蜀郡成都人，博學，嘗仿《論語》作《法言》，仿《易經》作《太玄》。《漢書》有傳。此處以揚雄代張籍。❷并州　今山西太原。裴度贈馬時為太原尹、北都留守兼河東節度使。❸塞垣銜苜蓿　指裴度所贈馬。塞垣，指并州。并州與強藩成德軍（治恒州，元和十五年改鎮州）相接，且在北地，故稱塞垣。苜蓿，草名，馬所食。原產西域各國，漢武帝時，張騫使西域，始從大宛傳入。《史記・大宛列傳》：「（大宛）俗嗜酒，馬嗜苜蓿。漢使取其實來。於是天子始種苜蓿、蒲陶肥饒地。及天馬多，外國使來眾，則離宮別觀旁盡種蒲萄、苜蓿極望。」❹幽徑　冷清之徑。此指張籍任秘書郎處。❺威遲　徐緩的樣子。❻躞蹀　小步的樣子。

【語譯】秘書郎的門戶清靜無塵埃，丞相并州所贈馬遠道而來。習慣了在塞外奔跑咀嚼苜蓿，忽然踏在幽靜的莓苔小路。秘書郎騎馬尋花緩緩而去，酒醉垂鞭小步走回。名馬不送王侯送與詞客，乃知丞相不重富貴重詩才。

【研析】裴度贈張籍馬，在元和十四年，張籍有謝詩，裴度有答詩，長安詩人有和張籍謝詩者，有和裴度答詩者。一年後韓愈自貶地袁州返朝，有〈賀張秘書得裴司空馬〉詩；七八年後禹錫返朝，裴度再約禹錫「追和」。瞿蛻園《劉禹錫集箋證》卷六云：「此一細事而名作蔚然，故度必欲禹錫竄名其間，以留一時話柄耳。」說得甚是。此亦是禹錫詩名甚著的表現。詩首聯實寫，中間兩聯全從虛處憑想像著筆，妙甚。末聯點明詩旨，讚裴度憐惜貧病張籍。

聽舊宮中樂人穆氏唱歌

【題解】約作於大和二年（西元八二八年）。穆氏，名字不詳，原為貞元間宮中歌者。此詩借歌者唱貞元間之歌感歎人事變遷，有恍若隔世之感。

曾隨織女❶渡天河❷，記得雲間第一歌❸。休唱貞元❹供奉曲❺，當時朝士已無多。

【注釋】❶織女　傳說為天帝之子。南朝《殷芸小說》：「天河之東有織女，天帝之子也。年年機杼勞役，織成雲錦天衣，容貌不暇整。帝憐其獨處，許嫁河西牽牛郎。嫁後遂廢織紝，天帝怒，責令歸河西，但使一年一度相會。」此以織女代某貴戚可以出入宮廷者。❷渡天河　指進入宮廷。❸雲間第一歌　指宮中歌曲。雲間，猶言天上。第一歌，極言其美妙動聽。❹貞元　唐德宗年號。❺供奉曲　宮中專為皇帝演唱的歌曲。

【語譯】曾經隨著貴戚進入宮中，還記得那天下最動聽的歌曲。請不要再唱貞元年間的供奉之曲了，當時朝士尚存者已經不多了。

【研析】前兩句是歌者穆氏唱罷「貞元供奉曲」之後表白的話，這是他（她）引以自豪者：曾經聽到人世間最美的歌曲，今日唱給各位，真是難得的一飽耳福呢。後兩句是詩人的話。孰不料他制止歌者再唱下去，因為貞元間的朝士今天尚存於世者已經不多了。貞元之後，帝王的年號更改了五次，皇帝也換了五位，一首歌曲令人想到人世滄桑和人事變遷，引起陣陣隱痛，所以加以制止。其實詩人制止歌者再唱下去還可能有更深的隱痛：那就是他的永貞「同志」的凋零殆盡。「貞元」雖是德宗的年號，但王叔文與韋執誼、劉、柳等結為密友是在貞元末，順宗即位、遜位以及憲宗即位都發生在貞元二十一年。憲宗即位後，改元永貞，並立即著手懲治所謂「永貞黨人」。明乎此，乃知「貞元」是很刺痛劉禹錫的兩個字，故此他要制止歌者不要再唱下去了。

與歌者何戡

【題解】與前篇作於同時。何戡一作何勘，是元和、長慶以來著名的歌手。何戡與詩人有舊，長安重逢，殷勤唱歌，令詩人不勝其情，贈此詩於他。

二十餘年❶別帝京，重聞天樂❷不勝情。舊人唯有何戡在，更與殷勤唱〈渭城〉❸。

【注釋】❶二十餘年　自永貞元年（西元八〇五年）到大和二年（西元八二八年），共二十四年。❷天樂　仙樂。此指美妙的歌聲。❸渭城　指王維所作〈送元二使安西〉。《樂府詩集》卷八〇〈近代曲辭二〉：「〈渭城〉，一曰〈陽關〉，王維之所作也……後遂被於歌。劉禹錫〈與歌者詩〉云：『舊人唯有何戡在，更與殷勤唱〈渭城〉。』白居易〈對酒詩〉云：『相逢且莫推辭醉，聽唱〈陽關〉第四聲。』〈陽關〉第四聲，即『勸君更盡一杯酒，西出陽關無故人』也。〈渭城〉、〈陽關〉之名，蓋因辭云。」按王維詩云：「渭城朝雨浥輕塵，客舍青青柳色新。勸君更盡一杯酒，西出陽關無故人。」

【語譯】告別京師已二十多年了，重新聽到仙樂一般的歌聲，讓我不勝其深情。當年的舊人只有何戡還在，又殷勤地為我唱了一首〈渭城〉。

【研析】此詩是典型的言淺而意深者，與前首用意相同。二十餘年前的告別京師，是所謂「永貞黨人」群體遭到懲罰、被貶出京的時候。何戡不過一位歌者，想來曾經在「八司馬」分途的灞水邊，為他們唱過〈渭城〉。一曲深情的〈渭城〉，給劉禹錫留下了難以磨滅的印象。二十多年過去，就劉禹錫而言，無論朋友故舊、仇人怨家皆已無存，不意歌者何戡仍在，且再專門為他唱一曲〈渭城〉，豈不令劉禹錫百感交集，深情難當？

浙東元相公書歎梅雨鬱蒸之候因寄七言

【題解】大和二年初夏作於長安。浙東元相公謂元稹，稹時為越州刺史、浙東觀察使。元稹所寄書今不存。梅雨，指初夏發生在江淮流域持續較長的陰雨天氣。因時值梅子黃熟，故稱；此季節空氣長期潮濕，器物易霉，故又稱霉雨。

稽山❶自與岐山❷別，何事連年鸑鷟❸飛？百辟❹商量舊相❺入，九天❻祗候遠臣歸。平湖❼晚泛窺清鏡，高閣晨開掃翠微❽。今日看書最惆悵，為聞梅雨損朝衣❾。

【注釋】❶稽山　即會稽山，在越州（今浙江紹興）。❷岐山　在京兆西岐山縣境內。❸鸑鷟　鳳凰的別名。《國語・周語上》：「周之興也，鸑鷟鳴於岐山。」韋昭注：「三君云：鸑鷟，鳳之別名也。《詩》云：『鳳皇鳴矣，于彼高岡。』其在岐山之脊乎？」按，見於《詩經・大雅・卷阿》。後因以鳳鳴比喻賢才遇時而起。❹百辟　諸侯。此指朝廷百官。❺舊相　指元稹。稹長慶二年嘗為相。下句「遠臣」亦指元稹。❻九天　指朝廷。❼平湖　指鏡湖，一名鑒湖。在越州。❽翠微　山色青黛。❾損朝衣　汙損朝服。《太平御覽》卷九七〇引應劭《風俗通》：「五月有落梅風，江淮以為信風。又有霜霔，號為梅雨，沾衣服皆敗黦。」

【語譯】稽山與岐山的環境當然有別，不知為何岐山連年有鳳凰飛來？朝廷百官商議應該召回舊相，皇帝也期盼著遠方的您歸來。泛舟鑒湖可見湖水清澈如鏡，清晨高閣遠眺亦可見翠微山色。今日看書我心情頗為惆悵，原因在江南梅雨汙損了我的朝衣。

【研　析】禹錫以自身久在外之感受，可以理解元稹急於歸來的心情。詩用鳳凰鳴於岐山之典故、朝廷百官之議慰安，雖然都是虛詞，但應該能開解元稹。末二句是神來之筆，對梅雨感同深受，故舊友情溢於言表。

夏日寄宣武令狐相公

【題　解】大和二年夏作於長安。宣武令狐相公，即令狐楚，屢見前。

長憶梁王❶逸興多，西園❷花盡興如何？近來溽暑❸侵亭館，應覺清談❹勝綺羅❺。境入篇章高韻發，風穿號令眾心和❻。承明欲謁❼先相報，願拂朝衣逐曉珂❽。

【注　釋】❶梁王　漢梁孝王。此處代指令狐楚。❷西園　園林名，在今河南臨漳、鄴縣舊治北，傳為曹操所建。曹植〈公宴詩〉：「清夜遊西園，飛蓋相追隨。」此處泛指令狐公廨園林。❸溽暑　盛夏氣候潮濕悶熱。❹清談　名士談玄。❺綺羅　代指歌舞妓。❻境入篇章高韻發二句　分指令狐楚文章之佳及治汴政績。❼承明欲謁　朝見皇帝。承明，即承明廬。漢承明殿旁屋，侍臣值宿所居，稱承明廬。又三國魏文帝以建始殿朝群臣，門曰承明，其朝臣止息之所亦稱承明廬。《漢書・嚴助傳》：「君厭承明之廬，勞侍從之事，懷故土，出為郡吏。」顏師古注引張晏曰：「承明廬在石渠閣外，直宿所止曰廬。」後以入承明廬為入朝或在朝為官的典故。❽逐曉珂　謂追隨令狐楚上朝馬後。珂，白色似玉的美石。一說為螺屬，貝類，相擊有聲，常作馬勒的飾物。《初學記》卷二二引服虔《通俗文》：「凡勒飾曰珂。」《西京雜記》卷二：「（武帝時）長安始盛飾鞍馬。或一馬之飾直百金。皆以南海白蜃為珂，紫金為華，以飾其上。」

【語　譯】經常想起令狐楚逸興之多，如今西園眾花落盡其興又當如何？近來溽暑侵入亭館，邀來名士清談應該勝於觀看歌姬表演。境界寫入詩篇俱是高韻，風聲傳遞號令眾將士齊聲應和。欲進謁皇帝請先報知，我願撩起朝衣追隨在您的馬後。

【研析】令狐楚出鎮已久，文帝即位後屢上表，「以大臣未識天子，願朝正月」（劉禹錫〈令狐公集紀〉）。此詩既寫其懷念令狐之情，亦流露禹錫切盼令狐入相之意。

和宣武令狐相公郡齋對新竹

【題解】與前篇同時之作。令狐楚原詩今存，白居易亦有和詩。

新竹翛翛❶韻曉風，隔窗依砌尚蒙籠❷。數間素壁❸初開後，一段清光入座中。欹枕❹閑看知自適，含毫❺朗詠與誰同？此君❻若欲常相見，政事堂❼東有舊叢。

【注釋】❶翛翛　風吹竹葉聲。❷蒙籠　義同「朦朧」，看不清的樣子。❸素壁　指令狐楚郡齋之東牆。按，令狐楚詩題云：「郡齋左偏栽竹百餘竿炎涼已周青翠不改，而為牆垣所蔽，有乖愛賞，假日，命去齋居之東牆……」❹欹枕　斜靠於枕。❺含毫　吮筆。此指作詩。❻此君　用東晉王徽之事。《晉書．王徽之傳》：「嘗寄居空宅中，便令種竹，或問其故，徽之但嘯詠指竹曰：『何可一日無此君！』」❼政事堂　京城長安宰相議事處。初在門下省，高宗永淳二年，裴炎為中書令，執政秉筆，遂移政事堂於中書省。

【語譯】新發的竹葉在曉風中颯颯作響，隔窗去看臺階旁的竹林依然有些朦朧不清。將幾面東牆拆除之後，一段青綠之光就直入座中。斜倚枕上閒看感受自適，但不知含毫吟詩有誰與您唱和？您如果想與竹林常常相見，政事堂東舊有的竹叢依舊還在。

【研　析】酬唱之作。點題之句是末二句，仍是迎合令狐楚欲歸京師出任宰相的意思。

答白刑部聞新蟬

【題　解】大和二年秋作於長安。白刑部謂白居易，時任刑部侍郎。白居易先有〈聞新蟬贈劉二十八〉，禹錫和以此詩。

蟬聲未發前，已自感流年❶。一入淒涼耳，如聞斷續弦。晴清依露葉，晚急❷思霞天。何事秋卿❸詠，逢時一悄然❹？

【注　釋】❶流年　時光流逝。❷晚急　謂蟬聲晚間急速。❸秋卿　指白居易。唐時習稱刑部為秋官。❹悄然　憂傷的樣子。

【語　譯】秋蟬未曾發聲，我已感到時光在流逝。淒涼的蟬鳴一入耳，就如聽見斷斷續續的琴弦聲。晴天牠依附在露葉下，黃昏時鳴聲急速盼望滿天紅霞。因為何事引起您秋官的歌詠，一旦逢到季節變化就憂傷莫名？

【研　析】劉、白本年俱五十七歲，對歲月的流逝會有相當敏感，故而白原唱有「只應催我老，兼遣報君知」之句。是時白居易為刑部侍郎，官位已進入樞要地位，但年齡漸老，畏懼來日無多，故而其詩又有「白髮生頭速，青雲入手遲」之歎。劉、白二人對秋蟬的感應是相同的。

早秋集賢院即事　時為學士

【題　解】大和二年秋作於長安。集賢院，即集賢殿書院，官署名，開元中置，隸於中書省，以宰相一人為學士，知院事；另有集賢殿學士、直學士、侍講學士等，掌經籍校理。《唐會要》卷六四〈集賢院〉：「西京（集賢院）在光順門大衢之西、命婦院北。本命婦院之地，開元十一年分置。」時禹錫以主客郎中兼集賢院學士。

金數❶已三伏❷，火星❸正西流。樹含秋露曉，閣倚碧天秋。灰琯❹應新律❺，銅壺❻添夜籌❼。商飆❽從朔塞❾，爽氣❿入神州⓫。蕙草香書殿，槐花點御溝⓬。山明真色見，水淨濁煙收。早歲忝華省⓭，再來成白頭。幸依群玉府⓮，有路向瀛洲⓯。

【注　釋】❶金數　指秋。古時以五行配四時，以秋配金。❷三伏　時令名，中國舊曆法，從夏至第三個庚日起入伏，有初伏、中伏、末伏，合稱三伏，是一年中最熱的時候。《後漢書・和帝紀》：「（永元）六月己酉，初令伏閉盡日。」李賢注引《漢官舊儀》：「伏日萬鬼行，故盡日閉，不幹它事。」此處指第三個伏日，一般在秋初。❸火星　即大火星。《詩經・豳風・七月》：「七月流火，九月授衣。」孔穎達疏：「於七月之中，有西流者，是火之星也，知是將寒之漸。」火指大火星（即心宿）。夏曆五月黃昏，火星在中天，七月黃昏，星的位置由中天逐漸西降。後多借指農曆七月暑漸退而秋將至之時。❹灰琯　亦作律管，用竹管或金屬管製成的定音器具。古代亦用作測候季節變化的器具。《夢溪筆談・象數一》引司馬彪《續漢書》：「候氣之法，於密室中，以木為案，置十二律琯，各如其方，實以葭灰，覆以緹縠，氣至則一律飛灰。」❺應新

律　指與新的節令相應和。❻銅壺　古計時器，亦稱漏刻。因漏壺的箭上刻符號表時間，故稱。❼添夜籌　指夜已深。籌，古時刻有數字的竹籌。❽商飆　西風。❾朔塞　塞外。❿爽氣　秋氣；涼爽之氣。⓫神州　中州。此指京師。⓬御溝　宮牆外的溝渠，宮中流水自此流出。⓭華省　指尚書省。⓮群玉府　此指集賢院。《穆天子傳》卷二：「群玉之山……先王之所謂策府。」郭璞注：「言往古帝王以為藏書冊之府，所謂藏之名山者也。」後用以稱帝王珍藏圖籍書畫之所。⓯瀛洲　海中仙山名，此處或代指中書省。

【語　譯】秋天已經到了三伏，火星正在西方垂下。樹木都掛上了秋露，樓閣的背景是一派秋光。律管隨秋氣而動，銅壺漏刻表示夜深。西風從塞北吹過，涼爽的秋氣進入京城。集賢院一片蕙草書香，槐花點點落到御溝。南山清晰地顯露出真色，汙濁霧靄散去顯出清淨的流水。我年輕時就忝列於尚書省，今年再來卻已是白頭老人。所幸現在依附於集賢書院，或者可以由此通往我理想的處所。

【研　析】此詩的口氣，應該是呈給集賢院某一位同事或上級官員如裴度（時裴以宰相為學士，知院事）的。「山明真色見，水淨濁煙收」二句，或者是借喻自己早歲負謗而今謗言終於消散。「幸依」二句，如果此詩是呈給裴度的，則此詩本意，就可以落到實處了。

題集賢閣

【題　解】與前篇同時之作。集賢閣，在集賢院最高處。此詩白居易有和詩。

鳳池❶西畔圖書府❷，玉樹玲瓏景氣閑❸。長聽餘風送天樂❹，時登高閣望人寰。青山❺雲繞欄杆外，紫殿❻香來步武間❼。曾是先賢❽翔集地，每看壁記❾一慚(ㄘㄢˊ)顏(ㄧㄢˊ)。

【注釋】❶鳳池　即鳳凰池，禁苑中池沼。魏晉南北朝時設中書省於禁苑，掌管機要，接近皇帝，故稱中書省為「鳳凰池」，簡稱鳳池。❷圖書府　指集賢院。據《唐會要》卷六四所載，天寶六載「見在庫書籍，經庫七千六百六卷，史庫一萬四千八百五十九卷，子庫一萬六千二百八十七卷。從天寶三載至十四載，四庫續寫書又一萬六千八百三十二卷。」❸閑　同「嫻」。清靜。❹天樂　猶仙樂。常借指美妙的音樂。此指宮廷音樂。❺青山　終南山。大明宮居高，遠望可見南山。❻紫殿　皇宮。紫微垣為三垣之一。舊說紫宮垣十五星，其一曰紫微，為大帝之座，天子之所常居。後遂以紫微代皇城。❼步武間　形容距離近。古以一步為步，半步為武。❽先賢　過去的先達。《唐會要》卷六四：「(開元十三年四月五日)改集仙殿麗正書院為集賢院……中書令張說為學士知院事，散騎常侍徐堅為副，吏部侍郎賀知章、中書舍人陸堅并為學士……」此處即指以上諸人。❾壁記　唐時官署多有壁記，記官署沿革、歷職人名稱及履職時間等。

【語譯】鳳池西畔的集賢院，玉樹玲瓏環境幽靜。經常可以聽到仙樂自宮內傳來，有時登上高閣眺望長安市井。欄杆之外是雲霧環繞的南山，皇宮裏傳出的香氣似乎就在面前。這裏曾是先賢聚集的地方，每看到壁記即令我感到慚愧難當。

【研析】因兼職於集賢院有感而作。白居易和詩云：「傍聞大內笙歌近，下視諸司屋舍低。」固是寫實（尚書省諸司辦公之地在皇城，而集賢院在大明宮中書省一側，居高臨下），但也正說破了禹錫的心事。時裴度為相，不但與禹錫素無芥蒂，且甚賞識其才華，有意擢禹錫為知制誥（見《舊唐書·劉禹錫傳》）。所以此詩不能當做一般的即事之作。

送王司馬之陝州　自太常丞授。工為詩

【題解】大和二年作於長安。王司馬謂王建。建字仲初，關輔（今陝西關中）人，貞元間歷佐節鎮，元和、

長慶間歷仕昭應丞、渭南尉、秘書郎等，大和二年自太常丞出任陝州（今河南三門峽市）司馬。所作樂府詩與張籍齊名，並稱「張王」，〈宮詞百首〉尤其有名。王建赴陝州任時，禹錫為此詩相送。白居易、張籍、賈島皆有詩相送。

暫輟清齋❶出太常，空攜詩卷❷赴甘棠❸。府公❹既有朝中舊❺，司馬應容酒後狂。案牘來時唯署字❻，風煙入興便成章。兩京大道多遊客，每遇詞人戰❼一場。

【注釋】❶清齋　指太常寺。唐太常寺主管朝廷禮儀，所領各署為郊社署、太樂署、鼓吹署、太醫署等，職務極為清閒。❷空攜詩卷　形容其清貧。❸甘棠　用西周召伯事。甘棠，即棠梨。《詩經・召南・甘棠》：「蔽芾甘棠，勿翦勿伐，召伯所茇。」詩序：「〈甘棠〉，美召伯也。」朱熹《詩集傳》：「召伯循行南國，以布文王之政，或舍甘棠之下，其後人思其德，故愛其樹而不忍傷也。」《元和郡縣志・河南道・陝州》：「周為二伯分陝之地……自陝以西，召公主之。」❹府公　指陝州刺史。❺朝中舊　朝中舊相識。此指王起。王起大和初以吏部侍郎加集賢院學士、判院事，大和二年自兵部侍郎出為陝虢觀察使。❻唯署字　只是署名而已。謂無案牘之勞形。❼戰　較量；角逐。

【語譯】暫時放下太常的清閒職務，攜著詩卷往召公甘棠所在地赴任。觀察使公既然原是朝中舊識，應該能夠容忍司馬酒後放肆輕狂。官府文書送達時只管簽名了事，風煙引起詩興即可以成章。兩京大道來往多的是遊客，若遇見詞人就較量一番。

【研析】王建是中唐間重要詩人，時已六十三歲高齡。自太常寺「清齋」外放州司馬，是很令老詩人沮喪的事。寫詩相送，頗不易措詞。禹錫此詩，只是從職閒無事、山水詩興方面去說，甚為得體。白居易送王建詩有云：「只攜美酒為行伴，唯作新詩趁下車。」措意與此同。

秋日題竇員外崇德里新居

竇時判度支案

【題　解】大和二年秋作於長安。竇員外謂竇鞏。鞏字友封，京兆金城（今陝西興平）人，與常、牟、群、庠為兄弟，皆有詩名。寶曆元年鞏自平盧節度掌書記入為侍御史，轉司勳員外郎、刑部郎中。崇德里在長安朱雀街街西第二街第四坊。

長愛街西風景閑❶，到君居處暫開顏。清光門外一渠水❷，秋色牆頭數點山。
疏種碧松通月朗，多栽紅藥❸待春還。莫言堆案❹無餘地，認得詩人在此間。

【注　釋】❶閑　通「嫻」。幽靜。❷一渠水　指清明渠。按：清明渠水自安化門流入長安城，北流，流經崇德里等街坊。❸紅藥　芍藥。按，唐人有時將牡丹與芍藥混稱為藥，或木芍藥。❹堆案　謂公文堆積。

【語　譯】很喜歡街西風景的幽靜，到了您家更令人賞心開顏。街坊門外是一渠波光粼粼的渠水，牆外可見青翠的南山。疏疏朗朗的幾株松樹可以透過月光，園中多栽芍藥等待來年春天開花。不要說公文堆積令您煩惱，家居的悠閒卻能教詩人靜心。

【研　析】竇鞏傳記未有他「判度支案」的記載，不過由禹錫此詩一句「堆案」，似乎正是竇鞏判度支的注腳。豈竇鞏以司勳員外郎之職兼判度支乎？從七律藝術上看，此詩應為上乘之作。頷聯、頸聯寫景極精緻，風情搖曳。「清光」修飾「一渠水」，因為平仄而倒置。

終南秋雪

【題解】大和二年（西元八二八年）秋作於長安。詩寫終南秋雪，描摹如畫。

南嶺❶見秋雪，千門❷生早寒。閑時駐馬望，高處捲簾看。霧散瓊枝❸出，日斜鉛粉❹殘。偏宜曲江上，倒影入清瀾。

【注釋】❶南嶺　指終南山。終南山在長安南。❷千門　指長安城內住戶。❸瓊枝　謂山上樹枝著雪後晶瑩似瓊。❹鉛粉　白色粉末，古代婦女用來搽臉，亦可用作圖畫顏料。此以喻山間雪。

【語譯】南邊山嶺上有了秋雪，長安家家戶戶有了寒意。空閒時駐馬觀看，在高處就捲簾眺望。山間霧散時可見晶瑩似玉的樹枝，日光西斜時又可見鉛粉一般的殘雪。此時最適宜的是到曲江，看南山倒影在清澈的江面上。

【研析】此詩可以視為詠物（秋雪）詩。白居易有和詩，首聯云「遍覽古今詩，都無秋雪詩」，所說不差。因為是秋雪，所以長安城中感到了「早寒」。「瓊枝」、「鉛粉」雖然藻飾太甚，但都非秋雪莫屬。末聯不寫望中南山秋雪，卻掉轉筆頭寫曲江中倒影，不粘不滯，最見精彩。此詩與盛唐詩人祖詠〈終南望餘雪〉中「林表明霽色，城中增暮寒」同一意趣，或受其影響。不過禹錫詩扣緊的是「秋雪」，因而有「早寒」的感覺和「鉛粉殘」的比喻。李因培評曰：「〈尾聯〉意能出祖詠作外。」（《唐詩觀瀾集》下卷二二）正是此意。

和樂天早寒

【題解】大和二年作於長安。白居易有〈早寒〉詩，禹錫和之。

雨引苔侵壁，風驅葉擁階。久留閑客話，宿請老僧齋❶。酒甕新陳❷接，書籤❸次第排。翛然❹自有處，搖落不傷懷。

【注　釋】❶齋　素食。❷新陳　謂新釀酒與去歲陳酒。❸書籤　懸於卷軸一端或貼於封面的署有書名的竹、牙片，紙或絹條，便於檢索。❹翛然　沒有拘束、超脫的樣子。

【語　譯】秋雨帶來青苔布滿牆壁，秋風驅趕落葉堆積於階前。久留客人閒話終日，晚餐是一頓清淡素食。酒甕裏陳酒飲完新酒相接，書籤按次序粘在書函上。樹葉落下自有其歸處，不必為它搖落而傷懷不已。

【研　析】宋玉〈九辯〉：「悲哉秋之為氣也，蕭瑟兮草木搖落而變衰。」故杜詩有「搖落深知宋玉悲」之句，白詩亦有「迎冬兼送老」之句。禹錫詩云：「翛然自有處，搖落不傷懷。」與白詩境界大不同。草木之迎春而發，遇秋而隕，在禹錫看來皆是自然變化的結果，明年草木還會再發，故而「自有處」，不必為之傷懷。不能說劉禹錫便勘透了生老病死，但就此詩說，禹錫要比白居易來得曠達。

同樂天送河南馮尹學士

【題　解】大和二年十月作於長安。馮尹學士謂馮宿。宿字拱之，婺州（今浙江金華）人，寶曆元年授左散騎常侍，兼集賢殿學士；大和二年十月拜河南尹。馮離長安時，白居易有詩送之，禹錫和以此詩。

可憐玉馬❶風流地，暫輟金貂侍從❷才。閣上掩書劉向去❸，門前修刺孔融來❹。崤陵❺路靜寒無雨，洛水橋❻長晝起雷。共羨府中棠棣❼好，先於城外百花開。

【注釋】❶玉馬　喻賢臣。《文選・任昉・百辟勸進今上牋》：「皇天后土，不勝其酷；是以玉馬駿奔。」李善注：「《論語比考讖》曰：『殷惑女妲己，玉馬走。』宋均曰：『女妲己有美色也。玉馬，喻賢臣奔去也。』」❷金貂侍從　指散騎常侍之職。金貂，金蟬貂尾，為冠上飾物。《新唐書・車服志》：「左散騎常侍（服）有黃金璫、附蟬，貂尾。」❸閣上掩書劉向去　用漢劉向典校圖書事。劉向，字子政，漢宗室，成帝時為光祿大夫，校書天祿閣，撰成《別錄》，為中國目錄學之祖。《漢書》有傳。❹門前修刺孔融來　用東漢孔融見李膺事。融字文舉，孔子二十世孫。《後漢書・孔融傳》：「融幼有異才，年十歲，隨父詣京師。時河南尹李膺以簡重自居，不妄接士賓客，敕自非當世名人及與通家皆不得白。融欲觀其人，故造膺門，語門者曰：『我是李君通家子弟。』門者言之，膺請融，問曰：『高明祖父嘗與僕有恩舊乎？』融曰：『然。先君孔子與君先人李老君同德比義，而相師友，則融與君累世通家。』」刺，名帖，類似今日之名片。此以馮宿擬李膺，謂其抵任後即有名士拜訪。❺崤陵　即崤山，崤亦作「殽」，在今河南洛寧北。山分東西二崤，中有谷道，阪坡峻陡，自長安往洛陽必經此。❻洛水橋　即天津橋，架洛水上。❼棠棣　木名，喻兄弟。據《舊唐書・馮宿傳》，宿弟定，嘗官郢州刺史，尋除國子司業、河南少尹；從弟審、寬。

【語譯】甚為值得留連的群賢聚集地集賢院，您暫時要離開這皇帝近侍之地。閣內圖書從此掩住因為劉向已經離去，河南府門前將有名士登門拜訪。崤山道上谷深寂冷而無雨，洛水橋因新官到職白晝起雷。誰不羨慕您兄弟個個賢能有才，家中棠棣總是先於城外百花而開。

【研析】前四句好。頷聯兩句是所謂死典活用——孔融修刺見李膺一事，除了與馮宿任職河南尹外幾無關聯，故而吳喬《圍爐詩話》卷三評曰：「用古，能道意述事則有情。劉禹錫送館閣出尹……是用古述事者也。」然後四句顯得勉強，故不甚佳。

和樂天以鏡換酒

【題解】大和二年作於長安。白居易有〈鏡換杯〉詩，禹錫和以此詩。

把取菱花❶百鍊鏡，換他竹葉❷十分❸杯。嚬眉厭老❹終難去，蘸甲❺須歡便到來。妍醜太分❻迷忌諱，松喬❼俱傲絕嫌猜。校量功力❽相千萬，好去從空白玉臺❾。

【注釋】❶菱花　菱花鏡。鏡的背面有菱花圖案。❷竹葉　酒名，即竹葉青。亦泛指美酒。《文選・張協・七命》：「乃有荊南烏程，豫北竹葉，浮蟻星沸，飛華蓱接。」李善注：「張華〈輕薄篇〉曰：『蒼梧竹葉清，宜城九醞酒。』」按，白居易〈憶江南〉詞其三亦有「吳酒一盃春竹葉，吳娃雙舞醉芙蓉」之句。❸十分　酒斟滿。❹嚬眉厭老　嫌厭鏡中自己的衰顏。❺蘸甲　酒斟滿，蘸指甲以去除酒杯上浮沫。唐人每以蘸甲表示暢飲。如韋莊〈中酒〉詩：「南鄰酒熟愛相招，蘸甲傾來綠滿瓢。」❻妍醜太分　指鏡中形象。❼松喬　傳說中仙人赤松子、王子喬。❽校量功力　為比較鏡與酒的效用。❾白玉臺　鏡臺。

【語譯】把取百鍊成的菱花鏡，換來他人的好酒杯。鏡中衰顏縱然皺眉嫌厭終無法可去，酒杯可以隨時斟滿讓我歡顏。鏡中老相盡顯讓別人有所忌諱，只有仙人松喬長壽可以傲對他人嫌猜。比較鏡酒功力相去千百倍，由它去吧以後寧可讓鏡臺空著。

【研析】白居易晚年歎老嗟卑的詩很多。其〈鏡換杯〉卻可以說既是歎老，又是頌酒，如「茶能散悶為功淺，萱縱忘憂得力遲。不似杜康神用速，十分一盞便開眉」數句，多少有些自我嘲哂的味道。禹錫和詩，亦作輕鬆之調，但「妍醜太分迷忌諱，松喬俱傲絕嫌猜」兩句，皆有寄託在，與白詩有高下之分。

送渾大夫赴豐州 自大鴻臚拜，家承舊勳。

【題解】大和二年冬作於長安。渾大夫為渾鐬。豐州，州治在今內蒙河套地區、燕然都護府南，地近唐三受降城，唐末地入党項。大鴻臚即鴻臚寺，官署名，為九寺之一，掌接待外來使節及四夷君長之朝見者。家承舊勳者，謂渾鐬為中唐著名將領渾瑊之子。

鳳銜新詔❶降恩華，又見旌旗出渾家❷。故吏來辭辛屬國❸，精兵願逐李輕車❹。氈裘君長❺迎風懼，錦帶酋豪❻蹋雪衙❼。其奈明年好春日，無人喚看牡丹花❽。

【注釋】❶鳳銜新詔　指新的任命。天子之詔，又稱鳳詔。陸翽《鄴中記》：「石季龍與皇后在觀上，為詔書，五色紙，著鳳口中，侍人放數百丈緋繩，謂之鳳詔。鳳凰以木作之，五色漆畫，腳皆用金。」❷渾家　指渾鐬之父渾瑊及其家世。瑊為中唐著名中興大將，德宗時以平朱泚之亂為河中節度使，封咸寧郡王。❸辛屬國　辛姓而任典屬國者。不詳所指。或以為指漢辛慶忌。慶忌少以父任右校丞，隨常惠（蘇武出使匈奴時為副使）屯田烏孫赤谷城，又久在張掖、酒泉任太守之職。屬國，即典屬國，漢代官職名，職掌與大鴻臚同。❹李輕車　漢代李蔡，官至輕車將軍。❺氈裘君長　指唐代北方與豐州接壤的東西突厥部族。❻錦帶酋豪　唐代少數部族酋長。❼雪衙　少數部族的官衙。以北方多雪，故稱。❽其奈明年好春日二句　長安渾宅多佳牡丹。貞元中禹錫有〈渾侍中宅牡丹〉詩，白居易亦有〈看渾家牡丹花〉詩。

【語譯】帝王降恩鳳凰口銜五色詔，又見新官赴任的旌旗從渾家走出來。往日故吏來與鴻臚卿告辭，今日有精兵緊隨輕車將軍之後。氈裘君長聞風而懼怕，穿著錦帶的酋豪無計可施踩腳在官衙。其奈明年春天到來時，再無人呼喚我去渾宅看牡丹。

【研　析】此送別詩，把握的是渾鍼出身世勳之家，任職之地近邊塞。故用屬國、輕車典，還算貼切。末二句始含惜別之意，較有味。《瀛奎律髓彙評》卷二四引清人馮舒評此詩為「送行之聖」，實不知從何說起？

奉和司空裴相公中書即事通簡舊僚之作

【題　解】大和二、三年作於長安。司空裴相公即裴度，度時以中書侍郎同中書門下平章事，加司空。裴度有《中書即事》詩，以詩示中書同僚，禹錫和以此詩。又今存張籍和詩。

談笑在巖廊❶，人人盡所長。儀形見山立❷，文字動星光。日運丹青筆❸，
時看赤白囊❹。佇聞戎馬息❺，入賀領鴛行❻。

【注　釋】❶巖廊　高峻的廊廡。此處借指朝廷。❷山立　形容裴度儀態威嚴莊重。按，《舊唐書・裴度傳》稱度「狀貌不及中人，而風彩俊爽，占對雄辯，觀聽者為之聳然。」❸丹青筆　史筆。丹青色豔而不易泯滅，故以喻始終不渝。此以喻裴度文章。❹赤白囊　古代遞送緊急情報的文書袋。此以喻裴度執掌朝廷軍機大事。❺戎馬息　此指當時朝廷平定滄景叛亂的戰爭平息。大和元年七月，滄景節度使（駐滄州，今屬河北）李同捷反，朝廷討之，逾年斬李同捷。❻鴛行　朝官班行。

【語　譯】談笑風生在朝廷，屬下人人可得盡其所長。儀態儼然如山而立，文字足以撼動星光。每日在朝揮搦丹青之筆，時時運籌軍機制定平叛之策。聽到邊庭息兵罷戰的喜訊，帶領百官入賀君王。

【研　析】裴度四朝元老，在朝為中流砥柱，為人嚴肅正直且溫厚仁愛，於禹錫特見器重，故此詩非一般諛美之詩，直可以作史論看。裴度因嚴正而樹敵頗多，賴皇帝倚重，故能久安，原唱中有「白日長懸照，蒼蠅謾

發聲」之語，非無端也。禹錫詩顯然有鼓勵勸慰之意。

酬令狐相公雪中遊玄都觀見憶

【題解】大和二年冬作於長安。令狐相公，即令狐楚，時已自宣武軍節度使入朝為戶部尚書。玄都觀，已見前。

好雪動高情，心期在玉京❶。人披鶴氅❷出，馬踏象筵❸行。照耀樓臺變，
淋漓松桂清。玄都留五字❹，使入步虛聲❺。

【注釋】❶玉京　道家稱天帝所居之處。此指道觀。❷鶴氅　鳥羽製成的裘。用作外套。此以晉王恭擬令狐楚。劉義慶《世說新語・企羨》：「孟昶未達時，家在京口，嘗見王恭乘高輿，被鶴氅裘。」❸象筵　有象牙裝飾的筵席。形容筵席豪華。此處借指雪野白淨如象牙。❹五字　指令狐楚五言詩。❺步虛聲　道教唱經禮贊之詞。

【語譯】瑞雪激起了詩人的高情，一片心只在仙家所居的玉京。身披鶴氅出了家門，馬踏著皚皚雪地前行。樓臺在晶瑩白雪映照下變得美麗，松桂經雪水滋潤更加淨潔。您在玄都觀留下的五言詩，應當留給道士用來唱經禮贊。

【研析】「玄都觀」是關鍵字，因為禹錫兩度在此賦詩，對其仕宦生涯有重大影響。令狐楚在如此敏感的地方憶及禹錫，作詩，可惜詩無存，不能細究其憶及的內容；禹錫酬以此詩，似乎也與他玄都觀賦詩「惹禍」無關，通篇只是對令狐楚的讚頌，似乎有意在回避。

曲江春望

【題　解】大和三年（西元八二九年）春作於長安，時禹錫因裴度之薦，由主客郎中轉禮部郎中，仍兼集賢殿學士。詩寫望中曲江之春，因歲月消逝青春不再而傷懷。白居易有和詩。

鳳城❶煙雨歇，萬象含佳氣。酒後人倒狂❷，花時天似醉。三春❸車馬客，
一代繁華地。何事獨傷懷？少年曾得意。

【注　釋】❶鳳城　京城長安的美稱。唐時稱長安為丹鳳城。❷倒狂　猶言瘋狂。❸三春　春季三個月。舊稱正月為孟春，二月為仲春，三月為季春。

【語　譯】京城長安一陣春雨過後，萬事萬物都現出美好的氣象。曲江遊人酒後個個瘋狂，百花盛開時節天也似乎酒醉。整個春天這裏車水馬龍遊客不斷，真無愧是一代繁華之地。為什麼我獨自感到傷懷？因為我少年時曾在此得意過。

【研　析】前六句都是寫詩人「望」中的曲江春天和曲江遊人。曲江是唐時長安最享盛名的遊覽勝地，當春之時，曲江車馬填溢，遊人如織，長安城為之空巷。杜甫詩說：「三月三日天氣新，長安水邊多麗人。」曲江的春天尤其屬於富家少年子弟，屬於青年官員和當年的新進士。皇帝在此為新進士舉行宴會（杏園宴是進士自行組織的謝師宴），宴後進士們可以在此繼續飲酒狂歡。老年人也會來曲江遊玩，但不會遊而醉、醉而狂。詩人「望」中所見的曲江春天和曲江遊人，恍惚看見了三十多年前的自己：當貞元九年（西元七九三年），二十二歲的劉禹錫中進士，同年又登博學宏詞科。科場順利、仕途前景一片光明的他，自然會在曲江「酒後人

倒狂」，由於自己的狂而感到「花時天似醉」。「何事獨傷懷」一句急轉直下，既「傷懷」而且「獨」，說明眼前大好春日不再屬於自己。其實劉禹錫傷懷的不僅僅是自己的「老」，而是無端地被中斷了二十四年的曲江之遊。末句承以「少年曾得意」，就是對「獨傷懷」的解釋。喟然一歎，中間多少人事滄桑！

蒙恩轉儀曹郎依前充集賢學士舉韓湖州自代因寄七言

【題　解】大和三年作於長安。儀曹郎，官名，掌禮樂制度。隋時改禮部員外郎為儀曹郎，唐以後為禮部郎官的別稱。此指禮部郎中。韓湖州謂韓泰，見大和元年〈洛中逢韓七中丞之吳興口號五首〉詩題解及注釋。大和元年韓泰為湖州刺史。據《舊唐書・德宗紀》，建中元年敕：凡常參官及刺史授訖，被授者三日內舉一人自代。

翔鸞闕❶下謝恩初，通籍❷由來在石渠❸。暫入南宮❹判祥瑞❺，還歸內殿閱圖書❻。故人猶在三江❼外，同病凡經二紀❽餘。今日薦君嗟久滯❾，不唯文體似相如❿。

【注　釋】❶翔鸞闕　唐大明宮含元殿前有二闕，其一為翔鸞闕。《唐語林》卷八：「含元殿……左右立棲鳳、翔鸞二闕。」❷通籍　謂名籍列於宮門。唐常參官進入宮門須檢驗名籍。❸石渠　漢閣名，西漢皇室藏書處，在長安未央宮殿北。《三輔黃圖・閣》：「石渠閣，蕭何造。其下礱石為渠以導水，若今御溝，因為閣名。所藏入關所得秦之圖籍。至於成帝，又於此藏祕書焉。」此指集賢院。❹南宮　尚書省別稱。謂尚書省象列宿之南宮，故稱。又因進士考試多在禮部舉行，故又專指六部中的禮部為南宮。❺判祥瑞　禮部郎中職事之一。《舊唐書・職官志》：「(禮部郎中) 凡祥瑞，皆辨其名物，有大瑞、上瑞、中瑞，皆有等差。」❻閱圖書　校閱圖書秘笈。為集賢學士職事。❼三江　泛指今長江下游一帶。❽二紀　十二年為一紀。按，韓泰自貞元二十一年貶虔州司馬後，歷仕漳州、郴州、睦州刺史，大和元年轉湖州刺史，至此首尾二十五年。❾久滯　久在京師外任職。❿相如　漢司馬相如。

【語　譯】我在朝堂拜謝擢升之恩，然而我的名籍仍舊列於集賢殿。每日暫入禮部判諸州表奏之祥瑞，仍舊要回到集賢院校閱圖書。故人猶在三江以外，因共同的原因遭貶已經二紀有餘。歎惜您久滯在外所以舉薦您自代，不僅因為您文章似司馬相如。

【研　析】韓泰在「八司馬」中，以「有籌畫」（《舊唐書》本傳）為王叔文等所倚重，是人才特出眾者。元和十四年，韓愈自潮州量移袁州，亦曾舉韓泰自代。禹錫固然因當年與韓泰「同病」同情其久滯在外而舉韓泰自代，亦因韓泰之才能出眾，實出於公心，故曰「不唯文體似相如」。

寄湖州韓中丞

【題　解】韓中丞謂韓泰，時為湖州刺史，中丞為韓泰所帶憲銜。大和四年韓泰自湖州改常州，此詩必作於大和二至四年間。隨前首編於此。

老郎❶日日憂蒼鬢，遠守❷年年厭白蘋❸。終日相思不相見，長頻❹相見是何人？

【注　釋】❶老郎　老郎中。禹錫自指。❷遠守　遠州太守。指韓泰。❸白蘋　多年生草本。生淺水中，夏秋開小白花。此以白蘋喻白頭。❹長頻　經常。

【語　譯】老郎中日日為蒼鬢而憂，遠方太守年年厭煩白蘋開花。終日相思而不得見，常常能見面的是何人？

【研　析】極隨意之作，淺近如白話，是體己人對體己人說話。

和令狐相公春日尋花有懷白侍郎閣老

【題　解】大和三年春作於長安。令狐相公謂令狐楚，白侍郎謂白居易，屢見前。令狐遊曲江，有詩懷白居易，白有酬詩，禹錫再和以此首。令狐楚詩今不存。

芳菲滿雍州❶，鸞鳳❷許同遊。花徑須深入，時光不少留。色鮮由樹嫩，枝亞❸為房稠。靜對仍持酒，高看特上樓。晴宜連夜賞，雨便一年休。共憶秋官❹處，餘霞❺曲水頭。

【注　釋】❶雍州　即唐京兆府。❷鸞鳳　對令狐楚、白居易的美稱。❸亞　低垂。❹秋官　指刑部。此指白居易，時白為刑部侍郎。❺餘霞　日落前霞光。按，白居易〈暮江吟〉：「一道殘陽鋪水中，半江瑟瑟半江紅。可憐九月初三夜，露似真珠月似弓。」或即彼時所寫。

【語　譯】鮮花開遍了京都，當朝賢俊二人與我同遊。花徑須行進至深處，時光不因個人而稍事停留。樹木顏色青翠是因為樹葉鮮嫩，枝條低垂是因為館舍太稠。把酒平靜地面對著花木，欲從高處觀看特地登樓。天氣晴好白晝夜晚可以接連地看，若有一場雨一年的好光景就作休。還記得我們與白刑部一起，看那「半江瑟瑟半江紅」的景象。

【研　析】此詩的意義，或更多的在反映了長安士人曲江看花的習慣與興頭。「晴宜連夜賞，雨便一年休」，長安的花季，尤其是牡丹，花由盛到衰，不過一旬而已，若遇雨，果然就「一年休」。

和令狐相公別牡丹

【題　解】大和三年三月作於長安。令狐相公，即令狐楚，屢見前。大和三年春，楚以戶部尚書出為東都留守，赴任前有〈赴東都別牡丹〉詩，惜其長安宅牡丹將開而不得見。禹錫和以此詩。

平章❶宅裏一欄花，臨到開時不在家。莫道兩京❷非遠別，春明門❸外即天涯。

【注　釋】❶平章　即宰相。唐太宗貞觀八年，僕射李靖以疾辭位，皇帝詔李靖「疾小瘳，三兩日可一至中書、門下平章事」（《新唐書・百官志》）。中唐以後，凡宰相例加「同中書門下平章事」或「同平章事」銜。❷兩京　長安、洛陽。❸春明門　長安城正東城門。

【語　譯】宰相宅裏有一欄牡丹，臨到開放時卻不在家。莫要說兩京距離不遠並非遠別，春明門以外就是天涯。

【研　析】令狐楚〈赴東都別牡丹〉詩云：「十年不見小庭花，紫萼臨開又別家。上馬出門回頭望，何時更得到京華？」借宅裏牡丹將開而離家不得見，發抒其官職外放的苦悶。唐時重內職（京城官職），東西兩京雖說不遠，東都留守與戶部尚書也幾無差別，然而令狐楚怨望如此。詩友之間，按常理應該說些慰藉的話，祝其早歸，勸其想開。禹錫和詩，卻有違於常理，不但不說「兩京非遠別」這樣安慰的話，而且說得更加嚴重：

「春明門外即天涯」！論者謂「禹錫詩末二句蓋兼有『二十三年棄置身』之感耳」（瞿蛻園《劉禹錫集箋證・外集》卷三）。所說甚是。

和樂天南園試小樂

【題　解】大和三年春作於長安。樂天即白居易。時白居易稱病免刑部侍郎職，在家閒居。南園即為白在長安新昌坊東街宅第園林。小樂，家庭小型樂隊。白居易有〈南園試小樂〉詩，禹錫和以此詩。

閑步南園煙雨晴，遙聞絲竹出牆聲。欲拋丹筆❶三川❷去，先教清商❸一部成。花木手栽偏有興，歌詞自作別生情。多才遇景皆能詠，當日人傳滿鳳城❹。

【注　釋】❶拋丹筆　此指白居易辭去刑部侍郎之職。丹筆，即朱筆。《初學記》卷二〇引謝承《後漢書》：「盛吉為廷尉，每至冬節，罪囚當斷，妻夜執燭，吉持丹筆，夫妻相對，垂泣決罪。」❷三川　東周以河、洛、伊為三川。此指洛陽。❸清商　即商聲，古代五音之一。此指小樂。❹鳳城　長安的代稱。

【語　譯】風煙晴和之日散步來至南園，遠遠就聽見牆內傳出絲竹之聲。您打算拋卻刑部官職回到三川去，預先教家妓排練演奏。興味所在花木皆是自己手栽，別有情趣歌詞也是自己寫成。才藝多多遇景便能成詠，當天就傳遍了滿京城。

【研　析】白居易原詩云：「小園斑駁花初發，新樂錚摐教欲成。紅萼紫房皆手植，蒼頭碧玉盡家生。高調管色吹銀字，慢拽歌聲唱〈渭城〉。不飲一杯聽一曲，將何安慰老心情？」是白居易所謂「中隱」心情的體現。禹錫和詩用白詩原韻，對白居易才情多加讚美，但是對其思退的行為無一字評論。這是頗值得深味的。

答樂天戲贈

【題　解】與前篇同時之作。白居易有〈贈夢得〉詩，禹錫答以此詩。

才子聲名白侍郎，風流雖老尚難當。詩情逸似陶彭澤❶，齋日多如周太常❷。
矻矻❸將心求淨土❹，時時偷眼看春光。知君技癢❺思歡宴，欲倩❻天魔❼破道場❽。

【注　釋】❶陶彭澤　晉人陶淵明。陶曾為彭澤令，故稱。❷周太常　指後漢周澤。周澤為太常，虔敬宗廟，常臥疾齋宮，其妻哀其老病，窺問疾苦。澤大怒，以妻干犯齋禁，收送詔獄，時人譏之曰：「生世不諧，作太常妻。一歲三百六十日，三百五十九日齋。」言澤不近人情，難為其妻。見《後漢書・儒林列傳下・周澤傳》。此處借指白居易齋戒一心向佛。❸矻矻　勤勉貌。❹淨土　佛家語。指佛所居住的無塵世汙染的清淨世界。一名佛土。多指西方阿彌陀佛淨土。❺技癢　有機會欲逞其技藝。❻倩　請託。❼天魔　佛家語。天子魔之略稱。佛經說，天魔為欲界第六天主，常為修道設置障礙。❽破道場　破壞法事。釋道二教稱誦經禮拜的場所為道場。

【語　譯】享有才子盛名的白侍郎，雖然年老但風流氣勢仍舊難當。他的詩情縱逸好似陶彭澤，齋戒的日期卻多於周太常。勤勉不懈追求西方淨土，卻又時時偷眼去看春光。曉得您因技癢而嚮往歡宴，欲請一位天魔去破了您的道場。

【研　析】白居易〈贈夢得〉一聯云：「頭垂白髮我思退，腳踏青雲君欲忙。」雖是輕鬆的調侃，卻道出了兩個人不同的心態：一個「思退」，一個「欲忙」。「欲忙」的正解就是禹錫還想在仕途上再進一步。禹錫答詩題曰「答樂天戲贈」，然而白居易詩題並無「戲」字，倒是禹錫的答詩全然出於「戲」。他回避了白居易的調侃，只是以白居易的一面「思退」、一面又「技癢」反調侃。倒也道破了白居易心態的矛盾。

和樂天春詞

【題　解】大和三年春作於長安。白居易有〈春詞〉之作，此詩依原韻和之。

新妝宜面❶下朱樓，深鎖春光一院愁。行到中庭數花朵，蜻蜓飛上玉搔頭❷。

【注　釋】❶新妝宜面　意謂美人妝面傅粉後非常漂亮。❷玉搔頭　即玉簪，古代女子的一種髮飾。舊題漢劉歆《西京雜記》卷二：「武帝過李夫人，就取玉簪搔頭。自此後宮人搔頭皆用玉。」

【語　譯】新妝罷的美人走下朱樓，春光被鎖在深院令人苦愁。行到庭中數花朵，不經意間有蜻蜓飛上玉搔頭。

【研　析】白居易〈春詞〉云：「低花樹映小妝樓，春入眉心兩點愁。斜倚欄干臂鸚鵡，思量何事不回頭？」既像宮詞，又像是一首「豔詩」。元稹和劉禹錫都有和詩。無論原唱還是和詩，以禹錫此首最好。「新妝宜面」一句婀娜百媚，「深鎖春光」一句含蓄不盡。末兩句不說美人如花，偏說蜻蜓飛上玉搔頭，尤其匪夷所思。

曹　剛

【題　解】大和二、三年間作於長安。以下兩首，或同時之作。曹剛，段安節《樂府雜錄・琵琶》作曹綱，唐時著名琵琶演奏家，其祖保，其父善才，俱以琵琶有名於時。《樂府雜錄》：「有裴興奴，與綱同時。曹綱善運撥，若風雨，而不事扣絃；興奴長於攏撚，下撥稍軟。時人謂曹綱有右手，興奴有左手。」撥，指彈撥弦樂器的用具。白居易〈琵琶行〉「沉吟放撥插絃中」者即是。劉餗《隋唐嘉話》卷中：「貞觀中，彈琵琶裴洛兒始廢撥用手，今俗所謂搊琵琶是也。」

大弦❶嘈囋❷小弦清，噴雪含風❸意思生。一聽曹剛彈〈薄媚〉❹，人生不合出京城。

【注釋】❶大絃　弦樂器的粗弦，也叫「老弦」。細弦則為小弦。大弦音高，小弦音輕清。如白居易〈琵琶行〉詩：「大絃嘈嘈如急雨，小絃切切如私語。」❷嘈囋　聲音重疊、喧鬧。❸噴雪含風　分別喻大、小弦聲音。❹薄媚　唐教坊曲調名。宋董穎有〈薄媚・西子詞〉，曲詞今猶存。

【語譯】大弦喧鬧小弦輕清，如噴雪含風俱有情思。聽到曹剛彈起一曲〈薄媚〉，人生即不應當離開京城。

【研析】末句是讚曹剛琵琶之妙，或者竟有惜別白居易之意在？

與歌童田順郎

【題解】大和二、三年間作於長安。田順郎，當時歌手名。段安節《樂府雜錄・歌》：「貞元中有田順郎，曾為宮中御史娘子。」參見下篇。

天下能歌御史娘❶，花前月底奉君王。九重深處❷無人見，吩咐新聲❸與順郎。

【注釋】❶御史娘　任半塘《教坊記箋訂》引唐無名氏《桂苑叢談》：「國樂婦人有永新婦、御史娘、柳青娘，皆一時之妙也。」並斷田順郎為御史娘之弟子。按，段安節《樂府雜錄》所謂「田順郎……御史娘子」自然可以理解為田順郎為「御史娘（之）子」。據此推斷御史娘乃為貞元中宮中歌手，田順郎為御史娘之子，大和中尚在童稚（十五歲左右），如此與禹錫詩合。❷九重深處　指宮中。古稱天子之門九重。❸新聲　新作的樂曲。或為新樂府歌詞。

【語譯】天下能歌者數御史娘，於花前月下侍奉君王。深宮之中無人能見，將新聲親傳給田順郎。

【研析】段安節為昭宗時人，晚於禹錫近百年，其《樂府雜錄》的真實性不若禹錫詩即時所記。故此首及下首俱有唐音樂史之文獻作用。此首題為「田順郎」，實則多寫其母御史娘，不過寫田順郎得其母真傳而已。故下篇再補充之。

田順郎歌

【題解】因前篇而編於此。

清歌不是世間音，玉殿❶嘗聞稱主心。唯有順郎全學得，一聲飛出九重深。

【注釋】❶玉殿　宮殿的美稱。

【語譯】清亮的歌聲不是世間之音，嘗聞在宮殿上深得主上歡心。御史娘的歌聲唯有順郎全學得，高歌一曲足以從九重深宮飛出。

【研　析】「清歌」代表了田順郎清亮的嗓音，「唯有順郎全學得」照應前篇，是說田順郎掌握的「新聲」很多。

歎水別白二十二

【題　解】大和三年作於長安。此為送別白居易而作。白居易排行二十二。時白稱病，尋除太子賓客分司東都。居易東歸時，劉禹錫、裴度、張籍、韋行式等相送，白賦〈一字至七字詩〉，題下注云：「賦得『詩』。」相送者皆有和作。禹錫之作，即「賦得『水』」，以「水」字為韻。

水，至清，盡美。從一勺❶，至千里❷。利人利物❸，時行時止。道性淨皆
然，交情淡如此❹。君遊金谷❺堤上，我在石渠署❻裏。兩心相憶似流波，潺湲
日夜無窮已。

【注　釋】❶一勺　謂水之少。❷千里　謂水流之長。❸利人利物　語出《老子》八章：「上善若水，水善利萬物而不爭。」❹交情淡如此　語出《莊子・山木》：「君子之交淡若水，小人之交甘若醴。」❺金谷　水名，在洛陽。晉時，石崇築園於金谷澗中，極盡天下之美。❻石渠署　指其所在的集賢殿書院。西漢時，官府藏圖籍之處有天祿、石渠等閣。

【語　譯】水，最清，最美。從發源地的一勺，可以長流千里。利人而且利物，有時行有時停止。始終以淨潔為本性，君子之交淡如此。君將遊息於金谷堤上，我仍將在集賢書院裏。兩心相憶如水流之波，潺湲流淌日

日夜夜無有盡時。

【研　析】宋嚴羽《滄浪詩話・詩體》謂：「有一字至七字詩，唐張南史〈雪〉、〈月〉、〈花〉、〈草〉等篇是也。」張南史是玄宗天寶間人。明胡震亨《唐音癸籤》謂：「一字至七字詩，張南史及元白等集有之。以題為韻，偶對成聯。又鮑防、嚴維多至九字。」可知所謂「一字至七字詩」多為唐人試作，書寫時，每韻一行，則形如寶塔，帶有文字遊戲性質，也不失為一種創造。劉禹錫此首的好處是形式與內容統一，既是賦水，又是送別，意淺而情深，不純是文字遊戲。

刑部白侍郎謝病長告改賓客分司以詩贈別

【題　解】與前篇同時之作。長告，舊時官吏告請長假。百日假滿，不復其職事者，即辭官。白居易改授賓客分司東都在本年三月末。白赴東都，有〈長樂亭留別〉詩，禹錫贈以此詩。今存另有張籍送別詩。

鼎食華軒❶到眼前，拂衣❷高步豈徒然。九霄路上❸辭朝客，四皓❹叢中作少年。他日臥龍❺終得雨，今朝放鶴❻且沖天。洛陽舊有衡茅❼在，亦擬抽身伴地仙❽。

【注　釋】❶鼎食華軒　喻高官。鼎食，列鼎而食，指世家大族的豪奢生活。華軒，華麗的高車。❷拂衣　提起或撩起衣襟。此指辭官。❸九霄路上　指白居易正身居高官。❹四皓　秦末隱居商山的東園公、甪里先生（甪一作角）、綺里季、夏黃公。四人鬚眉皆白，故稱商山四皓。高祖召，不應。後高祖欲廢太子，呂后用張良計，迎四皓，使輔太子，高祖以太子羽翼已成，乃消除改立太子之意。事見《史記・留侯世家》、《漢書・張良傳》。白居易為太子賓客，賓客掌侍從規諫、贊相禮儀，故以四皓擬之；然年齡不及，故云「作少年」。❺臥龍　喻隱居的傑出人才。白居易自稱中隱（居閒官），故以臥龍擬之。❻放鶴　舊署陶潛《搜神後記》卷一：「丁令威，本遼東人，學道於靈虛山。後化鶴歸遼，集城門華表柱。時有少年，舉弓欲射之。鶴乃飛，徘徊空中而言曰：『有鳥有鳥丁令威，去家千歲今來歸，城郭如是人民非，何不學仙塚壘壘。』遂高上沖天。今遼東諸丁云其先世有升仙者。」後世遂以「鶴沖天」謂羽化登仙。此指白居易。❼衡茅　衡木為門的茅屋，指簡陋的居室。此謂其洛陽舊居。❽地仙　住在人間的仙人。此指白居易。

【語譯】富貴奢華在眼前，拂衣高邁離去豈是徒然而為。高官群裏的辭朝人，四皓當中的少年郎。有朝一日蟄伏的臥龍終會逢雨，今朝暫且放鶴一飛沖天。洛陽有我的舊屋在，亦將抽身與您相伴。

【研析】《新唐書．白居易傳》：「大和初，二李黨事興，險利乘之更相奪移，進退毀譽，若旦暮然。楊虞卿與白居易姻家而善李宗閔，惡緣黨人斥，乃移病還東都，除太子賓客分司。」按二李謂李宗閔與李德裕，李宗閔一黨中又有牛僧孺者，故二李黨爭又稱「牛李黨爭」。大和三年李宗閔拜相，引牛僧孺同知政事，起楊虞卿工部侍郎。楊虞卿亦號為牛黨「黨魁」。白居易不與黨爭，而黨爭局面險惡，故請外放。禹錫〈贈別〉詩云「拂衣高步豈徒然」，有深意。詩又謂「亦擬抽身伴地仙」，欲自附於知己，且令狐楚亦在東都，似非故作姿態之詞。

遙和白賓客分司初到洛中戲呈馮尹

【題解】大和三年初夏作於長安。白賓客即白居易。馮尹即馮宿，時為河南少尹。參見大和二年〈同樂天送河南馮尹學士〉詩題解及注釋。

西辭望苑❶去，東占洛陽才❷。度嶺無歸思，看山不懊來❸。冥鴻❹何所慕？

遼鶴❺乍飛回。洗竹❻通新徑，攜琴上舊臺❼。塵埃長者轍，風月故人杯❽。聞道龍門峻❾，還因上客❿開。

【注釋】❶望苑　即博望苑。漢武帝在長安為戾太子立，使交接賓客之處。事見《漢書・戾太子劉據傳》、《三輔黃圖・苑囿》。白居易太子賓客為東宮官屬，故用此代指長安。瞿蛻園《劉禹錫集箋證・外集》卷二：「唐人多以博望苑指東宮官，疑是居易先除賓客，然後有分司之命。」其說或是。❷洛陽才　指漢賈誼。此代白居易。❸度嶺無歸思二句　謂白居易度嶺即不欲再返長安，見洛陽之山不懊悔回來。❹冥鴻　高空飛鴻。喻仕途高飛者。❺遼鶴　用《續搜神記》丁令威化為鶴事。見前首注。此代指白居易。❻洗竹　修整竹林。❼舊臺　舊琴臺。按白居易〈分司初到洛中偶題六韻兼戲呈馮尹〉詩有「掃掠舊池臺」之句，禹錫和詩因有上兩句。❽塵埃長者轍二句　意謂白居易門前皆是長者之車馬，風月佳時故人相約飲酒。❾龍門峻　用東漢李膺事。《後漢書・黨錮列傳・李膺傳》：「膺獨持風裁，以聲名自高，士有被其容接者，名為登龍門。」李膺嘗為河南尹，此以喻馮宿。❿上客　嘉賓。此指白居易。

【語　譯】辭別京師的博望苑，成為東京的賈才子。度過關內的嶺頭即無歸思，看見關東的山峰就不懊悔回來。高飛的鴻雁並不值得羨慕，化鶴回歸故居乃是至理。清理竹林闢出新路徑，攜琴登上舊琴臺。塵埃是來訪的長者車輪揚起，風月佳處與故人舉杯歡飲。聽說馮尹如漢李膺龍門高峻難攀，應該為貴賓您敞開大門。

【研　析】白居易原詩為五言六韻排律，禹錫和詩亦如之，且次其韻。白詩前五聯寫分司的喜悅，末聯以晉石崇擬馮宿（「不知金谷主，早晚賀筵開」）；禹錫和詩亦如之，前五韻寫白居易離意之決與抵達洛陽舊居興致之高，末聯改以李膺擬馮宿，各擅其妙。

始聞蟬有懷白賓客去歲白有聞蟬見寄詩云秖應催我老兼遣報君知之句

【題　解】大和三年秋作於長安。禹錫答白居易〈聞蟬見寄〉詩見前。「去歲」以下應是詩後自注而闌入題目者。

蟬韻極清切，始聞何處悲？人含不平意，景值欲秋時。此歲方晼晚❶，誰家無別離？君言催我老，已是去年詩。

【注　釋】❶晼晚　時令晚。

【語　譯】蟬鳴聲音極為清切，始聞之際何處不悲苦？人含有不平之意，景是將秋之時。今歲時令正是將盡之時，誰家不經受別離？您說蟬聲催我老，這已是去年的詩了。

【研　析】白居易與禹錫同庚，五十八歲，故白詩云「秖應催我老，兼遣報君知」。禹錫此詩云「已是去年詩」，猶言今年我們已然更老了。「人含不平意」切禹錫當時悵恨仕途停滯之心態。

憶樂天

【題　解】大和三年秋作於長安。時居易為賓客分司在洛陽。

尋常相見意殷勤，別後相思夢更頻。每遇登臨好風景，羨他天性少情❶人。

【注　釋】❶天性少情　生性曠達、不以別離為意。

【語　譯】往日相見情意纏綿，別後相思頻頻相見於夢中。每當登臨遇有好風景，就羨慕他是天性中不因別離自苦的人。

【研　析】「每遇登臨好風景」之下有省筆：「好風景」須有詩，友人若有詩，或追和，或次韻，自己的詩興也會因而起之。現在白居易不在身邊，故而對白居易有「天性少情」之「怨」。「怨」即是相思。

月夜憶樂天兼寄微之

【題　解】大和三年（西元八二九年）秋作於長安，時禹錫任禮部郎中、集賢殿學士。微之即元稹。本年夏，居易因病長告後改任太子賓客分司東都，在洛陽；元稹時任越州觀察使，在越州（今浙江會稽）。此詩抒寫其望月懷人的相思之情。

今宵帝城❶月，一望雪相似。遙想洛陽城，清光正如此。知君當此夕，亦望鏡湖❷水。輾轉相憶心，月明千萬里。

【注　釋】❶帝城　指長安。❷鏡湖　又稱鑒湖，在越州。

【語　譯】今宵長安城裏的月色，一眼望去如雪一般。遙想今夜洛陽城，清光一派也應如此。知道您在今夕，也該掛念著鏡湖水中之月。三地輾轉相憶之心互通，正如這明月遍照千萬里。

【研　析】月光靜謐，極易勾起人對遠方親人或友朋的思念。南朝宋詩人謝莊〈月賦〉有云：「美人邁兮音塵闕，隔千里兮共明月。」千里之外的「美人」（朋友）與自己雖然處在異地，卻同在一輪明月之下，此時各自興起相思之情，明月就成為「傳導」情感的橋梁。謝莊的賦啟示了一代一代文人，許多詩人用不同的句式表達著同樣的感情，如張九齡〈望月懷遠〉的「海上生明月，天涯共此時」，如白居易的「共看明月應垂淚，一夜鄉心五處同」。劉禹錫此詩也是如此。首寫長安月，次寫洛陽月，再寫越州月，最後總和：「輾轉相憶心，月明千萬里。」白居易有和詩，句法與禹錫詩大同小異：首四句寫洛陽月：「月在洛陽天，天高淨如水。下有白頭人，攬衣中夜起。」次寫越州及長安月：「思遠鏡亭（在越州）上，光深書殿（切集賢殿）裏。」末總和：「眇然三處心，相去各千里。」

樂天寄洛下新詩兼喜微之欲到因以抒懷也

【題解】大和三年秋作於長安。微之為元稹。大和三年九月，以越州刺史元稹為尚書左丞。居易有〈嘗黃醅新酎憶微之〉七律，中有「元九計程殊未到，甕頭一盞共誰嘗」之句，寄禹錫，禹錫因為此詩。

松間風未起，萬葉不自吟。池上月未來，清輝同夕陰。宮徵❶不獨運，塤篪❷自相尋。一從別樂天，詩思日已沉。吟君洛中作，精絕百煉金❸。乃知孤鶴❹情，月露為知音。微之從東來，威鳳❺鳴歸林。羨君先相見，一豁平生心。

【注釋】❶宮徵　五音中有宮徵。此處代指琴，兼代指詩歌。❷塤篪　古代兩種樂器，二者合奏時聲音相應和。因常以此比喻兄弟親密和睦。塤，同壎。《詩經・小雅・何人斯》：「伯氏吹壎，仲氏吹篪。」《毛傳》：「土曰壎，竹曰篪。」孔穎達疏：「其恩亦當如伯仲之為兄弟，其情志亦當如壎篪之相應和。」❸百煉金　反復鍛煉的精金。此處形容詩句千錘百煉。❹孤鶴　禹錫自喻。❺威鳳　舊說鳳有威儀，故稱。此指元稹。

【語　譯】松間若無秋風起來，松葉即不會自行吟唱。池上未見明月升起，所謂的清輝與日暮時的陰晦等同。琴弦不能獨自奏響，塤篪須相互應和。一從與樂天相別，我的詩思就日漸下沉。吟誦您洛中詩作，精絕如百煉之金。於是知道我如同孤鶴，只有月露才是我的知音。微之即將從東邊歸來，如同威鳳鳴叫歸於樹林。羨慕您先於我與他相見，可以一展平生思念之情。

【研　析】白居易離京而元稹歸來，禹錫為之喜極。詩全從白居易離去、自己詩歌創作失去旗鼓相當的應和，元稹歸來，自今以後有了詩朋酒侶說起，詩酒之外個人心跡一字不著。其實這首詩應與禹錫對仕途的期望有關。裴度為相，威望如日中天，而禹錫未曾有大擢升；令狐楚入朝，旋即外放為東都留守。元稹長慶間嘗為相，此次返京，仍有望入相，故禹錫寄希望於元稹也。

送李尚書鎮滑州　自浙西觀察徵拜兵部侍郎，月餘有此拜

【題　解】大和三年九月作於長安。李尚書謂李德裕。德裕字文饒，趙郡贊皇（今屬河北）人，長慶元年九月以御史中丞出為浙西觀察使，大和三年八月入為兵部侍郎，九月旋出鎮滑州、義成軍節度使。德裕離京赴滑州時，禹錫為此詩送行。

南徐❶報政入文昌❷，東郡❸須才別建章❹。視草❺名高同蜀客❻，擁旄❼年少勝荀郎❽。黃河一曲❾當城下，緹騎❿千重照路傍。自古相門⓫還出相，如今人望⓬在巖廊⓭。其後果繼韋、平之族。

【注　釋】❶南徐　州名，南朝宋改徐州置，治所在京口，即今江蘇鎮江市附近。元嘉後轄境南移，當今南京東北及丹陽、宜興等地，此指唐浙西觀察使治所潤州，即今江蘇鎮江市。❷文昌　尚書省的別稱。此指德裕入為兵部侍郎。❸東郡　指滑州。今為河南滑縣，在長安東，故稱。按，大和元年滄景節度使李同捷叛，朝廷討之，五月，同捷死，然魏博、河中、鄭滑一帶頗不平靜。六月，朝廷以魏博節度使史憲成為河中尹、充河中晉絳節度使，以義成軍節度使李聽兼充魏博節度使。史憲成不能以忠誠感激其眾，為軍眾所害；李聽往魏博，為魏博留後何進滔所拒，大敗，潰走。朝廷因久苦兵，只得姑息，以何進滔為魏博節度使，大和三年，以李德裕為鄭滑節度使。見《舊唐書・史憲成傳》及《舊唐書・文宗紀》等。❹建章　漢長安有建章宮。此處代指唐長安。❺視草　古代詞臣奉旨修正詔諭一類公文，稱「視草」。《舊唐書・職官志二》：「玄宗即位，張說、陸堅、張九齡、徐安貞、張洎等召入禁中，謂之翰林待詔。王者尊極，一日萬機，四方進奏，中外表疏批答，或詔從中出，宸翰所揮，亦資其檢討，謂之視草。」按，德裕長慶初嘗為中書舍人，加翰林學士承旨，故稱其「視草」，又暗以盛唐張說、陸堅、張九齡等擬之。❻蜀客　指司馬相如。相如蜀人，曾為淮南王劉安視草。見《漢書・淮南王劉安傳》。❼擁旄　持節旄。此指為節度使。舊時旄節綴有犛牛尾飾物，故稱。❽荀郎　指晉人荀羨。以喻李德裕。羨年少，為北中郎將徐州刺史。時人以為「中興方伯未有如羨之年少者」（《晉書》本傳）。按，德裕本年四十三歲。❾一曲　水流彎曲處。❿緹騎　著紅色軍服的騎士。一般為高官的隨從衛隊。⓫相門　李德裕父李吉甫相憲宗。⓬人望　眾人所屬望者。⓭巖廊　喻朝堂。

【語　譯】為浙西觀察時政績優異進入尚書省，東郡亟須才能傑出者於是又告別長安。曾經奉旨潤色奏章好似漢司馬相如，如今年少持節如同晉時荀郎。黃河一曲在滑州城下，護衛千騎軍府鮮亮在大路兩旁。自古相門還會出宰相，而今您最具朝堂眾人所期望。

【研　析】《舊唐書・李德裕傳》：「大和三年八月……裴度薦以為相，而吏部侍郎李宗閔有中人之助，是月拜平章事，懼德裕大用，九月，檢校禮部尚書，出為鄭滑節度使。」禹錫詩雖盛讚德裕年少有大才，然題下自注，明顯流露對德裕有大期望，對德裕歸朝僅月餘即出為節度使的失望。李德裕為「牛李黨爭」中「李黨」核心人物，禹錫對其寄大期望是他在「黨爭」局面中持中立態度的表現。

廟庭偃松詩 并引

【題解】約作於大和三、四年間。廟庭，指宰相官署。偃松，臥倒之松樹。丞相裴度扶持偃松使直，且賦詩，示禹錫，禹錫感而賦此。裴度詩今不存。

侍中①後閣前有小松，不待年②而偃。丞相晉公③為賦詩，美其猶龍蛇。然植於高簷喬木間，上嵚④旁軋⑤，盤蹙傾亞⑥，似不得天和⑦者。公以遂物性為意，乃加憐焉，命畚⑧土以壯其趾⑨，使無欹⑩；索綯⑪以牽其幹，使不仆⑫。盥漱之餘⑬以潤之，顧盼之輝⑭以照之。發於人心，感召和氣，無復夭閼⑮，坐⑯能敷舒⑰。鄉⑱之跧蹙⑲，化為奇古。故雖袤丈⑳而有偃號焉。予嘗詣閣白事㉑，公為道所以，且示以詩。竊感嘉木之逢時，斐然成詠。

勢軋枝偏根已危，高情一見與扶持。忽從憔悴有生意，卻為離披㉒無俗姿。

影入巖廊㉓行樂處，韻含天籟宿齋時。謝公莫道東山去㉔，待取陰成滿鳳池㉕。

【注釋】①侍中　門下省長官。文宗初即位，加裴度為侍中。②不待年　無足夠的年份。③晉公　指裴度。元和十二年，裴度以平淮西功封晉國公。④嵚　傾斜。⑤軋　擠壓。⑥傾亞　低斜的樣子。⑦天和　自然和順之氣。⑧畚　盛土器，竹為之。⑨趾　此指樹根。⑩欹　傾斜。⑪索綯　製繩索。《詩經・豳風・七月》：「晝爾于茅，宵爾索綯。」鄭玄箋：「夜作絞索，以待時用。」此指繩索。⑫仆　倒伏。⑬盥漱之餘　猶言空暇之際。⑭顧盼之輝　眼光。⑮夭閼　屈抑。⑯坐　因此。⑰敷舒　舒展；展開。⑱曩　從前。⑲跧蹙　彎曲不直。⑳袤丈　寬闊至一丈。㉑白事　稟報公事。㉒離披　紛披的樣子。㉓巖廊　朝堂。㉔謝公莫道東山去　據《晉書・謝安傳》載，謝安早年曾辭官隱居會稽之東山，朝廷屢次徵聘，乃從東山復出，官至司徒，為東晉重臣。此以謝安代裴度。㉕鳳池　即鳳凰池。唐人稱中書省為鳳凰池。唐時宰相議事在中書省。

【語　譯】門下省後閣前有小松樹，未長成而伏倒，丞相晉公為之賦詩，稱它如龍蛇。但是松樹種植在高屋及大樹之間，上下兩旁都在擠壓它，使它彎曲低伏，好像得不到天地和順之氣。晉公以順應物性為念，於是特別憐惜它，命培土使它根系壯大，不使它傾斜；用繩索牽引樹幹，使它不至於倒伏。凡公事之餘，晉公總是澆灌它，關注它。由於晉公發於人心，感召了天地和氣，松樹遂不再屈抑，因此枝葉伸展開來。以前那種蜷縮委曲模樣，成為希罕之事。這棵松樹已經有一丈之闊，但仍舊有「偃松」的名號。我曾經入閣向丞相稟報公務，晉公告訴我這件事的來歷，且出示他為此作的詩。我私下為嘉木逢到好時辰而感動，愉快地寫了這首詩。

成長之勢被擠壓枝偏根系已危，具高尚情懷的晉公一見即予以扶持。憔悴的松樹忽然之間有了生意，枝葉紛披無一些俗態。樹影進入朝堂奏樂之處，丰姿顯示天籟在丞相齋宿處。謝公莫說要歸於東山隱居地，且等待松蔭遮蔽滿鳳池時。

【研　析】借偃松得裴度扶持得天和迅速成長，喻裴度識拔人才的雅量和慧眼。偃松是禹錫自喻，從憔悴枝偏到漸有生意，有其身世之感，對深蒙裴度拔擢（為禮部郎中、集賢殿學士）懷感激之情。末二句暗指當時政局。李宗閔、牛僧孺不悅裴度，度謝病，不久即罷相，以度兼侍中，充山南東道節度使。禹錫詩以松蔭未滿鳳池為喻，勉勵裴度勿作退意，蓋其仕途，仍有賴於裴度提攜故也。

微之鎮武昌中路見寄藍橋懷舊之作淒然繼和兼寄安平

【題解】大和四年正月作。微之即元稹。稹大和三年九月罷浙東，入京為尚書左丞，至今年正月再出鎮武昌。武昌，唐方鎮名，治所鄂州（今湖北武漢武昌）。稹離京時，禹錫嘗至滻橋送行；稹赴任至藍橋驛（在今陝西藍田東南），有詩寄禹錫，禹錫和以此詩，兼寄湖州韓泰（泰字安平）。稹藍橋懷舊詩今不存。

今日油幢❶引，它年黃紙❷追。同為三楚❸客，獨有九霄❹期。宿草❺恨長在，傷禽❻飛尚遲。武昌應已到，新柳映紅旗。

【注釋】❶油幢　即碧油幢，青綠色的油布車帷。唐時御史及其他大臣赴任多用之。❷黃紙　用黃紙書寫封授官爵的詔書。❸三楚　戰國時楚地疆域廣闊，秦漢時分楚地為西楚、東楚、南楚，合稱三楚。按，元和四年，元稹與宦官交惡，嘗貶為江陵士曹參軍；十年召回，旋出為通州司馬。皆屬三楚之地。❹九霄　指高位。按，元稹長慶二年由工部侍郎拜相。❺宿草　隔年的草。此喻元稹。❻傷禽　受過傷的飛禽。禹錫自指。

【語譯】今日有旌旗引導著赴任，他年又必有皇帝詔書追回。您我曾同在三楚為官，獨有您上升至九霄高位。您的長恨如宿草之根，我如受傷的飛禽再也不能高飛。想來您已經抵達武昌，春日的新柳映襯迎接您到任的紅旗。

【研析】元、白與禹錫結交已久，元稹曾有拜相的經歷，此次自浙東觀察使召回，有望進入樞要之位。然元稹歸京不足百日即出鎮武昌，加上寄來的藍橋懷舊之作，使禹錫淒然傷感。「傷禽」喻禹錫的現狀，「宿草」喻元稹，拿來比喻禹錫，也是可以的。宿草根深，元和十數年的三楚之貶，對禹錫的傷害極深。

和郢州令狐相公春晚對花

【題解】大和四年作於長安。鄆州，唐時為天平軍節度使治所，故址在今山東東平西北。大和三年十二月，令狐楚自東都留守改任天平軍節度使。令狐楚到任之初，為春晚對花詩寄禹錫，禹錫和以此詩。楚詩今不存。

朱門退公❶後，高興對花枝。望闕無窮思，看書欲盡時。含芳朝競發，凝豔晚相宜。人意殷勤惜，狂風豈得知？

【注釋】❶退公　退朝就食於家或公餘休息。

【語譯】貴宦朱門高官公務之暇，興致極高面對盛開花枝。西望帝闕有無窮之思，書籍已然無可再看者。花枝含芳清晨競相開放，凝豔一朵晚間更加相宜。主人情意深厚加以愛惜，不料被狂風摧毀哪顧人的心情？

【研析】令狐楚原唱已不存，禹錫和詩的意思想來是依原唱而來。全詩寫看花，然「望闕無窮思」一句卻有深意。狂風在這裏也應有所指。唯「看書欲盡時」頗不易理解其有無寓意，豈喻令狐在外為官甚久無聊而至於無意觀書乎？

酬令狐相公春日言懷見寄

【題解】與前篇同時之作。楚時為天平軍節度使。楚原詩今不存。

前陪看花處，鄰里近王昌❶。今想臨戎地❷，旌旗出汶陽❸。營飛柳絮雪❹，門耀戟枝❺霜。東望清河❻水，心隨艑❼上郎❽。

【注釋】❶前陪看花處二句　謂大和三年禹錫與令狐楚在長安看花，參見此年〈和令狐相公春日尋花有懷白侍郎閣老〉詩注。王昌，南朝樂府與唐詩中屢見「東家王昌」或「東鄰王昌」字樣。王昌本事已不可考，大抵為一風流美少年，故常用作女子的意中人。《襄陽耆舊傳》中載有王昌者，經前人考證，均謂與「東家王昌」非同一人。❷臨戎地　指鄆州。中晚唐之際，鄆州左近（今山東、河南東及河北南）節鎮多有叛逆者。❸汶陽　汶水之北。此指鄆州。❹柳絮雪　暗用漢周亞夫軍細柳事。❺戟枝　官署前立戟。古代禮制，凡官、階、勳三品以上者得於邸院門前立戟。前蜀馮鑒《續事始・立戟》：「開元禮：太廟、社、宮殿各施二十四戟，一品十六戟，郡王以下十四戟至十戟……玄宗朝始有戟制度也。」❻清河　或指鄆州東之濟水。❼艑　大船。❽郎　此指大船上少年郎。

【語譯】從前陪您在長安看花處，與年少風流的王昌接鄰。今日想到鄆州為兵家交戰之地，旌旗飄揚在汶水兩岸。營門飛舞著如雪的柳絮，軍門立戟閃耀著寒光。東望濟水滔滔流水，心隨船上少年郎而去。

【研析】此詩首先提及王昌，或者語涉風流趣事，所以末聯照應以「艑上郎」，或與令狐原唱有關。令狐原唱今不存，不知其言懷作何語。然總體來說，此詩寫得甚好，中間兩聯工整而勁壯。

酬滑州李尚書秋日見寄

【題解】大和四年秋作於長安。滑州李尚書謂李德裕。去歲德裕自兵部侍郎出鎮滑州，禹錫有〈送李尚書出鎮滑州〉詩。

一入石渠署❶，三聞❷宮樹蟬。丹霄未得路，白髮又添年。雙節❸外臺❹貴，
〈洞簫〉❺中禁傳。徽黃❻在日夕，早晚發南燕❼。

【注釋】❶石渠署　即石渠閣，漢皇室藏書之處。此指集賢院。❷三聞　謂其為集賢學士首尾已經三年。❸雙節　即雙旌節。據《新唐書・百官志》，節度使辭朝日，「賜雙旌雙節」。❹外臺　東漢時刺史，為州郡長官，置別駕、治中，諸曹掾屬，號為外臺。此指節鎮。❺洞簫　指西漢王褒所作〈洞簫賦〉。《漢書・王褒傳》：「太子喜褒所為〈甘泉〉及〈洞簫頌〉，令後宮貴人左右皆誦讀之。」此指李德裕為翰林學士時文章盛傳宮中。❻徵黃　用西漢黃霸事。黃霸為潁川太守，有治績，被徵為京兆尹。事見《漢書・循吏傳・黃霸》。後因以「徵黃」謂地方官員有治績，必將被朝廷徵召，升任京官。❼南燕　即燕縣，為春秋時古南燕國之地，在今河南延津東北。此指滑州。

【語譯】我自從進入集賢院，已經三次聽到宮樹蟬鳴。丹霄之路未能覓得，白髮增多又添了年歲。您貴為節鎮持雙旌節，〈洞簫賦〉卻在中禁傳開。如黃霸一樣被徵還是旦夕間事，早晚會從滑州踏上返京之路。

【研析】前四句自謂，大意只在「丹霄未得路」一句；後四句謂李德裕，大意只在「徵黃在旦夕」一句。正如禹錫〈送李尚書鎮滑州〉所說「如今人望在巖廊」，當時物論，德裕秉政在旦夕之間。禹錫為此詩，有深意。

和令狐相公言懷寄河中楊少尹

【題解】大和四年作於長安。令狐楚屢見前。楊少尹，謂楊巨源。巨源字景山，河中（今山西永濟）人，長慶四年退居鄉里，宰相愛其才，奏授河中少尹。少尹為河中府副長官。令狐楚有言懷之作寄楊巨源，禹錫和以此詩。楚作今不存。

章句❶慚非第一流，世間才子昔陪遊。吳宮已歎芙蓉死❷，張司業詩云：「吳宮四面秋江水，天清露白芙蓉死。」邊月空悲蘆管秋❸。李尚書。任向洛陽稱傲吏❹，分司白賓客。若教河上領諸侯❺。天平相公。石渠❻甘對圖書老，關外楊公安穩不❼？

【注釋】❶章句　詩文章節與句子。經學家剖章析句，為解說經義的一種方式。此處謂其詩歌寫作。❷芙蓉死　婉言張籍已死。此句下注即張籍〈吳宮苑〉中名句。大和四年，張籍卒於國子司業任。❸蘆管秋　婉言李益已死。大和初，李益以禮部尚書致仕，此後一二年卒。李益〈夜上受降城聞笛〉有「不知何處吹蘆管，一夜征人盡望鄉」之句。❹傲吏　指白居易。時居易任太子賓客分司東都。❺領諸侯　指令狐楚。時令狐為天平軍節度使。❻石渠　謂己為集賢學士。石渠閣為西漢皇室藏書處。❼安穩不　猶言是否健康。時楊巨源已七十有六。

【語譯】詩文寫作愧非第一流，卻曾與世間才子們為友。可歎張司業已經辭世，以邊塞詩聞名的李尚書也成了故人。白賓客分司洛陽自稱傲吏，令狐相公獨自領軍在外。我在石渠面對圖籍枯燥老去，不知關外的楊公身體可曾康健？

【研析】全詩由「世間才子昔陪遊」領起，寫了對五位詩友的懷念與自己的寂寞。五位詩友中，張籍、李益已經作古，懷念也就成了悼亡。四聯八句，包括了如此多的內容，的屬不易。

吟白君哭崔兒二篇愴然寄贈

【題解】大和五年（西元八三一年）春作於長安。白君謂白居易，崔兒為居易之子。居易老而無子，至大和三年五十八歲時始舉一子，愛惜如掌珠。不幸於此年春夭折，作〈哭崔兒〉、〈初喪崔兒報微之晦叔〉二篇傷之。〈哭崔兒〉詩有云：「掌珠一顆兒三歲，鬢雪千莖父六旬。」禹錫寄贈此篇以慰藉之。

吟君苦調我沾纓❶，能使無情盡有情。四望車中心未釋❷，千秋亭下賦初成❸。庭梧已有雛棲處，池鶴今無子和聲❹。從此期君比瓊樹❺，一枝吹折一枝生。

【注　釋】❶纓　繫帽的帶子。❷四望車中心未釋　用楊彪喪子、曹操贈車事。四望車，四面有窗可供觀望的車。曹操殺楊修，贈楊修父楊彪四望車，與彪書曰：「謹贈足下……四望通幰七香車一乘。」（〈與太尉楊文先書〉）謂乘坐可以四望釋懷。後通用作喪子之典。❸千秋亭下賦初成　用潘岳喪子於千秋亭下瘞子事。《文選・潘岳・西征賦》云：「夭赤子於新安，坎路側而瘞之。亭有千秋之號，子無七旬之期。」千秋亭，據潘岳賦，亭在新安縣。《水經注・谷水》：「谷水又東逕千秋亭南。其亭壘石為垣。」今河南澠池縣東二十里有千秋鎮。按，澠池西距新安八十里。❹庭梧已有雛棲處二句　《莊子・秋水》：「南方有鳥焉，其名為鵷鶵……非梧桐不止，非練實不食。」鵷鶵即雛鳳。又《易・中孚》：「鶴鳴在陰，其子和之。」兩句用其意，謂居易喪子。❺瓊樹　仙樹。

【語　譯】吟誦您苦調詩句令我淚下沾纓，能使所有無情人化作有情人。即使有四望車亦不能釋懷，兩篇哭兒詩一如潘岳千秋亭下之賦。庭中梧桐已安排下雛鳳棲息之處，池裏鳴鶴卻無幼子和鳴。從此以後唯有盼您如同琪樹，折了一枝再生出一枝。

【研　析】友人幼子的早夭令禹錫分外同情，然而此類詩仍屬應酬詩，往往依賴隸事架構（尤其是中間兩聯）。有賴隸事容易使真情褪色，但禹錫此首卻能做到既隸事精切而真情不減，誠為難得。「一枝吹折一枝生」是口頭語，又不妨是神來之筆。白居易後來有〈府齋感懷酬夢得〉答禹錫此首，題下注云：「時初喪崔兒，夢得以詩相安云，『從此期君比瓊樹，一枝吹折一枝生』，故有此落句以報之。」白詩落句云：「勞寄新詩遠安慰，不聞枯樹更生枝。」白居易正是被禹錫口頭語的真情打動了。

酬令狐相公見寄

【題解】大和五年作於長安。令狐楚時在天平軍節度使任，寄詩與禹錫，有「除書每下皆先看，獨有劉郎無姓名」之句，感歎禹錫久不得升遷。禹錫答以此詩。

群玉山❶頭住四年，每聞笙鶴❷看諸仙。何時得把浮丘❸袂，白日將升第九天❹。

【注釋】❶群玉山　《穆天子傳》卷二：「群玉之山……先王之所謂策府。」郭璞注：「言往古帝王以為藏書冊之府，所謂藏之名山者也。」後用以稱帝王珍藏圖籍書畫之所。此指集賢院。❷笙鶴　仙人所乘。此指升遷者。❸浮丘　即浮丘公。古代傳說中的仙人。《文選・謝靈運・登臨海嶠與從弟惠連詩》：「儻遇浮丘公，長絕子徽音。」李善注引《列仙傳》：「王子晉好吹笙，道人浮丘公接以上嵩山。」❹第九天　天最高處。

【語譯】我在集賢院待了四年，每見到笙鶴飛鳴時即有同僚們升遷。何時我可以手把浮丘公的衣袂，好讓他帶我一直到九天之上。

【研析】禮部郎中是滿腹文才之選，凡大朝會等慶賀，及春秋謝賜衣，請上聽政之類，宰相率百官奉表，文皆出自禮部郎中之手，謂之「南省舍人」，見李肇《唐國史補》卷下。故宋敏求《春明退朝錄》卷上又有「按唐舊說，禮部郎中掌省中文翰，謂之『南宮舍人』，百日內須知制誥」之說。禹錫為禮部郎中兼集賢院學士四年過去，令狐楚感歎除書中「獨有劉郎無姓名」，有不能提攜禹錫踐歷樞要之恨。時令狐楚及裴度皆就鎮在外，禹錫亦深知仕官再無望升遷，故戲稱其將攀附神仙衣袂直到九天，以此解嘲。

與歌者米嘉榮

【題解】約作於大和四、五年間。米嘉榮，中唐時歌者名，為詩人舊相識。詩或因其老邁而時世浮薄敗壞發抒感慨。

唱得〈涼州〉❶意外聲，舊人唯數米嘉榮。近來時世輕先輩❷，好染髭鬚事後生❸。

【注釋】❶涼州　樂府「近代曲辭」名，原是涼州一帶地方歌曲，唐開元中由西涼府都督進獻。❷先輩　老年人。❸後生　年輕人。

【語譯】能唱〈涼州〉這種奇妙的曲調，舊人中只有米嘉榮。近來時世輕視老年人，真的要染了髭鬚去侍奉年輕人了。

【研析】劉禹錫另有一首題為〈米嘉榮〉的詩，與此詩內容大致相同，當是一詩之兩傳者。詩云：「一別嘉榮三十載，忽聞舊曲尚依然。」足見米嘉榮與詩人是二十年前舊相識。他能唱曲調特殊的〈涼州詞〉，受到同是老人的劉禹錫的欣賞。然而時世變了，當年流行的曲調〈涼州〉如今已經不時興了，所以他有「近來時世輕先輩」的感歎，不得不趨時改唱其他去侍奉年輕人了。米嘉榮的感歎正觸到詩人的痛處，自己返回長安，未嘗沒有歎老嗟卑的感觸呢！所以這兩句也是詩人的牢騷。也有將此二句與當時政壇人物聯繫起來的說法，大致謂裴度（元和至大和間名相，封晉國公）為後進宰相牛僧孺、李宗閔所排擠，出為山南東道節度使，而牛、李輩皆裴度所舉薦。禹錫與裴度相厚，故借米嘉榮事諷之。所論不為無因，姑略述之以備考。總之，世風澆薄，後生之輩自以為是而藐視先輩，本是社會常見之現象。無論禹錫所發感慨針對當時何人何事，這兩句在任何時代都具有其現實意義。

題王郎中宣義里新居

【題解】大和間作於長安。王郎中，名字不詳。宣義里，長安街坊名，在長安朱雀街西第二街自北第六坊。

愛君新買街西宅❶，客到如遊鄠杜❷間。雨後退朝貪種樹，申時❸出省❹趁看山。門前巷陌三條近❺，牆內池亭萬境閑。見擬移居作鄰里，不論時節請開關。

【注釋】❶街西宅　指宣義里。❷鄠杜　鄠縣與杜陵。鄠，漢縣名。杜，杜陵，漢宣帝陵墓。鄠、杜皆在長安南，為長安勝地。按，宣義里西有清明渠水流過，故達貴官人宅山池林園頗盛，燕國公張說、安祿山、宰相李逢吉、楊國忠等宅俱在此坊內。❸申時　約當今下午三時至五時。❹出省　出尚書省。指尚書省官員下直。唐時官員申時退食（退朝而食於家）。❺三條近　謂宣義里交通便利。按，宣義里南有東西橫街，出坊西門直北有大道至含光門，出坊東門直北有大道至朱雀門。

【語譯】真是喜歡您新買的街西宅院，遊客到此如同到了鄠杜之間。若是雨後退朝就趕緊種樹，申時退朝趁天還亮著可以看山。門前巷陌近處有三條大道，牆內池亭境界一派清閒。我正打算移居與您作鄰里，屆時來訪無論何時都請開關。

【研析】此詩對長安坊里、官員家居生活有所反映，故而難得。禹錫有宅在光福坊（朱雀街東自北第四坊），見其〈酬鄭州權舍人見寄十二韻〉題下注。「見擬移居」之說，不過稱羨、隨意說說而已，未必真要搬家。「不論時節請開關」一句，陸游〈遊山西村〉：「拄杖無時夜叩門」，語境與之相彷彿。

贈樂天

【題　解】大和五年（西元八三一年）冬作於洛陽，時禹錫自禮部郎中任改蘇州刺史，赴任途中，因冰雪塞路留滯洛陽十餘日，與白居易（時任河南尹）「朝觴夕詠，頗極平生之歡」（白居易〈與劉蘇州書〉）。此首贈白之作，稱賞二人垂老之際的友誼，激情滿懷，樂觀向上。

一別舊遊盡❶，相逢俱涕零。在人雖晚達❷，於樹似冬青❸。痛飲連宵醉，狂吟滿座聽。終期拋印綬❹，共占少微星❺。

【注　釋】❶舊遊盡　謂自大和三年長安別後舊遊故去殆盡。大和三年，白居易為太子賓客分司東都，至大和五年，與二人交誼甚篤的元稹、張籍及李益、李絳、錢徽、韋處厚等先後亡故。❷晚達　晚年仕途通達。白官居河南尹，三品；劉蘇州刺史，亦為三品。❸冬青　長綠喬木。一名凍青、萬年枝，經冬不凋。❹印綬　官印和綬帶，此處借指官職。❺共占少微星　謂一同歸隱。少微星，星座名，共四星，其第一星名處士，後遂以「少微」代指處士。處士，即無官職或歸隱之士。

【語　譯】長安別後舊遊亡故殆盡，此次相逢不由得感激涕零。你我仕途雖然晚年通達，難得的是友情似經冬不凋的冬青。我們接連數宵痛飲至醉，狂吟詩歌教滿座客人靜聽。最終期望拋開官職印綬，同去做無羈絆的隱士。

【研　析】《舊唐書・劉禹錫傳》：「累轉禮部郎中、集賢院學士。（裴）度罷知政事，禹錫求分司東都，終以恃才褊心，不得久處朝列，（大和五年）六月（應為十月），授蘇州刺史，就賜金紫。」《新唐書》本傳也說：「禹錫恃才而廢，褊心不能無怨望。」所謂「恃才褊心」，具體無法指實。「恃才」是肯定的，「褊心」可能是朝臣們累積多年的偏見造成的。禹錫〈蘇州刺史謝上表〉云：「既幸逢時，常思展效，在集賢院四換星霜，供進新書二千餘卷。儒臣之分，甘老於典故。」「甘老於典故」是禹錫極無奈的話。

從大和元年到大和五年，五年之間，劉禹錫與白居易有關的詩（寄贈、酬答、唱和、聯句或懷念、回憶），就多達七十餘首。白居易集中與劉禹錫有關的詩亦稱是。白居易與元稹，交誼極深，二人既是詩文之交，又是政治同道，在重大政治問題上，同聲共氣，互為呼應，為唐代文人中所僅有。大和五年七月，元稹卒於武昌節度使任所，此後劉、白的交誼又繼續了十餘年，直到禹錫辭世。劉、白的友誼不同於劉禹錫與柳宗元，也不同於白居易與元稹，較少政治上的志同道合；劉、白之交除了個人互相關切、同情外，主要是詩文之交，如詩中所說的「痛飲連宵醉，狂吟滿坐聽」。二人詩歌儘管風格不同，但功力相埒，足稱敵手，難得的是互相推獎，絕不文人相輕。所以這首詩可以看作是劉禹錫對他與白居易友誼的一個「總結」。「在人雖晚達，於樹似冬青」，比喻新奇而貼切，少了往昔的激憤，多了幾分優遊閒婉，且眼界寬闊，絕無老邁衰颯之氣。

將赴蘇州途出洛陽留守李相公累申宴餞寵行話舊形於篇章謹抒下情以申仰謝

【題　解】大和五年冬赴任蘇州途中於洛陽酬謝李逢吉宴請而作。留守李相公即李逢吉。逢吉字虛舟，隴西（今屬甘肅）人，元和、長慶間兩為相國，累居樞要。大和五年以檢校司徒、兼太子太師充東都留守。逢吉貞元十年登進士第，登第後初在節鎮幕府，貞元十九年入為左拾遺，與禹錫有舊。逢吉所贈詩今不存。

歲杪❶風物動，雪餘宮苑晴。兔園❷賓客至，金谷管弦聲。洛水故人別，吳
宮❸新燕迎。越鄉❹憂不淺，懷袖有瓊英❺。

【注　釋】❶歲杪　歲末。❷兔園　西漢梁孝王園，故址在今河南商丘東。此以喻李逢吉官署。下句「金谷」同。❸吳宮

吳土之宮。此處代指其將赴任的蘇州府衙。❹越鄉　指吳地。古時吳越並稱。❺瓊英　指李逢吉所贈詩。

【語　譯】歲暮風物發生了變化，雪後宮苑現出晴天。梁王兔園裏賓客滿座，金谷園裏奏響了管弦。在洛水邊與故人告別，蘇州府衙的春燕在迎接我到來。遠在吳越之地的我有深深憂慮，好在有您贈詩可以給我慰藉。

【研　析】李逢吉「天與奸回，妒賢傷善」（《舊唐書・李逢吉傳》），是個頗為陰險的人物。元和間，李逢吉厚結宦官，密沮裴度對淮西用兵；長慶初，李逢吉為兵侍，挑撥時相裴度與元稹之間的關係，得以代裴度為相；他不悅李紳，遂製造「釋臺參」的矛盾，挑撥時任京兆尹的韓愈與任御史中丞的李紳的關係，造成「臺府不協」局面，致使韓、李之間「文刺紛然」（《新唐書・韓愈傳》），最終兩敗俱傷。長慶時逢吉為相後，以所親近者張又新、李續之等八人居要職，時稱「八關十六子」。李逢吉因與禹錫貞元間「舊情」在洛陽盛情接待禹錫，並贈詩，逢吉又與令狐楚相善，故禹錫不得不與之應酬。由此詩可知何為「虛與委蛇」的應酬詩。四聯八句，首聯點綴背景，中間幾乎全用舊典敷衍，不見真情。由此亦可見禹錫晚年在朝官派系鬥爭中儘量保持中立立場的苦衷。

赴蘇州酬別樂天

【題　解】大和五年冬禹錫赴任蘇州在洛陽告別白居易所作。詩中盛讚蘇州前任白居易政績，作為繼任者，詩人感到欣然與榮耀。

吳郡魚書下紫宸❶，長安廄吏❷送朱輪❸。二〈南〉風化❹承遺愛❺，〈八詠〉

聲名躡後塵❻。梁氏夫妻為寄客❼，陸家兄弟是州民❽。江城春日追遊處，共憶東都舊主人❾。

【注　釋】❶吳郡魚書下紫宸　謂其得到刺蘇州的任命。吳郡，即蘇州。魚書，朝廷任命州郡長官時所頒賜的信物魚符和皇帝的制書。紫宸，朝廷。❷廄吏　掌管朝廷馬舍的官員。❸朱輪　古代王侯貴族所乘坐的車子。因用朱紅漆輪，故稱。《文選・楊惲・報孫會宗書》：「惲家方盛時，乘朱輪者十人。」李善注：「二千石皆得乘朱輪。」後因借指祿位至二千石者。❹二南風化　謂白居易前為蘇州刺史時文教風化遍及蘇州。二南，指《詩經》中的〈周南〉、〈召南〉。〈周南〉有〈關雎〉、〈麟趾〉篇，〈召南〉有〈鵲巢〉、〈騶虞〉篇，〈詩大序〉云：「〈關雎〉、〈麟趾〉之化，王者之風，故繫之於周公。南，言化自北而南也。〈鵲巢〉、〈騶虞〉之德，諸侯之風也，先王之所以教，故繫之於召公。」❺遺愛　指白居易前為蘇州刺史時有德政惠及百姓。❻八詠聲名躡後塵　謂己到蘇州後亦將有詩歌寫作，步白居易之後塵。南朝齊沈約曾為東陽（治所在今浙江金華）守，有〈八詠〉詩。此以白居易擬沈約。❼梁氏夫妻為寄客　謂蘇州地靈人傑，前曾有賢者梁鴻夫妻居於此。梁鴻字伯鸞，東漢扶風平陵人，家貧尚節義，博覽無不通，娶同縣孟氏女光為妻，共入霸陵山中，以耕織為業。後東出關，章帝聞而求之，鴻乃易姓名，居齊魯間，又南至吳（即蘇州），依大家皐伯通，居廡下，為人賃舂。《後漢書》有傳。❽陸家兄弟是州民　謂陸機、陸雲兄弟為吳郡之人。陸機字士衡，陸雲字士龍，三國時東吳名將陸抗之子，吳郡（即蘇州）人，兄弟二人皆有異才，文章冠世。《晉書》有傳。❾東都舊主人　指白居易。白居易時任河南尹。

【語　譯】任命我為蘇州刺史的詔書頒佈於朝廷，長安皇帝馬廄的官員送我一輛朱輪。蘇州曾承受前任的風化教育和德政的遺愛，抵蘇後我亦有詩歌寫作步白太守的後塵。東漢賢人梁鴻夫妻曾寄居此地，才華橫溢的陸機兄弟就是本州的州民。我與隨從江城春日追隨前任刺史的遊蹤，不由共同憶起現在東都的舊主人。

【研　析】此詩仍舊是在盛讚他與白居易的友誼，不過是借稱頌前任白居易治理蘇州的政績、自己以繼任者為榮的語氣來體現的。「二南」、「八詠」使事，其事並不切蘇州，但是都是與太守有關的典故，故不覺其牽強；「梁鴻夫妻」、「陸機兄弟」語近通俗，似未對而成佳對。且梁鴻夫妻是賢者（梁鴻不願為官，為人賃舂，操賤業；與妻子孟光相敬如賓，光舉案齊眉，後世皆傳為佳話），陸機兄弟是才子，兼有稱頌白居易前為刺史化育一方的意思。此詩另有一點值得注意。前引《舊唐書・劉禹錫傳》云：「（裴）度罷知政事，禹錫求分司東都，終以恃才褊心，不得久處朝列……授蘇州刺史。」「恃才褊心」就是性格兀傲，容不得人，從永貞到大和，近三十年過去，說禹錫的性格略無變化是不客觀的。例如，就其詩作而言，除了大和二年〈再游玄都觀〉以外，表現其「恃才褊心」、性格兀傲的詩並無。故「恃才褊心」云云，恐怕與多數朝官對禹錫「積累」的過多的偏見有關。如此詩，禹錫該有所激憤不平才是。然而從詩裏幾乎看不出絲毫激憤和不平，反而是一種「樂於接受」的狀態。一方面因為蘇州是江南富庶之地，與昔日的朗、連、夔不能相比；還因為蘇州刺史的前任是白居易。最重要的，是禹錫近年一直持有的平和心態。詩中誇讚前任白居易，實際上也是在讚美蘇州：如此的人傑，如此的地靈，何樂不為呢？與此詩同時所作的〈福先寺雪中酬別樂天〉末聯云：「才子從此一分散，便將詩詠向吳儂。」意思是，自此一別，等待他的將是蘇州寫不盡的詩材了，也是一種「樂於接受」的態度。

樂天寄重和晚達冬青一篇因成再答

【題解】大和六年（西元八三二年）作於蘇州。去年禹錫在洛陽作詩別白居易，有「在人雖晚達，於樹似冬青」之句，白有和詩，禹錫答以此首，勸白居易以達觀之態度應對人生。

風雲變化❶饒年少❷，光景蹉跎❸屬老夫。秋隼得時陵汗漫❹，寒龜飲氣受泥塗❺。東隅有失❻誰能免？北叟之言❼豈便誣？振臂猶堪呼一擲❽，爭知❾掌下不成盧❿！

【注　釋】❶風雲變化　指世事變化發展。❷饒年少　讓年少，猶言年少者佔先。❸光景蹉跎　時光虛度。❹秋隼得時陵汗漫　謂秋隼得時之利可以凌空飛翔。隼，猛禽，鷹類。《漢書・五行志》：「立秋而鷹隼擊。」陵，同「凌」。汗漫，天空高遠處。❺寒龜飲氣受泥塗　用《史記》及《莊子》典，謂龜以行氣導引，雖然受泥塗貧賤而飲氣得長壽。《史記・龜策列傳》：「南方老人用龜支床足，行二十歲矣，老人死，移床，龜尚生不死。龜能行氣導引。」《莊子・秋水》：「莊子……曰：『吾聞楚有神龜，死已三千歲矣，王巾笥而藏之廟堂之上，此龜者，寧其死為留骨而貴乎？寧其生而曳尾于塗中乎？』二大夫曰：『寧生而曳尾塗中。』」塗，汙泥。❻東隅有失　為「失之東隅，收之桑榆」的省語。東隅，日出處。桑榆，日落處。分別指人的青年與老年，謂人早歲有失，晚歲必有得。❼北叟之言　即「塞翁失馬」中之塞翁。《淮南子・人間》：「夫禍福之轉而相生，其變難見也。近塞上之人，有善術者，馬無故而入胡，人皆吊之。其父曰：『此何遽不為福乎？』居數月，其馬將駿馬而歸。其父曰：『此何遽不為禍乎？』家富良馬，其子好騎，墮而折其髀，人皆吊之。其父曰：『此何不為福乎？』居一年，胡人大入塞，丁壯者引弦而戰，近塞之人，死者十九，此獨以跛之故，父子相保。故福之為禍，禍之為福，化不可極，深不可測也。」後因以「塞翁失馬，安知非福」比喻禍福相倚。❽一擲　謂賭博時擲骰。❾爭知　安知；怎能知。❿盧　黑色。賭博時擲五子以定勝負，五子兩面，一面塗黑，一面塗白，五子如果全黑，稱盧，得彩十六，為頭彩。故賭者擲子，往往高聲叱喝呼「盧！」稱作呼盧。

【語　譯】在世事風雲變化中總是年輕人佔先，而歲月虛度蹉跎無成皆屬於老人。秋天雄鷹得時之利高飛凌空，冬日烏龜處於汙泥之中憑藉行氣導引也可以得享長壽。失之東隅有誰能避免？禍福總是相倚，塞翁之言難道會有錯？你我仍然可以振臂高呼擲骰，怎知掌下擲出的五子不成「盧」！

【研　析】白居易和詩中說：「不見山苗與林葉，迎春先綠亦先枯。」感傷、頹廢的情緒多了一些。這一首詩固然是勸慰、開導白居易的，也可以視作劉禹錫的生活態度。世事變化，當然是年輕人佔先；光陰虛度，感慨一事無成，這種情緒自然屬於老人。在劉禹錫看來，這都是很正常的，無論年輕年老，要緊的是要抓住機會，機會好了，如秋隼得天時之利即可高飛凌空；機會不好，也可以如寒龜，借助行氣導引延年長壽。這種生活態度，其實就是順應自然，不怨天尤人，對自己有信心，振臂一擲，五子未必不成「盧」。清人何焯評此詩云：「夢得生平可謂知進不知退矣。」（清何焯《批劉禹錫詩》）誠然如此。

和白侍郎送令狐相公鎮太原

【題解】作於大和六年春夏間。白侍郎稱白居易在京舊職。大和六年二月，令狐楚自天平軍節度使移鎮太原（今屬山西），為太原尹、北都留守、河東節度使，白居易有詩送之，禹錫和以此詩，用白詩原韻。

十萬天兵❶貂錦衣❷，晉城❸風日斗❹生輝。行臺僕射❺新恩重，從事中郎舊路歸❻。疊鼓❼蹙成汾水❽浪，門旗❾驚斷塞鴻飛。邊庭自此無烽火，擁節還來坐紫微❿。

【注釋】❶十萬天兵　謂太原為軍事重鎮，統兵極多。《元和郡縣圖志》卷一三〈河東道・太原府〉略云：「河東（按，即太原府）最為天下雄鎮，管兵五萬五千人，馬一萬四千匹；犄角朔方天兵軍管兵二萬人，馬五千五百匹；雲中郡守捉管兵七千七百人，馬一千二百匹；大同軍管兵九千五百人，馬五千五百匹；橫野軍管兵七千八百人，馬一千八百匹；定襄軍管兵三千人；雁門郡管兵三千人；樓煩郡管兵三千人；岢嵐軍管兵千人。」按，以上各軍（郡）皆屬太原府所管，統兵在十萬以上。❷貂錦衣　戰袍。此指軍士。❸晉城　即太原府。❹斗　義同「陡」。❺行臺僕射　為令狐楚。行臺，指令狐的官署與居住之所。僕射，尚書省有左右僕射，掌尚書省事。令狐楚為太原尹，檢校右僕射。❻從事中郎舊路歸　謂令狐楚以昔日太原從事的身份重返太原為節度使。從事中郎，漢、魏晉至南北朝官職名，將軍屬下有從事中郎二人。令狐楚之父令狐承簡嘗為太原府掾，楚自幼隨父在太原。其後李說、嚴綬、鄭儋鎮太原，皆辟令狐楚為從事。昔日舊府僚，今為節帥，故稱「舊路歸」。❼疊鼓　鼓聲不絕。❽汾水　在今山西中部，源出寧武管涔山，經太原南流，於河津西入黃河。❾門旗　軍陣、軍營門前的旗子。⑩紫微　中書省。

【語　譯】十萬天兵盡著貂錦戰袍，太原城風日陡然增加光輝。皇上的新任命恩德厚重，昔日的從事成為今日的節帥舊路重歸。不絕的鼓聲蹙起汾水波浪，門旗招展驚斷了塞外雁陣飛翔。邊庭自此以後再無烽火燃起，將軍簇擁節旄不日將重返長安任職中書。

【研　析】邊寄之詩不可稱作送行。令狐楚由天平軍（駐節鄆州）移鎮太原，有可能途經洛陽，故白居易有「送」詩。禹錫和白詩，亦曰「送」，緣於此，否則禹錫在蘇州無從相「送」。

此是「壯行」之詩，故而均須寫得場面壯觀。居易詩有「六纛雙旌萬鐵衣」，禹錫詩有「十萬天兵貂錦衣」，足以相當；居易詩有「詩作馬蹄隨筆走，獵酣鷹翅伴觥飛」，禹錫詩有「疊鼓蹙成汾水浪，門旗驚斷塞鴻飛」，居易詩意較為優長。然居易「青衫書記何年去，紅旗將軍昨日歸」，兩句在禹錫詩中只得一句「從事中郎舊路歸」，則禹錫勝出。末聯，居易詩云「北都莫作多時計，再為蒼生入紫微」，與禹錫詩末聯用意相同，然禹錫詩多少有希望令狐重掌中書提攜自己的意思。

虎丘寺見元相公二年前題名愴然有詠　前年滻橋送之武昌

【題　解】大和六年間作於蘇州。虎丘寺，在蘇州西虎丘山上，為蘇州名勝。元相公謂元稹。大和三年，元稹由浙東觀察使召為尚書左丞，赴京，途經蘇州，其題名虎丘當在此時。大和四年，稹再出為武昌軍節度使，五年七月卒於任所。

滻水❶送君君不還，見君題字虎丘山。因知早貴❷兼才子❸，不得多時在世間。

【注　釋】❶滻水　源出秦嶺，東南流，在長安東與灞水匯合，再匯入渭水。❷早貴　元稹十五歲以明經擢第，二十五歲中書判拔萃科，署秘書省校書郎。又二年登才識兼茂、明於體用科，授左拾遺。長慶二年以工部侍郎拜相，年僅四十四歲。❸才子　元稹詩與白居易齊名，世稱「元白」，宮中樂色，常誦其詩，呼為「元才子」。見白居易〈元公墓誌銘〉。

【語　譯】數年前在滻水送您赴任誰知竟不得歸，今日在虎丘山看見您的題字。從您的結局知道人早貴兼才多，是在人世不得長壽的象徵。

【研　析】「早貴」、「才子」只是感傷元稹早逝，並無因果關係。元稹辭世，禹錫有多首詩傷懷。元稹晚年交結宦官，朝中口碑並不甚佳；然無論如何，畢竟當禹錫處困境時，元稹最早贈詩給他，與他開始詩歌往還。

和樂天耳順吟兼寄敦詩

【題　解】大和六年初至蘇州時作。耳順，指六十歲，語出《論語・微子》。敦詩，崔群字，時在長安任吏部尚書。白居易作〈耳順吟〉寄崔群及禹錫，禹錫和以此詩。

吟君新什慰蹉跎，屈指同登耳順❶科。鄧禹功成三紀事，孔融書就八年多❷。

已經將相❸誰能爾？拋卻丞郎❹爭奈何？獨恨長洲❺數千里，且隨魚鳥❻泛煙波。

【注　釋】❶同登耳順　禹錫與白、崔三人同齡，此年俱六十歲。❷鄧禹功成三紀事二句　用東漢鄧禹佐劉秀功成封侯、孔融致曹操書信事，謂其已經六十歲。鄧禹字仲華，南陽新野（今屬河南）人，少與劉秀為友，後為其大將，建武元年以軍功封鄧侯，時年僅二十四歲。《後漢書》有傳。一紀為十二年，三紀為三十六年。孔融為書〈論盛孝章〉致曹操，云：「歲月不居，時節如流，五十之年，忽焉已至。公為始滿，融已過二。」❸已經將相　謂崔群。群相憲宗，又歷宣歙觀察使、武寧、荊南等節度使。❹拋卻丞郎　謂白居易。丞郎，為唐尚書省左右丞和六部侍郎的總稱。居易曾任刑部侍郎。❺長洲　指蘇州。長洲為蘇州屬縣。❻魚鳥　泛指隱逸。《隋書·隱逸傳序》：「狎玩魚鳥，左右琴書。」

【語　譯】吟君新作頗能慰安我的蹉跎，屈指算來我們三人同時進入六十。較鄧禹封侯多出整整三紀，較孔融致書曹操多出八年。崔君已經成為將相誰能與之相比？您棄去丞郎之位誰人奈何得了？只是遺憾蘇州與洛陽相去數千里，此後我將隨隱者泛於煙波江上。

【研　析】鄧禹、孔融一聯無甚深意，不過借典故反復說自己六十而已。白居易所寄〈耳順吟〉，語句輕俗甚至不免如打油，如「三十四十五欲牽，七十八十百病纏；五十六十卻不惡，恬淡清靜心安然」等。禹錫和詩語句較居易詩稍稍來得沉重，因為同是六十，崔群已為將相，居易已為丞郎，而自己不過一「長洲」刺史而已，不值得「恬淡清靜」。這是禹錫詩與居易詩不同之處。

和西川李尚書傷韋令孔雀及薛濤之什

【題　解】大和六年冬間作於蘇州。李尚書謂李德裕，時為劍南西川節度使。韋令指韋皋。皋字城武，京兆（今陝西西安）人，元和初卒於劍南西川節度使任。韋皋任所有孔雀；孔雀死，薛濤亦卒，故德裕並傷之，作詩寄禹錫，禹錫和以此詩。薛濤，字洪度，長安人，幼隨父仕宦入蜀，父卒，遂流寓蜀中。濤幼聰慧能詩，精音律，名振西川。韋皋鎮蜀，召濤侑酒賦詩，遂入樂籍。後脫樂籍，居浣花溪。濤工詩，著才名，與歷任西川節度使高崇文、武元衡、李德裕、段文昌等均有詩獻酬，與當時詩人如白居易、張籍、王建、元稹等亦有唱和。後居碧雞坊，製深紅小箋，號「薛濤箋」，流傳不衰。濤卒於大和六年十一月。德裕詩今不存。

玉兒❶已逐金環葬，翠羽先隨秋草萎❷。唯見芙蓉含曉露，數行紅淚❸滴清池。後魏元樹，南陽王禧之子，南奔到建業。數年後北歸，愛姬朱玉兒脫金指環為贈。樹至魏，卻以指環寄玉兒，示有還意。

【注釋】❶玉兒　喻指薛濤。❷萎　枯萎。❸紅淚　喻美人之淚。王嘉《拾遺記》：「（魏）文帝所愛美人，姓薛名靈芸，常山人也……靈芸聞別父母，歔欷累日，淚下霑衣。至升車就路之時，以玉唾壺承淚，壺則紅色。既發常山，及至京師，壺中淚凝如血。」

【語譯】美人已隨金環一起下葬，翠羽也隨著秋草一起枯萎。唯見芙蓉花滿含曉露，如同數行淚水滴在清水池裏。

【研析】玉兒、金指環事已見詩後注，其本事見《北史・獻文六王傳》。唯不明禹錫用此事用意何在？薛濤卒時年已六十有三，一老嫗而已，禹錫用此香豔故事或有所指，豈薛濤與人有約而終未能「還」（環）耶？今人張蓬舟整理之《薛濤詩箋》附有〈元薛因緣〉一文，略謂元和四年元稹為東川監察御史時嘗與濤有一段因緣，濤元和五年詩〈贈遠二首〉即為元稹所寫，「蓋其詩以夫婦自況，捨元稹外，誰能當之？」而稹〈寄贈薛濤〉詩中有「別後相思隔煙水，菖蒲花發五雲高」之句，即答濤此詩者。范攄《雲溪友議》：「薛濤愛種菖蒲，故云。」元辛文房《唐才子傳》亦云：濤「居浣花里，種菖蒲滿門」是也。當禹錫為此詩時，稹其時已卒於武昌（見前首），白居易〈元相公挽歌三首〉其一云：「後魏帝孫唐宰相（按，元稹為拓跋魏後裔），六年七月葬咸陽。」〈元薛因緣〉云「劉與元、白俱詩友，稹與濤之關係，禹錫豈得不知……遂由『後魏帝孫』一語，而引元樹故事，用喻元薛因緣焉。」其說可供參考。

張蓬舟整理之《薛濤詩箋》錄有薛濤〈和劉賓客玉蕣〉七絕一首，然禹錫集中未見寄贈薛濤之詩，或為禹錫編集時所刪。另，李德裕詩有傷韋皋孔雀之內容，禹錫和詩一不及之。今人瞿蛻園《劉禹錫集箋證・外集》卷七謂「王、韋之敗，皋有以啟之。禹錫為此詩，必有無窮隱恨，故不及其本身一字。」其說甚是。

郡齋書懷寄河南白尹兼簡分司崔賓客

【題解】大和七年（西元八三三年）春間作於蘇州。白尹謂白居易，時為河南尹。崔賓客為崔玄亮。玄亮字晦叔，磁州滏陽（今河北磁縣）人，元和、長慶中歷仕洛陽令、密州、歙州、湖州刺史，政績頗著。大和四年由太常少卿遷諫議大夫，旋拜右散騎常侍。五年，宦官構宰相宋申錫謀反罪，將興大獄，玄亮率諫官十四人苦諫，挫敗宦官陰謀，由是名重朝廷。玄亮以為名不可多取，退不必待年，決就長告，於途拜太子賓客分司東都。禹錫聞崔玄亮事，寄此詩。

謾讀❶圖書三十車❷，年年為郡❸老天涯。一生不得文章力，百口空為飽暖家❹。綺季❺衣冠稱鬢面，吳公❻政事副詞華❼。還思謝病吟〈歸去〉❽，同賦城東桃李花❾。

【注釋】❶謾讀　空讀。❷三十車　極言其多。按，白居易〈和夢得〉詩注云：「夢得來詩云『謾讀圖書四十車』」，三或為四之誤。❸年年為郡　謂多年任州刺史。❹百口空為飽暖家　謂全家徒耗國家薪奉。百口，謂全家。《孟子・梁惠王》：「百口之家，可以無饑矣。」飽暖，食飽衣暖。❺綺季　即綺里季，西漢時四皓之一。此指崔玄亮。玄亮為太子賓客，故以綺季稱之。❻吳公　漢文帝時人，為河南守，治平為天下第一。事見《漢書・賈誼傳》。此以喻白居易。❼副詞華　猶言政績與其詞華相副。❽歸去　指陶淵明〈歸去來辭〉。❾城東桃李花　或用南朝梁范雲〈別詩〉「洛陽城東西，長作經時別。昔去雪似花，今來花似雪」句意，謂辭官後與白、崔等往來相訪。

【語　譯】空讀圖書三十車，長年在外為郡守老於天涯。一生未能借得文章之力，全家徒費帝王薪俸衣食飽暖。崔公雖然老邁但譽滿朝野，白公政事卓然與其詞章相副。我只想謝病吟誦〈歸去來辭〉，回到洛陽與友人同賦城東桃李花。

【研　析】題曰「書懷」，開口即稱「謾讀圖書」，總為心中有不滿足處也。禹錫初直集賢學士，其〈闕下待傳點呈諸同舍〉詩云：「多慚再入金馬籍，不敢為文學〈解嘲〉。」對自己今後期望甚大。白居易〈和集賢劉學士早朝〉詩亦云：「暫留春殿多稱屈，合入綸闈即可知。」亦以為禹錫「入綸闈」（知制誥，或徑為中書舍人）是早晚間事，然而不曾想到「為郡老天涯」。崔玄亮直諫名重朝廷，勾起禹錫未能建大功清譽於朝的遺憾，故為此詩。可知禹錫所「書懷」在此。

樂天見示傷微之敦詩晦叔三君子皆有深分因成是詩以寄

【題　解】大和七年間作於蘇州。微之，元稹字；敦詩，崔群字；晦叔，崔玄亮字，皆白居易友人。大和五、六、七年，三人先後卒，白居易作二絕句傷之，劉禹錫答以此詩，以達觀之胸襟慰藉之。

吟君歎逝雙絕句❶，使我傷懷奏短歌❷。世上空驚故人少，集中❸唯覺祭文多。芳林新葉催陳葉，流水前波讓後波。萬古到今同此恨，聞琴❹淚盡欲如何！

【注　釋】❶雙絕句　指白居易〈微之敦詩晦叔相次長逝巋然自傷因成二絕〉詩。❷短歌　指此首詩。又，曹操有〈短歌行〉詩，以哀逝者。詩云：「對酒當歌，人生幾何？譬如朝露，去日苦多。」❸集中　文集之中。❹聞琴　用晉王徽之傷悼王獻之事。據《晉書．王徽之傳》，王獻之卒，其弟徽之奔喪不哭，坐於靈床，取獻之琴奏之，久不成調，乃歎曰：「嗚呼子敬，人琴俱亡！」

【語　譯】吟詠您悼念故人的兩首絕句，使我也傷懷寫了這首短詩。人世間空歎朋友少了，只覺得文集裏祭文越來越多。春天的林木新葉換掉舊葉，流水前波退去讓給後波。萬古到今人們同懷此恨，然而聞琴懷舊眼淚流乾又能如何！

【研　析】白居易絕句先是感歎「只應嵩洛下，長作獨遊人」，既而又傷感「秋風滿衫淚，泉下故人多」。白居易晚年多病，如果再加上多愁，勢必傷身。作為白居易的朋友，劉禹錫答詩不能「順」著白居易的絕句繼續彈奏「聞琴淚盡」傷感的舊調，必須更換以襟懷開朗的新調，於是有此詩。「芳林新葉催陳葉，流水前波讓後波」大意與「沉舟側畔千帆過，病樹前頭萬木春」相近，語句並沒有後者精煉工整，但其境界較後者更擴大，思想更新銳。即此說劉禹錫已經參透了生死，亦不為過。

題于家公主舊宅

【題　解】大和七年間作於蘇州。于家公主，指憲宗第十八女永昌公主，元和初下嫁于季友，不久卒。公主舊宅在洛陽，當為憲宗所賜。于季友其時任明州（州治在今浙江寧波）刺史。此為和白居易之作，題下或闕「和樂天」三字。此詩傷公主早卒，對垂垂老矣的駙馬不享「恩澤」表示同情。

樹繞荒臺葉滿池，簫聲一絕❶草蟲悲。鄰家猶學宮人髻❷，園客爭偷御果枝❸。馬埒❹蓬蒿藏狡兔，鳳樓❺煙雨嘯愁鴟❻。何郎獨在無恩澤，不似當初傅粉時❼。

【注　釋】❶簫聲一絕　用蕭史事，謂公主不幸早卒。劉向《列仙傳》卷上：「蕭史者，秦穆公時人也，善吹簫，能致孔雀白鶴於庭。穆公有女字弄玉，好之，公遂以女妻焉。日教弄玉作鳳鳴，鳳凰來止其屋。公為作鳳臺，夫妻至其上，不下數年，一旦皆隨鳳凰飛去。」❷宮人髻　謂宮中時興之髮式。❸御果枝　帝王花園中特有之果樹。❹馬埒　用晉人王濟事，謂于季友尚公主之初奢華富麗。晉人王濟尚常山公主，「性豪奢，麗服玉食，時洛京地貴，濟買地為馬埒，編錢滿之，時人號為『金溝』。」見《晉書・王濟傳》。❺鳳樓　仍用蕭史、弄玉事，指公主昔日與駙馬居處。❻鴟　即鴟梟，夜間悲鳴，每預示人將死，為不祥之鳥。❼何郎獨在無恩澤二句　以三國魏何晏代指于季友，謂公主已死，駙馬不享皇家恩澤。何晏字平叔，尚金鄉公主，美姿容，有「傅粉何郎」之稱。《世說新語・容止》：「何平叔美姿儀，面至白，魏明帝（曹叡）疑其傅粉，正夏月，與熱湯餅，既啖，大汗出，以朱衣自拭，色轉皎然。」傅粉時，指其少年時。

【語　譯】樹木環繞荒蕪的歌臺，枯葉落滿了水池；斷絕了簫聲，草間秋蟲在悲鳴。鄰家女兒還學著梳妝宮中的髮式，遊園的客人偷偷帶走皇家園林才有的果木。當年的馬埒道上長滿蓬蒿狡兔作窩，公主夫妻居住的鳳樓裏煙雨淒淒鴟鳥鳴叫。何郎尚在人世卻無皇帝恩澤臨降，不似當初年輕時夫妻備受皇家的優待。

【研　析】駙馬于季友，按元和初年與公主結婚算，已經過去了近三十年。于季友是白居易的朋友，其〈同諸客題于家公主舊宅〉謂于季友「髭鬚雪白向明州」，于季友的年齡或在六十歲左右，遠刺明州，使白居易心生惻隱之情。禹錫詩為和白居易之作，用典（蕭史）、寫景、手法以及詩旨均大同小異。所不同的，是禹錫在白居易原詩的基礎上點染更加工整，形容更加刻細。另一處不同須仔細體味方知。白居易以「聞道至今蕭史在，髭鬚雪白向明州」結束，重在同情于季友老而不得歸；劉禹錫以「何郎獨在無恩澤，不似當初傅粉時」結束，似有「人走茶涼」的意思。「人」就是永昌公主和憲宗皇帝；公主死了，老皇帝也死了，昔日的駙馬還有何值得尊貴之處呢？其實，于季友作為駙馬而得不到當今皇帝的「恩澤」的原因，禹錫應當是知道的。于季友的父親于頔，貞元中為大藩，累遷至左僕射、平章事，跋扈非常，擁兵據南陽，不奉詔旨。後入朝拜司空，氣焰稍有收斂。憲宗即位，頔求以第四子季友尚公主，憲宗以長女永昌公主降。後其子于敏殺人，頔貶恩王傅，敏賜死，季友亦追奪兩任官。長慶中，季友兄于方又策劃干宰相，被誅，故無恩澤可言。見新、舊《唐書·于頔傳》。禹錫明知就裏，卻要如此結句，除了同情于季友之外，是否兼有對當今皇帝（文宗）微示不滿並奚落老皇帝（憲宗）的意思在呢？

西山蘭若試茶歌

【題　解】大和七年間作於蘇州。西山在蘇州，其地產名茶。蘭若，梵語阿蘭若的省稱，即佛寺。詩寫試茶（飲新茶），從採、焙等製茶過程寫到汲水、煎茶、飲茶及飲後感受，末以長篇議論結束。新警動人，多有可觀之處。

山僧後簷茶數叢，春來映竹抽新茸❶。莞然❷為客振衣起，自傍芳叢摘鷹嘴❸。斯須炒成滿室香，便酌砌下❹金沙水❺。驟雨松聲❻入鼎來，白雲❼滿碗花❽徘徊。悠揚噴鼻宿酲❾散，清峭徹骨煩襟❿開。陽崖陰嶺各殊氣⓫，未若竹下莓苔地⓬。炎帝雖嘗未解煎⓭，桐君有籙那知味⓮？新芽連拳⓯半未舒，自摘至煎俄頃餘⓰。木蘭⓱墜露香微似，瑤草⓲臨波色不如。僧言靈味宜幽寂，采采⓳翹英⓴為嘉客。不辭緘封寄郡齋㉑，磚井銅爐㉒損標格㉓。何況蒙山顧渚㉔春，白泥赤印㉕走風塵㉖。欲知花乳㉗清泠味㉘，須是眠雲跂石人㉙。

【注　釋】❶新茸　新葉。茸，茶葉初生柔軟細嫩的樣子。❷莞然　微笑的樣子。❸鷹嘴　狀茶新芽。❹砌下　臺階下。❺金沙水　金沙泉之水。金沙泉在湖州，此處泛指泉水。唐陸羽《茶經》卷下：「其水，用山水上……其山水，揀乳泉、石池漫流者上。」❻驟雨松聲　形容鼎中水沸騰。❼白雲　狀煮沸後茶沫如白雲。陸羽《茶經》卷下：「凡酌置諸碗，令沫餑均。沫餑，湯之華也。華之薄者曰沫，厚者曰餑，輕細者曰花。」❽花　形容茶沫泛起如花。見前注。❾宿酲　隔宿猶存的酒意。❿煩襟　胸中鬱悶不適。⓫陽崖陰嶺各殊氣　意謂茶樹因生長地不同而氣味有別。宋宋子安《東溪試茶錄》：「茶宜高山之陰，而喜日陽之早。」⓬未若竹下莓苔地　意謂竹下莓苔之地所植茶樹品質最好。⓭炎帝雖嘗未解煎　意謂炎帝雖然嘗茶而不知煎（煮）茶。炎帝，即神農氏，傳說神農氏曾嘗百草。⓮桐君有籙那知味　意謂桐君書中雖有載錄然不知其味。桐君，傳說為黃帝時醫師，採藥於桐廬（今屬浙江）東山，結廬桐樹下，人問其姓名，則指桐樹示意，遂被稱為桐君。《隋書・經籍志》有桐君《桐君藥錄》三卷。籙，同「錄」。⓯連拳　拳曲不展的樣子，形容茶新芽形狀。⓰俄頃餘　短時間內。⓱木蘭　香木名，又名杜蘭、林蘭，皮似桂而香，狀如楠樹。⓲瑤草　仙草。⓳采采　採摘。⓴翹英　茶芽。㉑郡齋　州郡長官的齋舍。㉒磚井銅爐　指煎茶以井水銅爐，皆普通茶具。陸羽《茶經》卷下：「其水，山水上，江水中，井水下。」㉓損標格　損壞茶的氣味。㉔蒙山顧渚　皆產貢茶處。蒙山在今四川蘆山、名山兩縣境，顧渚在今浙江長興西北。㉕白泥赤印　指貢茶包裝後泥封加印。㉖走風塵　指茶葉被長途運輸。㉗花乳　煎茶時茶葉形成的泡沫。㉘清泠味　清香醇厚的茶味。㉙眠雲跂石人　即隱士、僧人之流。跂，義同「倚」。

【語　譯】西山僧人屋後有數叢茶樹，春來映著竹林發了新芽。僧人莞爾微笑因我振衣而起，親自傍著茶樹摘下新葉。一會兒炒好滿屋瀰漫清香，隨手盛來階下清澈的泉水。鼎中水沸聲如驟雨松濤，茶沫如白雲、如花在碗裏盤旋。醇厚的香氣撲鼻而來，昨夜的醉酒之感為之消散；清峭的氣味徹骨而入，鬱悶的胸襟為之一開。茶樹長在山陽山陰氣味各有不同，但以竹林莓苔下茶樹最佳。神農固然嘗過茶葉但不知煎，桐君雖然有記載卻哪裏知味？新芽如連拳半開半閉，從摘下到煎成瞬間完成。露中的木蘭其香略有相似，水邊的仙草其色卻有不如。僧人言說至靈之味宜處於幽靜寂寞之地，今日採摘嫩芽是因為貴賓蒞臨。緘封茶葉送往府中固然可以，但煎以井水銅壺就會損壞茶葉的氣味。更何況蒙山、顧渚所產貢茶，泥封加印奔走於風塵之中。欲曉得如花茶沫和清新的茶味，須作一個眠雲倚石的幽人才成。

【研　析】唐人飲茶詩寫得都有些奇崛，浪漫而且富有想像力，最有名的就是盧仝那首〈走筆謝孟諫議寄新茶〉，奇崛險怪，飲茶如同飲酒。元和間，劉禹錫朗州司馬時曾有〈嘗茶〉詩：「生采芳叢鷹嘴芽，老郎封寄謫仙家。今宵更有湘江月，照出霏霏滿碗花。」也有奇崛的傾向，但大體還優遊消散。而這一首試新茶詩，以「鷹嘴」、「翹英」形容茶樹新芽，以「驟雨松聲」形容茶水煮沸，以「白雲滿碗花徘徊」形容茶沫，以「悠揚噴鼻」、「清峭徹骨」形容飲茶後通體舒泰的感覺，略有奇崛的特點。下字較猛，著筆較狠，為的是讓讀者有「感同身受」，產生一種「渴吻生津」的感覺。然較盧仝詩而言，禹錫飲茶詩還是比較有節制的，飲茶畢竟不同於飲酒，故不宜涉險怪一路。

此詩前段寫採、煎、飲茶，後段（自「陽崖陰嶺各殊氣」以下）為議論，可視為作者的「茶論」。「茶論」的中心是僧人的一段話（「僧言靈味宜幽寂」以下），將茶與幽人（即「眠雲跂石人」）的飲茶「高雅」化、「淨潔」化，與「茶聖」陸羽的理論同，反映了作者對遠離俗世塵網的嚮往。

館娃宮在郡西南硯石山上前瞰姑蘇臺旁有采香徑梁天監中置佛寺曰靈巖即故宮也信為絕境因賦二章

【題　解】大和七、八年間作於蘇州。館娃宮，在蘇州西南靈巖山上，為春秋時吳王夫差為西施建造。今蘇州靈巖寺即其舊址。硯石山，即靈巖山。姑蘇臺，見下首題解。采香徑，即靈巖山前小徑。天監，梁武帝年號。

其一

宮館貯嬌娃❶，當時意太誇❷。豔傾吳國❸盡，笑入楚王家❹。

【注釋】❶嬌娃　指西施。娃，即美女。《文選．左思．吳都賦》：「幸乎館娃之宮，張女樂而娛群臣。」劉逵注：「吳俗謂好女為娃。」❷誇　誇耀。❸豔傾吳國　謂西施豔麗為吳國之最。漢李延年〈李夫人歌〉：「北方有佳人，絕世而獨立。一顧傾人城，再顧傾人國。」白居易〈長恨歌〉：「漢皇重色思傾國。」語皆本此。❹入楚王家　按，吳為越所滅（西元前四七三年），其後越又為楚所滅（西元前三六〇年）。館娃宮所貯美女皆為楚所得。

【語譯】公館裏貯藏著西施等美女，當時的吳王夫差多麼放縱驕傲。傾國美女終於傾滅了吳國，美女們最後又都含笑入於楚王之家。

【研析】感慨在三、四兩句。

其二

月殿❶移椒壁❷，天花❸代舜華❹。唯餘採香徑❺，一帶繞山斜。

【注釋】❶月殿　月下宮殿。❷椒壁　美人所居處。舊時宮中以椒末為泥塗壁，取其氣味芳烈。❸天花　佛家語，天界仙花。據《維摩經．觀眾生品》，謂維摩詰大師室有一天女，見維摩詰說法時，便現其身，即以天華（花）散諸菩薩大弟子上。❹舜華　即木槿花，朝開暮謝。此以代美女容顏。❺采香徑　范成大《吳郡志．古跡一》：「采香逕，在香山之傍小溪也。吳王種香於香山，使美人泛舟於溪以采香。今自靈巖山望之，一水直如矢，故俗又名箭涇。」

【語譯】月亮偏西照在館娃宮內，佛家的天花今日代替了昔日的嬌娃。只剩下一條采香徑，繞山盤旋而上。

【研析】此首感歎館娃宮為佛寺所取代。

姑蘇臺

【題解】與前首同時所作。姑蘇臺，一名姑胥臺，舊址在今江蘇吳縣西南之姑蘇山上，為春秋時吳王闔閭所築。《越絕書》卷一二：「吳王起姑胥臺，三年聚材，五年乃成，高見二百里。」闔閭之後，夫差寵西施，荒湎於其上，終為越國句踐所滅。詩因傾頹之荒臺而致國家興亡之慨。

故國荒臺在，前臨震澤波❶。綺羅❷隨世盡，麋鹿❸占時多。築用金鎚❹力，
摧因石鼠❺窠。昔年雕輦❻路，唯有採樵歌。

【注釋】❶震澤波　指太湖水。❷綺羅　絲織品，此代指吳國繁華之事。❸麋鹿　獸名。當吳王夫差荒淫之際，大臣伍子胥諫之而吳王不聽，子胥曰：「臣今見麋鹿游于姑蘇之臺也。」見《史記・淮南衡山列傳》。麋鹿遊於臺，即國亡臺荒之意。❹金鎚　鐵鎚。相傳秦始皇「為馳道，廣五十步，三丈而樹……隱（築）以金鎚。」（《漢書・賈山傳》）❺石鼠　即鼫鼠，鼠之一種，居穴中。❻雕輦　帝王所乘之車。雕，雕飾。

【語譯】故國荒臺依然還在，前臨煙波浩淼的太湖水。往日的繁華隨著時世推移已經無存，麋鹿佔盡地利往來其間。當年築臺時施以金鎚，摧毀不過因為一個個鼠穴。昔日行走著華麗車輦的大路上，如今是採樵者唱歌往來。

【研析】春秋時吳王夫差曾演出過一場轟轟烈烈復仇劇，他滅了越，荒淫誤國，最後又滅於越，國遂亡。見證吳國滅亡的建築，就是吳的「故國荒臺」。此詩除起首二句點明「荒臺」所在外，其餘全用對比：「綺羅」與「麋鹿」，「金鎚力」與「石鼠窠」，「雕輦路」與「采樵歌」，前寫其奢華，後顯其衰頹，不涉議論而詩人的興亡之慨盡在其中。

酬樂天見貽賀金紫之什

【題解】大和七年冬作於蘇州。金紫，散官階，金紫光祿大夫的簡稱，謂紫衣、金魚袋，唐正三品官員服飾。蘇州為上州，刺史從三品。禹錫任蘇州刺史，階不至三品，因政績優等「賜金紫」。居易有詩相賀，禹錫答以此詩。

久學文章含白鳳❶，卻因政事❷賜金魚。郡人未識聞謠詠❸，天子知名與詔書。珍重賀詩呈錦繡❹，願言歸計並園廬❺。舊來詞客多無位，金紫同遊❻誰得如？

【注釋】❶含白鳳　喻有文才。《西京雜記》卷二：「雄著《太玄經》，夢吐鳳凰，集《玄》之上，頃而滅。」❷政事　謂蘇州仕上政績突出。劉禹錫〈汝州謝上表〉：「臣昨離班行，遠守江徼。延英辭日，親奉德音。知臣所部災荒，許臣……減其征徭，頒以振賜。伏蒙聖澤，救此天災……二年連遭水潦，百姓倖免流離。交割之時，戶口增長。」白居易〈與劉禹錫書〉：「洛下今年旱損至甚，承貴部大稔，流亡悉歸。既遇豐年，又加仁政。」與禹錫謝表所言為同一事。❸謠詠　歌謠頌美。❹呈錦繡　指白居易送來賀詩。錦繡，喻賀詩文字之美。❺並園廬　比鄰而居。❻金紫同遊　謂與白居易同遊。按，白居易亦享金紫待遇。

【語譯】長久以來習學文章口吐白鳳，不曾想到因政績突出皇上賜予金魚。蘇州人雖不相識卻有歌謠稱頌，天子知曉名字頒佈詔書。我更看重您的賀詩字字如錦繡，殷切希望歸隱田園與您比鄰而居。自古詞客多數不能獲高位，有誰知道你我兩位金紫在同遊？

【研析】禹錫在集賢院，「四換星霜，供進新書二千餘卷」（〈蘇州謝上表〉）；在蘇州，不及二年，治績優異，獲朝廷金紫賞賜。前者說明禹錫的文才學識，後者證明了他過人的吏才。蘇州的「大稔」（糧食豐收）直接的獲益者竟是白居易治下的洛陽；百姓「謠詠」，作為地方官員，獲得了朝廷「賜金魚」的表彰，的確是令禹錫高興的。

楊柳枝詞九首（選七）

【題解】約作於大和八年（西元八三四年）間。〈楊柳枝〉，樂府「近代曲辭」。唐段安節《樂府雜錄》云：「〈楊柳枝〉，白傅閑居洛邑時作，後入教坊。」按白居易大和七年以病免河南尹，授太子賓客分司東都，九年除同州刺史，不拜，改太子少傅。此期正是他「閑居洛邑」時。白〈楊柳枝〉組詩共八首，皆七言四句，其五有「蘇州楊柳任君誇」之句，顯然以新作〈楊柳枝〉示劉並邀其唱和。白詩開篇云「古歌舊曲君休聽，聽取新翻〈楊柳枝〉。」禹錫和詩開篇亦云：「請君莫奏前朝曲，聽唱新翻〈楊柳枝〉。」與白呼應之意甚明。

其一

塞北〈梅花〉❶羌笛吹，淮南桂樹小山詞❷。請君莫奏前朝曲，聽唱新翻❸
〈楊柳枝〉。

【注釋】❶梅花　指古樂府〈梅花落〉曲。❷淮南桂樹小山詞　指漢武帝時淮南王劉安所作之《楚辭・招隱士》。〈招隱士〉有句云：「桂樹叢生兮山之幽。」王逸注：「〈招隱士〉者，淮南小山之所作也。昔淮南王安，博雅好古，招懷天下俊偉之士，自八公之徒，咸慕其德而歸其仁，各盡才智，著作篇章，分造辭賦，以類相從，故或稱大山，或稱小山，其義猶《詩經》有〈小雅〉、〈大雅〉也。」❸新翻　重新譜寫；重新演唱。

【語譯】塞外羌笛吹奏〈梅花落〉曲，淮南小山寫作〈招隱士〉歌詞。請不要再演奏前朝那些舊曲了，且聽重新譜寫的〈楊柳枝〉新詞。

【研　析】此首帶有總括〈楊柳枝〉組詩大旨的意思。據《樂府解題》，漢橫吹曲，為武帝時李延年所造。魏晉以來，仍傳十曲，其一即〈折楊柳〉，其後又有〈梅花落〉。見宋郭茂倩《樂府詩集》卷二一所引。《樂府詩集》卷二四又云：「〈梅花落〉，本笛中曲也。按唐大角曲亦有……〈大梅花〉、〈小梅花〉等曲，今其聲猶有存者。」這就是所謂的「前朝曲」。白居易與寫〈楊柳枝〉組詩同時，另有〈楊柳枝二十韻〉詩，題下注云：「〈楊柳枝〉，洛下新聲也。洛之小妓有善歌之者。辭章音韻，聽可動人，故賦之。」足見「舊曲」一直唱到中、晚唐之際，在東都洛陽發生了新變，長安想來也是。「洛下小妓」的「新聲」，反映了流傳近千年的舊曲為適應大都市生活的新變。白居易、劉禹錫對音樂發生的新變都是非常敏感的，「新翻」的〈楊柳枝〉既然「辭章音韻，聽可動人」，那就有必要為其賦新詞。劉禹錫〈楊柳枝〉組詩與他在朗州所寫〈踏歌詞〉、在夔州所寫〈竹枝詞〉等不同，那是為民間俚曲填寫的新詞，而〈楊柳枝〉組詩則是為都市新聲填寫的歌詞，歌詞所反映的是都市人的生活，少了〈竹枝〉的泥土味，多了城市的情趣。清郎庭槐《師友傳詩錄》：「（庭槐）問：『〈竹枝〉、〈柳枝〉自與絕句不同，而〈竹枝〉、〈柳枝〉又有分別，請問其詳。』阮亭答：『〈竹枝〉泛詠水土，〈柳枝〉專詠楊柳，此其異也。』」大體即是此意。

「請君莫奏前朝曲，聽唱新翻〈楊柳枝〉」二句，本身還具有一些「延伸」的意義，為後世樂於引用並加以發揮。例如，就創作而言，這兩句即有鼓勵革新、啟示作者永不停歇地追求和推陳出新的內含。擴而大之，其在政治、哲學上，也有相應的積極意義。

其二

南陌東城❶春早時，相逢何處不依依❷。桃紅李白皆誇好，須得垂楊相發揮。

【注　釋】❶南陌東城　指長安名勝。❷依依　指楊柳。《詩經・小雅・采薇》：「昔我往矣，楊柳依依。」

【語　譯】長安城東城南早春時，何處沒有依依的楊柳。大家都誇桃紅李白花開好，春天的美還須有垂柳與它一起發揮。

【研　析】〈楊柳枝〉本是曲名，白居易的〈楊柳枝〉組詩每一首都圍繞著楊柳來寫，劉禹錫也是如此。在詞，是為「詠調中本意」，如張志和〈漁父〉即寫漁父，白居易〈憶江南〉即寫江南。劉、白的〈楊柳枝〉從形式上看雖然是齊言的絕句，但也遵循詞調的這種規律。

第一首總寫之後，次首即寫長安早春。折柳贈遠是長安最常見、亦是很令人感動的場景，所以詩中借用了《詩經》「昔我往矣，楊柳依依」的語境。另外，詩人認為桃紅李白只是單一的美，有了垂柳的加入，春天才會多姿多彩。此意不但富有詩畫的美，也反映了詩人具良好的審美意識。

其四

金谷園❶中鶯亂飛❷，銅駝陌❸上好風吹。城中桃李須臾盡，爭似垂楊無限時？

【注　釋】❶金谷園　在洛陽西北金谷澗中，為西晉石崇所築，樓閣極其奢華。❷鶯亂飛　用南朝丘遲〈與陳伯之書〉「暮春三月，江南草長，雜花生樹，群鶯亂飛」句意，形容春深。❸銅駝陌　即銅駝里，在洛陽，為洛陽繁華去處。

【語　譯】金谷園中黃鶯亂飛，銅駝陌上好風勁吹。城中的桃李須臾盡落，怎比濃綠的垂柳長久？

【研　析】此首寫東都洛陽的春天。駱賓王〈豔情代郭氏贈盧照鄰〉：「銅駝路上柳千條，金谷園中花幾色。」金谷園、銅駝陌是最能代表洛陽的兩個去處。詩中仍然將桃李與楊柳作比對，認為桃李須臾而盡，楊柳卻繼續以它如煙的濃綠裝扮著春天。

其五

花萼樓❶前初種時，美人樓上鬥腰肢❷。如今拋擲長街裏，露葉如啼❸欲恨誰？

【注釋】❶花萼樓　全稱花萼相輝樓，在長安興慶宮中。❷美人樓上鬥腰肢　意謂宮中美人婀娜多姿，可與柳枝比賽腰肢。❸露葉如啼　用李賀〈蘇小小〉「露葉蘭，如啼眼」句意。

【語譯】花萼樓前楊柳初長成時，樓上美人體態婀娜似與柳枝競賽。如今柳枝被拋擲在大街上，帶著露水的柳葉向誰去哭訴呢？

【研析】寫楊柳枝的先榮後悴。點出了花萼樓，可能在暗示盛唐開元之衰；點出了美人，也可能在寫宮女年老色衰被裁減出宮。總之，楊柳枝在此只是一個意象。有論者謂此首是禹錫自比其生平：「花萼」句是其出入禁中所沿必從，「鬥腰肢」句是其連黜權要（如武元衡）政治上得意之時，「拋擲長街」是其貶朗州、連州時，「露葉如啼」是其晚年自悔之詞（見《唐詩選脈會通評林》引胡次焱評語）。解詩如此，失之太鑿，不通之甚。

其六

煬帝❶行宮汴水❷濱，數株殘柳不勝春。晚來風起花如雪，飛入宮牆不見人。

【注釋】❶煬帝　即隋煬帝楊廣。❷汴水　水名，流經汴州（今河南開封），隋煬帝開鑿運河以後，汴水成為運河的一段。

【語譯】汴水之濱是煬帝的行宮，數株殘存的楊柳似不勝春風的吹拂。晚來風起楊柳飛絮如雪一般，越過高牆飛入孤寂無人的行宮。

【研　析】此首寫汴州之春，選取隋煬帝行宮予以諷刺。佚名《開河記》載，煬帝「大業中開汴渠兩堤，上栽垂柳，詔民間有柳一株，賞一縑，百姓競植之。」煬帝荒淫不君，國亡身喪，行宮亦廢。宮牆外殘柳數株，單薄的綠色，在萬物復蘇的春天顯得那樣寒傖。「不勝」有「禁不住」、「不能承受」這樣的意思，謂楊柳「不勝春」，則楊柳之殘、柳煙之慘澹可見。末二句轉而寫楊花飛入宮牆，宮內寂無一人，原來詩人的傷感楊柳，正是在傷感隋朝。

其七

御陌青門❶拂地垂，千條金縷萬條絲。如今綰作同心結❷，將贈行人知不知？

【注　釋】❶青門　原指漢長安東門，其門青色，故名。後泛指京城東門。❷同心結　舊時用錦帶編成連環回文樣式的結子，用以象徵愛情。

【語　譯】長安東門外楊柳長條拂地垂下，好似千條金縷萬條絲絛。今日將它綰成同心結式樣，贈與遠遊的人，不知他可知道我的心？

【研　析】此首回頭再寫長安灞橋折柳贈別。長安青門之外即灞橋，自漢以來，行人於此折柳贈別，相沿成俗，成為長安一大人文景觀。據「同心結」以及揣度「行人知不知」之語推之，當是情人之間的贈別。

其八

城外春風吹酒旗，行人揮袂❶日西時。長安陌上無窮樹，唯有垂楊❷管別離。

【注　釋】❶揮袂　揮動衣袖，表示告別。❷垂楊　即垂柳。古詩文中楊、柳通用。又李時珍《本草綱目・木部》謂「柳一名小楊，一名楊柳」。

【語　譯】長安城外春風吹動酒旗，日偏西時，行人揮袖告別。長安大道上有無數種樹，只有垂柳與人的別離有關。

【研　析】樹有千萬種，「唯有垂楊管別離」，一下子賦予了楊柳沉重且風情萬種的品格。關於折柳贈別習俗的由來，一說「柳」諧音「留」，折柳相贈是挽留行人、不忍分別的意思；一說人之背井離鄉，猶木之離土，柳容易存活，折柳相贈是希望行人能如柳隨遇而安。所說皆有道理。

浪淘沙詞九首（選六）

【題　解】《浪淘沙》，唐教坊曲名，《樂府詩集》以之入「近代曲辭」，五代詞人另製新詞，遂成為詞牌。禹錫《浪淘沙九首》作年不可確知。白居易有《浪淘沙詞六首》，約作於文宗大和八年（西元八三四年），劉禹錫之作，或是和白氏之作，姑編於此。組詩分詠黃河、洛水、長江、浙江等江河，或以氣勢見長，或以風情移人，或富於哲理，在禹錫《竹枝詞》、《楊柳枝詞》之外，又呈一種面貌。

其一

九曲黃河❶萬里沙，浪淘風簸自天涯。如今直上銀河去，同到牽牛織女家❷。

【注　釋】❶九曲黃河　黃河河道迂回曲折，故稱。《初學記》引《河圖》：「黃河出昆侖山……河水九曲，長者入於東海。」❷如今直上銀河去二句　古代傳說黃河與銀河通。南朝梁宗懍《荊楚歲時記》：「張騫尋河源，所得支機石示東方朔，朔曰：「此石是織女支機石，何止於此？」」

【語　譯】九曲的黃河裹著萬里泥沙，浪淘風簸自天涯滾滾而下。如今又要直上銀河而去，一直流到牽牛織女的家。

【研　析】此首前二句承李白「黃河之水天上來」詩意，後二句承王之渙「黃河遠上白雲間」詩意，兼用張騫尋河源遇織女之事。雖然皆有承襲，然境界大開大闔，又與李、王詩不同。試想，黃河自天而來，經九曲流轉之後，又返回天上銀河，則黃河之氣勢何物可以比擬？

其四

鸚鵡洲❶頭浪颭❷沙，青樓❸春望日將斜。銜泥燕子爭歸舍，獨自狂夫❹不憶家。

【注　釋】❶鸚鵡洲　在今湖北武漢長江中。東漢建安中，江夏太守黃祖之子大宴賓客於此，有客獻鸚鵡，禰衡為作〈鸚鵡賦〉而得名。❷颭　水浪騰空的樣子。❸青樓　女子所居處。曹植〈美女篇〉：「青樓臨大道，高門結重關。」❹狂夫　性格放蕩不遵禮法的人。此是女子對丈夫的暱稱。

【語　譯】鸚鵡洲頭水浪翻滾著泥沙，女子在樓上眺望夕陽西斜。銜泥的燕子爭著回歸舊巢，獨有那狂夫絲毫不想家。

【研　析】此首寫「風情」。詩中的「狂夫」如果是奔波在科舉考場的舉子，或是仕宦在外的官員，則詩中的女子就是王昌齡〈閨怨〉中那位「悔教夫婿覓封侯」的少婦。「銜泥燕子爭歸舍」既是觸目，又比而兼興，物情人思，句與境俱自然而佳，不讓王昌齡〈閨怨〉。

其五

濯錦江❶邊兩岸花，春風吹浪正淘沙。女郎剪下鴛鴦錦❷，將向中流疋❸晚霞。

【注釋】❶濯錦江　即錦江，流經今四川成都，因漂洗錦緞顏色鮮豔而得名。❷鴛鴦錦　繡有鴛鴦的錦緞。❸疋　義同「匹」。匹敵、媲美之意。

【語譯】濯錦江兩岸開遍鮮花，春風掀起波浪淘著泥沙。女郎剪下鴛鴦錦在江中漂洗，如同一段晚霞那樣美麗。

【研析】蜀錦、蜀繡古今馳名。錦江一名流江，又名汶江，成都人又習稱府河。相傳古人織錦濯其中，顏色較他水鮮豔，故名錦江、濯錦江。昔日織錦人是否濯錦江中？濯錦於此是否就較他水顏色鮮明？文獻中並無確切的答案。對於詩人來說，這些都不重要。總之，濯錦的傳說很美麗，由女郎剪下鴛鴦錦濯於中流，與晚霞相映襯，尤為美麗，詩人於是就將它編織在詩裏了。

其六

日照澄洲❶江霧開，淘金女伴滿江隈❷。美人首飾侯王印，盡是沙中浪底來。

【注釋】❶澄洲　江中小洲。澄，謂其日照下鮮亮澄明。❷江隈　水流彎曲處。

【語譯】陽光照耀水霧散開江洲澄明鮮亮，淘金女郎結伴佈滿了江灣。美人的首飾與侯王的印，盡是從沙中浪底辛苦淘來。

【研析】此首大約寫金沙江。金沙江即長江上游，產沙金，故名。劉禹錫並無遊歷金沙江的經歷，詩全憑藉想像。此首是〈浪淘沙九首〉中最有泥土味的一首。詩人將女郎勞動的背景安排在一個澄明淨潔的環境下：初日臨照，晨霧散開，江洲澄澈，淘金女郎三五成群分佈在江隈。她們一邊勞動一邊唱歌，「美人」二句或者就是她們的歌詞。美人、王侯僅知坐享其成，哪裏知道女郎淘沙揀金之勞苦呢！

其七

八月濤聲❶吼地來，頭高數丈觸山回。須臾卻入海門❷去，卷起沙堆似雪堆。

【注釋】❶濤聲　指浙江錢塘江的八月潮。❷海門　江河入海處。此指錢塘江口。

【語譯】八月錢塘江濤聲如吼地而來，數丈高的浪頭撞擊山石又折回。片刻之間又退回海門，大浪捲起沙堆好似雪堆。

【研析】錢塘江八月海潮，白浪滔天，其勢如萬馬奔騰，驚天動地，是天下奇觀，故此詩也寫得氣勢壯闊，下筆有力，所用的幾個動詞都稱得上「狠猛」。

其八

莫道讒言如浪深，莫言遷客❶似沙沉。千淘萬漉❷雖辛苦，吹盡狂沙始到金。

【注釋】❶遷客　被貶謫的官員。❷漉　過濾。

【語譯】莫要說讒言如惡浪滔滔，莫要說遭貶謫的官員如泥沙那樣沉到底。千淘萬漉雖然辛苦，只要淘盡了泥沙就見到黃金。

【研　析】此首承前首，仍寫淘金，但開頭兩句卻遙遙地寫到「讒言」、「遷客」，頓然將「浪淘沙」的主題與自己的身世聯繫起來了。全詩多比興之旨：讒言如浪，濁浪可以埋沒人，對於意志堅強的「遷客」來說，正可以借濁浪淘洗埋沒自己的泥沙。千淘萬漉，代表了千萬次挫折，經受了挫折的考驗，就見到了黃金。「黃金」代表了劉禹錫晚年的地位和處境。劉禹錫晚年寫出這樣的詩，再一次證明了他的自豪，視昔日的反對派形同篾如。

酬朗州崔員外與任十四兄侍御同過鄙人舊居見懷之什時守吳郡

【題　解】約作於大和八年。朗州崔員外、任侍御，名字皆不詳。據詩題，二人其時皆任職朗州，唯不知所任何職。員外、侍御為崔、任往昔在京時舊職。崔、任詩今皆不存。

昔日居鄰招屈亭❶，楓林橘樹鷓鴣聲。一辭御苑青門去，十見蠻江白芷生❷。

自此曾沾宣室召❸，如今又守闔閭城❹。何人萬里能相憶？同舍仙郎❺與外兄❻。

任侍御，予外兄。崔員外，南宮同官。

【注　釋】❶招屈亭　在朗州，元和間禹錫為朗州司馬時居於此。❷一辭御苑青門去二句　謂永貞元年貶朗州後十年不得歸。青門，長安東門。蠻江，指朗州沅江。白芷，香草名，夏季開傘形白花，果實長橢圓形。《楚辭．招魂》：「菉蘋齊葉兮，白芷生。」❸宣室召　指元和十年曾蒙憲宗召回。宣室，宮殿名，漢代長安未央宮有宣室殿。❹闔閭城　指蘇州。春秋時吳王闔閭以蘇州為都城。❺仙郎　唐時尚書省郎官互稱仙郎。❻外兄　姑舅表兄。

【語　譯】昔日居處與招屈亭相鄰，周圍是楓林橘樹一片鷓鴣鳴聲。自從一別長安東門而去，十次看見沅江岸邊白芷叢生。此後曾蒙皇帝召回，到如今還不過是蘇州郡守。萬里之外會有誰還能記起我？只有當年同舍的崔員外和我的外兄。

【研　析】朗州歲月已是二三十年前的往事了。招屈亭、楓林橘樹和鷓鴣聲，以及江邊白芷，都不能從禹錫的記憶中抹去。杜甫夔州詩：「玉露凋傷楓樹林。」《楚辭》有〈橘頌〉，鷓鴣為南方常見鳥，古人諧其鳴聲為「行不得也哥哥」，詩文中常用以表示思念故鄉。故而禹錫有意選擇這些物象。

罷郡姑蘇北歸渡揚子津

【題　解】大和八年（西元八三四年）七月，禹錫罷蘇州、轉汝州（州治在今河南臨汝）刺史，此詩為離蘇州北歸時作。姑蘇，即蘇州。揚子津，在長江北岸，唐時為揚、潤（今鎮江）二州間往來渡口。

幾歲悲南國，今朝賦〈北征〉❶。歸心渡江勇，病體得秋輕。海❷闊石門❸小，城高粉堞❹明。金山❺舊遊寺，過岸聽鐘聲。

【注　釋】❶北征　北行。漢班彪有〈北征賦〉，唐杜甫有〈北征〉詩。❷海　指長江。江面寬闊，唐人詩中多稱江為海。❸石門　當指海門山，在揚、潤二州間江中，雙峰對峙如門，故名。❹粉堞　塗成白色的城上矮牆。❺金山　金山寺，在潤州丹徒。

【語　譯】數歲傷悲於南國，今朝終於上路北歸。歸心似箭急於渡過大江，多病身體因逢秋天而頓覺輕快。江面寥廓石門顯得窄小，高聳的潤州城牆粉堞分明。金山寺曾是舊遊之處，船已過岸聽見了寺內的鐘聲。

【研　析】從末二句可以看出，此詩是劉禹錫罷蘇州刺史後，自潤州渡江到達彼岸（揚州）時所寫。禹錫此次改汝州刺史，還兼著御史中丞、充本道防禦使兩重頭銜，這是因為汝州地近京師，位置比較重要，所以兼有憲銜、使銜。一生挫折的劉禹錫，現在可以說是職崇官高，這或者就是他所說的「吹盡狂沙始到金」吧。

前兩聯寫離郡（蘇州）的心情。首句說「幾歲悲南國」，有幾分是作詩時的「套話」，也有幾分真情，因為蘇州畢竟遠離中原，遠離京師。因歸心似箭而渡江甚「勇」，因時逢爽秋而病體覺「輕」，兩字皆是著力處。「海闊」兩句是回望潤州，恰逢其時，金山寺鐘響起，於是回憶起昔日曾經的舊遊，「在有情無情之間，極有分寸」（《瀛奎律髓彙評》卷六引紀昀評語）。

酬淮南牛相公述舊見貽

【題解】大和八年七、八月間自蘇州赴汝州任途經揚州時作。牛相公謂牛僧孺，曾相穆宗、敬宗、文宗。大和六年十二月僧孺罷相，出任為揚州大都督府長史、淮南節度使。牛僧孺有〈席上贈劉夢得〉詩，禹錫酬以此詩。

少年曾忝漢庭臣❶，晚歲空餘老病身。初見相如❷成賦日，尋為丞相掃門人❸。追思往事咨嗟久，喜奉清光笑語頻。猶有登朝舊冠冕，待公三入❹拂埃塵。

【注釋】❶漢庭臣　猶言朝臣。庭，同「廷」。❷初見相如　指貞元中禹錫初見牛僧孺。據杜牧〈太子少師贈太尉牛僧孺墓誌銘〉，牛僧孺十五歲時，在長安下杜樊鄉（牛僧孺八代祖牛弘有舊業在長安樊鄉，其中有書千卷）讀書，名聲入都中，為宰相韋執誼所知，急於褒拔，亟令劉禹錫、柳宗元訪牛於樊鄉，曰願得一見。❸掃門人　漢魏勃少時欲求見齊相曹參，貧無以自通，乃常早起為齊相舍人掃門，齊相舍人怪而為之引見。見《史記・齊悼惠王世家》。後以「掃門」為求謁權貴的典故。

大和四年牛僧孺為相，禹錫在朝為禮部郎中，故云。❹三入　三入為相。按，牛僧孺長慶三年、大和四年兩為相。故此以僧孺三為相期之。

【語　譯】少年時曾經忝為朝廷之臣，至今晚歲空餘老病之身。想當年初見您尚是年少，後來您為相欲見您就不易了。追思往事令人久久咨嗟，今日受到接待笑語頻頻。還有昔日登朝的舊冠冕，等待您輕拂塵埃三次入朝為相。

【研　析】牛僧孺〈席上贈劉夢得〉七律末兩聯云：「珠玉會應成咳唾，山川猶覺露精神。莫嫌詩酒輕言語，曾把文章謁後塵。」《唐詩紀事》卷三九「牛僧孺」條下云：「公赴舉之秋，嘗投贄於劉補闕禹錫（按，此處誤。禹錫未嘗為補闕），對客展卷，飛筆塗竄其文。歷二十餘載，劉轉汝州，公鎮海南（按，為淮南之誤），枉道駐旆信宿，酒酣賦詩，劉方悟往年改公文卷。僧孺詩曰……禹錫和云……牛公吟和詩，前意稍解……劉乃戒其子咸久、承雍曰：『吾成人之志，豈料為非？汝輩修進，守中為上。』」與僧孺詩句合。禹錫年長僧孺八歲，中進士早於僧孺十二年，應為前輩，而詩曰「尋為丞相掃門人」，固然形格勢禁，地位發生了變化，故禹錫詞氣謙恭卑下。發生在中晚唐之際的牛李黨爭，許多文人被牽扯在內，如白居易、元稹、令狐楚及杜牧、李商隱等。然禹錫未介入其中。此與他久守在外有關，亦與他「守中」的處事態度有關。禹錫與牛李黨爭另一方李德裕相處，顯然輕鬆愉悅，感情自然（見後）。比較此詩與劉禹錫及李德裕之間的酬贈唱和詩即可看出。

郡內書情獻裴侍中留守

【題　解】文宗大和八年冬作於汝州刺史任。郡內即指汝州。裴侍中，謂裴度。裴時以山南東道節度使充東都留守，依前守司徒、兼侍中。司徒為三公之一，門下省長官稱侍中，於裴度皆為加官。此詩稱美裴度為國之棟梁，對其調任東都留守表示祝賀。

功成頻獻乞身章❶，擺落襄陽鎮洛陽❷。萬乘旌旗分一半❸，八方風雨會中央❹。兵符❺今奉黃公❻略，書殿曾隨翠鳳翔❼。心寄華亭一雙鶴，日陪高步繞池塘❽。

【注釋】❶功成頻獻乞身章　謂裴度勞苦功高，年老，屢上表章辭官。乞身，古代官員以做官為委身事君，故稱請求辭官為乞身。❷擺落襄陽鎮洛陽　謂裴度辭去山南東道節度使，改任東都留守。襄陽今屬湖北，唐時為山南東道節度使治所。❸萬乘旌旗分一半　意謂洛陽為東都，地尊位重，天子儀仗一半在此。萬乘，指皇帝。古代天子有兵車萬乘。❹八方風雨會中央　謂洛陽居天下之中，地位重要。唐封演《封氏聞見記》卷七：「夫九州之地，洛陽為土中，風雨之所交也。」語本此。❺兵符　調動軍隊的信物。此指兵法。❻黃公　即黃石公。相傳秦末張良亡命下邳，在圯橋上遇一老父，授良以《太公兵法》，並稱十三年後到濟北谷城山下見一黃石，即是他。事見《史記・留侯世家》。❼書殿曾隨翠鳳翔　謂己曾是裴度屬官。書殿，集賢書院。翠鳳，指裴度。禹錫大和初為集賢院學士，裴度為集賢院大學士。❽心寄華亭一雙鶴二句　謂裴度仍舊嚮往退休後田園生活。華亭，故址在今上海市松江區西，晉初，陸機於吳亡入洛之前，常與其弟雲遊於華亭墅中，聞鶴唳。白居易嘗以其所養雙鶴贈裴度，見大和二年〈和裴相公寄白侍郎求雙鶴〉詩。

【語譯】大功已成頻頻呈上辭官的奏章，不料擺脫了襄陽又來鎮守洛陽。洛陽分得一半天子的旌旗，八方的風雨都聚會於此。自今以往兵法運用奉黃公的謀略，昔日在集賢書院我曾隨您回翔。不能忘懷的是辭官後的悠閒生活：華亭雙鶴高步陪伴著散步池塘。

【研析】詩題曰「郡內書情」，所書之情既有劉禹錫個人的敬仰之「私」情，亦有出於國家安危寄予重託的「公」情。裴度是四朝元老，在與藩鎮鬥爭中，屢建大功，在朝廷德高望重，是朝政名副其實的中流砥柱。

劉禹錫為此詩時，裴度年已逾七十，所以詩中開篇即說裴度「功成頻獻乞身章」，既合實情，亦是對裴度年老不戀棧的褒美。裴度「乞身」而不得，由山南東道節度使調任東都留守，劉禹錫既同情其老而不得歇息，又以為洛陽作為副都，當天下之中，只有裴度可以當得此任，所以出於「公心」，以為裴度可以在東都留守職位上再展宏圖，又以自己曾追隨裴度為榮。「兵符」一聯還有稱頌裴度兼文韜武略在一身、是「儒將」的用意。末聯則再回顧裴度的退居之心，筆端充滿共懷此心的同情。

此詩因頷聯的「閎偉尊壯」（清劉塤《隱居通義》語）而頗得詩評家讚賞。如宋葉夢得《石林詩話》卷下曰：「七言難於氣象雄偉，句中有力有紆餘，不失言外之意。自老杜『錦江春色來天地，玉壘浮雲變古今』與『五更鼓角聲悲壯，三峽星河影動搖』等句之後，常恨無繼者。韓退之筆力最為雄健，然每苦意與語俱盡……不若劉禹錫〈賀裴晉公守東都〉云『天子旌旗分一半，八方風雨會中央』，語遠而體大也。」杜甫兩聯，情與景俱佳，氣勢壯大，劉禹錫此聯形容洛陽，情與景略遜於杜詩，但確實「語遠而體大」，氣魄雄厚，差堪為杜詩嗣響。

奉送浙西李僕射相公赴鎮

奉送至臨泉驛。書札見徵拙詩，時在汝州

【題　解】大和八年（西元八三四年）末作於汝州刺史任。浙西李僕射，即李德裕。大和六年冬，德裕為兵部尚書，七年二月，以本官同平章事，為宦官所惡，改檢校尚書左僕射、鎮海軍節度、蘇杭常潤觀察等使。赴鎮，指赴浙西鎮任。浙西，唐方鎮名，治潤州，即今江蘇鎮江市。李德裕自長安赴鎮，路出汝州，禹錫奉送至臨泉驛，德裕來函索詩，乃有此作。

建節❶東行是舊遊❷，歡聲喜氣滿吳州❸。郡人重得黃丞相❹，童子爭迎郭細侯❺。詔下初辭溫室樹❻，夢中先到景陽樓❼。自憐不識平津閣❽，遙望旌旗汝水❾頭。

【注釋】❶建節　古代使臣受命，必建節以為憑信。唐時，節度使或經略使受任，皆賜旌節，後因指大將出鎮。❷舊遊　李德裕長慶二年至大和三年曾為浙西觀察使，故稱舊遊。❸吳州　即吳郡。隋大業及唐天寶時，曾改蘇州為吳郡，地居太湖流域，轄有今蘇、常、湖等地。❹黃丞相　指西漢黃霸。霸嘗為潁川太守，務農桑，節財用，戶口歲增，有治績，為全國第一。後徵為京兆尹，復為潁川太守，前後八年，潁川愈治。《漢書》有傳。此以黃霸代李德裕。❺郭細侯　指東漢郭伋。伋字細侯，為并州牧，素結恩德，及後入界，所到縣邑，老幼相攜，逢迎道路。嘗到西河美稷，有童子數百，各騎竹馬，於道路迎拜。伋問兒曹何所自來，對曰：「聞使君到，喜，故來逢迎。」《後漢書》有傳。此以郭伋代李德裕。❻溫室樹　漢孔光為人周密謹慎，未嘗有過，沐日歸休，兄弟妻子燕語，終不及朝省政事。或問光溫室省中樹何木，光默然不應。後代指宮室密禁之地。❼景陽樓　南朝宮室樓閣名，故址在今江蘇南京。此代指長安。❽自憐不識平津閣　謂其與李德裕相識甚晚。平津閣，即東閣。漢公孫弘為相時，開東閣以延攬天下賢士。❾汝水　自汝州南流過，再東南流入淮水。

【語譯】出鎮浙西原是您的舊遊之地，歡聲喜氣充滿了吳州。郡人重新獲得黃丞相的治理，童子爭相迎侯郭細侯的到來。奉皇帝詔書辭去丞相之位，您夢中卻又到了景陽樓。可惜我與您相識甚晚，今日只能在汝水頭遙望您旌旗遠去。

【研析】劉禹錫自大和初返長安後，頻繁與上層官員詩文往還。除元稹、白居易外，他如裴度、李德裕、令狐楚、牛僧孺、李程等，都是出將入相的人物，其中牛（僧孺）與李（德裕）還是中晚唐之際黨爭的代表人物。這說明劉禹錫的政治處境相當平順，也證明了劉禹錫詩歌地位的尊崇。李德裕也是名相，「黃丞相」、「郭細侯」一聯，不但借用巧合，也是作者對李德裕出於真誠的頌揚。李德裕拜相不久，即因宦官的排擠而出鎮浙西，「詔下初辭溫室樹，夢中先到景陽樓」兩句，即寫其戀闕之情。

晝居池上亭獨吟

【題解】大和九年（西元八三五年）夏作於汝州。吟成之後寄洛陽白居易，居易有和詩。

日午樹陰正，獨吟池上亭。靜看蜂教誨❶，閑想鶴儀形❷。法酒❸調神氣，清琴入性靈。浩然機已息❹，几杖❺復何銘❻。

【注釋】❶蜂教誨　《詩經・小雅・小宛》：「螟蛉有子，蜾蠃負之。教誨爾子，式穀似之。」蜾蠃，寄生蜂的一種，腰細，體青黑色，長約半寸，以泥土築巢於樹枝或壁上，捕捉螟蛉等為其幼蟲食物。舊注誤以為蜾蠃無子，收養螟蛉之子為其子，並教誨之。❷鶴儀形　鶴的形態。東晉僧人支道林好鶴，謂其有凌霄之姿。見《世說新語・言語》。❸法酒　按官府法定規格釀造的酒。賈思勰《齊民要術・法酒》：「法酒尤宜存意，淘米不得淨則酒黑。」❹機已息　謂其已無競爭之機心。❺几杖　坐几和手杖，皆老人所用。❻銘　刻寫在金石等物上的文辭。具有稱頌、警戒等性質，多用韻語。此指在几杖上刻寫銘文。如沈德潛輯《古詩源》錄有《大戴禮記》中古人所為〈帶銘〉、〈杖銘〉、〈筆銘〉、〈盥盤銘〉等。

【語譯】日正當午樹蔭不偏斜，我獨自在池亭內吟成此詩。靜觀蜂兒飛來飛去餵養幼子，安閒地想像池鶴的儀形。飲一杯府內所釀酒調理精神，琴聲的清韻似乎進入我的性靈。往日的浩然機心已然息滅，雖然憑几扶杖卻不勞為之作銘。

【研析】蜂、鶴皆自然之形態，在陶然於琴聲和酒意微醺之中體會人生，於是有了息滅機心、几杖不銘的念頭。白居易和詩中有「蠢蠕形雖小，逍遙性即均；不知鵬與鷃，相去幾微塵」的句子，也是這個意思。

酬喜相遇同州與樂天替代

【題　解】大和九年冬自汝州移刺同州時作。「同州與樂天替代」數字應是題下注闌入詩題者。本年九月，以太子賓客分司東都白居易為同州刺史，居易託病不赴，旋以禹錫刺同州。此所謂「替代」者。禹錫自汝州赴同州經洛陽，與居易相遇，居易有〈喜見劉同州夢得〉詩，禹錫酬以此詩。同州，隋為馮翊郡，唐時為同州，即今陝西大荔。

舊託松心契❶，新交竹使符❷。行年同甲子❸，筋力羨丁夫❹。別後詩成帙❺，攜來酒滿壺。今朝停五馬❻，不獨為羅敷❼。前章所言春草，白君之舞妓也，故有此答。

【注　釋】❶松心契　喻友誼堅貞高潔如松柏。❷竹使符　郡守符印。《漢書．文帝紀》：「(二年)九月，初與郡守為……竹使符。」顏師古注引應劭曰：「竹使符皆以竹箭五枚，長五寸，鐫刻篆書，第一至第五。」顏師古又曰：「與郡守為符者，謂各分其半，右留京師，左以與之。」❸同甲子　同年生。按禹錫與居易皆為大曆七年壬子生人。❹丁夫　壯健的男子。❺詩成帙　詩集編成。帙，古代竹帛書籍的套子，多以布帛製成。後世亦指線裝書之函套。本年六月，白居易編成《白氏文集》六十卷，藏廬山東林寺。見白居易〈東林寺白氏文集記〉。或指大和六年白居易編成之《劉白吳洛寄和詩卷》。❻五馬　指郡守。漢樂府〈陌上桑〉：「使君從南來，五馬立踟躕。」後遂以「五馬」代郡守。❼羅敷　〈陌上桑〉中採桑女名。羅敷美貌，「行者見羅敷，下擔捋髭鬚。少年見羅敷，脫帽著帩頭。耕者忘其犁，鋤者忘其鋤。來歸相怒怨，但坐觀羅敷。」此以喻居易家妓春草。

【語　譯】往時相託如松柏之心，最新的交誼是互換竹使符。我們同年所生，筋力已大不如前。分別後您新編詩文成帙藏之名山，我攜來滿壺酒與您共醉。今朝因舊誼在洛陽停留，不獨因為家妓春草的美貌。

【研　析】劉、白初以詩文相交，其後因詩歌往還愈來愈多，交情亦深。同州互換是偶然事件，在禹錫看來，恰好也構成劉、白友誼的見證，故詩注中樂於加上「同州與樂天替代」數字。居易〈喜見劉同州夢得〉詩有「應須為春草，五馬少踟躕」二句，是朋友間戲謔的話，故禹錫亦以「不獨為羅敷」應之。文士風流本性，老而未能歇故也。

開成、會昌詩選

奉和裴令公新成綠野堂即事

【題　解】文宗開成元年（西元八三六年）作於同州。裴令公謂裴度。大和九年十月，侍中、東都留守裴度進位中書令，故稱。綠野堂，裴度在洛陽午橋莊宅所營造別墅名。大和九年十一月，甘露之變起，宦官擅權，大殺朝臣，度亦屢遭排擠。度以衣冠道喪，且年衰，不以進退為意，於東都立第於集賢，又於午橋創別墅，名為綠野堂，花木萬株，日與白居易等名士酣飲遊樂。度為〈綠野堂即事〉詩，居易、姚合等皆有和詩。禹錫在同州，亦為此詩奉和。度詩今不存。

藹藹❶鼎門❷外，澄澄洛水灣。堂皇❸臨綠野，坐臥看青山。位極❹卻忘貴，功成欲愛閑。官名司管籥❺，心術去機關❻。禁苑❼凌晨出，園花及露攀。池塘魚撥剌❽，竹徑鳥綿蠻❾。志在安瀟灑，嘗經歷險艱。高情方造適❿，眾意望徵還⓫。好客交珠履⓬，華筵舞玉顏⓭。無因隨賀燕，翔集畫梁間⓮。

【注　釋】❶藹藹　雲煙深遠的樣子。❷鼎門　洛陽皇城端門正南。❸堂皇　官吏治事的廳堂。❹位極　官位至於最高。時裴度為中書令、守司徒，封晉國公，官居從一品（唐代文武官員，自開府儀同三司從一品以下至將仕郎從九品下，共二十九等，無正一品。正一品專授李姓親王），位極人臣。❺管籥　鎖匙。籥，通「鑰」。比喻朝臣中關鍵位置。❻去機關　去除機詐之心。❼禁苑　此指洛陽宮禁。❽撥剌　魚尾擊水聲。❾綿蠻　鳥鳴聲。❿造適　達到閒適的目的。⓫徵還　徵召返回朝中。⓬珠履　指高貴的客人。《史記・春申君列傳》：「春申君客三千餘人，其上客皆躡珠履。」⓭玉顏　美女。此指舞女。⓮無因隨賀燕二句　意謂自己遠在同州，不能與眾賓客至堂前相賀。《淮南子・說林》：「大廈成，而燕雀相賀。」後以「賀燕」用作祝賀新居落成的套語。

【語　譯】遠遠的鼎門之外，是清澈的洛水灣。高敞的廳堂臨近綠野，安坐即可見到青山。位極人臣卻總是忘卻富貴，大功已經告成欲追求清閒。擔任著掌管朝廷門鑰的職位，心胸坦蕩不設一點機關。凌晨從禁苑裏走出，及時採下帶露水的園中花朵。池塘裏傳來魚尾擊水的撥剌聲，竹林小徑響起小鳥的鳴叫。您志存安寧瀟灑，卻曾經歷艱難萬險。逸致高情達到極致，朝中官員卻期盼將您召回。今日高堂上多的是貴客，華筵上有舞女在助興。我不能與眾人一起參與慶賀，像飛燕那樣翔集於大廈畫梁之間。

【研　析】可以看做是對裴度的一篇頌詞。裴度立身正，功勞大，為朝野所仰望。自永貞以後，裴度對禹錫多所關照、賞識並予以獎拔。故禹錫為此詩不為諛，以裴度的品概，亦當得起。全詩將裴度功成年老退隱心性與園林之美交錯著寫，最後落句於賀客滿堂而自己不得與焉的遺憾，收束得好。

貞元中侍郎舅氏牧華州時余再忝科第前後由華覲謁陪登伏毒寺屢焉亦曾賦詩題於梁棟今典馮翊暇日登樓南望三峰浩然生思追想昔年之事因成篇題舊寺

【題　解】開成元年作於同州。同州又稱馮翊郡。侍郎舅氏謂盧徵，嘗為戶部侍郎，貞元中為華州刺史。禹錫永貞元年出刺連州（途中再貶為朗州司馬）途經華州，有〈途次敷水驛睹華州舅氏昔日行縣題詩處潸然有感〉詩，可參看。伏毒寺，在華州、同州交界處。詳研析。三峰，指華山蓮花、明星、玉女三峰。

曾作關中❶客，頻經伏毒巖❷。晴煙沙苑❸樹，晚日渭川❹帆。昔是青春貌，
今悲白雪髯。郡樓空一望，含意卷高簾。

【注　釋】❶關中　函谷關（或潼關）以西舊稱關中。此指長安。❷伏毒巖　即伏毒寺所在之巖。杜甫〈憶鄭南〉：「鄭南伏毒寺，瀟灑到江心。」仇兆鰲注：「寺在江中。」意伏毒巖臨渭水，而寺在巖上。❸沙苑　在同州南洛、渭之間。地多沙草，宜畜牧，唐時置牧監於此。❹渭川　指渭水。

【語　譯】曾經多年在長安為客，有機會多次登上伏毒寺。放眼望去是無際沙苑的樹，夕陽下飄蕩在渭水上的船帆。昔日的我是一副青春模樣，今日卻白鬚飄飄令人傷悲。站在郡樓遠望雖是徒然，因為另有深意故將竹簾高高捲起。

【研　析】禹錫昔年為「關中客」，陪舅氏登伏毒寺，應該主要在貞元間他參加科考時。至開成年間再登伏毒寺，已是三、四十年以後之事了，再加上對舅氏的懷念，故而全詩甚多不勝今昔蒼涼之感。首尾兩聯作呼應，中間兩聯，一寫景，一感慨。

伏毒寺，不待言在華州，然禹錫在同州登「郡樓」，詩題謂「追想昔年之事因成篇題舊寺」，寺似乎又在同州。寺今無存，無法考證。仇注杜詩謂「寺在水中」；禹錫詩中又有「沙苑樹」、「渭川帆」字樣，據《歷史地圖》考察之，伏毒巖及伏毒寺或在洛水與渭水交匯處，而二水交匯之地適當華、同二州交界處。故謂寺在華、在同皆可。姑備一說。

自左馮歸洛下酬樂天兼呈裴令公

【題　解】文宗開成元年秋作於罷同州、以太子賓客分司歸洛陽時。時詩人已屆老年，詩中流露了他對洛陽的地緣、人緣及賓客閒職的滿意心情。

新恩通籍❶在龍樓❷，分務神都❸近舊丘❹。自有園公紫芝侶❺，時賓行四人盡在洛中。仍追少傅赤松❻遊。華林❼霜葉紅霞晚，伊水❽晴光碧玉秋。更接東山❾文酒會❿，始知江左未風流⓫。王儉云：「江左風流宰相，惟有謝安。」

【注　釋】❶通籍　列名籍於宮門。凡官員，記名姓於門籍，可以進出宮門。籍為二尺竹牒，記年紀名字物色，懸之宮門，按省相應，乃得入。❷龍樓　漢代太子宮門名，因門樓上有銅龍，故名。後以龍樓借指太子居處。此處謂其官職為太子賓客。❸分務神都　指其分司東都。神都，即洛陽。武則天光宅元年曾改洛陽為神都。❹舊丘　故園。劉禹錫祖上原籍洛陽。

❺園公紫芝侶　對其在洛陽太子賓客同僚的美稱。園公，即東園公，商山四皓之一。四皓曾作〈紫芝歌〉。時太子賓客分司東都者四人，除劉禹錫外，另有李德裕、蕭籍、李仍叔三人。❻少傅赤松　指白居易。白居易時為太子少傅分司東都。赤松，即赤松子，相傳為上古時之神仙，能導引輕舉。白居易〈醉吟先生傳〉嘗自稱其「性嗜酒，耽琴，淫詩，凡酒徒、琴侶、詩客多與之遊。遊之外，棲心釋氏，通學大中小乘法。」故以「赤松」稱白居易。❼華林　園名，在洛陽。❽伊水　自洛陽東南流過，再東北流入洛水。❾東山　東晉謝安隱居處。此指裴度在洛陽的第宅。❿文酒會　指洛陽詩酒朋友的聚會。⓫江左未風流　意謂東晉江左未必能風流如此。江左，江東。東晉時謝安、王羲之等嘗有詩酒之會，時號為「江左風流」。詩末引王儉語見《南史・王儉傳》。

【語　譯】皇帝最新任命我為太子賓客，分司東都地近我家舊居。賓客四人如四皓皆是我的好友，還將追隨白少傅作神仙遊。華林園裏林木經霜如晚霞紅遍，秋陽照耀下伊水明澈如碧玉。還可以參與裴相公發起的詩文酒會，乃知東晉江左風流未必能如此。

【研　析】劉禹錫罷同州、以太子賓客歸洛，此後，他的足跡再也未離開過洛陽。太子賓客職銜高（正三品），卻是閒職；分司東都，更宜於安置老而地位較為尊崇的官員。劉禹錫對他的這一歸宿是相當滿意的。地近舊籍，一也；賓客僚友皆超然世事如四皓，二也；與老友白居易長久相伴，三也；正值洛陽秋日景色可人，四也；不時可以參與當代謝安裴度的詩酒聚會，五也。有此五者，安得不樂？詩中將此五者寫得人人皆可感知，說明詩人是發自內心的滿足。

和李相公初歸平泉過龍門南嶺遙望山居即事

【題　解】開成元年九月作於洛陽。李相公謂李德裕。本年秋七月，德裕自滁州刺史遷太子賓客分司東都，居平泉別墅，為〈初歸平泉過龍門南嶺遙望山居即事〉詩寄禹錫，禹錫和以此詩。德裕原詩今存。平泉，為德裕在洛陽別墅，在洛陽郊外三十里，「臺榭百餘所，天下奇花異草，珍松怪石，靡不畢具」（王讜《唐語林》

卷八），景色極為佳麗。龍門，即伊闕，在洛陽南，以有龍門山與香山隔伊水對峙如門，故名。

暫別明庭❶去，初隨優詔❷還。曾為〈鵩鳥賦〉❸，喜過鑿龍山❹。新墅❺煙火起，野程❻泉石間。巖廊❼人望在，只得片時閑。

【注釋】❶明庭　朝廷。❷優詔　褒美嘉獎的詔書。此指德裕由滁州召還。❸鵩鳥賦　漢賈誼所作。賈誼〈鵩鳥賦序〉：「誼為長沙王傅，三年，有鵩鳥飛入誼舍。」賈誼以為不祥，遂作〈鵩鳥賦〉。鵩鳥，即俗所謂貓頭鷹，舊傳為不祥之鳥。按，大和八年，德裕罷執政，貶浙西，九年，再連遭貶黜，先貶袁州刺史，赴袁州途中德裕有〈畏途賦〉，賦中有「當隆暑赫曦之候，涉潯陽不測之川。親愛聞之，無不揮淚」之句。〈鵩鳥賦〉或指此。❹鑿龍山　即龍山。傳說龍門為大禹所鑿。❺新墅　指德裕洛陽別墅平泉山莊。❻野程　猶言郊行。❼巖廊　指朝廷。

【語譯】當年暫時告別朝廷遠去，如今再隨皇帝褒美的詔書召還。曾經頹廢恐懼作過〈鵩鳥賦〉，今日意態輕鬆經過了龍門山。平泉山莊裏升起炊煙，郊遊路程在泉水山石間。朝廷百官人望猶在，洛陽山莊恐怕只有片刻的悠閒。

【研析】德裕原唱有「初歸故鄉陌，極望且除輪。近野樵蒸至，平泉煙火新」之句，經歷了袁州、滁州貶謫之後，所體現的是初歸洛陽家居的喜悅之情以及新鮮安逸的感覺。禹錫和詩，亦是如此，用「新墅煙火起，野程泉石間」兩句對德裕回到故里表示喜慶，但禹錫仍對德裕期望甚深，認為德裕人望猶在，朝廷即刻就會有重用。對德裕的執政才能，禹錫在此前後多次有類似表示，是由衷的推崇。

和李相公平泉潭上喜見初月

【題解】開成元年秋作於洛陽。李相公，謂李德裕，時為太子賓客分司東都，與禹錫為同僚。李德裕在洛陽的別墅名平泉，潭亦在別墅內。李德裕有〈潭上喜見初月〉詩，此詩和之。

家山❶見初月，林壑悄無塵。幽境此何夕❷？清光如為人。潭空破鏡❸入，風動翠蛾嚬❹。會向瑣窗❺望，追思伊洛濱❻。

【注釋】❶家山　故鄉之山。李德裕〈潭上喜見初月〉詩有「誰憐故鄉月」之句，故此處亦稱洛陽之山為李德裕「家山」。李德裕祖籍趙郡，但自其祖、父起即移居京洛，其家族墓地亦在洛陽，其稱洛陽為「故鄉」，原因或在此。❷幽境此何夕　用《詩經・唐風・綢繆》「今夕何夕，見此粲者」句意。❸破鏡　指初月。❹翠蛾嚬　此處形容水紋波動，初月如眉蹙。翠蛾，原指婦女之彎眉，代指初月。嚬，通「顰」。皺眉。❺瑣窗　有花格的窗戶。❻伊洛濱　伊水、洛水之濱。此指李德裕平泉別墅。

【語譯】故鄉之山見到了初月，山林澗谷寂無聲息與塵氛。今夕何夕相逢如此絕佳的幽境？明亮的月光好像與人相伴。破鏡似的初月投入清澈如空的潭水，風動水波初月似彎眉微蹙。我必然會透過瑣窗遠望，想像平泉山莊新月初見的景象。

【研析】此詩著意在渲染平泉潭初月臨照下之「幽境」。「破鏡」、「翠蛾」形容初月，比擬貼切；潭空而破鏡入，風動而翠蛾嚬，將潭水和初月融在一起寫，是此詩的難處，也是此詩的高妙處。此詩是為和李德裕詩而作。德裕是晚唐頗有作為的政治家，大和末、開成初因受朋黨排擠，罷相，為太子賓客分司的閑職。德裕詩首聯「簪組十年夢，園廬今夕情」，末聯「還將孤賞意，暫寄玉琴深」，都隱約透露著宦情的失意和冷落。禹錫雖然與德裕交誼頗深，但他與黨爭雙方均有交往，所以和詩幾乎不觸及李德裕現在的心情和處境。「會向瑣窗望，追思伊洛濱」二句，可以理解為「我深深地理解並同情你」，不過也僅此而已。

酬樂天齋滿日裴令公置宴席上戲贈

【題　解】開成元年十月作於洛陽。齋滿，持齋月滿。裴令公謂裴度，時為東都留守。佛教謂農曆正月、五月、九月為齋戒之月，謂之「三長月」。洪邁《容齋隨筆・三長月》：「釋氏以正、五、九月為『三長月』，故奉佛者皆茹素。」至唐高祖武德二年，遂詔天下，自今正月、五月、九月不行死刑，禁屠殺。時白居易九月齋滿，裴度置酒，禹錫戲贈此詩與居易，由中亦可看出劉、白晚年閒居洛陽時生活狀況。

一月道場❶齋戒滿，今朝華幄管絃迎。銜杯❷本自多狂態，事佛❸無妨有佞名❹。酒力半酣愁已散，文鋒未鈍老猶爭。平陽不獨容賓醉，聽取喧呼吏舍聲❺。

【注　釋】❶一月道場　指九月齋戒。❷銜杯　飲酒。❸事佛　致力於佛事。❹佞名　佞佛之名。佞佛，曲意從事於佛。❺平陽不獨容賓醉二句　用西漢曹參事。曹參封平陽侯，繼蕭何為相，以黃老無為之術佐惠帝。《史記・曹相國世家》：「相舍後園近吏舍，吏舍日飲歌呼。從吏惡之，請參遊園中，幸相國召按之。乃反取酒張坐飲，亦歌呼與相應和。」此以擬裴度，謂裴度樂於與從吏一起飲酒喧呼。

【語　譯】一個月的齋戒終於到頭，今朝豪華帷幄中管弦相迎。多多飲酒本來就是您的本性，恭敬事佛哪管落個佞佛之名。酒力半酣愁悶業已消散，筆鋒未鈍雖老猶逞能爭先。裴令公不獨允許客人酒醉，吏舍從屬也傳來陣陣喧呼聲。

【研　析】白居易晚年的「中隱」哲學本來就包括了佛、禪信仰。佛對唐代士人的影響大體可分為「形而上」與「形而下」兩種。「形而上」指佛教的哲學層面，「形而下」則包括了佛教的「齋戒」以及西方樂土信仰等。

白居易「上」、「下」兩個層面都有，然禹錫說他「銜杯本自多狂態」——貪杯即是本性，多多少少有取笑的態度，故曰「戲贈」。「佞佛」是當年韓愈對柳宗元的批評。柳宗元對待佛的態度，也是「上」、「下」兼習，只是還未如白居易那樣公開罷了。大約韓愈死後，士人中反佛的聲音也弱小不聞了。

秋齋獨坐寄樂天兼呈吳方之大夫

【題　解】約作於開成二年（西元八三七年）春，時禹錫官太子賓客，在洛陽。吳方之，名士矩，方之其字。吳方之時任秘書監分司東都，（御史）大夫是其任江西觀察使時所帶憲銜。由此詩可以看出禹錫晚年的生活狀況。

空齋寂寂不生塵，藥物方書❶繞病身。纖草數莖勝靜地❷，幽禽忽至似佳賓。
世間憂喜雖無定，釋氏❸銷磨盡有因。同向洛陽閑度日，莫教風景屬他人。

【注　釋】❶方書　醫書、藥書之類。❷靜地　清靜之地，指佛門。❸釋氏　佛家。

【語　譯】空落的書齋安靜無塵，藥物醫書環繞著有病之身。戶外有數莖纖草勝過了佛門靜地，幽雅的禽鳥忽然而至有如嘉賓。世間一憂一喜雖然不能確定，從佛家著作中總能探究到其中原因。與眾位友人共在洛陽度過餘下的日子，莫讓好風景盡屬於他人。

【研　析】晚年的禹錫疾病開始纏身。他是懂得醫術的人，自讀方書，自我調理。從詩中看不見詩人的憂和頹廢，或怨天尤人，而是仍舊充滿了生活的情趣。春日出生的數莖纖草，不期而至的禽鳥，都讓他感到了活著的生機和樂趣。世間憂喜，也可以在佛理中找到緣由。末聯是願與友人共勉的意思：風景如此之好，怎能盡屬他人呢？這是禹錫一貫的生活態度。由此詩還可以看出從同州分司東都後禹錫思想的一些變化：政治上的進取心較以往消沉，而對佛家之說興趣漸濃。政途窒塞，年歲漸老，加之受白居易等周圍朋友的影響，也是人之常情。

酬樂天偶題酒甕見寄

【題解】約作於開成二年（西元八三七年），時禹錫為太子賓客分司東都。其時朝廷多故，白居易題詩酒甕，以示醉中遠禍之意。禹錫酬以此詩。

從君勇斷拋名後❶，世路榮枯見幾回❷？門外紅塵人自走，甕頭清酒我初開。
三冬學❸任胸中有，萬戶侯須骨上來。何幸相招同醉處，洛陽城裏好池臺❹。

【注釋】❶勇斷拋名後　指大和三年白居易在刑部侍郎任上稱病，免歸，後以太子賓客分司東都，並從此未離開洛陽。勇斷，決心斷離。拋名，拋棄名利。❷世路榮枯見幾回　自白居易歸洛後，朝廷黨爭及南北衙（朝官與宦官）之爭的局面愈演愈烈，大批官員因之或升或黜，或流或貶，事故不斷。❸三冬學　謂胸中所積之學。漢東方朔曾稱自己「年十三學書，三冬文史足用。」見《漢書·東方朔傳》。❹池臺　指白居易在洛陽履道坊的宅第。

【語譯】自從您決心斷絕名利以後，人世間又見了多少一榮一枯？門外紅塵儘管他人去走，甕頭釀好的清酒我初打開。三冬積累的學問自然存於胸中，萬戶侯應須骨子裏才有。多蒙您相招共飲共醉，在那洛陽城幽美的池臺裏。

【研析】大和三年白居易稱病告歸，自此以後朝廷變故迭起：大和五年二月，神策軍中尉王守澄誣宰相宋申錫與漳王湊謀反，貶宋申錫開州司馬；七年二月，李黨執政，牛黨楊虞卿等一千人被逐出朝；八年，牛黨執政，李德裕被貶，先為袁州刺史，再為太子賓客分司；九年，李訓、鄭注用事，李宗閔等朝官均被驅逐出朝；同年十一月，甘露事變發生，李訓、鄭注事敗被殺，宰相王涯、賈餗等牽連被殺。白居易遠居洛陽，不與黨爭，亦不與朝政，題詩洒甕，即有醉中遠禍的含意。劉禹錫酬詩同白居易此義，觀「世路榮枯」、「門外紅塵」二句可知。

樂天示過敦詩舊宅有感一篇吟之泫然追想昔事因成繼和以寄苦懷

【題　解】約作於開成二年，時禹錫為太子賓客分司東都。敦詩謂崔群，群字敦詩，大和六年卒。群之宅在洛陽履道坊，與居易同處一坊。劉、白偶然同至崔群舊宅，白傷感題詩崔宅壁，禹錫和以此詩。

淒涼同到故人居，門枕寒流古木疏。向秀心中嗟棟宇❶，蕭何身後散圖書❷。
本營歸計非無意，唯算生涯尚有餘❸。忽憶前言更惆悵，丁寧相約速懸車❹。

【注　釋】❶向秀心中嗟棟宇　用晉向秀悼念嵇康、呂安事。向秀與嵇、呂善，嵇、呂死，向秀經其山陽舊居，聞鄰人吹笛，作〈思舊賦〉，賦中有「棟宇存而弗毀兮，形神逝其焉如」之句。❷蕭何身後散圖書　劉邦入咸陽，蕭何獨先入收秦丞相御史律令圖書藏之，見《史記‧蕭相國世家》。此以蕭何擬崔群。群元和末年為相，後為皇甫鎛所讒，罷相，以吏部尚書卒。群晚年營新宅在洛陽履道坊，欲終老於此。宅初成，群卒。大約群喜讀書，故以蕭何擬之；群卒，圖書散失，因有此語。❸本營歸計非無意二句　意謂崔群算計自己年齡「尚有餘」，故造新宅於洛陽，意欲在此優遊歲月。❹忽憶前言更惆悵二句兩句下原有注云：「敦詩與予及樂天三人同甲子，平生相約，同休洛中。」丁寧，即叮嚀。懸車，指退休。古時為官者至七十歲辭官家居，廢車不用，故云。

【語譯】懷著淒涼之心，我們同到了故人的家。門前一道流水，還有蕭疏的古木。向秀賦中嗟歎過「人亡而棟宇仍在」的話，蕭何死去圖書散失不知去向。崔群洛陽營宅不是沒有想法，他算計自己的年齡應該還有餘。忽然憶及從前的話語更令我惆悵，我們曾叮嚀相約趕快辭官退休。

【研析】崔群與韓、柳交善，故與禹錫交誼亦久。崔與劉、白的交誼還在於三人「同甲子」。愈到晚年，「同甲子」的意義愈重大，一旦有人辭世，則同齡人傷逝之情更不同於一般。崔群的新宅與白居易相鄰，劉、白偶然經過崔群門前，傷逝之情遂被偶然觸動。白居易的詩，大體上是一直按「人亡物在」的思路寫，禹錫和詩也如此，但多出「本營歸計非無意，唯算生涯尚有餘」一層意思。崔群打算退休而來不及實現就死去，在同齡人是最傷感的事，清何焯以為此一聯「極有味」（清何焯《批劉禹錫詩》），原因即在此。

再經故元九相公宅池上作

【題解】開成二年春作於洛陽。元九相公謂元稹。元稹大和五年卒於武昌軍節度使任所。元稹在東都履信坊有故宅。

故池春又至，一到一傷情。雁鶩群猶下，蛙蠙衣❶已生。竹叢身後長，臺勢雨來傾。六尺孤❷安在？人間未有名。

【注釋】❶蛙蠙衣　青苔。❷六尺孤　謂元稹遺孤。據白居易〈元稹墓誌銘〉，稹卒時有遺孤名道護，年三歲。至開成二年道護九歲。

【語　譯】舊池塘又是春天，每次來到都令我傷情。雁群依舊落下，青苔已然生成。竹叢在您死後猶自成長，雨後歌臺有傾頹之勢。幼子今在何方？尚未在人間有名。

【研　析】存者經過逝者生前故宅，見荒蕪一片，感慨必然很多。元稹早慧，十五歲以明兩經擢第，故末聯有此一問。

和令狐相公南齋小燕聽阮咸

【題　解】開成二年春夏間作於洛陽。令狐楚時為山南東道節度使。楚原詩今不存。燕同「宴」。阮咸，古樂器名。簡稱「阮」。撥弦樂器，形似琵琶。狀略像月琴，柄長而直，四弦有柱。相傳晉阮咸創製並善彈此樂器，因而得名。劉餗《隋唐嘉話》卷下：「元行沖賓客為太常少卿，有人於古墓中得銅物，似琵琶而身正圓，莫有識者。元視之曰：『此阮咸所造樂具。』乃令匠人改以木，為聲甚清雅，今呼為『阮咸』是也。」

阮巷❶久蕪沉，四弦有遺音❷。雅聲發蘭室❸，遠思含竹林❹。坐絕眾賓語，
庭移芳樹陰。飛觴❺助真氣，寂聽無流心❻。影似白團扇，調諧朱弦琴。一毫不
平意，幽怨古猶今。

【注　釋】❶阮巷　指阮咸在洛陽的居住地。❷遺音　謂令狐楚所聽彈奏之音仍有阮咸當年所彈之音。❸蘭室　指令狐楚聽阮的南齋。❹竹林　相傳阮咸與其叔父阮籍、嵇康等七人長聚於竹林飲酒談玄，號為「竹林七賢」。竹林具體所在已不能詳。

❺飛觴　指飲酒。❻流心　分神；不專一。

【語　譯】阮咸當年居住的巷子久已荒蕪，但他製作的阮今天依舊有遺音。優雅的聲音自南齋發出，含著對昔日竹林深遠的思念。四座賓客皆靜止了語言，不覺間日影西斜院庭樹陰都有了轉移。昔日竹林七賢開懷飲酒以助阮咸彈奏的真氣，今日寂然靜聽一點不能分心。阮咸的影子好似白色的團扇，彈奏也須調諧四條琴弦。阮音裏似乎傳出一絲不平之氣，古今的幽怨全然合在一起了。

【研　析】禹錫對音樂（包括樂器）有特殊愛好。和令狐楚詩，不獨因令狐相邀，也因為「阮咸」人與琴名相同，且與「竹林」佳話相連。這首詩的特點就是將「人」（阮咸）「琴」（阮咸）以及竹林往事合在一起寫。末尾一句「幽怨古猶今」再將令狐楚久不得歸朝與「竹林」七人之怨暗相呼應。令狐楚本年十一月即卒於興元官舍，此詩也就成了禹錫與令狐楚唱酬的絕唱。

秋中暑退贈樂天

【題　解】開成二年秋作於洛陽，時禹錫為太子賓客分司東都。暑氣消退，節候宜人，詩人急於與白居易相見，乃贈此詩。

暑服宜秋著，清琴入夜彈。人情皆向菊，風意欲摧蘭❶。歲稔❷貧心❸泰，

天涼病體安。相逢取次第❹，卻❺甚少年歡❻。

【注　釋】❶人情皆向菊二句　意謂秋日到了，人情皆期盼於將開的菊花而不再留意於行將摧敗的蘭。❷稔　莊稼豐收。❸貧心　使其心清純，不為外物所累。❹次第　猶言儘快、急速。❺卻　拒絕；排除。❻少年歡　年輕人的歡娛行為。

【語　譯】暑天的服裝秋日仍可以穿著，清越的琴聲入夜時分再彈。人情皆盼望著菊花開放，任秋風去摧敗幽蘭。莊稼成熟我心情安舒，天氣涼爽病體亦覺安康。想儘快見你一面，年輕人的歡娛方式我們可以不取。

【研　析】因為暑氣消退，禹錫相約白居易，「相逢取次第」，急於見一面。劉、白雖然同居一城，但整個一個暑天未獲見面，也是可能的。詩的首聯、頸聯都寫秋涼節候宜人，以襯托思念、急於見面之情。頷聯「人情皆向菊，風意欲摧蘭」兩句，字面上當然可以作一般的理解：秋天將要來到，人們期盼著應時的菊花開放，對於已經過時、漸已衰敗的蘭花，則任其被秋風摧殘。但是如果這樣解，就淺了。也可能是詩人針對著社會上流行的「時尚」而發，人們看好的是前程遠大的年輕人，對老年人則不免輕視而投以冷眼了。從此詩末聯兩句看，禹錫有可能懷著老年人的這種心態。但究竟為何而發，只能作此懸揣了，故此清紀昀說此二句「比興深微」（《瀛奎律髓彙評》卷二二引）。

酬樂天詠老見示

【題　解】約作於開成二、三年之間。白居易有感於種種老衰之狀，作〈詠老贈夢得〉詩，禹錫酬以此詩。

人誰不顧❶老？老去有誰憐？身瘦帶❷頻減，髮稀冠自偏❸。廢書❹緣惜眼，
多灸❺為隨年❻。經事還諳事，閱人如閱川❼。細思皆幸矣，下此便翛然❽。莫道
桑榆❾晚，為霞尚滿天。

【注　釋】❶顧　顧念；憐惜。❷帶　指腰帶。❸髮稀冠自偏　古人戴冠後，以簪固定之，髮稀，則不易固定，故冠偏斜。

❹廢書　謂中止閱讀。❺灸　艾灸。此指用艾灸其穴位。❻隨年　順隨年齡增長。❼閱人如閱川　語出晉陸機〈歎逝賦〉：「川閱水以成川，水滔滔而日度；世閱人以為世，人冉冉而行暮。」閱，彙聚；經歷。❽翛然　心情舒暢、愉悅的樣子。❾桑榆　二星名，在西方。日在桑榆，即日西落至桑榆二星處。後用以喻老年光景。

【語　譯】身為人誰不顧念年老？然而老了又有誰肯去憐惜？身瘦腰帶頻頻緊縮，頭髮稀薄帽子也常常偏斜。廢書不觀是因為愛惜眼睛，多用艾灸是適應年齡增長的需要。經歷事情多，瞭解的事理也多；見過的人越多，經驗也就越豐富。細細思量這都是一種幸運，隨之也就覺得心情舒暢了。莫要說太陽偏西天已經晚了，但它的霞光還可以佈滿天空。

【研　析】詩人以自己的「老醜」入詩，自杜甫起，往往帶有一點自我解嘲的味道。白居易〈詠老贈夢得〉即是如此，詩云：「與君俱老也，自問老何如？眼澀夜先臥，頭慵朝未梳。有時扶杖出，盡日閉門居。懶照新磨鏡，休看小字書。情於故人重，跡共少年疏。唯是閑談興，相逢尚有餘。」雖然有些衰頹，大體也還健朗，亦不乏幽默。禹錫酬詩，較白詩多了「經事還諳事，閱人如閱川」這些可能與時局變故有關的句子。如大和九年發生的「甘露之變」，多少無辜朝官橫屍街頭。詩中因此感歎說「細思皆幸矣，下此便翛然」，所幸自己未陷入其中。尤為難得的是，禹錫在詠老的最後寫出了「莫道桑榆晚，為霞尚滿天」這樣精警、豪情充溢的句子。「為霞滿天」當然不是指政治上有大作為，而主要是指詩歌文章創作，同時也包括老而不衰、樂觀積極的生活態度。故明胡震亨評論此詩說：「劉禹錫播遷一生，晚年洛下閑廢，與綠野、香山諸老優遊詩酒間，而精華不衰，一時以詩豪見推，公亦自有句云：『莫道桑榆晚，為霞尚滿天。』公自貞元登第……同人凋落且盡，而靈光巋然獨存。造物者亦有以償其所不足矣。」（《唐音癸籤》卷二五）誠然如此。

洛濱病臥戶部李侍郎見惠藥物謔以文星之句斐然仰酬

【題　解】開成二年冬作於洛陽。戶部李侍郎謂李珏。珏大和九年自中書舍人轉戶部侍郎，開成元年以太子賓客分司東都，遷河南尹，與禹錫為同僚。開成二年再入為戶部侍郎。珏有詩以「文星」許禹錫，禹錫酬以此詩。李詩今不存。

隱几支頤❶對落暉，故人書信到柴扉。周南❷留滯商山老❸，星象如今屬少微❹。

【注　釋】❶隱几支頤　倦態。隱几，憑几而坐。支頤，以手撐持面頰。❷周南　地名，指成周（今河南洛陽）以南。此即指洛陽。❸商山老　四皓。禹錫自指。❹少微　星座名，共四星，在太微垣西南。《晉書・隱逸傳・謝敷》：「少微一名處士星，占者以隱士當之。」此亦禹錫自喻。

【語　譯】憑几支頤面對落日餘暉，故人的書信抵達我的柴門。洛陽留滯了一位商山四皓，如今的星象應當屬於隱士。

【研　析】李珏以「文星」（文昌星，又名文曲星。主文才）許禹錫是恭維，也是禹錫詩當時享盛名的實際情況。白居易有〈看夢得題答李侍郎詩詩中有「文星」之句因戲和之〉詩，云：「好遣文星守躔次，亦須防有客星來。」《南史・宋紀・文帝》：「（元嘉十九年）九月丙辰，有客星在北斗，因為彗，入文昌。」是白不相讓之意。亦是戲言。

李珏在牛李黨中屬於牛黨。禹錫晚年，因詩名大盛，「公卿大僚多與之交」（《舊唐書》本傳）。李珏寄藥物并詩當屬此類。

酬思黯代書見戲

【題解】開成二年冬作於洛陽。思黯為牛僧孺字。本年五月，僧孺由淮南觀察使改東都留守，李德裕自浙西代僧孺為淮南。僧孺在東都，屢有寄贈禹錫之詩，禹錫酬答者多至近二十首。僧孺原詩今不存。

官冷如漿❶病滿身，陵寒不易過天津❷。少年留守多情興❸，請待花時作主人。

【注釋】❶官冷如漿　形容賓客分司官職清冷。❷天津　天津橋。跨洛水上。❸多情興　謂牛僧孺邀請之書。

【語譯】賓客官冷如冬天冰水又疾病纏身，祁寒天氣不易跨過天津橋。少年留守的情致真是多多，請留待春日花時再造訪主人。

【研析】是對僧孺的邀請的婉拒。多病恐怕是主要原因之一。白居易有〈酬思黯戲贈〉詩云：「鐘乳三千兩，金釵十二行。妒他心似火，欺我鬢如霜。」雖是「戲贈」，可看出僧孺在洛陽享樂行徑。時禹錫六十六歲，而僧孺五十八歲，不能與「少年留守」同樂也是原因之一。最根本的原因恐怕還是與禹錫在牛李兩黨之間的「守中為上」（《唐詩紀事》卷三九「牛僧孺」條）的處事信條有關。白居易與牛黨楊嗣復為兒女親家，為了避嫌，不欲在朝中，屢求外放，但畢竟與「牛黨」略顯親近。最直接的例子就是李德裕為東都留守時，禹錫與德裕屢有酬答，而李、白之間無酬唱應答之詩。

令狐僕射與予投分素深縱山川阻峭然音問相繼今年十一月僕射疾不起聞予已承訃書寢門長慟後日有使者兩輩持書並詩計其日時已是臥疾手筆盈幅翰墨尚新律詞一篇音韻彌切收淚握管以成報章雖廣陵之弦於今絕矣而蓋泉之感猶庶聞焉焚之繐帳之前附於舊編之末

【題　解】 開成二年歲末作於洛陽。令狐僕射，謂令狐楚。楚以開成二年十一月卒於山南東道官舍，卒前嘗有詩寄禹錫，詩今不存。禹錫先聞訃書，後日見楚臨終前所為詩，痛何如哉。為此時哭之。焚之繐帳，祭奠之意也。

　　前日寢門❶慟，至今悲有餘。已嗟萬化❷盡，方見八行書❸。滿紙傳相憶，裁詩怨索居❹。危弦音有絕，哀玉❺韻由虛。忽歎幽明異❻，俄驚歲月除❼。文章雖不朽❽，精魄竟焉如？零淚❾沾青簡❿，傷心見素車⓫。淒涼從此後，無復望雙魚⓬。

【注　釋】 ❶寢門　內室之門。❷萬化　萬事萬物；大自然。❸八行書　書信。信紙一頁八行，後世信箋亦多每頁八行，故稱。❹索居　離群索居的簡寫。❺哀玉　謂書信及詩箋。❻幽明異　生死相隔。❼歲月除　其時正當開成二年之末，故云。

❽文章雖不朽　謂令狐楚文章造詣極深。按，令狐楚聰敏博學，才思俊麗，登科後為藩府掌箋奏，久在太原掌書記，德宗每覽太原府表文，必能辨楚所為。元和中掌制，詞鋒犀利，絕人遠甚。所為詩，雖「以將相之重，聲蓋一時」（吳師道《吳禮部詩話》）。楚死，諡「文」。❾零淚　涕淚掉落如零雨。❿青簡　竹簡。此處泛指紙張。⓫素車　古代凶、喪事所用之車，以白土塗刷。⓬雙魚　書信。古時書信，以魚形木板，一底一蓋，書信夾在其中。又稱雙鯉魚。古樂府云：「客從遠方來，遺我雙鯉魚。呼兒烹鯉魚，中有尺素書。」語出此。

【語譯】前日在寢門長慟，至今傷悲有餘。業已感歎萬化極盡，又見到您的八行書。滿紙傳遞的是對我的憶念，詩中抱怨遠離我而離群索居。繃緊的弦終有斷絕，發出碎玉一般的聲音。我忽而歎息幽明瞬間相隔，又驚訝年關將盡除夕將臨。您的文章固然已經傳世不朽，但您的精魄如今到了哪裏？我的眼淚滴落在紙張上，還將傷心地看到靈車從門前經過。最令我淒涼的是自此以後，再也見不到您的書信詩箋寄臨。

【研析】令狐楚是公卿大臣，訃聞自然先抵長安、洛陽。令禹錫難過的是死訊先聞而死前書信詩箋後至。禹錫所為〈司空令狐公集紀〉轉述令狐楚子令狐綯語云：「先正司空與丈人為顯交，撤懸（撤去懸掛的鐘磬類樂器，是死的婉飾語）之前五日所賦詩寄友，非它人也，今手澤尚存。」即禹錫。這當然是令禹錫最傷心難過的。令狐楚亦為牛黨，但令狐楚第一文章好，第二在地方治績好，第三清廉端正，「風儀嚴重……寬厚有禮，門無雜賓」（《舊唐書》本傳），尤好獎拔後進。令狐楚對禹錫的賞愛是出自真心的，數十年之間與禹錫交往，詩歌酬唱頻繁。禹錫曾將大和五年以後與令狐楚酬唱之詩編為《彭陽唱和集》。詩題謂將此篇「附於舊編之末」，「舊編」即指《彭陽唱和集》——確實是「廣陵之絃於今絕矣」。

元日樂天見過因舉酒為賀

【題解】開成三年（西元八三八年）元日作於洛陽，時禹錫任太子賓客分司東都。是日白居易見訪，二人互有詩相賀。白之作為〈新歲贈夢得〉，劉即此詩。

漸入有年❶數，喜逢新歲來。震方❷天籟動❸，寅位❹帝車回❺。門巷掃殘雪，林園驚早梅。與君同甲子❻，壽酒讓先杯❼。

【注　釋】❶有年　謂已進入高齡。時劉禹錫六十七歲。❷震方　東方。❸天籟動　指東方日出。❹寅位　謂正月。夏曆十一月為子，十二月為丑，正月為寅。❺帝車回　謂斗柄自北而東。斗柄按四時移動，斗柄在北，天下為冬；斗柄指東，天下皆春。帝車，即北斗星。北斗七星，一至四名璇璣，又名斗魁；五至七名玉衡，又名斗柄。❻同甲子　謂其與白居易同年。按：劉、白俱生於唐代宗大曆七年（西元七七二年）。❼壽酒讓先杯　謂祝壽之酒互讓先飲。按：古人於元日酒，自年幼者始，以為幼者為得歲，而老者為失時。見《初學記》卷四引《四民月令》。劉、白同甲子，故互讓先飲。

【語　譯】漸漸進入高齡的歲數，又喜逢新年到來。東方日出天籟動，時在正月斗柄轉回。門巷掃除去年的殘雪，林園中早梅含苞待放。與君同年所生，壽酒互讓先飲。

【研　析】此詩寫詩人與白居易的友誼。自寶曆二年劉、白初逢於揚州，二人的交誼已經十二年。在詩歌創作上，劉、白旗鼓相當，白不能無劉，劉亦不能無白。劉、白互道友誼的詩很多，此詩緊扣住了兩個背景：一是逢新歲元日，二是兩人俱已進入老年，且是同齡老人。劉、白互贈的五律，都沒有離開這兩個背景。白詩說：「與君同甲子，歲酒合誰先？」劉詩說：「與君同甲子，壽酒讓先杯。」都很感人。

和樂天春詞依憶江南曲拍為句

【題　解】約作於文宗開成三年春。樂天春詞，即白居易所作〈憶江南〉曲。白居易嘗為〈憶江南三首〉，題下注云：「此曲亦名〈謝秋娘〉，每首五句。」《樂府雜錄》：「〈望江南〉，始自朱崖李太尉鎮浙西日，為亡妓謝秋娘所撰。本名〈謝秋娘〉，後改此名，亦曰〈夢江南〉。」李太尉即李德裕。此曲因白居易所作，亦名

〈憶江南〉，復因劉禹錫和作有「春去也」之句，又名〈春去也〉。

春去也，多謝❶洛城人。弱柳從風疑舉袂，叢蘭裛❷露似沾巾。獨坐亦含嚬❸。

【注釋】❶謝　致辭；致謝。❷裛　沾濕。❸嚬　同「顰」。皺眉。

【語譯】春天要走了，多多致辭於洛陽人。弱柳隨風搖動好似在揮動衣袖，叢蘭被露水沾濕好似在哭泣流淚。我獨坐一旁亦不禁滿面帶愁。

【研析】白居易〈憶江南〉共三首，劉禹錫的和作亦應有三首，劉作當有散佚。此首和白居易〈憶江南〉第一首，原詞云：「江南好，風景舊曾諳。日出江花紅勝火，春來江水綠如藍。能不憶江南？」白詞寫春來，劉詞寫春去；白詞寫詞人對江南春至的感受，劉詞先將春擬人化，即將離去，且寄語洛陽人；此後才轉而借弱柳、叢蘭寫洛陽人對春的依依不捨。風格婉麗，有伶工歌者風致。清人況周頤謂此詞具「流麗之筆，下開北宋（張）子野、（秦）少游一派」（《蕙風詞話》卷二），不為無因。

思黯南墅賞牡丹花

【題解】開成三年春作於洛陽。牛僧孺字思黯。僧孺南墅在洛陽城南。

偶然相逢人間世，合在增城❶阿姥❷家。有此傾城好顏色，天教晚發賽諸花。

【注釋】❶增城　古代神話傳說中的地名。《淮南子・墬形》：「掘昆侖虛以下地，中有增城九重，其高萬一千里百一十四步二尺六寸。」❷阿姥　指西王母。

【語譯】偶然與我相逢在人間世，本應生長在仙境西王母家。有讓全城傾倒的好顏色，蒼天讓它開花甚晚好讓它賽過所有的花。

【研析】首二句為協律倒置，既寫牡丹，又恭維僧孺南墅。牡丹開花在春末夏初，故有「天教晚發」之語。

洛中春末送杜錄事赴蘄州

【題解】或與前篇同時之作。杜錄事名字不詳。錄事為州郡僚佐。杜錄事應在洛陽為官，調任蘄州，禹錫寫此詩送他。蘄州，州治在今湖北蘄春，唐時屬淮南道。

尊❶前花下長相見，明日忽為千里人。君過午橋❷回首望，洛城猶自有殘春。

【注釋】❶尊　同「樽」。❷午橋　在洛陽南。

【語譯】此前還長在花下飲酒取樂，明日忽然成為千里以外的人。您跨過午橋時回首再望一眼，洛陽城裏還有殘春未落的花。

【研析】首二句平平。末二句明寫洛陽殘春值得留連，其實是在寫洛陽故人值得眷顧。雖不及王維「勸君更盡一杯酒，西出陽關無故人」二句情致深厚，然措詞用意一也。

酬端州吳大夫夜泊湘川見寄一絕

【題　解】開成三年秋作於洛陽。吳大夫謂吳士矩。士矩字方之，元、白集中皆有寄贈士矩之詩。開成初，士矩官江西觀察使，以宴饗侈縱獲罪貶蔡州別駕，繼又流端州，至湘江時寄詩禹錫，禹錫酬以此詩。士矩原唱今不存。（御史）大夫為士矩任江西觀察使所帶憲銜。

夜泊湘川逐客心，月明猿苦❶血沾襟❷。湘妃舊竹❸痕猶淺，從此因君染更深。

【注　釋】❶猿苦　湘水一帶多猿，啼聲淒清哀苦，故云。❷血沾襟　或用杜鵑啼血事。❸湘妃舊竹　即斑竹。張華《博物志》卷八：「堯之二女，舜之二妃，曰湘夫人，帝崩，二妃啼，以涕揮竹，竹盡斑。」

【語　譯】夜泊湘江詩中一片逐客之心，月明猿聲淒苦杜鵑啼血。湘妃竹上淚痕還嫌太淺，因您的痛苦將會染得更深。

【研　析】因吳士矩的詩觸動了自己昔年貶逐湘西的苦痛經歷，所以寫來語意沉痛。

秋晚新晴夜月如練有懷樂天

【題　解】開成三年晚秋作於洛陽。因暑熱已退，詩人頗感適便而有懷友朋。居易有酬詩。

雨歇晚霞明，風調❶夜景清。月高微暈散，雲薄細鱗❷生。露草百蟲思，秋林千葉聲。相望一步地，脈脈❸萬重情。

【注　釋】❶風調　風和順。❷細鱗　狀雲。❸脈脈　含情凝視的樣子。

【語　譯】雨後晚霞明麗如錦，晚風均勻吹拂夜景清涼。明月高懸微暈散去，空中薄雲如細鱗一般。帶露的草叢裏蟲聲傳遞著思念，秋林樹葉傳來一陣風聲。我們在相距一步之地互望，脈脈含情互相凝視。

【研　析】雨歇、風調、月高、雲薄以及露草百蟲、秋林千葉等，描摹雨後晚秋之景如畫。末尾一聯歸於「有懷」。白居易酬詩末聯云：「相思懶相訪，應是各年衰。」兩位互相思念卻憊於行走，正是老人常有情態。「思」字有平、仄兩讀，「望」字也有平、仄兩讀。所以仍是協律的五律。

始聞秋風

【題　解】當作於禹錫晚年。依前首編於此。詩有因秋風而起衰年振作之意。

昔看黃菊與君❶別，今聽玄蟬❷我卻回。五夜❸颼飀❹枕前覺，一年顏狀鏡中來。馬思邊草拳毛❺動，雕盼青雲睡眼開。天地肅清❻堪四望，為君扶病上高臺。

【注　釋】❶君　不知謂誰。❷玄蟬　黑褐色的蟬。❸五夜　五更。古人一夜分五更。❹颼飀　風聲。❺拳毛　拳曲的毛。❻肅清　形容秋日天高氣清。

【語　譯】昔日菊花開放之際與你分別，今日聽到秋蟬啼叫我卻返回。五更時分颼飀的風聲把我驚醒，一年容貌的變化從鏡中可以看出來。戰馬思念邊塞的草原，大雕看見青天白雲就睡眼頓開。秋高氣爽正可以四下瞭望，因為思念你扶病登上高臺。

【研　析】沈德潛《唐詩別裁》以為詩中的『「君」字未知所謂」（卷一四），紀昀以為「題下當有脫字，當云始聞秋風寄某人」（《瀛奎律髓勘誤》），所說皆有道理。今之解者以為「君」即秋風，如此說詩，迂曲而難通。劉禹錫一貫喜好秋天，即使到了衰病之年仍不改，夜聞秋風而抑制不住內心的躁動，大有「烈士暮年，壯心不已」之慨。「馬思邊草拳毛動」二句，尤為警麗。

和僕射牛相公春日閑坐見懷

【題　解】開成四年（西元八三九年）春作於洛陽，僕射牛相公為牛僧孺，僧孺開成二年為東都留守，三年遷尚書省左僕射。僧孺有〈春日閑坐〉詩自長安寄禹錫，禹錫和以此詩，抒發其人走而莊園空寂、懷念僧孺之情。

官曹崇重❶難頻入，第宅❷清閑且獨行。階蟻相逢如偶語❸，園蜂速去恐違程❹。
人於紅藥❺惟看色，鶯到垂楊不惜聲❻。東洛池臺怨拋擲，移文非久會應成❼。

【注　釋】❶官曹崇重　指僕射之職崇高重要。按，唐三省中，中書、門下省掌制令決策，尚書省掌推行政令，在三省之中，職務最為繁重。左右僕射為尚書省長官，故云「官曹崇重」。❷第宅　指牛僧孺在洛陽的莊園。❸偶語　相聚時竊竊私語。❹違程　延誤規定的時限。❺紅藥　即芍藥。❻不惜聲　猶言盡情鳴叫。❼東洛池臺怨拋擲二句　用南朝齊孔稚珪〈北山移文〉事，謂洛陽的舊宅被棄置甚久，不久當有「移文」傾訴其抱怨之情。移文，官府文書之一種。據孔稚珪〈北山移文〉所云，先是有「周子」者（《文選》李善、呂向注皆以為即周顒，顒字彥倫），隱於北山，後周子應詔出為海鹽縣令，途經此山，乃有山靈移文周子，責其拋擲舊山甚久。

【語譯】尚書省職務崇重難得您頻頻進入，洛陽第宅空閒著有遊園者獨行。臺階上的螞蟻相聚一起有如竊竊私語，園中蜜蜂急速離去好像怕耽誤了歸程。遊園的人欣賞芍藥豔麗顏色，又聽到垂楊裏黃鶯在盡情鳴叫。東洛池臺抱怨被拋擲太久，發抒不滿的移文想來不久就會寫成。

【研析】揣詩意，詩人應是獨自進入了牛僧孺洛陽的池臺，然後借所見（螞蟻偶語，園蜂速去，芍藥之色及黃鶯之鳴）形容池臺之空寂無人，抒寫自己懷想池臺主人之情。因為牛僧孺是牛李黨爭的主要當事人，詩中又有「階蟻偶語」、「鶯不惜聲」等容易使人產生聯想的描寫，所以歷代詩評家有以為此詩「中四句是比小人成群，紛紛洶洶」（清何焯《批劉禹錫詩》）、「深於影刺」（清王夫之《唐詩評選》卷四）之說。按劉禹錫晚年居洛，與牛李兩黨黨魁牛僧孺、李德裕俱有交往，但僅限於詩文往來，對牛李黨爭之是非概不介入。或者謂劉禹錫在牛李黨爭中是傾向於支持李（德裕）黨的，這可以從禹錫酬李德裕詩總是盛稱德裕之才看出，但無劉禹錫反對牛（僧孺）的佐證。「階蟻偶語」、「鶯不惜聲」等，不過藉以形容池臺寂寞、荒無人跡而已，皆詩家通常用語，據此得出其譏刺牛僧孺，恐未必切合實際。

病中一二禪客見問因以謝之

【題解】開成四年作於洛陽。禪客，參禪者，此指向佛之人。

勞動諸賢者，同來問病夫。添爐搗雞舌❶，灑水淨龍鬚❷。身是芭蕉喻❸，
行須邛竹❹扶。醫王❺有妙藥，能乞一丸無？

【注釋】❶雞舌　雞舌香之省，即丁香。丁香為常綠喬木，果實長球形，種子可榨丁香油，入藥。❷龍鬚　即龍鬚草。此指以龍鬚草編織的席。崔豹《古今注・問答釋義》：「有龍鬚草，一名縉雲草……江東亦織以為席。」❸芭蕉喻　佛家語。芭蕉不堅，佛教以之比喻人的身體。《涅槃經》：「是身不堅，猶如……芭蕉之樹。」又云：「譬如芭蕉，生實則枯，一切眾生身亦如是。」❹邛竹　邛地之竹。此指竹杖。❺醫王　醫術極精的人。多用以比喻諸佛或高僧等。

【語譯】勞動諸位賢者，一起來探望我這個病夫。命童子爐中多搗雞舌，灑水洗淨龍鬚席。我的肉身如芭蕉中空，行走須扶持竹杖。醫王那裏可有妙藥，能代我求得一丸否？

【研析】因為前來探病的都是佛門中人，所以詩句多用佛典。開成三四年間，禹錫患病體弱。然此詩語意平緩，略含調侃，不見疲敝頹唐之態。畢竟是「詩豪」禹錫。

歲夜詠懷

【題解】開成四年除夕夜作於洛陽，時禹錫任太子賓客分司東都。白居易已有詠懷之作，牛僧孺、盧貞（時任大理卿）有奉和之作。詩感慨一生不得志，晚年居閒，一任歲月蹉跎，又無可如何。

彌年❶不得意，新歲又如何？念昔同遊者，而今有幾多？以閑為自在，將壽補蹉跎。春色無情故❷，幽居亦見過。

【注釋】❶彌年　經年；累年。❷無情故　猶言沒有親情故舊之關係。

【語譯】連年不得意，新年又將如何？想起昔年同遊的朋友，而今存世者有幾多？如今以清閒為自在，將長壽來補一生之蹉跎。春色與我非親非故，仍然過訪閒居的我。

【研　析】白居易晚年有〈中隱〉詩云：「大隱住朝市，小隱如丘樊。丘樊太冷落，朝市太囂喧。不如作中隱，隱在留司官。」劉禹錫太子賓客官居正三品，雖是閒職，但優遊林泉，正好實踐白居易的「中隱」主張。劉禹錫並非不滿意於目前的「閑」和「壽」，只是由於中年以前屢遭挫折，壯志未申，所以當新歲將臨之際，心中的「遺恨」仍舊會凸現出來。

酬宣州崔大夫見寄

【題　解】武宗會昌元年（西元八四一年）作於洛陽。會昌初，禹錫加檢校禮部尚書銜，仍兼太子賓客分司。崔大夫謂崔龜從。龜從字玄告，清河（今屬河北）人，元和進士，長於禮學，開成四年至會昌四年為宣歙觀察使。龜從原詩今不存。（御史）大夫為崔龜從所帶憲銜。

白衣曾拜漢尚書，今日恩光到敝廬❶。再入龍樓❷稱綺季❸，應緣狗監說相如❹。中郎南鎮❺權方重，內史❻高齋興有餘。遙想敬亭❼春欲暮，百花飛盡柳花初。

【注　釋】❶白衣曾拜漢尚書二句　用後漢鄭均事。鄭均任城（今山東濟寧）人，官拜尚書，後以病乞骸骨，告歸。章帝敬重之，東巡過任城，幸均舍，敕賜尚書祿以終其天年。時人號為「白衣尚書」。見《後漢書・鄭均傳》。會昌初，禹錫亦加檢校禮部尚書，僅是虛銜，故云。恩光，恩澤。❷再入龍樓　謂其再為太子賓客分司。龍樓，漢代太子宮門名。此處借指太子府。❸綺季　綺里季，四皓之一。此處代其賓客官職。❹狗監說相如　用西漢狗監楊得意向武帝推薦司馬相如事。武帝讀〈子虛賦〉而善之，蜀人楊得意為狗監，云：「臣邑人司馬相如自言所為此賦。」因此相如得武帝召見。見《史記・司馬相如列傳》。狗監，為皇家豢養獵狗者。❺中郎南鎮　指崔龜從鎮宣歙。❻內史　官名，西漢初，諸侯王國置內史，掌民政。歷代沿置。錢大昕《十駕齋養新錄》卷六：「漢制，諸侯王國以相治民事，若郡之有太守也。晉則以內史行太守事，國除為郡，則復稱太守，然二名往往混淆，史家亦互稱之。」此指觀察使。❼敬亭　在宣州。謝朓為宣州太守時，有〈遊敬亭山〉等詩。唐李白亦有〈獨坐敬亭山〉詩。

【語譯】麻衣平民也曾拜過漢代尚書，未曾想到皇帝恩澤降臨我的破屋。又入太子府做賓客，大約與狗監楊得意在皇帝面前舉薦了司馬相如那樣。大夫您鎮守宣歙權勢重大，作為郡守高臥齋中也會詩興大發。遙想敬亭春光欲暮，正是百花飛落柳花初開之時。

【研析】詩分兩截：前半說獲尚書恩賜之事。大約崔龜從來詩說及禹錫檢校尚書之事，所以禹錫酬詩說自己不過「白衣」尚書而已。禹錫有意將朝廷「賜」尚書之事寫得輕描淡寫，表示自己不看重這個虛銜——畢竟已經七十歲了，還能有什麼作為呢！開成五年至武宗會昌，李德裕拜相，禹錫尚書之「賜」，或與德裕入相有關。後半寫崔龜從，是一般應酬的話。

偶作二首

【題解】約作於晚年。

其一

終朝❶對尊酒，嗜興非嗜甘❷。終日偶❸眾人，縱言不縱談。世情閑❹盡見，藥性病多諳❺。寄謝嵇中散，予無甚不堪❻。

【注釋】❶終朝　早晨。《詩經・小雅・采綠》：「終朝采綠，不盈一匊。」《毛傳》：「自旦及食時為終朝。」❷嗜甘　嗜好美味。甘，美味。❸偶　相對。❹閑　靜止。❺諳　熟悉。❻寄謝嵇中散二句　用晉嵇康事。嵇康友人山濤（字巨源）薦嵇康為官，康不欲與司馬氏合作，峻拒，為〈與山巨源絕交書〉，書中稱自己為官、與俗人交「有必不堪者七，甚不可者二」。嵇中散，即嵇康，康時為曹魏中散大夫。

【語譯】早晨面對酒樽，所好者是興致而非美味。終日與眾人一起，縱使說話卻不願放言。在閒靜中盡見世情淡薄，在病中瞭解了藥性。請致詞與嵇中散，對官場、人間我均無甚不堪。

【研析】是晚年勘透人情世故之後之作，頗平靜澹定，更無激憤。嵇康任性使氣，放言無忌，為司馬昭所害。此詩「縱言不縱談」，用嵇康〈與山巨源絕交書〉中「阮嗣宗口不論人過……至性過人，與物無傷」諸語，卻又謂其「無甚不堪」，極具深意。

其二

萬卷堆床書❶，學者識其真。萬里長江水，征夫渡要津❷。養生非但藥❸，
悟佛❹不因人❺。燕石❻何須辨，逢時即至珍❼。

【注釋】❶堆床書　語出盧照鄰〈長安古意〉：「寂寂寥寥揚子居，年年歲歲一床書。」❷要津　重要渡口。❸養生非但藥　嵇康〈養生論〉云：「善養生者則不然矣，清虛靜泰，少私寡欲。知名位之傷德，故忽而不營，非欲而強禁也；識厚味之害性，故棄而不顧，非貪而後抑也。外物以累心不存，神氣以醇白獨著，曠然無憂患，寂然無思慮。又守之以一，養之以和，和理日濟，同乎大順。然後蒸以靈芝，潤以醴泉，晞以朝陽，綏以五弦，無為自得，體妙心玄，忘歡而後樂足，遺生而後身存。」此用其意。養生，攝養身心使長壽。❹悟佛　領悟佛理。❺不因人　自悟而不依倚他人。❻燕石　似玉的石頭。❼至珍　最名貴的。

【語　譯】堆滿案几的萬卷書籍，只有學者可以識別其真假。萬里長江之水，出門人要從關鍵渡口渡過。養生不止是用藥，領悟佛理要靠自己。燕石何須仔細分辨，只要逢時就是珍品。

【研　析】與前首同一旨趣。本年患病時，禹錫對學問、世事、宦情以及養生，皆有深切的體會。關於「燕石」逢時即至珍的評論，多少仍有些刺世之意。

禹錫本年患病，七月卒，贈兵部尚書。沒有明顯的「絕筆」、「臨終」之歌。禹錫病中所撰〈子劉子自傳〉（見散文部分），當作於本年患病期間。有些禹錫編年將〈酬樂天詠老見示〉等表現禹錫「豪氣」的詩置於禹錫病中，恐未必妥當。禹錫卒，白居易、溫庭筠有詩哭弔。白詩云：「四海齊名白與劉，百年交分兩綢繆。同貧同病退閑日，一死一生臨老頭。杯酒英雄君與曹，文章微婉我知丘。賢豪歲歿精靈在，應共微之地下游。」（〈哭劉尚書夢得二首〉其一）溫庭筠亦賦詩，云：「王筆活鸞鳳，謝詩生芙蓉。學筵開絳帳，談柄發洪鐘。粉署見飛鵬，玉山猜臥龍。遺風灑清韻，蕭散九原松。」（〈秘書劉尚書挽歌詞二首〉其一）溫庭筠是晚輩（晚於禹錫三十歲），劉集中未見與庭筠交遊之跡，或其時恰在洛陽，並接受過禹錫的指教（觀「學筵開絳帳，談柄發洪鐘」二句可知）。

未編年詩

學阮公體三首（選二）

【題解】阮公，謂晉阮籍，「竹林七賢」之一，有〈詠懷詩〉為世所稱。據詩意，或為晚年所作。

其一

少年負志氣，信道不從時❶。只言繩自直❷，安知室可欺❸？百勝慮無敵，三折❹乃良醫。人生不失意，焉能暴己知❺？

【注釋】❶從時　順從時俗。❷繩自直　以繩為準。木工用繩測定直線。《尚書・說命上》：「惟木從繩則正。」❸室可欺　猶言暗室可欺。古人謂做事光明磊落，雖暗室亦不可欺。語出駱賓王〈螢火賦〉：「類君子之有道，入暗室而不欺。」❹三折　即三折肱，喻屢遭挫折。古有「三折肱為良醫」之語，因以「三折肱」指代良醫。❺暴己知　暴露自己短處令己知道。

【語譯】少年時只是自恃志氣，堅信直道而行決不順俗。只說以繩為準自然是直的，安知暗室中仍會遭人欺侮？已然百勝即無慮會有敵手，受多次挫折才成為良醫。人生假如沒有失意，焉能暴露自己短處何在？

【研析】當是晚年回顧一生行事而有所悟。暗室遭欺侮之事，或指貞元、永貞時事。

其三

昔賢多使氣❶，憂國不謀身❷。目覽千載事，心交上古人。侯門有仁義❸，靈臺❹多苦辛。不學腰如磬❺，徒使甑生塵❻。

【注釋】❶使氣　謂恣意發抒志氣、才氣。劉勰《文心雕龍・才略》：「嵇康師心以遣論，阮籍使氣以命詩。」❷不謀身　不為自身打算。❸侯門有仁義　語出《莊子・胠篋》：「諸侯之門而仁義存焉。」❹靈臺　指心。❺腰如磬　彎腰如磬。表示謙恭。磬，古代打擊樂器，狀如曲尺。《禮記・曲禮下》：「立則磬折垂佩。」此處指卑躬屈膝，受屈辱。❻甑生塵　無米下鍋。甑，炊具。

【語譯】往日的賢者多有任性使氣的，他們憂國憂民而不慮及個人。我流覽千載以來的人事，與上古賢者心心相印。侯門自然擁有仁義，貧者心靈多有苦辛。如果不肯彎腰如磬，就徒然讓你無米下鍋。

【研析】此首或是禹錫初遭挫折後所發激憤之言。

昏鏡詞　并引

【題解】詩或作於早年銳意進取之時。此篇屬寓言詩一類，譏刺世人中不修己德，如買昏鏡、自欺欺人者。

鏡之工列十鏡於賈區，發奩而視，其一皎如，其九霧如❶。或曰：「良苦❷之不侔❸甚矣！」工解頤❹謝曰：「非不能盡良也。蓋賈之意，唯售是念。今來市者，必歷鑒周睞❺，求與己宜。彼皎者不能隱芒杪之瑕❻，非美容不合，是用什一其數❼也。」予感之，作〈昏鏡詞〉。

昏鏡非美金❽，漠然喪其晶❾。陋容多自欺，謂若他鏡明。瑕疵既不見，妍態隨意生。一日四五照，自言美傾城❿。飾帶以紋繡，裝匣以瓊瑛。秦宮⓫豈不重？非適⓬乃為輕。

【注　釋】❶霧如　昏暗。❷良苦　精良與粗濫。❸不侔　不相稱。❹解頤　開顏嬉笑。❺歷鑒周睞　閱歷極多。❻芒杪之瑕　微小的瑕疵。❼什一其數　意謂擺列十面鏡子中其一皎如而其九霧如。❽美金　優質的銅。古時製鏡用銅。❾晶　光澤。❿傾城　極言容貌美麗。⓫秦宮　指秦庭明鏡。傳說秦始皇有明鏡，可照見人的腸胃五臟，見《西京雜記》卷三。⓬非適　不合其意。

【語　譯】製鏡的工匠排列十面鏡子在市場上，打開匣子，有一面皎潔如月，其他九面則昏昧如霧。有人就說：「精良之鏡與粗濫之鏡差別太大了！」工匠開顏嬉笑著解釋說：「不是我不能都做好。我們做買賣的，唯一想的就是將鏡子賣出去。現在來到市場的買者，都是看過許多鏡子的，他們只求與自己合適的才買。那些皎潔的不能掩飾他們面孔上微小的瑕疵，與他們想讓自己美容的願望不合，所以我才有十鏡九粗濫的做法。」我聽了有所感觸，作〈昏鏡詞〉。

昏鏡沒有用好銅磨製，所以模糊不清失去光澤。醜陋的人用昏鏡自欺，說此鏡與其他鏡一般明亮。自己的瑕疵鏡中既然不能顯現，種種漂亮的姿態就隨意而生。一日照四五次鏡子，說自己有傾城之美。用有花紋的錦繡裝飾鏡帶，用美玉做的匣子盛放鏡子。秦宮的寶鏡難道不貴重？因不合其意反遭他輕視。

【研　析】魏徵死後，唐太宗嘗曰：「夫以銅為鏡，可以正衣冠；以古為鏡，可以知興替；以人為鏡，可以明得失。魏徵徂逝，遂亡一鏡矣。」此首寓言詩，顯然由此發端。其意義，小而言之，是規勸世人重修其德而不隱匿其瑕疵；大而言之，是要君王有察己之明，去自以為是之弊，國乃治。

養鷙❶詞 并引

【題解】中唐之際，藩鎮將悍兵驕，而朝廷一味姑息。清人何焯謂此詩「似為長慶中河朔再失，諸將莫肯用命而發。」（《瀛奎律髓彙評》引）所說不無道理。

途逢少年，志在逐禽獸。方呼鷹隼，以襲飛走❷，因縱觀之。卒無所獲。行人有常❸從事於斯者，曰：「夫鷙禽，飢則為用❹，今哺之過篤❺，故然也。」予感之，作〈養鷙詞〉。

養鷙非玩形❻，所資擊鮮❼力。少年昧其理，日日哺不息。探雛❽網黃口❾，旦暮有餘食。寧知下韝❿時，翅重飛不得？毰毸⓫止林表⓬，狡兔自南北。飲啄⓭既已盈，安能勞⓮羽翼？

【注釋】❶鷙　猛禽。此指鷹。❷飛走　飛禽猛獸。❸常　同「嘗」。❹飢則為用　《三國志・魏書・呂布傳》載，呂布因陳登求徐州牧，曹操不許，布大怒，登徐喻之曰：「登見曹公，言待將軍譬如養虎，當飽其肉，不飽則將噬人。公曰：『不如卿言也。譬如養鷹，饑則為用，飽則揚去。』」❺過篤　過甚。❻玩形　賞玩其形態。❼擊鮮　宰殺活的牲畜禽魚，以充美食。❽探雛　探取幼鳥。❾黃口　雛鳥的嘴。此處借指幼鳥。❿韝　獵者手臂上的皮套，以停獵鷹。⓫毰毸　鳥羽張開貌。⓬林表　林梢；林外。⓭飲啄　飲水啄食。此指食物。⓮勞　勞動；煩勞。

【語譯】路途中逢一少年，其愛好在追逐禽獸。其時他正在呼喚鷹隼，以襲擊飛禽走獸，於是就隨從觀看。

但到終了無所獲。行人之中有曾經從事於此的，說道：「猛禽饑餓了，才能為我所用，如今餵牠過飽，所以是現在這個樣子。」我有所感，因而作〈養鷙詞〉。

豢養猛禽的本意不在玩賞其形態，是要借助牠捕獲飛禽走獸的能力。少年郎不明白這個道理，日日餵牠不休。不時取來幼鳥以供其食用，從早到晚皆有剩餘。怎知當鷙鳥下韝飛起時，翅膀沉重飛不動呢？只見牠張開了毛羽停止於林梢，而狡兔卻南北逃逸。食物是如此的豐盛，豈能再勞動牠奮起翅膀？

【研　析】因其所見，有感於時事而發為此詩。詩前的「引」，有意將所見之事說「實」，復借行人之口進一步坐實，欲起寄託遙遠之作用。當然，也可能是有所忌諱。然刺世的初衷仍舊很明顯。全詩的不足也恰在於此：說理稍多而形象性稍差。唯「毰毸止林表，狡兔自南北」二句較堪玩味：朝廷所倚重之將軍不肯用力，致使叛逆藩將（狡兔）任意南北。

武夫詞　并引

【題　解】武夫，指長安禁軍。《新唐書·兵志》：「夫所謂天子禁軍者，南、北衙兵也。南衙，諸衛兵是也；北衙者，禁軍也。」南衙諸衛是衛府（京兆府）之兵，相沿為宰相所掌握，屯駐並宿直於除禁苑以外的京兆府內；北衙禁兵為皇帝親信大將或親信中官（宦官）所掌握，屯駐並宿直的範圍在禁苑以內。此詩譏刺長安城中軍人驕橫不法。應是早年所作。

有武夫過，詫❶余以從軍之樂。翌日，質❷於通武之善經者❸，則曰：「果有樂也。夫威恣❹而賞勞❺則樂用❻，威雌❼而賞虣❽則樂橫❾，顧其樂安出❿耳。」余惕然，作是詞。

武夫何洸洸⓫，衣紫⓬襲絳裳⓭。借問胡為爾？列校⓮在鷹揚⓯。依倚將軍勢⓰，交結少年場⓱。探丸害公吏⓲，袖刃妒名倡⓳。家產既不事，顧眄自生光。酣歌高樓上，袒裼⓴大道傍。昔為編戶人㉑，秉耒㉒甘哺糠。今來從軍樂，躍馬飫㉓膏粱。猶思風塵㉔起，無種取侯王㉕。

【注釋】❶詫　誇耀。❷質　對質；落實。❸通武之善經者　懂得軍事善於治軍的人。❹威恣　權力大，可以恣意行事。❺賞勞　獎賞犒勞。此指有豐厚的報酬。❻樂用　樂於為用。即樂於當這樣的軍人。❼威雌　威力不夠，即權力不夠大。❽賞虓　獎賞暴力，即鼓勵暴力行為。虓，兇暴；暴虐。❾樂橫　樂於橫行。❿安出　從何處出，即樂出於何處。⓫洸洸　威武的樣子。⓬衣紫　著紫色官服。唐制：三品以上官員服紫。⓭襲絳裳　穿絳色衣裳。襲，穿衣加衣，即衣上加衣。絳，深紅色，古代軍服常用絳色。⓮列校　中級軍官。東漢時守衛京師的屯衛兵分作五營，稱北軍五校，每校首領稱校尉，統稱列校。⓯鷹揚　指鷹揚府。隋開皇中置驃騎將軍府，每府置驃騎將軍、車騎將軍，大業間改驃騎將軍府為鷹揚府，驃騎將軍稱鷹揚郎將，車騎將軍稱鷹揚副郎將。⓰依倚將軍勢　漢樂府〈羽林郎〉：「依倚將軍勢，調笑酒家胡。」此用其意。依倚，倚仗。⓱交結少年場　曹植〈結客少年場〉：「交結少年場，報怨洛北邙。」此用其意。少年場，古時俠少聚會之所。⓲探丸害公吏　謂遊俠殺人復仇。探丸，猶今之拈鬮，為遊俠殺人前的部署：每次行動前，殺人者以探丸決定分工，探得赤丸者殺武吏，探得黑丸者殺文吏，探得白丸者主治喪。⓳袖刃妒名倡　身藏利刃，為爭奪名妓不惜殺人。⓴袒裼　赤身裸體。㉑編戶人　編在戶籍簿中的平民。㉒秉耒　操持農具。㉓飫　飽食。㉔風塵　指戰爭。㉕無種取侯王　《史記．陳涉世家》載陳涉起事語曰：「王侯將相，寧有種乎？」

【語譯】有一位軍人經過，向我誇耀從軍之樂。他日，求證於懂得軍事並善於治軍的人，他說：「從軍果然有樂。如果隸屬於權力很大的部門，則獎賞豐厚，軍士樂於為用；如果是權力稍弱的部門，則鼓勵軍士使用暴力，軍士也樂於橫行不法。皆有樂，不過樂的出處不同罷了。」我聽了，覺得惶恐不安，因作此詞。

軍人真是威風凜凜，三品紫衣加在絳色的軍服外面。試問他將欲何為？原來眾將官都在軍府等他駕臨。小小軍士倚仗將軍的勢力，又交結了一群所謂少年俠客。他們或者探丸殺害官吏，或者懷藏利刃去爭搶女人。他們不積攢家產，顧盼之中得意洋洋。有時酒酣高歌於酒樓之上，喝醉了就赤膊坦胸在大道旁。從前不過是一個編戶在冊的農夫，手持農具以秕糠為甘美。如今卻以從軍為樂，跨著高頭大馬飽食精細的美味。還期盼著時局發生變故，便可以乘機封侯取王。

【研　析】唐人所擬樂府舊題（如〈結客少年場行〉、〈羽林郎〉，或題作〈俠客行〉、〈少年行〉、〈公子行〉等，皆由此題變化而來），多寫活躍於長安城中一類非主流（官員、士人、商賈等）人物——遊俠。初盛唐詩人筆下的遊俠，能看出他們已經由秦漢以來真正遊俠向職業軍人過渡的痕跡，如盧照鄰〈結客少年場行〉中的遊俠：「長安重遊俠，洛陽富財雄……烽火夜日月，兵氣曉成虹。橫行徇知己，負羽遠從戎。」盛唐王維〈少年行〉中的遊俠：「一身能擘兩雕弧，虜騎千重只似無。偏坐金鞍調白羽，紛紛射殺五單于。」已經完全等同於軍人了。不過，這些遊俠、或軍人，並不擾民害民，他們甚至從戎邊塞，戰功累累，詩人們對他們的態度也是愛慕兼尊敬的。盛唐後期至中晚唐，府兵制完全解體，職業軍人變為招募軍人，於是魚龍混雜，一些城市遊民，甚至不安於農村的農民也成了軍人。這些軍人，無論是宿直於禁苑的北軍（或稱御林軍、神策軍），還是宿直於長安城內的南軍（或稱諸衛），他們「散處甸內，皆恃勢凌暴，民間苦之」（《新唐書·兵志》），成了長安城中一大毒瘤，中唐詩人王建〈羽林行〉有云：「長安惡少出名字，樓下劫商樓上醉。天明下直明光宮，散入五陵松柏中。」逕稱這些所謂的「軍人」為惡少。劉禹錫此詩亦是。題為〈武夫詞〉，劉集編在「雜興」卷中，應屬新樂府類。此詩反映社會現實，具重要認識作用。城市遊民、工商雜冗或不安於農村的農民，為什麼要從軍？因為從軍甚樂。樂在何處？樂在憑藉權力可以得到豐厚的獎賞，樂在可以使用暴力獲得自己所需。全詩冷靜地寫這位「昔為編戶人」的下層軍人的從軍之樂以及他「無種取侯王」的非分之想，並不加評判，只是在「引」中用「余愓然，作是詞」表明了作者批判和憂慮的態度。

賈客詞 并引

【題解】作年或在早期。因傷農而作，為諷喻之詩。《樂府詩集》卷四八〈清商曲辭〉有〈估客樂〉，引《古今樂錄》曰：「〈估客樂〉者，齊武帝之所制也。」又有北周庾信之〈賈客詞〉，唐人多仿之。

五方❶之賈，以財相雄❷，而鹽賈尤熾❸。或曰：「賈雄則農傷。」予感之，作是詞。

賈客無定遊，所遊唯利并❹。眩俗❺雜良苦❻，乘時❼取重輕❽。心計❾析秋毫❿，捶鉤⓫侔懸衡⓬。錐刀⓭既無棄，轉化⓮日已盈。邀福⓯禱波神⓰，施財⓱遊化城⓲。妻約⓳雕金釧⓴，女垂貫珠纓㉑。高貲㉒比封君㉓，奇貨㉔通幸卿㉕。趨時鷙鳥思㉖，藏鏹㉗盤龍形㉘。大艑㉙浮通川㉚，高樓㉛次旗亭㉜。行止皆有樂，關梁㉝自無徵㉞。農夫何為者？辛苦事寒耕！

【注釋】❶五方　東、南、西、北和中央。泛指各方。❷相雄　競賽。❸熾　威勢極盛。❹唯利并　猶言惟利是圖。❺眩俗　迷惑百姓。❻良苦　猶言良善者與粗鄙者。❼乘時　猶言抓住機會。❽重輕　指錢。❾心計　內心計算。❿秋毫　極言微小。⓫捶鉤　鍛造兵器。鉤，似劍而曲。語出《莊子・知北遊》：「大馬之捶鉤者，年八十矣，而不失毫芒。」意謂大馬（官職名，即大司馬）手下有捶鉤工匠，打造鉤這種兵器十分尖銳，不失毫芒。⓬懸衡　天平一類的衡器。⓭錐刀　錐尖。此處比喻微小之物。⓮轉化　指商人將本錢轉化為利潤。⓯邀福　求福。⓰禱波神　禱告水神。商人追求利潤，多以船裝載貨物。行走水路，最怕傾覆，故禱告水神護佑。⓱施財　向神施捨財物。⓲化城　佛法幻化出之城，此指佛寺。佛教謂一切眾生成佛之地為寶所，到此寶所，路途悠遠險惡，故恐行人疲倦退縮，於途中幻出一城郭，使其止息，蓄養精力，名為化城。⑲約　約束；套上。⑳雕金釧　雕鏤有花紋的金手鐲。㉑貫珠纓　貫穿著珠寶的纓絡。㉒高貲　豐厚的財產。㉓封君　受有封邑的貴族。㉔奇貨　稀奇寶貴的貨物。㉕幸卿　皇帝寵幸的大臣。㉖趨時鷙鳥思　猶言趨時取利若鷙鳥一般迅猛。㉗鏹　成串的錢。㉘盤龍形　形容錢串累積如盤龍。㉙艑　大船。㉚通川　四通八達的江河。㉛高樓　指高大的樓船。㉜次旗亭　止宿於商鋪酒樓。次，停留；留宿。旗亭，酒樓。㉝關梁　關卡；渡口。此指關隘設卡收稅處。㉞無徵　不收稅。

【語　譯】五方商人以財力相競，其中尤以鹽商實力最盛。有人說：「商人盛則農人傷。」我有感於此，作這首詩。

商人活動無一定之處，所到之處皆唯利是求。迷惑百姓無論良善還是粗鄙，抓緊機會騙取錢財。心裏算計著秋毫薄利，買賣時掂量輕重不差毫分。再小的微利也不放棄，轉手之間就謀得暴利。祈福求水神保佑平安，施捨錢物給佛寺。妻子手腕上戴著金手鐲，女兒身上垂著串珠的纓絡。豐厚的貲財與王侯相等，用珍奇異寶交通皇帝的幸臣。慮及趁時取利迅猛如鷙鳥，家藏金錢累積如盤龍。乘坐的大船航行在四處江河，高大的樓船經常停泊在酒樓邊。無論行走還是停留都處處享樂，經過官府設立的關卡也不納稅。農民到底是為了什麼？辛苦耕田卻饑寒交迫！

【研　析】與劉禹錫同時的元稹有〈估客樂〉，張籍有〈賈客樂〉，主旨都是傳統的「賈雄則農傷」思想，但商賈牟取暴利，生活奢侈，商、農之間貧富過於懸殊卻也是事實。元稹、劉禹錫的詩還寫到商人見利忘義、個人品質敗壞、交通官府權貴、逃避稅收的情況，更是觸目驚心。從內容方面說，此詩的現實意義還是很強烈的。就藝術性而言，諷喻詩不是劉禹錫所長。白居易〈新樂府序〉謂其諷喻詩的寫作，有「其辭質而徑」、「其言直而切」、「其事覈而實」、「其體順而肆」的說法，與白居易〈秦中吟〉、〈新樂府〉等諷喻詩相比較，劉禹錫的長處是「其言直而切」，不足之處恐是在「其體順而肆」方面有所欠缺。

調瑟詞　并引

【題解】調瑟，彈奏瑟前調節瑟弦。瑟，撥弦樂器，形似琴，《淮南子．繆稱》：「治國譬若張瑟，大絃絚，則小絃絕矣。」高誘注：「絚，急也。」此以調瑟喻治國理家過於苛刻者。似是早年之作。

里有富豪翁，厚自奉養而嚴督臧獲❶，力屈形削，然猶役之無藝極❷。一旦不堪命，亡者過半，追亡者❸亦不來復。翁悴沮❹而追昨非之莫及也。予感之，作〈調瑟詞〉。

調瑟在張弦❺，弦平音自足。朱絲二十五，闕一不成曲。美人愛高張❻，瑤軫❼再三促。上弦雖獨響，下應不相屬。日暮聲未和，寂寥一枯木❽。卻顧膝上弦，流淚難相續。

【注釋】❶臧獲　奴僕。❷藝極　準則；限度。《左傳．文公六年》：「陳之藝極，引之表儀。」杜預注：「藝，準也；極，中也。」俞樾曰：「極與藝同義，藝，準也，極，亦準也。」❸追亡者　派往追趕逃亡的人。❹悴沮　沮喪。❺張絃　鋪張琴弦。❻高張　緊弦。❼瑤軫　飾以珠寶之類的弦柱。軫，弦柱，轉動以調節弦的鬆緊。❽枯木　指斷弦之琴。

【語譯】坊里間有富翁，自奉甚厚而嚴苛對待奴僕。奴僕已經力竭形銷，然而他仍舊驅使奴僕不歇止。奴僕們不堪驅使，逃亡過半；派去追趕的人，也不再返回。富翁神色沮喪，追悔往日過錯卻已經晚了。我有感於此，作〈調瑟詞〉。

調節琴瑟在於鋪張琴弦，弦平瑟音自然響亮。瑟有二十五根弦，闕一即不能成曲。美人喜歡將弦擰緊，再三轉動弦柱。上邊的弦固然在響，下邊的弦卻不相應。至日暮瑟音未能調和，瑟形似一段枯木。再回頭看膝上的斷弦，徒然流淚無法相續。

【研　析】《國語‧周語上》：「使民之道，非精不和，非忠不立，非禮不順，非信不行。」《論語‧學而》亦云：「子曰：『道千乘之國：敬事而信，節用而愛人，使民以時。』」禹錫此詩前「引」，在說役使奴僕無度的鄰人，詩中再化為彈瑟的美人，講的都是儒家治國、使民的一個道理：調瑟如此，治家如此，治國自然也如此。

摩鏡篇

【題　解】摩鏡，即打磨鏡子。摩同「磨」。大約禹錫因為曾經遭人沮抑過，而現在終於出頭，於是借物以快其志。似是貞元末所作。

流塵翳❶明鏡，歲久看如漆。門前負局生❷，為我一磨拂。蘋開綠池滿，暈盡金波溢❸。白日照空心❹，圓光走幽室。山神妖氣沮，野魅真形出❺。卻思未磨時，瓦礫來唐突❻。

【注　釋】❶翳　遮蔽；掩蓋。❷負局生　即磨鏡先生，傳說中背負磨鏡箱的磨鏡人。《列仙傳》：「負局先生者，不知何許人也，語似燕、代間人，常負磨鏡局徇吳市中。」❸蘋開綠池滿二句　形容鏡子經打磨後光輝明亮之狀。蘋開，浮萍褪去。蘋，同「萍」。暈，月暈。金波，月光。❹空心　喻鏡之明。❺山神妖氣沮二句　謂明鏡照耀妖物，使顯出原形。古代入山修煉者，多背懸明鏡，謂可以祛山精鬼魅。見晉葛洪《抱朴子‧登涉》。❻唐突　衝撞；冒犯。

【語　譯】流塵遮蔽了明鏡，時間久了，看去如塗上了漆。門前來了磨鏡者，為我把鏡子打磨擦拭。好似池塘裏浮萍褪去露出滿池的碧水，又好似月暈消逝明亮的月光四溢。陽光照在似乎空無一物的鏡心，反射出一團圓光在幽暗的臥室內遊走。山神與野魅的妖氣、真形皆顯現出來。讓我想到此鏡在未經打磨時，人們竟然把它視作瓦礫來欺凌它。

【研　析】這是一首頗富寓意的詩作。全詩給人最突出的印象是比喻的迭出和精妙。「蘋開」二句，以池水萍開露出碧水一塘，以月暈消褪月光四溢形容鏡子經打磨後光明之狀，形象貼切，新鮮精巧。「白日」二句似描寫而實出於比喻，一團圓光在幽室內遊動，與前之「看如漆」形成了多麼強的反差！「山神」二句，也是比喻，卻出於聯想。妖氛收斂，野魅顯形，不言鏡之明亮而鏡之明亮倍出。因為自己曾經被埋沒、且被人輕視欺凌過，所以當今日嶄露頭角時，便有一種洋洋快意之情，此情借「瓦礫」一句盡興寫出，連讀者也要為作者的真情流露、一吐為快感到大慰於心了。

八月十五夜玩月

【題　解】作年不可確知。以其心情之怡然快樂，或是貞元時期之作。

天將今夜月，一遍洗寰瀛❶。暑退九霄淨，秋澄萬景清。星辰讓光彩❷，風露發晶英。能變人間世，翛然❸是玉京❹。

【注　釋】❶寰瀛　寰海；普天下。❷星辰讓光彩　謂月光明亮，星辰失去光彩。❸翛然　迅疾的樣子。❹玉京　道家稱天帝所居之處。此處泛指仙都。

【語　譯】上蒼讓今夜月光將天下清洗了一遍。暑氣消退，天空一碧如洗；秋夜清朗，萬物澄淨鮮明。月光照徹，星辰因而失去光彩，露珠也晶瑩閃亮。只有今夜之月能改變人間世，迅即之間好像成了神仙的天都。

【研　析】首二句氣勢頗壯大，只著一個「洗」字，皓月當空、寰宇一碧如洗之狀即在眼前。清馮舒評謂此二句「壓倒一世」（《瀛奎律髓彙評》卷二二引）；二句足以當得此評語。次聯用「淨」和「清」應和中秋季節的特點，三聯以星辰無光、露珠晶瑩閃爍襯托月光的明亮。末聯以愉悅的心情收束，呼應題目中的「玩月」（即賞月）之意。

客有為余話登天壇遇雨之狀因以賦之

【題　解】天壇，在今河南濟源王屋山頂，形如王者車蓋，故名。詩據友人口述之經歷寫成，讀來如見。似是早年所作。

清晨登天壇，半路逢陰晦。疾行穿雨過，卻立視雲背❶。白日照其上，風雷
走於內❷。滉漾❸雪海翻，槎牙❹玉山碎❺。蛟龍露鬐鬣❻，神鬼含變態。萬狀互
相生，百音以繁會❼。俯觀群動靜❽，始覺天宇大。山頂自澄明，人間已滂霈❾。
豁然重昏斂❿，渙若春冰潰⓫。反照入松門⓬，瀑流飛縞帶⓭。遙光泛物色⓮，餘
韻吟天籟⓯。洞府⓰撞仙鐘，村墟起夕靄⓱。卻見山下侶，已如迷世代⓲。問我何
處來，我來雲雨外。

【注 釋】❶清晨登天壇四句 敘登天壇經過：半道逢雲，登山遇雨，上天壇以後，俯視陰雲之背。❷白日照其上二句 謂陰雲之上是白日，風雷行於陰雲之中。❸滉漾 濃雲翻滾的樣子。❹槎牙 雜亂不齊的樣子。❺玉山碎 形容雨珠傾下。❻鬐鬣 魚的脊鰭。❼繁會 紛雜聚會。❽俯觀群動靜 謂俯視地面，各種動物均停止活動。❾滂霈 大雨淋漓，遍地積水。❿重昏斂 濃雲收斂。指雲散開。⓫渙若春冰潰 形容雲散。渙，離散。⓬松門 大約為王屋山山峰名，具體不詳。⓭縞帶 白色絲帶。⓮遙光泛物色 謂在日光照耀下，各種物體都泛出光彩。⓯天籟 自然界的音響。⓰洞府 神仙居住之處。此指王屋山寺觀。⓱夕靄 黃昏時水氣。⓲卻見山下侶二句 謂下山之後與伴侶相見，如同隔世。

【語 譯】清晨往登天壇，半路逢密佈陰雲。快步穿過雨陣，站立山頂下視雲背。白日照耀其上，風雷走於其內。濃雲如海浪翻滾，大雨滂沱如玉山破碎。滾動的烏雲一會兒如蛟龍露出鬐鬣，一會兒如神鬼變態百端。形狀各異的萬物忽生忽滅，各種聲音紛雜聚會。俯視地面，各種動物均停止了活動，至此才覺得天宇之闊大。山頂自是陽光燦爛，人間卻是大雨滂沱。忽然之間濃雲豁然散去，猶如春冰煥然解開。日光返照到松門峰，但見瀑流如白絲帶飛瀉而下。萬物在夕陽照射下泛出光彩，山林間響起天籟一般的聲音。寺院裏傳出鐘聲，村落周圍彌漫暮靄。下得山來，見到同遊的伴侶，恍如與他們分隔了一個世代。他們問我從何而來，我告訴他們，我來自雲雨之外。

【研 析】忽而烏雲密佈，忽而霈然作雨，雨後復晴，本是夏季常見景致，然而能穿過雨陣，登上日光燦爛的山頂，自山頂俯看山下雲層翻滾，雷電交加，雨如傾盆，卻是常人難得一見的奇觀。奇異之景觀須奇異之筆墨始能摹其狀。詩人雖未親歷，然而憑著想像和好奇的心理，筆底亦可波瀾洶湧，令人讀來興會淋漓。

唐秀才贈端州紫石硯以詩答之

【題 解】或作於寶曆間在和州時。唐秀才，名字未詳。端州，唐州名，即今廣東肇慶。紫石硯，為端州特產。川東有山名斧柯山，下臨潮水，登上數里即硯巖，其石可以製硯，號為「端硯」。王琦《李長吉歌詩彙解・楊生青花紫石硯歌》注引《舊硯譜》：「端石，水中石，其色青，山半石，其色紫。」詩為詠物詩，極寫紫石硯製作之精緻。

端州石硯人間重❶，贈我應知正草玄❷。闕里❸廟中空舊物❹，開方❺灶下豈天然？玉蜍吐水❻霞光靜，彩翰搖風❼絳錦❽鮮。此日慵工記名姓❾，因君數到墨池❿前。

【注釋】❶人間重　李肇《國史補》卷下：「端溪紫石硯，天下無貴賤通用之。」❷草玄　用漢揚雄草《太玄》事，謂己正在抄寫道經時硯臺適當其時送至。❸闕里　孔子故里。在今山東曲阜城內闕里街。因有兩石闕，故名。❹舊物　硯臺。傳說孔子床前有舊硯一枚。《初學記》卷二一引《從征記》：「孔子床前有石硯一枚，作甚古樸，蓋夫子平生時物。」❺開方灶　義不詳，或與上句連讀，指老子煉丹處。開方，見方。謂面積大小。《南史・到溉傳》：「遭母憂，居喪盡禮。所處廬開方四尺，毀瘠過人。」❻玉蜍吐水　硯中所雕飾物為蟾蜍吐水狀。❼彩翰搖風　形容振筆疾書。❽絳錦　彩箋，織錦為之。❾慵工記名姓　用項羽所云「書，足以記姓名而已……不足學」事。見《史記・項羽本紀》。禹錫元和詩〈答（柳宗元）後篇〉有云：「昔日慵工記姓名。」亦用此意。慵工，慵懶。❿墨池　洗筆硯的池子。此指習書寫字處。

【語譯】端州石硯為人間所看重，唐秀才恰逢我抄寫道經時贈我一方。孔子故里徒然有一方舊硯，老子煉丹爐前那一方亦不知是否出於天然？紫石硯心雕出玉蟾蜍吐水之狀，彩箋上我落筆如飛走一般。往常慵懶不肯勤奮學書，今日因君贈硯頻頻來到書案前。

【研析】元和間禹錫在連州時，關於臨池為書，與柳宗元有往還詩達三首之多。劉、柳皆好書法，此篇寫唐秀才贈端州紫石硯後喜愛之情，躍然紙上。

贈東嶽張煉師

【題解】煉師特指道士中德高思精者，此處是對道士的尊稱。張煉師，女道士，在東嶽（泰山）修行，餘不詳。此詩頗有輕薄女道士意味，或是禹錫少時之作。

東嶽真人❶張煉師，高情雅淡世間稀。堪為列女❷書青簡❸，久事元君❹住翠微❺。金縷機中拋錦字❻，玉清壇❼上著霓衣❽。雲衢不要吹簫伴❾，只擬乘鸞獨自飛。

【注釋】❶真人　仙人。此是對道士的敬稱。❷列女　漢劉向作《列女傳》十五卷，此用其意。❸青簡　竹簡。代指史冊。❹元君　女仙人。按此「元君」應是泰山道觀之女主持，張煉師侍奉元君，則張為女道士無疑。❺翠微　青翠山色。❻金縷機中拋錦字　用前秦時竇滔妻蘇氏織錦事。《晉書・列女傳・竇滔妻蘇氏》：「竇滔妻蘇氏，始平人也，名蕙，字若蘭，善屬文。滔，苻堅時為秦州刺史，被徙流沙，蘇氏思之，織錦為回文旋圖詩以贈滔。宛轉循環以讀之，詞甚悽惋。」❼玉清壇　道觀壇場。❽霓衣　即霓裳。此指女道士服裝。❾雲衢不要吹簫伴　用弄玉吹簫、與蕭史成仙事。弄玉為秦穆公女，嫁善吹簫之蕭史，日就蕭史學簫作鳳鳴，穆公為築鳳臺以居之。後夫妻乘鳳仙去。事見劉向《列仙傳》。雲衢，雲中的道路。此指仙界。

【語譯】東嶽仙人張煉師，高情雅淡世間少見。真堪為史家寫入列女傳，一直侍奉元君久居泰山。從此不在織機上編織回文錦字，只是在玉清壇上穿著女冠的霓裳。在雲中行走不須蕭郎作伴，乘鸞成仙只是獨自飛。

【研析】首四句倒是正襟危坐贈女冠之句，後四句就有些「輕薄」起來。用竇滔妻織錦事，用弄玉吹簫事，多少有邪放、甚至挑逗的意味。因此有人認為這位張煉師是「華山女」（韓愈有〈華山女〉詩，寫華山女道士以色媚人）一類。禹錫原有風流佻達的一面，為蘇州刺史時嘗有〈贈李司空妓〉一首（見後），為此詩不足為奇。

詠樹紅柿子

【題　解】詠物詩。或有寓意。

曉連星影出，晚帶日光懸。本因遺採掇❶，翻自保天年❷。

【注　釋】❶採掇　採摘。❷天年　自然的壽數。

【語　譯】清晨與星光一同出現，黃昏與晚霞一起高懸。因為被採摘者遺忘，反而保住了它的長壽。

【研　析】柿子澀，須經長久存儲去澀始能食，故柿子立路旁而無人採摘。此詩令人想起《莊子》中關於無用樗材反而得保天年的故事，亦或有譏刺有司甄拔選用人才不公的寓意。

三閣辭四首　吳聲

【題　解】三閣，謂結綺、臨春、望仙三閣，陳後主為張麗華等所造，在金陵（建康）。《資治通鑑》卷一七六（至德二年）：「是歲，上（後主）於光昭殿前起臨春、結綺、望仙三閣，各高數十丈，連延數十間，其窗牖壁帶，懸楣欄檻，皆以沈檀為之，飾以金玉，間以珠翠，外施珠簾，內有寶床寶帳，其服玩瑰麗，近古所未有。每微風暫至，香聞數里。其下積石為山，引水為池，雜植奇花異卉。上自居臨春閣，張貴妃（張麗華）居結綺閣，龔、孔二貴嬪居望仙閣，并複道交相往來。」或與〈金陵五題〉為同時之作。組詩詠陳亡之事，皆出於史實，有〈黍離〉之悲。題下原注「吳聲」，特指擬樂府清商曲中之吳聲歌曲而作。

其一

貴人❶三閣上，日晏未梳頭❷。不應有恨事，嬌甚卻成愁。

【注釋】❶貴人　女官名，後漢光武始置，地位次於皇后。此指後主貴妃張麗華等。❷日晏未梳頭　《南史・張貴妃傳》：「張貴妃髮長七尺，鬒黑如漆，其光可鑒。」日晏，日晚。此指日已高。

【語譯】貴人在三閣上，白日已高，尚未梳妝打扮。她們應該沒有什麼遺憾的事，卻嬌聲嬌氣好像在發愁。

【研析】此首寫北兵（隋兵）未攻入金陵前後主與貴妃腐化享樂之態。日高而未梳頭，暗示昨夜作樂已甚。末二句，較李白「解釋春風無限恨」又深一層。

其二

珠箔曲瓊鉤❶，子細❷見揚州❸。北兵那得度❹？浪語❺判悠悠❻。

【注釋】❶瓊鉤　玉製簾鉤。❷子細　即仔細。❸揚州　在江北，與金陵隔江相望。❹北兵那得度　《資治通鑑》卷一七六：「江濱鎮戍聞隋軍將至，相繼奏聞……帝（後主）從容謂侍臣曰：『王氣在此，齊兵三來，周師再來，無不摧敗，彼何為者邪？』都官尚書孔範曰：『長江天塹，古以為限隔南北，今日虜軍豈能飛渡邪！邊將欲作功勞，妄言事急。』……帝笑以為然，故不為深備，奏伎，縱酒，賦詩不輟。」❺浪語　妄說；亂說。❻判悠悠　猶言任憑悠悠度日。判，甘願；任憑。

【語譯】珠簾掛起在瓊鉤上，仔細一看可見江北的揚州。隋兵哪能渡江而來？任憑他去說，且只管逍遙度日。

【研析】揚州也是江南繁華之地。美人搴開珠簾，油然而見揚州。揚州在江之北，於是自然過渡到北兵（隋兵）的來與不來。一句「浪語判悠悠」，後主與美人醉生夢死之態立見。

其三

沉香❶帖❷閣柱，金縷❸畫門楣。回首降幡下❹，已見黍離離❺。

【注釋】❶沉香　香木。黑色芳香，脂膏凝結為塊，入水而沉，故名。❷帖　鑲嵌。❸金縷　金線。❹回首降幡下　據《資治通鑑・隋紀》卷一七六，後主禎明三年（西元五八九年）正月，隋將賀若弼自廣陵（揚州）渡江，與韓擒虎南北並進建康，陳守將任忠降，引擒虎軍直入朱雀門，城內文武百司皆遁。降幡，表示投降的旗幟。❺離離　穀物果實下垂的樣子。《詩經・王風・黍離》：「彼黍離離，彼稷之苗。行邁靡靡，中心搖搖。」〈小序〉：「〈黍離〉，閔宗周也。周大夫行役至於宗周，過故宗廟宮室，盡為禾黍，閔周室之顛覆，彷徨不忍去，而作是詩也。」此用其事。

【語譯】沉香鑲嵌在閣柱裏，金線畫在門楣上。回首降幡之下，似乎已經看到禾黍離離。

【研析】此首寫陳亡。前二句仍在鋪陳三閣之華麗，第三句陡作轉折，有一落千丈之感。

其四

三人出眢井❶，一身登檻車❷。朱門漫臨水，不可見鱸魚❸。

【注釋】❶三人出眢井　《南史・陳後主紀》：隋兵入宮，後主乃投於井，「既而軍人窺井而呼之，後主不應。欲下石，乃聞叫聲。以繩引之，驚其太重，及出，乃與張貴妃、孔貴人同乘而上。」眢井，枯井。❷一身登檻車　謂陳後主一身登囚車。《南史．陳後主紀》：禎明三年「三月己巳，後主與王公百司，同發自建康，之長安。」按，張貴妃已為隋將高熲所殺。❸朱門漫臨水二句　謂後主所居之處雖然臨水而無鱸魚可食。《南史．陳後主紀》載，陳武帝初即位時，有人夜見一獨足鳥在殿庭前，以嘴畫地成文，曰：「獨足上高臺，盛草變成灰。欲知我家處，朱門當水開。」後主至京師，與家屬館於都水臺，所謂上高臺皆水也，前言皆驗。鱸魚，為吳中特產。鱸魚甚美而不得食，暗指其亡國。

【語　譯】三個人一起出了枯井，獨自一人登上了囚車。朱門空自臨水，家鄉的鱸魚再不能食。

【研　析】此首寫後主被俘及囚禁。「三人」、「一身」兩句寫亡國君主被俘的屈辱與狼狽，與往日溫柔鄉的榮華富貴形成強烈反差，詩人的譏諷也在不動聲色中達到了極致。

總的來說，〈三閣辭四首〉藝術上還是比較成功的，一五絕，一七絕，恰與〈金陵五題〉相映成趣。所不同的，是〈金陵五題〉融情於景，托興幽遠，顯得更空靈；而〈三閣詞〉則稍稍拘泥於史實，故蘊含稍顯不足。

更衣曲

【題　解】《樂府詩集》卷九四〈新樂府辭〉錄禹錫此詩，引《漢武故事》曰：「武帝立衛子夫為皇后。初，上行幸平陽主家，主置酒作樂。子夫為主謳者，善歌，能造曲，每歌挑上。上意動，起更衣，子夫因侍得幸。頭解，上見其美髮悅之。主遂納子夫于宮。」又云：「〈更衣曲〉其取於此。」禹錫此詩據其事，或借此詠方鎮中豪奢者。

博山❶炯炯吐香霧，紅燭引至更衣處。夜如何其❷夜漫漫，鄰雞未鳴❸寒雁度。庭前雪壓松桂叢，廊下點點懸紗籠❹。滿堂醉客爭笑語，嘈囋琵琶青幕❺中。

【注釋】❶博山　古香爐名，因爐蓋造型似傳聞中的海中名山博山而得名。一說象華山，因秦昭王與天神博於是，故名。後作為名貴香爐的代稱。《西京雜記》卷一：「長安巧工丁緩者……又作九層博山香爐，鏤為奇禽怪獸，窮諸靈異，皆自然運動。」❷夜如何其　語出《詩經・小雅・庭燎》：「夜如何其？夜未央，庭燎之光。」❸鄰雞未鳴　語出《詩經・鄭風・女曰雞鳴》：「女曰雞鳴，士曰昧旦。」❹紗籠　紗燈。❺青幕　即油幕。舊時借指將帥的幕府。

【語譯】明亮的博山爐吐出裊裊青煙，紅燭導引來至更衣之處。長夜漫漫何其長，鄰雞尚未啼鳴夜空大雁飛度。庭前雪壓松桂枝條，廊下懸著盞盞紗燈。滿堂醉客歡聲笑語不停歇，嘈嘈的琵琶還在青幕中奏響。

【研析】牛僧孺在東都留守任上，生活相當豪奢。白居易〈酬思黯戲贈〉詩有云：「鐘乳三千兩，金釵十二行。」自注云：「思黯自誇前後服鐘乳三千兩，甚得力，而歌舞之妓頗多。」禹錫詩或者有所指。但未必意含譏刺，因為如白居易、裴度在洛陽，令狐楚在太原，其生活奢靡狀況與牛僧孺相差無多。

魏宮詞二首

【題解】東漢末，曹操為魏王，都鄴城。宮詞，為詩體之一類，以描寫帝王宮中日常生活為題材，尤以抒發宮女之寂寞幽怨並為之深致不平的宮怨詩為多。唐人宮詞，或寫本朝事，或以漢代唐。此寫魏宮事，當因銅雀臺而發。作年不可確知。

其一

日晚長秋❶簾外報，望陵歌舞❷在明朝。添爐火欲熏衣麝❸，憶得分明不忍燒。

【注釋】❶長秋　漢職官名，掌奉宣中宮命。❷望陵歌舞　用〈魏武遺令〉意。按曹操死時〈魏武遺令〉云：「吾死之後……葬於鄴之西崗上……吾婢妾與諸伎人皆勤苦，使著銅雀臺，善待之。於臺堂上安六尺床，施繐帳，朝晡上脯糒之屬，月旦十五日，自朝至午，輒向帳中作伎樂。汝等時時登銅雀臺，望吾西陵墓田。」❸熏衣麝　仍用〈魏武遺令〉意。〈魏武遺令〉云：「餘香可分於諸夫人。」麝，麝香，古時貴族用來薰衣。

【語譯】日色已晚，簾外傳來長秋官的報告，說明朝要登臺望魏王陵、作妓樂。本想爐中添炭火燃麝香薰衣，雖然記得卻又不忍燒。

【研析】此首全用魏王諸夫人及婢妾語氣。長秋官通告諸夫人、婢妾：明日將要登臺祭奠魏王了，於是她們作著登臺前的準備：薰衣（薰衣也可能是祭奠的儀式之一）。她們對登臺祭奠魏王的態度，恰在末兩句得到體現：欲薰衣，卻又不忍燒去魏王分給的餘香。似乎諸夫人、婢妾對魏王昔日的恩愛還是很珍惜的。詩人的本意或並不在此。原來一世英雄的曹操居然也留戀生前恩愛，如平常人一樣，並不能坦然面對死亡。晉陸機〈弔魏武帝文〉說到他讀了〈魏武遺令〉時的心情是「愾然歎息，傷懷者久之」；禹錫為此詩的本意，與陸機同。

其二

日映西陵❶松柏枝，下臺❷相顧一相悲。朝來樂府長歌曲❸，唱著君王自作詞❹。

【注釋】❶西陵　指曹操墓所在。曹陵墓在相州鄴縣（今河北臨漳鄴鎮）西。❷臺　指銅雀臺，在鄴城西北（今河北臨漳西南）。❸長歌曲　指樂府〈長歌行〉，其古詞云：「青青園中葵，朝露待日晞。」大抵言萬物盛衰有時，人的壽命亦有短長。❹唱著君王自作詞　按曹操長於樂府詩。今存詩中有〈短歌行〉等，未見有〈長歌行〉。

【語　譯】日光映照在西陵松柏枝上，下得臺來，眾夫人面面相顧各道相思之情。清晨銅雀臺上所唱的樂府〈長歌行〉，原是魏王自作的歌詞。

【研　析】此首以旁觀者語氣出之。諸位夫人登臺祭奠完畢，下臺各道對魏王的相思之情。意味深長者仍在末聯兩句：唱魏王歌詞，以祭祀魏王。曹操〈短歌行〉云：「對酒當歌，人生幾何？譬如朝露，去日苦多。」以旁觀者思之，此情當何以堪！唐宮詞七絕，以王昌齡最稱聖手，禹錫此作，寄託哀怨，意味深長，差可與昌齡比肩。

送春曲三首

【題　解】或作於晚年在洛陽時。

其一

春向晚，春晚思悠哉。風雲日已改，花葉自相催❶。漠漠空中去，何時天際來？

【注　釋】❶自相催　花殘落而葉長，即李清照所謂「綠肥紅瘦」，似乎是花、葉相催。

【語　譯】春晚將臨，春晚使人思緒悠悠。風雲天天在改，花與葉似在相催。落花飛向漠漠空中，何時才會自天際歸來？

【研　析】「花葉自相催」是經過仔細觀察後的好句子。妙手偶得。

其二

春已暮，冉冉❶如人老。映葉見殘花，連天是青草。可憐桃與李，從此同桑棗❷。

【注　釋】❶冉冉　形容時光漸漸流逝。❷可憐桃與李二句　意謂花落後之桃李與桑棗外形無異。

【語　譯】春光已暮，春日流逝如同人的老去。綠葉之間還可以見到殘留的花，一望無際的是春草。可憐桃李樹，花落了與桑棗樹一般模樣。

【研　析】春色在進一步褪去，「映葉見殘花」，說明春光尚未完全離開。觀察仍舊很細緻。

其三

春景❶去，此去何時回？遊人千萬恨，落日上高臺。寂寞繁花盡，流鶯❷歸不來。

【注　釋】❶春景　春之日光。❷流鶯　即鶯。流，謂其鳴聲婉轉。

【語　譯】春光從此別去，此一去何時歸來？遊人心中有千萬遺恨，只好在日落時登高臺遠眺。所見到的無非是繁花落盡，流鶯飛去不回來。

【研　析】較前首，春色已經完全褪去矣！即使登臺遠眺，亦望不見春色，故而無限傷感。這些尤其是年華逝去的老年人容易有的情懷。

瞿蛻園《劉禹錫集箋證》卷二六：「此詩以三字起頭，頗似〈江南好〉為由詩入詞之漸。而此詩特存古調。」學術界一般認為，詞起源於隋唐之際，隨著唐教坊、梨園的音樂家採詩人之詩入詞，天寶以後詩人不但主動按詞調創作詞（如傳世李白的〈菩薩蠻〉、〈憶秦娥〉），也開始主動向曲調靠近——寫一些長短句。禹錫此首非詩非詞，就是一種嘗試。

柳花詞三首

【題　解】作年不詳。

其一

開從綠條上，散逐香風遠。故取花落時，悠揚占春晚。

【語　譯】在綠枝條上綻開，隨著香風散落。特意在眾花落時開，悠悠地佔據了春晚。

【研　析】柳花開稍晚，故有「悠揚占春晚」之句。柳絲是遊蕩輕物，「悠揚」又兼有悠然（陶淵明「悠然見南山」）、悠長、悠忽等意思，《詩經・邶風・終風》還有「莫往莫來，悠悠我思」的句子，一個「悠揚」，令人有說不盡之處。

其二

輕飛不假風，輕落不委地❶。繚亂舞晴空，發人無限思。

【注釋】❶委地 落於地面。

【語譯】輕盈地飛，不借助於風；輕輕地落，不沾泥土。紛亂地在晴空飛舞，讓人生無限遐思。

【研析】繚亂飛舞的柳花因何撩起詩人的「無限思」，不得而知。或者在其「不假風」、「不委地」與其做人、行事甚至當下處境愜合？

其三

晴天黯黯雪❶，來送青春❷暮。無意似多情，千家萬家去。

【注釋】❶黯黯雪 形容柳花飄落。❷青春 春天。

【語譯】晴天飄落的柳花好似或有或無的雪，來送別綠意盎然的春天。無意又似多情，飄落至千家萬戶。

【研析】韓翃〈寒食〉詩「春城無處不飛花」大約即是禹錫此首所說「千家萬家去」的光景。柳花飄落，春天也就完全被「送」走了。

秋詞二首

【題解】詩寫詩人對秋日的獨特感受，是秋日的頌美之詩，具體作年不可知。

其一

自古逢秋悲寂寥❶，我言秋日勝春朝。晴空一鶴排雲上，便引詩情到碧霄。

【注　釋】❶悲寂寥　宋玉〈九辯〉：「悲哉，秋之為氣也！蕭瑟兮草木搖落而變衰……泬寥兮天高而氣清，寂寥兮收潦而水清。」此用其意。

【語　譯】自古以來每逢秋天，人們都會覺得寂寥悲涼；然而我要說，秋日實在勝過了春朝。晴空之下一鶴排雲而上，便把我的詩情引向九霄雲外。

【研　析】秋氣衰颯，是歷代文人筆下的「舊案」，而在詩人，則是感奮振作、創作力活躍的力量源頭。晴空一鶴，排雲而上，景象空闊，氣概豪邁，禹錫的「詩豪」之稱，多半來自此類。

其二

山明水淨夜來❶霜，數樹深紅出淺黃。試上高樓清入骨，豈如春色嗾❷人狂。

【注　釋】❶夜來　昨夜。❷嗾　撩撥；挑逗。

【語　譯】秋日裏山明水淨，夜裏下了霜，數株樹的葉子深紅中透出淺黃。請登上高樓感受一下清澈入骨的寒氣，哪裏像濃豔的春色那樣撩撥人發狂。

【研　析】此首著重寫秋之色：山明、水淨，深紅、淺黃。與濃麗熱鬧的春色相比，秋色使人冷靜、深沉。詩人興會所至，遂為豪宕之言，成此「翻案」之詩。其實，對於秋季而言，詩人並沒有更多的偏愛，因為他還有許多頌美春光的詩。

壯士行

【題　解】作年不詳。晉周處少年時不修禮儀，為害鄉里，時人把他同南山虎、長橋蛟並稱為「三害」。其後慨然有改勵之志，斬南山虎、長橋蛟，為百姓所讚。見《晉書・周處傳》。詩詠其事，或因元和中憲宗削平強藩而作。

陰風振寒郊，猛虎正咆哮。徐行出燒地，連吼入黃茅❶。壯士走馬去，鐙前彎玉弰❷。叱之使人立❸，一發如鈹交❹。悍睛❺忽星墮❻，飛血濺林梢。彪炳為我席，膻腥充我庖❼。里中欣害除，賀酒紛號呶❽。明日長橋上，傾城看斬蛟。

【注釋】❶徐行出燒地二句　寫猛虎出現。燒地，因驅趕虎而焚燒山地。❷玉弰　指弓箭。❸人立　形容虎被激怒，如人而立。❹鈹交　指箭射入。鈹，兵器。形狀如刀，兩邊有刃。《左傳・昭公二十七年》：「抽劍刺王，鈹交於胸。」❺悍睛　謂虎之眼睛。❻星墮　指虎已死。❼彪炳為我席二句　謂虎害已除，虎皮為我之坐席，虎肉為我所食。彪炳，斑斕的虎紋。膻腥，虎肉之類。❽號呶　喧囂叫嚷。語出《詩經・小雅・賓之初筵》：「賓既醉止，載號載呶。」《毛傳》：「號呶，號呼讙呶也。」

【語譯】陰風震動寒冷的郊野，猛虎正在那裏咆哮出沒。牠徐徐走出焚燒過的地域，又吼叫著進入荒草隱沒。壯士走馬追逐而去，馬鐙前彎弓搭箭射出。壯士高聲叱責猛虎人一般立起，箭發如利刃插入猛虎之胸，猛虎如流星墮地而死，飛血噴出濺至林梢。斑斕虎皮為我坐席，膻腥之肉充我庖廚。里中父老欣喜害除，相與飲酒祝賀歡呼叫號。明日再往長橋上，傾城觀看壯士斬殺長蛟。

【研析】《樂府詩集・相和歌辭》中有〈猛虎行〉，猛虎一般被賦予兇殘、暴虐的形象，中唐幾個詩人（如韓愈、張籍、李賀等）直接用〈猛虎行〉這個題目寫藩鎮。禹錫此首不用樂府舊題，故可以歸入「新樂府」類。他截取了周處入山射殺猛虎一節，至於周處為害鄉里、以射虎、斬蛟以求改過自新等情節一概略去，顯然是有意的安排。中唐時強藩林立，憲宗時一改對藩鎮一味姑息的態度，懲處了幾處藩鎮。禹錫為此篇，顯示了作者對「壯士」的期待。詩中射虎的情節，生動傳神，足以大快人心。

邊風行

【題　解】邊塞詩。唐人嚮往邊塞，此類題材甚多，不能明指寫某人某事。或是早年作品。

邊馬蕭蕭鳴，邊風滿磧❶生。暗添弓箭力，斗❷上鼓鼙❸聲。襲月寒暈❹起，
吹雲陰陳❺成。將軍占氣候❻，出號夜翻營❼。

【注　釋】❶磧　沙漠。❷斗　通「陡」。❸鼓鼙　軍中以為號令。鼙，小鼓。❹暈　環月而生的光環。古人以為月暈生風。❺陳　通「陣」。❻占氣候　占卜氣象以決定行軍、出擊。❼翻營　襲擊敵營。

【語　譯】邊馬蕭蕭鳴叫，邊風吹過沙漠。寒冷的氣候給弓箭手添力，鼓鼙也陡然變得響亮。寒月周圍顯出光暈，風吹陰雲自然形成戰陣。將軍占卜了今夜的氣候，發出號令準備突襲敵營。

【研　析】唐人邊塞詩，按內容大致可分為戰士之歌和詩人之歌兩類。此詩屬於「詩人之歌」——多英雄之氣，多嚮往，將臨戰前的氣氛寫得雄壯、肅殺。

拋毬樂詞二首

【題　解】作年不可確知。胡震亨《唐音癸籤》卷一三「唐曲」：「〈拋毬樂〉，酒筵中拋毬為令，其所唱之詞也。」毬，同「球」，五彩繡球。今猶有「擊鼓傳花」遊戲，或即其遺。

其一

五彩繡團圓，登君瑇瑁筵❶。最宜紅燭下，偏稱落花前。上客❷如先起❸，應須贈一船❹。

【注釋】❶瑇瑁筵　以玳瑁為裝飾的筵席。瑇，同「玳」。❷上客　貴客。❸起　起立；站起。《禮記・曲禮上》：「見……燭至，起；食至，起；上客，起。」鄭玄注：「異晝夜，敬尊者。」起立，以示尊敬。❹船　酒杯。

【語譯】手持圓圓的五色彩球，登上主人的玳瑁筵。最適宜在紅燭光影下，五色彩球落至您面前。貴客如果肯起立，我當然要敬您一大杯。

【研析】全是模擬歌女的口氣。「紅燭」、「上客」等，字面上用《禮記》義而含義不同，微帶有挑逗客人的意思，甚符合歌女身份。

其二

春早見花枝，朝朝恨發遲。及看花落後，卻憶未開時。幸有拋球樂，一杯君莫辭。

【語譯】早春天氣見到花枝，朝朝恨它開得太遲。待到花落以後，卻懷念花未開之時。所幸有拋球之樂，我敬您一杯莫要推辭。

【研析】仍是歌女口吻，但前四句感歎年華逝去，與前首略有變化。

擣衣曲

【題解】此首〈擣衣曲〉，郭茂倩《樂府詩集》將其編入「新樂府辭」中，同卷還收有王建同題詩，題下注云：「班婕妤〈搗素賦〉：『廣儲縣（懸）月，暉木流清。桂露朝滿，涼衿夕輕。改容飾而相命，卷霜帛而下庭。於是投香杵，加紋砧，擇鸞聲，爭鳳音。』……蓋言搗素裁衣，緘封寄遠也。」古時衣料多為麻織品，質地較為硬挺，不利裁剪。古人先將衣料漿洗，漿洗之後，置於一平滑砧石上反復舂搗，使其柔軟平展，以便剪裁。此擣衣之由來。杜甫有〈擣衣〉詩，擣衣之法，仇兆鰲《杜詩詳注》云：「古人擣衣，兩女子對立，執一杵如舂米然。今易作坐杵，對坐擣之，取其便也。」唐人擣衣詩，多與征婦戍卒及邊塞戰事相關，禹錫此首亦是。元和十至十三年，朝廷久用兵淮西，此詩或因此而作。

爽砧❶應秋律❷，繁杵❸含淒風。一一遠相續，家家音不同。戶庭凝露清，伴侶❹明月中。長裾委襞積，輕珮垂璁瓏❺。汗餘衫更馥，鈿移❻麝❼半空。報寒驚邊雁❽，促思聞候蟲❾。天狼正芒角❿，虎落⓫定相攻。盈篋⓬寄何處？征人如轉蓬⓭。

【注釋】❶爽砧　指清脆有力的擣衣聲。砧，擣衣石。❷應秋律　隨秋天季節而至。秋律，秋天節候。古人以四季與十二律相配，因稱秋季為秋律。❸繁杵　急密的砧杵聲。❹伴侶　指擣衣的女伴。❺長裾委襞積二句　寫女郎擣衣時形態。因為擣衣時前傾用力，所以女郎的裙裾顯得皺褶委積，耳畔的佩飾也時時垂在臉龐。襞積，衣服上的褶皺。璁瓏，白皙貌。❻鈿

移　首飾因移動而顯得淩亂。❼麝　指香味。❽報寒驚邊雁　意謂砧杵聲驚動了北方邊塞的大雁。用王勃〈滕王閣序〉「雁陣驚寒」句意。❾候蟲　隨季節而生或發聲的蟲類。此指促織，即蟬。❿天狼正芒角　謂邊庭戰事正急。天狼，星名，主戰事。芒角，星辰的光芒。⓫虎落　古代用以遮護城邑或營寨的竹籬。此指邊庭。⓬盈篋　滿箱。此指裁縫好的寒衣。⓭轉蓬　蓬草秋時折斷，隨風飄轉。

【語　譯】清脆的砧杵聲應著秋季到來而響起，急密的聲音中混雜著淒冷的秋風。一處一處響聲相接相續，家家的聲音並不相同。庭院裏凝結著露水，擣衣人與伴侶在明月之中。用力地擣啊，長長的衣襟在胸前委積，耳墜懸垂在臉龐上。輕汗濕透了衣衫，釵鈿淩亂，體香四溢。砧杵聲驚動了邊庭的大雁，促織的鳴叫引動了兩處的相思。天狼星正明亮放射光芒，塞外敵我雙方戰鬥正酣。寒衣已經裁就裝了滿箱，可是征人征戰如蓬草飄轉，我該把寒衣寄往何處？

【研　析】擣衣本是婦女的家務勞作之一，如同採桑、紡績與浣衣。唐人以擣衣為題材的詩，每將其與婦女思念征戍在外的丈夫聯繫在一起，這樣，擣衣就不同於一般的婦女家務勞作、而具有深刻的社會意義了。如李白〈子夜吳歌〉之〈秋歌〉：「長安一片月，萬戶擣衣聲。秋風吹不盡，總是玉關情。何日平胡虜，良人罷遠征？」禹錫此首，寫擣衣的婦女為丈夫趕製寒衣辛苦勞作，並不以為苦，所憂者，是「盈篋」的寒衣不知該寄往何處，則其憂苦更甚於前人。因為是思婦之詩，故此首頗具六朝齊梁意味，纏綿旖旎，在禹錫詩中為變體。

贈李司空妓

【題　解】中華版《劉禹錫集・詩文補遺》題下注：「一作〈禹錫赴吳臺〉。揚州大司馬杜公鴻漸開宴，命妓侍酒。《本事詩》云：『李紳罷鎮在京，慕劉名，嘗邀至第中，厚設飲饌。酒酣，命（妙妓）歌以送之，劉於席上賦詩，李因以妓贈之。』」禹錫本集不載此詩，詩見於《全唐詩》，首見於孟棨《本事詩・情感》及范攄《雲溪友議》，而《苕溪漁隱叢話》後集卷九云是韋應物詩。文字各本略有異同。

高髻雲鬟宮樣妝❶，春風一曲〈杜韋娘〉❷。司空見慣渾閒事❸，斷盡蘇州刺史腸。

【注釋】❶宮樣妝　宮中打扮。❷杜韋娘　崔令欽《教坊記》：「杜韋娘，歌曲名，非妓姓名也。」❸渾閒事　猶言尋常事。

【語譯】高高盤起的髮髻宮中流行的打扮，唱起如春風般溫軟的〈杜韋娘〉。司空已經見慣如此場合，今日卻令蘇州刺史豔羨斷腸。

【研析】「司空見慣」已成為今之熟語。今人考證此詩為偽作。據題一作〈禹錫赴吳臺〉，則未必為偽。《雲溪友議》據《本事詩》記載，復演繹「樂妓侍寢」故事，恐為范攄所杜撰。《本事詩・高逸》又載杜牧監察御史分司時，嘗赴李司徒宴，「杜獨坐南行，瞪目注視。引滿三卮，問李曰：『聞有紫雲者，孰是？』李指示之。杜凝睇良久，曰：『名不虛傳，宜以見惠。』李俯而笑，諸妓亦皆回首破顏。杜又自飲三爵，朗吟而起曰：『華堂今日綺宴開，誰喚分司御史來？忽發狂言驚滿座，兩行紅粉一時回。』」其狂放風流，較禹錫尤甚。錄入此詩，不過見唐代官員私生活之一面而已。

編年文選

獻權舍人書

【題　解】貞元十年作，權舍人為權德輿。德輿字載之，籍貫天水略陽（今甘肅秦安），家於潤州丹陽（今屬江蘇）。德輿早歲知名，見稱於諸儒間。據新、舊《唐書・權德輿傳》，德輿「貞元十年遷起居舍人，歲中兼知制誥，轉駕部員外郎，司勳郎中……遷中書舍人。」此書稱德輿「舍人」，或在德輿為起居時。德輿與禹錫有舊，為其父執輩；時禹錫初第進士，猶未授官，獻此書意在自薦，類唐人之「行卷」。

禹錫在兒童時已蒙見器，終荷薦寵，始見知名，眾之指目，忝閣下門客❶。懼無以報稱，故厚自淬琢❷，靡遺分陰。乃今道未施於人，所蓄者志。見志之具，匪文謂何？是用顓顓懇懇❸於其間，思有所寓，非篤好其章句，泥溺❹於浮華。時態眾尚，病未能也，故拙於用譽❺；直繩朗鑒❻，樂所趨也，故銳於求益。今謹錄近所論撰凡十數篇，蘄❼端較是非，敢關於左右，猶夫礦朴❽，納於容範❾。

嘗聞昔宋廣平❿之沉下僚也，蘇公味道⓫時為繡衣直指使者⓬，廣平投以〈梅花賦〉，蘇盛稱之⓭，自是方列於聞人之目。是知英賢卓犖，可外文字⓮，然猶用片言借說於先達之口，藉其勢而後驤首當時，矧碌碌者⓯，疇⓰能自異？今閣下之名之位，過於蘇公之曩日，而鄙生所賦，或鉅於〈梅花〉，則沉泥干霄⑰，懸在指顧間⑱。其詞汰而喻僭⑲，誠黷禮⑳也。繄游藩㉑之久，覬尚舊而霽嚴㉒。禹錫惶悚再拜。

【注釋】❶禹錫在兒童時五句　按，禹錫〈子劉子自傳〉：「父諱緒……天寶末應進士。遂及大亂，舉族東遷，以違患難，因為東諸侯所用。後為浙西從事。」德宗建中初，包佶為江淮鹽鐵轉運使時，德輿為包佶幕中從事，而禹錫父緒其時正在淮南節度使陳少游幕中，德輿與禹錫父之相識在此時。德輿有〈送劉秀才登科後侍從赴東京覲省序〉，「劉秀才」謂禹錫，序有云：「侍御兄以文章行實著休問于仁義，義方善慶，君子多之。」「侍御兄」指禹錫父緒。此處謂「禹錫在兒童時已蒙見器」，即指其淮南時曾得權德輿指教。❷淬琢　淬煉、琢磨。比喻自勉上進。❸顓顓懇懇　專心致志，勤懇不懈。顓，同「專」。❹泥溺　沉溺。❺用譽　語出《易・蠱》：「幹父用譽，承以德也。」孔穎達疏：「奉承父事，惟以中和之德，不以威力，故云『承以德』也。」此處意謂自己不能借助家聲，是謙稱自己不能繼承父志之意。❻直繩朗鑒　猶言求教於人。直繩，工匠用來取直的繩。朗鑒，明鏡。❼蘄　請求。❽礦朴　未經冶煉的礦石。❾容範　熔鑄金屬的模子。❿宋廣平　指宋璟。璟其先為廣平（今河北雞澤）人，後徙邢州南和（今屬河北）。璟開元四年以吏部尚書進黃門監（即門下省長官），八年，以開府儀同三司罷政事，封廣平郡公，世稱宋廣平。⓫蘇公味道　趙郡欒城（今屬河北）人，弱冠舉進士，武后延載元年以鳳閣舍人檢校侍郎、同鳳閣鸞臺（武后時改中書、門下為鳳閣、鸞臺）平章事。⓬繡衣直指使者　謂侍御史。按，據兩《唐書・蘇味道傳》，蘇味道不曾為此官，或為禹錫誤記。⓭廣平投以梅花賦二句　按，宋璟以〈梅花賦〉投蘇味道，見顏真卿〈廣平文貞公宋公神道碑〉，成為文壇佳話，如晚唐皮日休〈桃花賦序〉云：「余嘗慕宋廣平之為相，貞姿勁質，剛態毅狀，疑其鐵腸石心，不解吐婉媚辭。然睹其文，有〈梅花賦〉，清便富豔，得南朝徐庾體，殊不類其為人也。後蘇相公味道得而稱之，廣平之名遂振……」⓮外文字　借助文字以外的薦譽。⓯碌碌者　禹錫自指。⓰噫　此處作發語詞。⓱沉泥干霄　猶言雲泥之別。比喻相差像地下的泥和天空的雲，高低差別懸殊。⓲指顧間　在一指一顧之間，猶言輕易即可做到。⓳詞汰而喻僭　言詞過分而比喻不當。指自己自比宋璟且以為己所作強過宋璟〈梅花賦〉。汰，通「泰」。驕泰；過分。僭，超越本分。⑳誠黷禮　㉑游藩　猶言在門牆。藩，藩籬。㉒尚舊而霽嚴　顧念舊情，化解威嚴。是恭謙的套話。

【語　譯】我在幼年的時候曾蒙您器重，並獲得您的舉薦，名字才為人所知，在眾人眼目中，我就是出自您門下。我惶懼無以報答您的賞識，所以深自磨練，不浪費分寸光陰。時至今日雖然無機會以道施於人，故所積蓄者惟有志。能體現志的東西，不是文章又是什麼？於是我專心致志勤懇於文章間，尋思在其中寄寓我的思想，並不是單好其章句，或者沉溺其浮華詞章。當世流行的時尚，我不能趨奉，故拙於利用先父的聲譽；如果能得到別人的指正，我就樂於趨近，盡力求取長進。今天我恭謹地抄錄近日所為論撰十數篇，希望得到您的指教，判斷是非，冒昧獻於左右，（請您寓目，）如同將礦石予以冶煉，收納於您的範模之內。

曾經聽說宋廣平沉於下僚時，蘇公味道當時任侍御史之職。廣平以其〈梅花賦〉投蘇公，蘇公加以盛稱，宋由此才進入有名望人的目光中。可知英賢卓犖之人，有時也需要在文字之外，有出於先達之口片言隻語的舉薦，借助其勢而後可以意氣軒昂地抬頭。何況我這個平凡的人，難道能有所區別？如今閣下之名、之位，超過了昔日的蘇公，而我所投進的賦，或者較〈梅花賦〉為強，則我的或沉為泥滓或入於雲霄，全在閣下一指一顧之間。我的詞氣有甚驕、比喻有不當，的確有失禮之處；只是因為我出於閣下門牆既久，還希望您顧念舊情而消解威嚴。禹錫恭謹惶懼再拜。

【研　析】先從世交敘起，喚起對方對自己的回憶，頓覺情意滿溢。權德輿為文「尚氣尚理」（《權載之集・醉說》），頗不滿於當時流行的侈靡文風；禹錫獻書，亦稱自己「非篤好其章句，泥溺於浮華」，與權德輿取同一趨向，故能獻其文於德輿門下，請其品題。姚崇、宋璟為開元名相，二人共同成就了開元盛世。禹錫以未達時之宋璟喻己，並稱其文或強於宋文，自視極高，然而正是禹錫個性的自然體現。

禹錫參加進士試前有幾篇賦作（唐代進士試，詩、賦為考試科目）。瞿蛻園《劉禹錫集箋證》卷一〇以為「禹錫上此書時，或尚未第，而權舍人之稱為後來所追加，未可知也」。若此，則此篇為貞元九年所獻，在禹錫編年文中為較早者。由此文可知禹錫早年即專注於古文寫作，與當時倡古文寫作最力者韓愈幾乎同時。本篇宣揚其為文的主張，在於「所蓄者志」、「思有所寓」，雖不如韓愈的「修辭明道」、柳宗元的「文以明道」明晰而確定，但大體接近。

鑒藥

【題解】禹錫文集中有題作〈因論七篇〉者，文前有小引，云：「劉子閒居，作〈因論〉……因之為言，有所自也。」作年約在貞元九年第進士至十一年未授官之間。林紓《選評名家文集・劉賓客集選序》嘗云：「賓客之文，長於諷喻，〈因論七篇〉，均有寄託。」〈鑒藥〉為〈因論〉第一篇。藉其患病服藥的教訓，諭用藥「過猶不及」的道理。

劉子閒居有負薪❶之憂，食精良弗知其旨❷，血氣交沴❸，煬然❹焚如。客有謂予：「子病，病積日矣。乃今我里有方士❺淪跡於醫，厲者❻造焉而美肥，輒者❼造焉而善馳。矧❽常病也，將子詒諸？」予然之，之醫所。切脈觀色聆聲，參合而後言曰：「子之病，其興居❾之節舛❿，衣食之齊⓫乖所由致也。今夫藏⓬鮮能安穀⓭，府⓮鮮能母氣⓯，徒為美疢⓰之囊橐耳，我能攻之。」乃出藥一丸，可兼方寸⓱，以授予曰：「服是足以瀹⓲昏煩而鉏⓳蘊結，銷蠱慝⓴而歸耗氣㉑。然中有毒，須其疾瘳㉒而止，過當則傷和，是以微其齊㉓也。」予受藥以餌。過信㉔而腿能輕㉕，痹能和㉖，涉旬而苛癢㉗絕焉，抑搔罷㉘焉。逾月而視分纖，聽察微，蹈危如平，嗜糲㉙如精。

或聞而慶予，且哄言㉚曰：「子之獲是藥，幾神乎！誠難遭已！顧醫之態多嗇術㉛以自貴，遺患以要財，盍重求之，所至益深矣！」予昧者㉜也，泥通方㉝而狃㉞既效，猜至誠而惑勦說㉟，卒行其言。逮再餌半旬，厥毒果肆，岑岑㊱周體，如痁㊲作焉。悟而走諸醫，醫大吒曰：「吾固知夫子未達也！」促和蠲毒者㊳投之，濱於殆㊴而有喜，異日進和藥㊵，乃復初。

劉子慨然曰：「善哉醫乎！用毒以攻疹，用和以安神，易則兩躓㊶，明矣！苟循往㊷以御變，昧於節宜㊸，奚獨吾儕㊹小人理身之弊而已？」

【注釋】❶負薪　疾病的婉飾語。❷旨　美味。❸沴　阻滯不和。❹熇然　熾熱；發燒。❺方士　精通方術之士。此指醫者。❻厲者　生癩瘡者。❼軏者　有足疾者。❽矧　何況。❾興居　起居。❿舛　差錯。⓫衣食之齊　穿衣飲食之分量。⓬藏　同「臟」。⓭安穀　安置穀物。猶言不能消化食物。⓮府　同「腑」。⓯母氣　養氣。⓰美疢　猶言藏匿疾病。疢，疾病。《左傳・襄公二十三年》：「季孫之愛我，疾疢也；孟孫之惡我，藥石也。美疢不如惡石。夫石，猶生我；疢之美，其毒滋多。」⓱方寸　謂藥丸大小在方寸之間。⓲瀹　疏通。⓳鉏　去除。⓴蠱慝　惡疾。㉑耗氣　耗散的元氣。㉒瘳　病癒。㉓微其齊　微小其劑量。齊，同「劑」。㉔信　信宿；兩夜。㉕腿能輕　腳步輕快。㉖痹能和　麻痹處恢復知覺。㉗苛癢　奇癢。㉘抑搔罷　停止瘙癢。抑搔，按摩抓搔。《禮記・內則》：「疾痛苛癢，而敬抑搔之。」㉙糲　不精細的食物。㉚哄言　異口同聲地說。㉛嗇術　吝嗇其術。指保留其醫術。㉜昧者　不明白。㉝泥通方　固執於通常的道理，即眾人所說的

「醫之態多嗇術」的道理。㉞狃　習慣於。㉟剿說　抄襲他人的言論為己說。此指無根據之說。㊱岑岑　汗流貌。㊲痁　熱病，古書上指瘧疾。㊳蠲毒者　解毒的藥。㊴濱於殆　瀕臨於危殆。濱，同「瀕」。㊵和藥　溫補一類的藥。㊶躓　跌倒。㊷循往　按照通常的道理。㊸節宣　按時節調適精氣，使其不散漫，不壅閉。《左傳．昭公元年》：「君子有四時：朝以聽政，晝以訪問，夕以修令，夜以安身。於是乎節宣其氣，勿使有所壅閉湫底，以露其體。」杜預注：「宣，散也。」㊹吾儕　猶言我輩。

【語　譯】我閒居之時得了病，吃精美的食物而不知其味，精氣衰乏，周身發熱。有客人告訴我：「您病了很久了。我的鄰居有會醫術的，患癱瘡的人經他醫治而肌膚健美，跛腿的人奔走如故，何況您這是常見的病，您還是去看看吧！」我同意了，找到這位醫生，切脈觀色聽聲之後，參合各種症狀對我說：「您的病，是起居時間錯亂、衣食分量把握不當造成的。如今您的五臟六腑不能吸收營養，也不能產生元氣，只是一個盛放疾病的空袋子而已，我可以治好它。」於是拿出一個方寸大小的藥丸，對我說：「吃了它，足以疏通您的昏煩並去除您精神上的鬱結，消除惡疾並回歸元氣。但是藥丸有毒，須待病癒時就停藥，過量反而會傷害身體，所以要少量服用。」我接受了並服用了藥，兩天之後就覺得腿輕快了，麻痹的地方也和順了。過了十天，原先奇癢處就消失了，無須再抓搔了。一個月以後，我的視力恢復到可以看見細小之物，聽到細微的聲音，行走凸凹之處如履平地，粗糙的食物吃起來如同美味。

有朋友聽說我病好並來慶賀，大家齊聲說：「你獲取的這種藥，真是神啊！機會太難得一遇了！不過醫生對待病人的病，多有保留以抬高自己，留下遺患以獲取財物。你何不再去求一次，病就可以徹底治好了！」我是個糊塗人，固執地相信這個普通的道理，並覺得藥對我確實有效果，猜疑至誠之說而惑於無根據之說，於是就按他們所說的做了。直到再服用半旬，藥的毒性果然發作，周身涔涔然流汗，好像發瘧疾一樣。我終於明白過來，去找到醫生，醫生大聲斥責我說：「我本來就知道你不會明白這個道理的！」立即調製解毒的藥物，使我在瀕臨危機時有了轉機。改日再送來溫補的藥物，使我恢復如初。

我於是慨然有感曰：「此人的醫道真是高明啊！用毒來醫治疾病，用溫補之藥來安神，如果顛倒了，就兩敗俱傷，這個道理明白無誤啊！如果循通常的理由來應付變化，不按時節調理精氣，（那就錯了，）豈獨出現我們這些人治病的弊端而已呢？」

【研析】起首敘述病、求醫、醫囑、服藥到病癒的過程。病癒之後，再生波瀾，文氣急轉。此文章「順逆」之道。結末發議論，說明求醫、治病與人事相通的道理。

禹錫〈因論七篇〉，皆如此篇形式，一事一議。「鑒」有照察、審辨義，「鑒藥」講的是有關用藥的道理，引申則凡可引為教訓之事，皆可以此為鑒。《詩經・大雅・蕩》：「殷鑒不遠，在夏后之世。」此之謂也。故「鑒藥」的道理，亦可為治國理政者借鑒。

訊甿

【題解】「訊甿」即問詢於民。甿同「氓」。德宗貞元十二年七月，汴州亂，朝廷以東都留守董晉為同平章事兼汴州刺史、宣武軍節度使。是年九、十月，禹錫授太子校書，自浙東一帶經徐、汴赴京師，此文當作於董晉赴任汴州不久。文中記其與流離後歸家的徐州民之間的對話，流露出對連年遭遇戰禍、流離失所百姓的同情，並闡述其為政聲、實先後的道理。

劉子如京師，過徐之右鄙❶，其道旁午❷，有甿增增❸，扶斑白❹，挈羈角❺，賷生器❻，荷農用，摩肩❼而西。僕夫❽告予曰：「斯宋人、梁人、亳人、潁人之逋者❾，今復矣。」予愕而訊云：「予聞隴西公暢轂之止，方踰月矣❿，今爾曹之來也，欣欣然似恐後者，其聞有勞徠⓫之簿歟，蠲復⓬之條歟，振贍⓭

之格歟，碩鼠⑭亡歟，瘈狗⑮逐歟？」曰：「皆未聞也。且夫浚都，吾政之上游⑯也，自巨盜間釁而武臣顓焉，牧守由將校以授，皆虎而冠；子男由胥徒以出，皆鶴而軒⑰。故其上也，子視卒⑱而芥視民⑲；其下也，鷙其理⑳而蝆其賦㉑，民弗堪命，是軼於他土㉒。然咸重遷㉓也，非阽危擠壑㉔，不能違之。曩者㉕雖歸歟成謠，而故態相沿，莫我敢復。今聞吾帥故為丞相也，能清靜畫一，必能以仁蘇我㉖矣；其佐嘗宰京邑㉗也，能誅鉏㉘豪右，必能以法衛我矣。奉斯二必而來歸，惡待事實之及也！」

予因浩歎曰：「行積於彼而化行㉙於此，實未至而聲先馳。聲之感人若是之速歟！然而民知至至㉚矣，政在終終㉛也。嘗試論聲實之先後曰：民黠政頗㉜，須理而後勸㉝，斯實先聲後也。民離政亂，須感而後化，斯聲先實後也。立實以致聲，則難在經始㉞；由聲以循實，則難在克終㉟。操其柄者㊱能審是理，俾先後終始之不失，斯誘民孔易㊲也。」

【注釋】❶右鄙　西邊邊界。古時稱西為右。❷旁午　四面八方；到處。❸增增　眾多的樣子。❹斑白　指老人。❺羈角　幼童。羈、角原意為古代男女幼童的髮式。《禮記・內則》：「翦髮為鬌，男角女羈。」❻生器　生活用具。❼摩肩　形容路人擁擠。❽僕夫　駕車人。❾宋人梁人亳人句　指宋、梁、亳、潁諸州的逃難者。唐時，宣武軍節度使領汴、宋、亳、潁四州，宋即今河南商丘；梁即汴州，即今河南開封；亳今屬安徽；潁即今安徽阜陽。逋，逃亡。⑩隴西公暘轂二句 隴西公，謂董晉，晉封隴西公。暘轂，乘車，猶言蒞任。暘，同「暢」。按，汴州自代宗大曆以來即多事。貞元初，節度使劉玄佐死，子士寧繼為節度，畋遊無度。貞元十年，其將李萬榮逐士寧，朝廷以萬榮為節度，而士寧舊部反叛無定，萬榮誅殺無數，妻孥亦及之，人心不安。八月，萬榮病風，其子迺欲再效士寧稱留後，為監軍使及部將鄧惟恭執送京師。其時朝廷詔書未至，大將鄧惟恭自以為有功，權掌軍事，可代萬榮為節度使，汴州未安，汴及附近各州百姓有逋逃不歸者。至貞元十二年七月，朝廷以東都留守董晉同中書門下平章事、汴州刺史及汴宋亳潁等州觀察使，赴汴州。晉為溫厚長者，以柔制剛，消弭了汴州一觸即發的汴州兵變，汴州安。詳見《資治通鑑》及韓愈〈董公行狀〉等。⑪勞徠 慰勞自遠處歸來者。⑫蠲復 免除勞役和賦稅。⑬振贍 賑濟；接濟。⑭碩鼠 語出《詩經・魏風・碩鼠》，此處指貪官汙吏。⑮瘈狗 語出《左傳・襄公十七年》，瘋狗。此指掌握軍權者。⑯且夫浚都二句 意謂汴州居臨近各州政令中心。浚都，指汴州。⑰自巨盜間釁五句 指安史亂後各地藩鎮割據亂象。武臣顓，武臣專地方軍政大權。顓，同「專」。牧守，州郡長官。子男，爵位名，古代諸侯分公侯伯子男五等爵位。胥徒，官府衙役奔走者。鶴而軒，語出《左傳・閔公二年》，衛懿公好鶴，鶴中有乘軒者。⑱子視卒 視士卒如同其子弟。謂其親近武人。⑲芥視民 視民眾如同草芥。謂其輕賤百姓。⑳鷙其理 形容其惡政猛於鷙。鷙，猛禽。㉑蛑其賦 形容其稅收之害民如同食稼的害蟲。㉒軼於他土 逃亡到其他地方。㉓重遷 謂不輕易遷居。㉔阽危擠壑 臨近極危難之地。㉕曩者 從前。㉖以仁蘇我 以仁義政策拯救我等。㉗其佐嘗宰京邑 指宣武軍司馬陸長源。長源曾官京兆府萬年縣令。㉘誅鉏 剪除。鉏，同「鋤」。㉙化行 推行教化。㉚至至 抵達他們該到的地方。即回歸故土。㉛終終 終於所終處，即有始有終。㉜民黠政頗 百姓狡詐而政治紊亂。頗，偏頗不當。㉝理而後勸 治理之後加以鼓勵。㉞經始 開始；起初。㉟克終 能堅持到底。語出《詩經・大雅・蕩》：「靡不有初，鮮克有終。」㊱操其柄者 執政者。㊲孔易 甚易。

【語　譯】我往京師去，經過徐州西邊邊境。道路縱橫交錯，有許多老百姓扶老攜幼，帶著生活用具，扛著農具，擁擠著往西走。車夫告訴我說：「這是宋州、梁州、亳州和潁州逃亡的百姓，如今返回家鄉了。」我愕然，問行人：「我聽說隴西公蒞任不過一個多月，如今你們回來，個個高高興興的，好像唯恐落後了似的，難道你們聽說有慰勞歸來者的規定？或者有免除勞役賦稅的條款？抑或是有賑災優待的舉措？貪官都逃走了？握軍權的反叛者都驅逐了？」行人回答我說：「都沒有聽說。這個汴州，是我們本地的政治中心，自從安史乘隙發動叛亂以後，郡守由將校擔任，他們都是戴帽子的老虎；子爵男爵，出身不過是奔走的徭役，都不過是鶴鳥而乘高車的。所以上邊執掌大權的，把當兵的視作親子弟，把老百姓視作草芥；那些下層官吏，治理地方如同猛禽，收稅如同蠶食莊稼的害蟲。老百姓忍受不了，所以逃亡他處。但大家都是安土重遷的，不到萬不得已不會離家出走的。從前雖屢屢說回來、回來，然而回來了又故態復萌，發生戰亂，所以我們不敢回到故土。如今聽說來到汴州的大員本來是做過丞相的，能以清靜制定一貫的政策，他必能以仁義之術拯救我們；丞相的副手曾經是做過京城縣令的，他必能剪除豪強，必然有辦法保衛我們。有這兩個『必能』，我們才會返回故土，何必要等待事實出現呢！」

我因之而長歎一聲說：「善行積於他處而教化行於此，實際的行為未至而聲望先抵達。聲望的感動人竟有如此之快！然而百姓只知道到達他們該到的地方，而執政卻在於能否堅持到底。我曾經嘗試論過聲、實先後的道理：民風如果狡詐而政策偏頗，應該先治理然後鼓勵，這就是實先而聲後；如果百姓流亡而政治紊亂，則須感動百姓而後施行教化，這就是聲在先而實在後。樹立執政的實以形成聲望，則難在於開始；有了好聲望而施行政治，則難在於堅持到底。執政者如果能明白這個道理，使先後終始不致於混亂，那麼誘導百姓就很容易了。」

【研析】以問答代替事件的敘述，在禹錫〈因論七篇〉中又是一法。通過流離百姓之口對董晉（包括司馬陸長源）誇讚是一「揚」，「浩歎」一聲之後行文一折，對董晉（包括司馬陸長源）是一「抑」：雖有好聲譽，卻未必能有始有終。董晉仁厚，以柔制剛，暫時消弭了汴州一觸即發的兵變；然董晉柔弱而長源「性刻急，恃才傲物」（《資治通鑑》卷二三五），貞元十五年二月董晉薨，長源以苛法治軍，眾皆懼，汴州再亂，亂軍殺司馬陸長源，而百姓則不免又流離矣。禹錫未及見汴州之亂，然其「難在經始」、「難在克終」的議論，真可以說不幸言中了。面對亂政頻頻發生，底層百姓的無助與對「良吏」的期待，躍然紙上。

嘆牛

【題解】牛一生勞苦，但病足，「所求盡，所利移」，被主人送去宰殺。作者借與牛主人的一番對話，發抒其鳥盡弓藏的深刻寓意。

劉子行其野，有叟牽跛牛於蹊。偶問焉：「何形之瑰❶歟？何足之病歟？今觳觫然❷將安之歟？」叟攬縻❸而對云：「瑰其形，飯之至也；病其足，役之過也。請為君畢詞❹焉。我僦車❺以自給。嘗驅是牛，引千鈞❻，北登太行❼，南至商嶺❽，掣以回之❾，叱以聳之❿。雖涉淖躋高⓫，轂如蓬⓬而軔不僨⓭。及今廢矣，顧其足雖傷而膚尚腯⓮，以畜豢之則無用，以庖視之則有贏。伊禁焉莫敢尸⓯也。甫聞⓰邦君⓱饗士，卜剛日⓲矣，是往也，當要售⓳於宰夫。」余尸之⓴曰：「以叟言之則利，以牛言之則悲。若之何？予方窶㉑，且無長物，願解裘以贖，將置諸豐草之鄉，可乎？」叟囅然而咍㉒曰：「我之沽是，屈指計其直，可以持醪而齧肥㉓，飴子而衣妻㉔，若是之逸也，奚事裘為？且昔之厚其生，非愛之也，利其力；今之致其死，非惡之也，利其財。子惡乎落㉕吾事？」

劉子度是叟不可用詞屈，乃以杖扣牛角而嘆曰：「所求盡矣，所利移矣。是以員能霸吳屬鏤賜㉖，斯既帝秦五刑具㉗。長平威振杜郵死㉘，垓下敵擒鍾室誅㉙。皆用盡身賤，功成禍歸，可不悲哉，可不悲哉！嗚呼！執不匱之用而應夫無方，使時宜之，莫吾害也。苟拘於形器㉚，用極則憂，明已。」

【注釋】❶瑰　壯碩。❷觳觫然　恐懼膽怯的樣子。❸縻　牛韁繩。❹畢詞　把話說完。❺僦車　租賃車從事運輸。❻引千鈞　形容牛負重。鈞，古代重量單位，三十斤為一鈞。❼太行　山名，在今山西與河北之間。❽商嶺　即商山，為秦嶺東南之一段。在今陝西商洛一帶。❾掣以回之　牽著牠迂回而上。❿叱以聳之　高聲呵斥攀登高山。⓫涉淖躋高　猶言登山涉水。淖，水潭；泥沼。⓬轂如蓬　形容車輪如蓬草旋轉不止。轂，車輪的中心部位，中間為圓孔以插車軸，周圍與車輻相接。⓭輈不僨　車不顛覆。輈，車轅。⓮腯　肥。⓯莫敢尸　莫敢私自做主。按，唐代禁私自屠宰。⓰甫聞　剛剛聽說。⓱邦君　州郡長官。⓲剛日　猶單日。古以「十干」記日。甲、丙、戊、庚、壬五日居奇位，屬陽剛，故稱。《禮記‧曲禮上》：「外事以剛日，內事以柔日。」孔穎達疏：「外事，郊外之事也。剛，奇日也，十日有五奇五偶。甲、丙、戊、庚、壬五奇為剛也。外事剛義故用剛日也。」⓳要售　求售。⓴尸之　為他出主意。㉑窶　貧窮。㉒囅然而咍　笑的樣子。咍，譏笑。㉓持醪而齧肥　形容賣牛得錢後享樂生活。醪，酒。肥，肉。㉔飴子而衣妻　猶言養活妻子。飴，糖；甘美的食品。㉕落　廢止。㉖員能霸吳屬鏤賜　用春秋時伍員事。員字子胥，父子俱在楚為官。父、兄為楚平王所害，員奔吳，助闔閭刺殺吳王僚奪取王位，伐楚復仇，整軍經武，國勢日盛，遂霸諸侯。因反對與越國講和漸被吳王疏遠，後吳欲伐齊，員諫之，吳王疑其怨望，賜劍命他自盡。事見《吳越春秋》及《史記‧伍子胥列傳》。屬鏤，亦稱「屬盧」、「屬婁」，劍名。㉗斯既帝秦五刑具　用戰國李斯事。斯上蔡（今屬河南）人，仕秦為廷尉，秦王用其計謀滅六國，併天下，任丞相。始皇死，二世即位，為趙高所讒，被殺。事見《史記‧李斯列傳》。五刑，五種刑法，秦以前為：墨、劓、剕（刖）、宮、大辟（殺）。秦、漢時為：黥、劓、斬左右趾、梟首、菹其骨肉。李斯受五刑而死。《史記‧秦始皇本紀》：「斯卒囚，就五刑。」㉘長平威振杜郵死　用秦將白起事。起戰國時秦名將，郿（今屬陝西）人，昭王時為大良造（戰國初期秦軍政最高官職），屢戰獲勝，建大功，封武安君。起與趙戰於長平，大敗趙兵，坑趙卒四十餘萬。後諸侯攻秦，秦以起為將，起以不用其計稱病不行，昭王遂遣起不得留咸陽，行至杜郵，使使者賜之劍命自裁。事見《史記・白起王翦列傳》。杜郵，地名，距咸陽西十里。㉙垓下敵擒鍾室誅　用楚漢時韓信事。參見寶曆詩〈韓信廟〉注。垓下，地名，在今安徽靈璧南。鍾室，在長樂宮中。㉚形器　有形的器物。即只有某種專一用途的器物。

【語　譯】我行走在郊野，遇一老人牽一頭跛牛在路上。我偶然發問說：「為何牠形體如此壯碩？牠的足因何跛了？如今因恐懼而渾身發抖是何原因？」老人攬過韁繩回答說：「牛體魄壯碩，是因為餵飽了牠；足有病，是勞役過度了。請讓我詳細告訴您。我租賃車子運輸貨物作為生計。曾經驅趕這頭牛，拉著千鈞重的車子，北邊登上太行山，南邊到過商洛山，牽著牠迂回前進，吆喝著登上高山，雖然跋山涉水，車輪旋轉從不停歇，也未曾顛覆過。如今牠卻廢了，看到牠雖然病足肌體尚且肥壯，拿牠當家畜豢養已無用處，宰了食肉卻還有餘。只是因為有禁屠宰的命令而不能私自做主。剛才聽到州郡長官要設宴款待軍士、擇單日宰殺牲口的消息，所以牽牛去兜售給廚師。」我給他另出主意說：「你所言在於求利，對牛來說則甚悲哀，如何是好呢？我正窮，身無長物，願意以身上所穿皮衣換取牛，將牠放在水草豐茂之地，可以嗎？」老人聽了我說就笑了，說：「我的賣牛，圖的是計算牠所值的錢，好去換酒肉來吃，又可以養活妻兒老小，這是多省事的事，要你的皮衣有何用呢？況且我從前厚養牠，不是愛惜牠，而是利用牠的力氣；至於今天讓牠死，也不是厭惡牠，而是圖牠的財。你何必要耽誤我的事？」

我料定不能用言語說服老人，於是便用手杖敲打著牛角而歎息說：「所求的利盡了，利益就發生轉移了。所以伍子胥能助吳王稱霸諸侯而最後被賜屬鏤劍自盡，李斯佐始皇稱帝而遭到五刑處罰，白起長平一戰大勝趙軍威振天下被誅殺於杜郵，韓信圍困項羽於垓下而被誘殺於鍾室。都是因為失去了利用價值而身賤，大功成災禍也隨之而來。豈不悲哉，豈不悲哉，嗚呼！只有掌握使用不盡的本領、隨時適宜，就沒有什麼可以加害於我了。如果拘泥於只是作為一種用途的器物，那麼用完了憂患也就來了。這個道理是很明白的。」

【研析】以敘事起。事由老人口中道出，又是一種敘事方式。「我」因不忍牛的「觳觫」而願以皮裘易之，再引發老人一番關於義、利的議論，使敘事得以展開，為以下「我」的議論開其端。議論或者是對孔子「君子不器」（《論語・為政》）的發揮。孔子原話的意思有兩層含義：一是反對君子為「器」，因為「器」具有某一種用途，就要被人拿來使用；二是君子憑藉其材能，既可以無所不用，也可以保持其獨立，不為人所用。禹錫此文感慨「執不匱之用而應夫無方，使時宜之，莫吾害也」——實際上是做不到的，誰也無法成為「執不匱之用」的人。孔子那個時代已經成為已往，保持個人獨立，既具「不匱之用」、又可以不為任何人所用的人，幾乎成為不存在。

禹錫此文的主旨「所求盡，所利移」，與范蠡所說「飛鳥盡，良弓藏；狡兔死，走狗烹」之意相類。歷史上這樣的事實在太多，禹錫此文未必有具體針對性，卻具普遍針對性。

機汲記

【題解】元和元年作於朗州。時禹錫居於朗州城內，有城牆將沅江隔開，用水極不方便。一位工匠為禹錫（也為朗州城內居民）設計了一種汲水工具，解決了用水之艱難。本文盡可能詳細記錄了工匠安裝汲水之具的過程及具體設計，讚揚了工匠的巧思，並為古代取水留下可貴的文獻資料。或有此文作於夔州、連州的不同說法，均不確。

瀕江之俗，不飲於鑿❶而皆飲之流。予謫居❷之明年，主人❸授館❹於百雉之內❺，江水沄沄❻，周墉間之❼。一旦，有工爰來，思以技自賈❽，且曰：「觀今之室廬，及江之涯，間不容畝❾，顧積塊❿峙焉而前耳。請用機以汲，俾矗然之狀莫我遏已⓫。」予方異其說，且命之飭力⓬焉。

【章旨】首段寫瀕江之民不飲於鑿而飲於流的習俗，自己因居於城內，與江水隔開，故而有工匠前來攬活，表示可以用機械汲水入城。

【注釋】❶鑿 指鑿井。沈德潛《古詩源》引《帝王世紀‧擊壤歌》：「日出而作，日入而息，鑿井而飲，耕田而食。」❷謫居 指貶朗州。❸主人 指朗州刺史。❹授館 指派館舍。❺百雉之內 城內。百雉，指城牆。城牆長三丈高一丈為一雉。❻沄沄 水流的樣子。❼周墉間之 有周圍的城牆隔開。墉，城牆。❽自賈 自炫其技能。❾間不容畝 距離不超過一畝。❿積塊 指高地。⓫遏已 阻擋。⓬飭力 盡力。

【語譯】臨江地方的風習，飲水不靠鑿井而飲於江流。我貶官的第二年，州郡長官分派我的住處在朗州城內，沅江流水滔滔，但被環繞的城牆阻隔。一日，來了一位工匠，願在此顯示他的技能，說：「我看您的住處，距離江水不過一畝地而已，只是因為有高地峙立在面前罷了。請允許我用機關來汲水，使高處矗然而立的高地不能將我阻隔。」我好奇於他的說法，便命令他盡力去做。

工也儲思❶環視，相面勢而經營之。由是比竹❷以為畚❸，寘❹於流中，中植數尺之臬❺，輦石以壯其趾❻，如建標❼焉。索綯❽以為緪❾，縻於標垂，上屬數仞之端，亙空以峻其勢，如張弦焉❿。鍛鐵為器，外廉如鼎耳⓫，內鍵如樂鼓，牝牡相函，轉於兩端，走於索上，且受汲具。及泉而修綆下縋，盈器而圓軸上引。其往有建瓴之駛，其來有推轂之易⓬。瓶繘⓭不羸⓮，如搏而升。枝長瀾，出高岸，拂林杪，踰峻防⓯。剞蟠木以承澍，貫修筠以達脈⓰。走下潺潺，聲寒空中，通洞環折，唯用所在⓱。周除而沃盥以蠲，入爨而錡釜以盈⓲。飪餗之餘，移用於湯沐；涑澣之末，泄注於圃畦⓳。雖瀵湧⓴於庭，莫尚其霈洽也㉑。

【章旨】此段寫工匠觀察周圍地形開始動工。他先編成竹籠置於水中，豎高樁於其中，運石加固，再將繩索繫於高杆及岸之兩端；以鐵為鼎以盛水，以鍵（滑輪）滑動於繩上，使鼎越過障礙，運至高處，將水傾倒於木槽中，再通過竹水管流向庭院，流至廚房，可以洗澡浣衣，澆灌花園菜圃，雖院中有泉水，亦不如此方便。

【注釋】❶儲思　周密思索。❷比竹　編竹。❸畚　竹籠之類，以盛巨石。❹寘　放置。❺臬　木杆。❻甃石以壯其趾　運來石頭加固其基礎。❼標　標杆。❽索綯　製作繩索。❾縆　粗繩。❿縻於標垂四句　謂將粗繩繫於高杆，造成懸空之勢，如張其弦。⓫鍛鐵為器二句　指汲水之器。外廉，即外側。鼎耳，謂有雙耳，如今之鐵鍋。⓬內鍵如樂鼓九句　按，此是〈機汲記〉最費解部分。「內鍵如樂鼓，牝牡相函，轉於兩端，走於索上，且受汲具」，從機械功能說，這個裝置大約類似今之滑輪，裏面的「鍵」，大約是可開合的鐵栓，它閉合時如「牝牡相函」，其上固定於橫索，其下連接汲水之器，既能在索（縆）上滑行，又可懸掛汲具（鍛鐵為器，如今之水桶之類）。在索上滑行，必須在兩支木樁（標杆）頂端各安裝一個滑輪，而岸上木樁頂端的滑輪安裝曲柄，以人力絞動曲柄（與今之轆轤相似），上下橫索分別向著相反方向移動，掛在下方繩索上的裝置及汲水之具，順繩索斜面向岸上方向滑行，從遠處看「其來有推轂之易」，如推車上坡；從岸上下滑至江邊的另一裝置，亦掛一汲水之器，「其往有建瓴之駛」，及江，即下縋，盛滿水再上升。如此周而復始，汲水不止。⓭瓶繘　汲水之器皿及繩索。⓫不羸　不毀壞。⓯枝長瀾四句　意謂汲水裝置如江水之支流，由高而下，拂過林梢，越過高地。⓰剞蟠木以承澍二句　意謂剖開樹木以承水，打通竹節以流水。澍，水滿溢的樣子。貫修筠，打通竹節。⓱走下潺潺四句　形容水流隨人之用，通到任意的地方。通洞環折，調穿過洞穴，環繞曲折。⑱周除而沃盥以蠲二句　謂流水環繞臺階，盥洗時隨意取用，連舉手之勞亦免除了；流水抵達廚房，炊具都盛水滿滿。除，臺階。蠲，免除。爨，燒火。此指廚房。錡釜，瓢盆之類。⑲飪餗之餘四句　意謂做飯以外，還可以用於沐浴；洗衣之外，還可以用於澆灌花圃菜園。飪餗，煮飯。湅澣，洗衣。⑳濆湧　泉水湧出。㉑霈洽　充沛便利。

【語　譯】工匠於是視察環境，周密地思考，依據地形經營。編織竹子作為竹籠，放置於江流中，中間插上數尺杆子，運來巨石以加固其基礎，如同樹立一個標杆。製作出粗繩，掛在標杆上，高高地繫在數仞之端，懸空造成居高臨下之勢，如拉開的弓弦。鍛鐵做成汲水之器，外側有雙耳；（汲水之器與繩索連接處，）有一個圓如樂鼓的部件，與繩索相扣自動開合，如牝牡相套合，這樣就能上下轉動，行走在繩索上，且承吊著盛水器具。當它到達水流處時即下降，汲滿水，由圓軸帶動上升。汲水之器由高處往下滑動時，有高屋建瓴之勢；由下往上滑動時，好像有人在後面推著它。汲水之器與繩索不會毀壞，它就會搏取江水升到高處。汲水之器如同江流的一個分支，越過高岸，拂過林梢，越過堤防。挖空一截樹幹以承水，打通了竹節讓水流下。水流潺潺而下，流水聲音響在空中，穿過洞口，曲折而行，抵達人們需要的所在。流水環繞臺階連捧盤捧盆的舉手之勞也免除了，進入廚房盛水器皿都滿滿的。烹飪之餘，可以再用來沐浴；浣洗之餘，可以用來澆灌花圃菜園。即便是院庭出現湧泉，也不如機汲的充裕方便。

昔予嘗登陴❶，撊然❷念懸流之莫可遽挹，方勉保庸❸，督臧獲，斞❹而挈之，至於裂肩龜手❺，然猶家人視水如酒醪之貴。今也一任人之智，又從而信之，機發於冥冥❻而形於用物，浩浩東流，赴海為期，斡而遷焉，逐我頤指❼，鼎鄉之所謂阻且艱者，莫能高其高而深其深也。

【章　旨】此段寫自己從前用水之艱。往昔督促傭人江邊取水，以致肩手龜裂，家人視水如美酒一般珍貴。而今信任並憑藉一人之智慧，使江水改變流向，按人的意志加以調遣。

【注　釋】❶陴　城上矮牆。❷撊然　猛然。❸保庸　僕人；奴婢。下句「臧獲」同。❹斞　舀水。❺裂肩龜手　肩為之裂，手為之皺。狀取水之艱辛。❻機發於冥冥　智慧激發於深奧不可知之處。❼逐我頤指　即按人的意旨。

【語　譯】從前我曾登上城牆，油然間感歎江水不能輕易取得，於是就督促僕役們努力往江邊取水，往往使他們肩裂手皺。（因為水來之不易，）家人把水視作如酒醪一般珍貴。如今聽從匠人的智慧，信任他，由他去做，其智慧好似來自冥冥之中，讓浩浩東流的江水，曲折旋轉，改變方向，按照人的意旨隨我所願，從前所謂艱難不可能實現者，（在工匠眼裏）所謂高、所謂深皆不存在了。

觀夫流水之應物，植木之善建，繩以柔而有立，金以剛而無固，軸卷而能舒，竹圓而能通，合而同功，斯所以然也❶。今之工咸盜其古先工之遺法，故能成之，不能知所以為成也。智盡於一端，功止於一名而已。噫！彼經始❷者，其取諸〈小過〉❸歟！

【章　旨】此段借機械汲水一事發議論。大意謂：流水順應汲水之器而改變流向，是木樁、繩索、鐵鼎以及穿通圓竹等結合起來共同發揮功能，即是汲水成功的道理。可惜工匠的智慧僅限於此，其功效也僅限於汲水一端。

【注　釋】❶觀夫流水之應物八句　謂機汲之設計。植木，謂水中立標竿。繩以柔而有立，謂繩「亙空以峻其勢」。金以剛而無固，謂取水之器。竹圓而能通，謂打通竹節以流水。❷經始　起始。❸小過　《易》卦名。《易・小過》：「小過。亨，利貞，可小事，不可大事。」

【語　譯】仔細觀察工匠之所為：如順應流水走向的變化，巧妙地豎立標竿，使柔軟的繩綳緊如張弦，鑄鐵做成汲水之器以及自動開合、舒卷自如的「鍵」，打通竹節以流水等，合而成功，成為現在的這個樣子。今天的工匠沿用了古人的方法，所以他可以做成汲水之器卻不知道為什麼可以成功，其智慧盡於一個方面，成功也只是一處「汲水」的設計而已。啊！那些最初經營汲水的人，大概就是〈小過〉卦所說的「可小事，不可大事」的吧！

【研　析】首段敘住處環境（與江水阻隔），引出工匠汲水的「奇思異想」。中間一段是全文記事的重點，詳細敘述機汲設置的具體結構。限於古代文人不善於描述科學技術過程，對機械原理往往不明就裏，或不能對具體部件，使用符合機械科學、具高度概括性的專門概念（名詞）加以描述，例如「滑輪」、「絞車」……等，加之文字過簡（例如此段對機汲取水的動力來自何處即缺乏交代），所以此段頗有令後人感覺含混、難以理解之處。後人據此段描寫，有以為是「高轉筒（水）車曲柄轆轤」的，有以為是「絞車式轆轤汲水機」的，也有以為利用滑輪原理、雙向滑動（由高往低、由低往高），再以絞車驅動取水的，甚至有人根據個人理解將禹錫所寫繪製成圖（參見農業出版社一九八六年版《中國農業科學技術史稿》）。由此亦可見劉禹錫〈機汲記〉對中國古代利用機械原理汲江取水重要的文獻意義。此段之末有一段議論。工匠的成功固然在於他的「儲思」，但另一個關鍵又在於作為州郡司馬劉禹錫的「一任人之智，又從而信之」，放手讓他去做，這樣，才使原先的不可能之事變為可能。末段繼續展開上面的議論。「可小事，不可大事」的局限，與《莊子．逍遙遊》中莊子、惠子關於「小用、大用」的辯論時舉出宋人「不龜手之藥」的例子相似。作為一篇「記」，至「斯所以然也」似乎就可以結束，繼續發議論，禹錫之好議論由此可見。

傷我馬詞

【題　解】元和初貶朗州未久時作。文為傷馬之詞，實則借傷馬自傷其被貶南來，不得一展懷抱。此篇及以下四篇皆選自《禹錫集》卷二〇「雜著」。〈文體明辨序說〉云：「雜著者，詞人所著之雜文也，以其隨事命名，不落體格，故謂之雜著。然稱名雖雜，而其本乎義理，發乎性情，則自有致一之道焉。」大約禹錫在自編其集時，將朗州時所作且不能明確歸於某一體（如表、狀、書啟、論、記等）之文，統歸於「雜著」一類。

馬龍類❶，蓋健而善馳，君子之所宜求為獸❷也。故法❸求於力，或逸而善駭；法求於和，或乾而易仆❹。由德稱者❺鮮焉。曩予知善馬之難遭也，不求於肆而求於其鄉。一日果得陰山之阿❻。蠖略❼其形，蕭蕭其鳴；長顧遠視，順而能力。顧其軀非鶱然❽而偉也，雖士得以乘之。

【章　旨】亟稱自己的馬為良馬，隱然以馬自喻。

【注　釋】❶龍類　謂馬與龍同類。《周禮・夏官・廋人》：「馬八尺以上為龍。」因稱駿馬為「龍馬」。❷獸　牲畜；家畜。❸法　標準。❹乾而易仆　乾癟瘦瘠，容易仆倒。即不耐於行走。❺由德稱者　語出《論語・憲問》：「子曰：『驥不稱其力，稱其德也。』」❻陰山之阿　陰山曲處。陰山，在今內蒙南境，產良馬。❼蠖略　行步進止若龍的樣子。❽鶱然　高大的樣子。

【語　譯】馬屬於龍一類，其健壯而善於奔馳，所以宜於君子作為家畜豢養。挑選馬，若以有力作為標準求之，則可能奔逸而驚駭主人；若以溫順作為標準求之，則枯瘦容易顛仆。按孔夫子所說以品德稱的馬是很少的。從前我也知道好馬難以求到，於是不在市場挑選而到馬的家鄉去找，一日果然在盛產良馬的陰山腳下得到一匹。其行步進止與龍一樣，蕭蕭長鳴，昂首遠視，溫順而有力。看牠的形態並非龐然大物，故雖是讀書人也可以乘坐牠。

始予被皁衣❶於朝，朝之人多四三其牡❷以迭馭❸，予無兼焉。水轍之淋漓，淖途❹之汪洋，結為確犖，融為坳堂❺。前有僨輈❻，後有濡裳❼。我策垂空，我鑣❽方揚。振鬣軒昂，矯如飛翔。翹翹❾其雄也，非力而何？烈火之具❿舉，鉤膺之疊⓫舞。一蹊千趾⓬，駢比齟齬⓭。瘠者⓮斯擠，悍者⓯斯怒。我鞍如山，我轡如組⓰。弭毛容與⓱，宛若孤處。靡靡其柔也，非慧而何？前日，予之獲譴於闕下⓲，背商顏⓳，趨昭丘⓴，日中而逾舍㉑。修門㉒之南，非騎所宜。夷則沮洳㉓，高則嶔巇㉔。虎跑空林，蜮鬥荒墟㉕。風雨孤征，簡書㉖之威。俾予弗顛，我馬焉依㉗。屑屑㉘其勞也，非德而何？

【章　旨】從其為官於朝到赴貶地，具體說明馬的有力、有慧，最後得出其有德。

【注　釋】❶皁衣　指其為監察御史時。唐時八、九品官員服青（黑）。❷四三其牡　養有三四匹馬。牡，公馬。此處泛指馬。❸迭馭　輪換著使喚。❹淖途　泥淖之路途。❺結為確犖二句　指冬天則路途結冰，化解則為泥潭。確犖，路不平的樣子。坳堂，泥坑。❻僨輈　顛覆的車輛。❼濡裳　弄濕了衣裳。❽鑣　馬嚼子。與銜合用，銜在口中，鑣在口旁。後以鑣指代乘騎。❾翹翹　勇武的樣子。❿烈火之具　指鮮紅色的馬飾。⓫鉤膺之疊　馬頜及胸上的革帶，下垂纓飾。《詩經・小雅・采芑》：「簟茀魚服，鉤膺鞗革。」《毛傳》：「鉤膺，樊纓也。」按，樊纓，指絡馬的帶飾。樊，馬腹帶。纓，馬頸革。⓬千趾　謂馬匹多。⓭齟齬　形容馬匹擁擠於小道錯雜混亂。⓮瘠者　疲軟者。⓯悍者　強有力者。⓰我轡如組　語出《詩經・邶風・簡兮》：「有力如虎，執轡如組。」朱熹《集傳》：「轡，今之韁也。組，織絲為之，言其柔也。御能使馬，則轡柔如組矣。」⑰弭毛容與　毛髮順服，從容悠閒。⑱前日二句　謂其永貞元年遭讒赴貶地。⑲商顏　即商山，秦嶺在今陝西商洛的一段。《漢書・溝洫志》：「於是為發卒萬人穿渠，自徵引洛水至商顏下。」顏師古注：「商顏，商山之顏也。謂之顏者，譬人之顏額也，亦猶山額象人之頸領。」按，禹錫赴貶地（初貶連州，道途中再貶朗州），道經商州而至荊州。⑳昭丘　楚昭王墓所在，在今湖北當陽。㉑逾舍　抵達客舍。按，按日程，應在日暮時抵達客舍，日中抵達，謂馬行之疾也。㉒脩門　楚國郢都的城門。㉓沮洳　泥濘。㉔嶔巇　山路高峻。㉕虎跑空林二句　形容馬行至空曠處疾走如飛。空林，渺無人跡的樹林。荒馗，寂無人煙的大道。馗，同「逵」。㉖簡書　文書。此指朝廷貶謫制書。㉗俾予弗顧二句　猶言自己孤獨無所依靠，只有憑依馬匹。㉘屑屑　勞苦匆迫的樣子。

【語譯】當年我身著皂衣官服上朝，上朝的官員大多備有三四匹馬，輪換駕車或乘坐，我就是這一匹。遇到車轍因雨淋漓而濕，或泥水汪洋；冬天或結為冰，冰或化為水坑。當此之時，前有顛覆之車，後有濡濕衣裳的官員。我的馬鞭空垂，我的馬匹照常行走。馬鬛軒昂，如矯龍一般飛翔，雄壯威武，難道不是有力的表現嗎？我馬軀體上顏色如烈火一般的飾品高高昂起，馬額至馬腹重疊的帶飾如飛舞一般。一條小道上擠塞著眾多的馬，挨挨擠擠錯雜混亂。疲軟者在馬群裏擁擠著，強有力者暴怒著急。我騎在馬鞍上穩如泰山，手執馬韁柔如絲組。馬毛柔順從容不迫，好似獨自孤處。馬的形態舒緩而和順，難道不是聰慧的表現嗎？前數年，我遭遇朝廷之讒於闕下，離開商山，前往昭丘，日中抵達客舍。郢都脩門之南，本不便於騎馬：平處則泥濘不堪，高處則艱難險阻。然而我的馬跑起來如虎奔馳於空林，如兕蜮奔跑於大道。沖風冒雨前行，真是體現了朝廷制書的威風。我無所依賴，只有依靠著我的馬。馬不辭勞苦匆忙急迫，難道不是孔子說的「稱其德者」嗎？

予至武陵，居沅水之傍，或逾月未嘗跨焉。以故莫得伸其所長。跼蹐❶顧望兮，頓其鎖韁。飲齕日削❷兮，精耗神傷。寒櫪❸騷騷❹兮，瘁毛❺蒼涼。路聞躞蹀❻兮，逸氣騰驤。朔雲深兮邊草遠，意欲往兮聲不揚。隤然❼似不得其所而死，故其嗟也兼常。

【章　旨】寫馬因不得其用而焦躁不安，終於憂鬱而死。

【注　釋】❶跼蹐　小步徘徊的樣子。❷飲齕日削　飲食每日減少。❸櫪　馬槽。❹騷騷　風聲。❺瘁毛　毛色憔悴。❻躞蹀　碎步貌。此指馬蹄聲。❼隤然　義同「頹然」。

【語　譯】我到了武陵，居住在沅江旁，有時或一月不曾跨馬。因此之故不能展其所長。馬焦躁地小步徘徊，搖動其鎖韁。飲食日減，精神損傷。馬槽旁是瑟瑟的風聲，毛色憔悴一派蒼涼。聽見有馬蹄聲，就興奮異常。然而朔地深遠邊草難及，即使意欲前往而其勢不能。神情似因不得其地而死委靡不振，故其哀鳴倍於平常。

初，玄宗羈❶大宛❷而盡有名馬，命典牧❸以時起居。洎西幸蜀❹，往往民間得其種而蓄❺焉。故良毛色者率非中土類也。稽是毛物，豈祖於宛歟？漢之歌曰「龍為友」❻，武陵有水曰龍泉，遂歸骨於是川。且弔之曰：「生於磧礰❼善馳走，萬里南來困丘阜❽。青菰寒菽❾非適口，病聞北風猶舉首❿。金臺⓫已平骨空朽，投之龍淵從爾友。」

【章　旨】追述馬出身於大宛，屬「天馬」，借燕昭王黃金臺故事以弔之。

【注　釋】❶羈　即羈縻。原意指給馬套馬絡頭。此指羈縻州。古代在邊遠少數民族地區所置羈縻州，以情況特殊，因其俗以為治，有別於一般州縣。《新唐書．地理志七下》：「大凡府州八百五十六，號為羈縻云。」❷大宛　古國名，為西域三十六國之一，北通康居，南面和西南面與大月氏接，產汗血馬。大約在今烏茲別克費爾干納盆地。見《史記．大宛列傳》、《漢書．西域傳上．大宛國》。唐代幅員遼闊，邊疆地區是都督與都護府統領下的羈縻州，開元、天寶全盛時期，唐轄境「東至安東，西至安西，南至日南，北至單于府」（《新唐書．地理志一》）。❸典牧　官職名，掌管畜牧及畜產品的官署。唐代為太僕寺的下屬機構。《新唐書．百官志三》：「典牧署，令三人，正八品上；丞六人，從九品上。掌諸牧雜畜給納及酥酪脯脂之事。」❹幸蜀　指天寶十五載安史亂起玄宗避亂至成都事。❺蕃　繁殖。❻龍為友　《漢書．禮樂志》載〈郊祀歌〉云：「太一況，天馬下；今安匹，龍為友。」❼磧礫　戈壁。泛指漠北地區。❽丘阜　小山丘。❾青菰寒菽　凡馬所食。菰，多年生草本植物，生長在池沼裏，果實即菰米，一名雕胡米，古以為六穀之一。菽，豆類的總稱。❿病聞北風猶舉首　用《文選．古詩十九首》「胡馬依北風，越鳥巢南枝」句意。李善注引《韓詩外傳》：「詩云：『胡馬依北風，越鳥巢南枝。』皆不忘本之謂也。」⓫金臺　即黃金臺。戰國時燕昭王築黃金臺以招攬天下賢者。見《戰國策．燕策》。

【語　譯】早年間，玄宗以大宛為羈縻州，盡有其良馬，命典牧之官精心照料。待到玄宗幸蜀，廄中之馬不及帶走，往往民間得其種而繁殖。所以凡是毛色良好者大多非中原之馬。細察這匹馬的毛色，豈是大宛所出良種耶？漢代之歌謂馬與「龍為友」，武陵有水名為龍泉，於是將牠埋在此地。且為文弔曰：「生於戈壁善馳走，萬里南來困小丘。青菰寒菽不適口，病中聽見北風昂起首。黃金臺已經平蕪馬骨空朽，埋骨龍泉與龍為友。」

【研　析】首稱己之馬，出於良馬之鄉，雖不敢以孔子所說的「由德稱者」自居，然亦可以列於良馬之屬，已隱隱有以馬自喻的意向。復從其為官於朝到赴貶地朗州，具體說明馬的有力、有慧，最後得出其有德，正符合孔子所說的馬的最高境界。結末追述馬出身於大宛，再次強調馬為千里馬。

馬終因不得其用而憂鬱身死。將馬的結局與己之遭遇聯繫在一起，用意甚明。文氣亦轉而似楚騷。全文以弔文作結，以馬為故人，感慨有餘哀。舉凡上朝之道途，赴貶地之經過，對於我馬之描寫，形象鮮明，具體可感，又幾乎全用四字句，且押韻，變散而為駢、為韻文，一改散句風貌，是此文特別用心處。

救沉志

【題解】「志」為文體。《文體明辨序說》云：「按《字書》云：『志者，記也，字亦作誌。』其名起於《漢書》十志，而後人因之，大抵記事之作也。」元和元年作於朗州。此前一年（即貞元二十一年，八月改元永貞）朗州大水，此志所記，其事實或有所本。唯貞元末朗州大水時，禹錫尚未遭貶，此文所記，當出於州人所述。此志紀事、議論並重，紀事甚簡約，議論甚辯析。作者因參與王叔文集團而遭貶，文中僧人關於不施救於猛虎的一番議論，或者有其寄託在內。

貞元季年夏大水，熊、武五溪鬥，泆於沅，突舊防，毀民家❶。躋高望之，溟涬葩華❷，山腹為坻❸，林端如莎❹。湍道駛悍❺，不風而怒。崱嶷❻前邁，浸淫旁掩。柔者靡之，固者脫之；規者旋環之，矩者倒顛之；輕而泛浮者硠磕之，重而高大者前卻之❼。生者力音❽，殪者弛形❾，蔽流而東，若木柹❿然。

有僧愀焉，誓於路曰：「浮圖之慈悲，救生最大。能援彼於溺，我當為魁⓫。」里中兒願從四三輩，皆狎川⓬勇游者，相與乘堅舟，挾善器，維以修綷，杙於崇丘⓭。水當洄洑⓮，人易置力。凝矑執用，俟可而拯⓯。大凡室處之類⓰，穴居之匯⑰，在牧之群，在豢之馴，上羅黔首，下逮毛物⑱，拔乎洪瀾，致諸生地者，數十百焉。

適有摯獸⑲如鴟夷⑳而前，攫持流枿，首用不陷㉑，隅目傍睨，其姿弭然㉒，甚如六擾之附人者㉓。其徒將取焉，僧趣訶㉔之曰：「第無濟是為！」目之，可里所，而不能有所持矣㉕。舟中之人曰：「吾聞浮圖之教貴空，空生普，普生慈㉖。不求報施之謂空，不擇善惡之謂普，不逆困窮之謂慈。嚮也生必救，而今也窮見廢，無乃計善惡而忘普與慈乎！」僧曰：「甚矣！問之迷且妄也！吾之教惡乎㉗無善惡哉？六塵者，在身之不善也，佛以賊視之㉘。末伽聲聞者，在彼之未寤也，佛以邪目之㉙。惡乎無善惡耶？吾向也所援而出死地者眾矣。形乾氣還，各復本狀：蹄者躑躅然，羽者翹蕭然，而言者譊譊然㉚。隨其所之，吾不尸其施㉛也。不德吾則已，烏能害為？彼形之乾，髬髵之姿也；彼氣之還，暴悖之用也㉜。心足反噬，而齒甘最靈㉝。是必肉吾屬矣。庸能躑躅譊譊之比歟？夫虎之不可使知恩，猶人之不可使為虎也。非吾自遺患焉爾，且將遺患於眾多，吾罪大矣。」

子劉子曰：余聞：「善人在患，不救不祥。惡人在位，不去亦不祥。」㉞僧之言遠矣，故志之。

【注釋】❶貞元季年夏大水五句 《新唐書・五行志》：「永貞元年夏，朗州之熊、武五溪溢。秋，武陵、龍陽二縣江水溢，漂萬餘家。」貞元季年，指貞元二十一年，即永貞元年。熊武五溪，即武陵五溪，熊溪、武溪俱為五溪之一，在今湖南常德西南。鬥，形容溪水暴漲湍急如戰鬥。泆，水漲，字同「溢」。❷溟涬葩華 形容溪水溢出河道四散奔流。溟涬，水浩大的樣子。葩華，分散的樣子。❸坻 水中小洲。❹莎 水草。❺湍道駛悍 形容水流湍急。❻崱嶷 高大的樣子。此處形容水浪。❼柔者靡之六句 形容氾濫溪水的威力。柔弱的東西推倒它，堅固的東西拔起它，圓的東西沖得它旋轉起來，方的東西沖得它不斷翻滾，輕的東西到處漂浮著，重而高大的東西被沖得向前傾斜。硠礚，象聲詞，指石頭互相撞擊的聲音。❽力音 盡力呼救。❾殪者弛形 死去的攤開身體。殪者，死者。❿木杮 削下的木片。⓫魁 帶頭者。⓬狎川 熟悉水性。⓭維以修絆二句 用長繩繫住舟船，再用木橛將長繩固定在山上。修絆，長繩。杙，短木樁。⓮洄洑 回流；漩渦。⓯凝矑執用二句 意謂眼睛凝視，手拿工具，等候能夠被救的就施救。矑，瞳仁。⓰室處之類 居於房屋者，指人類。⓱穴居之匯 指動物。匯，義同「類」。⓲毛物 動物。⓳摯獸 猛獸。摯，同「鷙」。此指老虎。⓴鴟夷 皮囊。此處形容漂流水中的老虎。㉑攫持流杮二句 謂虎抓住水流中的樹枝，頭因此而未沒於水中。杮，樹的根枝之類。㉒隅目傍睨二句 意謂虎側目旁視，其神態甚是溫順。隅目，用眼角看。弭然，順從的樣子。㉓甚如六擾之附人者 意謂很像六畜依附於人那樣。六擾，即六畜（馬牛羊豕犬雞）。㉔趣訶 立即過來呵斥。訶，呵斥；責備。㉕目之三句 意謂看牠的樣子，再有一里許即不能有所持（抓住樹枝）了。㉖吾聞浮圖之教貴空三句 意謂佛法貴在於空，空而能普渡眾生，普渡眾生而有慈悲心懷。㉗惡乎 疑問代詞，猶言何所、怎麼。㉘六塵者三句 佛教以為色、聲、香、味、觸、法六者能通過眼、耳、鼻、舌、身、意影響人內心的潔淨，故視其為六塵。賊，戕害人的事物。㉙末伽聲聞者三句 意謂佛教視初聞佛家教誨但尚未悟道者為邪。末伽，佛家語，即佛家之道。聲聞，亦佛家語。佛教謂聞佛之言教悟四諦（苦、集、滅、道）真理為聲聞。邪，惡；不正派。㉚形乾氣還五句 謂前所解救之生物恢復元氣後形態各異。形乾氣還，形體乾燥元氣恢復。躑躅然，行走的樣子。翹蕭然，輕飛的樣子。譏譏然，巧言的樣子。㉛不尸其施 意謂不以施救者自居。㉜彼形之乾四句 謂老虎形體乾燥元氣恢復之後形態。髬髵，猛獸鬃毛豎起發威的樣子。暴悖，暴戾；殘暴。㉝心足反噬二句 意謂老虎以反噬為足，而人則是最美味的。反噬，反過來咬。最靈，指人類。㉞余聞五句　語出《國語・晉語八》，意謂好人處於患難，不予施救則不祥；惡人在位，不離開他亦不祥。

【語　譯】貞元末年夏朗州大水，熊、武五溪水滔滔如戰鬥一般，溢出沅江，突破江堤，毀壞民房。登高而望，溪水溢出河道四散奔流，山頭成了水中小洲，樹梢如同小草。水流狂瀉如駿馬，無風而怒，水浪猛烈前行，橫衝直撞。柔弱者倒伏，堅固者脫離，圓形者盤旋飄蕩，方形者顛而倒之，輕而漂浮者磕磕碰碰，重而高大者被衝擊得或前或後。活著的極力呼叫，死去的橫豎平躺，遮蔽了水流，好似木屑一般。

此時有一位僧人滿面愁苦，在路旁發誓說：「佛家的慈悲，以拯救生命為最大。若能救起那些溺水者，我應當為首。」里巷中年輕人願意跟從他的有二四個人，都是水性極好勇於游水者，大家一起乘坐堅固木舟，帶著有用的器械，用長繩繫住舟船，再用木橛將長繩固定在山上。水中有漩渦，如此則人易於發力。大家專注地看著，手持工具，等候能被救的。凡是溺水的人、動物以及放牧的牛羊、家畜，總之上自百姓，下至畜生，由洪水中撈出、置於生地者數十近百之多。

恰在此時，有老虎如皮囊一般順水漂下，牠抓住樹根樹枝之類，頭因而未陷於水中。牠側目旁視，神態甚是令人憐憫，很像家畜欲依附於人那樣。這夥人準備去救牠，僧人急忙攔住，呵斥他們說：「且不要去救牠！」看這頭老虎，可以再堅持一里多路，再往下就不能有所依賴了。舟中的人說：「我聽說佛法貴在於空，空而能普渡眾生，因而有慈悲心懷。不求回報謂之空，施展救援不擇善惡謂之普，將人從窮困中拔救出來謂之慈。此前見生必救，而今卻見窮困無助不施救，豈非過分計較善惡而忘記了廣施化育與慈悲嗎！」僧人說：「太過分了！話問得過於迷惑而且不切實際了！我們佛家豈能無善惡之分呢？色、聲、香、味、觸、法六者謂之六塵，六塵能通過眼、耳、鼻、舌、身、意影響人內心的潔淨，故佛家視其為戕害人的禍害，謂初聞佛家教誨但未悟道者為邪，怎麼能說佛家沒有善惡之分呢？我此前施以援手出離死境者已經很多了。從水流中出來後，他們形體乾燥氣息回歸，各自恢復本來的形狀：有腳的開始走路，有翅膀的開始輕飛，能言語的開始說話。隨便他們到哪裏去，我並不以施救者自居。他們不感激我也就罷了，豈能施害於我？這隻老虎就不同了。牠形體乾燥了，鬃毛豎起威風凜凜；牠氣息恢復了，就是一副暴戾的樣子。牠最滿意的是反咬你一口，口齒間最美味的是我們人類。故此牠必然要吃掉我們的。豈能與剛才那些走動的、言語的相比？老虎不可以讓牠知曉誰對牠有恩，與讓人不可以成為老虎是一樣的。如果救起牠，就不是我自遺其患，而且將遺患於眾人，那麼我的罪就大了。」

子劉子說：我聽說：「正直的人處於禍患，不救他是不吉利的；惡人在位，不遠離他也是不吉利的。」僧人的話意義夠深遠了，所以將它記下來。

【研　析】首節鋪敘沅江氾濫後大水漫天遮地、橫衝直撞及毀人傷物之狀，為下節作一鋪墊。大水之中有僧人挺身而出，拯溺救危，是一揚；遇見即將溺死的老虎卻視而不見，且阻止別人營救，是一抑。再用一番大道理作結。作者結尾處亦以古人語呼應之。文章有普遍的「懲惡揚善」的道理，或者有實指。後半以佛理作說教，說理較多，文章較為不耐看。

觀　市

【題　解】元和二年作於朗州。市，城市中劃定的貿易之所或商業區。文中對朗州之市民眾交易有備細描寫，曲盡其民俗、人情世態。

由命士以上不入於市，《周禮》有焉❶。乃今觀之，蓋有因也。元和二年，沅南不雨，自季春至於六月，毛澤❷將盡。郡守有志於民，誠信而雩❸，遂遍山川、方社❹，又不雨，遂遷市❺於城門之逵❻。余得自麗譙❼而俯焉。

【章　旨】由於沅南不雨，故郡守遷市於城門外大道，由是作者可以自城樓觀市。

【注　釋】❶由命士以上不入於市二句　《周禮．地官．司市》：「司市掌市之治教、政刑、量度禁令……命夫過市罰一蓋，命婦過市罰一帷。」鄭玄注：「市者，人之所交利而行刑之處，君子無故不游觀焉。」命夫，古稱受有天子爵命的男子。按，罰一蓋、罰一帷，謂蓋、帷皆市者所用之物。❷毛澤　指潤澤禾苗的水分。此指天旱無雨。❸雩　古代為祈雨而舉行的祭祀。❹方社　指四方之神和土地神。❺遷市　即遷徙市場。古禮，天子諸侯喪，庶人不外出求覓財利，以示憂戚，因移市於巷中以供其急需，謂之徙市。《禮記．檀弓下》：「歲旱，穆公召縣子而問然：『天久不雨……徙市則奚若？』曰：『天子崩，巷市七日，諸侯薨，巷市三日，為之徙市，不亦可乎？』」鄭玄注：「徙市者，庶人之喪禮。今徙市，是憂戚於旱若喪。」❻逵　大道。❼麗譙　城樓。

【語　譯】由命士以上不得入於市，《周禮》中早有規定。即今看來，是有道理的。元和二年，沅江一帶不雨，由初春末至六月，潤澤田禾苗木的江水也將枯竭。郡守有愛於民，以誠信祈雨，遍及山川及四方之神，然而仍舊無雨。於是援古例將貿易之市遷於城門近旁的大道上，我自城樓上俯身觀看了一番。

肇下令之日，布市籍❶者咸至，夾軌道而分次焉。其左右前後，班間錯跱❷，如在闤❸之制。其列題區榜❹，揭價名物❺，參外夷之貨。馬牛有繂❻，私屬❼有閑❽。在巾笥者織文❾及素焉，在几閣者雕彤❿及質⓫焉，在筐筥⓬者白黑巨細焉。業於饔⓭者列饔饎⓮陳餅餌而苾然⓯，業於酒者舉酒旗滌杯盂而澤然⓰，鼓刀之人設高俎⑰解豕羊而赫然。華實之毛⑱，畋漁之生⑲，交蜚走⑳，錯水陸，群狀夥名，入隧㉑而分，韞藏而待價者，負挈而求沽者，乘射其時㉒者，奇贏㉓以遊者，坐賈㉔顒顒㉕，行賈㉖遑遑，利心中驚，貪目不瞬。於是質劑㉗之曹，較估㉘之倫，合彼此而騰躍之。冒良苦之巧言，斁量衡於險手㉙。秒忽㉚之差，鼓舌傖儜㉛；詆欺相高，詭態橫出。鼓囂譁，坌煙埃，奮膻腥，疊巾屨，讙而合之，異致同歸。

【章　旨】盡寫集市熱鬧喧囂之狀，及買賣之間種種人情世態。

【注　釋】❶市籍　商賈的戶籍。《唐六典・戶部》：「辨天下之四人（即「民」），使各專其業，凡習學文武者為士，肆力耕桑者為農，作貿易者為工，屠沽興販者為商。」❷班間錯跱　依貨物不同而各處於不同位置。跱，踞；止。❸闤　街市；店鋪。❹列題區榜　泛指張貼或懸掛貨物區域以喻眾。❺揭價名物　高舉貨物名稱及價格。揭，舉起。❻繂　拴馬牛的繩子。❼私屬　指私人的家奴。❽閑　用於遮攔阻隔的柵欄。《漢書・賈誼傳》：「今民賣僮者，為之繡衣絲履偏諸緣，內之閑中。」顏師古注引服虔曰：「閑，賣奴婢闌。」❾織文　織有花紋的絹繒之類。❿雕彤　油漆傢俱之類。⓫質　未經油漆的傢俱或木料。⓬筐筥　盛物之器。方形為筐，圓形為筥。此處泛指竹器。⓭饔　菜肴之類。⓮饎　酒食。⓯苾然　香氣四溢。⓰澤然　謂將酒器擦得明亮。⓱高俎　宰殺牲口的案板。⓲毛　蔬菜之類。⓳畋漁之生　打獵、捕漁所獲。⓴蜚走　飛禽走獸。此指獵物。蜚，同「飛」。㉑隧　路；通路，與前「軌道」同。《後漢書・班固傳上》：「內則街衢洞達，閭閻且千，九市開場，貨別隧分。」李賢注：「隧，列肆道也。」㉒乘射其時　乘機獲利。㉓奇贏　指商人以餘財贏利。《漢書・食貨志上》：「商賈大者積貯倍息，小者坐列販賣，操其奇贏，日遊都市，乘人之急，所賣必倍。」顏師古注：「奇贏，謂有餘財而畜聚奇異之物也。」㉔坐賈　有固定鋪面者。㉕顒顒　期待盼望的樣子。㉖行賈　行走販賣者。㉗質劑　古代貿易的券契，類似後世的合同。《周禮・天官・小宰》：「小宰之職……七曰聽買賣以質劑。」賈公彥疏：「聽買賣以質劑者，質劑謂券書，有人爭市事者，則以質劑聽之。」按，小宰，古代管理市場的官員。㉘較估　買賣中間人。㉙冒良苦之巧言三句　形容買賣中間人以言語說合雙方、終結關於貨物長短輕重的爭議糾紛等。冒，包容；統括其辭。斁，終止；終結。㉚秒忽　極言其微小。《漢書・序傳下》：「元元本本，數始於一，產氣黃鍾，造計秒忽。」顏師古注引劉德曰：「秒，禾芒也；忽，蜘蛛網細者也。」㉛傖儜　形容方言粗野。

【語譯】起初下令的那一天，凡列於商賈戶籍者都來了，在規定的道路兩旁依次排開。其左右前後，互相錯綜佔位，如在街市店鋪一樣。題寫並榜示各不同區域，高舉貨物名稱及價格，其間還雜有域外的貨物。馬牛一類皆有繩索牽著，出賣的自家奴婢皆隔在柵欄以內。盛在巾箱裏的是織就有花紋的絹繒之類，在木架上放置的是油漆傢俱或木料，放在筐筥裏的是種種黑白大小不同的貨物。餐飲業者排列開酒食菜肴及餅餌，香味四溢，開酒坊者舉起酒旗將杯盂洗滌得乾乾淨淨，操刀屠宰者赫然架起宰殺豬羊的案子。植物開花果蔬之類，狩獵打漁者之所獲，交錯放置的飛禽走獸、水陸所產，形狀各異，種類齊備，皆在街道兩旁分開擺放。收藏稀奇貨物待價而沽者，肩負手拿而叫賣者，佔得時機獲取利益者，持有餘財遊走觀望希冀得到珍異貨物者，有固定鋪面者期待盼望，走動買賣者神色惶惶，獲利之心驚悸不定，貪婪的目光一眨也不眨。當此之時，手持合同的管理官員以及買賣雙方的中間人就會來到，上上下下說合雙方。他們好說歹說用盡良苦巧言，終止了雙方在長短、輕重上的爭執。其間因細微的利益之爭，各自操本地粗俗方言，競相呵叱欺瞞，瞞哄之態橫出不窮。喧鬧爭吵，塵埃飛揚，振起骯髒惡臭的氣味，重複的話語如同摺疊起來的巾屨一般，終於說合在一起，雖然起初意向不同，最後仍舊回歸到一處。

雞鳴而爭赴，日中而駢闐❶。萬足一心，恐人我先。交易而退，陽光西徂。

幅員不移，徑術如初❷。中無求隙地，俱唯守犬烏烏，樂得腐餘❸。

是日倚衡❹而閱之，感其盈虛❺之相尋❻也速，故著於篇云。

【章　旨】數句是對集市雞鳴爭赴、日中會聚，到陽光西墜、交易而退的感歎。

【注　釋】❶雞鳴而爭赴二句　謂商人及交易者侵早趕來，至日中時齊集於此。駢闐，形容人煙輻輳，車馬駢集。❷幅員不移二句　猶言天天如此，方位不移，道路亦不變。幅員，範圍；方位。徑術，道路；路徑。❸俱唯守犬鳥二句　猶言都在保守如同犬鳥所得的一點微利，且樂在其中。腐餘，腐朽廢棄之物。❹衡　橫木。此指欄杆。❺盈虛　滿與空。此指集市忽而聚集，忽而散去。❻相尋　相繼；接連不斷。

【語　譯】雞鳴時分大家分頭趕赴集市，日中時分會聚於此，人煙輻輳，車馬駢集，萬人同心，唯恐別人搶在我前。待到交易一畢，又各自退回，陽光也已西墜。到明日，方位不變，路徑相同，仍舊會齊聚於此。買賣之間並無多少餘地可尋，不過大家都希圖保住如犬鳥所得的那一點利益，而且樂在其中。

這一天我倚著欄杆觀看集市，頗感其聚集、散去的快並接連不斷，故寫成這篇文章。

【研　析】作者作為「士」，遵古禮不得入於市；因為機緣湊巧，可以自城樓上迫近觀之，故充滿新奇之感。朗州雖為湘西偏僻州郡，即今而言，為兩湖、川、滇交界之處，在唐代，亦是多民族雜居之地。其集市熱鬧喧囂、種種逐利世態，一一顯示於作者筆下。

結末「感其盈虛之相尋也速」或許有寓意，但如謂禹錫「初遭遷斥，怨望尤深，故假以譏嘲朝士之鬨爭」（瞿蛻園《劉禹錫集箋證》卷二〇），似過於深究了。

唐代詩文，涉及集市貿易者不少，然而都寥寥數筆，如禹錫此篇如此詳備者罕有。《易・繫辭下》：「日中為市，致天下之民，聚天下之貨，交易而退，各得其所。」《周禮・地官・司市》關於集市貿易也有許多規定：「以次序分地而經市，以陳市辨物而平市，以政令禁物而均市，以商賈阜貨而行市，以量度成賈而徵價，以質劑結信而止訟，以賈民禁偽而除詐。」這是西周理想中的公平交易的集市貿易。這種集市貿易之法，在千餘年後的劉禹錫〈觀市〉一文局部地再現了。當然，關於「均市」、「止訟」、「禁偽」云云，也部分地被商賈的貪婪和對利益的追逐所代替。文中「私屬有閑」一句專指買賣奴隸。唐代法律是禁止買賣奴隸的，但在僻遠州郡，尤其是所謂「夷獠雜處」的嶺南、黔中、閩南以及湘西的朗州一帶，買賣奴隸的現象仍舊是十分嚴重的。

論書

【題解】書指書法，也指有關書法的基礎理論（如六書等）。文以對話的形式，闡述了自己對書法藝術的獨到見解。禹錫在朗州時，有詩與柳宗元討論過書法，文或亦應作於此期。具體作年不能詳，暫依《禹錫集》原編置於此。

或問曰：「書足以記姓名而已❶，工與拙可損益於數❷哉？」答曰：「此誠有之，蓋舉下之說爾，非中道之說❸。亦猶言居室曰避燥濕而已，言衣裳曰適寒燠而已，言飲食曰充腹而已，言車馬曰代勞而已，言祿位曰代耕❹而已。今夫考居室必以閎門豐屋為美，笥衣裳必以文章適澤❺為甲，評飲食必以精良海陸為貴，第❻車馬必以華輈絕足為高，干祿位必以重侯累封❼為意。是數者皆不行舉下之說，奚獨於書也行之邪？」

「《禮》曰：『士依於德，游於藝。』❽德者何？曰至曰敏曰孝之謂❾。藝者何？禮樂射御書數⑩之謂。是則藝居三德之後，而士必游之也；書居數之上而六藝之一也。《語》曰：『飽食終日，無所用心，難矣哉！不有博弈者乎？為之，猶賢乎已。』⑪是則博弈不列於藝，差愈於飽食無所用心耳。吾觀今之人，適有面詆之曰：『子書居下品矣！』其人必逌爾⑫而笑，或謷然⑬不屑。詆之曰：『子握槊⑭、弈棋居下品矣。』其人必赧然而愧，或艴然而色。是故敢以六藝斥人，不敢以六博⑮斥人。嗟乎！眾尚之移人也！」

問者曰：「然則彼魏晉宋齊間，亦嘗尚斯藝矣，至有君臣爭名⑯，父子不讓⑰，何哉？」答曰：「吾姑欲求中道耳。子寧以尚之之弊⑱規我歟？且夫信者美德也，秦繆尚之而賢臣莫贖⑲；黃老者至道也，竇后尚之而儒臣見刑⑳。道德且不可尚，矧由道德以下者哉！所謂中道而言書者何？處之文學㉑之下，六博之上。材鈞㉒而善者得以加譽，遇鈞㉓而善者得以議能。所加在乎譽，非實也，不黷於賞；所議在乎過，非罪也，不紊於刑。夫如是，庶乎六書㉔之學不湮墜而已乎！」

【注釋】❶書足以記姓名而已　楚項羽幼時，以為「書足以記姓名而已，不足學」，見《史記・項羽本紀》。❷數　技藝；本領。《孟子・告子上》：「今夫弈之為數，小數也。」趙岐注：「數，技也。」❸蓋舉下之說爾二句　意謂以上「書之工拙有損益於數」的說法是就最低標準而言，並非中正之大道理。中道，中正之道。《孟子・盡心下》：「孔子豈不欲中道哉?」趙岐注：「中正之大道也。」❹代耕 舊時官吏不耕而食，因稱為官食祿為代耕。語本《禮記・王制》：「諸侯之下士，視上農夫，祿足以代其耕也。」❺文章遒澤 花紋光澤鮮亮。❻第 排次。❼重侯累封 謂世代顯貴，屢次封贈。❽禮曰三句 語出《禮記・少儀》。❾曰至曰敏曰孝之謂 即所謂三德。《周禮・地官・師氏》：「以三德教國子，一曰至德，以為道本；二曰敏德，以為行本；三曰孝德，以知逆惡。」❿禮樂射御書數 即六藝，為古代教育學生的六種科目。《周禮・地官・大司徒》：「三曰六藝：禮、樂、射、御、書、數。」按，禮指人際間行為規範，樂指音樂，射指射箭，御指駕馭車馬，書指有關六書的學問，數為算數。⓫語曰七句 語出《論語・陽貨》。⓬逌爾 笑的樣子。⓭謷然 傲慢的樣子。謷，通「傲」。⓮握槊 古時博戲之一種，類似雙陸。劉禹錫〈觀博〉一文對其有具體描述：「初，主人執握槊之器……其制用骨，觚稜四均，鏤以朱墨，耦而合數，取應期月，視其轉止，依以爭道。」大致為擲骰子一類。⓯六博 古代擲采下棋的比賽遊戲。此處泛指賭博遊戲。⓰君臣爭名 用南朝齊王僧虔與齊高帝事。僧虔琅琊臨沂人，字簡穆，王羲之四世族孫。官至尚書令。喜文史，善音律，工真、行書。書承祖法，豐厚淳樸而有骨力。齊高帝蕭道成亦善書，《南史》本傳稱：「高帝素善書，篤好不已，與僧虔賭書畢，謂曰：『誰為第一?』對曰：『臣正書第一，草書第二；陛下草書第二，而正書第三。臣無第三，陛下無第一。』高帝大笑。」⓱父子不讓 用晉王獻之及其父羲之事。《晉書・王獻之傳》：「(獻之工草隸)謝安問曰：『君書何如君家尊?』答曰：『故當不同。』安曰：『外論不爾。』答曰：『人那得知?』」孫過庭〈書譜序〉云：「子敬(獻之字)權以此辭折(謝)安所鑒，自稱勝父，不亦過乎?」⓲尚之之弊 因好尚過分帶來的弊端。⓳且夫信者美德也二句 用秦繆公死以其賢臣奄息等從葬事。《史記・秦本紀》：「(繆公)三十九年，繆公卒，從死者百七十七人，秦之良臣子輿氏三人名曰奄息、仲行、鍼虎，亦在從死之中。秦人哀之，為作歌〈黃鳥〉之詩。」應劭曰：「秦穆(繆)公與群臣飲酒酣，公曰『生共此樂，死共此哀』。於是奄息、仲行、鍼虎許諾。及公薨，皆從死。〈黃鳥〉詩所為作也。」按，事又見《左傳・文公六年》。〈黃鳥〉詩見《詩經・秦風》。繆公十二年，晉旱，來請秦粟，繆公問百里奚，奚曰：「夷吾(晉君名)得罪於君，其百姓何罪?」繆公從百里奚之言，與晉粟。十四年，秦饑，請粟於晉，晉不與，晉君因秦饑而伐秦。事見《史記・秦本紀》及《左傳》。此處謂繆公有「信者美德」，語本此。⓴黃老者至道也二句 用漢竇太后事。黃老，此指黃帝、老子「無為」之學說。竇太后尚之。《漢書・武帝紀》：「(武帝)二年冬十月，御史大夫趙綰坐請毋奏事太皇太后，及郎中令王臧皆下獄，自殺。」應劭曰：「禮，婦人不豫政事，時帝已自躬省萬機。王臧儒者，欲立明堂辟雍，太后素好黃老術，非薄五經，因欲絕奏事太后，太后怒，故殺人。」㉑文學　文章博學。孔門四科之一。《論語・先進》：「德行：顏淵、閔子騫、冉伯牛、仲弓。言語：宰我、子貢。政事：冉有、季路。文學：子游、子夏。」㉒材鈞　材質均等者。鈞，同「均」。㉓遇鈞　機遇均等。㉔六書　古人分析漢字造字的理論，即象形、指事、會意、形聲、轉注、假借。

【語　譯】有人問道：「書法不過是記姓名而已，寫得好與壞對人的技藝有損益嗎？」我回答說：「的確是這樣。不過說『足以記姓名』是就最低標準而言的，並非按正當的大道理來要求。這就好比說到居室就只是說避燥濕，說到衣裳就只是說適應冷熱，說到飲食就只是說填飽肚子，說到車馬就只是能代步就行，說到祿位就只是說免於自己耕作就行。今天的人們說到居室必然以閎門敞屋為美，說到衣箱裏盛放的衣裳必然以花紋美豔為上等，評論飲食一定要以精良海陸齊備為貴，論列車馬一定要以華車大馬為高，追求祿位一定要以累世封侯為意。以上這些皆不按『舉下』的標準去要求，為什麼單是說到書法卻要按最下的標準去辨理呢？」

「《禮記》說：『士以德為基本，而潛心於藝。』德何所指？就是至、敏、孝；藝何所指？就是禮樂射御書數。如此看來，藝居於三德之後，而士必須加以潛心用功；書居於數之上，為六藝之一。《論語》中說：『飽食終日而無所用心，對這種人真是沒辦法啊！不是有擲骰子、下棋的遊戲嗎？去做這個，也總比什麼心思都不用好吧。』如此看來，博弈不列於藝，不過比飽食無所用心略微強而已。我看今天的人，如果適逢有人當面指責他說：『您的書法太差了！』其人必然笑一笑而已，或者傲然不當做一回事。如果指責他說：『您的雙陸、下棋居於下等。』這個人必然滿面羞愧，或者面有怒色。所以敢以六藝不好斥責人，而不敢以六博不好斥責人。哎呀！眾人的好尚竟能如此改變人的喜好啊！」

又問說：「然而魏晉宋齊之間，也曾好尚書法之藝，弄得君臣爭名，父子不相讓，這是為什麼呢？」回答說：「我要尋求的是中正之道。您怎麼可以用時尚出現的弊端來規範我呢？再說講求信用吧，秦繆公好尚之而賢臣不能免死，黃老講究無為，竇太后好尚之而群臣被誅殺。好尚道德都會出現弊端，何況作為道德以下的書法呢！我所說的中道是什麼意思呢？就是將書法技藝置於文學之下、六博之上。如果一個人材能與他人均等而書法出眾，就可以因之增加名譽；如果一個人遭遇與他人均等而書法出眾，就可以因之再議論他的才能。所加是虛的榮譽，並非實際，故而不至於濫用賞功；（如果犯罪，）所議的仍舊是他的過錯，並非罪過，不會擾亂刑法。假若能做到這樣，那麼六書的學問就不至於湮沒失落了！」

【研　析】起首以《論語》的話，肯定博弈之有益於人，是退一步法。再以六藝與博弈作比較，說明書法於人較博弈更重要，是進一步法。其下一連用居室、衣裳、飲食、車馬、祿位五個譬喻，分別由「舉下」、「中道」兩方面說明書法於人之關係。若以「舉下」而言之，書法或者不過「記姓名」而已，然人對於居室、衣裳……，卻有更高的追求，於書法，何不也有更高的追求呢？譬喻極貼切，切中事理。末節再設問答，對於書法之「中道」再做申論。總而言之，是在「文學之下，六博之上」罷了。

禹錫工於書法，故能對書法發此一番議論。然而他的「論書」，不同於書家的「書論」。例如書家孫過庭有《書譜》，於運筆之法多加評論，故唐、宋間徑稱其為「運筆論」；亦不同於文藝批評家之「書論」，例如劉熙載《藝概・書概》，討論的是書法的源流及歷代書家之優劣、真草隸篆之筆法。禹錫的〈論書〉，所議論的則是書法與個人修養關係之「中道」，約而言之，即「藝居三德之後，而士必遊之也；書居數之上而六藝之一也」；書在「文學之下，六博之上」。書法之於人，「如香之在衣，謂其有則有，謂其無則無」，既能加人以譽，也能加人以能，但不會因是否善於書法而溷亂賞刑等國家大法。這個道理相當抽象，然而禹錫舉重若輕，將這個道理講得十分透徹明白。

答柳子厚書

【題　解】答書云「索居三歲」，則此書元和三年作於朗州。時劉、柳分別在朗、永二州為州司馬。

禹錫白：零陵守❶以函置足下書爰來❷，屑末❸三幅小章書❹僅千言，申申亹亹亹⑤，茂勉⑥甚悉。相思之苦懷，膠結贅聚，至是泮然⑦以銷。所不如晤言者無幾。

書竟獲新文二篇。且戲余曰：「將子為巨衡⑧以揣其鈞石銖黍⑨。」余吟而繹之，顧其詞甚約而味淵然⑩以長。氣為幹，文為支，跨躒⑪古今，鼓行⑫乘空。附離不以鑿枘⑬，咀嚼不以文字。端而曼，苦而腴，佶然⑭以生，癯然⑮以清。余之衡誠懸於心，其揣也如是。子之戲余，果何如哉！夫矢發乎羿彀⑯，而中微存乎他人，子無曰「必我之師而能我衡」，苟能，則譽羿者皆羿也，可乎？索居⑰三歲，理言⑱蕪而不治，臨書軋軋⑲，不具⑳。禹錫白。

【注　釋】❶零陵守　指永州刺史。永州又稱零陵郡。時永州刺史為崔敏。❷爰來　即來。爰，助詞，無義。❸屑末　細小。此指柳「小章書」而言。❹章書　即章草。書體之一種。筆劃有隸書波磔，每字獨立，不連寫。唐張懷瓘《書斷》上：「章草之書，字字區別。」即其義。❺亹亹　和舒、勤勉的樣子。此形容柳宗元章草形態。❻茂勉　勉勵；鼓勵。茂，通「懋」。勉力；努力。❼泮然　釋然；思念、疑慮消除的樣子。❽巨衡　猶言大秤。衡，秤桿；秤。❾鈞石銖黍　均古代重量單位。黍，黍的子實，通稱黃米。古時度量衡定制以「黍」為基本依據。重量千有二百黍重十二銖，二十四銖為一兩，十六兩為斤，三十斤為鈞，四鈞為石。見《漢書・律曆志上》。❿淵然　水深廣的樣子。此形容柳文題材廣泛，內容深厚。⓫跨躒　超越。⓬鼓行　古代軍隊聞鼓聲則前進。此以形容柳文肆行無礙。⓭附離不以鑿枘　猶言文章轉合自然不留痕跡。附離，附著；依附。鑿枘，榫卯和榫頭。此指人工雕鑿。⓮佶然　壯碩的樣子。⓯癯然　清瘦的樣子。⓰羿彀　后羿之弓。后羿，古之善射者。古代神話謂堯時十日並出，植物枯死，封豕長蛇為害，羿射去九日，射殺封豕長蛇，民賴以安。見《淮南子・本經》、《淮南子・覽冥》。彀，張滿弓。⑰索居　離群獨處。⑱理言　謂作文。⑲軋軋　艱難的樣子。《文選・陸機・文賦》：「理翳翳而愈伏，思軋軋其若抽。」呂延濟注：「軋軋，難進也。」⑳不具　古代書信末尾常用語，猶言不詳備。

【語　譯】禹錫告白於子厚：永州刺史來函，函中有足下書，為小字三幅，章草，有千言之多。書中對我勉勵殷勤，我對您的相思苦懷，膠結贅聚已久，得到來書即渙然消釋，與您我相對晤言幾無差別。

書末獲得您最近的文章兩篇，並且向我開玩笑說：「請你做一桿大秤，來稱量一下文章的分量。」我吟誦您的文章並仔細揣摩，覺得其詞甚簡約而其味甚悠長，氣為主幹，文辭為分支，超越了古今作者，行文如軍隊在鼓聲中乘空行走。文章離合之間自然而然，不留人為痕跡，耐咀嚼而不依賴文辭優美。內容端正曼妙，苦中含有豐腴。發端於壯碩而表現出來的則是清癯。我的秤桿誠然懸掛在我心中，其稱量結論如此。您與我開玩笑，果真是怎樣啊！矢自后羿之弓發出，中於何處唯他人可以知曉，您不要說「只有我的老師才能對我加以衡量」，如果能，則讚譽后羿弓法之妙的就都是后羿，豈有這樣的道理呢？

離群索居已經三載，文辭荒蕪沒有章法，臨書艱難。其他不詳細再說。禹錫白。

【研　析】今《柳宗元集》中未見其要求「將子為巨衡以揣其鈞石銖黍」之書，或已軼。元和三年，子厚在永州，所寫文章甚多，有近數十篇之多，重要的如〈非國語〉及與〈非國語〉相關的〈呂道州論非國語書〉、〈答吳武陵論非國語書〉等皆寫於此年，著名的「永州八記」也開始寫作於本年。禹錫所見子厚之「新作」二篇，亦不知為何篇。

劉禹錫此書，對柳宗元文有恰當評價，「氣為幹，文為支……端而曼，苦而腴，佶然以生，癯然以清」，可謂知言；謂柳宗元文「跨躒古今」雖不免評價失當，亦愛之過甚之詞。韓愈嘗謂柳宗元文「雄深雅健，似司馬子長」，為劉禹錫〈柳君集紀〉所引，亦堪稱為知言。另，於此書可見劉禹錫於柳宗元「章書」尤深所佩服，可參見劉禹錫元和詩〈酬柳柳州家雞之贈〉及長慶詩〈傷愚溪〉詩等。唐趙璘《因話錄》載：「元和中，柳柳州書後生多師效，就中尤長於章草，為時所寶。湖湘以南，童稚悉學其書，頗有能者。」惜柳宗元久斥在外，今竟無傳。

董氏武陵集紀

【題　解】元和三、四年作於朗州。董氏為董侹（侹一作挺），字庶中，隴西（今甘肅秦安）人，貞元間嘗為荊南節度推官、大理評事，元和初客居朗州，與禹錫過從。侹工文善書，有《武陵集》，禹錫為其作序。後遊湖湘，元和七年卒於江陵，禹錫另有〈故荊南節度推官董府君墓誌銘〉。集紀即集序。禹錫父名緒，避父諱，以序為紀。《武陵集》至宋時已佚。

片言❶可以明百意，坐馳❷可以役萬里，工於詩者能之。風雅體變而興同❸，古今調殊❹而理異，達於詩者能之。工生於才，達生於明。二者還相為用，而後詩道備矣。余嘗執斯評為公是❺，且衡而度之。誠懸乎心，默揣群才鈞銖尋尺❻，隨限而盡。如是所閱者百態。一日得董生之詞，杳如搏翠屏❼，浮層瀾，視聽所遇，非風塵間物。亦猶明金綷羽❽得於遐裔❾，雖欲勿寶，可乎？

【章　旨】先以「片言可以明百意，坐馳可以役萬里」、「風雅體變而興同，古今調殊而理異」四句發端，並以此構成其詩歌理論的精華。

【注　釋】❶片言　極簡短的文字或語言。此指詩歌語言。陸機〈文賦〉：「立片言而居要，乃一篇之警策。」❷坐馳　謂身雖不動而想像不息。《莊子・人間世》：「瞻彼闋者，虛室生白，吉祥止止。夫且不止，是之謂坐馳。」成玄英疏：「苟不能形同槁木，心若死灰，則雖容儀端拱，而精神馳騖，可謂形坐而心馳者也。」❸風雅體變而興同　意謂詩之體雖變而比興之法同。風雅，謂詩之體。興，兼賦比興而言之，謂詩之法。〈詩大序〉：「故詩有六義焉：一曰風，二曰賦，三曰比，四曰興，五曰雅，六曰頌。」孔穎達疏：「風雅頌者，詩篇之異體；賦比興者，詩文之異辭耳。」❹古今調殊　謂詩歌古體今體（即近體）風調不同。❺公是　公認的道理。❻鈞銖尋尺　鈞銖謂重量，尋尺謂長度。❼搏翠屏　猶言攀登山峰。語出《文選・孫綽・游天台山賦》：「踐莓苔之滑石，搏壁立之翠屏。」李周翰注：「有石屏風如壁立，橫絕橋上。」❽明金綷羽　形容董生詩語言之美。明金，質地優良之金。綷羽，五彩毛羽。❾遐裔　僻遠之地。此指朗州。

【語譯】簡短的言語可以明瞭多種意思，安坐而馳騁想像可以驅役各種事物，擅長於詩者可以做到這一點。風雅頌體裁在改變而賦比興的方法相同，古今詩體風調不同而理致隨之亦異，通達於詩者可以做到這一點。擅長生於才華，通達生於明識。才華與識見相互為用，而後詩之道就齊備了。我曾經以此論為公認的評判標準，且用來衡量詩歌。只要公正之心懸於心中，稱量眾位詩人的輕重長短，按此標準盡可以稱量得出，閱歷多種風格之詩。一旦得董生之詩，其詞高遠如攀登壁立青山，漂浮於波瀾之上，視聽所遇，非平日所能見到之詩。如在僻遠之地得到質地優良的明金和五彩斑斕的毛羽，即使不欲以其為寶物，可以嗎？

生名侹，字庶中。幼嗜屬詩❶，晚而不衰。心源為爐，筆端為炭❷，鍛鍊元本❸，雕礱❹群形，糾紛舛錯，逐意奔走。因故沿濁，協為新聲❺。嘗所與游者皆青雲之士。聞名如盧、杜❻盧員外象、杜員外甫，高韻如包、李❼包祭酒佶、李侍郎紓，迭以章句揚於當時。末路寡徒，值余歡甚，因相謂曰：「間者以廷尉屬為荊州從事❽，移疾罷去，幽臥於武陵，迨今四年。言未信於世，道不施於人，寓其性懷，播為吟詠。時復發笥，紛然盈前，凡五十篇，因地為目❾。吾子嘗號知我，盍表而志之，為生羽翼？」余不得讓而著於篇。

【章　旨】敘董生生平、為詩經歷及為此序的緣由。

【注　釋】❶屬詩　作詩。屬，撰寫。❷心源為鑪二句　語出賈誼〈鵩鳥賦〉：「天地為爐兮，造化為工；陰陽為炭兮，萬物為銅。」❸元本　根本；首要。❹雕礱　刻畫。❺因故沿濁二句　故、濁謂古體，新聲謂近體。❻盧杜　盧象，盛唐詩人，開元中第進士，天寶初官司勳員外郎。杜甫，盛唐詩人，晚年在成都嚴武幕為節度參謀、檢校工部員外郎。大曆三年杜甫在公安，有〈別董頲〉詩，即別董頲之作。❼包李　包佶，天寶進士，貞元元年官至國子監祭酒。李紓，德宗朝官至禮兵、吏部侍郎。❽以廷尉屬為荊州從事　謂由大理評事為荊南節度推官。❾因地為目　指董頲《武陵集》。

【語　譯】董生名頲，字庶中。幼年即好寫詩，至晚年不衰。以心源為爐，以筆端為炭，鍛煉根本，刻畫群形，糾紛舛錯，隨意奔走於筆下。既為舊體，亦為新體。曾經對我說昔年與遊者皆詩壇青雲之士，著名的如盧象、杜甫，韻高者如包佶、李紓，皆先後以章句揚名於時。晚年身邊無朋友，遇到我甚是高興，並對我說：「最近以大理評事為荊南府從事，因病罷去，靜臥於武陵，迄今已四年。言語不能取信於世，理想不能施行於人，遂深藏其性情，發為吟詠。偶翻篋笥，竟紛然有一大堆，共五十篇，因『武陵』地名為篇名，您嘗號稱是了解我的，何不為我作序，讓《武陵集》廣為散佈？」我不得推辭，遂作了這篇序。

因系之曰：詩者，其文章之蘊耶！義得而言喪，故微而難能❶；境生於象外，故精而寡和❷。千里之繆，不容秋毫。非有的然❸之姿，可使戶曉❹。必俟知者，然後鼓行❺於時。自建安距永明❻已還，詞人比肩，唱和相發，有以「朔風」、「零雨」❼高視天下，「蟬噪」、「鳥鳴」❽蔚在史冊。國朝因之，粲然復興。由篇章以躋貴仕者相踵而起。兵興已還，右武尚功❾，公卿大夫以憂濟❿為任，不暇器人⓫於文什之間，故其風寖息。樂府協律⓬不能足新詞以度曲，夜諷⓭之職，寂寥無紀。則董生之貧臥於裔土也，其不得於時者歟？其不試⓮故藝者歟？

【章旨】論為詩之道，以「義」與「言」之間的矛盾，「境」與「象」之間的關係兩端予以闡述。

【注釋】❶義得而言喪二句　謂寫詩之難。得其義而無恰當之詞予以表達，即陸機〈文賦〉「含毫而邈然」之意。❷境生於象外二句　謂詩歌境界之追求。象，謂詩中物象。詩歌境界在物象之外，故精微而難以得到。❸的然　明顯的樣子。❹可使戶曉　可讓戶戶曉諭。《漢書．劉輔傳》：「假令輔不坐直言，所坐不著，天下不可戶曉。」顏師古注：「言不可家家曉喻之也。」按，「可使」前似闕一「不」字。❺鼓行　擊鼓行軍。此以喻行文流暢無阻。❻自建安距永明　從建安到永明。建安、永明，漢獻帝、南朝齊武帝年號。其時詩人輩出。❼朔風零雨　《宋書．謝靈運傳論》：「子荊『零雨』之章，正長「朔風」之句，并直舉胸情，非傍詩史。」所引為晉孫楚（字子荊）〈征西官屬送于陟陽侯作詩〉「晨風飄歧路，零雨被秋草」句及晉王讚（字正長）〈雜詩〉「朔風動秋草，邊馬有歸心」句。❽蟬噪鳥鳴　齊梁間詩人王績〈入若耶溪〉有「蟬噪林愈靜，鳥鳴山更幽」之句。《梁書．王績傳》：「除輕車湘東王諮議參軍，隨府會稽。郡境有雲門、天柱山，績嘗遊之，或累月不反。至若耶溪賦詩，其略云：『蟬噪林愈靜，鳥鳴山更幽。』當時以為文外獨絕。」❾兵興已還二句　謂安史亂後朝廷已輕文治、重武功。❿憂濟　憂國濟世。⓫器人　任用官吏。⓬樂府協律　樂府為國家音樂機關。唐太常寺有協律郎，掌校正樂律。⓭夜諷　即夜誦。諷，同「誦」。背誦；誦念。⓮不試　仕宦不順。

【語譯】於是撰文曰：詩，由文章蘊結而成！寫作時，往往得其義而喪失語言，所以微妙而難以做到；詩境產生於物象之外，所以精微而難以成功。千里之繆發生在秋毫之間，無有明晰的思維，其詩歌不能做到家喻戶曉。必須要有瞭解其中奧妙者，其寫作才可以暢行於當代。自建安到永明以來，詞人眾多，相互之間作品唱和，有以「朔風」、「零雨」之句傲視天下者，有以「蟬噪」、「鳥鳴」之句載於史冊者。我朝繼續如此，詩歌綮然復興，因一篇一章之作而躋身貴宦者比比皆是。自從兵興以來，朝廷崇尚武功，公卿大夫也以憂國濟時為己任，無暇以篇章文句衡量人才，故詩歌呈衰微之勢。樂府協律之官不能以新詞填充曲子，採集民間新詞之事，亦寂寥無聞。如此看來，則董生的貧臥於僻遠之地，是他不得時的緣故呢？還是他因不得重用故而詩歌技藝特出於時呢？

【研　析】此篇是劉禹錫重要詩歌理論。開篇數句是其詩歌理論的綱領：「坐馳可以役萬里」接近於陸機〈文賦〉所說的「耽思旁訊，精騖八極，心游萬仞」，「片言可以明百意」的重心在於強調積累生活體驗、精煉詩歌語言。「風雅體變而興同，古今調殊而理異」，說明隨著詩歌古體、今體不同而理致（語言、境界、結構等）亦不同的道理。而且要才華與識見交相為用。以上構成了劉禹錫詩歌理論精華的部分。既有對已往詩歌理論的繼承，也有對詩歌發展新變的適應。當然，這一切都與他豐富的創作實踐分不開。中間始插入敘董平生及為詩經歷、己為此序之緣由。末節再轉入論為詩之道，以「義」與「言」之間的矛盾、「境」與「象」之間的關係兩端予以闡述。「義」與「言」，陸機〈文賦〉已論之甚詳，「境生於象外」卻是禹錫詩歌理論極精微之處。詩歌之幽眇難以言傳，於是以「朔風」、「零雨」、「蟬噪」、「鳥鳴」之句為例說明之。自「建安距永明」以下，即「文章與時高下」之義，論詩史，作轉折，歎息董生的生不逢時，為全文作結。

禹錫〈柳君集紀〉（見下）以論文為主，此篇則借董生之詩以論詩為主。禹錫的「境界」說，與詩僧皎然有繼承關係。皎然俗姓謝，自稱為謝靈運十世孫，能詩，於大曆、貞元間頗負盛名，有《詩式》五卷，標舉意境，開以禪論詩之先河。其《詩式．取境》云：「取境之時，須至難至險，始見奇句。」〈辯體有一十九字〉又云：「取境偏高，則一首舉體便高；取境偏逸，則一首舉體便逸。」又有詩僧名靈澈者，與皎然為侶。

禹錫少年時曾從二人學詩，其〈澈上人文集紀〉云：「時予方以兩髦執筆硯，陪其吟詠，皆曰孺子可教。」禹錫「境生於象外」顯然又超越了皎然關於「取境」的詩學思想。其後司空圖《二十四詩品》及宋嚴羽《滄浪詩話》對「境、象」關係又多所發揮。

謫九年賦

【題解】元和八年作於朗州。久謫不得歸，傷痛中為此賦。

古稱思婦❶，已歷九秋。未必有是，舉為深愁。莫高者天，莫濬者泉。推以極數❷，無踰九焉。伊我之謫，至於數極。長沙之悲，三倍其時❸。廷尉❹不調，行當跂而❺。天有寒暑，閏餘三變❻；朝有考績，明幽三見❼。顧堯之明兮，亦昏墊❽而有歎。歎息兮徜徉，登高高❾兮望蒼蒼❿。

突弁之夫，我來始黃⓫；合抱之木，我來猶芒⓬。山增昔容，水改故坊⓭。童者⓮鬱鬱兮而涸者洋洋。天覆地生，蓊兮⓯無傷。彼族而居，鼷之投荒⓰；彼軒而遊，昨日桁楊⓱。

信及澤濡，俄然復常⓲。稽⓳天道與人紀⓴，咸一僨㉑而一起。去無久而不還，棼㉒無久而不理。何吾道之一窮兮，貫九年而猶爾？噫！不可得而知，庸詎㉓得而悲？苟變化之莫及兮，又安用夫肖天地之形為㉔？

【注　釋】❶思婦　思念在外丈夫的婦人。❷極數　數之極。《素問．三部九侯論》：「天地之至數，始於一，終於九焉。」《文選．楚辭．離騷》：「亦余心之所善兮，雖九死其猶未悔。」劉良注：「九，數之極也。」汪中《述學．釋三九上》：「凡一二之所不能盡者，則約之以三，以見其多；三之所不能盡者，則約之以九，以見其極多。」下文「數極」同。❸長沙之悲二句　謂賈誼貶長沙三年，而我九年，三倍於賈。《史記．屈原賈生列傳》：「賈生為長沙王太傅三年。」❹廷尉　漢官職名，掌刑獄，是主管司法的最高長官。此指張釋之。釋之字季，南陽堵陽人「以訾為騎郎（以出財資買得騎郎之職），事孝文帝，十歲不得調，亡（無）所知名。」（《漢書．張釋之傳》）賢，其後逐漸升遷其為廷尉。❺跂而　踮起腳跟，期盼的樣子。❻閏餘三變　謂九年。舊曆一年較回歸年相差約十日，故須三年一置閏。禹錫貶朗州，元和元年六月閏，四年閏三月，六年閏十二月。❼朝有考績二句　亦謂九年。古代官員三年一考，謂之考績。《尚書．舜典》：「三載考績。三考，黜陟幽明。」孔傳：「三年有成，故以考功。九歲則能否幽明有別，黜退其幽者，升進其明者。」❽昏墊　精神昏瞀迷惑，無有所知。❾高高　指高山。❿蒼蒼　指天空。⓫突弁之夫二句　意謂如今成年之人，我來時尚是童年。突弁，語出《詩經．齊風．甫田》：「未幾見兮，突而弁兮。」孔穎達疏：「未經幾時而更見之，突然已加冠弁為成人。」後因以「突弁」形容人長大迅速。黃，即黃口，指幼兒。⓬芒　草木之末。⓭故坊　舊有的堤防。坊，同「防」。⓮童者　山無樹木者。⓯蓊兮　樹木蓊蘢的樣子。⓰彼族而居二句　謂前後遭貶黜者甚多，已聚族而居。投荒，流放至蠻荒之地。⓱彼軒而遊二句　意謂如今乘高車大馬者，昨日尚是囚徒。桁楊，加在腳上或頸上的刑具。⓲信及澤濡二句　意謂皇上的恩澤固然可信，然須臾又恢復了原狀。按，元和七年，杜佑（時檢校司徒、同平章事，本年六月以太子太保致仕）致書禹錫，告以「浮謗漸消」、「期以振刷」（見禹錫〈上杜司徒啟〉所引）；時李吉甫、李絳相繼為相，亦有量移禹錫等「黨人」之議，然為武元衡所阻，「言不可用而止」（《舊唐書．劉禹錫傳》）。此處所謂「信及澤濡，俄然復常」者指此。⓳稽　考察。⓴人紀　人世間法度。㉑僨　倒覆；僵仆。㉒棼　紛亂。㉓庸詎　如何；得以。㉔肖天地之形為　像天地那樣上圓下方。喻隨宜變通。

【語　譯】我有如古所謂思婦者，獨居已經九年。恐怕人間未必有如此傷心之事，所以令人特為深愁。高莫過於天，噴湧而出者莫過於泉，以數字之理推演之，九就是數之極。然而我的被貶黜，已經到了這個極數了。

相較昔日賈誼長沙之貶，已經三倍；廷尉張釋之曾十年不得調，我幾乎與他相同，故只能踮起腳跟遙望期盼。天有寒暑變化，閏月之置已經三次；朝廷考績，判定我政績優劣也已經三次。以堯的明察秋毫，也居然會有昏迷沉溺之時。我長歎息徜徉徘徊，登上高山仰望蒼天。

初貶朗州時，尚在幼年的小孩至今已經成年；如今的合抱之木，初至時僅有末稍。山改變了昔日容貌，水改變了舊有的堤防。昔年的禿山、乾涸的河床如今樹木蔥蘢、水流汪洋。天所覆，地所生，一切都顯得蓬勃興旺。然而投至蠻荒的貶謫官員，如今竟然聚族而居；乘坐高車大馬的大官，當初卻曾經是鐐銬在身的囚徒。

皇上的恩澤滋潤理應信而有徵，誰料瞬息間就回到原樣。考察天道和人間法度，都是一仆之後即有一起。離去甚久但總是不會太遠，紛亂雖久但不會永無清理。為什麼我的遭遇窮蹙到底，延續了九年卻依然如故？噫！其中奧秘不可得而知，既不得而知又從何傷心悲苦？如果人事變化總是不可預知，即使效法天地上圓下方隨宜變通以適應它又有何用？

【研析】首節由「九」之數生發而起。官員遠貶，少有九年不予處置（量移、遷調）者。禹錫在朗州忍耐已久，至於九年之數，情緒遂有此發作。中間以人事、官場、樹木、山水……變化之大，與自己久謫作比較。末節以議論為主，於無可奈何中寄寓其憤慨。

禹錫又有〈問大鈞賦〉，其序云：「俟罪朗州，三見閏月。人咸曰『數之極，理當遷焉。』」因作〈謫九年賦〉以自廣。」〈謫九年賦〉是禹錫知道朝廷有量移之議、而終於被權臣所沮、於極度失望之中寫就的。所謂「自廣」，就是將其憤慨擴而大之。

華佗論

【題解】 作年不可確知。或元和間作於朗州。姑編於此。華佗字元化，沛國譙（今安徽亳州）人，東漢醫學家，精內、婦、兒各科，尤長於外科。後因不從曹操徵召，遂為所殺。《後漢書》、《三國志》有傳。此文假魏武帝殺華佗立論，其用意在「寬能者之刑，納賢者之諭，而懲暴者之輕殺」數語，或針對憲宗懲治王、韋太重而發。

史稱華佗以恃能厭事為曹公所怒。荀文若請曰：「佗術實工，人命繫焉，宜議能以宥。」曹公曰：「憂天下無此鼠輩耶？」遂考竟佗❶。至蒼舒❷病且死，見醫❸不能生，始有悔之之嘆❹。嗟乎！以操之明略見幾❺，然猶輕殺材能如是。文若之智力地望❻，以的然❼之理攻之，然猶不能返其恚❽。執柄者之恚，真可畏諸❾，亦可慎諸！

原❿夫史氏之書於冊也，是使後之人寬能者之刑，納賢者之諭，而懲⓫暴者之輕殺。故自恃能至有悔悉書焉。後之惑者，復用是為口實⓬。悲哉！夫賢能不能無過，苟置於理⓭矣，或必有寬之之請。彼壬人⓮皆曰：「憂天下無材耶！」曾不知悔之日方痛材之不可多也。或必有惜之之嘆。彼壬人皆曰：「譬彼死矣，將若何！」曾不知悔之日方痛生之不可再也。可不謂大哀乎？夫以佗之不宜殺，昭昭然⓯不足言也。獨病夫史書之義，是將推此而廣耳。

吾觀自曹魏以來，執死生之柄者，用一恚而殺材能眾矣。又烏用書佗之事為？嗚呼！前事之不忘，期有勸且懲也，而暴者復藉口以快意。孫權則曰：「曹孟德殺孔文舉矣，孤於虞翻何如？」⑯而孔融亦以應泰山殺孝廉自譬⑰。仲謀近霸者⑱，文舉有高名，猶以可懲為故事，矧他人哉！

【注釋】❶史稱華佗八句　《後漢書・方術列傳・華佗傳》：「（華佗）因託妻疾，數期不反。操累書呼之，又勑郡縣發遣，佗恃能厭事，猶不肯至。」《三國志・魏書・華佗傳》略同。荀文若，即荀彧。曹重要謀士，歷官司馬、侍中、尚書令，曹甚信任之。《後漢書》、《三國志》有傳。《三國志・魏書・華佗傳》：曹收送佗，「傳付許獄，考驗首服。荀彧請曰：『佗術實工，人命所縣（懸），宜含宥之。』太祖曰：『不憂，天下當無此鼠輩耶？』於是遂考竟佗。」考竟，刑訊致死。《釋名・釋喪制》：「獄死曰考竟。考得其情，竟其命於獄也。」❷蒼舒　曹幼子沖字。《三國志・魏書・曹沖傳》蒼作倉。沖少年聰明，年十三而亡。❸見醫　當時的醫生。見，同「現」。❹悔之之嘆　《三國志・魏書・華佗傳》：「佗死後，太祖頭風未除。太祖曰：『佗能愈此。小人養吾病，欲以自重，然吾不殺此子，亦終當不為我斷此根原耳。』及後愛子蒼舒病困，太祖歎曰：『吾悔殺華佗，令此兒強死也。』」❺明略見幾　智謀高明，能從事物細微的變化中預見其先兆。❻智力地望　智慧與尊崇之地位。❼的然　明顯的樣子。❽恚　憤怒。❾諸　「之於」的合音。❿原　考察；推究。⓫懲　警戒。⓬口實　說話的由頭。⓭理　法紀；法律。《漢書・武帝紀》：「將軍已下廷尉，使理正之。」顏師古注：「理，法也。言以法律處正其罪。」⓮壬人　奸人；佞人。指巧言諂媚、不行正道的人。⓯昭昭然　明晰的樣子。⓰孫權則曰三句　孔文舉，東漢名士孔融字。虞翻，字仲翔，三國吳人。《三國志・吳書・虞翻傳》：「翻數犯顏諫諍，（孫）權不能悅。又性不協俗，多見謗毀……權既為吳王，歡宴之末，自起行酒。翻伏地陽醉，不持。權去，翻起坐。權於是大怒，手劍欲擊之，侍坐者莫不惶遽。惟大司農劉基起抱權，諫曰：『大王以三爵之後殺善士，雖翻有罪，天下孰知之？且大王以能容賢畜眾，故海內望風，今一朝棄之，可乎？』權曰：『曹孟德尚殺孔文舉，孤於虞翻何有哉！』基曰：『孟德輕害士人，天下非之。大王躬行德義，欲與堯舜比靈斯，何得自喻於彼乎？』翻由是得免。」⓱孔融亦以應泰山殺孝廉自譬　應泰山，即東漢名士應劭。劭曾官泰山太守，故稱。劭為泰山時，嘗薦一人為孝廉，旬月之間殺之。孔融亦有所愛賞者，後恚怒殺之，並以應劭殺孝廉事為譬。事見《三國志・魏書・邴原傳》裴松之注所引《原別傳》。⑱霸者　稱霸一方為侯王者。

【語譯】史書上說，華佗因為自恃有本事，厭倦侍奉曹公，為曹公所怨怒。荀彧為之求情說：「佗的醫術的確很精良，與人命聯繫在一起，應該考慮到他的能力而加以寬宥。」曹公說：「難道還要擔憂天下缺少了這個鼠輩嗎？」於是將華佗刑訊致死。直到幼子蒼舒患病將死，當時的醫生無能為力，曹公才有了後悔的感歎。啊！以曹操的明智，能於細微處預知將來，然而尚且如此輕易殺掉有材能之人；以荀彧的智慧和尊崇的地位，以明確的道理說服曹操，但是仍舊不能使曹操回轉心意。大權在握的人的憤怒，真是令人畏懼啊，也值得人謹慎啊！

追究史書編纂者將華佗之事寫進史書的本意，是想讓以後的人放寬對材能者的處罰，採納賢者的勸誡，而警戒殘暴者的輕易殺人。所以關於華佗之事，從他自恃有才厭事到太祖後悔，都寫進去了。後世糊塗的人，遂以此為輕易殺人的口實。真是悲哀啊！有才能的人不能不犯過錯，如果隨意將他用刑法去處置，必有人請求寬恕他。那些奸人就會說：「難道擔憂天下再無有才能的人了嗎！」卻不知道到了後悔的那一天，才會痛惜天下有才者並不多。其必有憐惜他的歎息，那些奸人就會說：「譬如他已經死了，又會如何！」卻不知道到了後悔的那一天，才會痛惜想讓他活著是不可能了。難道這不是大哀嗎？

華佗的不該殺，是十分明白而不用多說的。我只是不滿意史書記載此事的意義未能得到正確闡發，於是對這層意思加以推論和發揮。我看自曹魏以來，那些掌握他人死生權柄的人，因一怒就殺掉人才的事是很多的，我又何須借華佗之事發此議論呢？唉！不忘記以前的事情，是期望能收到勸善又懲惡的效果，但那些殘暴者又常常以這件事作藉口來隨心所欲地殺人以逞其快意。例如孫權（要殺虞翻，大司農劉基勸他以曹為戒），他說：「曹操已經殺了孔融了，我於虞翻比曹強多了，怎麼能與他相比呢？」而孔融也用應劭殺孝廉來與自己殺人做比較。孫權是稱霸一方的人物，孔融享有高尚的美名，還都以輕易殺人為先例，更何況其他人呢！

【研　析】首節簡述曹操誅殺華佗史實，提出執政者輕率殺人的可怕、值得謹慎對待。為一篇之立論之綱。中段有兩個重點：一是指出後世人以曹操殺華佗作為自己殺有材能之人的藉口。這是對上節議論的深入。二是引出「彼壬人」進讒的兩處話——無論《後漢書》還是《三國志》，關於曹操殺華佗的記載，都沒有進讒言者。末節為全文作一總結。以史為鑒，其要在於「懲暴者之輕殺」，如果於恚怒之中輕易殺人，並以曹操殺華佗為口實，逞一時之快意，那就完全違背史書的意義了。

此文為一篇史論——借史書一史實發其議論。就史論史，議論深刻，然禹錫恐不專因華佗一事而發此議論。其必有現實之針對性。例如中段引出「彼壬人」進讒事，禹錫應該別有其深意。瞿蛻園《劉禹錫集箋證》卷五云：「德宗一朝，先誅劉晏，次殺竇參，而陸贄亦幾於不免。其猜忌好殺亦已甚矣。然此皆禹錫少時之事，恐此文非因此而發，殆仍是為王叔文、韋執誼一案言之耳。文中『執死生之柄，用一恚而殺材能』一語最為其主旨所在，此譏君主，非刺時相也。」所言甚是。按，憲宗即位，於王、韋一黨，王叔文賜死，韋執誼、王伾皆遠貶，所「輕殺」者，叔文一人而已。禹錫平生所稱賞之「材能」者，亦僅叔文一人而已。故此文恐專為叔文一人而發。

天論（上）

【題　解】元和間作於朗州。具體時間不可知。先是，韓愈有關於「天說」之書致柳宗元，柳作〈天說〉，引韓書辯之。禹錫讀到韓、柳關於「天」之辯，為〈天論〉三篇（上中下），對柳文作進一步論證。此處選其上篇，柳宗元〈天說〉一篇附見於研析中，以見劉與柳、韓辯論之大概。

世之言天者二道❶焉。拘於昭昭者則曰：「天與人實影響，禍必以罪降，福必以善來。窮阨而呼必可聞，隱痛而祈必可答，如有物的然❷以宰者。」故陰騭之說❸勝焉。泥於冥冥者則曰：「天與人實剌異：霆震於畜木，未嘗在罪；春滋乎堇荼❹，未嘗擇善；蹠、蹻❺焉而遂，孔、顏❻焉而厄，是茫乎無有宰者。」故自然之說❼勝焉。余之友河東解❽人柳子厚作〈天說〉，以折韓退之之言，文信美矣，蓋有激而云，非所以盡天人之際。故余作〈天論〉以極其辯云。

【章　旨】首言關於天的兩種主張及為此文的由來。

【注　釋】❶二道　兩種主張。即下文之「陰騭之說」與「自然之說」。❷的然　明顯的樣子。❸陰騭之說　天在暗中主宰萬物。❹堇荼　皆草名。堇，俗名烏頭，有毒。荼，味苦。❺蹠蹻　即盜蹠、莊蹻，春秋戰國時大盜。❻孔顏　即孔子、顏回。❼自然之說　與「陰騭之說」相對，意謂一切皆由其自然發展而來。❽河東解　河東解縣。河東，唐郡名，治今山西永濟。解縣為河東郡屬縣。

【語　譯】世人說天者有兩種主張。固執於明顯事例者則說：「天與人確實互有影響，禍必然因罪而降，福必然因善而來。窮困時呼天天能夠聽到，隱痛時祈禱天必然有回答，好像有物在主宰著。」所以陰騭之說佔了上風。固執於暗昧無知者則說：「天與人實際上是相違背的：雷霆震壞了家畜草木，家畜草木並無罪過；春雨滋潤了堇荼，春雨未嘗有選擇；盜蹠和莊蹻橫行無阻，而孔子顏回卻處處遭困，這就說明茫乎無有主宰。」所以自然之說又佔了上風。我的朋友河東解縣人柳子厚作〈天說〉，責難韓退之關於天的說法。柳文確實很美，但是在被外物所激的情況下寫的，尚不能極盡天與人的關係，所以我作此〈天論〉，將辯論進行到底。

大凡入形器❶者，皆有能有不能。天，有形之大者也；人，動物之尤者也。天之能，人固不能也；人之能，天亦有所不能也。故余曰：「天與人交相勝耳。其說曰：天之道在生植❷，其用在強弱；人之道在法制，其用在是非。陽而阜生，陰而肅殺❸；水火傷物，木堅金利；壯而武健，老而耗眊❹；氣雄相君，力雄相長❺；天之能也。陽而藝樹，陰而揫斂❻；防害用濡，禁焚用光，斬材窾堅，液礦硎鋌❼；義制強訐❽，禮分長幼；右賢尚功❾，建極閑邪❿；人之能也。」

【章　旨】論天為有形物質之最大者，人為動物中之最尤者；天與人各有所能，各有所不能。此所謂「天與人交相勝」。

【注　釋】❶形器　有形狀的事物。❷生植　義同「生殖」，生育繁殖。❸陽而阜生二句　意謂陽氣盛則萬物生長，陰氣盛則萬物肅殺。阜，多；富有。❹耗眊　氣衰而眼睛昏花。❺氣雄相君二句　猶言氣力雄壯則可以為君長。❻陽而藝樹二句　意謂陽光充足則栽種，陰氣降臨就收斂。藝，栽植。揫，收藏。❼防害用濡四句　意謂防止水災卻還要利用水灌溉，禁止焚燒卻還要用火照明，斬伐林木將其挖空，融化礦石磨礪刀劍。窾，空隙；洞穴。此處作掏空解。液，融化。硎鋌，磨礪刀劍。❽義制強訐　猶言以義制約人的行為，以義揭發他人的過失並加以抨擊。義，合乎情理的行為。❾右賢尚功　尊敬賢者，崇尚功勞。古人以右為尊。❿建極閑邪　建立行為的準則，防止邪惡產生。

【語　譯】大凡有形狀的事物，皆有其能與不能者。天在有形者中是最大的，人是動物中最出色的。天的所能者，人是不能的；人的所能者，天也有做不到的。所以我說：「天與人不過交相勝罷了。」具體說來就是，天之道在於生殖萬物，其作用在於使萬物強或者弱；人之道在於法制，其作用在於判別是或者非。陽氣盛時則萬物生長，陰氣盛時則萬物肅殺；水火都可以傷害他物，木質堅硬而金屬鋒利；力壯者勇武強健，衰老者疲敝昏花；氣勢雄大者可以為君，力量雄大者可以為長，這是天的能啊。陽氣盛時栽植，陰氣盛時收藏；防止水患卻利用水灌溉，防止火災卻利用火照明，斫斷樹木並挖空它，融化礦石磨礪刀劍；以義來約束強悍並揭發過失，以禮儀來區分長幼；尊重賢能與有功者，建立制度防止邪惡產生；這是人的能。」

人能勝乎天者，法也。法大行，則是為公是，非為公非，天下之人蹈道必賞，違之必罰。當其賞，雖三旌❶之貴，萬鍾之祿，處之咸曰宜。何也？為善而然也。當其罰，雖族屬之夷❷，刀鋸之慘，處之咸曰宜。何也？為惡而然也。故其人曰：「天何預乃事耶？唯告虔報本❸、肆類授時❹之禮，曰天而已矣。福兮可以善取，禍兮可以惡召，奚預乎天耶？」法小弛則是非駁❺，賞不必盡善，罰不必盡惡。或賢而尊顯，時以不肖參❻焉；或過而僇辱❼，時以不辜參焉。故其人曰：「彼宜然而信然，理也；彼不當然而固然，豈理耶？天也。福或可以詐取，而禍亦可以苟免。」人道駁，故天命之說亦駁焉。法大弛，則是非易位。賞恒在佞，而罰恒在直，義不足以制其強，刑不足以勝其非，人之能勝天之具盡喪矣。夫實已喪而名徒存，彼昧者方挈挈然❽提無實之名，欲抗乎言天者，斯數窮矣。

故曰：天之所能者，生萬物也；人之所能者，治萬物也。法大行，則其人曰：「天何預人耶？我蹈道而已。」法大弛，則其人曰：「道竟何為耶？任人❾而已。」法小弛，則天人之論駁焉。今以一己之窮通，而欲質天之有無，惑矣！

【章　旨】論人能勝乎天者，在於法制。法制如果大行，則是非就會成為天下人公認的是非；法制如果稍有鬆懈，則是非混亂；如果完全廢弛，則是非顛倒。所以說天之所能在於生長萬物，人之所能在於治理萬物。

【注　釋】❶三旌　指公、侯、伯三公。❷族屬之夷　即誅滅宗族。古代的一種酷刑。其株連範圍極廣。❸告虔報本　恭敬地禱告上天並報答上天的恩惠。告虔，祭祀時告以虔誠。❹肆類授時　祭天並頒佈曆書。肆，順遂。類，古代祭名，以特別事故祭告上天。《尚書・舜典》：「肆類於上帝。」孔穎達疏：「祭於上帝，祭昊天及五帝也。」❺駁　亂。❻不肖參　品德不端者雜入其中。❼僇辱　侮辱。❽挈挈然　急切的樣子。❾任人　任用賢能。

【語　譯】人能勝於天者，在於法。法制大行，那麼是就是大家公認的是，非就是大家公認的非，天下的人皆按規矩辦事就受賞，違背公理就受罰。當其受賞時，即使是三公的高位，萬鍾的俸祿，如此處置都會說理應如此。為什麼呢？是為善的緣故啊。當其受罰時，即使是舉族被誅，刀鋸之慘，如此處置也會說理應如此。為什麼呢？是為惡的緣故啊。所以人們就會說：「天何曾參與了這個事？只有對上天誠心、祭告上天並按時頒佈曆書，可以說這是天之所為。福可以以善取得，禍可以以惡召來，哪裏與天有關呢？」法如果小有鬆懈則是非就混淆，賞賜不必都是善的，罰不必都是惡的。或者以其為賢而受到尊崇，但時而有品行不端者摻雜進來；或者因過失而受到懲罰，時而有無辜者牽連進來。所以人們就會說：「那些人應當受到賞罰而確實受到賞罰，這是合理的；那些人不應當受到賞罰而受到賞罰，難道合理嗎？這是天意。福竟然可以用詐取的方法取得，禍竟然可以僥倖免除。」人之道亂套了，故天命之說也就亂套了。法制如果大為鬆懈，則是非就會易位，賞賜常在偽善者而懲罰常在正直者，正當的行為不足以制約強有力者，刑罰不足以戰勝無理者，人能勝天的器具皆已經喪失殆盡了。在實際作用已經喪失而徒有空名的情況下，那些昧於事理者還在急切地說起無實際意義的空名，來與言天之道者對抗，當然就顯得窮於應付了。

所以說：天的所能，是生植萬物，人的所能，是治理萬物。法制大行，則這些人就會說：「天哪裏干預過人事呢？不過是人按大道行而已。」法制如果大荒廢，則這些人就會說：「天道竟有何作為呢？不過是任人而已。」法制如果小有荒廢，則持天人之論者就自亂陣腳了。今欲以一己的窮通，而去驗證天道的有無，真是糊塗啊！

余曰：天恒執其所能以臨乎下，非有預乎治亂云爾；人恒執其所能以仰乎天，非有預乎寒暑云爾。生乎治者人道明，咸知其所自，故德與怨不歸乎天。生乎亂者人道昧，不可知，故由人者舉歸乎天。非天預乎人爾！

【章　旨】指出天以其所能臨乎下，並沒有干預人世之治亂。生於「人道明」之治世則不會產生天命論，生於「人道昧」之亂世就必然產生天命論。

【語　譯】我認為：天永遠以其所能高高在上，並不能干預人間的治亂；人永遠以其所能仰承於天，也不能干預天的寒暑變化。生於治世，人道明，人皆知自己行為的起始，所以不把德惠與怨尤歸於天；生於亂世，人道昏昧，人皆不自知，所以就將由人事者歸於天。這並非是天在干預人事啊！

【研　析】禹錫〈天論〉，首謂「天」為有形器之物，即承認天是物質的東西；又謂天之所能在「生植」萬物，大致不錯。然而「天」之生植萬物，乃「天」之自然運行規律，並非「天」之所欲，如以為「天」既然能如此，則「天」亦可以不能如此，似又將「天」視為有意志之物了。謂「人」之能在「法制」，即在「天」的自然規律之下「能動」地治理、處置人間之事，原本也不錯，但如謂「天與人交相勝」，固與《莊子・大宗師》「天與人不相勝」的命題相反，更強調了人的能動性，但又有更將「天」坐實為有意志之物的傾向，反而覺得《莊子》的說法或更符合宇宙規律一些。禹錫囿於當時人類認識自然外界之能力，恐只能做到如此。以下重言其「人能勝乎天者，法也」的道理。無論「法大行」、「法小弛」、「法大弛」時人道的是非變化，皆與人事有關，而無關乎「天」。這個道理是能成立的。然而法的大行、小弛或大弛，反過來並非人「勝乎天」的證明。這也是令柳宗元不能同意之處。末節是禹錫對以上言論的結論，大體上是荀子〈天論〉「天行有常，不為堯存，不為桀亡。應之以治則吉，應之以亂則凶。強本而節用，則天不能貧；養備而動時，則天不能病；修道而不貳，則天不能禍……受時與治世同，而殃禍與治世異，不可以怨天，其道然也。故明於天人之分，則可謂至人矣」的延伸。「天恒」、「人恒」兩句，又似乎強調「天」與「人」的互不干預。人之所能，始終在「仰乎天」——在天運行的自然法則制約之下，如此就較前「天人交相勝」之說完整得多了，但未始無前後支絀之處。

禹錫〈天論〉三篇，為禹錫頗得意之作，其〈祭韓吏部文〉云：「子長在筆，余長在論。」即指〈天論〉三篇。元和間，韓、柳與劉哲學上的交鋒，在哲學史上有重要意義，略作討論，極有必要。按，韓愈「天之說」，不見於《韓集》，而為《柳集》卷一六之〈天說〉一篇所引。柳〈天說〉全文云：

> 韓愈謂柳子曰：「若知天之說乎？吾為子言天之說。今夫人有疾痛、倦辱、饑寒甚者，因仰而呼天曰：『殘民者昌，佑民者殃！』又仰而呼天曰：『何為使至此極戾也！』若是者，舉不能知天。夫果蓏飲食既壞，蟲生之；人之血氣敗逆壅底，為癰瘍、疣贅、瘺痔，蟲生之；木朽而蠍中，草腐而螢飛，是豈不以壞而後出耶？物壞，蟲由之生；元氣陰陽之壞，人由之生。蟲之生而物益壞，食齧之，

攻穴之，蟲之禍物也滋甚。其有能去之者，有功於物者也；蓄而息之者，物之讎也。人之壞元氣陰陽也滋甚：墾原田，伐山林，鑿泉以井飲，窾墓以送死，而又穴為堰溲，築為牆垣、城郭、臺榭、觀遊，疏為川瀆、溝洫、陂池，燧木以燔，革金以鎔，陶甄琢磨，悴然使天地萬物不得其情，悻悻衝衝，攻殘敗撓而未嘗息。其為禍元氣陰陽也，不甚於蟲之所為乎？吾意有能殘斯人使日薄歲削，禍元氣陰陽者滋少，是則有功於天地者也；蓄而息之者，天地之讎也。今夫人舉不能知天，故為是呼且怨也。吾意天聞其呼且怨，則有功者受賞必大矣，其禍焉者受罰必大矣。子以吾言為何如？」

柳子曰：「子誠有激而為是耶？則信辯且美矣。吾能終其說。彼上而玄者，世謂之天；下而黃者，世謂之地；渾然而中處者，世謂之元氣；寒而暑者，世謂之陰陽。是雖大，無異果蓏、癰痔、草木。假而有能去其攻穴者，是物也，其能有報乎？天地，大果蓏也；元氣，大癰痔也；陰陽，大草木也。其烏能賞功而罰禍乎？功者自功，禍者自禍，欲望其賞罰者大謬；呼而怨，欲望其哀且仁者，愈大謬矣。子而信子之仁義以遊其內，生而死耳，烏置存亡得喪於果蓏、癰痔、草木耶？」

韓愈「天之說」，誠如柳宗元所說，為「有激而為是」；然韓愈為何事所「激」，今已難明。此其一。柳宗元為〈天說〉引韓文，是否引用完整，不得知。此其二。約而言之，韓文看似在批評人類物欲過度，宰割自然，有老莊「無為」、任自然之意，但據文中「殘民者昌，佑民者殃」之語，其深意或在憤激於執政者對百姓之盤剝；細究柳文，他是瞭解韓文所「激」在何處及其用意的，故其云天地「烏能賞功而罰禍乎？功者自功，禍者自禍，欲望其賞罰者大謬」，是來平抑韓愈的「激」的。此其三。當然，柳文借回覆韓文機會，順便闡述了自己天無意志、天並不能干預人事的「天說」。

柳宗元得禹錫〈天論〉三篇後，又有〈答劉禹錫天論書〉一篇（《柳集》卷三一），云：「發書得〈天論〉三篇……及詳讀五六日，求其所以異吾說，卒不可得……凡子之論，乃吾〈天說〉傳疏耳。」說明柳宗元承認劉禹錫〈天論〉三篇與自己的基本觀點相同，但並不完全認可劉禹錫〈天論〉是「自創性」發明。

禹錫〈天論〉三篇，為近代唯物哲學史家所看重。在哲學史家將韓愈（還有李翱）劃歸為「唯心主義哲學」之後，劉禹錫及柳宗元的唯物主義自然觀得到極大的褒揚（參見任繼愈主編之《中國哲學史》第八、第九章）；被認為是「唯心」哲學家的馮友蘭《中國哲學史》（舊編）對劉禹錫〈天論〉三篇竟然隻字未提！（馮氏新版《哲學史》中卷為禹錫的唯物主義設專節予以討論）

林紓《韓柳文研究法・柳文研究法》云：「韓氏眼中但見得善人不受福於天，故有此語。然此說不見之韓集。意者因柳之貶，為此憤懣之詞，用以慰柳；柳因為之進一解焉，隱言己身之禍，與天無涉。天地之中，有元氣，有陰陽，然元氣既謂之渾然，則一切不管，功焉而不知所報，害焉而不知所禍，其偶然得福，偶然得禍，萬不算是賞罰，謂為賞罰者，謬也。」瞿蛻園氏《劉禹錫集箋證》卷五似亦有見於此，其云：「宗元與禹錫皆以非罪而得禍，故深慨於人事之自紊而非天道之有知，其言之痛切者，有由也。」將宗元、禹錫之「天之說」與他們貞元末禍起無端聯繫起來，皆別有見地。然不能確知韓愈「天之說」之起因為何，宗元〈天說〉引韓之說而不及韓所言之事，且不知韓、柳文之確切作年，故難以對柳文及禹錫〈天論〉作準確理解。

答道州薛郎中論方書書

【題解】元和十三年作於連州。薛郎中謂薛景晦。景晦字伯高，元和九年由刑部郎中刺道州（今屬湖南）。薛致書禹錫，並以其所著醫書寄禹錫，禹錫答以此書。答書中論藥理、醫理，對常人病不求醫及庸醫誤人亦有所批判。禹錫知醫，故所論頗中醫藥肯綮。

禹錫再拜。初，兄出中臺❶，守江華❷，人咸曰「函牛之鼎以之烹小鮮❸」，惜乎餘地澶漫❹而無庸也。愚獨心有概❺焉。以為君子受乾陽健行❻之氣，不可以息。苟吾位不足以充吾道，是宜寄餘術百藝❼以洩神用❽，其無暇日，與得位同。久欲以是理求有得於兄，而未有路。會崔生❾來，辱書教，果惠以所著奇方十通❿，商古今之宜而去其并猥⓫。以一物足以了病者居多，非累試輒效，不在是族。或取諸屑近⓬，亦以捃拾，慮恒人⓭多怠忽不省，必建言顯白，揚其功於已然。其他立論，率以弭病於將然為先，而攻治為後⓮。言君臣⓯必以時，言宣補⓰必以性，言砭灸⓱必本其輸滎⓲，言祓禳⓳必因其風俗。齊和⓴之宜，炮剔㉑之良，暴炙㉒有陰陽之候，煎烹有少多之取。撓勞㉓以制駃，露置㉔以養潔。味有所走，薰有所歸。存諸纖悉，易則生患。非博極遐覽之士，孰能知其所從來哉？

【章　旨】以同情薛郎中遠守道州起，由一句「是宜寄餘術百藝以洩神用」轉入薛《古今集驗方》的撰寫，並以醫學的角度給予高度評價《集驗方》。

【注　釋】❶中臺　尚書省。按，禹錫本年又有〈答道州薛郎中論書儀書〉，引薛語云「我與子中外屬，當為伯仲」；可知禹錫與薛景晦為中外表兄弟，故此處稱薛為「兄」。❷江華　即道州。天寶元年改道州為江華郡，乾元元年復為道州。❸函牛之鼎以之烹小鮮　化用《老子》「治大國如烹小鮮」之意，謂大材小用。函牛之鼎，大鼎。小鮮，小魚。《淮南子・詮言》：「夫函牛之鼎沸，而蠅蚋弗敢入。」高誘注：「函牛，受一牛之鼎也。」三國魏劉劭《人物志・材能》：「人材有能大而不能小，猶函牛之鼎，不可以烹雞。」❹澶漫　寬大的樣子。❺概　音義俱同「慨」。❻乾陽健行　陽剛之氣。❼餘術百藝多種才藝。❽洩神用　發散多餘的才幹。❾崔生　不詳。或指禹錫女婿。見禹錫文部分〈劉氏集略說〉。❿奇方十通　指薛景晦所撰《古今集驗方》十卷。《新唐書·藝文志三》有著錄。⓫并猥　重複及繁瑣者。⓬屑近　普通而常見者。⓭恒人　常人。⓮弭病於將然為先二句　謂對待疾病以預防在先，而以治療在後。⓯君臣　中醫謂方劑中的主藥為君，輔藥為臣。《素問·至真要大論》：「方制君臣何謂也？岐伯曰：『主病之謂君，佐君之謂臣。』」⓰宣補　中醫謂發散滯氣為宣，補充中氣為補。⓱砭灸　中醫謂用石針刺穴治病為砭，以艾絨熏灼人體穴位為灸。⓲輸榮　中醫謂經脈氣血的運行為輸榮。⓳祓禳　祈禱以禳除災禍。⓴齊和　調劑藥物的劑量。㉑炮剔　炮製及揀擇藥物。㉒暴灸　曝曬與烘焙。暴，同「曝」。㉓撓勞　義不詳。或指煎藥時以慢火控制藥湯以免蒸發太快。㉔露置　在夜露中浸潤藥材。

【語　譯】禹錫再拜。當初，我兄自尚書省中出守道州，人皆說「是用函牛之鼎烹製小魚」，可惜您有擴大之才而無處施展。我心中也有感慨，以為君子既然秉受了陽剛之氣，不可以停止不用。如果職位不足以展現我才華，這時應該寄心於其他才藝來發散我的學問，其忙碌而無空暇，與在其位時相同。很久以來都想用這個道理求教於兄而無有途徑。適逢崔生前來，蒙您指教，果然惠贈我《古今集驗方》十卷。是書商略古今驗方中適用者，淘汰其重複及蕪雜者，以一種藥材就可以治好病者居多，若非多次嘗試即有效果者，不在此書中。有的驗方來自身邊普通人，也予以收集。擔心常人多忽殆不明白，其文字一定明顯通俗，將藥方的功效解釋得很清楚。其他立論，皆以預防病未發生為先，而以攻治在後。說到用藥的君臣佐使必然考慮到季候，說到宣洩或益補必然以藥性為基礎，說到針砭或熏灸必然依據血脈的運行，說及祈禱禳除災禍也能順遂各地風俗。書中還說到了藥物劑量的調理，炮製或剔除，曝曬陰陽的把握，煎烹時間的長短等。煎藥時要掌握火候以免藥湯消去太快，有些藥物則要在夜間露氣中擱置以保持其淨潔。藥味會有變化，薰灼要有指向。這一切都說得細微詳盡，若有變易就會發生禍患。若非學識極博又廣泛搜羅的人，誰能將這些瞭解得如此之透徹呢？

愚少多病，猶省為童兒時，夙❶具襦袴，保姆抱之以如醫巫家，針烙灌餌，咺然❷啼號。巫嫗輒陽陽滿志，引手直求❸，竟未知何等方何等藥餌。及壯，見里中兒年齒比者，必睨然❹武健可愛，羞己之不如。遂從世醫號富於術者，借其書伏讀之，得《小品方》❺，於群方為最古。又得《藥對》❻，知《本草》❼之所自出。考《素問》❽識榮衛❾經絡百骸九竅❿之相成。學切脈以探表候⓫，而天機昏淺，布指於位不能分累菽⓬之重輕，第知息至⓭而已。然於藥石不為懵矣。爾來垂三十年，其術足以自衛。或行乎門內，疾輒良已。家之嬰兒未嘗詣醫門求治者。

【章　旨】敘述自學醫學知識的原因及過程。爾來垂三十年，其術足以自衛。

【注　釋】❶夙　早歲。❷咺然　啼哭不止。❸引手直求　謂隨手取藥。❹睨然　斜視的樣子。❺小品方　古醫方書名。《舊唐書·經籍志》有陳延之《小品方》十二卷。❻藥對　古藥物書名。《舊唐書·經籍志》有《雷公藥對》二卷。❼本草　即《神農本草經》的省稱，古代著名藥書。因所記藥以草類為多，故稱《本草》。至唐顯慶中，又有蘇恭、長孫無忌等修定之《本草》，增藥百餘種，稱《唐本草》。❽素問　古醫書，九卷，為秦漢間人所著，託名黃帝。❾榮衛　中醫學名詞。榮，指血的回環。衛，指氣的周流。此處泛指氣血、身體。❿九竅　指耳、目、口、鼻及尿道、肛門九個孔道。⓫表候　顯現在外面的徵候。⓬累菽　極言病症的輕微表現。菽，同「黍」。即小米。古代以黍為計量長度、重量的最小單位。⓭息止　脈搏跳動及間歇。

【語　譯】我自幼多病，還記得為兒童時，不過剛穿上衣褲而已，保姆抱持我到醫家，醫家對我施以針灸熏炙並灌以藥餌，我疼痛只是啼哭不止。醫家則滿不在意地隨手抓藥，到底不知道所開何方所用何藥。待到我長大，看見里巷中與我年齡相當者，個個高高大大健壯可愛，使我慚愧不如人家。於是從號稱醫術高明者那裏借來醫書伏讀，得《小品方》，是方書中最古的；又得到《藥對》一書，乃知《本草》的來由。我考察了《素問》，知曉了榮衛經絡百骸九竅的組成。又學切脈以診斷病的種種症候，不過因為自己天機昏昧，佈指於位，不能分別極其微小的病理，僅僅能知曉脈搏跳動的間歇而已。但從此於藥理不算懵然無知了。至今已有三十年了，所獲本領足以自我護衛，或者行醫於自家門內，有病也能治好，家裏嬰兒未嘗到他處求醫的。

頃因欲編次已試者為一家方書，顧力不足。今兄能我先，所以辱貺之喜，信踰拱璧❶，有以賞音適道耳。常思世人居乎❷不讀一方，病則委千金於庸夫之手，至於甚殆，而曰不幸。豈其不幸邪！甚者或乘少壯之氣，笑人言醫，以為非急。昌言❸曰：「飴口飽腹，藥其如我何？」所承之氣有時而既，於禱神佞佛，遂甘心焉。兄以愚言覆觀之，其人固比肩耳。前蒙示藥焙法，謹如教，地之慝果不能傷，雖茈胡水瀉，喜速朽者，率久居而無害❹。萬物不可以無法，謂生不由養致，其誣乎！

山川匪遐，事使之遠，形不接而諭者，莫賢乎書。臨紙怊悵，不宣。禹錫再拜。

【章　旨】盛讚薛郎中《集驗方》的可貴，批評一般人不讀方書、不重視平素養生的陋習。

【注釋】❶拱璧　大玉璧。極言珍貴。❷居平　平日；平素。❸昌言　公開宣言。❹久居而無害　久藏而不失其效。

【語譯】最近正打算編輯自己使用過的一些藥方為自家的方書，但是又感個人的力量不足。如今兄長完成在我之先，所以得到饋贈之喜，其珍貴超過拱璧。原因在於我們在醫道方面是知音而且同道。常常想到世上人平素不讀方書，病了就大把花錢在庸醫那裏，直到病危甚至死去，卻說這是病人的不幸。難道真是病者的不幸嗎！更甚者，有人逞少壯之氣，嘲笑別人說及醫藥之學，以為尚非急事，公開說：「我食物甘美，吃飽喝足，藥對我有何用呢？」當他所秉持的氣用盡時，於是就祈禱求佛，甘心情願。兄以我的話對照世人看看，這樣的人真是比肩而立啊。前承來函說明藥的烘焙方法，謹領教，江南之地的濕氣果然不能傷害於你我，即使是柴胡、水瀉這樣速朽的藥材，長久存儲其效力仍舊。萬物不可以沒有一定的法則，說人的壽命與後天的保養無關，這真是胡說啊！

山川遼遠，州郡的公務使我們距離甚遠，形體不能相接而互相可以告諭者，莫佳於書信。臨紙傷感，不多寫。禹錫再拜。

【研　析】書中盛讚薛郎中所撰寫的《古今集驗方》，對其濟世作用充分予以肯定，並借此對傳統中醫在醫療、製藥方面的經驗及必須遵循的原則予以總結。書中還對庸醫誤人、世俗不重驗方、不重養生的陋習，有針對性的批判，至今仍有其積極意義。嗣後禹錫又有《傳信方述》一書寄薛，重申方書之編寫「志在於拯物」，並將自己保存的驗方五十餘方寄薛景晦，以廣薛《古今集驗方》之範圍。

祭柳員外文

【題　解】元和十五年作。柳員外謂柳宗元。時禹錫自連州扶母靈柩北上，途中聞柳宗元去世消息，為此文，遣使往柳州祭之。

維元和十五年，歲次庚子，正月戊戌朔日❶，孤子❷劉禹錫銜哀扶力，謹遣所使黃孟萇具清酌庶羞之奠，敬祭於亡友柳君之靈。

嗚呼子厚！我有一言，君其聞否？惟君平昔，聰明絕人，今雖化去❸，夫豈無物？意君所死，乃形質耳，魂氣何託？聽予哀辭。嗚呼痛哉！

【章旨】標明時間，是撰寫祭文的日子。「嗚呼」之後，等於呼喚子厚的魂靈傾聽他的祭文。

【注釋】❶歲次庚子二句　時在元和十五年正月二十五日。❷孤子　禹錫自謂。《禮記．深衣》：「如孤子，衣純以素。」鄭玄注：「三十以下無父稱孤。」《管子．輕重己》：「民生而無父母，謂之孤子。」禹錫貞元中喪父，為此祭文時母亦喪。❸化去　指死亡。

【語譯】時在元和十五年正月二十五日，無父無母的劉禹錫銜哀勉力，謹派遣使者黃孟萇備清酒蔬果美味，敬祭於亡友柳君之靈。

嗚呼子厚！我有一句話，您能聽得到嗎？想到您平時聰明過人，如今雖然死去，難道沒有留下什麼？我想您的死去，不過是肉體的形質消失而已，那麼您的魂魄附在哪裏呢？如有所依附，請聽我的哀辭。嗚呼傷心啊！

嗟予不天❶，甫遭閔凶❷。未離所部，三使來弔❸。憂我衰病，諭以苦言。情深禮至，款密❹重複。期以中路，更申願言❺。途次衡陽，云有柳使❻。謂復前約，忽承訃書。驚號大叫，如得狂病。良久問故，百哀攻中。涕洟迸落，魂魄震越。伸紙窮竟❼，得君遺書。絕弦❽之音，悽愴徹骨。初託遺嗣❾，知其不孤。末言歸輤❿，從祔先域⓫。凡此數事，職在吾徒。永言素交⓬，索居多遠。鄂渚差近，表臣分深⓭；想其聞訃，必勇於義。已命所使，持書徑行；友道尚終，當必加厚。退之承命，改牧宜陽⓮；亦馳一函，候於便道，勒石垂後，屬於伊人⓯。安平宣英⓰，會有還使；悉已如禮，形於其書。

【章　旨】備細敘述自己在扶母柩歸葬途中柳宗元三次遺使慰安，不料又有柳州來使，帶來的竟然是柳宗元去世的噩耗。乍聞之後，痛徹心扉。然後依照柳宗元遺書所囑，一一回覆作答，如同柳在當面一般。

【注　釋】❶不天　猶言不得天之護佑。❷閔凶　此指其喪母。❸未離所部二句　謂其尚未離開連州，宗元聞禹錫母喪，三遣使者來弔慰。❹款密　親密。❺願言　思念殷切的樣子。《詩經・衛風・伯兮》：「願言思伯，甘心首疾。」鄭玄箋：「願，念也。我念思伯，心不能已。」按，「言」為語助詞，無義。❻柳使　柳州使者。❼窮竟　追問子厚辭世細節。❽絕弦　斷絕琴弦。謂臨終之言。三國魏嵇康善彈〈廣陵散〉之曲，秘不授人。後遭讒被害，臨刑索琴彈之，曰：「〈廣陵散〉於今絕矣！」見《晉書・嵇康傳》。❾初託遺嗣　以下復述柳宗元遺書所言事，且告以處置安排。遺嗣，據韓愈〈柳子厚墓誌銘〉，柳宗元有遺孤兩人，長曰周六，始四歲；季曰周七，子厚卒乃生。禹錫為此祭文時，周七尚未出生，故祭文末尾僅及周六一人。又韓愈〈祭柳子厚文〉有云：「嗟嗟子厚，今也則亡；臨絕之音，一何琅琅。遍告諸友，以寄厥子。不鄙謂余，亦托以死。」則遺孤所託，韓愈亦在其中。❿歸輤　柩車。⓫先域　祖先墳塋所在。按，據柳宗元〈先侍御史府君神道表〉，其先人墓地在京兆萬年少陵原（在今陝西西安南）。⓬素交　真誠純潔的友情。⓭鄂渚差近二句　謂鄂岳觀察使李程。表臣，李程字。分深，交誼深厚。按，柳宗元遺書中以靈柩歸葬先人墓事託付李程。⓮退之承命二句　謂韓愈改官袁州刺史。退之，韓愈字。宜陽，即袁州，今江西宜春。按，元和十四年，韓愈自潮州刺史量移袁州，柳宗元死時，韓亦在赴袁州途中。⑮勒石垂後二句　謂柳宗元墓誌撰寫事歸於韓愈。⑯安平宣英　分別為韓泰、韓曄字。韓泰時為漳州刺史，韓曄時為汀州刺史。皆「八司馬」中人。柳宗元遺書中對二人亦有託付。

【語　譯】可歎我不得天的護佑，剛剛遭到母親之喪。靈柩尚未離開連州，您就三次遣使來弔慰。擔憂我哀痛過分，以同情的語言勸慰我。情深而且禮數周到，重複著親切的話語。互相期盼以後的日子，再申說我們之間真誠的友情。我扶靈柩來到衡陽，又報告說有柳州來使；我以為您要踐前次之約，未曾想到竟然是您的訃文。我驚呼大叫，好似得了發狂之疾。良久才問及緣故，百般哀痛攻入心中，涕淚如雨落下，魂魄震動。展紙欲寫祭文時才顧及追究死亡細節，得以看到您的遺書。真是絕弦之音啊，令人徹骨般悽愴。遺書起初託付遺孤，乃知您後繼有人；末尾說到靈柩歸葬之事，欲葬於先人墳塋。凡此數事，其職責盡在我等。從前經常說到您我的真誠交情，然而無奈各自孤獨地散處一方。好在表臣居官的鄂渚距柳州甚近，他與您情分也歷來很深；想來他得知訃聞以後，必然勇於承擔靈柩歸葬之事。我已經命令柳州差人，持您的遺書前往鄂渚；交友之道重在有始有終，表臣那裏肯定會竭盡全力。韓退之新近接到朝廷任命，自潮州移官至袁州；我也馳函與他，派人於便道等候，撰寫墓銘以垂永久之事，就委託退之來辦。至於漳州安平與汀州宣英，定然有使者歸還，已經全部遵照應有的禮儀，在他們的回函中皆有反映。

嗚呼子厚，此是何事！朋友凋落，從古所悲。不圖此言，乃為君發。自君失意，沉浮遠郡❶；近遇國士，方伸眉頭❷。亦見遺草，恭辭舊府❸。志氣相感，必逾常倫。顧予負釁❹，營奉❺方重；猶冀前路，望君銘旌❻。古之達人，朋友製服❼；今有所厭，其禮莫申❽。朝晡臨❾後，出就別次❿。南望桂水，哭我故人。孰云宿草⓫？此痛何極！

【章　旨】哀其人之不幸，悲變故發生之驟——此是祭文中心。

【注　釋】❶遠郡　指永州、柳州。❷近遇國士二句　或謂指桂管觀察使裴行立。韓愈〈柳子厚墓誌銘〉：「其得歸葬也，費皆出觀察使裴君行立。行立有節概，重然諾，與子厚結交，子厚亦為之盡，竟賴其力。」按，裴行立歸葬柳宗元在禹錫祭文之後，此處當指裴有保薦柳返朝之舉，故禹錫謂柳「方伸眉頭」。❸舊府　指桂管觀察使府。柳州屬桂管（治今廣西桂林）。❹負釁　猶言負罪。此謂其喪母。❺營奉　指護送母靈柩歸葬。❻銘旌　豎在靈柩前標誌死者官職和姓名的旗幡。此指柳宗元靈柩返回京師。❼朋友製服　謂其按禮儀應為友人服喪服。《儀禮・喪服》：「朋友，麻。」麻，指在外衣上加一條麻帶。❽今有所厭二句　謂其正為母親服喪，重孝（服斬衰三年，為喪服中最重者）在身，故不能降而為朋友服麻。❾朝晡臨　朝夕臨哭其母。❿別次　分別之地，指衡陽水邊。按，元和十年，劉授連州，柳授柳州，二人自京師同行至衡陽分手，參見禹錫〈再授連州至衡陽酬柳柳州贈別〉詩。⓫宿草　隔年之草。《禮記・檀弓上》：「朋友之墓，有宿草而不哭焉。」孔穎達疏：「宿草，陳根也，草經一年則根陳也，朋友相為哭一期，草根陳乃不哭也。」

【語　譯】嗚呼子厚，您究竟發生了什麼事！我從前說過朋友凋落死去，古來皆為傷悲之事，沒有想到這話竟然為您而發。自從您失意以來，沉浮於偏遠州郡；近來遇有桂管裴大人有舉薦之議，您因此而伸展開眉頭。我看到您的遺書，恭敬地向桂管府主告別。觀察使與您既然意氣相投，由他來處理您的喪事，必然有超越平常的舉措。想到我負罪喪母，奉母靈柩返鄉的職責很重；但仍然希冀在前途，看到您的靈柩返回京城。古代有名望的賢者，要為朋友服麻；然而我有重孝在身，為您腰繫麻帶的禮儀卻不能執行。每當朝夕臨母柩哭罷之後，總要來到當年我們衡陽分手之處。南望柳州方向的流水，哭我最親愛的朋友。是誰說過朋友之墓有隔年之草就不再臨哭？失去您我的痛苦哪有邊際！

嗚呼子厚，卿真死矣！終我此生，無相見矣！何人不達❶，使君終否❷？何人不老，使君夭死？皇天后土，胡寧忍此！知悲無益，奈恨無已！子之不聞，予心不理❸。含酸執筆，輒復中止。誓使周六，同於己子。魂兮來思，知我深旨。嗚呼哀哉！尚饗。

【章　旨】祭文結尾，呼天搶地，文氣到極哀痛處。

【注　釋】❶達　仕宦通達。❷否　《易》卦名。《易・否》：「否之匪人。」陸德明《釋文》：「否，閉也；塞也。」❸不理　紊亂無法清理。

【語　譯】嗚呼子厚，您竟然真的死去了！終我此生，再不能與您相見了！他人仕宦皆能通達，為什麼使您終生閉塞不通？他人皆可以享長壽而終，卻為何使您中年夭死？皇天后土，為什麼竟是如此不公！我明知悲傷毫無益處，其奈恨恨無已！您是聽不到了，我心裏也凌亂無法清理。含酸執筆寫此祭文，時而罷筆不能繼續而終止。我一定使周六成長成人，如同我的親生兒子。魂兮歸來吧，願您深知我的旨意。嗚呼！傷心啊！請來享用。

【研　析】祭文按常理應當當著子厚靈堂宣讀，而禹錫因為正在扶柩歸洛途中，故祭文一起乃有「意君所死，乃形質耳，魂氣何托」的話頭。柳宗元三次遣使弔慰自己，不意至衡陽時，柳州來使竟然報告宗元已逝，祭文以此渲染變故發生之出人意料，此痛何極！此下依照柳宗元遺書所託付，一一回覆作答，如同宗元就在當面。結末兩段兩次高呼「嗚呼子厚」，是祭文中心，哀其人之不幸，呼天搶地，哀痛達到極致。

〈祭柳員外文〉是禹錫奉母喪途中倉促之間所為。文字大半用韻，偶有不用韻處，不假文飾，雖不如韓愈〈祭十二郎文〉全用散語，但也是「至哀無文」的表現。元和十五年七月柳宗元歸葬萬年之際，禹錫另有

〈重祭柳員外文〉；又有〈為鄂州李大夫（程）祭柳員外文〉一篇，實際上已三為祭文矣。友朋之情深，於此可見。

唐故尚書禮部員外郎柳君集紀

【題解】 長慶元年作，時禹錫丁母憂，在洛陽。禮部員外郎為柳宗元貞元末所任官職。唐人重內職，故稱其前職，與〈祭柳員外文〉同。元和十四年柳宗元病卒於柳州，死前以為其編集託付好友劉禹錫。〈集紀〉論述了文學與時代、政治的關係，提出了「文章與時高下」的著名論斷。又盛讚宗元之文。作為志同道合者，禹錫對宗元為世所棄、不得其用亦致慨再三。

八音❶與政通，而文章與時高下。三代之文❷至戰國而病，涉秦漢復起。漢之文至列國❸而病，唐興復起。夫政龐而土裂，三光五嶽之氣分，大音不完，故必混一而後大振❹。初，貞元中，上❺方嚮文章。昭回之光，下飾萬物❻。天下文士，爭執所長，與時而奮，粲焉如繁星麗天。而芒寒色正，人望而敬者，五行而已❼。河東❽柳子厚，斯人望而敬者歟！

子厚始以童子有奇名於貞元初，至九年為名進士，十有九年為材御史❾，二十有一年，以文章稱首，入尚書為禮部員外郎。是歲，以疏雋少檢獲訕❿，出牧邵州，又謫佐永州⑪。居十年，詔書徵，不用，遂為柳州刺史⑫。五歲不得召，病且革⑬，留書抵其友中山劉某，曰：「我不幸，卒以謫死，以遺草累故人⑭。」某執書以泣，遂編次為三十通⑮，行於世。

子厚之喪，昌黎韓退之誌其墓，且以書來弔曰：「哀哉，若人之不淑⑯！吾嘗評其文，雄深雅健似司馬子長，崔、蔡不足多也⑰。」安定皇甫湜⑱於文章少所推讓，亦以退之之言為然。凡子厚名氏與仕與年暨行己之大方⑲，有退之之誌若祭文⑳在。今附於第一通之末云。

【注釋】❶八音　指古代八種樂器，即金、石、絲、竹、匏、土、革、木。此處泛指音樂。❷三代之文　指《尚書》中的〈夏書〉、〈商書〉、〈周書〉。❸列國　指東漢以後處於分裂狀態的兩晉、三國、南北朝而言。❹夫政龐而土裂四句　意謂政治龐雜，土地分裂，三光五嶽之元氣分散不整，大音不完整，所以一定要待天下一統方能大振。政龐，政治龐雜。三光，謂日月星。五嶽，謂泰、華、嵩、衡、恒。大音，語出《老子》四十一章：「大音希聲。」大音指無聲音的音樂。此處謂最美好的音樂。❺上　指德宗皇帝。按，德宗（李适）好文，尤工詩，常與朝臣唱和。《全唐詩》今尚存其詩十五首，《全唐文》編其文為六卷。❻昭回之光二句　意謂皇帝有所好，則文上更加爭先。昭回，日月，此指德宗皇帝。❼而芒寒色正三句　意謂麗天繁星中光芒最亮、人望而敬仰的，必是金、木、水、火、土五星。❽河東　唐郡名，即蒲州（今山西永濟）。柳宗元為河東解縣人。❾材御史　有才幹的監察御史。按，柳宗元當時的官職是監察御史裏行（正員以外增置的官員稱作「裏行」）。❿以疏雋少檢獲訕　是對柳宗元因王叔文獲罪而連帶遭貶的含混說法。疏雋少檢，放達超逸而不事繩檢。獲訕，遭人訕謗。⓫出牧邵州二句　柳宗元等先貶遠州刺史，繼又因處罰不嚴，再改為遠州司馬。柳宗元先貶邵州（今湖南邵陽）刺史，繼又道貶永州（今湖南零陵）司馬。⓬居十年四句　憲宗元和十年，劉、柳等被召回長安，旋又外放為遠州刺史。柳宗元得柳州。⑬病且革　病危。革，危急。⑭以遺草累故人　是託付劉禹錫為其編集的婉轉說法。遺草，遺稿。⑮三十通　三十卷。⑯若人之不善　意謂柳宗元遭遇不幸。若人，此人，指柳宗元。不淑，不善，指遭遇不幸。⑰雄深雅健似司馬子長二句　是韓愈寫給劉禹錫書中稱讚柳宗元文章的幾句話。韓愈書今不見於韓集。司馬子長，即司馬遷。崔蔡，東漢文學家崔瑗、蔡邕。不足多，猶言不及柳。⑱皇甫湜　中唐散文家。皇甫祖籍安定（今寧夏固原）。⑲凡子厚名氏句　指柳宗元的家世、仕歷、生卒年及一生行事的大略。⑳有退之之誌若祭文　指韓愈所為〈柳子厚墓誌銘〉及〈祭柳子厚文〉。若，及；和。

【語　譯】音樂與政治相通，而文章隨時代高下。夏商周三代之文，到戰國即衰敗，經過秦漢再振起。漢文到東晉至南北朝又衰病，隨著唐代之興而復起。如果政治龐雜，國土分裂，三光五嶽之元氣分散不整，最美好的音樂不能出現，所以一定要待天下一統，文章方能大振。起初，當貞元中，德宗皇帝好文章；上有所好，而天下文士各持所長與時代爭先，文章家輩出，如繁星麗天。繁星之中光芒最亮、人最景仰者，必然是金木水火土五星。河東柳子厚，正是人所景仰的文章家罷！

子厚以年幼有奇名於貞元之初，至九年第進士，十九年成為監察御史中材幹出眾者，二十一年又因文章稱首為禮部員外郎。此年，因放達超逸而不事約束遭人訕謗，貶邵州刺史，再黜永州司馬，居十年，朝廷詔書徵還，但不獲用，遂為柳州刺史。在柳州五年，不得召回，病危，留遺書給他的朋友中山劉某，書中說：「我不幸，最終死於貶所，以遺稿留故人，請為編集作序。」我執書流淚，遂遵囑編輯其集為三十卷，傳於世。

子厚之喪，有昌黎韓愈為其墓誌，且有書信弔問，書中說：「哀哉，此人遭遇之不幸啊！我曾經評論他的文章雄深雅健似西漢司馬子長，至於東漢崔瑗、蔡邕，皆不能超過他。」安定郡皇甫湜於文章少有認可的，也以退之的話為是。凡是子厚家世、仕歷、生卒年及一生行事的大略，有退之之墓誌及祭文在，今附於第一卷之末。

【研　析】「八音與政通，而文章與時高下」，被評論界視為劉禹錫文學思想重要組成部分。不過也可以說是古代文學家關於時代與文學關係的通識。《禮記・樂記》有「審樂以知政」的話；唐代、尤其是初盛唐政治家，文人無不對「亂世」（如戰國、南北朝等）的文學持否定態度。然禹錫在特別強調「文章與時高下」時，謂「初，貞元中，上方嚮文章」，則大有可玩之處。按柳宗元貞元九年始第進士，其始為文亦在此年前後。貞元二十一年（即永貞元年），宗元因與王、韋黨而久斥在外。憲宗元和之世，柳宗元在永州，在柳州，前後長達十四年，無論其文、其詩，皆有大創獲。今《柳宗元集》中文字，十有七八作於元和間，奠定其文壇「人望而敬」地位的重要文字，皆出於元和間。豈禹錫有意獨標「貞元」而避「元和」耶？

〈唐故尚書禮部員外郎柳君文集紀〉述柳宗元生平遭遇，文字極簡約而語調極沉痛。柳宗元文，禹錫在先已有評論（見前〈答柳子厚書〉），因為禹錫與宗元至交，恐因「私人」之論而不能傳久遠，因而引入韓愈的評論。韓愈為第三者，當長慶初年，韓已是當世公認的文章宗主，「雄深雅健似司馬子長」的評價極高，也極其準確，故禹錫借其語以加重對柳文之尊崇。

洗心亭記

【題解】長慶四年九月自夔州赴和州途中作。禹錫遊吉祥寺，得亭，應僧人之請為亭命名為「洗心」，並為之記。

天下聞寺❶數十輩，而吉祥❷尤章章❸。蹲名山，俯大江，荊、吳❹雲水，交錯如繡。始予以不到為恨❺，今方弭所恨而充所望焉。

既周覽讚嘆，於竹石間最奇處得新亭。彤焉❻如巧人畫鼇背上物❼，即之四顧，遠邇細大，雜然陳乎前，引人目去，求瞬❽不得。徵其經始，曰僧義然。嘯侶❾為工，即山求材，般高孕虛，萬景坌來❿。詞人處之，思出常格；禪子⓫處之，遇境而寂；憂人處之，百慮冰息。鳥思猿情⓬，繞梁歷榱⓭。月來松間，雕鏤軒墀。石列筍虡⓮，藤蟠蛟螭。修竹萬竿，夏含涼颸。斯亭之實錄云爾。

然上人⓯舉如意挹⓰我曰：「既志之⓱，盍名之以行乎遠夫！」余始以是亭圜視無不適，始適乎目而方寸為清，故名洗心。長慶四年九月二十三日，劉某記。

【注 釋】❶聞寺 有名聲的寺院。❷吉祥 寺名，今湖北大冶、安徽蕪湖市俱有吉祥寺。據此文所說「俯大江，荊、吳雲水，交錯如繡」，似以蕪湖吉祥寺為是。❸章章 義同「彰彰」，昭著；有名。❹荊吳 指古楚、吳國交匯之地。❺恨 遺憾。❻彤焉 朱漆。❼鼇背上物 指仙山。相傳海上仙山在鼇背上。《楚辭・天問》：「鼇戴山抃，何以安之？」王逸注：「《列仙傳》曰：有巨靈之鼇，背負蓬萊之山而抃舞。」❽瞬 眨眼。❾嘯侶 呼喚同類。❿坌來 一起來。⓫禪子 僧人。⓬鳥思猿情 隱逸之情。⓭榱 椽子。⓮筍虡 古代懸掛鐘磬的架子。橫架為筍，直架為虡。⓯上人 對僧人的敬稱。⓰挹 通「揖」。拜揖。⓱志之 用文字寫出。

【語 譯】天下著名的寺院有數十處，而吉祥寺尤其有名。踞伏名山，俯瞰大江，楚、吳雲水交匯於此，風景如繡。起初我以不到此處為遺憾，時至今日才得以滿足從前的遺憾，實現我所期望的。

我將寺院四周觀賞、讚歎畢，在竹石最奇特處見到一處新亭。朱漆紅彤彤的很醒目，如同巧人繪製在仙山上之物。進入亭子四下張望，遠近細大之景物錯綜無序地陳列在眼前，吸引人目光，顧不得眨眼。詢問修築亭子初起的經過，說是一位法號義然的僧人所為。他招呼同伴一起動手，就在山上求得材料，憑藉山的高處或虛處，使萬般景物一齊進入視野之內。詞人處於此，文思即超乎常格；僧人處於此，遭遇清淨而心境寂滅，憂傷的人處於此，百般思慮如冰沉寂，如猿鳥那樣的隱逸情思，就會盤繞於梁柱之間。月光穿過松枝，照射在亭內雕鏤門戶及臺階上；山石排列如鐘磬架子，野藤盤繞如蛟螭一般。修竹萬竿，即使在盛夏也會感到清涼。這是亭子實際情況的真實記錄。

然上人舉如意向我拜揖說：「既然已經有文章寫出了，何不為亭子命名使它馳名久遠呢！」我起初的感覺是亭子周圍環境讓人無不適意，開始只是視覺舒適，繼而是心神清爽，所以命名為「洗心」亭。長慶四年九月二十三日，劉禹錫寫。

【研　析】亭名「洗心」，陶靜心靈之謂也，故記文平平敘起，以「蹲名山，俯大江」為下節描繪洗心亭景致作鋪墊。描摹亭子周回景物。全文多四字句，是禹錫此類文字一貫行文特點。「憂人處之，百慮冰息。鳥思猿情，繞梁歷榱」的「憂人」，應有禹錫在。前述「詞人」、「禪子」各以兩句，「憂人」以四句，是寫其當時謫居在外之心境。最後敘命名亭子為「洗心」的原因。前既以「憂人」自居，此處謂處是亭而「方寸為清」，是作曠達語。

陋室銘

【題　解】或作於禹錫任和州刺史時。「銘」為古文體之一種。古人於器物上有銘。劉勰《文心雕龍・銘箴》：「觀器必也正名。」其後範圍漸大，凡器物、山川、宮室、門、井之類皆有銘詞。其用途，一為警戒，二為祝頌。本文兼有警戒、祝頌二義。此篇不見於宋本《劉禹錫集》，明彭大翼《山堂肆考》卷一三〇載此文，又見《全唐文》卷六八〇，後人據以輯入集中，編在「詩文補遺」類。學術界對於此文真偽尚存爭議，但現有論據尚不足以否定其為劉文。據傳此文是禹錫為和州刺史時寫其懷抱所作。今安徽和縣（即唐和州）城內有陋室遺址，相傳為禹錫所建，稍後於禹錫的唐代大書法家柳公權嘗書此銘並勒之成碑。其後年久失修，室與碑皆毀。今陋室為清乾隆時知州宋思仁重建，共九間，有嶺南金保福補書〈陋室銘〉碑一方。

山不在高，有仙則名；水不在深，有龍則靈。斯是陋室，惟吾德馨❶。苔痕上階綠，草色入簾青。談笑有鴻儒❷，往來無白丁❸。可以調素琴❹，閱金經❺。無絲竹❻之亂耳，無案牘❼之勞形。南陽❽諸葛廬❾，西蜀子雲❿亭。孔子云：何陋之有⓫？

【注　釋】❶德馨　猶言品德高尚。馨，散佈很遠的香氣。《左傳·僖公五年》：「黍稷非馨，明德唯馨。」❷鴻儒　大儒。❸白丁　白衣，即平民。古代平民著白衣。此處指無學問的人。❹素琴　無彩飾的琴。❺金經　古代用泥金（一種金色顏料）書寫的佛經。❻絲竹　泛指樂器。此處指歌舞音樂之類。❼案牘　官府公文。❽南陽　漢郡名，治所在宛城，即今河南南陽。❾諸葛廬　漢末大亂，諸葛亮隱居南陽，築有草廬。❿子雲亭　成都少城西南有揚雄宅，亦稱「草玄堂」，是揚雄著《太玄》處。此云亭，係為押韻。子雲，即漢揚雄，雄字子雲，成都（今屬四川）人。⓫孔子云二句　語出《論語·子罕》：「子欲居九夷，或曰：『陋，如之何？』子曰：『君子居之，何陋之有？』」

【語　譯】山不在於高峻，有神仙居住就名播四方；水不在於幽深，有蛟龍棲止就神奇靈異。室宇雖然簡陋，卻有我美好德行散發芬芳。青苔漫上臺階，滿庭碧綠；嫩草映入簾帷，一室清幽。談笑風生的皆是博學多識的學者，往來交遊的並無不學無術的愚夫。可以彈奏樸素的古琴，翻閱泥金寫就的佛經。沒有繁弦促管擾人清聽，沒有連篇累牘的公文勞心費神。好似南陽諸葛亮的茅廬，又如成都揚子雲的草亭，孔子說：「有什麼簡陋可言呢？」

【研　析】禹錫任和州刺史在長慶四年至文宗大和元年（西元八二四—八二七年），〈陋室銘〉的寫作應在此數年間。銘文一體，在先秦時皆極短小，寥寥數語，寓勸誡而已，如見於《大戴禮記》的〈筆銘〉：「毫毛茂茂，陷水可脫，陷文不活。」見於《太公金匱》的〈履銘〉：「行必履正，無懷僥倖。」至唐，銘文的題材變大，有銘關隘的（如賈至〈虎牢關銘〉），有銘山川的（如唐玄宗〈紀泰山銘〉）；寫法上，受賦體影響，漸事鋪排，體製有所擴展。禹錫〈陋室銘〉，題材僅限於一庭院、一室之間，寫法則以摹景、抒情為主，別具一格。此銘由「山不在高」興起，寫庭院內之苔痕、草色，寫陋室間之談笑、調琴，「觸處皆成佳趣」（《古文觀止》吳楚材、吳調侯評語），末尾結以孔子成語，冷峻中不乏機趣。銘文中津津樂道的士人生活情趣，即其德之馨：清高孤傲、淡泊處世，不但與富貴豪門向人誇示之驕奢淫逸形成對比，並暗寓他身居下位不得施展其才能的牢騷。中國傳統知識分子素來追慕「寧靜、淡泊」的處世哲學，再加上此文後來被《古文觀止》所收入，在音韻泠然的誦讀中不覺獲得了精神上的共鳴和慰藉，使此文得到極廣泛的流播。

祭韓吏部文

【題解】韓吏部謂韓愈。長慶四年十二月二日韓愈卒於長安靖安里私第。禹錫時在和州，聞愈死訊，為此祭文。

高山無窮，太華❶削成。人文無窮，夫子挺生❷。典訓為徒，百家抗行❸。當時勍者❹，皆出其下。古人中求，為敵蓋寡。貞元之中，帝鼓薰琴❺。奕奕❻金馬❼，文章如林。君自幽谷，升於高岑❽。鸞鳳一鳴，蜩螗❾革音❿。手持文柄，高視寰海。權衡低昂，瞻我所在。三十餘年，聲名塞天。公鼎侯碑，志隧表阡⑪；一字之價，輦金如山⑫。權豪來侮，人虎我鼠⑬；然諾洞開，人金我灰。親親尚舊⑭，宜其壽考。天人之學，可與論道⑮。二者⑯不至，至者其誰？豈天與人，好惡背馳？

昔遇夫子，聰明勇奮。常操利刃，開我混沌。子長在筆，予長在論⑰。持矛舉楯，卒不能困⑱。時惟子厚，竄言⑲其間。贊詞愉愉⑳，固非顏顏㉑。磅礴上下，羲農㉒以還。會於有極，服之無言。逸數字㉓。

岐山㉔威鳳不復鳴㉕，華亭別鶴㉖中夜驚。畏簡書㉗兮拘印綬，思臨慟兮志莫就。生芻㉘一束酒一杯，故人故人歆㉙此來。

【注釋】❶太華　指華山。❷挺生　挺拔生長。此謂傑出。❸典訓為徒二句　謂韓愈精熟儒家經典，久在學官，其學問可與百家之學相抗衡。典訓，指儒家經典。按，韓愈貞元、元和間嘗三為博士，長慶元年長國子監為祭酒，門徒甚多。❹勍者　強有力者。❺帝鼓薰琴　謂德宗皇帝好文。薰琴，用舜帝事。《孔子家語・辨樂解》：「昔者舜彈五弦之琴，造〈南風〉之詩。其詩曰：『南風之薰兮，可以解吾民之慍兮；南風之時兮，可以阜吾民之財兮。』」❻奕奕　美盛的樣子。❼金馬　漢代宮門名，學士待詔之處。此處代指唐長安。❽君自幽谷二句　用《詩經・小雅・伐木》「出自幽谷，遷于喬木」句意，謂韓愈居官漸高。❾蜩螗　蟬之類。❿革音　變更聲音。此指文體由駢體一變而為古文。⓫公鼎侯碑二句　指朝廷大員之家廟及墓碑之類文章。⓬輦金如山　謂韓文當時潤筆之高。⓭人虎我鼠　即「人敬畏以為虎而我以為鼠」之意。下句「人金我灰」用法同。⓮親親尚舊　謂韓愈親睦親人及故舊。⓯天人之學二句　意謂韓愈通達天地間學問，足以位居三公謀慮治國的政令。《周禮・考工記序》：「或坐而論道。」鄭玄注：「論道，謂謀慮治國之政令也。」⓰二者　指壽考與高位。⓱子長

在筆二句　意謂二人為文各有所長。筆，此處指文體中一般應用文（如碑誌、贈序、書啟及雜文之類）。論，此處指論文，偏指政治、哲學類論文（如禹錫〈因論〉、〈天論〉、〈華佗論〉之類）。⑱持矛舉楯二句　意謂其與韓愈之間常有論辯，如古人持矛攻盾，互不能相服。矛盾事，見《韓非子・說難一》。⑲竄言　猶言參與其間。按，此當指韓愈為「天說」致柳宗元，柳宗元為〈天說〉辯之，而禹錫為〈天論〉三篇與韓、柳辯論。⑳愉愉　和悅的樣子。㉑顏顏　虛飾不誠的樣子。㉒羲農　指伏羲氏、神農氏。㉓逸數字　或是祭文常用「嗚呼哀哉」之類。㉔岐山　在今陝西寶雞。㉕威鳳不復鳴　諱言韓愈死。《國語・周語上》：「周之興也，鸑鷟鳴於岐山。」韋昭注：「三君云：鸑鷟，鳳之別名也。」此以「威鳳」代韓愈。㉖華亭別鶴　用陸機、陸雲事。劉義慶《世說新語・尤悔》：「陸平原河橋敗，為盧志所讒，被誅。臨刑歎曰：『欲聞華亭鶴唳，可復得乎！』」劉孝標注引裴啟《語林》：「機為河北都督，聞警角之聲，謂孫丞曰：『聞此不如華亭鶴唳。』」後常以「鶴唳華亭」表現思念、懷舊之意或仕途險惡、人生無常之詞。此處以喻韓愈死訊。㉗簡書　用於告誡、策命、盟誓、徵召等事的文書。亦指一般文牘。《詩經・小雅・出車》：「豈不懷歸，畏此簡書。」此處謂自己在官，為律文所約束，不得自由弔祭。此下「拘印綬」義同。㉘生芻　鮮草。《詩經・小雅・白駒》：「生芻一束，其人如玉。」陳奐《傳疏》：「芻所以萎白駒，託言禮所以養賢人。」鮮草可養白駒，後因用作禮賢敬賢之典。《後漢書・徐穉傳》：「郭林宗有母憂，穉往弔之，置生芻一束於廬前而去。」後因以稱弔祭的禮物。㉙歆　享用。

【語　譯】高山無數，唯有太華高峻如刀削而成。人文無窮，此間唯有夫子挺立而生。以儒家經典相伴而行，在諸子百家之外獨為一家。當時強有力的對手，皆出於君之下。即使從古人中求，也難於找到敵手。貞元年間，君王好文。出入金馬門的滿朝官員，文章詩歌多如森森之林。你自底層奮力做起，文章地位逐漸升遷至高位。鸞鳳一般的鳴聲一起，即令蜩螗之輩改變了聲音。你手持文柄，高視寰宇，權衡並評價天下文章，也留意到我的存在。三十餘年間，聲名至於充塞普天下。王公卿相的鐘鼎碑文、墓誌阡表皆出於你之手。一字之價，至於千金。面對權豪欺侮，他人視其為虎，我則視其如鼠；然諾豁然敞開，他人貴重如金，我則視其如灰。親睦親人與故舊，理應享受壽考。又兼有天人之學，可以身居三公之位謀慮治國之道。然而二者君皆未能至，達到如此地位的又是哪些人呢？難道蒼天與人的好惡，竟然是如此相背的嗎？

從前得遇夫子，聰明而且奮勇。議論如同利刃，每每開我混沌之思。你的長處在於筆，我的長處在於論。你我如同持矛攻盾，相持不能相下。當時唯有柳子厚，能在你我之間參與辯論。贊同（與反駁）之詞皆和悅平直，決無虛飾不誠之處。議論的範圍廣大無邊，上自羲皇神農以至於今。議論往往會同於某一處，互相敬服而無他言。

岐山鳳凰不再和鳴，華亭鶴唳令我中夜心驚。受制於朝廷法令與居官約束，我不能親臨至靈前慟哭一場。只能獻上生芻一束清酒一杯，故人啊神靈請來歆享。

【研　析】祭文一起，即盛讚韓愈之文，與祭文常見體例微有不同。一般祭文，開頭由散句敘起，說明祭文撰寫的時間（祭文要在死者靈前宣讀），所祭者為何人，再承以「嗚呼」，以下才是四言韻語。如前〈祭柳員外文〉。此下乃回顧與韓愈、柳宗元的文字之交。末尾以七言韻語結束，形式上別開生面。

瞿蛻園《劉禹錫集箋證．外集》卷一〇關於「一字之價，輦金如山」有評論，云：「《日知錄》云：『劉禹錫〈祭韓愈文〉曰：「公鼎侯碑……」可謂發露真贓者矣。』今按《韓集》有〈謝許受王用男人事物狀〉、〈謝許受韓弘物狀〉，一受鞍馬玉帶，一受絹五百匹。此猶指敕撰之文而言，集中著錄之碑誌在七十篇以上，所受饋贈可以概見矣。禹錫所言與劉叉所譏，誠非虛語。」按，劉叉，河朔人，早年出入市井，椎牛擊犬豕，任氣行俠。後折節讀書，元和時，聞韓愈接天下士，步行歸之。嘗取韓愈金不告而辭，謂是「諛墓之金」，事見李商隱小說《齊魯二生．劉叉》。

唐時，文人為人撰墓碑等，收取潤筆之金，為當時之習。即在今日，亦是正當之事，《日知錄》所謂「發露真贓」，從何說起？長慶元年，田布（鎮州節度使田弘正子）受命為魏博節度使，白居易時為中書舍人，撰制書，田布贈白居易人事絹五百匹，居易不受，作〈讓絹狀〉，見《白居易集》卷六〇。然而又非通例。韓愈所為碑誌七十餘篇，其中有為親舊所撰（如〈張徹墓誌銘〉、〈李干墓誌銘〉等，至於為家人所撰者，如〈乳母墓銘〉、〈韓滂墓誌銘〉等更不待言），為友人所撰（如〈孟郊墓誌銘〉、〈柳子厚墓誌銘〉等），則未聞收受饋贈。禹錫「一字之價，輦金如山」，不過循例讚韓愈文名之高而已，豈可以此作為韓愈為人撰墓碑收受大筆饋贈之依據？

禹錫與韓愈（包括柳宗元）之間，因貞元末王叔文執政、韓愈貶陽山而發生些許齟齬，可參見禹錫永貞元年〈韓十八侍御見示岳陽樓別竇司直詩因令屬和重以自述故足成六十二韻〉詩題解及注釋。其後消釋前嫌，但劉與韓的關係終究不如劉與柳。此篇祭文盛讚韓愈之文，而不及韓愈於當代儒學、人倫的巨大貢獻。貞元之間，張籍、李翱即盛稱韓愈為當代孟軻（見張籍〈上韓昌黎第一書〉、李翱〈與陸傪書〉），韓愈去世後，張籍有〈祭退之〉五言長詩，其中有云：「嗚呼吏部公，其道誠巍昂……如彼天有斗，人可為信常。如彼歲有春，物宜得華昌。」李翱〈祭吏部韓侍郎文〉起首亦云：「嗚呼！孔氏云遠，楊墨恣行；孟軻拒之，乃壞於成。戎風混華，異學魁橫；兄常辨之，孔道益明。」張、李對韓愈的評價與禹錫祭文作比較可知。禹錫盛稱韓文成就，固是推誠之言，然未嘗不有保留，於自己留一步天地。即於韓文，謂「子長在筆，予長在論」，亦不肯多讓也。禹錫固長於論，豈韓不長於論乎？韓之「五原」（〈原道〉、〈原性〉、〈原毀〉等五篇），在當時影響極大。禹錫如此，緣於其自視甚高，固不能甘居人下之故也。

劉氏集略說

【題解】大和七年作於蘇州刺史任。禹錫在蘇州，嘗自編其文為四十卷，又刪減四十卷為十卷，稱作《集略》，並作此文。文中回顧了個人成長的經歷，並總結了自童子時期學為文章到中年、晚年學習、創作的全過程，可視為禹錫為其文集所作之序。

子劉子曰：五達❶之井，百汲而盈科❷，未必涼而甘，所處之勢然也。人之詞待扣而揚，猶井之利汲耳。

始余為童兒，居江湖間，喜與屬詞者❸遊，謬以為可教。視長者所行止，必操觚❹從之。及冠舉秀才❺，一幸而中說，有司懼不厭於眾，亟以口譽之❻。長安中多循空言，以為誠，果有名字❼。益與曹輩畋漁於書林❽，宵語途話，琴酒調謔，一出於文章。俄被召為記室參軍❾，會出師淮上，恒磨墨於楯鼻❿上，或寢止群書中。居一二歲，由甸服升諸朝⓫，凡三進班⓬而所掌猶外府⓭，或官課⓮，或為人所倩⓯，昌言奏記⓰，移讓告諭⓱，奠神志葬⓲，或猥并焉。及謫於沅湘間⓳，為江山風物之所蕩，往往指事成歌詩，或讀書有所感，輒立評議。窮愁著書，古儒者之大同，非高冠長劍⓴之比耳。

前年蒙恩澤，以郡符居海壖㉑，多雨慝作㉒，適晴喜，躬曬書於庭，得以書四十通㉓。逌爾自哂曰：「道不加益，焉用是空文為？真可供醬蒙藥楮㉔耳。」他日子婿博陵崔生㉕關言㉖曰：「某也曏游京師，偉人多問丈人新書幾何，且欲取去。而某應曰無有，輒愧起於顏間。今當復西，期有以弭愧者。」由是刪取四之一為《集略》，以貽此郎，非敢行乎遠也。

【注　釋】❶五達　通達五方的大路。此指井水源流極多。❷盈科　水充滿坑坎。《孟子・離婁下》：「原泉混混，不舍晝夜，盈科而後進，放乎四海。」趙岐注：「盈，滿；科，坎。」❸屬詞者　寫作者。❹操觚　執簡。此指寫作。《文選・陸機・文賦》：「或操觚以率爾，或含毫而邈然。」李善注：「觚，木之方者，古人用之以書，猶今之簡也。」❺舉秀才　此指應進士試。❻一幸而中說三句　謂應試前的行卷。有司，指薦舉者。❼有名字　指進士第。❽畋漁于書林　謂讀書。畋漁，狩獵及打漁。❾記室參軍　指貞元十六年入杜佑幕為徐泗淮節度使掌書記，隨軍出師淮上。❿楯鼻　即盾牌的把手。⓫由甸服升諸朝　謂從杜佑入朝為監察御史。甸服，泛指京畿附近。⓬三進班　三次晉升。按，禹錫先自渭南主簿遷監察御史，復擢屯田員外郎。主簿正九品，御史正八品，員外郎從六品。⓭外府　與中書、門下省官員相對而言。⓮官課　官府的功課。此指代官員寫批答上奏等文章。按，禹錫在淮南，代杜佑為表章多篇；為渭南主簿時，代京兆尹韋夏卿、李實撰表狀多篇。⓯為人所倩　為人所請。⓰昌言奏記　指向公府長官陳述有關治理意見的文書。昌言，正言。⓱移讓告諭　皆文體名。移，即移文，指行於不相統屬的官署間的公文。讓，即讓表，指辭讓官職的奏章。告，祭告之文。諭，告諭之文。⓲奠神志葬　亦指文體。奠，祭奠之文。神，祭神之文。志，墓誌之類。葬，墓碑之文。⓳謫於沅湘間　指貞元末至元和間在朗、連等州。⓴高冠長劍　謂屈原。《楚辭・九章・涉江》：「余幼好此奇服兮，年既老而未衰。帶長鋏之陸離兮，冠切雲之崔嵬。」㉑海壖　海邊地。此指蘇州。㉒慝作　災害；禍患。此指蘇州水災。㉓四十通　四十卷。㉔醬蒙藥楮　意謂其著作意義不大，只能做蓋醬罈、裹藥紙用。是自謙之詞。《漢書・揚雄傳下》：「鉅鹿侯芭常從雄居，受其《太玄》、《法言》焉，劉歆亦嘗觀之，謂雄曰：『空自苦！今學者有祿利，然尚不能明《易》，又如《玄》何？吾恐後人用覆醬瓿也。』雄笑而不應。」覆醬瓿，蓋醬罈。㉕博陵崔生　禹錫婿。博陵，即今河北安平，為崔姓郡望。㉖闕言　稟白。

【語　譯】子劉子說：水源豐富的井，百汲而井水依然滿盈，水未必清涼卻甘甜，這與它所處的地勢有關。人的詩文寫作也是蓄其勢才能得到傳揚，與井水的利於汲水一樣。

當初我為幼童的時候，居於江湖之間，喜歡與作文者交遊往來，他們以為孺子可教。我觀察長者的所為，也拿起筆學著寫起來。待到及冠的年齡開始應進士試，有幸被長者看中，負責舉薦的官員恐怕不能使眾人滿意，極口稱譽我。長安城裏人士多順從這種空言，以為真是如此，果然就名在進士之列。我因此越發與同輩們苦讀於藏書之處，夜分之語，路途之話，琴酒調侃戲謔之語，皆寫入詩文中。不久被召為幕府記室參軍，逢出師淮上，軍旅之中，常不免磨墨於盾牌把手之上，但仍舊寢息止歇於群書之中。如此一二年，由京畿外深入朝廷內，三次晉級，但職掌仍在中書、門下兩省以外。有時是長官所囑咐，有時是他人所請託，作為文章，或是正言的奏記，或是移讓告諭、奠神志葬等文體，相當繁多。及至貶謫到了沅湘間，為江山之奇異與民俗風物之美所激發，往往即其事作為歌詩，或者因為讀書有所感觸，就發為評論。窮愁了才著書，自古以來儒者大都如此，與高冠長劍的屈子遭放逐發牢騷不同。

前年蒙朝廷恩澤，以蘇州刺史居於海邊。蘇州多雨成災，一日適逢晴朗，我親自在庭院曬書，將從前所寫詩文編為四十卷，自己不由自嘲而笑說：「道德未能修養成，哪裏用得到這些空文？不過是拿來當作蓋醬罈、裏藥紙用罷了。」他日，子婿崔生稟告說：「我從前到京師，大人物多問及岳父大人新書有多少，而且打算購取。我回答說尚沒有編成，顏面之間不覺有些愧色。近日當再往京師，期望有可以使我消除慚愧者。」我因此將四十卷刪減留下四分之一，取名《集略》，贈與這個青年，並不是要讓拙著廣為人知。

【研　析】禹錫自編之《集略》今不存。四十卷《文集》出自禹錫手訂，其《文集》後另有《外集》十卷，或為禹錫沒後其後人續編者。由〈集略說〉可以看出，禹錫的創作，自第進士、初為記室參軍到貶沅湘前，多為「官課」、奏記表狀之類應用之文，言語中間微有淡然視之之意。貶沅湘後，「為江山風物之所蕩」所為歌詩及「輒立評議」之文章，乃其寫作發生大轉折、大變化之時，言語之間，甚多感慨。禹錫自謂此期歌詩、評議「非高冠長劍」之比，有意將自己的貶謫沅湘與屈原的被放逐於湖湘區別開，將自己此期的作品與屈原的「猶離憂也」（《史記・屈原賈生列傳》）的〈離騷〉等區別開。禹錫自然不敢自比屈子，更不敢將元和皇上與楚懷王相提並論。無論禹錫是有意還是無意，讀者卻能領會其中的言外之意。

秋聲賦 并引

【題解】據引，此賦作於會昌元年秋，時禹錫為太子賓客分司東都。

相國中山公❶賦〈秋聲〉❷，以屬❸天官❹太常伯❺，唱和俱絕。然皆得時行道❻之餘興，猶動光陰之嘆，況伊鬱老病者❼乎？吟之斐然❽，以寄孤憤❾。

【章旨】讚李、王二位〈秋聲賦〉，敘其繼賦〈秋聲〉的緣由。

【注釋】❶相國中山公　指李德裕。德裕出趙郡李氏。趙郡戰國時屬中山國，故稱。❷賦秋聲　李德裕〈秋聲賦〉今存，見《全唐文》卷六九七。❸屬　屬和。此處是請人唱和的意思。按，王起之作今不存。❹天官　吏部尚書。此指王起。❺太常伯　高宗龍朔二年改吏部尚書為太常伯。此處指太常寺。會昌元年，王起徵拜吏部尚書，判太常卿事。❻得時行道　逢時而大行其道。❼伊鬱老病者　禹錫自指。❽斐然　有文彩。❾孤憤　因孤高嫉俗而產生的憤慨之情。

【語譯】宰相中山公寫了一篇〈秋聲賦〉，以和吏部尚書、太常卿之作。唱、和之作俱佳，雖然體現了他們遇時且能大展良圖而未盡的餘興，卻也有時光流逝、人生易老的感歎，（他們尚且如此，）何況我這個抑鬱老病的人呢？吟誦之際甚覺其文采斐然，亦援筆成章以寄託我孤高嫉俗的憤慨。

碧天如水兮，窅窅❶悠悠。百蟲迎暮兮，萬葉吟秋。欲辭林而蕭颯，潛命侶❷以啁啾❸。送將歸兮臨水❹，非吾土兮登樓❺。晚枝多露蟬之思，夕草起寒螿❻之愁。

【章旨】描摹秋景，或狀物，或敘事，再三渲染。

【注　釋】❶窅窅　幽深的樣子。❷潛命侶　潛藏的昆蟲呼喚同類。❸啁啾　蟲鳴聲。❹送將歸兮臨水　用宋玉〈九辯〉「登山臨水兮送將歸」句意。❺非吾土兮登樓　用王粲〈登樓賦〉「雖信美而非吾土兮」句意。❻寒螿　即寒蟬。

【語　譯】藍天有如清澈的水，是如此幽深遙遠。百蟲迎來了歲暮，萬葉在秋風中搖動吟唱涼秋。林中將要飄落的枯葉瑟瑟作響，深藏的昆蟲呼喚著同伴。來到水邊，送別那將要歸去的朋友；登上高樓，眺望遠處的故鄉。晚秋樹枝上掛滿了露水，蟬鳴陣陣；黃昏時草叢中響起秋蟲悲哀的啼叫。

至若松竹含韻，梧楸蚤脫❶，驚綺疏❷之曉吹❸，墮碧砌❹之涼月。念塞外之征行❺，顧閨中之騷屑❻。夜蛩❼鳴兮機杼促❽，朔雁❾叫兮音書絕。遠杵❿續兮何泠泠⓫，虛窗靜兮空切切。

【章　旨】由落葉過渡到人事——閨中少婦及遠行征人。換入聲韻，以與賦中景象切合。

【注　釋】❶蚤脫　早早脫落。蚤，同「早」。❷綺疏　有花格的窗戶。❸曉吹　晨風。❹碧砌　長滿綠苔的臺階。❺征行　戍邊軍人遠征。❻騷屑　擾亂；不安。❼蛩　蟋蟀。又名促織。❽機杼促　機杼聲急促。杼，織梭。❾朔雁　南來的大雁。❿杵　擣衣的木杵。⓫泠泠　淒清的樣子。

【語　譯】至於那松竹，擺動時尚含著韻聲，而梧桐楸樹卻早早葉落。晨風吹起，枯葉之聲驚動了綺窗中人，冷月映照下，墜落在長滿綠苔的石階上。綺窗中少婦掛懷塞外遠行的征人，征人也顧念閨中人的騷動不安。夜晚促織鳴叫催促著機杼之聲，南來的大雁卻沒有帶來丈夫的音訊。遠處傳來的擣衣聲斷斷續續是多麼清冷，虛掩的空窗裏靜悄悄悲悲切切。

如吟如嘯❶，非竹非絲。當自然之宮徵❷，動終歲❸之別離。廢井❹苔合，荒園露滋。草蒼蒼兮人寂寂，樹摵摵❺兮蟲咿咿❻。則有安石風流❼，巨源多可❽。平六符而佐主❾，施九流而自我❿。猶復感陰蟲⓫之鳴軒，嘆涼葉之初墮。異宋玉之悲傷，覺潘郎之幺麼⓬。

【章　旨】反復描摹秋聲、秋景，換平韻；後半轉入對李、王政績及賦作的評論，改去聲韻。

【注　釋】❶嘯　長聲呼叫。❷宮徵　五音（宮商角徵羽）中有宮、徵。❸終歲　歲暮。❹井　指井欄。❺摵摵　象聲詞。《文選・盧諶・時興》：「摵摵芳草零，橤橤芬華落。」呂延濟注：「摵摵，葉落聲也。」❻咿咿　象聲詞，蟲鳴聲。❼安石風流　用東晉謝安之風流擬李德裕。謝安字安石，東晉風流名士的代表人物。初隱於東山，後山山任宰相，運籌帷幄，淝水一役，擊敗前秦軍隊，東晉大安。《南史・王儉傳》：「儉常謂人曰：『江左風流宰相，惟有謝安。』」❽巨源多可　以西晉山濤擬王起。山濤字巨源，晉武帝時吏部尚書，擢拔人才不拘一格，嵇康〈與山巨源絕交書〉曾諷刺他「旁通，多可而少怪。」多可，多所許可，寬容、大量之意。❾平六符而佐主　對李德裕為政的稱頌，謂李德裕竭其誠明輔佐皇帝治理國家。平六符，謂出現三台六星的符驗。《漢書・東方朔傳》：「願陳《泰階六符》，以觀天變，不可不省。」顏師古注引孟康曰：「泰階，三台也。每台二星，凡六星。符，六星之符驗也。」引應劭曰：「《黃帝泰階六符經》曰：泰階者，天之三階也。上階為天子，中階為諸侯公卿大夫，下階為士庶人。」泰階六符平則天下太平。後用為稱頌朝廷或輔臣之詞。❿施九流而自我　對王起不拘一格為國選拔人才的稱頌。施九流，猶言使用各類人才。九流，秦漢時九家學術流派，即法、名、墨、道、農、儒、雜、陰陽、縱橫，此處指各色人才。自我，出於我的鑒別識拔。⓫陰蟲　秋蟲。⓬異宋玉之悲傷二句　意謂李、王之作與宋玉、潘岳的悲秋之作不同。宋玉，戰國時楚國辭賦家，有〈九辯〉篇，首云：「悲哉，秋之為氣也！蕭瑟兮草木搖落而變衰。」潘郎，即西晉文人潘岳，岳有〈秋興賦〉。幺麼，局面狹小。不長曰幺，細小曰麼。

【語　譯】秋聲既似在淺吟，又似在大聲呼叫；既非竹管笛音，亦非琴弦之聲。它只能是自然的宮徵之聲，觸動了歲末別離之情。荒廢的井欄佈滿青苔，荒棄的花園露水滋潤。青草蒼蒼卻無遊園之人，只有枯葉落下蟲鳴唧唧。面對如此之秋聲、秋色，乃有謝安的風流及山濤的寬容大度。他們竭盡誠明輔佐君主使天下太平，選拔鑒識各類人才為國效力。即使如此，他們因秋蟲鳴叫於階軒而觸動，歎息第一片枯葉的墜落。但是，他們的傷懷與宋玉、潘岳的悲秋還是大有不同的：宋玉未免過於傷感，而潘岳局面過於狹小。

嗟乎！驥伏櫪而已老❶，鷹在韝而有情❷。聆朔風而心動，盼❸天籟❹而神驚。力將痑❺兮足受紲❻，猶奮迅❼於秋聲。

【章 旨】承上，對李、王〈秋聲賦〉作高度評價，對他們晚年發揮政治作為寄予厚望。

【注 釋】❶驥伏櫪而已老 化用曹操〈步出夏門行〉「老驥伏櫪，志在千里」句意。❷鷹在韝而有情 意謂鷹雖然立於韝上，其意向在碧空藍天。韝，臂套，用皮製成，射箭、架鷹時縛於兩臂束住衣袖以便動作。❸盼 顧盼、眺望。❹天籟 自然界的聲音。此指秋聲。❺力將痑 力量即將衰竭。痑，力盡；力竭。❻足受紲 雙足被捆縛。❼奮迅 振奮精神。

【語 譯】啊！老馬伏於馬槽，其志向仍在奔馳千里；雄鷹立於韝上，其意向在碧空藍天。一旦聽見北風的呼嘯即為之心動，看見無邊秋色即為之心驚。雖然我的力量即將竭盡，雙足被牢固束縛，仍舊因秋聲起而亢奮振作。

【研 析】會昌元年李德裕入相，王起徵拜吏尚，正是禹錫所謂「得時行道」之際。雖然如此，他們的〈秋聲賦〉之作，仍有時光流逝、人生苦短之感慨。對於久居閒散之職、且年已七十的禹錫來說，自然也不會無衰暮之感，然而禹錫卻說其〈秋聲賦〉之作還為了「以寄孤憤」，顯示他所作與李、王所作不同，甚至與古來賦秋聲的作者皆不同。這是賦前短引所傳達的進入老邁之年的禹錫賦秋聲的心態。

此下數段依賦之慣例描摹秋景，或狀物，或敘事，縱橫鋪排，再三渲染。化用古人熟典而生新意。末段繼續對李、王〈秋聲賦〉作高度評價，對他們晚年的政治作為寄予厚望。然又不至於此。一聲「嗟乎」，嚴格說是全篇的一大轉折，是禹錫對自然界衰暮之秋的擺脫，對自己人生之秋發出的呼號和激勵：雖然歷盡挫折，但絕不消沉，繼續保持對功業的嚮往，繼續對自由天地保持追求，只要有一絲希望，就要從衰老病痛中振作起精神來！這樣，禹錫所謂借秋聲「以寄孤憤」的寫作目的才得以體現，得到完全的落實。

子劉子自傳

【題解】作於會昌二年。時禹錫已在病中，距其卒不過數月。文人自為自傳，在唐不為多見。禹錫自料餘年無多，且其一生經歷頗複雜，恐非後人能備述，故自為傳，以傳信於後，此禹錫之志也。

子劉子，名禹錫，字夢得。其先漢景帝賈夫人子勝❶，封中山王，謚曰靖，子孫因封為中山❷人也。七代祖亮❸，事北朝為冀州刺史、散騎常侍，遇遷都洛陽❹，為北部都昌里❺人。世為儒而仕，墳墓在洛陽北山。其後地狹不可依，乃葬滎陽之檀山原。由大王父❻以還，一昭一穆❼如平生。曾祖凱，官至博州刺史。祖鍠，由洛陽主簿察視行馬外事❽，歲滿，轉殿中丞、侍御史，贈尚書祠部郎中。父諱緒，亦以儒學，天寶末應進士。遂及大亂，舉族東遷，以違患難❾，因為東諸侯❿所用。後為浙西從事，本府就加鹽鐵副使，遂轉殿中，主務於埇橋⓫。

其後罷歸浙右，至揚州，遇疾不諱⑫。小子承夙訓，秉遺教，眇然一身，奉尊夫人不敢殞滅⑬。後忝登朝，或領郡，蒙恩澤，先府君累贈至吏部尚書，先太君盧氏由彭城縣太君⑭贈至范陽郡太夫人⑮。

【章　旨】首節敘先祖世系，亦即陸機〈文賦〉「詠世德之駿烈，誦先人之清芬」之意。

【注　釋】❶賈夫人子勝　劉勝，漢景帝賈夫人所生，封中山王，諡靖。《史記》、《漢書》俱有傳。❷中山　古國名，約有今河北定州、唐縣等地。❸七代祖亮　劉亮。《周書》、《北史》俱有傳。❹遷都洛陽　北魏太和十七年，孝文帝拓跋氏自平成（今山西大同）遷都洛陽。❺北部都昌里　即洛陽都昌坊。北部，漢時洛陽屬縣，曹操嘗為洛陽北部尉，見《三國志・魏書・武帝紀》。❻大王父　曾祖父。❼一昭一穆　古代宗法制度，宗廟或宗廟中神主的排列次序，始祖居中，以下父子（祖、父）遞為昭穆，左為昭，右為穆。《周禮・春官・小宗伯》：「辨廟祧之昭穆。」鄭玄注：「父曰昭，子曰穆。」此處指墓葬昭穆分明。❽察視行馬外事　謂監察御史。❾遂及大亂三句　謂舉族南奔以避安史之亂。❿東諸侯　指東南一帶的節鎮或州郡長官。⓫埇橋　一作甬橋，又名符離橋、永濟橋，在唐時宿州（今安徽宿縣）南，臨汴水。⓬不諱　死的諱飾說法。⓭不敢殞滅　謂其因奉母不敢追隨父親死去。⓮縣太君　封建時代婦人的封號。唐制：五品官員母、妻可封縣君。⓯郡太夫人　封建時代婦人的封號。唐制：三品以上官員母、妻可封郡夫人。

【語　譯】子劉子，名禹錫，字夢得。其先祖為漢景帝賈夫人所生劉勝，勝封中山王，諡靖，子孫因而稱中山人。七代祖亮，事北朝為冀州刺史、散騎常侍，遇孝文帝遷都洛陽，遂定居於洛陽都昌里。世代為儒做官，家族墓葬在洛陽北山。其後北山地狹無法擴展，乃改葬滎陽檀山原。自曾祖父以還，墓葬一昭一穆如同生前。曾祖凱，官至博州刺史。祖鍠，由洛陽主簿為監察御史，秩滿之後轉殿中丞、侍御史，贈官尚書祠部郎中。父諱緒，也由儒學出身，天寶末應進士試，及於大亂，舉族東遷避亂，因而為東南諸侯所用。其後為浙西觀察使府從事，就本府加鹽鐵轉運副使，轉殿中，主持鹽鐵政務於埇橋。其後罷歸浙右，至揚州，遇疾卒。我自幼承父訓，秉遺教，眇然一身，奉母不敢毀損自身。後勉力登朝為官，先後領州郡，蒙恩澤，先府君獲贈至吏部尚書，先母盧氏獲贈命婦由彭城縣太君至范陽郡太夫人。

初，禹錫既冠，舉進士，一幸而中試❶。間歲❷，又以文登吏部取士科❸，授太子校書❹。官司閑曠，得以請告奉溫清❺。是時年少，名浮於實，士林榮之。及丁先尚書憂❻，迫禮不死，因成痼疾。既免喪❼，相國揚州節度使杜公❽領徐泗❾，素相知，遂請為掌書記。捧檄入告，太夫人曰：「吾不樂江淮間，汝宜謀之於始。」因白丞相以請，曰：「諾！」居數月而罷徐泗，而河路猶艱，遂改為揚州掌書記❿。涉二年而道無虞，前約乃行，調補京兆渭南主簿⓫。明年冬，擢為監察御史。

【章　旨】敘個人初期仕歷。自舉進士起，至於入京為監察御史。較詳於與杜佑的相知及佑的提拔，或在於表明自己並非王叔文之私人。

【注　釋】❶中試　中進士試。按，禹錫中進十在貞元九年。❷間歲　指明年（貞元十年）正月。❸登吏部取士科　指吏部博學宏詞試。❹太子校書　東宮屬官。唐時太子府左右春坊司經局有校書四人，正九品下。❺請告奉溫清　請假省父母。奉溫清，猶言使父母冬溫夏涼。❻丁先尚書憂　為守父之喪。禹錫父之卒當在貞元十三、四年。❼免喪　謂守制期滿。據禮，守制三年，實則滿二十五個月（一說滿二十七個月）即期滿。❽杜公　指杜佑。佑京兆萬年（今陝西西安）人，貞元、元和之際數為相，有《通典》一部傳世，享盛譽於當朝。新、舊《唐書》有傳。❾領徐泗　貞元五年至十九年，杜佑為揚州節度使，十六年，徐州節度使張建封卒，詔佑兼領徐泗節度使。❿揚州掌書記　貞元十九年，禹錫從杜佑為揚州節度掌書記。

⓫調補京兆渭南主簿　貞元二十一年，禹錫為渭南主簿。

【語　譯】起初，我年二十餘，舉進士，一舉而有幸獲選。第二年開春，又中吏部選拔官員的博學宏詞試，授太子府校書之職。職務清閒，得以請假回到父母處探視。當時年少，徒有虛名，士林佳賞。後來丁父親喪事之憂，迫於禮制不敢從父親死，但因此留下痼疾。免喪後，相國揚州節度使杜公兼領徐泗節度使，他與我素相知，於是聘我為徐泗掌書記。我捧著朝廷徵聘文書告知母親，母親說：「我不喜歡江淮間，你應該謀取當初校書這樣的職位。」我即此稟告宰相，宰相說：「好吧！」過了數月，宰相解除徐泗兼職，因汴州一帶路途仍舊不安全，於是改任揚州掌書記。過了二年道路平靖，得以實踐母親前此願望，調補京兆渭南主簿。明年冬，擢為監察御史。

貞元二十一年春，德宗新棄天下❶，東宮即位❷。時有寒雋王叔文以善弈棋得通籍博望❸，因間隙得言及時事，上大奇之。如是者積久，眾未之知❹。至是，起蘇州掾，超拜起居舍人、充翰林學士❺，遂陰薦丞相杜公為度支鹽鐵等使。翌日，叔文以本官及內職兼充副使。未幾，特遷❻戶部侍郎，賜紫❼，貴振一時。予前已為杜丞相奏署崇陵使判官❽，居月餘日，至是改屯田員外郎❾，判度支鹽鐵❿等。

【章　旨】敘個人仕歷中最重要之一段：關於王叔文與儲君的關係，王叔文在順宗即位後官職的遽然提升以及禹錫自己官職的提拔。

【注　釋】❶棄天下　是對皇帝駕崩的諱飾說法。❷東宮即位　此指太子順宗即皇帝位。❸通籍博望　指王叔文得以入朝侍奉太子。博望，漢長安宮苑名，漢武帝為戾太子建，以供其交接賓客。此代指東宮。❹因間隙得言及時事四句　《舊唐書·王叔文傳》：「王叔文者……好言理道，德宗令直東宮。太子嘗與侍讀論政道，因言宮中之弊，太子曰：『寡人見上，當極言之。』諸生稱讚其美，叔文獨無言。罷坐，太子謂叔文曰：『向論宮市，君獨無言，何也？』叔文曰：『皇太子之事上也，視膳問安之外，不合輒預外事。陛下在位歲久，如小人離間，謂殿下收取人情，則安能自解？』太子謝之曰：『苟無先生，安得聞此言？』由是重之。」與禹錫此處所說「間隙得言及時事」不同。似《舊唐書》所載，更符合叔文性格。柳宗元〈故尚書戶部侍郎王君先太夫人河間劉氏志文〉（《柳集》卷一三）稱王叔文「貞元中待詔禁中，以道合於儲後，凡十有八載，獻可替否，有匡弼調護之勤。」與禹錫之言合。❺起蘇州掾二句　《舊唐書·王叔文傳》：「叔文初入翰林，自蘇州司功為起居郎，俄兼充度支、鹽鐵副使，以杜佑領使，其實成於叔文。」司功，為司功參軍，州郡僚佐。起居郎，謂起居舍人，屬中書省，為記注之官。州郡僚佐，上州從七品下；起居舍人，從六品上，故為「超拜」。按，王叔文之蘇州掾，只是其任翰林待詔時所帶官銜，並非叔文實際在蘇州供職。❻特遷　破格晉升。按，叔文先為起居郎，此遷戶部侍郎，秩正四品下，故稱「特遷」。❼賜紫　特賜服紫。按，唐制：三品以上官員服紫，四品、五品服緋（朱紅），六品、七品服綠，八品、九品服青。中央高級職事官散官不及三品者可以由皇帝「賜紫」。❽崇陵使判官　謂再為杜佑判官。崇陵，德宗陵墓，在今陝西涇陽嵯峨山。貞元二十一年春，德宗崩，以杜佑為崇陵使，治德宗墓，禹錫為其判官，副其事。❾屯田員外郎　官職名，屬尚書省工部，掌天下屯田之政令。❿度支鹽鐵　按，度支為戶部度支司重要職務，其職責為「每歲計其所出而度其所用」（《舊唐書·職官志二》），相當於國家的財政預算機關；鹽鐵即鹽鐵轉運使之簡稱，掌國家財政及財務，其職權往往超出戶部之外。禹錫以屯田而兼度支鹽鐵之職，足見王叔文對其之信任。

【語　譯】貞元二十一年春，德宗駕崩，皇太子即皇帝位。當時有出身寒雋的王叔文以善於弈棋得通籍於太子府，因間隙對太子言及時事，太子大為歎奇。如此時間很長，並無人知曉。直到儲君即位，由蘇州功曹參軍超拜為起居舍人、充翰林學士。王叔文暗中推薦杜佑為度支鹽鐵等使，次日叔文即以本官及翰林內職兼度支鹽鐵副使。未幾又特遷為戶部侍郎，特賜紫，權高貴重一時。我此前已經為杜丞相奏署為治德宗陵判官，月餘後因叔文之故改屯田員外郎，兼判度支鹽鐵等。

按初叔文北海❶人，自言猛❷之後，有遠祖風，唯東平呂溫、隴西李景儉❸、河東柳宗元以為信然。三子者皆與予厚善，日夕過言其能❹。叔文實工言治道，能以口辯移人❺。既得用，自春至秋，其所施為，人不以為當非。時上素被疾❻，至是尤劇，詔下內禪❼，自為太上皇。後諡曰順宗。東宮❽即皇帝位。是時，太上久寢疾，宰臣及用事者都不得召對。宮掖事秘，而建桓立順，功歸貴臣❾。於是叔文首貶渝州，後命終死❿。宰相貶崖州⓫。予出為連州，途至荊南⓬，又貶朗州司馬。

【章旨】張揚叔文之政治才能，及叔文與呂溫、李景儉、柳宗元及己與叔文之結交。對貞元末朝廷政局大變故、叔文之敗、己之貶，亦有「文謹嚴而事詳覈」的交代。

【注釋】❶北海　漢置郡名，治今山東壽光。唐北海郡即青州，治今山東益都。按，新、舊《唐書》從韓愈《順宗實錄》，俱謂叔文「越州山陰人」。越州當為叔文籍貫所在，而北海郡因其自稱王猛後人而來。❷猛　即東晉時王猛。猛北海劇（今山東壽光）人，字景略，僑居魏郡。博學，好兵書，識度深遠，隱居華陰山。桓溫北伐，甚賞識，勸其南歸，猛固辭。後秦苻堅相見，深得器重，苻堅即秦王位，委猛以重任。猛協助苻堅改革內政，國力逐漸強大，入朝為丞相、都督中外軍事，卒諡武侯。《晉書》有傳。❸唯東平呂溫句　呂溫、李景儉，均為王叔文所倚重者。已見元和〈呂八見寄郡內書懷因而戲和〉詩及〈臥病聞常山旋師策勳宥過王澤大洽因寄李六侍御〉詩。東平、隴西為呂、李二姓郡望。《舊唐書・王叔文傳》：「王叔文最所重者，李景儉、呂溫。叔文用事時，景儉居喪於東都，呂溫使吐蕃，留半歲，叔文敗方歸。」故「八司馬」之貶，不及呂、李二人。❹三子者皆與余厚善二句　韓愈《順宗實錄》卷五：「叔文……密結韋執誼，并有當時名欲僥而倖速進者：陸質、呂溫、李景儉、韓曄、韓泰、陳諫、劉禹錫、柳宗元等十數人，定為死交……交遊蹤跡詭秘，莫有知其端者」暗合。新、舊《唐書・王叔文傳》與《順宗實錄》同。外官數人對於東宮官員「日夕遇言其能」，確非正常行為。❺以口辯移人　謂其能言善辯。❻上素被疾　謂順宗病。《舊唐書・順宗紀》：「上自二十年九月風病，不能言。」按，風病即中風不能語。❼內禪　謂順宗禪位於太子（即位後為憲宗）。貞元二十一年八月庚子（初四）日，順宗下詔內禪，皇太子即位，順宗稱太上皇。❽東宮　指皇太子李純。純初名淳，冊為皇太子後改為純。❾建桓立順二句　謂由宦官操縱，順宗、憲宗先後即帝位。桓、順，即東漢桓帝劉志、順帝劉保，皆為宦官所立。按，《資治通鑑》卷二三六：「永貞元年……癸巳，德宗崩。蒼猝召翰林學士鄭絪、衛次公等至金鑾殿草遺詔。宦官或曰：『禁中議所立尚未定。』眾莫敢對。次公遽言曰：『太子雖有疾，地居冢嫡，中外屬心。必不得已，猶應立廣陵王，不然，必大亂。』絪等從而和之，議始定。」按，廣陵王即順宗長子純。此順宗之立也。雖有宦官作梗，朝官仍然起非常大之作用，非一切皆由宦官。德宗後朝官、宦官之間的鬥爭，亦於此可見一斑。《資治通鑑》同卷：「時順宗失音，不能決事，常居宮中施簾帷，獨宦者李忠言、昭容牛氏侍左右……上疾久不愈，時扶御殿，群臣瞻望而已，莫有親奏對者，中外危懼，思早立太子……宦官俱文珍、劉光琦、薛盈珍皆先朝任使舊人，疾叔文、忠言等朋黨專恣，乃啟上召翰林學士鄭絪、衛次公、李程、王涯入金鑾殿，草立太子制。時牛昭容輩以廣陵王英睿，惡之；絪不復請，書紙『立嫡以長』字呈上，上頷之。」廣陵王嗣後因得以即皇帝位。此憲宗之立也。就中雙方（鄭絪等一方、王叔文等一方）各有宦官背景，此朝官之間、宦官之間鬥爭複雜交錯之表現，亦非一切皆由宦官。❿叔文首貶渝州二句　永貞元年秋八月壬寅（初六日），貶王叔文渝州司戶，明年（元和元年），賜叔文死。⓫宰相貶崖州　叔文貶後數月，貶韋執誼為崖州司馬。韓愈《順宗實錄》卷五：「執誼，杜黃裳子婿，與黃裳同在相位，故最在後貶。」按，韋執誼，京兆（今陝西西安）人，幼有才，得幸於德宗，為翰林學士，並與王叔文等相善。順宗即位，叔文執政，以執誼為尚書左丞、同中書門下平章事。⓬荊南　此指江陵（今屬湖北）。

【語　譯】按，叔文起初為北海郡人，自稱是北朝前秦苻堅時王猛的後代，有其遠祖之風，當時只有東平呂溫、隴西李景儉及河東柳宗元以為他所說甚是。此三人皆與我友善，日夕相遇，常常議論到叔文的才能。叔文的確巧於言說治國之道，能以言論說服人。既得皇帝重用，自春至秋，其所施政，人不以為有何非議之處。皇帝素有疾病，至此尤加深重，下詔讓位皇太子，自稱太上皇。薨後謚號曰順宗。太子即皇帝位。當時太上皇久寢疾，宰臣及用事者都不得召對。宮掖事秘，皇帝先後易位，功歸於貴臣。於是叔文被貶渝州，其後又命賜死。宰相貶崖州司馬。我出為連州刺史，行至江陵，再貶為朗州司馬。

居九年，詔徵復授連州，自連歷夔、和二郡，又除主客郎中，分司東都。明年，追入充集賢殿學士，轉蘇州刺史，賜金紫。移汝州，兼御史中丞。又遷同州，充本州防禦、長春宮使❶。後被足疾，改太子賓客分司東都。又改秘書監❷，分司一年，加檢校禮部尚書兼太子賓客，行年七十有一。身病之日，自為銘曰：

不夭不賤，天之祺❸兮。重屯累厄❹，數之奇❺兮。天與所長❻，不使施兮。人或加訕，心無疵兮。寢於北牖❼，盡所期兮。葬近大墓❽，如生時兮。魂無不之❾，庸詎知兮！

【章旨】敘晚年仕歷。自為銘，說盡為此自傳之用心及老病將死而心不甘處。

【注釋】❶長春宮使　兼職名。長春宮在同州（今陝西大荔），北周時武帝所築。隋煬帝大業十三年，高祖起義兵，自太原赴京師，九月，濟河，令於此宮保甲養士而西定京邑。自後凡牧此州者多帶長春宮使銜。❷秘書監　官職名，秘書省之長官。開成四年，禹錫為秘書監，分司東都。❸祺　吉祥。❹重屯累厄　謂累遭不幸。屯，艱難；困頓。❺數之奇　即數奇，命運不好。奇，與耦（偶）相對。古人以為占卜得奇數則不利。《易・繫辭下》：「陽卦奇，陰卦耦。」❻所長　天分之所長者。禹錫自以為所長在文章。❼北牖　北窗。《論語・鄉黨》「疾，君視之，東首」宋邢昺疏：「病者常居北牖下。」❽大墓　當指父祖之墓。❾魂無不之　《禮記・檀弓下》：「骨肉歸復於土，命也；魂氣則無不之也，無不之也。」此用其意。

【語　譯】居朗州九年，詔徵復授連州刺史，後又歷夔、和二州；又除授主客郎中，分司東都。明年，入京充集賢殿學士，轉蘇州刺史，賜金紫。移汝州刺史，兼御史中丞。又遷同州刺史，充本州防禦使、長春宮使。又改秘書監，分司東都一年，加檢校禮部尚書兼太子賓客，行年七十有一。身病之日，自為銘曰：

未曾夭折亦不曾貧賤，是蒼天賦予的祥瑞啊。累遭大難與不幸，是命運不好啊。天賦我之所長在文章，卻未能使我用其所長啊。人或者譏訕於我，我內心並無所愧啊。如今寢於北窗，盡我生命之期啊。將來葬於父祖墓側，如我生前依偎之時啊。魂氣或者無所不往，誰又能知曉呢！

【研　析】文人當老病之際，自為傳，頗少見。晉陶潛有〈五柳先生傳〉，「浩浩落落，總一點粘著」（林雲銘評語），所謂「粘著」處，不過「讀書、飲酒」而已；開成四年，白居易仿陶潛作〈醉吟先生傳〉，風神亦類似陶。唯禹錫〈子劉子自傳〉，乃極認真結撰之作，除家世、仕歷外，特強調王叔文之才及貞元末世局之變，為自己附叔文之黨辯解。筆法謹嚴中不無隱曲之處。心事亦可謂道盡，用心在於恐後世人有所誤解、譏訕。此亦極傷感之事。王、韋黨人最大的罪過在於阻撓立廣陵王（即位後為憲宗）為太子、阻順宗禪位憲宗，此與「謀逆」之罪無異，故王叔文先遠貶，再賜死，懲罰極其嚴重。憲宗元和後的幾位皇帝，穆宗為憲宗子，敬宗、文宗、武宗俱為穆宗子，宣宗為穆宗弟，故王、韋之黨，直至文、武、宣之世，輿論多為負面。後世因劉、柳俱不世之才而多同情其遭遇，但正面評價王、韋者實不多。劉、柳貶後皆有自我辯解之辭，子厚因有自疚之詞頗獲諒解，而諒解禹錫者不多。如蘇軾駁禹錫此篇云：「劉禹錫既敗，為書自解，言『叔文實工言治道……建桓立順，功歸貴臣。』由是及貶。《後漢書・宦者傳論》云：『孫程定立順之功，曹騰參建桓之策。』騰與梁冀比捨清河而立蠡吾，此漢之所以亡也；與廣陵王監國事，豈可同日而語哉？禹錫乃敢以為比，以此知小人為奸，雖已敗而猶不悛也，豈可復置之要地乎？因讀〈禹錫傳〉有感，書此。」（《東坡文集》卷六五〈劉禹錫文過不悛〉）瞿蛻園《劉禹錫集箋證・外集》卷九謂禹錫「此文謹嚴而事詳覈，足可徵信」，主要體現在此一節。謂「謹嚴」則是（白居易〈哭劉尚書夢得二首〉其一云禹錫「文章微婉我知丘」或即指此文），謂「足可徵信」則未必盡然。畢竟禹錫是貞元末事變當事人。大凡人若自處變局漩渦之中，且利害與己有大相關，則作持平之論甚難，蓋難跳脫迷局而有自責之冷靜及勇氣也。柳宗元語及王叔文，與禹錫語大體同，原因亦在於此；然宗元尚能有自責，能自悔（參見《柳集》卷三〇〈寄許京兆孟容書〉），此劉、柳性情有差異故，與元和十年玄都觀看花而禹錫獨賦詩洩憤情境同。再如此節語及韋執誼，僅「宰相貶崖州」五字，即頗有難言之隱。瞿氏《劉禹錫集箋證・外集》卷九云禹錫「於韋執誼則不斥言其名，疑禹錫甚重叔文，而薄執誼之持兩端也」。按，禹錫之與韋執誼的關係，恐非一句「薄執誼」可以撇清。參見本書「導讀」，此處不詳論。另，韋執誼與王叔文「持兩端」，實因叔文氣驕志滿，利用權力有極過甚處，故欲自外於叔文，脫離叔文控制，亦參見本書「導讀」。禹錫因與叔文之私而不能察見其非，或不能直言其非，稱其文字「謹嚴」可，稱其「足可徵信」則不可；稱其「矢志不改其衷」可，稱其「堅持革新」則似不可。

古籍今注新譯叢書

【哲學類】

新譯四書讀本　謝冰瑩、邱燮友等編譯
新譯學庸讀本　王澤應注譯
新譯論語新編解義　胡楚生編著
新譯孝經讀本　賴炎元、黃俊郎注譯
新譯易經讀本　郭建勳注譯　黃俊郎校閱
新譯乾坤經傳通釋　黃慶萱著
新譯易經繫辭傳解義　吳　怡著
新譯禮記讀本　姜義華注譯　黃俊郎校閱
新譯儀禮讀本　顧寶田、鄭淑媛注譯　黃俊郎校閱
新譯孔子家語　羊春秋注譯　周鳳五校閱
新譯老子讀本　余培林注譯
新譯老子解義　吳　怡著
新譯莊子讀本　黃錦鋐注譯
新譯莊子讀本　張松輝注譯
新譯莊子本義　水渭松注譯
新譯莊子內篇解義　吳　怡著
新譯列子讀本　莊萬壽注譯
新譯管子讀本　湯孝純注譯　李振興校閱
新譯墨子讀本　李生龍注譯　李振興校閱

新譯公孫龍子　丁成泉注譯　黃志民校閱
新譯晏子春秋　陶梅生注譯　葉國良校閱
新譯鄧析子　徐忠良注譯　劉福增校閱
新譯荀子讀本　王忠林注譯
新譯尹文子　徐忠良注譯　黃俊郎校閱
新譯尸子讀本　水渭松注譯　陳滿銘校閱
新譯鬼谷子　王德華等注譯
新譯韓非子　賴炎元、傅武光注譯
新譯呂氏春秋　朱永嘉、蕭　木注譯　黃志民校閱
新譯韓詩外傳　孫立堯注譯
新譯淮南子　熊禮匯注譯　侯迺慧校閱
新譯春秋繁露　朱永嘉、王知常注譯
新譯新書讀本　饒東原注譯　黃沛榮校閱
新譯新語讀本　王　毅注譯　黃俊郎校閱
新譯潛夫論　彭丙成注譯　陳滿銘校閱
新譯論衡讀本　蔡鎮楚注譯　周鳳五校閱
新譯申鑒讀本　林家驪、周明初注譯　周鳳五校閱
新譯人物志　吳家駒注譯　黃志民校閱
新譯張載文選　張金泉注譯
新譯近思錄　張京華注譯
新譯傳習錄　李生龍注譯
新譯呻吟語摘　鄧子勉注譯
新譯明夷待訪錄　李廣柏注譯　李振興校閱

新譯詩經讀本　滕志賢注譯
新譯楚辭讀本　傅錫壬注譯
新譯文心雕龍　羅立乾注譯
新譯世說新語　劉正浩、邱燮友等注譯
新譯昭明文選　周啟成等注譯
新譯古文觀止　謝冰瑩、邱燮友等注譯
新譯古文辭類纂　黃　鈞、葉幼明等注譯
新譯樂府詩選　溫洪隆、溫　強注譯
新譯古詩源　馮保善注譯
新譯千家詩　邱燮友、劉正浩注譯
新譯詩品讀本　程章燦、成　林注譯
新譯花間集　朱恒夫注譯
新譯南唐詞　劉慶雲注譯
新譯唐詩三百首　邱燮友注譯
新譯宋詞三百首　汪　中注譯
新譯宋詞三百首　劉慶雲注譯
新譯元曲三百首　賴橋本、林玫儀注譯
新譯明詩三百首　趙伯陶注譯
新譯清詩三百首　王英志注譯
新譯清詞三百首　陳水雲等注譯
新譯唐人絕句選　卞孝萱、朱崇才注譯　齊益壽校閱
新譯唐才子傳　戴揚本注譯

新譯拾遺記　石　磊注譯
新譯搜神記　黃　鈞注譯
新譯唐傳奇選　束　忱、張宏生注譯　侯迺慧校閱
新譯宋傳奇小說選　束　忱注譯
新譯明傳奇小說選　陳美林、皋于厚注譯
新譯容齋隨筆選　朱永嘉等注譯
新譯明散文選　周明初注譯
新譯人間詞話　馬自毅注譯
新譯白香詞譜　劉慶雲注譯
新譯幽夢影　馮保善注譯
新譯菜根譚　吳家駒注譯
新譯小窗幽記　馬美信注譯
新譯圍爐夜話　馬美信注譯
新譯郁離子　吳家駒注譯
新譯歷代寓言選　黃瑞雲注譯
新譯賈長沙集　林家驪注譯
新譯揚子雲集　葉幼明注譯
新譯諸葛亮集　朱永嘉等注譯
新譯曹子建集　曹海東注譯　蕭麗華校閱
新譯建安七子詩文集　韓格平注譯
新譯阮籍詩文集　林家驪注譯　簡宗梧、李清筠校閱
新譯嵇中散集　崔富章注譯　莊耀郎校閱
新譯陸機詩文集　王德華注譯
新譯陶淵明集　溫洪隆注譯　齊益壽校閱

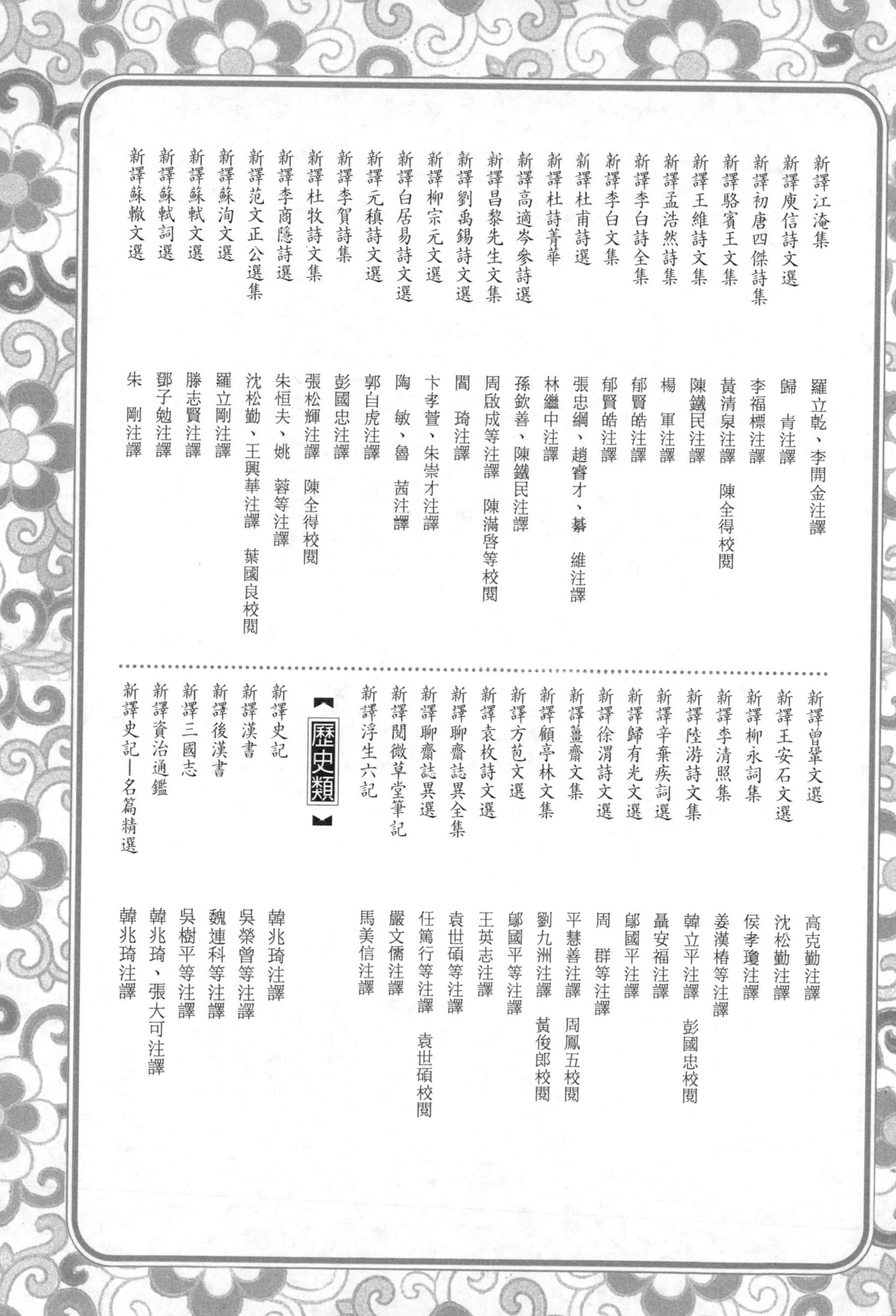

新譯江淹集　羅立乾、李開金注譯
新譯庾信詩文選　歸　青注譯
新譯初唐四傑詩集　李福標注譯
新譯駱賓王文集　黃清泉注譯　陳全得校閱
新譯王維詩文集　陳鐵民注譯
新譯孟浩然詩集　楊　軍注譯
新譯李白詩全集　郁賢皓注譯
新譯李白文集　郁賢皓注譯
新譯杜甫詩選　張忠綱、趙睿才、綦　維注譯
新譯杜詩菁華　林繼中注譯
新譯高適岑參詩選　孫欽善、陳鐵民注譯
新譯昌黎先生文集　周啟成等注譯　陳滿銘等校閱
新譯劉禹錫詩文選　閻　琦注譯
新譯柳宗元文選　卞孝萱、朱崇才注譯
新譯白居易詩文選　陶　敏、魯　茜注譯
新譯元稹詩文選　郭自虎注譯
新譯李賀詩集　彭國忠注譯
新譯杜牧詩文集　張松輝注譯　陳全得校閱
新譯李商隱詩選　朱恒夫、姚　蓉等注譯
新譯范文正公選集　沈松勤、王興華注譯　葉國良校閱
新譯蘇洵文選　羅立剛注譯
新譯蘇軾文選　滕志賢注譯
新譯蘇軾詞選　鄧子勉注譯
新譯蘇轍文選　朱　剛注譯

新譯曾鞏文選　高克勤注譯
新譯王安石文選　沈松勤注譯
新譯柳永詞集　侯孝瓊注譯
新譯李清照集　姜漢椿等注譯
新譯陸游詩文集　韓立平注譯　彭國忠校閱
新譯辛棄疾詞選　聶安福注譯
新譯歸有光文選　鄔國平注譯
新譯徐渭詩文選　周　群等注譯
新譯薑齋文集　平慧善注譯　周鳳五校閱
新譯顧亭林文集　劉九洲注譯　黃俊郎校閱
新譯方苞文選　鄔國平等注譯
新譯袁枚詩文選　王英志注譯
新譯聊齋誌異全集　袁世碩等注譯
新譯聊齋誌異選　任篤行等注譯　袁世碩校閱
新譯閱微草堂筆記　嚴文儒注譯
新譯浮生六記　馬美信注譯

歷史類

新譯史記　韓兆琦注譯
新譯漢書　吳榮曾等注譯
新譯後漢書　魏連科等注譯
新譯三國志　吳樹平等注譯
新譯資治通鑑　韓兆琦、張大可注譯
新譯史記—名篇精選　韓兆琦注譯

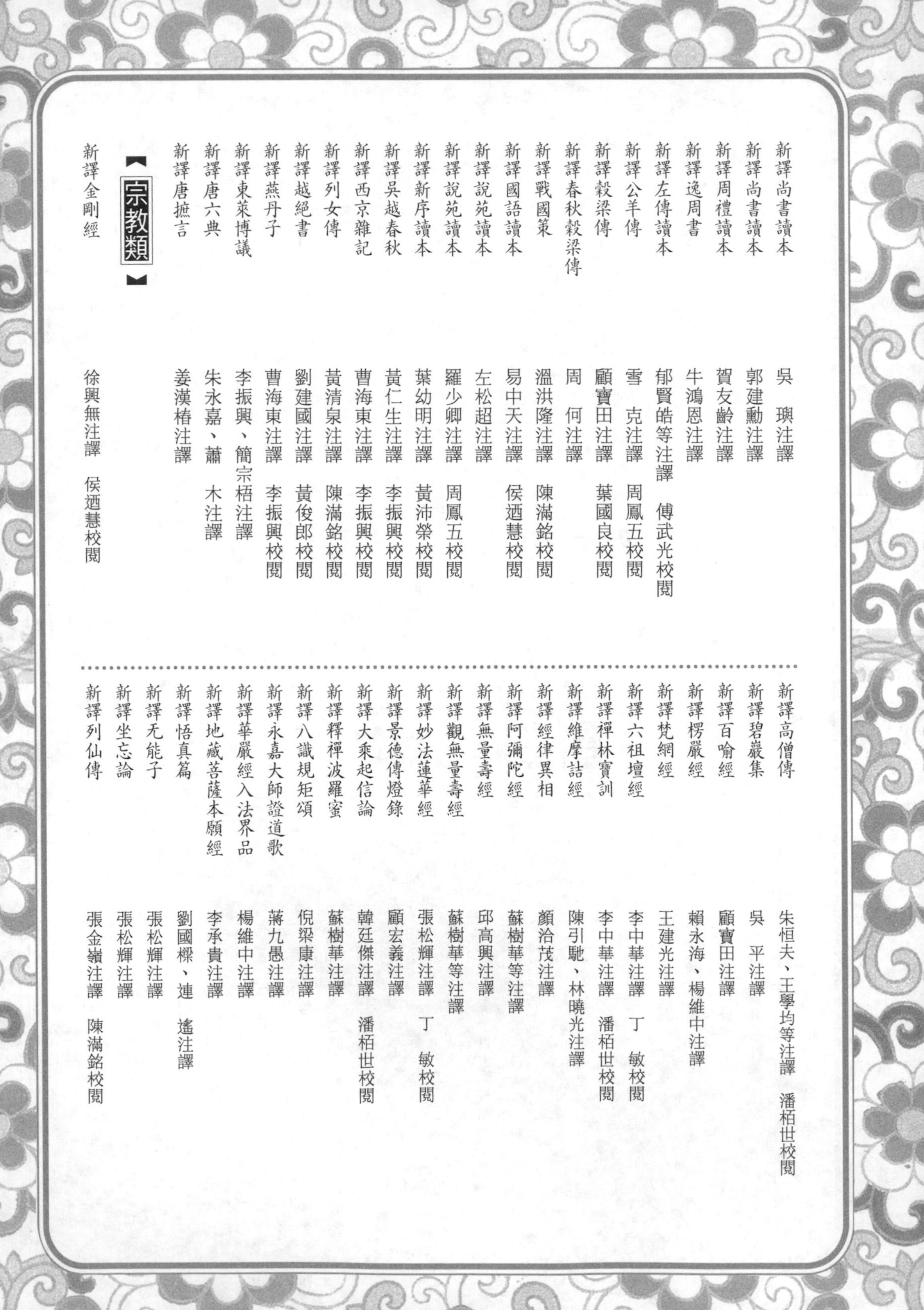

新譯尚書讀本　吳　璵注譯
新譯尚書讀本　郭建勳注譯
新譯周禮讀本　賀友齡注譯
新譯逸周書　牛鴻恩注譯
新譯左傳讀本　郁賢皓等注譯　傅武光校閱
新譯公羊傳　雪　克注譯　周鳳五校閱
新譯穀梁傳　顧寶田注譯　葉國良校閱
新譯春秋穀梁傳　周　何注譯
新譯戰國策　溫洪隆注譯　陳滿銘校閱
新譯國語讀本　易中天注譯　侯迺慧校閱
新譯說苑讀本　左松超注譯
新譯說苑讀本　羅少卿注譯　周鳳五校閱
新譯新序讀本　葉幼明注譯　黃沛榮校閱
新譯吳越春秋　黃仁生注譯　李振興校閱
新譯西京雜記　曹海東注譯　李振興校閱
新譯列女傳　黃清泉注譯　陳滿銘校閱
新譯越絕書　劉建國注譯　黃俊郎校閱
新譯燕丹子　曹海東注譯　李振興校閱
新譯東萊博議　李振興、簡宗梧注譯
新譯唐六典　朱永嘉、蕭　木注譯
新譯唐摭言　姜漢椿注譯

【宗教類】

新譯金剛經　徐興無注譯　侯迺慧校閱
新譯高僧傳　朱恒夫、王學均等注譯　潘栢世校閱
新譯碧巖集　吳　平注譯
新譯百喻經　顧寶田注譯
新譯楞嚴經　賴永海、楊維中注譯
新譯梵網經　王建光注譯
新譯六祖壇經　李中華注譯　丁　敏校閱
新譯禪林寶訓　李中華注譯　潘栢世校閱
新譯維摩詰經　陳引馳、林曉光注譯
新譯經律異相　顏洽茂注譯
新譯阿彌陀經　蘇樹華等注譯
新譯無量壽經　邱高興注譯
新譯觀無量壽經　蘇樹華等注譯
新譯妙法蓮華經　張松輝注譯　丁　敏校閱
新譯景德傳燈錄　顧宏義注譯
新譯大乘起信論　韓廷傑注譯　潘栢世校閱
新譯釋禪波羅蜜　蘇樹華注譯
新譯八識規矩頌　倪梁康注譯
新譯永嘉大師證道歌　蔣九愚注譯
新譯華嚴經入法界品　楊維中注譯
新譯地藏菩薩本願經　李承貴注譯
新譯悟真篇　劉國樑、連　遙注譯
新譯无能子　張松輝注譯
新譯坐忘論　張松輝注譯
新譯列仙傳　張金嶺注譯　陳滿銘校閱

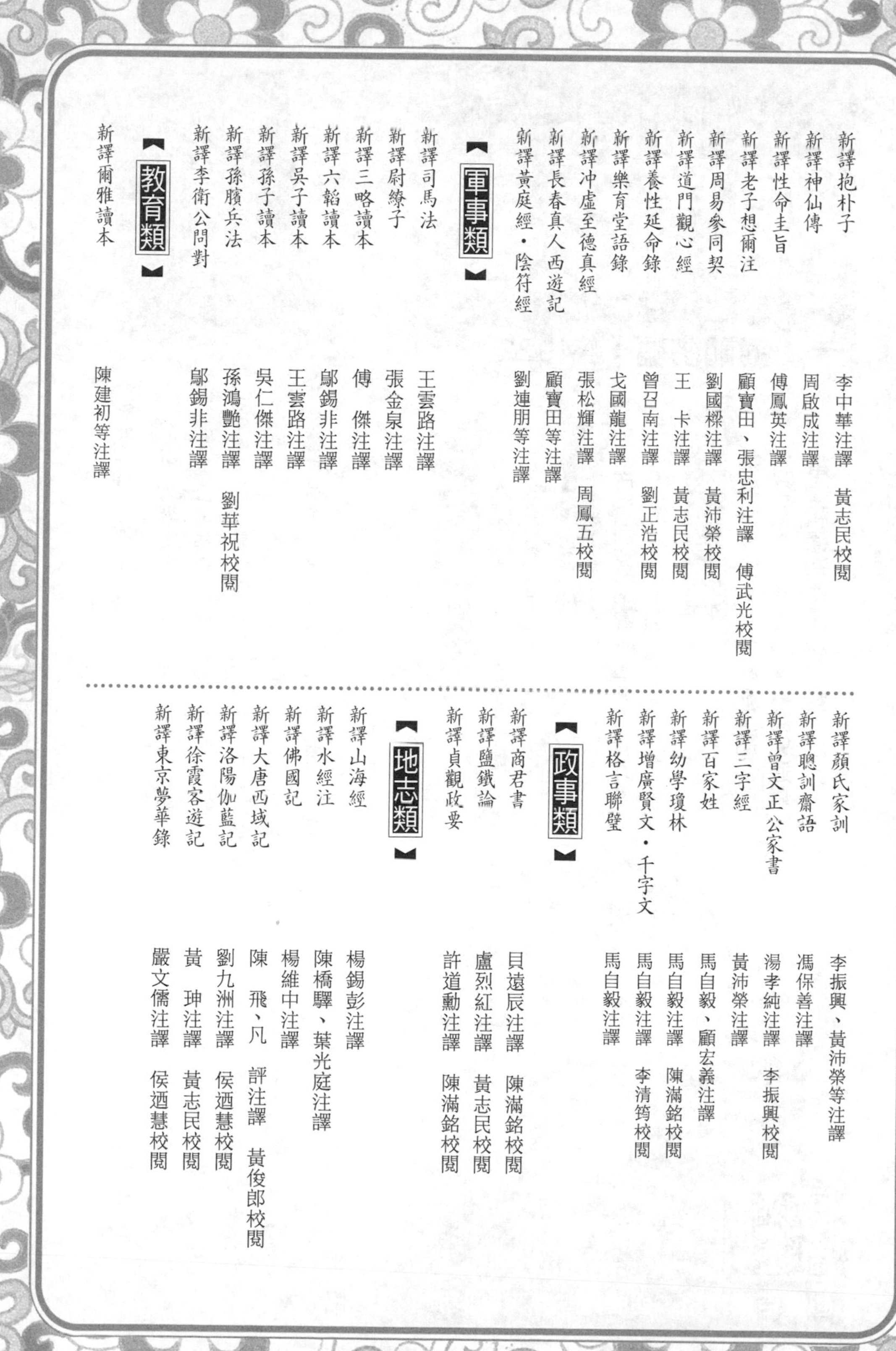

新譯抱朴子　李中華注譯　黃志民校閱
新譯神仙傳　周啟成注譯
新譯性命圭旨　傅鳳英注譯
新譯老子想爾注　顧寶田、張忠利注譯　傅武光校閱
新譯周易參同契　劉國樑注譯　黃沛榮校閱
新譯道門觀心經　王　卡注譯　黃志民校閱
新譯養性延命錄　曾召南注譯　劉正浩校閱
新譯樂育堂語錄　戈國龍注譯
新譯沖虛至德真經　張松輝注譯　周鳳五校閱
新譯長春真人西遊記　顧寶田等注譯
新譯黃庭經・陰符經　劉連朋等注譯

【軍事類】

新譯司馬法　王雲路注譯
新譯尉繚子　張金泉注譯
新譯三略讀本　傅　傑注譯
新譯六韜讀本　鄔錫非注譯
新譯吳子讀本　王雲路注譯
新譯孫子讀本　吳仁傑注譯
新譯孫臏兵法　孫鴻艷注譯　劉華祝校閱
新譯李衛公問對　鄔錫非注譯

【教育類】

新譯爾雅讀本　陳建初等注譯
新譯顏氏家訓　李振興、黃沛榮等注譯
新譯聰訓齋語　馮保善注譯
新譯曾文正公家書　湯孝純注譯　李振興校閱
新譯三字經　黃沛榮注譯
新譯百家姓　馬自毅、顧宏義注譯
新譯幼學瓊林　馬自毅注譯　陳滿銘校閱
新譯增廣賢文・千字文　馬自毅注譯　李清筠校閱
新譯格言聯璧　馬自毅注譯

【政事類】

新譯商君書　貝遠辰注譯　陳滿銘校閱
新譯鹽鐵論　盧烈紅注譯　黃志民校閱
新譯貞觀政要　許道勳注譯　陳滿銘校閱

【地志類】

新譯山海經　楊錫彭注譯
新譯水經注　陳橋驛、葉光庭注譯
新譯佛國記　楊維中注譯
新譯大唐西域記　陳　飛、凡　評注譯　黃俊郎校閱
新譯洛陽伽藍記　劉九洲注譯　侯迺慧校閱
新譯徐霞客遊記　黃　珅注譯　黃志民校閱
新譯東京夢華錄　嚴文儒注譯　侯迺慧校閱